Konstanze

Das Buch

Nach einer langen Seereise erreicht Konstanze von Aragon im August 1209 Sizilien. Die junge Witwe soll – einem Arrangement des Papstes folgend – die Ehe mit dem sizilianischen König eingehen. Dessen Ruf eilt ihm voraus: Der Staufer ist ein Bettler und Rebell, ein Ketzer und Visionär, Heilsbringer und Antichrist in einer Person. Konstanzes schlimmste Befürchtungen werden noch übertroffen, als die Feinde des Königs auch vor ihr nicht haltmachen. Die Verschwörung der Barone kostet sie fast das Leben und führt Sizilien an den Rand des Abgrunds. Konstanze, die schon einmal alles verloren hat, muss sich entscheiden: für Papst oder König, Unterwerfung oder Untergang. Für oder gegen einen Mann, den sie *Das Staunen der Welt* nennen und der in ihr nie gekannte Gefühle weckt.

Die Autorin

Elisabeth Herrmann, geboren 1959, arbeitet als Journalistin. Sie lebt mit ihrer Tochter in Berlin. Bekannt wurde sie durch ihre Krimiserie um Anwalt Joachim Vernau. *Konstanze* ist ihr erster historischer Roman.

Von Elisabeth Herrmann ist in unserem Hause bereits erschienen:

Die siebte Stunde

Elisabeth Herrmann

Konstanze

Historischer Roman

List Taschenbuch

Besuchen Sie uns im Internet:
www.list-taschenbuch.de

Umwelthinweis
Dieses Buch wurde auf chlor- und säurefreiem Papier gedruckt.

Originalausgabe im List Taschenbuch
List ist ein Verlag der Ullstein Buchverlage GmbH, Berlin.
1. Auflage Mai 2009

Konzeption: semper smile Werbeagentur GmbH, München
Umschlaggestaltung: bürosüd° GmbH, München
Titelabbildung: © AKG, Galleria Sabauda, Bronzino,
Agnolo (1503–1572): »Portrait of a woman«, 1550.
Satz: LVD GmbH, Berlin
Gesetzt aus der Aldus
Druck und Bindearbeiten: CPI – Clausen & Bosse, Leck
Printed in Germany
ISBN 978-3-548-60893-8

Für Shirin

1.

Etwas war anders.
Und dieses Etwas weckte sie.

Vorsichtig tastete Konstanze über das Kopfkissen und hielt die Augen geschlossen. Kissen noch da, signalisierte ihr vom Schlaf betäubtes Hirn, Laken auch. Dann spürte sie das Würgen in der Kehle. Brechreiz ebenfalls.

Ihr nackter Arm schlängelte sich unter der schweren Daunendecke hervor zu dem einfachen Topf aus getriebenem Messing, der zur Verrichtung diverser nächtlicher Notdurften in Griffnähe auf dem Boden stand. Sie fröstelte, als sie das kalte Metall an ihrem Hals spürte, zog die Decke fester um die Schultern und spie hinein. Schmerzhaft krampfte sich ihr Magen zusammen.

Nichts.

Kein Wunder: Seit einer Woche hatte sie kaum etwas gegessen. So lange dauerte diese unselige Seereise schon, und wenn sie nicht bald festen Boden unter die Füße bekam, würde es auch noch mit dem Rest ihrer kümmerlichen Haltung endgültig vorbei sein.

Sie blinzelte. Es war schon hell, trübes Licht fiel durch das kleine Fenster in die Kajüte, und hinter den zarten, bestickten Vorhängen ihres Bettes herrschte dämmriges Halbdunkel.

Doch etwas war anders.

Ein heiserer Schrei, vom Wind herübergetragen, draußen vor dem Fenster.

Möwen.

Hastig richtete sie sich auf, rieb sich die schlafmüden Augen und suchte vergeblich nach der Bettmütze. Wieder verloren. Sie würde grauenhaft aussehen, aber das entsprach wenigstens ihrer Gemütsverfassung.

Sie sprang aus dem Bett und warf sich als Erstes das bodenlange Morgenhemd über. Dann griff sie nach ihren bestickten Pantoffeln. In dem dunklen Alkoven auf der anderen Seite der Kajüte regte sich etwas.

»Vela! Velasquita! Wo sind meine Schuhe?«

Velasquita, Condesa de Navarra, die erste Kammerfrau Konstanzes, wuchtete ihre mütterliche Fülle ächzend in eine aufrechte Position und zog den Vorhang zur Seite. Sie war es gewohnt, zu jeder Tages- und Nachtzeit mit schrillem Ton geweckt zu werden. Das war Teil der Ehre, und neben Gottes Lohn gab es dazu die Freude, alltäglich vom königlichen Glanz Konstanzes beschienen zu werden.

Zu dieser frühen Morgenstunde strahlte davon allerdings nicht viel herüber. Es gehörte schon einige Phantasie dazu, sich vorzustellen, dass diese zerzauste, nicht mehr ganz junge Frau mit der grünlichen Gesichtsfarbe einmal die Königin Ungarns gewesen war. Noch viel weniger konnte man glauben, dass sie demnächst auf Siziliens Thron Platz nehmen würde, so, wie sie gerade aussah, dünn, nachlässig gekleidet, die langen blonden Haare zerzaust, schlecht gelaunt, sich nur widerwillig fügend, schlicht: unerträglich in ihren Launen. Vielleicht war diese neue Ehe genau das Richtige für sie. Mit vierundzwanzig Jahren konnte Konstanze im Grunde froh sein, dass der Papst ihr diese zweite Chance gegeben hatte. Egal, womit man den Ehemann geködert hatte …

Konstanze spürte die kleine Welle von Missbilligung, mit der

Vela sie musterte. Alle an Bord waren gereizt, sie am meisten. Und natürlich hatte die Kammerfrau ihre Betthaube nicht verloren, wie Konstanze mit einem hastigen Seitenblick bemerkte. Jeden Abend wiederholte sie das quälende Ritual, sich den züchtigen Schutz der weiblichen Zierde mit Eisennadeln auf den krausen Locken festzustecken. Konstanze dagegen empfand Betthauben als überflüssig. Es sah sie ja sowieso niemand. Ärgerlich schlüpfte sie in einen Pantoffel, der zweite war nirgendwo zu sehen.

»Hörst du das?«

Velasquita spähte hinüber zu der Luke, wo das gewachste Tuch die Helligkeit mehr aussperrte als hineinließ.

»Es ist Land in der Nähe. Die Vögel.«

Ein ganzer Schwarm Möwen musste über dem Koggen in dem kalten, frischen Wind stehen. Ihr heiseres Gekrächze übertönte sogar das Knattern des Rahsegels.

»Der Herr sei gepriesen und gelobt. Dann sind wir heute Nacht wohl auch geflogen …«

Mit einem Seufzen, das sich weniger der Erleichterung entrang denn der Mühe, langsam auf die kurzen, kräftigen Beine zu kommen, kletterte Vela aus ihrem erbärmlichen Verschlag und suchte nach ihrem *surcot*.

»Eigentlich sollten wir Palermo doch erst morgen erreichen. Wie spät ist es denn? Warum seid Ihr überhaupt schon wach?«

»Die Möwen haben mich geweckt.«

Erfreut richtete sich Konstanze auf, in der Hand triumphierend den zweiten Pantoffel. Sie wollte ihn gerade überstreifen, da war Vela auch schon bei ihr und schüttelte den Kopf. Mit schnellen, geübten Handbewegungen schnallte sie den Gürtel um ihre breiten Hüften und bedeutete Konstanze, sich wieder hinzusetzen.

»So wird das nichts, *pequeña reina*.«

Umständlich ging sie vor ihrer Herrin auf die Knie.

Während die Kammerfrau ihr den Pantoffel überstreifte und die Riemen sorgfältig verknotete, ruhte Konstanzes Blick auf der kauernden Gestalt.

Sie wird alt, dachte sie, und sie will es nicht wahrhaben.

Eine Welle von Zärtlichkeit überflutete ihr Herz. *Pequeña reina,* kleine Königin, so durfte nur Velasquita sie nennen. Und auch nur, wenn sie unter sich waren. Seit Konstanze der Amme entwachsen war, begleitete die gute Frau sie durch alle Höhen und Tiefen des Lebens. Gerade jetzt, wo die ersten Boten der Lüfte mit ihren lauten Stimmen das Ende des Martyriums ihrer Seereise verkündeten, gerade jetzt spürte Konstanze, dass sie Vela noch nie so sehr gebraucht hatte.

Als ob die Kammerfrau Konstanzes Gedanken spürte, ließ sie die Hände sinken und legte sie in den Schoß.

»Vielleicht schon heute«, sagte sie, ohne aufzublicken.

Ihre Königin nickte. »Heute werde ich ihn sehen.«

Vela erhob sich mühsam, und Konstanze stand auf, um ihr zu helfen.

Unwirsch wehrte die Ältere ab.

»Solange es geht, geht es, und damit basta. Jetzt mache ich mich schnell fertig und sehe dann nach, wo wir sind und was diese ungewaschenen *marineros* uns zum Frühstück anbieten werden.«

Vela verschwand hinter dem Vorhang, der wenigstens bei den intimsten Verrichtungen ein Minimum an Privatsphäre wahren sollte. Konstanze hörte, wie die Kammerfrau das Wasser in eine andere Messingschüssel goss, um sich auf eine Weise zu waschen, deren Logik und Ablauf Konstanze bis heute nicht hatte ergründen können. Sie suchte sich ihre Kleider aus der riesigen Kiste zusammen, die zwischen den beiden Betten stand und jede Möglichkeit, diese enge Kajüte ohne blaue Flecken an den Schienbeinen zu durchqueren, unmöglich machte. Natürlich war ihr Gürtel wieder mal nirgendwo zu finden.

Ungeduldig und achtlos warf sie die Kleidungsstücke auf den Boden. Die schönen seidenen Nachthemden, die kostbar bestickten Kleider – es war sowieso ein sinnloses Unterfangen, auf diesem Schiff auch nur den Hauch von Etikette zu wahren. Was ihr Bruder Pedro sich bloß dabei gedacht hatte, sie im Hochsommer dieses unseligen Jahres 1209 quer übers Mittelmeer zu schicken? Der Himmel und der Papst mochten es wissen.

»Wo ist mein Gürtel?«

Ihre Stimme klang schärfer als beabsichtigt.

Konstanze lauschte ihr nach. *Wo ist der Gürtel?*, fragte da ein bockiges, verwöhntes Mädchen. Nicht die gütige, milde Königin, die sie einmal hatte sein wollen und die sie sich als Kind so anders vorgestellt hatte: schön, blond. Von einer gleißenden Aureole gottesfürchtiger Milde umgeben.

Vermutlich wäre es auch egal, wenn ich drei Beine hätte und fünf bockfüßige Töchter, dachte sie bitter. Hauptsache, die Aussteuer stimmt.

Sie nahm die Bürste und ließ sie wieder sinken. Dann beugte sie sich vor und betrachtete sich in dem Spiegel, der ihr Bild leicht verzerrt zurückwarf. Sie sah sich an, musterte die bleichen, ausgezehrten Züge. Vor der Zeit gealtert, der verdorrte Ast eines saftstrotzenden Familienbaumes, der wie der biblische Rebstock plötzlich wieder blühen sollte.

Das bist du, Konstanze von Aragon. Du erfüllst deine Pflicht und tust, wie dir geheißen. Für deine Schwester, für deinen Bruder, für deine Familie und dein Land. Meinetwegen auch für den Papst. Aber bestimmt nicht für diesen vierzehnjährigen sizilianischen Bettelkönig, den du heiraten wirst. Also, reiß dich jetzt zusammen, so wie man es dir beigebracht hat, und hör endlich auf mit diesem verfluchten Selbstmitleid.

Da Velasquita immer noch bis zur Halskrause bekleidet versuchte, sich zu waschen, band Konstanze sich den festen Zopf kurzerhand selbst und steckte sich die Haare hoch. Das reichte für einen weiteren langen Tag an Bord. Sollten sie Palermo wirklich früher erreichen, blieb für die Pracht der Ankunftszeremonie noch genügend Zeit.

Mit geübten Bewegungen wickelte sie das Gebände um den Kopf, zurrte es hinter den Ohren fest und öffnete dabei ein paarmal weit den Mund. Gut, sie konnte noch sprechen. Vela schnürte ihr das Band manchmal so fest, dass ihr nur noch ein zischendes Lispeln über die Lippen kam.

Dann warf sie den Spitzenschleier über den Kopf und wollte gerade den schmalen, aus Gold getriebenen Reif aufsetzen, als ein Schlag das Schiff erschütterte, die Messingschüssel hinter dem Paravent scheppernd auf die Bohlen fiel, Vela entsetzt aufschrie und wildes Gebrüll an Deck begann.

Es wurde vom Meer aus erwidert.

Der Koggen schlingerte zurück auf Kurs.

»Was war denn das?«

Konstanze klammerte sich immer noch am Bettpfosten fest. Ratlos starrte sie Vela an, die hinter dem Paravent hervortaumelte, sich an der Bordwand abstützte – natürlich immer noch im Nachthemd – und auf den kleinen See neben der Schüssel starrte. Gerade legte sich das Schiff ächzend auf die andere Seite, und er breitete sich gefährlich schnell in Richtung der Kleider aus, die Konstanze eben noch so achtlos auf den Boden geworfen hatte.

»Da draußen ist was«, antwortete die Amme und versuchte, das Gleichgewicht auf diesem schwankenden Boden nicht zu verlieren. »Etwas hat uns gerammt. Das sind Piraten! O Mutter Gottes, Maria und Josef, erhöret uns in der Stunde der Not …«

Sie sank auf die Knie.

»Hör auf! Das sind keine Piraten, nicht so kurz vor Sizilien.«

»Was denn dann?«

Ratlos, mit vor Furcht weit aufgerissenen Augen, starrte Vela auf die Luke, durch die man eindeutig nichts erkennen konnte.

»Da sind doch Stimmen! Und sie kommen von da draußen. Vom Meer.«

Sie bekreuzigte sich und merkte nicht einmal, dass sie mitten in der Pfütze kniete.

Konstanze ließ den Pfosten los. Mit einer ungeduldigen Handbewegung streifte sie den Schleier ab, warf ihn zusammen mit dem Reif auf das Bett und griff sich Velasquitas Tagesmantel, den die Hofdame über den Paravent gelegt hatte. Bis sie sich königlich angezogen hätte, wäre zu viel Zeit vergangen. Sie wollte sofort wissen, was da an Deck los war. Und zwar bevor irgendwelche Korsaren, Piraten oder Wassergeister um Einlass in ihre erbärmliche Behausung ersuchen würden.

»Ich gehe nachsehen.«

»Nein!«

»Vela, das war ein Zusammenstoß. Mitten auf dem Meer!«

Schritte, eiliges Trappeln, erneute Rufe, jetzt direkt über ihnen auf dem Deck.

»Nein! Tut das nicht.«

Vela stand hastig auf und versuchte, Konstanze den Weg abzuschneiden. Mit ausgebreiteten Armen versperrte sie die niedrige Kajütentür.

»Ihr könnt da nicht hoch! Nicht … so. Wenn uns jemand gerammt hat! Und Euch so sieht! Meine Königin!«

Konstanze tastete im Halbdunkel das ungefärbte, weiche Leinen ab, bis sie endlich die hübsch gearbeitete Fibel gefunden hatte. Damit steckte sie den Mantel züchtig zusammen und drängte sich an Vela vorbei.

»Die Krone Aragon hat keiner zu rammen. Lass mich vorbei.«

»Niemals! Lieber gehe ich!«

Ein neuer Schlag erschütterte das Schiff. Holz splitterte an Holz, das Rufen und Laufen verstärkte sich. Ob aus Angst oder schierer Gottergebenheit – Vela ließ die Arme sinken und sandte einen Blick nach oben, als erwartete sie in dieser Sekunde die Ankunft des Leibhaftigen direkt durch die Kabinendecke. Konstanze nutzte die kurze Sekunde der Unaufmerksamkeit, schlüpfte an ihr vorbei und eilte den schmalen, stockdunklen Gang entlang.

»Nein!«, schrie ihr Vela hinterher. »Kommt zurück!«

Sie würde ihr nicht folgen, nicht in Nachthemd und Betthaube. Bis sie sich endlich standesgemäß angezogen hätten, wäre der Koggen vielleicht schon von heidnischen Teufeln gekapert und sie dem Verderben ausgeliefert. Es war *ihr* Koggen – noch. Und solange es *ihr* Koggen war, wollte sie auch wissen, wer es da wagte, sie so kurz vor Sizilien zu rammen. Sie erreichte die Stiege und kletterte, so schnell es der lange Mantel erlaubte, nach oben.

Eine kräftige Windbö schlug ihr entgegen. Sie roch das Meer, den Tang und das Salz, und sie musste die Augen schließen, weil die Helligkeit sie blendete und die fünf Tage und Nächte unter Deck ihren Tribut forderten. Die See ging hoch, und noch bevor eine neue Welle der Übelkeit Konstanze packen und in die Knie zwingen konnte, öffnete sie blinzelnd die Augen und taumelte drei Schritte hinüber nach backbord zur Reling. Sie klammerte sich an den rohen Holzbalken fest, warf einen resignierten Blick auf das schäumende, aufgewühlte Wasser und wagte erst danach, sich umzudrehen.

Mehrere Männer rannten an ihr vorbei, und niemand achtete auf sie. Sie brüllten sich aus heiseren Kehlen Kommandos zu, die Konstanze nicht verstand, und als sie hinüber auf die andere Seite sah, wo sich alle zu versammeln schienen, und sie die Hand über die Augen gelegt hatte, weil ihr Verstand sich weigerte zu glauben, welches Bild da gerade entstand, stockte ihr Herzschlag, und der Anblick raubte ihr den Atem.

Piraten!

Es mussten Piraten sein.

Der Lärm war ohrenbetäubend. Wind peitschte die Segel, Wellen schlugen an die Bordwände und zerstoben in schäumender Gischt. Die *marineros* brüllten und schrien und liefen kopflos hinüber nach steuerbord, denn dort hatte, mitten auf dem offenen Meer, ein Geisterschiff angelegt, so fahl und furchtbar, ausgebleicht und verrottet, als sei es direkt aus den Fieberträumen eines Schiffbrüchigen hinaus aufs *mare nostrum* gefahren, um diesen Koggen zu vernichten. Die Segel waren aus so vielen Flicken zusammengesetzt, dass nicht mehr zu erkennen war, unter welchem Wappen es fuhr. Längst waren die Ruder eingezogen, und Konstanze konnte nur hoffen, dass die armen Teufel unten an den Riemen der *Santa Inés* genauso schlau gewesen waren, denn an ein Manövrieren war in dieser aussichtslosen Lage nicht zu denken. Auf den Wanten und Rahen, an der Bordwand und auf dem hohen, mit Zinnen bewehrten Castell turnten nun Dutzende grausig anzusehende Gestalten unter entsetzlichen Rufen und feuerten, die dunklen Gesichter zu dämonischen Fratzen verzerrt, die Steuermänner ihres Schiffes lautstark an, mit ihrem abscheulichen Tun fortzufahren.

Denn mit dem Rammen schien es nicht getan. Das Geisterschiff war eine arabische Tarida, eine leichte Roupgalîne, wendig und schnell zweifelsohne, und sie konnten alle froh sein, dass dieses Piratenschiff sie nicht mit seinem Rammsporn attackiert hatte, denn so einem Angriff hätte die *Santa Inés* nicht standhalten können. Offenbar hatte man anderes mit ihnen vor, denn die Tarida versuchte gerade, mit Enterhaken und Ankerseilen, begleitet von den Anfeuerungsrufen und Flüchen der Korsaren, an ihrer Seite festzumachen.

Kapern.

Genau, das musste es sein. So etwas Schönes wie die Flotte von Aragon bekamen diese Unwesen wohl selten zu Gesicht. Mit einem Hauch von Genugtuung bemerkte sie die ausgeblichenen Planken und den schadhaften Rumpf, mit einer Mannschaft, der nur noch der Krummsäbel zwischen den Zähnen fehlte, um den schlimmsten Schauergeschichten eine neue Farbe zu geben. Das musste es sein, das fürchterliche Geschlecht der Mörder und Brandschatzer, das der glühende Wüstenwind hinübergetragen hatte an die Gestade Korsikas, Sardiniens und – ja, auch nach Sizilien, ihrer zukünftigen Heimat. Sofern sie sie je erreichte.

Verzweifelt hielt Konstanze Ausschau nach den beiden Begleitschiffen, die nirgendwo zu sehen waren. Auf einmal verwünschte sie ihre trotzigen Befehle – keine Hofdamen an Bord, keine galanten Ritter zum Zeitvertreib, kein Admiral, kein Schiffsgesinde und eben auch kein *convoy*. Schlicht wollte sie reisen, geradezu klösterlich einfach, fünf Tage Klause auf hoher See, Einkehr und Besinnung, Fasten und Gebete, bevor ... Zumindest das mit dem Fasten hatte hervorragend geklappt, der Rest ihrer einfältigen Überlegungen rächte sich jetzt auf abenteuerliche Weise.

Der Wind blähte die weiten Gewänder der Seeräuber, und ihre Rufe und Flüche, während sie versuchten, sich wieder dem bauchigen Rumpf der *Santa Inés* zu nähern, klangen wie die hungrigen Schreie blutrünstiger Tiere.

Hastig blickte sie sich um.

Ihre *marineros* versuchten gerade, sich in einer Art Spalier an Steuerbord aufzustellen. Es gelang ihnen nur unvollkommen, denn beide Schiffe schwankten und neigten sich erneut gefährlich aufeinander zu. Daher also das Splittern und Krachen mitten auf hoher See. Warum griff niemand zu den Waffen?

»Weg da! Aus dem Weg!«

Sie erhielt einen unsanften Schlag gegen die Schulter und

verlor beinahe das Gleichgewicht. Der Mann, ein wüster, ungewaschener Geselle mit langen, strähnigen Haaren, die ihm zottelig auf die Schultern fielen, drehte sich flüchtig nach ihr um. Auf seinem Kittel trug er, wie alle ihre *marineros,* die roten und gelben Streifen Aragons.

»Was machst du hier oben?«, herrschte er sie an. »Geh wieder runter!«

»Was erlaubt Er sich?«

Konstanze tastete nach dem Mantel und zog ihn noch etwas enger zusammen. Das da waren nicht die Männer, die bei ihrer Einschiffung demütig und mit gebeugtem Kopf dagestanden und keinen Blick auf sie zu werfen gewagt hatten. Das da war ein Haufen rauer Seeleute, denen die Sonne auf der langen Überfahrt wohl das Gehirn ausgedörrt hatte.

Der Mann grinste sie an. Er hatte schwarzdunkle Augen, und obwohl er kaum dreißig Jahre alt sein mochte, hatten Meer, Salz, Wind und Wetter seine groben Züge vertieft, so dass er bedrohlicher wirkte, als es vielleicht seine Absicht war.

Mit der freien Hand tastete sie nach irgendetwas in der Nähe, was ihr auf diesem mehr als schwankenden Boden Halt geben würde, doch sie fand nichts und verlor beinahe das Gleichgewicht.

»Hoppla!«

Er packte ihren Arm, und diese überraschende Berührung löste einen Reflex in ihr aus, den sie seit Jahren nicht mehr erlebt hatte. Sie riss sich so plötzlich und gewaltsam los, dass er ihrer Faust nur durch ein blitzschnelles Ausweichen entgehen konnte. Seine Augen verengten sich, und mehrere rasende Herzschläge lang glaubte sie, er könnte jeden Moment die Hand heben und zuschlagen. Du bist die Königin, hämmerte es hinter ihren Schläfen, du lässt ihn aufhängen, diesen Bastard, wenn er es wagt, dich noch mal anzufassen. Gleich da oben am Mast soll er baumeln, dieser …

Irgendjemand blies die Bootsmannpfeife. Ein hoher, gellender Ton, der in den Ohren schmerzte und selbst Orkanböen durchdrang. Er erreichte auch ihr Gegenüber. Der *marinero* schenkte ihr ein verächtliches Lächeln, eilte zu den anderen und reihte sich rempelnd in das Spalier ein.

Schwer atmend versuchte Konstanze, Kontrolle über ihre Gefühle zu erlangen. Seit sie an Bord gegangen war, hatten ihre Füße das Deck nicht mehr berührt. Die Seekrankheit war schuld, und die Schicklichkeit natürlich – man zeigte sich nicht vor den *marineros* –, vor allem aber das Unbehagen, das die Anwesenheit von Frauen auf Schiffen hervorrief. Sie brachten Unglück, raunte man sich zu.

An dieser Malaise aber war sie definitiv nicht schuld. Offenbar hatten ihre eigenen Leute vor, die *Santa Inés* kampflos den Ratten der Weltmeere zu überlassen. Verzweifelt suchten ihre Blicke die See ab, in der Hoffnung, dass die Begleitkoggen doch noch auftauchten und dem grausamen Spuk ein Ende bereiteten. Ihre letzte Zuversicht zerstob, als sie weit hinten am Horizont einen Küstenstreifen wahrnahm. Sizilien oder das italienische Festland? Egal, es war zu weit weg, keine Rettung konnte aus dieser Richtung kommen.

An Rettung dachte an Bord wohl auch keiner, sonst hätte man längst die Fässer mit Kalk und Pech heraufgebracht und ein griechisches Feuer gelegt. Auch von den Seifentöpfen war weit und breit nichts zu sehen. Kein einziger der *marineros* hatte sich bewaffnet, hatte Pfeile oder Sicheleisen bei sich – die ganze kampflose Übergabe musste entweder eine im Voraus ausgeheckte Sache sein, oder das Geisterschiff war tatsächlich aus dem Nichts aufgetaucht. Beides war ebenso unwahrscheinlich wie rätselhaft.

Die Piraten hatten mittlerweile die Enterbrücke herübergeschoben. Die *marineros* der *Santa Inés* halfen ihnen dabei, und ihre Schreie gellten, vom Wind zerrissen, in Konstanzes Ohren. Sie taten es freiwillig, ihre Leute, diese gottlosen Verräter, und das war es, was Konstanze am meisten erboste.

Das kraweelbeplankte Deck war schmierig vom Salzwasser, deshalb hielt sie sich vorsichtig an der schartigen Bordwand fest und hangelte sich, ständig in der Gefahr, mit ihren völlig durchnässten Pantoffeln auszurutschen, daran entlang. Das tief gesetzte Rahsegel gab ihr etwas Sichtschutz, so dass sie hoffen konnte, in der allgemeinen Aufregung des Anlegemanövers unbeobachtet Richtung Hintersteven zu gelangen. Dort, links neben der Tür, die hinunter in die Mannschaftsquartiere führte, lagen Taurollen und aufgetürmte Segelballen. Sie huschte über die Planken und schlüpfte genau in dem Moment hinter einen der großen Stoffhaufen, als die niedrige Tür sich öffnete und der Máster das Deck betrat.

Er sah sich um, holte tief Luft und schritt dann zielstrebig auf seine Männer zu, die mittlerweile die Enterbrücke einigermaßen sicher befestigt hatten und nun die Piraten lautstark und fröhlich aufforderten, ihr Schiff in Besitz zu nehmen.

Zitternd vor Angst und Kälte lugte Konstanze hinüber zu dem ungewöhnlichen Schauspiel. Offenbar war der *corvus* nur ungenügend befestigt, denn der junge, hochgewachsene Mann, der als Erster den Enterstieg betrat, tastete sich vorsichtig über die schwankende Planke und hielt sich dabei krampfhaft an dem hölzernen Geländer fest. Er trug ein lässig gegürtetes langes Hemd, das fast bis zu den Knöcheln seiner weiten Beinlinge reichte. An seinem schlichten Wehrgehänge baumelte ein langes, schweres Schwert, vermutlich aus einer deutschen Waffenschmiede, nach dem zu greifen in der augenblicklichen Situation lebensgefährlich wäre. Konstanze fragte sich erneut, warum niemand, noch nicht einmal der Máster, die Gunst dieses gefährlichen Augenblicks nutzte und mit einem beherzten Hieb den Eindringling von der Planke holte.

Die Chance verging. Der junge Mann sprang leichtfüßig aufs

Deck ihres Koggen, trat vor den Máster und überreichte ihm ein zusammengerolltes Pergament. Beide wechselten einige Worte miteinander. Der Máster entrollte das Papier, trat einen Schritt zur Seite, warf einen kurzen Blick hinauf zu Keibe und Banner des feindlichen Schiffes, blickte dann prüfend auf das Schreiben, überflog es stirnrunzelnd und steckte es ein.

Der Wind, die Wellen und ihr dröhnender Herzschlag überlagerten das Gespräch. Konstanze konnte nicht verstehen, was die beiden da gerade ausheckten, aber es sah einer abgekarteten Sache verdammt ähnlich.

Aufstöhnend sank sie zurück auf die Taue. Der Koggen verloren, die Flagge der Krone Aragon ersetzt durch das Banner der Piraten, sie selbst und Vela verschleppt in die Sklaverei, aus der sie nur noch der Tod – oder ein königliches Lösegeld – befreien konnte. Im Vergleich dazu war die ungewisse Zukunft an der Seite eines unbekannten Ehemannes mit höchst zweifelhaftem Ruf, der sie bis eben noch entgegengereist war, ein geradezu liebliches Schicksal.

Stimmen und Schritte kamen näher. Sie verkroch sich noch tiefer in die groben Taue und sandte ein kurzes Stoßgebet nach oben, doch es wurde nicht erhört.

»Wer ist das?«

Die Taurollen wurden weggerissen. Grobe Hände zerrten sie hoch, und sie spürte den übelriechenden Atem des Mannes im Gesicht, der es gerade schon einmal gewagt hatte, sie anzufassen.

»Lass mich los!«, schrie sie. »Oder ich lasse dich am Mastbaum aufhängen!«

Wütend streifte sie seine Hände ab und starrte hasserfüllt auf die beiden Männer, die sich mit ihm genähert hatten. Der eine war der Máster. Die fünf Tage auf See hatten aus dem ruhigen, solide wirkenden Seemann, dem sie sich anvertraut hatte, einen ungeschlachten Kerl gemacht. Der Bart stand grau und stoppelig in seinem Gesicht, seine Haare starrten vor

Schmutz und Schweiß, und die rote Leinenjacke, Zeichen seiner hohen Stellung als königlicher Schiffsführer, war übersät mit Flecken undurchsichtiger Herkunft. Offenbar hatte er getrunken, denn er schwankte leicht, und seine Augen waren gerötet. Er wich ihrem Blick aus.

Neben ihm stand der Pirat. Er war noch größer, als sie angenommen hatte, und jünger, als es sich für den Führer einer Roupgalîne geziemte. Er hatte helle, strahlend blaue Augen, die in einem merkwürdigen Kontrast zu seinem gebräunten Gesicht standen. Er schien sich viel im Freien aufzuhalten. Die hohe Stirn und die schmale, scharf geschnittene Nase verrieten Intelligenz, sein ausgeprägtes Kinn zeugte von eiserner Willensstärke.

Das Tuch, das er um den Kopf geschlungen hatte, fiel bis weit auf die Schultern herab und wurde über der Stirn von einem gedrehten Band gehalten. Obwohl er normannischer Abstammung sein musste, kleidete er sich wie ein Sarazene. Seine Schultern waren breit, er wirkte schlank, aber kräftig, und er stand hoch aufgerichtet da, die Arme über der Brust verschränkt, und musterte sie mit einem kühlen Lächeln. Er war ein schöner Mann, zu schön für einen Korsaren. Das machte Konstanze noch wütender.

»Und Euch«, fuhr Konstanze ihn an, »hänge ich gleich dazu. Wer wagt es, hier auf dieses Schiff zu kommen? In welcher Absicht legt Ihr Eure Enterhaken aus?«

Die Kopfbedeckung, das lange Hemd, das Schwert an seiner Seite, das alles verlieh ihm ein abenteuerliches Aussehen, doch das war es nicht, was sie plötzlich verwirrte. Es waren diese Augen, in denen gerade ein vages Interesse für sie zu erwachen schien.

»*La signorina parla spagnolo?*«

Zumindest seine Stimme klang kultiviert. Der Máster wagte es daraufhin, einen verstohlenen Blick auf Konstanze zu werfen. Offensichtlich erkannte er sie nicht wieder. Wie auch, dachte sie verächtlich, vor der Königin habt ihr alle im Staub gelegen und nicht gewagt, sie anzusehen, als sie an Bord kam. Er wird mich für eine Kammerdienerin oder Hofdame halten, die die Neugier an Deck getrieben hat und die man jetzt schnell über die Bordwand entsorgt oder nach unten schickt, damit Konstanze von Aragon sich schon mal auf ihren Abtransport in die Sklaverei vorbereiten kann.

»Hat es Euch die Sprache verschlagen?«

Sie hoffte, dass die Wut in ihrer Stimme die Angst übertönte, und wies auf den Enterstieg, über den nun, einer nach dem anderen, die zerlumpten Barbaren ihr schönes, stolzes Schiff betraten. So ganz schienen sie ihrem kampflos errungenen Sieg nicht zu trauen, denn sie standen in Grüppchen zusammen, misstrauisch beäugt von ihren Leuten, und berieten wohl gerade, wann sie wem die Kehle aufschlitzen sollten.

»Ihr sprecht Spanisch?«, wiederholte er. Langsamer nun und deutlich, damit sie den groben italienischen Dialekt verstehen konnte.

Sie musterte ihn mit aller Abscheu, der ihr zur Verfügung stand.

»Ja. Darüber hinaus Französisch, Ungarisch, Latein selbstverständlich, sein Volgare und ein wenig Fränkisch. Genug also, um zu verstehen, was Ihr mir erklären wollt. Ich höre.«

Der Máster beugte sich vor und raunte dem Mann zu, ohne sie auch nur anzusehen: »Sie gehört zum Hof. Die Königin ist unter Deck. Sollen wir sie rufen lassen?«

Der Barbar winkte ab und würdigte sie keines Blickes mehr. »Nein, das wird nicht nötig sein. Wenn Ihr nun so gütig wärt, Uns das Schiff zu zeigen? Es ist ja sozusagen Unser Eigentum, und Wir sind gespannt, welche Fortschritte die Nautik jenseits Unserer Gewässer macht.«

Máster, Barbar und *marinero* wandten sich zum Gehen.

Mit zwei Schritten war Konstanze bei ihnen und riss den Schiffsführer an seiner Jacke zu sich herum.

»Sein Eigentum? Ich verlange eine Erklärung! Dieser Koggen ist Teil der Flotte von Aragon! Er fährt unter ausdrücklichem Schutze Seiner Heiligkeit, des Papstes. Wir werden morgen in Palermo erwartet, und nichts und niemand wird Uns daran hindern! Werft dieses Pack von Bord und setzt die Reise fort. Auf der Stelle!«

Doch an seiner statt reagierte der Barbar, indem er wortlos die Hand ausstreckte. Daraufhin holte der Máster aus dem Inlett seiner verschwitzten Jacke ein Pergament hervor und reichte es ihm.

Der Barbar rollte es auseinander und hielt es Konstanze vor die Nase.

»Dies ist ein Kaperbrief, ausgestellt vom Kanzler im Auftrag von Federico Secondo, dem König persönlich, für die Gewässer vor dem *regnum siciliae*. Ihr werdet gestatten, dass Wir von Unserem Eigentum Gebrauch machen, wie es *Uns* beliebt.«

»Ein … Kaperbrief?«

Der Barbar reichte ihr das Schriftstück. Konstanze drehte und wendete es, musterte das erbrochene Siegel und die steile, kaum zu entziffernde Schrift irgendeines herzlosen Hofschreiberlings, der gar nicht wusste, welches Elend seine Zeilen über diejenigen brachten, die noch das Glück hatten, sie vor ihrem Tode lesen zu dürfen.

»Dieses Siegel ist mir nicht bekannt.«

So hochmütig es ging, reichte sie das Papier zurück.

Der Barbar rollte es mit einem Lächeln zusammen und übergab es wieder dem Máster.

»Es ist auch erst ein paar Monate alt. Federico Secondo hat seit seiner Volljährigkeit einiges geändert im Königreich Sizilien. Siegel, Wappen und Fahne gehören auch dazu. – Können wir jetzt?«

Er wollte sich wieder abwenden.

»Aber – Ihr könnt doch nicht das Schiff seiner ... also ...«

»Seiner zukünftigen Frau kapern? Nein, das hatten Wir auch nicht vor. Es ist ein reiner Freundschaftsbesuch. Die Winde wehen hier anders, und der Hafen von Palermo ist bei diesem unbeständigen Wetter nur mit einigen Manövern unbeschadet zu erreichen, die ein Fremder nicht kennen kann. Wir haben Euch durch Zufall entdeckt und boten Unsere Hilfe an, damit Ihr morgen wohlbehalten Euer Ziel erreicht.«

Konstanze atmete tief durch. Das erklärte die kampflose Übergabe. Der Rammsporn der Sizilianer war gewaltig – er hätte die *Santa Inés* mit einem Anlauf manövrierunfähig machen können. Jetzt erkannte sie auch das Banner, unter dem das Sarazenenschiff fuhr – ein schwarzer Adler mit halb erhobenen Flügeln.

»Wo ist der normannische Löwe? Ich traue Euch nicht.«

Der Fremde war ihrem Blick gefolgt. »Wie ich schon sagte, es hat sich einiges geändert.«

Er wollte sich gerade wieder abwenden, da fesselte etwas hinter ihrem Rücken seine Aufmerksamkeit.

Aus den Augenwinkeln bemerkte Konstanze, dass Vela mitten in dem Versuch, an Deck zu kommen, zur Salzsäule erstarrt war. Sie stand vor der Falltür auf der oberen Sprosse der Leiter und starrte schockiert auf das ausgesprochen pittoreske Szenario. Als sie ihre Herrin mit den drei Männern entdeckte, riss sie die Augen auf und schlug entsetzt die Hand vor den Mund. Mit einer ungeduldigen Handbewegung wies Konstanze sie an, sofort zu verschwinden. Velasquita drehte sich in Windeseile um und versuchte, wieder hinunterzuklettern, doch eine heftige Böe bauschte das Kleid und versperrte ihr die Sicht, so dass für wenige Sekunden nur die Rückansicht ihrer fülligen Gestalt im Kampf mit der engen Luke und den glitschigen Stiegen zu erkennen war.

Der Barbar beobachtete Velas Bemühen mitfühlend. »Noch eine Hofdame?«

»N… nein«, stotterte der Máster.

Hilfesuchend wandte er sich an seinen *marinero,* der es vorzog, an ihm vorbei in die Höhe zu starren, als ob das heitere Spiel der Möwen in der Luft im Moment seine volle Aufmerksamkeit erforderte.

Der Máster beugte sich vertraulich zu seinem ungebetenen Kapergast.

»Wir haben nur zwei Damen an Bord, also war's die Königin.«

Velas Haube verschwand in der Luke, und Konstanze spürte zum ersten Mal eine heimliche, diebische Freude in sich aufsteigen, denn der Barbar starrte mit so offensichtlichem Entsetzen der verschwundenen Vela hinterher, dass unschwer nachzuvollziehen war, was sich gerade hinter seiner hübschen Stirn abspielte.

»Nun«, sagte sie, »man hat Euren König doch davon unterrichtet, dass seine Braut etwas älter ist als er. Oder?«

Der Angesprochene riss sich aus der Betrachtung los, drehte sich wieder zu ihr um und räusperte sich. »Seine Heiligkeit hat von elf Jahren gesprochen, und so stand es wohl auch in dem Vertrag, der am Jahresanfang unterzeichnet wurde.«

»Nur elf Jahre älter soll sie sein?« Konstanze hob die Augenbrauen. »Nun ja, wenn Rom das sagt, dann wird es wohl stimmen. Bei uns zu Hause nimmt man es mit dem Alter von Damen jedenfalls nicht so genau.«

Zum ersten Mal, seit ihr dieser hochmütige junge Mann begegnet war, spiegelte sich etwas wie Verwirrung in seinen Zügen. Unsicher wischte er sich mit der Hand über die Augen und starrte noch einmal zu der Luke, hinter der die gute, liebe Vela verschwunden war. Wahrscheinlich kam er ins Schwitzen bei dem Gedanken, seinem König zu beichten, wen der Papst da für ihn ausgesucht hatte.

Konstanze beschloss, das Spiel noch ein wenig weiter zu treiben.

»Ihr wisst nicht viel über sie, nicht wahr? Soll ich Euch ein wenig von ihr erzählen? Dann könnt Ihr Eurem Herrn bei Eurer Ankunft etwas mehr über sie verraten. Mir scheint, Ihr kennt Ihn gut, Euren Herrn – Federico.«

Als hätte sie ihn mit einem Fingerschnippen aufgeweckt, lächelte er sie an. Plötzlich sah er viel jünger aus, und seine Tracht wirkte mit einem Mal nicht mehr gefährlich, sondern wie eine malerische Verkleidung in einem orientalischen Spiel.

»Ja«, antwortete er. »Ich kenne ihn, sehr gut sogar.«

»Dann«, erwiderte Konstanze, »hätten wir uns wohl einiges zu sagen.«

2.

Die Kajüte des Másters lag steuerbord und war eine niedrige, von rußigen Öllampen nur dürftig beleuchtete Kammer, in deren Mitte ein schwerer Tisch fest in den Planken verankert war, damit er sich selbst bei hohem Seegang nicht einen Millimeter verschob. Er war bedeckt mit einer Vielzahl von Seekarten, Portulani, Handelsbüchern und Schriftrollen, die der Máster jetzt mit einigen ungeduldigen Handgriffen zur Seite schob, um darauf für das vollbeladene Tablett Platz zu machen, das der *grumete* gerade hereinbrachte. Unter abenteuerlichen Verrenkungen, mit denen der Schiffsjunge seine Verbeugung vor den hohen Herrschaften mit dem Akt des Servierens verbinden wollte, schob er das Brett auf die freie Fläche und verabschiedete sich mit servilen Bücklingen.

»Greift zu!«, forderte sie der Máster auf und nahm den Zinnkrug, aus dem er roten *sinôpel* in die drei Becher goss. »Alles ist frisch und unverdorben. Die kurzen Fahrten sind mir die liebsten, denn dann bleibt das Wasser klar und der Koch kann noch wählen. Heute gibt es …«

Er hob den Deckel von einem kleinen eisernen Topf und warf einen Blick hinein.

»… weiß«, vollendete er den Satz.

Konstanze warf einen Blick auf den Bohneneintopf. Das mussten die Reste des gestrigen Abendessens sein, die der Koch für den unerwarteten Besuch noch einmal aufgewärmt hatte. Drei gegarte Hühnerbrüstchen waren liebevoll darauf angerichtet, und der sämige Sud war mit dicker Sahne gebunden. Es duftete verlockend, doch sofort meldete sich wieder die Übelkeit. Sie ließ sich auf die nächstbeste Sitzgelegenheit sinken, eine Holzbank unter dem kleinen Ausguckfenster, und winkte dankend ab. Die wenigen Minuten an der frischen Luft hatten sie erschöpft. Außerdem vermengte sich jetzt der Geruch des Essens mit dem stickigen Dunst dieser selten gelüfteten Behausung, in der es neben ranzigem Lampenöl auch noch nach ungewaschenen Kleidern, zu lange benutztem Bettzeug und vermutlich auch diversen Essensabfällen roch, die unter dem Tisch verfaulen mussten, denn es stank erbärmlich. Sie hätte sich gerne die Nase zugehalten oder ihr Riechtüchlein benutzt, das sie für solche Fälle stets bei sich trug. Aber das hätte bedeutet, noch einmal hinunter in ihre Kabine zu gehen, und sie wollte die beiden Männer gerade jetzt keine Sekunde aus den Augen lassen.

Der Máster schnupperte und griff beherzt zu den bereitgestellten Schalen.

»Der *cocinero,* den man uns für die Überfahrt zur Verfügung gestellt hat, hat schon für Eleonore von Aquitanien gekocht und das königliche Küchenschiff geleitet. Er korrespondiert sogar regelmäßig mit den Meistern seiner Zunft in Biarritz und

Bergerac. Im Moment ist es gerade sehr beliebt, vollkommen weiße Gerichte zu kochen.«

Er griff mit seiner ungewaschenen Hand in den Topf und holte einen Stängel Rosmarin heraus. »Von wenigen Ausnahmen abgesehen.«

Dann füllte er mit der Kelle eine ordentliche Portion in eine der bereitstehenden Schüsseln.

»Aquitanien?« Der Barbar nahm sie entgegen und setzte sich auf einen Schemel an den Tisch. Dann riss er sich ein Stück aus dem duftenden Fladen und begann hastig und ohne erkennbare Anzeichen von Tischsitte, Hühnchen, Bohnen und Brot zu verspeisen. »Es scheint, Euer *cocinero* ist ein richtiger Feingeist. Er kennt die Heimat von Bernart de Ventadour und Azalais de Porcairagues – eine von mir hochgeschätzte Dame übrigens. Und dann noch diese Köstlichkeiten – er wird in Zukunft für mich kochen.«

Konstanze ließ sich nicht anmerken, wie sehr sie dieser junge Mann erstaunte. Er aß zwar, wie nicht anders zu vermuten, wie ein Schwein, aber er kannte eine der poetischsten Troubaritz des gesamten okzitanischen Raumes. Das war zumindest bemerkenswert.

Er schluckte und spülte mit einem herzhaften Schluck Wein nach. »Liebt man in Aragon die Dichtung ebenso wie in Sizilien?«

Das war eine Provokation. Zaragoza war eine Hochburg höfischer Zivilisation, das sollte sogar in dieser entlegenen Ecke der christlichen Welt bekannt sein. Was dagegen war Sizilien? Was Palermo? Ein geplündertes, vom Bürgerkrieg zerfressenes Eiland, dessen einzige Bedeutung für das Abendland seine bleibende politische Unwichtigkeit war. Der frühere Glanz, die märchenhafte Pracht der Gärten und Paläste waren versunken, und ein hilfloser Kindkönig saß nun auf dem Thron inmitten der Ruinen. Gegen jede Erwartung hatte er das vierzehnte Lebensjahr vollendet und war ebenso wie sie, Konstanze, nicht mehr als eine Marionette an den Fäden der wirklich Mächtigen.

Hochmütig und herausfordernd zugleich lächelte sie den Freibeuter an.

»Man liebt sie nicht, man lebt mit ihr. *Ar em al freg temps vengut, quel gels el neus el la faingna.*«

Sie brach ab. Es war ihr Lieblingslied, und es erinnerte sie an zarte Lautenklänge und knisternd brennendes Holz, an die Wärme der Daunendecken und den Geschmack von heißer Milch mit Honig, an Velas leise Stimme abends vorm Einschlafen und an den tiefen, festen Glauben, den sie einst gehabt hatte, dass das Leben eine lange, aufregende Reise wäre und sie irgendwann einmal wissen könnte, wo sie enden würde.

Der Barbar ließ das Brot sinken und dachte nach.

»*E l'aucellet estan mut*
c'us de chantar non s'afraingna.«

Konstanze starrte ihn an, während er sein Brotstück erneut in die Schüssel tauchte.

»Die kalten Zeiten haben begonnen, die Nachtigall singt nicht mehr, die einst im Mai mich noch geweckt. Es geht um Liebe und Ähnliches, nicht wahr? – Der Koch ist gut, ich will ihn haben.«

Er steckte sich den nächsten Brocken in den Mund und begann lustvoll zu kauen.

Der Máster schüttelte verständnislos den Kopf und begann nun ebenfalls, sein verspätetes Frühstück zu sich zu nehmen. Dabei wiegte er mit vollen Backen das Haupt.

»Das wird nicht möglich sein«, schmatzte er. »Er ist als Leibkoch an den Hof von Aragon gebunden und nur für diese Überfahrt an Bord gegangen.«

Der Freibeuter stieß einen vernehmlichen Rülpser aus. »Dann gehört er doch eigentlich zur Mitgift, oder? Ich wünsche ihn mitzunehmen. Er soll sich bei meinem Leibdiener Majid melden und wird dann weitere Instruktionen erhalten.«

Konstanze und der Máster wechselten einen ebenso überraschten wie besorgten Blick.

»Weiße Mahlzeiten. Ganz außerordentlich. Ist er ein *jugador*, kann er also auch die Laute spielen?«

»Er ist Koch«, schaltete sich Konstanze in die Besitznahme des armen Mannes ein. »Ich glaube nicht, dass er beim Pastinakenschälen die Poeme der aquitanischen Troubadoure rezitieren wird. Ganz abgesehen davon, dass Euer Herr, für den Ihr auch noch Menschen raubt, nicht gerade für seine höfische Delikatesse bekannt ist.«

Der Barbar wischte sich mit dem Ärmel seines Kittels über den Mund und reinigte anschließend die Hände an seiner weiten Hose.

»Ach, ist er das nicht?«, sagte er beiläufig, doch in seiner Stimme lag mit einem Mal ein klirrend kalter Unterton. »Was erzählt man sich denn so am feinen Hof in Zaragoza über ihn?«

Konstanze war sich auf einmal bewusst, dass sie hier, äußerst mangelhaft bekleidet, in ein mehr als zweifelhaftes Gespräch hineingezogen wurde. Der Mann vor ihr, so jung und gutaussehend er auch war, schien seine Stimmungen jäh zu wechseln. Sein Auftreten war roh und ungehobelt, und die Art, wie er über ihre Bediensteten verfügen wollte, gefiel ihr ganz und gar nicht. Ich bin die Königin, dachte sie wieder. Seit im Januar der Ehevertrag unterzeichnet wurde, bin *ich* die Königin. In den Staub müsste er sich vor mir werfen, wenn er das wüsste. Aber ob ihn das irgendwie beeindrucken würde? Und ob er's täte? Sie versuchte, so schnell wie möglich das Thema zu wechseln.

»Da Ihr so genau über die Mitgift der Königin Bescheid wisst, könnt Ihr bestimmt auch etwas über die fünfhundert Ritter erzählen, die Euer König schon von ihr erhalten hat. Und über

Konstanzes Bruder, den Grafen Alfonso de Provenza, der mit den Rittern gereist ist. Seit sie im Januar aufgebrochen sind, haben wir nur spärliche Nachrichten erhalten. Wie geht es ihnen? Und vor allem dem Grafen?«

Es war, als ob ein Schatten sich über die blauen Augen des Barbaren legte, und zum ersten Mal, seit er ihr begegnet war, wirkte er besorgt. Das beunruhigte sie.

»Die Ritter?«, fragte er. »Ja, sie sind angekommen. Und sie waren recht hilfreich, als der König begann, sich von den sizilianischen Baronen zurückzuholen, was sie ihm zuvor gestohlen hatten.«

»Und der Graf?«

Sie war so froh, dass Alfonso schon da war – wenigstens ein vertrautes Gesicht. Er hatte sich angeboten, die tapferen Männer zu begleiten, die ebenso wie sie ein fremdes Schicksal in einem fremden Land erwartete.

»Der Graf ... Er ist bei seinen Leuten. Mehr weiß ich nicht.« Er wich ihrem Blick aus.

Misstrauisch beugte sich Konstanze vor.

»Wer seid Ihr?«, fragte sie. »Ihr habt Euch mir und meiner Herrin noch nicht vorgestellt, auch wenn Ihr bereits ein begehrliches Auge auf Unser Gesinde werft. Ihr tragt ein unbekanntes Siegel und fahrt unter nicht autorisierter Flagge, und von Unseren Rittern wisst Ihr auch nichts. Also?«

Der Barbar musterte sie einen Moment zu lange. Konstanze spürte, wie die Röte aufstieg in ihr Gesicht, und hoffte inständig, dass das schummrige Licht in der Kajüte dieses beschämende Zeugnis ihrer ganz und gar nicht adligen Empfindungen verbarg. Was bildete sich dieser Mensch eigentlich ein? Rammte ihr Schiff, okkupierte die Besatzung samt Koch und gaffte sie nun an, als sei sie eine palermitanische Hafenhure.

»Nun?«, fragte sie scharf. »Stellt man sich nicht vor, wenn man ein fremdes Schiff ... betritt?«

Der Máster hatte sich gerade die nächste Portion aus dem Topf nachgefüllt und tunkte sein Brot in die Schüssel. »Doch, doch, das hat er. Der Kaperbrief ist im Auftrag von Federico Secondo ausgestellt und unterschrieben von seinem Kanzler, Walter von Pagliara. Es hat alles seine Richtigkeit.«

»Ich fragte nicht nach der Richtigkeit. Ich fragte nach dem Namen.«

Der Barbar griff wieder nach dem Becher, um zu trinken, und Konstanze wartete gottergeben auf den nächsten Rülpser. Doch er kam nicht. Stattdessen streckte der Mann die Beine aus und ließ den Blick durch die Kajüte wandern.

»Roger«, sagte er beiläufig. »So nannte mich meine Mutter. Ruggero nennen mich die Sarazenen.«

»Roger wie? Roger wer? Wie heißt Er weiter, und aus welchem Hause stammt Er?«

Der Freibeuter zuckte mit den Schultern und griff sich eines der Papiere von dem wüsten Haufen, den er zuvor so unachtsam zur Seite geschoben hatte. »Der, der auf dem Drachen reitet, so nennen sie mich in Sizilien und auch auf dem Meer. Der Rest tut nichts zur Sache. Wir sind drei Diener unter einem niedrigen Dach, was also scheren uns die Titel? Kennt Ihr den Namen Eures Másters? Des *grumete*? – Kennt Ihr den Namen Eures Kochs?«

Die letzte Frage hatte er an den Máster gerichtet, der immer noch über seiner Schüssel saß und ähnlich feine Tischmanieren zeigte wie sein Gegenüber. Jetzt hob er den Kopf.

»Der Koch? Pasquale, glaube ich. Es steht da in den Büchern.« Er deutete auf den Stapel neben ihnen. »Soll ich nachsehen?«

»Nicht nötig«, sagte Konstanze hastig. Sie wollte den *cocinero* so schnell wie möglich wieder aus der Unterhaltung verbannen. »Ich bin also erfreut, Eure Bekanntschaft zu machen, Ruggero.«

Ein dumpfer Schlag erschütterte das Schiff, der in das jammervolle Bersten von splitterndem Holz überging, als die beiden Schiffe sich aneinander rieben wie brünstige Tiere. Der Boden hob sich, die Welle erfasste den Rumpf, und Konstanze spürte, wie ihr erneut schwindelig vor Übelkeit wurde. Verstohlen tastete ihr Blick den Raum ab, auf der Suche nach einem Notdurfttopf.

Den beiden Herren dagegen schien die hohe See nicht das Geringste auszumachen. Der Drachenreiter legte gelangweilt das Papier zu den anderen zurück. »Und Ihr, schöne Magd mit der Stimme einer Herrin? Wie ist Euer Name?«

»Velasquita, Condesa de Navarra.«

Hoffentlich blieb Vela unter Deck. Wenn ihre mehr als einfältige Scharade jetzt aufflog, wäre das ein unglaublicher Affront – die Königin in Nachthemd und *surcot* mit einem verschwitzten Máster und einem sizilianischen Freibeuter in einer Kajüte. Kriege waren schon aus weit weniger guten Gründen sittlicher Entrüstung begonnen worden. Nun beugte sich der merkwürdige Drachenreiter auch noch vor und beäugte scheinbar hochinteressiert die Fibel an ihrem Ausschnitt.

Nervös raffte sie den dünnen Übermantel noch enger zusammen.

»Navarra.«

Er sah ihr wieder direkt in die Augen. Sie wich seinem Blick aus und suchte den Raum nach der Stundenlampe ab, konnte sie aber nirgendwo entdecken. Vermutlich maß der Máster die Zeit nach dem Stand der Sonne. Wie lange hielten die Barbaren sie denn noch auf?

»*El Cantar de Mio Cid*. Ich verspreche Euch, Ihr werdet Euch auch in Palermo nicht langweilen. Wir haben, glaube ich, eine Abschrift dieses ruhmreichen Heldenepos von Pére Abat in Unserer Bibliothek. Sie hat mir so manche Nacht versüßt. – Ist Navarra mittlerweile von den Mauren befreit?«

»Nein«, sagte Konstanze leise. Nicht nur die Kenntnis der

Kultur ihres Landes traf sie unerwartet, sondern auch seine Ironie. Denn die Taten des *El Cid* während der langen, sich quälend hinschleppenden Reconquista waren die eines unerschrockenen Ritters im Dienst der guten Sache. Allerdings halfen sie nicht darüber hinweg, dass eben dieser ruhmreiche *hidalgo,* der große Held des christlichen Abendlandes, einen kleinen Schönheitsfehler hatte: Er war Maure.

»Verehrt oder verachtet Ihr ihn?«

»Wen?«, fragte sie verwirrt.

»El Cid.«

»Ich …«

Ratlos starrte sie auf den Máster, dem das ganze Gespräch offenbar zu hoch war und der die fast leere Schüssel nun mit dem restlichen Brot auswischte. Von ihm war weder praktisch noch rhetorisch Hilfe zu erwarten. Dem Barbaren schien ihre Verwirrung zu lange zu dauern, denn er hatte sich wieder von ihr abgewandt und stöberte desinteressiert in den Ladepapieren.

Er war der wilde Traum meiner Kindheit, dachte sie plötzlich zu ihrem eigenen großen Erstaunen. Als ich ein kleines Mädchen war, hörte ich mit heißen Ohren die schrecklich schönen Schilderungen seiner Taten, und wenn ich schlief, sah ich ihn reiten in seiner schwarzen Rüstung und wusste, er gäbe sein Leben, um meines zu retten. Doch als ich älter wurde und die *hidalgos* sah nach ihrer Rückkehr aus der Schlacht, als Barbastro erobert war, Valencia und Toledo, als das Morden nicht aufhörte und das Schreien nach Blut immer lauter wurde, als sich Kastilien, Aragon und Navarra mit Frankreich verbündeten und aus der Reconquista ein Flächenbrand wurde, der alles rodete und nur noch schwarze, verbrannte Erde hinterließ, rauchende Trümmer und verkohlte Leichen, da erkannte ich, dass es die Ritter meiner Träume nicht mehr gab. Sie hatten sich gegenseitig getötet, und die, die übrig waren, sprachen hart wie das Klirren der Schwerter und das Rasseln der Rüstungen, denn sie hatten ihre eigene Seele gebrandschatzt und das Heilige aus ihrem Sinn getilgt. Ihre Frauen nahmen sie wie Leibeigene ihrer Feinde, und wenn sie lachten, dann über die Rohheit der Gemetzel, die sie überlebt hatten und die es ihnen gestattete, sich jeden in ihrem Haus zum Sklaven zu machen.

»Er war ein Maure.« Sie atmete tief durch, weil die Erinnerung zu jäh gekommen war und dieser Mann schon zum zweiten Mal etwas in ihr anrührte, was nicht hierhergehörte. »Doch er war getauft. Meine Königin achtet ihn.«

Der Drachenreiter sah hoch und blickte sie an. Nervös spielten ihre Finger mit dem Stoff, sie vermisste ihren Fächer, den sie jetzt kokett hätte entfalten können und der ihr ungeschütztes Gesicht verborgen hätte.

»Und Ihr?«, fragte er.

»Ich bin nicht wichtig. Außerdem muss ich jetzt zu ihr und berichten, was sich zugetragen hat.«

»Dann geht. Und grüßt die Dame von mir.«

Mit einer beiläufigen Handbewegung entließ er sie. Jäh schoss der Zorn wieder in ihr hoch, doch dann besann sie sich auf die Rolle der Domestikin, die sie hier spielte, stand auf und ging zur Tür. Sie hatte die Hand schon nach der Klinke ausgestreckt, da wurde die Tür mit solcher Wucht aufgestoßen, dass sie erschrocken zurückwich. Auf der Schwelle stand eine verwegene Gestalt.

»*Sidi?*«

Seine Stimme klang heiser, sein war Blick dunkel und das Kinn bedeckt von einem schwarz wuchernden, beeindruckenden Bart. Am schlimmsten aber waren seine Tätowierungen: Punkte und Linien auf Stirn und Wangen. Seine Züge erhielten dadurch einen beinahe fratzenhaften Ausdruck, den nur seine Augen milderten. Tiefbraune Augen, in denen sich Sanftmut und Güte spiegeln konnten, aber auch Weisheit und List. Oder, wie jetzt, eine drängende Eile. Er trug ebenfalls einen wallenden Kittel, doch das Schwert an seiner linken Seite war kürzer, wohl eine französische Klinge und doppelt geschliffen, mit reichverzierter Parierstange, der Knopf emailliert und mit einem grünen, schlichten Edelstein geschmückt. Es fiel Konstanze auf, weil es ein ungewöhnlich schönes Stück war, genau wie die Scheide aus Holz mit den feinen Goldintarsien, und weil er mit der rechten Hand das Heft umklammerte, als ob er jeden Moment einen Angriff aus dem Hinterhalt befürchten müsste.

»*Sidi? Il timoniere*. Der Steuermann erwartet Euch.«

»*Shukran*, Majid. Sag ihm, ich komme gleich.« Der Drachenreiter stand auf und nickte dem Máster zu. »Die Zahl der Pfeffersäcke im Bauch Eures Schiffes ist weitaus höher als von uns gefordert. Ihr hattet doch nicht etwa vor, ein wenig Handel zu treiben?«

»Nein, niemals!« Der Máster sprang auf und verbeugte sich hastig. »Vermutlich hat der Kämmerer der *curia major* es nur gut gemeint.«

»Nun, Unser neuer *cucinero* wird dem Hafenmeister darüber Rechenschaft ablegen. Bis dahin ist die Ladung beschlagnahmt.«

Der Sarazene, den der Freibeuter Majid genannt hatte, trat zurück, um seinem Herrn den Weg frei zu machen. Der Drachenreiter nickte Konstanze kurz zu und verließ den Raum. Der Máster sank schwer atmend auf den Schemel.

Mit drei Schritten war Konstanze bei ihm.

»Was soll das heißen? Wie viele Säcke genau habt Ihr geladen?«

Seine schwimmenden, kleinen Augen flackerten. »Ich kann es Euch nicht sagen, verehrteste Condesa. Das ist der Lademeister gewesen, der Schuft, und wenn Ihr wollt, so lass ich ihn noch heute züchtigen.«

Sie nahm das Pergament und überflog es wütend. »Fünfzehn

Säcke! In Syrakus wurden zehn verhandelt. Oh, meine Herrin ist jedes einzelne Korn wert – aber woher die plötzliche Großzügigkeit? Wer steckt da wem was in die Tasche?«

Der Mann vor ihr schrumpfte gerade in seine dreckige Leinenjacke hinein. Er gab keine Antwort.

»Venezianische Pfund oder Pfund von Padua? – Señor? Hört Ihr schlecht?«

»Von Padua«, flüsterte der Máster.

Das war auch noch ein völlig anderes, viel schwereres Gewicht als das vereinbarte. Konstanze knallte das Papier vor ihn auf den Tisch. Die Differenz war gewaltig. »Siebenhundert Pfund Pfeffer mehr als im Vertrag. Könnt Ihr mir das erklären?«

»Condesa, ich weiß es nicht. Ich weiß es wirklich nicht! Vielleicht ist es ein Schreibfehler? Ich werde sofort hinuntersteigen und alles persönlich überprüfen.«

Stumm vor Wut und Abscheu musterte sie das dreckige Elend vor sich, dann wandte sie sich schweigend ab und warf die Tür beim Hinausgehen mit voller Wucht ins Schloss. Der kalte Wind fuhr ihr ins Gesicht. Das Wetter hatte sich weiter verschlechtert, und dunkle Wolken zogen sich am Himmel zusammen. Mittlerweile hatten die *marineros* ihre Arbeit wieder aufgenommen, ein jeder an seinem Platz, und auch die Sarazenen hatten sich auf ihr Schiff zurückgezogen. Nur der Drachenreiter und Majid waren auf dem Koggen geblieben. Sie standen mit dem Steuermann am Heck der *Santa Inés* und unterhielten sich angeregt.

Konstanze schleppte sich zu den Stoffballen und ließ sich auf das feuchte Tuch sinken. Vermutlich hatte dieser arrogante Freibeuter von Nautik tatsächlich ähnlich viel Ahnung wie vom Pfefferzählen. Der Fremde hatte mit einem Blick auf die Papiere erkannt, was hier hinter ihrem Rücken gespielt wurde. Fünf Sack zu viel, dazu auch noch das falsche Pfund – damit verdienten sich Máster und Kämmerer eine goldene Nase. Mit *ihrer* Mitgift und *ihrem* Pfeffer. Wie viel Demütigung musste sie eigentlich noch ertragen?

Sie lugte hinüber zu den Männern am Heck, die gerade die Köpfe über eine Seekarte beugten. Der Drachenreiter redete, der Steuermann lauschte aufmerksam. Dieser Ruggero schien sich ja auf allen Gebieten gut auszukennen, und ein enger Freund des Königs schien er auch zu sein. Durfte mit Kaperbriefen die Küste abgrasen, wahllos Köche und Pfeffer beschlagnahmen und spanischen Hofdamen in den Ausschnitt starren. Lesen und schreiben können, aber nicht den Hauch von Benehmen zeigen. Wie mochte es da erst am Hof seines Herrn zugehen? Nichts hatte er von Federico Secondo erzählt, gar nichts. Aufs Kreuz hatte er sie gelegt, alle miteinander, und die einzige kindische Genugtuung, die ihr blieb, war der Eindruck, den Vela bei ihm hinterlassen haben musste.

Wieder scheuerte das Kaperschiff am Rumpf der *Santa Inés*, und dieses Mal klang es ernst. Laute Rufe ertönten, die Männer ließen alles stehen und liegen und rannten zur Enterbrücke. Mit einem dumpfen Aufprall landete einer von ihnen direkt neben ihr und eilte zu den anderen. Konstanze rappelte sich hoch und versuchte sich einzuprägen, wo an Bord die nächste Barke vertäut lag. Wenn dieser Korsar schon vorhatte, das Schiff seiner künftigen Königin zu versenken, dann bitte ohne sie. Und ohne Vela.

»Vorsicht!«

Wie aus dem Nichts tauchte der Barbar neben ihr auf, packte sie am Arm und riss sie zurück. Sekunden später krachte ein Holzbalken genau auf die Stelle, an der sie eben noch gestanden hatte. Erschrocken blickte sie hoch und beobachtete die beiden Mastspitzen, die sich einander zuneigten. Das sah gefährlich aus. Sie schienen sich gerade berührt zu haben, denn das Holzstück musste von der Keibe stammen, die ein wütend zeternder Mann gerade verließ. Geschickt kletterte er die Spanten entlang nach unten.

»Wollt Ihr uns alle umbringen?«, schrie sie den Drachenreiter an. »Seht nur, was Ihr angerichtet habt!«

Die Enterbrücke schob sich unter lautem Getöse weit über die Reling der *Santa Inés*. Planken lösten sich, und auf dem Piratenschiff erhob sich aufgeregtes Geschrei.

»Ist alles in Ordnung?«

Erst jetzt bemerkte sie, dass er noch immer ihren Arm umklammert hielt. Erstaunt sah sie auf seine Hand, die sie gar nicht weggeschlagen hatte, und zog den Arm zurück. Sofort ließ er sie los. Der mächtige Holzbalken rollte langsam nach backbord, verharrte und kam mit dem Seegang wieder zurück. Sie wäre tot, wenn sie noch an derselben Stelle gestanden hätte. Dieser Mann hatte ihr gerade das Leben gerettet.

Sie musterte ihn und erkannte in seinen tiefblauen Augen die Sorge um sie. Und etwas anderes, das sie so noch nie gesehen hatte.

»Geht es wieder?«

Sie holte tief Luft. »Da Wir erst dann unseres Lebens sicher sind, wenn Ihr Uns verlassen habt, will ich Euch nicht mit Abschiedsworten quälen. Berichtet Eurem Herrn, dass Euer Werk gelungen ist. Ihr habt uns fast vernichtet.«

Der Ausdruck in seinen Augen verschwand schlagartig, und genau das hatte sie gewollt.

»Aber nur fast«, setzte sie hinzu. »Und jetzt beeilt Euch, sonst ist der Rückweg abgeschnitten und Ihr seid bis Palermo Gast der Königin. Sie ist nicht ganz so unterhaltend wie ich. Ein eher schweigsamer Mensch, und ein wenig schüchtern.«

Die Worte verfehlten ihre Wirkung nicht. Er warf noch einen schnellen Blick auf die Luke und verbeugte sich dann knapp.

»Wir sehen uns«, antwortete er.

»Wohl kaum«, erwiderte sie.

Sie blickte ihm nach, als er sich entfernte. Majid erwartete ihn schon, und gemeinsam kletterten die beiden schnell und geschickt über den Enterstieg und sprangen auf ihre Galeere. Unter lautem Rufen holten die Männer die Brücke ein, die Pfeife gellte, die *marineros* versuchten sich in ihrem unbeholfenen Spalier, und dann legte das Kaperschiff ab.

Der Wind schwoll an und blähte die Segel. Die Wellen schoben sich unter die Spanten, und ein letztes Mal sah es so aus, als ob die beiden Rümpfe sich berühren würden: die bauchige, schwere Bordwand des Koggen und die schmale, wendige Roupgalîne. Einen Moment später hob sich die Galeere auf den Kamm der nächsten Welle, hob sich hoch und höher, sank elegant hinab ins Tal und drehte ab. Die Sarazenen standen an Deck, und Konstanze blickte ihnen hinterher, bis das Geisterschiff das Heck der *Santa Inés* umrundet hatte.

Jetzt traute sich auch der Máster wieder aus seiner Kajüte. Eilig lief er auf den Steuermann zu, und die beiden begannen aufgeregt, den Schaden an der Bordwand zu diskutieren. Konstanze gesellte sich zu ihnen und betrachtete die verheerenden Risse, die die eisernen Sporne der Enterbrücke hinterlassen hatten.

Der Steuermann gestikulierte wild und lief ein paar Schritte auf und ab.

»Von hier bis hier, Máster. Das ist unmöglich, das wird nicht gehen. Wie stellt er sich das nur vor?«

»Was?«, fragte Konstanze.

Der Máster drehte sich erschrocken um. »Oh, Condesa. Es ist nichts. Nichts, was die Königin interessieren würde.«

Konstanzes Augen verengten sich zu wütenden schmalen Schlitzen. »Die Königin interessiert alles. Von Pfeffersäcken bis Bordwänden. Also? Was ist los? Was hat er vor mit Unserem Schiff?«

Der *timoniere*, ein drahtiger, wesentlich mehr Vertrauen erweckender Mann, kratzte sich ratlos die Bartstoppeln. »Er will ein festes Fallreep bauen.«

»Ein Fallreep? Wofür?«

»Für gerüstete Pferde und Reiter. Sie sollen direkt von Bord an Land gehen können.«

»Ist das denn möglich?«

Der *timoniere* runzelte die Stirn. »Ein Schiff ist keine Burg und das Meer kein Wassergraben. Er ist verrückt, der junge Mann.«

Dann lächelte er. »Aber ohne Zweifel begabt.«

Konstanze wandte sich an den Máster. »Was hat das zu bedeuten?«

Sie war sich nicht im Klaren, warum ausgerechnet sizilische Ritter in voller Montur die *Santa Inés* zum Zweck der Landnahme benutzen sollten. Doch dann kam ihr ein schrecklicher Verdacht.

»Antwortet!«

Der Máster wich ihrem Blick aus, und auch der *timoniere* schien die Bordwand auf einmal weitaus interessanter zu finden als ein Gespräch mit seiner Königin.

»Raus mit der Sprache. Was hat er vor mit Unserem Schiff?«

3.

Velasquita Condesa de Navarra kniete vor dem Kreuz an der Holzwand und betete noch einen Rosenkranz. Dazwischen lauschte sie auf die furchteinflößenden Geräusche und das Geschrei über ihr an Deck. Plötzlich wurde es dunkel im Zimmer.

Erschrocken richtete sie sich auf. Ein tiefer Schatten hatte sich über das kleine Fenster gelegt. Sie bekreuzigte sich mehrmals und rechnete in Kürze mit dem Erscheinen eines höllischen Spuks. Dann wurde es wieder hell, der Schatten glitt weiter, und mit ihm entfernte sich das laute Knattern des Windes in fremden Segeln.

Sie waren fort. Die Teufel suchten sich ein anderes Schiff. Grenzenlose Erleichterung durchflutete die Condesa, als sie sich wieder zu dem Kreuz umdrehte und einige Dankesgebete zu dem Herrn sandte, der sie so gnädig beschützt hatte. Warum das geschehen war, wollte sie gar nicht so genau wissen. Morgen sind wir in Palermo, dachte sie, und dann wird alles anders. Alles.

Sie betrachtete das unaufgeräumte Chaos um sie herum. Zwei Wandteppiche hatten sich gelöst und waren auf den Boden gefallen, die schönen Kleider lagen völlig durchnässt am Boden, die Schuhe durcheinander, die Truhen und kleinen Schränke waren geöffnet, der Inhalt achtlos hingeworfen und in alle Ecken verstreut. Sie bückte sich und hob ein kleines Puderdöschen aus Elfenbein auf, das ihr gerade vor die Füße gerollt war.

Es würde Stunden dauern, bis sie hier wieder Ordnung geschaffen hatte – wenn Konstanze ihr das überhaupt erlaubte. Die meiste Zeit der Seereise lag die Ärmste hinter dem Vorhang in ihrem Alkoven, geschüttelt von immer neuen Attacken der Seekrankheit. Stand sie doch einmal auf, dann schrieb sie lange Episteln an ihre Schwester Sancha und beklagte sich bitter über das Los, das sie zu tragen hatte. Und auch dabei wollte sie nicht gestört werden. Der Raum war einfach zu beengt, und fünf Tage auf See waren wahrhaftig mehr als genug. Vela vermisste die Abwechslung, die die Anwesenheit weiterer Damen des Hofes gebracht hätte, junger Frauen, die sich mit Freude in dieses vielversprechende Abenteuer gestürzt und wohl auf den beiden anderen Koggen gerade viel Spaß hatten.

Spaß.

Ein Begriff, den Konstanze aus ihrem Wortschatz gestrichen hatte. Nachdenklich rieb Vela über die hübsche Edelsteinkamee auf dem Deckel der Dose. Der Reliefschnitt zeigte einen Reiter auf seinem Pferd. Auf der linken Hand des Mannes saß ein Habicht, zu seinen Füßen spielte ein Hund. Eine nette Szene aus dem Reigen königlichen Zeitvertreibs. Früher einmal hatte das auch zu Konstanzes Leben gehört, bevor das Schicksal ihr Mann und Kind geraubt und sie zum Ersatz für ihre kleine Schwester Sancha degradiert hatte. Sancha war eigentlich seit Jahren dazu ausersehen, den Staufer zu heiraten. Die Ehe war schon arrangiert, als das Mädchen noch in den Windeln lag, doch niemand hatte damit gerechnet, dass Sancha einen Schleier ganz anderer Art nehmen wollte. Der Papst war vom Rückzug der Braut ins Kloster nicht sonderlich erbaut, denn die Krone Aragon und das Königreich Sizilien waren beide Lehen der Kirche und sollten durch diese Ehe noch enger an das *patrimonium petri* gebunden werden.

Dann geschah das Unglück.

Konstanzes Mann und ihr kleiner Sohn starben. Daraufhin entschied der Papst, dass sie Sanchas Platz einnehmen sollte. Es gab eine Menge aufgeregter Korrespondenz und Diskussionen, die den Familienfrieden arg strapazierten, denn nach dem Tod der Eltern wollten sich die Töchter nicht so einfach den Befehlen der Söhne beugen. Pedro, Konstanzes älterer Bruder und mittlerweile König der Krone Aragon, hielt den Papst eine Weile hin, aber irgendwann musste er Roms Willen nachgeben. Konstanze spuckte Gift und Galle. Sancha hielt sich aus allem heraus und suchte sich bereits eine hübsche kleine Kemenate in einem komfortablen Kloster. Alfonso, Konstanzes Lieblingsbruder, der immer irgendwo in irgendeiner Schlacht steckte, kam zu spät zurück, um sein Wort noch in die Waagschale werfen zu können. Die Sache war entschieden. Sancha kam im Schoß der Kirche, Konstanze in Sizilien unter.

Warum also sperrte sie sich so dagegen? Warum nahm sie die Entscheidung, die andere, weitaus weisere und klügere Herren über sie gefällt hatten, so widerwillig an? Das Kloster war für sie keine Alternative, und Velasquita kannte ihre *pequeña reina* lange genug, um zu wissen, dass sie zwar gottesfürchtig und fromm war, dass sie aber das zurückgezogene Leben hinter den dicken Mauern der *monastérias* nicht im mindesten locken konnte. Konstanze war eine Frau, die die Herausforderung einer säkularen Welt brauchte. Die Jagd, den Hof und – Kinder.

Vorsichtig stellte sie das Döschen in die Kiste neben ihrem Alkoven. Kinder. Von einigen wenigen vagen Andeutungen her wusste sie, dass Konstanze den Akt der Zeugung verabscheut hatte. Und Imre, ihr verstorbener Mann, der König von Ungarn, war auch kein Ausbund sinnlicher Lebensfreude gewesen. Den Sohn aber, den kleinen Lázló, hatte die Königin mehr geliebt als ihr Leben. Vielleicht hatte sein Tod ihr Herz tatsächlich so zerrissen, dass niemand es mehr flicken konnte. Vielleicht war es deshalb auch gut für sie, Aragon zu verlassen, wo der Versuch, an die glücklichen Zeiten ihrer Kindheit anzuknüpfen, so kläglich gescheitert war. Wenn dieser Federico nur ein wenig älter und reifer wäre … Aber vielleicht hatte er einen guten Lehrer, der ihn nicht nur in seiner politischen Bildung geschult hatte, sondern auch in der zweiten, genauso wichtigen Fähigkeit, Macht zu bewahren und auszubauen: dem Zeugen vieler, vieler Söhne.

Durch die dünne Holzwand hörte sie, wie jemand die Stiege vom Deck herunterkletterte. Schnell stand sie auf und strich ihr Kleid glatt, keine Sekunde zu früh, denn im nächsten Moment riss Konstanze auch schon ungestüm die Tür auf und betrat den kleinen Raum. Wütend lief sie die drei Schritte hin und her, für die in dem Durcheinander hier unten gerade noch Platz war.

»Er ist fort«, sagte sie, und ihre Stimme bebte vor unterdrückter Wut.

»Alles, was Odem hat, lobe den Herrn.« Velasquita bekreuzigte sich. »Wer ist fort? Wem gehört dieses merkwürdige Schiff?«

Konstanze warf einen kurzen Seitenblick auf ihre Kammerfrau, die vor Neugier fast zu platzen schien.

»Dem obersten Raubritter meines verehrten zukünftigen Gatten. Er hat mir meinen Koch gestohlen.«

Vela konnte sich nicht erinnern, dass der Koch für Konstanze bisher eine übergeordnete Rolle gespielt hätte, schon gar nicht auf dieser Reise.

»Hat er denn keinen eigenen?«, fragte sie vorsichtig.

»Jetzt schon.« Konstanze öffnete die Fibel und streifte den *surcot* ab. Sie reichte ihn ihrer Kammerfrau und ließ sich in Ermangelung anderer Sitzgelegenheiten auf ihr Bett fallen. »Außerdem hat er die Ladung beschlagnahmt und mir mein Schiff abgenommen.«

»Aber ...« Die Condesa konnte kaum glauben, was sie da gerade gehört hatte. Das Schiff war Teil des *wittums*, der Aussteuer, und damit Konstanzes Eigentum. Es ging nicht automatisch in den Besitz des Gatten über, auch wenn es in niederen Ständen mittlerweile gang und gäbe war, den Frauen nach ihrer Hochzeit die einzige Absicherung zu nehmen, die ihnen beim Eintritt in die neue, fremde Familie blieb. In Fällen wie diesem, da eine Hochzeit ein rein politisches Arrangement war, bedeutete die Beschlagnahme einen ungeheuerlichen Affront.

»Das steht doch nicht im Vertrag, oder?«

»Der Vertrag, der Vertrag! Was kümmert diesen Bastard der Vertrag?«

Wütend schlug Konstanze auf die Decke. »Er kennt den Vertrag besser als wir. Bis zum letzten Pfefferkorn weiß er genau, was wir mit uns führen. Er lässt ihn von seinem Abgesandten schon mit Füßen treten, bevor wir überhaupt an Land gegangen sind. Der Vertrag! Er hat nicht vor, sich daran zu halten. In keiner Weise.«

Velasquita wurde blass. Hinter der Wut ihrer Königin steckte eine Verzweiflung, die eine andere war als jene, die sie bisher erlebt hatte. Das war kein Lamentieren mehr und auch keine allgemeine Verbitterung, das war die reine Not. »Ich verstehe das nicht.«

Konstanze sah hoch, und mit einem Mal hatte sie Tränen in den Augen. »Die *Santa Inés* wird die Flagge wechseln in dem Moment, in dem sie Palermo erreicht.«

»Was bedeutet das?«, flüsterte Vela.

»Sie wird ein Kriegsschiff.«

4.

Über der Bucht von Palermo stand die Sonne hoch, und durch die engen Gassen des Hafenviertels wälzte sich eine lärmende, ausgelassene Menge hin zu den Anlegestellen. Es war kurz vor Mittag, und die gepanzerten Männer der königlichen Soldwachen, die die Aufgabe hatten, das Volk nicht allzu nah an das Schiff von Aragon heranzulassen, mussten unter ihren Helmen entsetzlich schwitzen. Blumenmädchen und Fischhändler hofften auf gute Geschäfte, Spielleute schlugen die Laute, eine Menge fahrendes Volk hatte sich dazugesellt und zeigte seine Künste. Das war ein Volksfest, wie es selten geworden war, und nur wenigen fiel auf, dass sich bei weitem nicht so viele Menschen versammelt hatten wie sonst, wenn es etwas zu sehen gab.

Einer dieser wenigen war Walter von Pagliara. Der Bischof von Troia in der Capitanata und Kanzler des *regnum siciliae* hatte sich zur Feier des Tages einen weiten dunkelblauen Samtmantel übergeworfen, reich bestickt mit goldenen Ornamenten. Aber auch er hätte jetzt lieber in den schattigen Arkaden von *San Giovanni degli Eremiti* bei einem kühlen Glas Wein gesessen, anstatt diese lästige Pflicht auf sich zu nehmen und den Koggen der Konstanze von Aragon zu empfangen. Sein junger König hatte sich geschickt aus der Affäre gezogen und eine wichtige Besprechung mit dem Familiarenkolleg vorgeschoben.

Pagliara schnaubte verächtlich. Erstens lief diese Besprechung jetzt ohne ihn ab – das allein war schon eine Beleidigung und seiner Rolle im *regnum* nicht würdig, zweitens ahnte er, worum es hinter seinem Rücken ging, und das stimmte ihn auch nicht fröhlicher. Der junge König begann die Hand zu beißen, die ihn gefüttert hatte. Pagliara weigerte sich, darüber nachzudenken, wo das alles – auch in seinem Falle – enden könnte. Der einzige Trost für ihn war, dass der Graf von Provence, der lästige Bruder der nicht minder lästigen neuen Königin, krank daniederlag und nicht mehr gegen ihn, den allmächtigen Kanzler, Position beziehen konnte. Er war genauso krank wie die Ritter, die Aragon geschickt hatte und die nun in den Zelten draußen vor der Stadt vor sich hin siechten.

Der Schweiß lief Pagliara aus allen Poren und fing unter der schweren Kleidung an zu jucken. Seine Stirn war heiß. Nervös fühlte er die Temperatur. Es würde ihn doch nicht auch erwischen? Das wäre fatal, vor allem in der momentanen instabilen Situation. Er brauchte seine Kräfte jetzt mehr denn je.

Sein Pferd trat ungeduldig auf der Stelle und schnaubte unwillig. Dem Gaul ging der ganze Trubel ebenso auf die Nerven wie ihm. Als ein Gassenjunge mit der Peitsche schnalzte, spielte das Pferd nervös mit den Ohren.

»Ruhig.«

Er tätschelte dem Schimmel den Hals und sah hinüber zu dem Schiff, ob die Dame endlich geruhte, an Deck zu kommen. Seit fast drei Stunden brieten sie jetzt in der Sonne, und dieses

Weibsstück hatte offenbar immer noch nicht die Pantöffelchen geschnürt.

Dem Volk schien das nichts auszumachen. Hinter der Absperrung drängelten sich die Menschen, riefen, schrien und lachten, bewarfen sich mit faulen Orangen und rotteten sich um die Garküchen zusammen. Die Stimmung war aggressiv, nicht heiter wie sonst bei derartigen Volksbelustigungen. Das lag an der Seuche, diesem verfluchten Fieber aus den Sümpfen – fast jede Familie hatte mittlerweile ein Opfer zu beklagen –, aber es lag auch an Federicos unvorhersehbarer Politik. Er versuchte mit Gewalt, sich die Insel untertan zu machen, und vergaß dabei, wem sie eigentlich gehörte.

Der Kirche nämlich, auch wenn das einige nicht begreifen wollten. Pagliaras Blick fiel auf die Nonnen. Wie gerne würde er dem Heiligen Vater von der Einheit der *ecclesia* berichten, doch Sizilien war zerrissen bis ins Innerste, und sogar innerhalb der Gemeinschaft mehrten sich die Stimmen, den Staufer gewähren zu lassen. Die hochnäsigen Schwestern des heiligen Basilius zeterten dabei am lautesten. Sie bildeten sich immer noch eine Menge darauf ein, dass die Königinmutter einst im Kloster bei Boccadifalco lebte, bevor man die arme Frau quasi aus dem Sanktuarium heraus direkt auf den Thron und in Heinrichs Bett gezerrt hatte. Heinrich VI., Sohn Barbarossas und Vater dieses jungen neuen *ré*. Ein Herrscher, der Frau und Land gleichermaßen brutal vergewaltigt hatte, der starb, bevor er seinen neugeborenen Sohn überhaupt zu Gesicht bekommen hatte, und dessen Tod das Land in Anarchie und Aufruhr gestürzt hatte, aus denen es nur die eiserne Hand der Kirche hatte retten können. Hatten die Schwestern etwa schon vergessen, dass diese Hand auch sie nährte?

Pagliara gab sich einen Ruck und richtete sich auf. Die Kirche im *regnum* war *er*. Mochten die basilianischen Schwestern auch noch so arrogant und respektlos sein, mochten sie wie alle

Ewiggestrigen von der schönen, guten alten Zeit vor Heinrichs Machtergreifung schwärmen, von der Güte der Königinmutter, ihrer Liebe zu Sizilien und zu ihrem kleinen Sohn – auch sie war tot, gestorben und begraben, bevor Federico drei Jahre alt war. Der letzte schwache Widerstand war mit ihr erloschen, und endlich konnten Männer wie Pagliara, wie Annweiler oder Capparone die Zügel in die Hand nehmen und das Land in ihrem Sinne regieren. *Konnten.* Pagliara biss an diesem Wort herum, nicht nur im grammatikalischen Sinn.

Die Äbtissin war nicht dabei, eine Sorge weniger. Pagliara erinnerte sich äußerst ungern an die ewigen Auseinandersetzungen um den Eigensinn der hohen Frau. Nicht nur ihre offensichtliche Staufertreue, auch ihre ziemlich merkwürdigen Ansichten über Erziehung und Scholastik gefielen ihm ganz und gar nicht, und dass sie gegen den Ablasshandel war, vervollkommnete das Ärgernis.

Die Priester und Äbte standen bei den Basilianerinnen, scherzten mit den Nonnen und hatten mit Abstand nicht das Geringste zu tun. Ein etwas unziemliches Schauspiel, das sie dem Volk darboten. Stirnrunzelnd erkannte Pagliara auch seinen Kammerdiener unter ihnen. Was macht Guglielmo bei den Benediktinern?, fragte er sich. Dann erinnerte er sich daran, dass er ihn selbst zu den Priestern geschickt hatte, um ihnen seine Grüße zu entrichten. Man konnte im Moment nicht höflich genug zu ihnen sein. Pagliara verachtete sich für diese Form vorauseilender Kriecherei, aber die Zeiten waren nun mal so. Er brauchte Verbündete. Er sah, dass Guglielmo sich anständig und geziemend benahm, außerdem würde er ihn im Anschluss bestimmt wieder mit einigen Neuigkeiten versorgen. Der Kammerdiener machte seine Sache gut: unauffällig, blass, sehr höflich, fast schon unterwürfig – niemand hatte das Gefühl, sich vor ihm verstellen zu müssen. Guglielmos Kapital war seine Diskretion, und Pagliara beglückwünschte sich, dass er den jungen Mann in seine Dienste genommen hatte, bevor es ein anderer tun konnte.

Vor der Absperrung, in geziemendem Abstand zum Plebs und weit genug von den königlichen Musikanten mit ihren Posaunen und Trommeln entfernt, hatten sich die Abgesandten der sizilianischen Barone, der Kaufleute, der einflussreichen Familien und der sarazenischen Bergstämme versammelt. Auch die Landadligen, die in kleinen Gruppen zusammenstanden und sich leise unterhielten, spürten die Spannung in der Luft. Ab und zu schlenderte einer von ihnen zu den anderen. Dann begrüßte man sich mit einem Nicken, warf einen vielsagenden Blick auf den Koggen und senkte die Stimme, damit kein Kanzler und kein Knecht zu hören bekam, was man sich zu sagen hatte. Auch sie hatten bestimmt Besseres zu tun, als hier in der sengenden Hitze zu warten. Wenigstens verhielten sie sich gesittet.

Federicos Garde war schwer bewaffnet und stand in gespannter Bereitschaft da, um sofort eingreifen zu können, wenn sich etwas Unerwartetes ereignen sollte. Sie hatten die Lage im Griff, hier und heute wenigstens, aber sie waren nervös.

Unter den Wartenden entdeckte Pagliara auch den Kämmerer des Conte Anfuso de Roto von Tropea, einen jener Barone, die dem Staufer die Stirn geboten hatten. Er war lange Zeit ein enger Verbündeter der Kirche gewesen. Mit einem kurzen Nicken befahl er den Domestiken des Conte zu sich.

Der Kämmerer, ein noch junger Mann von hagerem Wuchs mit kleinen, dunklen Augen, blickte sich kurz um und verließ unauffällig die Gruppe der Wartenden. Als er Pagliara erreicht hatte, begrüßte er ihn knapp.

Der Kanzler beugte sich ein wenig hinunter.

»Wie geht es Eurem Herrn?«

Der Mann schnaubte verächtlich. »Den Umständen entsprechend, wie es einem so geht in den Verliesen des Königs. Er kennt die Ratten schon mit Namen und pflegt ein inniges Verhältnis zu den Maden in seinem verschimmelten Brot.«

Pagliara hob die Augenbrauen, um anzudeuten, was er von den Übertreibungen des Kämmerers hielt. Zugegeben: Es war nicht leicht, sich herausgerissen aus dem Prunk des fürstlichen Lebens in einem Kerker wiederzufinden, aber Federico hatte dem Grafen eine ausgesprochen gnädige Behandlung zukommen lassen. Die Anklage wegen Landraubs stand zudem auf wackeligen Füßen, solange das Edikt noch nicht in Kraft getreten war. Also konnte der Graf sich geradezu glücklich schätzen, dass es ihn nach Federicos Machtübernahme nicht schlimmer getroffen hatte. Er und die anderen großen Familien hatten von dem jahrelangen Machtvakuum ebenso profitiert wie die Kirche.

»Es ist nicht von Dauer. Der Sturm wird sich legen, und wenn Federico erst einmal mit dem Regieren begonnen hat, wird er schnell feststellen, dass er ohne die Familien nicht existieren kann.«

»Und das Edikt?«, zischte der Kämmerer. »Dieser Rundbrief, an dem er gerade arbeitet? Was soll diese Anmaßung, dass alle Grafen jetzt Besitzurkunden vorlegen sollen?«

Pagliara seufzte und starrte missmutig hinüber zu dem alten Sarazenenturm am Ende der Bucht, vor dem in großem Abstand zu dem königlichen Koggen die Fischerboote dicht gedrängt an der Hafenmauer lagen und ausnahmsweise mal nicht von Kunden, sondern von den Möwen bedrängt wurden.

»Dieses Edikt betrifft nicht nur die Grafen, wenn ich Euch erinnern darf. Wir sitzen alle in einem Boot, und unsere Interessen sind die gleichen.«

Der Kämmerer nickte. »Sicher. Die heilige Mutter Kirche ist die Nächste, die sich unser gütiger König vornimmt. Ich hoffe, Ihr tragt die Besitzurkunde von Catania immer bei Euch, sonst könnte es sein, dass bei der nächsten Kontrolle auch noch Euer letzter Bischofssitz im Säckel des Königs verschwindet.«

Pagliara biss sich auf die Lippen. Seine Degradierung hatte sich also schon herumgesprochen. Offiziell hatte er verlauten lassen, das Alter und die schwere Bürde des Amtes, das er nun seit so langer Zeit mit Würde versehen hatte, zwängen ihn schrittweise zum Rückzug aus den höfischen Ämtern. Als Bischof von Catania wolle er es ein bisschen ruhiger angehen lassen und sich langsam der Muße des Alters hingeben.

Die Wahrheit aber war: Federico würde ihn entlassen, wenn er nicht freiwillig ging. Ihn, den treuesten, den ergebensten Diener der Kirche im ganzen *regnum,* ihn, der schon Federicos Mutter gedient und über das so früh verwaiste Kind gewacht hatte, ihn, dem eigentlich zu verdanken war, dass Federico bis zum heutigen Tag überlebt hatte – ihn hatte sein eigener König des Palastes verwiesen. Stattdessen machten sich jetzt Leute wie dieser hergelaufene Graf von Provence dort breit oder sarazenische Ungläubige wie dieser Majid, dazu Juden, Dichter, Schreiberlinge und anderes Gesindel, das Federicos Gefasel vom Frieden unter den Völkern und einer irdischen Gerechtigkeit glaubte, während die wahren Gerechten in die Verbannung geschickt wurden.

Dem Kämmerer musste aufgefallen sein, welche Gedanken gerade hinter Pagliaras düsterer Stirn kreisten, und spendete spöttischen Trost.

»Immerhin seid Ihr noch Kanzler und dürft in Vertretung Seiner Hoheit die zukünftige Königin empfangen.«

»Ich war schon einmal verbannt«, antwortete Pagliara leise. »Und ich kam wieder, weil man mich unter Tränen darum bat. Verscherzt es Euch nicht mit mir. Die Mutter Kirche liebt ihre Kinder. Aber sie züchtigt sie auch.«

Der Kämmerer sah ihm ruhig in die Augen. Dann trat er einen Schritt zurück, verbeugte sich leicht und ging wieder hinüber zu den anderen.

Pagliara stellte sich in die Steigbügel und sah über die Köpfe der Menge hinweg zur Marmorstraße, die sanft den Hügel emporführte und hinter dem Dom in den Gärten des Normannenpalastes endete. Es war nur Fußvolk unterwegs, keine Reiter. Beruhigt ließ er sich wieder in den Sattel sinken. Wenn der Graf von Provence nicht kam, war das ein gutes Zeichen, denn es hieß, dass er immer noch zu krank war, um seine Schwester zu begrüßen. Vielleicht stand er auch gar nicht mehr auf, was Pagliara den benötigten Aufschub bringen könnte, um wenigstens die Ländereien der Kirche vor dem Zugriff des jungen Königs zu retten. Sonst war alles vergebens.

Endlich tat sich etwas an Deck. Die *marineros* bewegten sich auf die zerschrammte Bordwand zu, die schon für allerlei Lästereien hergehalten hatte, und brüllten die Hafenarbeiter an. Jemand schrie nach dem Fallreep, mehrere kräftige Männer machten sich jetzt endlich auf die Suche. Von dem Dämchen aus Aragon war immer noch nichts zu sehen.

Pagliara beschloss, dass es nun an der Zeit wäre, sich dem Koggen und dem Baldachin am Kai zu nähern. Eigentlich müsste er vom Pferd absteigen, um die Königin zu begrüßen, aber das hieße, sich gleichzumachen mit dem Hafengesindel und den tuschelnden Baronen. Daher gab er seinem Pferd nur einen leichten Druck in die Flanken und lenkte es langsam in wiegendem Schritt über die ausgestreuten Blumen. Hoffentlich rutschte die Mähre nicht aus.

Die Blumen waren eine ausdrückliche Anordnung des Königs, der damit wohl zeigen wollte, was er aus den Minneliedern gelernt hatte, die seit kurzem zu jeder passenden und unpassenden Gelegenheit bei Tisch gespielt werden mussten. Mein Gott, diese neuen Sitten. Dieses Tandaradei und Herzelieben, dieses Minnen und Sehnen und Heischen und Ziemen, Buhlen und Betören – es war kaum noch zu ertragen. Früher, als er noch das Sagen hatte, wurde selbst bei Tisch gearbeitet, immer zum Segen Roms.

Aber damit war es vorbei. Seit dem 26. Dezember war der junge Mann volljährig und konnte tun und lassen, was er wollte. Jetzt, in diesen schönen Sommertagen, reiften der Wein und das Korn, und statt in die Keller der Klöster wurde die eingefahrene Ernte in die Gewölbespeicher des Palastes gebracht. Man müsste Seiner Heiligkeit mal wieder schreiben, was sich hier hinter dem Rücken der Kirche alles tat und dass es nicht besser, sondern immer schlimmer wurde. Der Papst sollte sich endlich einmal wieder dafür interessieren, was sein ehemaliges Mündel so alles anstellte.

Lautes Poltern riss Pagliara aus seinen düsteren Gedanken. Da die Schiffstür nach dem Zusammenstoß mit der königlichen Tarida nicht mehr zu gebrauchen war, warfen die Männer jetzt das Fallreep die Bordwand hinunter, und die ersten *marineros* kletterten, behände wie die Affen, von Bord. Mehrere Palastdiener bahnten sich den Weg durch die wartenden Barone und Hafenarbeiter. Einige von ihnen warfen zusätzliche Fuder Blumen auf die Kaimauer, die jetzt hoffentlich in absehbarer Zeit der zarte königliche Fuß der Hoheit aus Aragon betreten würde. Pagliara kniff die Augen zusammen, um besser zu erkennen, was sich an Bord abspielte. Die *marineros* stellten sich neben dem Fallreep auf und brachten eine hölzerne Leiter in Position. Je zwei von ihnen hielten sie fest, und dann kletterte tatsächlich die erste Dame über die Bordwand und suchte verzweifelt Halt auf der instabilen Konstruktion.

Sie war klein, korpulent und sicher über vierzig Jahre alt. Das konnte nicht die Königin sein. Pagliara trieb den Schimmel an und ließ ihn noch ein wenig näher herantreten. Ehrfurchtsvoll machten ihm die Leute Platz, und als er auf knapp zehn Ruten herangekommen war, zog er die Zügel an und bedeutete einem der Knappen, ihm beim Absteigen zu helfen. Diese ungewöhnliche Lieferung wollte er sich dann doch genauer ansehen. Federico hatte bereits eine Andeutung gemacht, dass die Königin weder hinsichtlich ihres Alter noch ihrer Schönheit den preisenden Lobgesängen ihrer Unterhändler entsprach. Pagliara sollte sie auf der Stelle zurückschicken – natürlich auf einer der sizilischen Galeeren, das Schiff aus Aragon wollte er behalten –, würden sich seine Befürchtungen zur Gewissheit verdichten.

Im Moment sah tatsächlich alles nach einem aufwendigen Schriftverkehr mit dem Heiligen Vater aus, denn die Dame erreichte gerade ächzend und stöhnend festen Boden unter ihren Füßen. Sie war prächtig gekleidet und trug auch einen goldenen Haarreif, dazu ein festgezurrtes Gebände, das ihre runden, rosigen Wangen wie zwei pralle Äpfel hervortreten ließ. Ihre kleinen Augen irrten hilfesuchend über die Menge der Anwesenden, die abwartend auf die Fortsetzung des merkwürdigen Landgangs warteten.

Da kam die zweite Dame.

Das konnte auch nicht die Königin sein, denn sie trug einen relativ einfachen Tagesmantel, der – Pagliara wagte es kaum, genauer hinzusehen – tatsächlich nach der neuesten Mode geschneidert war, mit ausgestellten Ärmeln, die man Teufelsfenster nannte und die seine braven Priester völlig zu Recht als Sünde geißelten. Fast bis zum Ellenbogen konnte man in die Ärmel hineinschauen, eine unchristliche Versuchung, die inzwischen sogar aus den Palästen in die Häuser und Hütten Einzug hielt und die Sittlichkeit noch weiter verdarb.

Das junge Weib kletterte geschwind die Leiter hinunter, während an Deck der Máster stand und salutierte. Dann ertönte ein langgezogener Pfiff. Das war's. Mehr war von oben nicht zu erwarten.

Nur – wo war die Königin? Verunsichert hoben die Posaunisten die Instrumente an die Lippen, trauten sich aber nicht, den ersten Ton zu blasen.

Pagliara wagte sich zwei Schritte in die Richtung der älteren Dame und verbeugte sich unsicher.

»Verzeiht ...«

Mit einem Seufzer der Erleichterung lächelte die Spanierin ihn an und ordnete die vom Abstieg durcheinandergeratenen Falten ihres seidenen *surcots*.

»Wie gut es hier riecht«, säuselte sie in perfektem Latein und ignorierte den Gestank nach faulendem Fisch und Schweiß, der ihr entgegenschlagen musste. »Die Düfte Siziliens, der Lieblichkeit des Mittelmeeres.«

Ihr Blick wanderte über die Anwesenden und dann hinauf zu den sanft ansteigenden, hügeligen Gassen des jüdischen Viertels, das direkt an den Hafen grenzte.

»Und dies ist Palermo, die sagenhafte, paradiesische Stadt, deren balsamischer Odem mich schon auf dem Meere lockte.«

Die Ältere holte ihr Riechtuch hervor und presste es sich unter die Nase.

Die Junge trat zu ihr und räusperte sich. »Wir sollten jetzt das Volk begrüßen.«

»Oh, natürlich.«

Sie hob die Hand und winkte.

Jubel brandete auf jenseits der Absperrung, die Posaunisten und Trommler wagten einen kurzen Tusch, und die Barone und Kämmerer nahmen eine aufmerksame Körperhaltung an.

»Sie sind recht freundlich, die Menschen hier. Nur – wo ist der König? Müsste er nicht hier sein?«

Die Ältere hob die Hand, um die Augen gegen die Sonne abzuschirmen, und folgte dem Lauf der belebten Marmorstraße bis hoch zum Palast. Dann wandte sie sich an den Kanzler.

Der verbeugte sich erneut und wusste noch immer nicht, wie er sich verhalten sollte. Wer von beiden war jetzt die Erwartete? Die Alte, die man im Ernst niemandem mehr ins Bett legen konnte, oder die Junge, die hübsch war und zart, ein stolzes Ding, das sah man gleich, die aber in einem derart unzüchtigen Gewand vor ihm stand, dass er es nicht wagte, ihr den Gruß zuerst anzubieten. Küssen musste er ja wohl auch noch. Aber wen?

»Ja, wo ist der König?«, fragte jetzt auch die Jüngere, die ebenfalls ein sehr gepflegtes Latein sprach. »Und wer seid Ihr und diese hohen Herren dort?«

»Ich bin Walter von Pagliara, Kanzler des *regnum siciliae* und Bischof von Catania und Troia.«

Die beiden Damen warfen sich einen rätselhaften Blick zu. Wahrscheinlich hatten sie schon von ihm und der schweren Aufgabe gehört, der er sich seit Jahren in Demut und Gehorsam unterworfen hatte.

»Und … Ihr?«

Jetzt fing das kleine Biest doch tatsächlich an zu kichern. Unglaublich! Von Würde und Anstand hatte dieses junge Ding wohl noch nie etwas gehört. Und die Alte ließ sie sogar noch gewähren. Keine von beiden, da war Walter von Pagliara sich jetzt ganz sicher, konnte die Königin sein. Die eine war alt wie ein Suppenhuhn, die andere frech wie Flusskatzen. Das hier war eine unglaubliche und zudem hochpeinliche Verwechslung, und da sie irgendjemand ausbaden musste, wurde Pagliara noch wärmer unter seinem Mantel, als ihm ohnehin schon war.

»Dies ist doch die *Santa Inés*? Eure Begleitschiffe sind zwar noch nicht eingetroffen, aber mir wurde versichert, auf dieser *cocca* befände sich die Königin.« Er wies nach oben auf die Admiralsflagge. »Zumindest ist dies das königliche Banner.«

»Ganz recht«, unterbrach ihn die Jüngere. Sie schien eine ganz Ausgekochte zu sein.

Pagliara schwitzte. Wenn ihm ein protokollarischer Fehler unterlief, würde das seine wackelige Stellung bei Hofe nicht unbedingt festigen. Jetzt stellte diese Frau sich auch noch in Positur, als wäre das linnene Fähnchen, das sie trug, ein hermelinbesetzter Krönungsmantel.

»Die Königin ist angekommen. Und mit ihr der Rest der

Mitgift. Da wir schon mal beim Thema sind – Ihre Hoheit vermisst außer dem *ré* auch die spanischen Ritter. Wo sind sie?«

Pagliara tat ihr den Gefallen und drehte sich suchend um.

»Es wird ihnen wohl nicht möglich gewesen sein, zu erscheinen.«

»Warum nicht?«

»Weil sie krank sind. Wir haben sie außerhalb der Stadt in die Spitäler der Benediktiner bringen lassen. Der *ré* hat sich persönlich ...«

»Krank? Was heißt das? Woran sind sie erkrankt?«

Pagliara kratzte sich verlegen im Nacken. »Wir vermuten die Miasmen der Sümpfe, verehrteste ...«

Wider Erwarten tat sie ihm nicht den Gefallen, sich vorzustellen. Welch eine ungehobelte Brut! Beide Damen ließen den Bischof nach wie vor im Ungewissen, mit wem er es zu tun hatte, und er konnte nicht fragen, ohne sich der Lächerlichkeit oder noch Schlimmerem preiszugeben.

Die Barone hinter ihnen scharrten bereits mit den Füßen und fingen an zu flüstern. Aus dem Augenwinkel erkannte er, dass der Kämmerer des Grafen Anfuso sich inzwischen zu der Sippe von Paolo und Ruggero von Gerace gesellt hatte. Da rotteten sich ja mal wieder genau die Richtigen zusammen. Sie tuschelten miteinander, und auch die Hochrufe hinter der Absperrung waren verstummt. Neugierig scharte das Volk sich zusammen, um endlich einen Blick auf die Königin zu werfen.

»Miasmen! Hier?«

Die Junge stemmte die Fäuste in die mageren Hüften. »Und der Graf von Provence?«

Pagliara verbeugte sich nochmals. »Er ist im Palast des Königs. Auch der Graf ist erkrankt und bedauert, Euch nicht persönlich empfangen zu können. Deshalb hat der König auch angeordnet, Eure Hoheiten«, er warf einen kurzen Blick auf die Alte, damit sie sich für den Fall der Fälle angesprochen fühlen konnte, »gleich aus der Stadt hinaus in das *Castello della Zisa*, das schönste der königlichen Jagdschlösser, zu bringen. Von dort aus gedenkt er …«

Weiter kam er nicht, denn die Junge hatte bemerkt, dass sich hinter ihrem Rücken etwas tat. Fassungslos beobachtete sie, wie ein Schiffsjunge gerade die Flagge von Aragon einholte, um jene Federicos zu hissen.

»Was macht er da?«

Pagliara legte den Kopf in den Nacken und folgte ihrem Blick. »Der Befehl des Königs lautet, Eure *cocca* sofort nach der Ankunft …«

Wieder fuhr ihm die Junge über den Mund. »Der Befehl Eures Königs? Was erlaubt sich dieser Mensch eigentlich? Lasst sofort die Flagge Aragons wieder hissen! Und was er des Weiteren zu tun gedenkt, darf er uns zwar gerne wissen lassen, doch seinen Befehlen gehorchen wir nicht. Zumindest noch nicht. – Ihr erlaubt?«

Damit war sie mit drei Schritten an Pagliara vorbei und riss dem verdutzten Knappen die Zügel aus der Hand.

»Gehabt Euch wohl.«

So geschwind, wie es Pagliara noch nie bei einer Frau gesehen hatte – tatsächlich hatte er noch nicht viele vom Teufel gerittene Frauen gesehen –, schwang sie sich in den Sattel seines Pferdes und lenkte das Tier beherzt durch die Menge.

Die Alte schlug die Hände vor den Mund und starrte ihrer Begleiterin fassungslos hinterher. Diese ehrlich entsetzte Reaktion ließ Pagliara eine Sekunde lang die Möglichkeit abwägen, sie könnte doch die Königin sein. Augenblicklich verwarf er den Gedanken. Nein, sie war gut zwanzig Jahre älter als vereinbart, und ob aus diesem Schoß noch …

Die Edelleute sprangen zur Seite, die Knappen an der Absperrung verließen Deckung suchend die Stellung, einige Nonnen hoben die Hände und stießen entsetzte Schreie aus. Der Pöbel dahinter aber jauchzte und jubelte, als die Dirne den Zügel auf den Hals des Schimmels niederfahren ließ. Das Pferd galoppierte jetzt, überwand mit einem eleganten Sprung die scharlachrote Kordel und raste durch die begeistert auseinanderstiebende Menge, die dem diabolischen Schauspiel auch noch applaudierte. Augenblicklich schloss sich die enge Gasse wieder hinter den beiden, und nur noch die obszönen Rufe und der sich entfernende Hufschlag verrieten, in welche Richtung sich diese Verrückte bewegte.

»Jesus, Maria und Josef! Was habt Ihr nur getan?«, rief die Alte.

Pagliara griff sich erstaunt an die Brust. »Ich?«

»Wie konntet Ihr die Königin davonreiten lassen? Unbewacht und unbeschützt? Ausgeliefert dem geifernden Pöbel und verirrt in einer fremden Stadt? Das wird Euch den Kopf kosten!«

Das junge Biest sollte die Königin gewesen sein? Pagliara wurde so heftig von dieser Erkenntnis erschüttert, dass ihm die Spanierin die Bestürzung vom Gesicht ablesen konnte.

»Wenn Ihrer Majestät auch nur ein Haar gekrümmt wird, werde ich Euch persönlich zur Rechenschaft ziehen! Herrschen hier denn wirklich nur Anarchie und Aufruhr?«

Die Anklage schleuderte sie Pagliara mit solcher Vehemenz entgegen, dass dieser unwillkürlich einen Schritt zurücktrat. Das Zischeln und Tuscheln der Barone verstummte, und auch das Volk war noch zu erstaunt, um zu begreifen, was da gerade passiert war. Die Begeisterungsrufe erstarben, Ruhe breitete sich aus. Wütend drehte er sich um und starrte in die versteinerten Gesichter der Paladine. Niemand sagte ein Wort.

Es war, als habe ein böser Spuk die Szene eingefroren. Der Wind knatterte in dem Rahsegel, die Möwen stritten sich um ihre Beute, Wellen schwappten träge an die Kaimauer und überspülten die bemoosten Steine. Doch die Menschen standen da und schwiegen, sogar die Alte hielt endlich den Mund.

Das Volk von Palermo hatte gerade eine Ungeheuerlichkeit erlebt, und er, Pagliara, war schuld daran.

Dann hörte er das erste Kichern. Es kam aus der Ecke der Fischweiber und Gemüsehändler, von irgendwoher stieg es aus der Kehle eines Kindes auf, eines dieser dreckigen, dunkelbraunen, vor Schmutz starrenden halbnackten Kinder, die überall im Hafen herumwuselten wie wilde Hunde. In Windeseile setzte es sich fort, ergriff die Umstehenden, entwickelte sich zu einem leisen Lachen, das den Nächsten ansteckte, schwoll an und barst schließlich in einer Salve von Hohn und Spott, die in reine Ausgelassenheit mündete.

»*Evviva la regina*!« riefen sie. »Es lebe die Königin!«

Pagliara wurde schwindelig. Er hatte die Königliche Hoheit nicht erkannt und sie noch dazu mit seinem Pferd entkommen lassen. Keine Sekunde würde er trauern, wenn sie sich jetzt das Genick bräche, um ihn selbst und seinen Hals tat es ihm dagegen schon leid. Sogar die Barone ließen sich von der allgemeinen Heiterkeit anstecken und schüttelten die Köpfe über so viel Dummheit.

Hufschlag ertönte, und einen wilden Moment voller Freude hoffte Pagliara, dies alles wäre nur ein böser Traum und die Königin kehrte von ihrem kurzen Ausflug zurück, um sich widerspruchslos in die *Zisa* schaffen zu lassen. Doch es waren nur die Knappen mit dem bereitgestellten Hangelwagen, den zwei Pferde zur Anlegestelle zogen.

Die Paladine traten zur Seite und warteten darauf, entlassen oder irgendwie in das Geschehen einbezogen zu werden, aber Pagliara würdigte sie keines Blickes. Sie konnten gehen, alle konnten gehen. Bloß weg hier, und zwar so schnell wie möglich.

Mit einem Lächeln, in das er vergeblich einen Anflug von Liebenswürdigkeit zu legen versuchte, beugte der Bischof sich galant zu der Spanierin hinunter.

»Der Wagen steht bereit. Ich werde mich persönlich um die

Königin kümmern und sie umgehend nachkommen lassen. Wenn Ihr nun die Güte hättet, Eurer Königin vorauszufahren? Ihr möchtet der Königlichen Hoheit die Ankunft sicher so bequem wie möglich machen.«

Die Alte musterte den Wagen misstrauisch. »Pferde? Warum keine Ochsen? Was ist, wenn sie durchgehen und mich zu Tode schleifen? Euer Umgang mit den Töchtern Aragons beunruhigt mich mehr und mehr.«

Pagliara hätte ihr am liebsten einen Tritt in den Hintern verpasst. Sie sollte einsteigen und nicht vor allen Leuten mit ihm disputieren. Er holte tief Luft und mahnte sich zu Respekt und Mäßigung.

»Der Stallmeister des Königs höchstpersönlich wird den Wagen lenken und mit seinem Leben für das Eure bürgen.«

»Und wer bürgt für meine Königin?«

»Ich«, knirschte Pagliara und verbeugte sich noch einmal.

Drei *marineros* schlichen heran wie geprügelte Hunde und versuchten so unauffällig wie möglich, mehrere Kisten im hinteren Teil des Wagens zu verstauen.

»He, ihr da!«, rief die Spanierin. »Seid vorsichtig! Dies ist die persönliche Habe von Königin Konstanze.«

Die Männer verbeugten sich diensteifrig. Kurz darauf eilte ein Knappe herbei und stellte einen Schemel vor den Wagen.

»Werte Dame, wenn ich bitten dürfte?«, sagte Pagliara.

Die Alte überlegte einen Moment, ob sie ihren gesalbten Leib diesem Gefährt anvertrauen sollte, denn es war in der Tat kein schöner Wagen. Die Ketten, mit denen der Wagenkasten an den Kipfen eingehängt war, rosteten sichtlich, und das Holz war verblichen und wurmstichig. Einzig die schönen roten Samtkissen und der bunte Teppich auf dem Innenboden verliehen ihm ein wenig Glanz und Würde. Vorne saß der Stallmeister, der sich zur Feier des Tages einen gewaschenen Kittel übergestreift hatte und wenigstens Sandalen an den Füßen trug.

Pagliara seufzte. Dieser ganze Hof war eine Zumutung, aber wie sollte man das alles in Ordnung halten, wenn die Bauern faul waren und die Barone Betrüger? Noch nicht einmal die Mutter Kirche erhielt genug, um endlich alle Moscheen und Synagogen zu christlichen Gotteshäusern zu machen. Und das stand ja wohl an erster Stelle im Moment. Da mussten Putz und Tand eben warten.

»Wir sind kein reiches Land«, entschuldigte er den schäbigen Aufzug.

Die Hofdame stieg auf den Schemel, holte eines der Kissen heraus und klopfte kräftig darauf. Eine kleine Staubwolke stieg auf, und mehrere Motten stoben irritiert davon.

»Armut und Reinlichkeit schließen einander nicht aus«, sagte sie pikiert, warf das Kissen zurück und wuchtete sich in den Wagen. Sie nahm umständlich Platz und arrangierte ihr Gewand, ehe sie huldvoll den Paladinen zunickte, die sie ebenso freundlich wie distanziert grüßten. Schließlich wandte sie sich noch einmal an Pagliara.

»Bringt mir die Königin«, sagte sie, »sonst ist Euer nächster Bischofssitz im Turm.«

Der Stallmeister schnalzte mit der Zunge, und schwerfällig rollte der Hangelwagen an. Die Spanierin schaukelte darin wie ein Nachen auf hoher See, doch sie bewahrte ihre würdevolle Haltung, nicht zuletzt, weil die bewehrte Garde nun links und rechts des Gefährtes Aufstellung nahm und sich rasselnd und eisenstarrend mit dem Tross in Bewegung setzte.

Das Volk versuchte, näher an die fremde Dame heranzukommen, und konnte nur mit Mühe von den Knappen zurückgedrängt werden. Wenig später war sie den Blicken der Menschen entschwunden.

Die Barone und die Abgesandten zerstreuten sich. Auch das Volk stellte fest, dass die Belustigung vorüber war, und ging langsam seiner Wege. Pagliaras Knappe hatte sich in Luft aufgelöst. Einige hoffnungsvolle Tagelöhner versuchten noch, ihre Dienste anzubieten, wurden aber rüde abgewiesen. Die Ankunft der Königin verbreitete sich mit Sicherheit wie ein Lauffeuer, und Pagliara ahnte, dass seine Rolle in den Geschichten und Gerüchten der Leute nicht gerade die glanzvollste sein würde.

Während er noch überlegte, welcher Weg hinauf zum Palast wohl der unauffälligste wäre, hatten die *marineros* schon begonnen, die Ladung zu löschen, darunter auch mehr als ein Dutzend schwere Pfeffersäcke. Die Arbeit wurde gut bewacht, und Pagliara erkannte Riccardo von San Germano, den Notar des Klosters von Cassino, der sich zu den Arbeitern gesellt hatte und nun akribisch die aufgestapelten Güter anhand der Listen überprüfte. Er war ein hagerer, asketisch wirkender Mann mit bleichen Wangen und tief in den Höhlen liegenden Augen. Viel sprach er nicht, doch er sah alles, und sein unbestechlicher Blick war berühmt und gefürchtet zugleich. Als er den Kanzler auf sich zukommen sah, überreichte er die Pergamente seinem Schreiber und ging ihm höflich ein paar Schritte entgegen.

»Ist die Königin wieder in Eurer Obhut?«, fragte er.

Pagliara nickte. Über kurz oder lang würde er sie hoffentlich einfangen, aber das musste er diesem Erbsenzähler nicht auf die Nase binden. Er deutete auf den Schreiber, der im Hintergrund auf weitere Anweisungen wartete.

»Ich wäre Euch sehr verbunden, wenn Ihr diesen Vorfall nirgendwo erwähnen würdet.«

»War es ein Ausritt oder ein Fluchtversuch?«

Der Kanzler sah sich um und senkte die Stimme. »Es war der Schock. Palermo hat im Reich immer noch den Ruf der goldenen Märchenstadt, aber diese Zeiten sind lange vorüber.«

Der Chronist nickte. Dann winkte er seinen Schreiber heran.

»Sofern sie unbeschadet wieder auftaucht, sehe ich keine Veranlassung, der Nachwelt von den hysterischen Zuständen junger Königinnen zu berichten. Ich werde mich, was diese Dame angeht, an die Fakten halten. Sie sind dürftig genug.«

Ohne hinzusehen, streckte Riccardo die Hand aus und nahm das nächste Pergament an sich. Er rollte es auseinander und warf einen kurzen Blick darauf.

»Seide und bestickte Brokate aus Byzanz. Nun ja. Hoffen wir, dass die Frömmigkeit der Königin ihre Putzsucht bei weitem übersteigt.«

Pagliara nickte. Riccardo von San Germano war auf seiner Seite, auch wenn das eine allzu hehre Beschreibung war für die Allianz, die sie seit Federicos Machtergreifung aneinanderschmiedete. Innerlich hatten sie sich nie nahegestanden, doch der Chronist war durch und durch ein Mann der Kirche. Das verbündete sie, auch wenn es sie nicht gleich zu Brüdern machte.

»Federico schwächt die Macht der *ecclesia.*« Riccardo musterte Pagliara, als könnte er Gedanken lesen, und der Kanzler fühlte sich unter dem Blick des Asketen schwer wie ein gerüstetes Schlachtross. »Das wäre in den guten Jahren nicht passiert, da herrschten noch Recht und Gerechtigkeit, nicht Willkür und ketzerischer Trotz.«

Der Kanzler nickte. Er kannte diese Litanei, dass früher alles besser gewesen wäre. Der gute König Wilhelm und die schöne goldene Zeit. Palermo als Märchenstadt, milch- und honigumflossen, das verlorene Paradies, jetzt nur noch ein Spielball der Mächte. In einem Spiel, bei dem die Kirche fast immer auf der Gewinnerseite gestanden hatte – bis jetzt. Bis zu diesem unseligen Tag, an dem aus dem Bettelkind Federico der *ré* geworden war.

Er merkte, dass der Schweiß seinen einstmals weißen Kragen völlig durchtränkt hatte. »Wir sollten noch einmal über den Ablass reden. Demnächst, in kleiner Runde.«

Riccardo nickte. »Das sollten wir. Der Gnadenschatz der Kirche ist unantastbar. Das gilt auch für den König. Er wird sich dem Willen Roms beugen müssen, allerdings muss irgendjemand diesen Willen hier auch durchsetzen.«

Das war genau der wunde Punkt. Manche Bischöfe hatten bereits öffentlich die Beichtbücher aus den Gotteshäusern verbannt und sich mit Federico gegen den Ablass verbündet. Damit entgingen der Kirche weitere Einnahmen, denn dieser Handel war in den letzten Jahren ordentlich in Schwung gekommen. So konnte es natürlich nicht weitergehen, und die beiden Männer waren sich der Tragweite dieser negativen Entwicklungen voll und ganz bewusst.

Riccardo warf noch einen flüchtigen Blick auf das Dokument und ließ sich dann das nächste reichen. »Zumindest scheint die Königin recht schwach zu sein. Das Weib wird uns sicher nicht im Wege stehen.«

Pagliara dachte an den Weg hinauf zum Palast, den er jetzt zu Fuß bewältigen musste. Nun wurde es nichts mit der lauschigen kleinen Rast im Schatten des Klosterhofs. Die Sonne stand bereits im Zenit und brannte unbarmherzig auf den dunklen Samt seines Mantels.

»Sie hat mein Pferd gestohlen«, knurrte er.

Riccardo hob die dunklen, buschigen Augenbrauen, das einzig Üppige an der Gestalt des dürren Mannes. »Besitz ist Jammer. Euch gehört doch Christi Himmelreich. Hatte Jesus ein Pferd?«

Pagliara, der wusste, dass der Wagen des Chronisten gleich um die Ecke hinter dem Palazzo der Bonaccis abgestellt war, nickte resigniert. Dann machte er sich auf den Weg.

Die Menge hatte sich zerstreut, und ein jeder ging wieder seinem Tagwerk nach. Natürlich standen die unvermeidlichen Letzten noch immer in Grüppchen zusammen und tuschelten, als er vorüberschritt. Die Straße hinauf zum Palast zog sich, und einen Moment lang überlegte er, kurz in den Dom zur Rechten einzukehren und ein wenig innere Zwiesprache mit dem Gekreuzigten zu halten. Die Kühle und die Ruhe dort würden ihn erfrischen.

Dann verwarf er diesen Gedanken. Er musste so schnell wie möglich die flüchtige Königin finden. Vor allem jetzt, da er wusste, wer sie war, ahnte er auch, an welchem Ort er zuerst suchen musste.

5.

Unten am Hafen, am weit geöffneten Fenster eines prächtigen Palazzo, stand eine junge Frau mit madonnenhaften Zügen und blickte auf den königlichen Koggen. Lange Zeit rührte sie sich nicht, erst als der auffrischende Wind die Flagge entfaltete, beugte sie sich interessiert vor. Es war nicht das Wappen der Krone Aragon, es war auch nicht der normannische Löwe. Was sie sah, war der deutsche Adler. Hasserfüllt spie sie auf die Straße.

»Raffaella?«

Jemand klopfte an ihre Zimmertür.

Eilig schloss sie das Fenster und strich sich über das Gesicht.

»*Si?*«

Die Tür wurde geöffnet. Im nächsten Moment machte die Verachtung in ihren Augen der Genugtuung Platz.

6.

Tritt näher und küsse den Zauber dieses Gebäudes, nachdem du es umarmt hast, und bewundere die Schönheiten, die es birgt.

So stand es in arabischen Lettern und in Marmor gemeißelt an der Wand des Normannenpalastes. Einst eine sarazenische Festung, vom Emir von Palermo auf den Trümmern der römischen Eroberer errichtet, hatten die normannischen Herren das Bauwerk in klarer, schmuckloser Strenge vervollkommnet. Nun thronte es über der Stadt wie die Krone auf dem Haupt eines mächtigen Fürsten. Hoch waren die Wände aus grauem Stein, fast schmucklos die vier wuchtigen Türme, breit die Mauern, und dennoch wirkte das Kastell trotz aller Schlichtheit seiner Architektur nicht wie das abweisende Monument herrschaftlichen Hochmuts, sondern eher wie eine Trutzburg der Ruhe inmitten der belebten Gassen, Hütten, Kirchen und Palazzi. Zwei Flüsschen führten links und rechts an den Gärten vorbei, aus deren Mitte hinter dem Tor die Marmorstraße entsprang. Sie war die Hauptschlagader der Stadt, eine belebte, schnurgerade Linie, die vom Palast hinunter an den Hafen und weiter bis ans Meer führte. Der Ozean sah von hier oben aus wie ein smaragdgrünes Band, das sich an den Saum des Himmels schmiegte.

Von dort jagte ein Pferd samt Reiterin im Galopp auf *La Pisana* zu, den nördlichen Turm des Palastes, und versetzte die Wachen aus dem geruhsamen Zustand mittäglichen Halbschlafs in erhöhte Aufmerksamkeit. Die Hufe schlugen in einem derartigen Tempo auf die Steinquader, dass der älteste der Soldknechte glaubte, Funken sprühen zu sehen. Vier der Männer versuchten, den Toreingang zu versperren, aber Pferd und Reiterin waren zu schnell, konnten nicht mehr anhalten und preschten durch den Eingang in den schattigen Innenhof des Palastes. Erst dort kam der Schimmel schnaufend und schweißbedeckt nach mehreren nervösen Volten zum Stehen, und die Frau sprang ab.

Die Soldknechte kamen angerannt, und einem gelang es nur mit Mühe, das davonlaufende Pferd hinter dem Brunnen einzufangen. Die anderen richteten ihre Spieße auf die Frau und versuchten, der zweiten Beute habhaft zu werden. Aber das Teufelsweib ließ sich weder festnehmen noch anfassen, sondern hieß die Männer mit einer herrischen Armbewegung, die Waffen sinken zu lassen.

»Ruhig! Kein Grund zur Aufregung.«

Der Kustos, ein rauer Geselle aus der Gegend von Messina, dem man den Dienst im Palast mit ein paar Äckern aus ehemaligem Adelsbesitz schmackhaft gemacht hatte, hatte nur wenig Erfahrung mit Frauen von Stand. Diese hier benahm sich zwar so, als sei sie es gewohnt, Befehle auszuteilen, doch sie sah aus wie …

Auch die anderen musterten die Fremde jetzt etwas genauer. Die Fibel an ihrer Schulter hatte sich gelöst, der *surcot* klaffte auseinander und gab den Blick frei auf ein hauchdünnes linnenes Hemdchen. Schweiß durchtränkte den Stoff, und die Nässe offenbarte den gierigen Blicken weit mehr, als es für jede Dame – selbst die Hafenhuren – zulässig war. Noch dazu endeten die seidenen Beinlinge, offenbar eine hier unbekannte Mode, zwei Finger breit über dem zarten Knöchel.

Konstanze bemerkte die Veränderung in den Blicken der Männer und raffte hektisch den *surcot* über der Brust zusammen.

»Du da.« Sie deutete auf einen der jüngeren Soldknechte, der ein wenig abseits stand und sie nicht ganz so gierig angaffte wie die anderen. »Gib mir deinen Strick.«

»Was?«

Der Angesprochene blickte an sich herunter.

»Den Strick, sofort.«

Schnell entknotete der Mann das dünne Hanfseil, mit dem er seinen Kittel gegürtet hatte, und reichte es der merkwürdigen Dame.

»Und jetzt führ Er mich zum Grafen von Provence.«

»Verzeiht.« Der Älteste hob jetzt wieder den Spieß und deutete damit auf Konstanze. »Ihr stürmt den Palast mit dem Pferd des Kanzlers – glaubt nicht, ich würde nicht erkennen, wessen Ross das ist –, beraubt uns unserer Kleidung und verlangt auch noch unsere Dienste. Könnt Ihr uns wenigstens erklären, wer Ihr seid?«

Konstanze begann das Seil um ihre Taille zu schlingen. »Ich gehöre dem Hofstaat der Königin an. Konstanze von Aragon hat heute Sizilien erreicht und mich beauftragt, dass ich mich sofort nach dem Befinden ihres Bruders erkundige.«

Der Mann ließ den Spieß sinken. »Da könnte ja jeder kommen.«

Unsicher blickte er zu seinen Kameraden. Die konnten sich auch keinen Reim auf die merkwürdige Unbekannte machen, die sichtlich derangiert und in mehr als despektierlichem Aufzug den Normannenpalast gestürmt hatte. Ihr langes blondes Haar hatte sich beim Ritt gelöst und war zudem unbedeckt, ein Anblick, der den Männern selten vergönnt war.

Konstanze spürte, dass sich das Blatt wendete – und nicht unbedingt zu ihren Gunsten. Die ganze verrückte Scharade gab ihr zwar die Möglichkeit, einige Stunden unerkannt zu bleiben, auf der anderen Seite war es ohne den Schutz der königlichen Siegel ein Leichtes, sie in den Turmkerker zu werfen oder weit Schlimmeres mit ihr zu veranstalten.

Hilfesuchend sah sie sich um.

Sie befand sich in einem großen rechteckigen Hof. Direkt gegenüber führte eine breite steinerne Treppe auf eine Galerie, wo die Räume des ersten Stockwerkes hinter den schmalen, hohen Fenstern liegen mussten. Mit einem schnellen Blick erfasste sie, dass der Palast insgesamt drei bis vier Etagen haben musste. Irgendwo hier, hinter einem dieser Fenster, lag ihr Bruder.

»Habt Ihr einen Beweis? Sonst müssten wir das Pferd als gestohlen ansehen und Euch als eine dieser liebestollen Mägde, die ständig versuchen, einen Blick auf den König zu erhaschen.«

Die Söldner grinsten. »Das wird langsam richtig lästig«, sagte einer.

»Federico, Federico!«, ergänzte ein anderer spöttisch. »Tag und Nacht! All diese Lautenspieler, die im Auftrag der verrückten jungen Damen jaulen wie die räudigen Katzen!«

»Und erst die Blumensträuße. Die Muskatellerkörbe. Ganze Heerscharen interessierter Jungfrauen in den königlichen Gärten, getrieben von der Hoffnung, einen Blick auf den jungen *ré* zu werfen!«

Gelächter machte die Runde, und in den Fenstern im ersten Stock erschienen neugierige Gesichter. Gesinde, Schreiber und Handwerker sahen herunter auf das unübliche Schauspiel.

Je mehr Menschen sie in diesem Aufzug zu Gesicht bekamen, desto weniger Respekt könnte sie erwarten, wenn sie sich jetzt offenbarte. Gab es denn niemanden, der ihr helfen konnte?

Oben, am Ende der steinernen Treppe, gewahrte sie eine bekannte Gestalt.

»Majid!«

Der Sarazene blieb überrascht stehen.

»Majid! Erkennt Ihr mich wieder?«

Er kam zwei Stufen herunter und stieß einen scharfen Pfiff aus. Augenblicklich ließen die Söldner von ihr ab und machten, dass sie zurück auf ihre Posten kamen. Einer führte das Pferd durch einen dunklen Torbogen davon, vermutlich in Richtung der Ställe.

Konstanze raffte die Kleider und hastete die Treppe hinauf.

»Majid! Welch ein Glück, Euch hier zu treffen!«

Der Angesprochene hatte von Glück wohl eine andere Vorstellung, denn er runzelte die Stirn. »Ich bin erstaunt, Condesa. Erlaubt mir diese Regung. Was führt Euch in den Palast? Hatte der *ré* nicht befohlen …«

Konstanze erreichte den Sarazenen und blieb, ein wenig außer Atem, vor ihm stehen. »Ist Er hier?«

Der Sarazene sah sich um und bat sie dann mit einer Kopfbewegung, ihm einige Schritte zu folgen. Die Neugierigen an den Fenstern waren spätestens nach dem Pfiff verschwunden, doch sie ahnte, dass dies hier wohl ein Haus war, in dem die Wände Ohren hatten. Zumindest warf Majid noch einen besorgten Blick über die Schulter, ehe er sich ihr wieder zuwandte.

»Ja, Er ist hier. Aber wenn Er erfährt, dass Ihr Seinen Befehlen zuwidergehandelt habt …«

»Ach, ich meine doch gar nicht den König, ich meine den Grafen. Alfonso de Provenca.«

»Condesa, der König wird nicht sehr erfreut sein.«

Konstanze hob die Augenbrauen. »Hat eigentlich irgendjemand seit der Unterzeichnung des Ehevertrages einmal danach gefragt, was die Königin erfreuen würde?«

Majid zuckte mit den Schultern. »Die Freude der Königin ist das Licht des Königs, das auf sie fällt.«

»Schön, schön. Es würde sie aber auch erfreuen, wenn nicht *alle* ihre Wünsche einfach übergangen würden, nur weil der König andere Pläne hat. Ich will den Grafen von Provence sehen, und zwar auf der Stelle. Sonst werde ich die Königin darüber informieren, wie man mich hier empfangen hat. Und glaubt mir, es ist in unser aller Interesse, wenn ich bei dieser Schilderung nur die angenehmen Erlebnisse berücksichtige. Nun?«

Majid verbeugte sich und wies mit dem linken ausgestreckten Arm in den rechten Trakt des Gebäudes. »Ich werde Euch begleiten und sehen, ob Er Euch empfangen kann.«

Dann ging er voran, und Konstanze folgte ihm.

Der Sarazene nahm eine der Treppen, die hinter einem schweren Samtvorhang verborgen waren. Die Tür davor öffnete er mit einem eisernen Schlüssel, den er in den Falten seines weiten Gewandes verborgen hatte. Konstanze vermutete, dass sie sich im östlichen Turm befanden, und versuchte ihm so leichtfüßig wie möglich zu folgen. Er war es offensichtlich gewohnt, schnell zu laufen, denn er nahm keine Rücksicht auf seine atemlose Begleiterin, und erst auf dem vierten Treppenabsatz drehte er sich halb zu ihr um und wartete einen Moment.

»So hoch hinauf?«, keuchte sie.

Je weiter nach oben, desto einfacher die Unterkünfte. Das war in allen Palästen so, auch wenn dies hier ein eher schlichtes Gebäude war. Die Normannen schienen eine Aversion gegen die überbordend ornamentale Bauweise der früheren Herrscher zu haben – selbst innerhalb der Mauern erhoben sich Wände und Torbögen ohne schmückendes Beiwerk. Weder Teppiche noch sonstiger Zierrat verschönte das Treppenhaus.

Damit konnte Konstanze durchaus leben. Sizilien war arm, nur wenig war geblieben von seiner einstigen Pracht. Aber dass man ihren Bruder offenbar hoch unter dem Dach zu den Dienstboten gesteckt hatte, irritierte sie nun doch sehr. Das hatte er nicht verdient. Der Umgang der Staufer mit der *corona de aragón* ließ wirklich sehr zu wünschen übrig. Hier scherte sich offenbar niemand um Etikette und Protokoll. Das zu ändern war eine weitere schwere Aufgabe, mit der sich Konstanze langsam, aber sicher konfrontiert sah.

Als sie auf halbem Wege kurz innehielt, weil ihre Knie anfingen zu zittern und die Stufen plötzlich vor ihren Augen tanzten, fiel ihr Blick auf eine hohe Eichentür. Um Zeit zu gewinnen und sich nicht die Blöße einer Ohnmacht zu geben, fragte sie:

»Was ist das?«

Majid, zwei Treppen über ihr, beugte sich über die steinerne Brustwehr.

»Der *tiraz.*«

Die sagenumwobene Manufaktur der Schätze, es gab sie noch? Magische Webstühle, die reines Gold verwirkten, verwunschene Spinnräder, die den Mondschein zu Silber zogen, mit Spindeln aus Edelstein und Nadeln aus Einhorn. Hier webten griechische und türkische Sklaven alchimistische Geheimnisse in nachtblaue Seide, in Krönungsmäntel und Kaisergewänder. Märchenhafte Geschichten rankten sich um die alte Manufaktur, und Konstanze hätte nach allem, was ihr bisher zu Ohren gekommen war, nicht daran geglaubt, dass sie noch existierte.

»Der *tiraz?*«

Majid nickte. Es gab ihn also wirklich, er war kein Gerücht und auch keine Legende. Ausgerechnet in diesem letzten Fleckchen Erde der Christenheit, ausgerechnet hier, in diesem leeren steinernen Palast eines verarmten Kindkönigs, sollte der sagenhafte Traum einer Schatzhöhle wiederauferstanden sein? Konstanze ging zu der Tür und öffnete sie einen Spaltbreit.

Dann stieß sie die Tür mit einem Ruck ganz auf.

Vor ihr lag ein hoher, heller Saal, in dem mehrere Dutzend Männer auf gewaltigen Tischen saßen oder geschäftig zu den hohen Regalen an der Wand eilten, um Stoffballen herauszusuchen. Lautstark debattierten sie miteinander und riefen sich gerade einige wüste Scherze in einer ihr fremden Sprache zu, denn das gemeinsame Lachen, das nun folgte, ließ auf eine gehörige Vulgarität schließen.

Auf dem vorderen Tisch an der Tür arbeiteten die Männer gerade an mehreren Kissen. Demnach mussten das die Türken sein, von denen Konstanze schon gehört hatte und die als Einzige solche goldbestickten Meisterwerke zustande brachten, wie man sie nur an den elegantesten Höfen und in den Sultanspalästen fand.

Neugierig trat sie einen Schritt näher, und just in diesem Moment sah einer der Männer hoch. Sein Lachen erstarb, und er zischte den anderen etwas zu, woraufhin alle die Arbeit sinken ließen und sie mit einer Mischung aus Erstaunen und Entsetzen anstarrten.

Erst jetzt bemerkte Konstanze die Wachen, die auf der anderen Seite des Saales standen. Dort befand sich offenbar der Haupteingang, und nach der Art der Rüstung zu schließen, war sie wohl aus Versehen in das Allerheiligste des Palastes eingedrungen. Von den vier mit Spießen und Schwertern bewehrten Männern machten sich jetzt zwei auf den Weg in ihre Richtung. Ihre grimmigen Gesichter verrieten die eindeutige Absicht, sich auf nicht sehr einfühlsame Weise mit ihr zu befassen.

»Verzeihung«, sagte Konstanze. »Falsche Tür. Die hier stand offen, und da dachte ich …«

Der Erste war schon fast bei ihr, da fasste von hinten eine eisenharte Hand ihren Arm und zog sie zwei Schritte zurück.

»Es ist in Ordnung.«

Majid stellte sich vor Konstanze. »Sie gehört zum Gefolge der Königin.«

Der Wachsöldner senkte den Spieß, den er gerade drohend erhoben hatte.

»Wir haben eindeutige Anweisung, niemanden in diesen Raum zu lassen.«

Konstanze schüttelte Majids Hand ab. »Auch nicht Eure Herrin?«

Der Mann, ein kräftiger Hüne in noch jungen Jahren, wechselte einen schnellen Blick mit seinem Gefolgsmann.

»Solange wir keine anderslautenden Befehle bekommen, auch nicht die neue Königin.«

Konstanze spürte, wie der Zorn in ihr hochkroch. Die Königin hatte das Recht, überall und immer ohne Bitten Einlass zu erhalten, in jeden noch so kleinen oder großen Raum ihres Palastes, ihrer Stadt, ihres Landes. Sie öffnete den Mund und holte tief Luft, als Majid wieder einmal ungefragt das Wort ergriff.

»Wir bitten um Entschuldigung.«

»Was?« Konstanze fuhr herum und sah, wie er sich vor dem Wachsöldner verbeugte. »Wir bitten um gar nichts. Damit das ein für alle Mal geklärt ist.«

»Befehl ist Befehl. Entweder Ihr verlasst den *tiraz* augenblicklich, oder wir müssen euch festnehmen und dem Kastellan zuführen.«

»Dann bringt mich augenblicklich zu ihm.«

Der Wachsöldner grinste. »Er ist leider auf dem Weg nach Catania und wird erst in vier Tagen zurückerwartet. Bis dahin hätten wir eine nette kleine Kemenate im Keller für Euch frei. Also?«

Das war unglaublich. Das musste sie ihrer Schwester Sancha schreiben. Und ihrem Bruder Pedro. Wie sie hier behandelt wurde! Jede Küchenmagd in Zaragoza erhielt mehr Respekt. Hilfesuchend drehte sie sich um, doch Majid war bereits im Treppenhaus und schien nicht vorzuhaben, diese unangenehme Situation zu ihren Gunsten zu beeinflussen.

Sie wandte sich wieder an die beiden Wachknechte. »Wir werden noch ein Wörtchen miteinander reden. Verlasst Euch darauf. Und Ihr da ...«, sie streckte den Arm aus und deutete auf die Arbeiter, die der Szene mit der unverhohlenen Freude derer beiwohnten, denen eine überraschende Pause geschenkt worden war, »macht Euch darauf gefasst, dass die Königin ab sofort jeden Tag hier erscheinen wird. Unangemeldet und wann immer es sie danach gelüstet. Ist das klar?«

Die Arbeiter begannen sofort wieder mit ihrer emsigen Tätigkeit. Ohne ein Wort des Abschieds drehte sich Konstanze um und folgte Majid. Der Sarazene war bereits ein Stück vorausgeeilt, und Konstanze hatte Mühe, ihn nicht aus den Augen zu verlieren.

Als sie ihn endlich eingeholt hatte, waren sie fast am Ende der Turmtreppen angelangt.

Keuchend ließ sie sich auf der vorletzten Stufe nieder.

»Die Befehle Eures Herrn«, japste sie, »beginnen mein Wohlbefinden misslich zu beeinträchtigen. Warum ist der *tiraz* so streng bewacht?«

Majid hatte bereits den schweren Schlüssel in der Hand und betrachtete ihn nun von allen Seiten. Es war klar, dass er nicht vorhatte, ihr eine Antwort zu geben. Wütend zerrte Konstanze an dem engen Halsausschnitt ihres Hemdes. Die Hitze und der Aufstieg machten ihr zu schaffen. Sie war Anstrengung nicht gewohnt, und dieses beinahe afrikanische Klima schon gar nicht. Dazu die lange Seereise, die Übelkeit, der leere Magen und der Unwillen aller, der ihr hier entgegenschlug.

»Es ist ein raues Land«, hatte der Padre ihr gesagt. Vor einer Woche war das erst gewesen, als sie ein letztes Mal vor ihrer Abreise die Kapelle betreten hatte, in der Hoffnung, dass ihr doch noch jemand Trost und Anteilnahme spendete. Aber der Geistliche hatte ihre Sorgen mit einer unwilligen Handbewegung abgewiegelt.

»Mit rohen Sitten und barbarischen Menschen, die sich wie wilde Hunde auf das Erbe des Staufers gestürzt haben«, begann er. »Der junge König ist nun vierzehn und damit volljährig. Er wird Zeit brauchen und eine starke Frau an seiner Seite, und selbst dann sind seine Möglichkeiten nur gering. Die deutschen Fürsten haben sich von ihm abgewandt, niemand will sich erinnern, dass ihm einst der Kaiserthron versprochen war. Denn Otto, der Welfe, hat diese Erinnerung getilgt und gelöscht, die Fürsten bestochen und seine Macht mit Mord und Blut besiegelt. Er ist jetzt der deutsche Kaiser. Der Staufer ist nichts. Einzig die Kirche hat all die Jahre versucht, Leben und Recht dieses Menschen zu schützen. Doch Sizilien ist weit weg von Rom, und du kennst die Bedingungen, auf die man für diesen Schutz eingegangen ist. Du kennst sie, und du wirst darauf achten, dass sie eingehalten werden, meine Tochter. Es ist Gottes Wille, dass nichts geschieht, was nicht geschehen darf. Das ist deine Aufgabe, das ist dein Weg. Es ist der einzige Weg.«

»Er ist vierzehn«, hatte sie geflüstert und versucht, den Schmerz in den Knien zu ignorieren. Die Holzbänke in der Kapelle waren hart, doch noch härter erschien ihr das eigene Schicksal.

»Die Mannhaftigkeit der Cäsaren kommt vor der Zeit«, zitierte der Padre ohne ein Zeichen von Mitgefühl.

Konstanze kannte das Schreiben von Innozenz III., sie hatte die Abschrift im März erhalten, als längst über ihren Kopf, ihren Körper und ihre politische Bedeutung entschieden war.

»Mit raschen Schritten lässt er den Knaben hinter sich, tritt ein in das Alter der Einsicht und eilt mit seinen Kräften den Jahren voraus.« Der Padre beugte sich zu ihr herab. »Seine Einsicht zu fördern, meine Tochter, und diese Kräfte zu lenken, dazu bedarf es einer reifen Frau. Gott, Papst und Kirche – dieses Dreigestirn hat über ihn gewacht, vergiss das nicht. Nur Hunde beißen die Hand, die sie füttert. Der Staufer aber bellt schon und zerrt an der Kette, die man zu seinem Schutz geschmiedet hat. Sein Geschlecht ist getrieben von Gier und Größenwahn. Der alte Traum, Sizilien mit dem *regnum teutonicum* zu vereinen, lebt in ihm fort. Doch niemals, hörst du?, niemals darf ein sizilianischer König deutscher Kaiser werden. Denn wenn er erst diese beiden Länder hat, dann will er auch den Rest, der in der Mitte liegt. Dann will er Rom.«

»Rom?«

Erschrocken starrte Konstanze auf den Padre, der mit einem selbstgefälligen Nicken zurück in den Kirchenstuhl sank.

»Deine Tugenden sind Vernunft und Bescheidenheit. Pflanze sie ein in ihn und seine Söhne, und unterrichte den Heiligen Vater von allem, was der Staufer plant. Denke daran: Du hattest schon einmal Mann und Sohn und Krone. Du hast alles verloren, obwohl du Ungarns Königin warst. Selbst das hat dich nicht schützen können.«

Keuchend holte sie Atem und krümmte sich zusammen.

Mein Sohn. Mein kleiner, lieber, stolzer Sohn.

Er war in ihren Armen gestorben, auf der Flucht vor den Häschern ihres eigenen Schwagers, in einem verdreckten Schlammloch kurz hinter der Grenze zu Österreich, und bis heute konnte sie sich nicht verzeihen, dass ihr Leben gerettet und seines verloren war. Die Erinnerung schoss wieder in ihr hoch und durchbohrte sie wie mit einem glühenden Eisen.

Genau das hatte der Papst gewollt. Deshalb hatte man ihr diese Mission aufgetragen. Weil sie Witwe war und verwaiste Mutter dazu. Weil sie wusste, wie entsetzlich der Schmerz wütete, wenn man das Liebste verlor. Sie würde wieder Kinder bekommen, auch dies war ihre Pflicht. Aber deren Sicherheit war nur gewährleistet, wenn der Staufer an der Kette blieb. Lehnte er sich jedoch auf gegen die Kirche, würde keine heilige Hand sie mehr schützen.

Wieder einmal musste sie Innozenz für seine perfide Schläue bewundern. Die irdische Welt war für ihn nichts weiter als ein gigantisches Schachbrett, auf dem er seine Figuren nach Belieben hin und her schob. Was war sie, Konstanze, in diesem großen, undurchschaubaren Spiel? Ein Bauernopfer? Oder ein solider Turm? Der wankelmütige Springer? Die Dame etwa an der Seite des schwarzen Königs? Ich bin bloß ein schwaches Weib. Was er von mir verlangt, ist zu viel.

»Condesa?«

Wie aus weiter Ferne hörte sie die Stimme, dann tauchte verschwommen das furchteinflößende Gesicht des Sarazenen vor ihr auf. Es war ein Alptraum, den sie hier erlebte, und das Heimweh, der Schmerz und die Trauer legten sich wie ein eisernes Band um ihr Herz.

»Es geht schon wieder.«

Sie atmete tief durch und stand auf. Augenblicklich erfasste sie der Schwindel. Sie stützte sich am Geländer ab und schloss die Augen.

»Wir sollten nicht weitergehen.« Die Stimme des Sarazenen klang besorgt. »Es ist besser, wenn ich Euch in die *Zisa* bringen lasse, und zwar bevor der König erfährt, dass Ihr hier gewesen seid.«

Sie richtete sich auf. Der Schwindel war augenblicklich verflogen. Ihre Selbstsicherheit kehrte zurück und damit auch etwas in ihrer Haltung und in ihrem Blick, das Widerspruch nicht duldete.

»Wir gehen weiter. Und Ihr werdet mich nirgendwo hinbringen, Majid. Nicht bevor ich den Grafen gesehen habe.«

Die Hitze unter dem Dach war unerträglich. Dann aber mischte sich in die abgestandene Luft der Geruch von Eukalyptus, Minze, Zedernholz und noch etwas anderem, das schwer zu beschreiben war. Fäulnis vielleicht, brackiges Wasser oder dumpfe Verwesung.

Am Ende der Treppe öffnete sich die letzte Tür zu einem weiten, niedrigen Raum, der ohne Zwischenwände die gesamte Geschossfläche dieses Gebäudeteils einnahm. Die winzigen Fenster an den beiden Längsseiten ließen nur wenig Licht ins Innere. Konstanze, deren Augen sich schon im Treppenhaus an das Halbdunkel gewöhnt hatten, erkannte roh gezimmerte Bettgestelle. Sie waren mit Leder bespannt und mit Tüchern bedeckt, auf die man die Kranken gelegt hatte. Helle Vorhänge trennten sie ab von den Blicken der anderen, nicht aber von ihrem qualvollen Stöhnen und herzzerreißenden Wimmern, nicht von den Schmerzensschreien und leise gemurmelten Gebeten, nicht vom Kanon der Qual und der Liturgie des Todes, die hier, weitab von den Lebenden, ihren unabänderlichen Lauf nahm.

Konstanze achtete nicht auf Majid und auch nicht auf die Nonnen, die zwischen den Betten hin und her eilten. Sie lief auf das erste Lager zu, riss den Vorhang zur Seite und fuhr beim Anblick des Menschen auf dem schmalen Bett entsetzt zurück.

Der Mann war noch jung, zählte keine zwanzig Lenze. Seine Augen lagen tief in den Höhlen, seine Haut war leichenblass und mit schwärenden, nassen Wunden bedeckt. Ein leises Stöhnen drang über seine schorfverkrusteten Lippen. Er erkannte sie nicht, denn er nahm niemandem um sich herum mehr wahr.

Erschüttert ließ sie den Vorhang wieder fallen. Noch bevor sie an das nächste Bett treten konnte, versperrte eine der heiligen Schwestern ihr den Weg.

»Verzeiht, aber wer hat Euch gestattet, hierherzukommen?«

Sie trug eine flache Schüssel, die sie mit einem Tuch bedeckt hatte, dennoch drang ein beißender Gestank in Konstanzes Nase. Die Nonne schien den Geruch gar nicht mehr wahrzunehmen. Sie war hager und alt, mit einem von Arbeit und Gebet gebeugten Rücken, doch ihre kleinen, dunklen Augen in dem faltigen Gesicht strahlten Ruhe und Achtsamkeit zugleich aus.

»Ich war es«, sagte Majid, der jetzt zu ihr getreten war.

Die Nonne runzelte die Stirn.

»Ich kenne Euch. Seit wann handelt Ihr gegen den ausdrücklichen Befehl des *ré*?«

Dann nickte sie ein jüngeres Mädchen, offenbar eine Novizin, zu sich heran, drückte ihr die Schüssel in die Hand und trocknete sich die Hände an ihrem Gürteltuch.

»Der Zutritt wurde strengstens untersagt. Ihr überschreitet Eure Befugnisse. Wer ist diese Dame?«

»Die Condesa de Navarra aus dem Gefolge der Königin.«

Erschrecken huschte über das Gesicht der alten Frau. »Die Königin ist doch nicht etwa hier im Haus?«

»Nein«, erwiderte Majid.

Er fühlte sich offensichtlich unwohl in seiner Haut.

Die Nonne schien über ein hohes Maß an Autorität zu verfügen, der sich sogar Majid zu unterwerfen hatte. Aber Konstanze verscheuchte den leichten Anflug von schlechtem Gewissen, denn nicht sie hatte ihn in diese unangenehme Lage gebracht, sondern der König mit seinen unsinnigen Befehlen.

»Ich suche den Grafen von Provence. Meine Herrin muss wissen, wie es ihrem Bruder geht. Er ist nicht zu ihrem Empfang erschienen, und das bereitet ihr große Sorge.«

Die Nonne faltete die Hände. »Ihr wollt doch nicht etwa zu ihm?«

Eine kleine, kalte Angst kroch in Konstanzes Herz. Bisher hatte sie an nichts anderes als an eine weitere Schikane Federicos geglaubt. Aber nun begann sie zu ahnen, dass mehr hinter der Verbannung in die *Zisa* stecken musste.

»Doch«, antwortete sie. »Ich muss.«

Die Nonne sandte einen strafenden Blick zu Majid. »Wenn das der König erfährt – er wird nicht sehr erfreut sein. Die Condesa muss auf der Stelle umkehren, es ist zu gefährlich.« Sie wandte sich an Konstanze. »Hier wütet eine Seuche. Wusstet Ihr das nicht?«

»Die … Miasmen?«

»Miasmen? Wer hat Euch denn so etwas erzählt?«

Sie griff nach Konstanzes Arm und lotste sie sanft, aber unerbittlich in Richtung Tür. »Die gibt es hier nicht. Es ist das italienische Fieber. Wir haben den Hakim zu Rate gezogen, und er hat dringend geraten, die Kranken von den Gesunden zu separieren. Das scheint die einzige Möglichkeit, dem Tod zumindest vorübergehend nicht allzu viele Seelen zu schenken. Deshalb müsst Ihr jetzt gehen.«

Unwillig machte sich Konstanze los. »Ich werde nicht gehen, bevor ich den Grafen gesehen habe. Das ist ein Befehl der Königin.«

»Es wird nicht möglich sein.«

Konstanze trat einen Schritt zurück, und die Angst in ihr schien auf einmal eine Stimme bekommen zu haben. Etwas stimmt hier nicht, flüsterte diese Stimme. Etwas Schreckliches geschieht mit deinem Bruder, etwas namenlos Furchtbares. Du musst auf der Stelle erfahren, was das ist.

Schnell drehte sie sich um und lief die Reihen ab. Noch bevor Majid oder die Nonne sie zurückhalten konnte, hastete sie von Bett zu Bett, hob die Vorhänge und warf einen Blick auf die verkrümmten, entstellten Leiber.

»Nicht!«

Eine Schwester stellte sich ihr in den Weg. Sie stieß die Frau zur Seite, und noch bevor die Ahnung Gewissheit wurde, wusste sie, dass er es war, der dort lag.

In der hintersten Ecke des großen Raumes, ein wenig separiert von dem elenden Sterben um ihn herum, hatte man Alfonso auf das einfache Lager gebettet. Fast hätte sie ihn nicht wiedererkannt, denn sein ausgemergelter, gepeinigter Körper hatte keine Ähnlichkeit mehr mit dem kraftstrotzenden jungen Mann, der er noch vor so kurzer Zeit gewesen war.

»Alfonso!«, flüsterte sie und sank auf die Knie.

Sofort war die Alte bei ihr und zog sie zurück.

»Was hat er? Was ist mit ihm?«

Er musste schreckliche Schmerzen haben. Sein Atem rasselte in den Lungen, und jedes Mal, wenn sich der Brustkorb hob, entrang sich ihm ein hoher, pfeifender Ton.

»Es ist das Fieber aus den Sümpfen im Süden. In solcher Heftigkeit haben wir es noch nicht erlebt. Es hat die halbe Stadt und all die fremden Männer aus Aragon befallen. Wir können nichts tun, nur beten und die Wunden waschen.«

»Alfonso!«

»Er hört Euch nicht, aber seine Qualen werden bald ein Ende haben. Vielleicht ist das ein Trost.«

Konstanze hob die Hand und wollte ihren Bruder berühren.

Sanft hielt die Schwester sie davon ab.

»Fasst ihn nicht an. Überlasst das uns. Ihr seid noch fremd und diese Dinge nicht gewohnt. Der Hakim sagt …«

»Der Hakim?«

Konstanze fuhr herum und fixierte die Nonne mit einem hasserfüllten Blick. »Ihr habt das Herz, einen Hakim zu diesen Männern zu lassen? Einen mohammedanischen … Nichtskönner? Einen Ungläubigen?«

Die Nonne sah zu Boden. »Er heilt. Und er hat mehr Erfolg damit als …«

»Er heilt? Hier wird gestorben und nicht geheilt!«

Konstanze richtete sich auf. Tränen schossen ihr in die Augen. »Was ist eigentlich los in diesem Land? Interessiert Euch das Schicksal dieser Männer nicht? Sie haben für Euch ihre Heimat verlassen, ihre Familien, ihre Kinder! Er da, der Graf, hat einen Sohn! Drei Jahre ist der Kleine alt. Nur seine Treue zu Gott, Papst und der Königin hat ihn und die anderen hierhergetrieben. Und alles, was Ihr in der Stunde größter Not für sie tut, ist, einen Hakim zu rufen? Einen Hakim!«

Entsetzt starrten die Schwestern sie an.

»Was glotzt Ihr so! Holt einen richtigen Arzt! Holt Priester! Lasst Messen lesen oder tut irgendetwas, was diesen Menschen hilft! Lasst sie doch nicht einfach so sterben …«

Ihre Stimme brach. Sie sank in sich zusammen und konnte das alles nicht begreifen. Schluchzend tastete sie nach der Hand ihres Bruders, doch wieder wurde sie zurückgehalten. Es war ein schmerzhaft fester Griff dieses Mal, und mit den tränenblinden Augen konnte sie nicht erkennen, wer es war.

»Lasst mich! Bitte, lasst mich einfach …«

Jemand zog sie hoch und hielt sie fest. Sosehr sie sich wehrte, er ließ sie nicht los. Sie wollte rufen, schreien, um sich treten, irgendetwas tun, damit der furchtbare Schmerz herausfahren könnte aus ihr, aber er ließ sie nicht los. Im Gegenteil: Er drückte sie so fest an sich, dass die brutale Umarmung ihr fast den Atem raubte. Sein Geruch war schwer und erdig, ein Hauch von Moschus, Zedern und Schweiß und etwas, was sie an den Duft einer seltenen Blume erinnerte, die sie einmal in den Gärten von Zaragoza gerochen hatte. So lange war das her. Spielte Alfonso noch mit seinen hölzernen Pferden? Trug sie noch die kurzen Hosen unter dem Hemd? Klang ihr Lachen durch die marmornen Arkaden hinauf zu den Kapitellen? Lachen wie Vogelgezwitscher und Silberschellen. Fang mich! Du kriegst mich nie! Und Sancha, damals schon die Stille und Ruhige, unschuldiges Opfer ihrer kindlichen Späße, weinte um jede geknickte Rose, die Scherben der Blumentöpfe und die zertretenen Ameisen. Seht nur, was ihr angerichtet habt, ich werde es Vela sagen! Bebende Empörung in ihrem kleinen Gesicht mit den riesengroßen Augen, Tränen hingen an langen Wimpern wie Regentropfen an zitternden Grashalmen, was hab ich dich lieb, komm, wein nicht mehr, wir haben uns doch so lieb, so lieb …

Und da gab sie auf. Sie sank in diese Umklammerung und spürte, wie all das Elend in ihr sich einen Weg durch ihre Kehle suchte und sie aufgeben wollte wie ein gehetztes, zur Strecke gebrachtes Tier, dem das ewige Dunkel Erlösung bringen würde vor seinen Häschern, Erlösung von Angst und abgrundtiefem Schmerz, und sie spürte, dass diese Arme sie halten würden, egal, wie tief sie fiel, und dass sie Sehnsucht danach hatte, gehalten zu werden, ausgerechnet in diesem Moment, in dem ihr Bruder im Sterben lag, und diese Erkenntnis erfüllte sie mit Abscheu vor sich selbst.

Der Mann merkte, dass ihr Widerstand brach, und lockerte den Griff. Er packte sie, und stolpernd und schleifend ließ sie sich widerspruchslos bis vor die Tür ziehen. Dort, im Treppenhaus, ließ er sie los.

Die Tür hinter ihnen wurde geschlossen. Konstanze wischte sich die Tränen aus den Augen und blinzelte ihn an.

»Ihr schon wieder«, sagte sie resigniert.

Der Drachenreiter musterte sie mit einem Blick, vor dem sie bei jeder anderen Gelegenheit vor Angst in die Knie gegangen wäre. Aber sie spürte nur Leere in sich. Die Wärme seines Körpers, die sie eben noch eingehüllt hatte, kühlte ab, und einen Moment lang versuchte sie ihr nachzuspüren wie eine Träumende, die nach der Decke tastet, die ihr im Schlaf entglitten ist. Sie wagte es nicht, ihn anzusehen, aus Angst, er könnte diesen Verlust in ihren Augen erkennen.

»Ja, ich. Was soll ich eigentlich mit Euch machen? Wurde nicht ausdrücklich angeordnet, dass Ihr sofort nach Eurer Ankunft in die *Zisa* gebracht werdet?«

Er begann, mit weit ausholenden, wütenden Schritten auf und ab zu gehen. Zaghaft lugte sie zu ihm hinüber. Der Zorn versteinerte seine Miene. Die Lippen hatte er zusammengepresst, steile Falten zerfurchten seine junge, glatte Stirn. Mit einem Mal blieb er stehen, hieb mit der Faust an die Wand und drehte sich blitzschnell zu ihr um.

»Warum tut Ihr das?«

Der Blick aus seinen tiefblauen Augen traf sie unvermittelt und degradierte sie zu einem ungehorsamen kleinen Mädchen. Wie ein zurechtgewiesenes Kind konnte sie nicht anders, als mit einer Mischung aus Trotz und ertappter Scham zu reagieren. Sie zuckte so gleichgültig und hochmütig es ging mit den Schultern.

Mit einer ungestümen Bewegung fuhr er sich mit beiden Händen durch die Haare. Rotblonde, schulterlange Locken, stellte sie fest. Anders angezogen war er auch. Besser, förmlicher. Kein Wunder, schließlich war er hier im Palast seines Königs und nicht auf Kaperfahrt.

»Ihr widersetzt Euch! Stehlt das Pferd des Kanzlers, macht Euch zum Gespött von ganz Palermo und dringt in den Palast ein! Ihr seid … von einer bodenlosen Starrköpfigkeit. Wollt Ihr Euch umbringen? Wollt Ihr, dass der König Euch auch noch verliert?«

Konstanze atmete tief durch und schüttelte den Kopf. »Es war die Sorge um … Alfonso.«

»Der Graf wird sterben.«

Er blieb stehen. Die Wut ließ nach. Konstanze, an die Wand gelehnt, konnte spüren, wie die Worte von ihr Besitz ergriffen. Klar und deutlich hatte er ausgesprochen, was eben noch gedroht hatte, ihr den Verstand zu rauben. Alfonso wird sterben. Alle werden sie sterben. Der Boden hob und senkte sich vor ihren Augen. Sie schwankte, fing sich aber wieder. Der Drachenreiter beobachtete sie schweigend.

»Euer Schmerz ist nicht der einer Botin. Alfonso ist Euer Bruder, nicht wahr?«

Leise sagte er das, und sie nickte. Die Scharade war zu Ende, er hatte sie erkannt. Sie warf einen Blick auf die geschlossene Tür. Er hatte recht, sie durfte dort nicht hinein. Sie konnte nichts mehr für Alfonso tun. Beten vielleicht noch. Allein, irgendwo, wo sie sich verkriechen konnte und niemanden mehr sehen musste.

»Und die Ritter?«

»Fast alle sind dahingerafft.«

Sie rutschte die Wand hinab und sackte in sich zusammen. Mit zwei Schritten war er bei ihr, schüttelte sie sanft und versuchte, ihren Oberkörper aufzurichten. Erneut spürte sie, wie die dunkle Willenlosigkeit von ihr Besitz ergriff. Es war fast so wie damals, als Gott ihren süßen, kleinen Engel zu sich gerufen hatte. Aufgeben, sich einfach ins Herz der Finsternis fallen lassen. Nie mehr nachdenken, nie mehr weinen.

Sie legte die Arme schützend vor das Gesicht. Die Tränen liefen einfach so aus ihr heraus, sie konnte nichts dagegen tun. Plötzlich spürte sie seine Hand auf ihrem Haar, und mit einer unbeholfenen Bewegung streichelte er über ihren Scheitel. Sie ließ es geschehen.

»Ich kannte so viele von ihnen.«

Zu den Bildern aus den Gärten Zaragozas gesellte sich die Erinnerung an den Abschied. Sie weinte um die jungen Burschen, die lachend in dieses Abenteuer gezogen waren, weil sie der Armut entkommen konnten und der Enge auf den kleinen, schäbigen Höfen. Sie weinte um die Knappen, die sich Ruhm und Ehre erhofft hatten an der Seite ihrer Herren, und sie weinte um die *hidalgos,* die das Heer geführt hatten, das stolze Heer der Krone Aragon, die größte und herrlichste Mitgift, die je eine Königin in die Ehe mitgebracht hatte.

Und sie weinte um ihren Bruder.

»Hier.«

Der Drachenreiter zog aus einer Falte seines Gewandes ein Tuch hervor und reichte es ihr.

Konstanze nahm es an und wischte sich die Tränen aus dem Gesicht.

»Ich hasse ihn«, sagte sie.

»Wen?«

»Euren König, ich werde ihn immer hassen. Es steht kein guter Stern über dieser Ehe. Sagt ihm das. So ein Unglück kann Gott nicht gewollt haben.«

Langsam stand der Drachenreiter auf. »Er auch nicht.«

Dann wandte er sich ab und stieg die Treppen hinunter, ohne sich noch einmal nach ihr umzusehen.

7.

In dem hohen Kamin am Kopfende des Saales brannte ein Feuer. Obwohl die Tageshitze noch im Raum stand wie ein vergessener Besucher, saß der alte Mann in einen Mantel gehüllt in seinem Löwensessel und schien in den Falten des dunkelblauen Brabanter Tuches fast zu versinken. Die wenigen verbliebenen Haare klebten wie ein weißer Kranz aus Federflaum an seinem Schädel. Die Haut war dünn und blass, auf Stirn und Wangen lagen bleiche rötliche Sommersprossen, doch sie verliehen seinem Gesicht nicht den Hauch von Fröhlichkeit. Das Alter hatte tiefe Falten in sein Antlitz gegraben. Die leicht gebogene, schmale Nase passte gut zu dem aristokratischen Hochmut, den er sein Leben lang im Gesicht getragen haben musste. Selbst zu dieser späten Stunde, in der er sich unbeobachtet fühlen konnte, hatte sich ein Ausdruck tiefer Verachtung in den Kerben um seinen schmallippigen Mund eingenistet. Mit müden Augen blinzelte er in die Flammen und verfolgte den Funkenflug, wenn einer der glühenden Scheite nach unten rutschte, zur Esse, zur Asche, dem Verlöschen entgegen.

Seine knochige Hand lag auf dem goldenen Knauf eines kunstvoll gefertigten Stockes. Die Edelsteine – Lapislazuli, Smaragd und Opal – waren der Mode entsprechend rund geschliffen wie Kieselsteine. All die Jahre, in denen er immer wieder mit dem Daumen darübergerieben hatte, hatten ihrer Oberfläche einen matten Schimmer verliehen.

Der Stock war noch ein Geschenk von König Heinrich VI., dem jähzornigen, unberechenbaren, grausamen, unseligen, Gott sei Dank so früh verstorbenen Vater des jungen *ré*. Zur Erinnerung an jenes Blutgericht vor über vierzehn Jahren, mit dem er über Sizilien hergefallen war und sich das Land untertan gemacht hatte. Jeder, der auf seine Seite wechselte, hatte dieses Geschenk erhalten.

Pietro Salvatore Bonacci hatte immer gewusst, auf welche Seite er sich stellen musste. Doch in Nächten wie dieser war es ihm, als ob die Erinnerungen wie Geister aus der Asche emporstiegen und ihn verführen wollten, seine Entscheidung zu bereuen.

Da war Giordano, der Freund aus Kindertagen. Ein schöner Mann von kräftigem Wuchs, mit dunklen Augen und schwarzen Haaren. Kein Wunder, dass König Heinrichs Gattin einen Narren an ihm gefressen hatte. Hatte sie, die Sizilianerin, wirklich mit Giordano gegen den eigenen Mann intrigiert? Oder war mehr zwischen den beiden gewesen als die gemeinsame Sorge um ihr Land? Giordano war nicht übergelaufen, deshalb war er jetzt auch tot. Und er, Bonacci, lebte.

Sein müder Blick versank in der roten Glut. Da war das zur steinernen Maske gewordene Gesicht der Königin, die auf dem Marktplatz von Palermo mit ansehen musste, wie Giordano hingerichtet wurde. Eine glühende Krone schlugen sie ihm mit Nägeln in den Kopf – er war fast tot, als das geschah, mehr als eine blutende, zuckende Leiche hatte die Folter von ihm nicht übrig gelassen. Kein Laut war zu hören. Weder vom Volk, das den Massenhinrichtungen folgen musste, noch von dem beinahe zeremoniell geschlachteten Opfer. Die Stille über dem Platz war das Unheimlichste an diesem Tag, an das Bonacci sich erinnern konnte. Und der Geruch von vergossenem Blut, das in der Sonne trocknete.

Im glimmenden Feuer erkannte er nun die verweste Leiche Tankreds von Hauteville. Aus der Gruft hatte Heinrich den Kadaver seines Vorgängers holen lassen und ihn eigenhändig enthauptet. Tankreds Witwe Sybille wurde geblendet, ihr kleiner Sohn kastriert. Alle, die noch auf der Seite der Hautevilles standen, ließ er bei lebendigem Leib verbrennen. Es war eine Übermacht aus teutonischem Eisen, die sich über die Insel wälzte und jeden Widerstand zermalmte. Damit war es entschieden: Sizilien gehörte den Staufern.

Wer konnte ahnen, dass dieser grausame König wenig später sterben würde? Und dass seine Witwe, damals schon gebrochen und schwach, ihm kaum drei Jahre später folgen sollte? Das dreijährige Kind, gezeugt aus dem Blut von Vergewaltiger und Opfer, irrte fortan als Waise durch die dunklen Gänge des Palastes. Und die Familien, die König Heinrichs rasende Wut überlebt hatten, weil sie konspirierten und damit Stolz und Vaterland verrieten, konnten aufatmen und sich das wiederholen, was ihnen zustand.

Ob er bereute?

Ein tiefer, röchelnder Atemzug entrang sich seiner mageren Brust. Nein, er bereute nicht. Höchstens, das Kind nicht erschlagen zu haben, wenn es wieder einmal durch die Gassen der Stadt gestrolcht und mal hier, mal dort von einfältigen Leuten, die der magere Bengel dauerte, zu einer warmen Mahlzeit hereingebeten worden war. Denn jetzt war das Kind König, und jetzt nahm es sich einfach. Auch von ihm.

Der schwere Kopf, fast auf die Brust gesunken, drehte sich. Bonaccis trüber Blick fiel auf die Schatulle, die sein Kammerdiener auf den Tisch gestellt hatte. Er musste sie nicht öffnen, denn er wusste, was sich darin befand.

Die Tür wurde aufgestoßen, und noch bevor Bonacci die Gestalt erkannte, die mit einer ungestümen Bewegung den Samtvorhang zur Seite schob, spürte er, wer es war. Ein Lächeln umzuckte seine Mundwinkel, doch kaum wurde er sich dessen bewusst, hatte er sich wieder in der Gewalt und richtete sich auf, so gut es ging.

»Raffaella.«

»Hier bist du! Meine Güte, das ganze Zimmer stinkt ja nach Rauch.«

Eine junge Frau von schmalem Wuchs mit bis auf die Hüften schwingenden dunklen Locken eilte auf das Fenster zu und entriegelte es mit einigen kurzen, kräftigen Handgriffen.

»Außerdem sollst du längst im Bett sein. Hast du deine Medizin genommen?«

Die Phiole stand immer noch unberührt neben dem Becher *clâiret,* einem leichten weißen Wein, den er sich vor dem Schlafengehen gerne genehmigte.

Kopfschüttelnd trat die junge Frau hinter den kunstvoll geschnitzten Stuhl.

»Da sitzt du nun und starrst ins Feuer. Davon wird auch nichts besser.«

Mit einem Seufzen griff sie das Fläschchen und träufelte mehrere Tropfen in den Becher.

»Ich habe heute gesehen, wie sie angekommen ist.«

Sie reichte ihm das Getränk. Er nahm es entgegen und bemerkte resigniert, dass er das leichte Zittern seiner Hände nicht mehr beherrschen konnte. So also ging das mit dem Alter. Erst starben die Glieder, dann der Kopf. Nur das Herz, das starb zuletzt.

»Sie ist dürr, klein und hässlich. Und dazu noch geisteskrank. Sie hat dem Kanzler das Pferd geklaut und ist alleine zum Palast geritten.«

Raffaella wartete auf eine Reaktion, doch Bonacci führte nur den Becher zum Mund und trank mit kleinen Schlucken.

»Besser kann es gar nicht kommen. Ein Häretiker und eine Irre, da hat Rom ja wieder mal ganze Arbeit geleistet. Warum unternimmt niemand etwas dagegen?«

Ungeduldig trat sie an den Tisch. »Und das? Was ist das? Bestimmt nicht die Berufung an den Hof. Seine Ministerialen zieht sich der König ja gerne aus der Gosse, wie man hört.«

Die Art, wie sie voller Verachtung die Lippen verzog, war die seine. Ihr Wuchs, ihr Gang, sogar der herrische Ton, den sie mittlerweile so gerne anschlug – all das war von seinem Stamm. Doch in den letzten Monaten erfreute er sich nicht mehr uneingeschränkt an ihr. Der Tod klopfte an seine Tür, leise noch und mahnend, aber schon im nächsten Moment, in dieser Minute, konnte er eintreten und fordern, was ihm zustand.

Bonacci hatte sein Haus gut bestellt – soweit dies die momentane Rechtslage zuließ. Die beiden Erstgeborenen teilten sich Güter und Latifundien. Der Älteste baute gerade ein Handelshaus in Akkon auf und hatte eine Griechin geheiratet, sein Zweitgeborener weilte in Genua, wo er in diesen Wochen einen Warenzug über die Alpen nach Konstanz zusammenstellte. Und der Jüngste, Guglielmo, machte beim Erzbischof Karriere. Nur sie, seine Tochter, bereitete ihm Kopfzerbrechen. Ihre Mitgift war außerordentlich – Ackerland, Stoffe, Gold und Silber, dazu zwei Koggen samt Besatzung, das Übliche eben, was man von einer Partie aus reichem Kaufmannshaus erwartete –, doch die Bewerber blieben aus. Zumindest diejenigen, die für sie in Frage kämen. Sie war schön, klug, gesittet und gottergeben – bis zu einem gewissen Maß. Aber sich einem Mann unterzuordnen, das hatte sie nie gelernt. Wahrscheinlich hatte er sie zu selten geschlagen, und damit war es auch seine Schuld.

Sein Blick wanderte wieder zum Feuer. Dort suchte er nach dem Bild einer anderen Frau, aber er wusste, dass sein Sehnen vergeblich war. Heute Abend würde sie nicht kommen. Sie vermied es, sich die Asche mit den vielen Geistern seiner Erinnerung zu teilen, und erschien ihm nur noch, wenn er ausschließlich an sie dachte.

»Also ist es das Edikt. Was wirst du tun? Klein beigeben?«

Ihre Finger berührten das Siegel, ein neues Siegel eines neuen Königs, den Adler mit den halb erhobenen Flügeln.

»Alle geben klein bei«, fuhr sie fort. »Und diejenigen, die es nicht tun, sind im Turm. Es ist erbärmlich, mit anzusehen, wie das Land vor die Hunde geht.«

Sie sah hinüber zu ihrem Vater. Ohne dass sie es aussprechen musste, hatte sie ihn in diese Erbärmlichkeit mit einbezogen.

»Wenn du zustimmst, haben wir nichts mehr. Hast du schon einmal darüber nachgedacht, was das für mich bedeutet?«

Ja, antwortete Bonacci nur für sich, du müsstest ins Kloster gehen. Denn wo wäre der Mann, der dich nehmen würde, wenn er noch nicht einmal eine Aussteuer bekäme? Ich liebe dich, mein Kind. Weil ich deine Mutter geliebt habe, die deinetwegen gestorben ist. Deine Geburt war der schwärzeste Tag meines Lebens. Sie wollte, dass dein Leben gerettet wird, auch wenn sie das ihre dafür opfern musste. Allein deshalb bist du mir die höchste Verpflichtung, und aus diesem Grund habe ich auch die basilischen Schwestern großzügig unterstützt. Damit dir ein Platz bei ihnen sicher ist, wenn ich gehen muss, bevor ich alles gerichtet habe.

»Wäre es dir lieber, wenn ich mich weigern würde? Sähest du mich lieber bei den anderen im Turm?«

»Nein.« Unwillig klopfte sie auf die Schatulle. »Aber es muss einen Weg geben, das alles zu verhindern. Was sagen denn die Familien dazu? Du warst doch heute mit am Hafen. Was meinen die Malfalcones? Oder die Lampedusas? Die d'Ajellos?«

Bonacci schwieg.

Raffaella ging zum Feuer und stocherte eine Weile wütend darin herum. Kleine Ascheflöckchen wirbelten auf, einige schwebten durch den Raum und sanken auf Bonaccis Mantel nieder. Mit einer müden Handbewegung strich er sie weg.

»Er hat mich schon wieder angesehen.«

Raffaella stellte den Schürhaken an der Kaminwand ab und richtete sich auf. »Ich will mich nicht dauernd von den Schweinehirten begaffen lassen.«

Bonacci seufzte. »Ich kann den Knechten nicht verbieten, in die Kirche zu gehen.«

»Aber du könntest sie anweisen, die Kapelle zu benutzen und

sich nicht so hinzusetzen, dass ich jedes Mal an ihnen vorbeimuss.«

»Wer ist es?«

Sie wischte sich die Hände an ihrem *surcot* ab. »Rocco heißt er, glaube ich. Widerwärtig, ein echter Vollidiot.«

Bonacci ließ im Geiste das Heer seiner Leibeigenen an sich vorüberziehen. Einen Rocco kannte er nicht.

»Er ist bei den Schweinen, sagst du?«

»Ja. Und offenbar völlig verschossen in mich.«

»Ich werde mich darum kümmern.«

Sie beugte sich hinab und gab ihm einen leichten Kuss auf die Stirn. »Danke, Vater. Gute Nacht.«

»Gute Nacht, Raffaella. Gott segne dich.«

Sie verließ ihn. Das Feuer war in sich zusammengesunken. Seufzend stand Bonacci auf und griff nach der Kerze. Rocco – wenigstens einer, der sich für seine Tochter interessierte. Vielleicht sollte sie sich langsam an den Gedanken gewöhnen, dass selbst die Anbetung eines Schweinehirten immerhin eine Art Anbetung war.

8.

La Zisa im Juni des Jahres 1209 des Herrn Menschwerdung. Meine liebe, kleine Sancha,

Gott dem Allmächtigen und Weisen hat es gefallen, unseren geliebten Bruder Alfonso zu sich zu holen. Er starb sechs Monate nach seiner Ankunft und am gleichen Tage, an dem ich den Fuß auf den Boden Siziliens setzte. Es war ein Sumpffieber, sagen die Schwestern des heiligen Basilius, und dass seine letzten Worte und Gedanken der über alles geliebten Familie und dem Heil seiner Seele galten.

Konstanze ließ die Feder sinken und blickte durch das Fenster hinaus über das Goldene Tal. Die Palmen wiegten sich sacht im Wind, der herbe Duft der Zypressen mischte sich mit der süßen Verlockung blühender Orangenhaine und zog bis hinauf in das hübsche Gemach, das sie bewohnte. Wenn sie jetzt aufstünde und ans Fenster träte, könnte sie Palermo sehen, die so märchenhaft besungene Stadt, die sich an die Sichel des Meeresufers gebettet hatte wie eine Perlenkette um den Hals einer schönen Frau. *Conca d'oro,* Muschel aus Gold.

Unwillig fuhr sie sich über die Augen. So ein Unsinn! Das waren wieder diese fahrenden Sänger und ihre einfältigen Verse, die ihr in den Ohren klangen. Perlenkette, schöne Frau, roter Mund, sehnende Glut! Traumumsponnene Wonnen …

Sie hatte keine Ahnung, wie es da unten aussah. Die Nachrichten aus der Stadt erreichten sie nur spärlich, es hieß aber, die Seuche sei inzwischen am Abklingen und ihr Aufenthalt hier demnach nur noch eine Frage der Zeit. Um ihr diese Zeit so angenehm wie möglich zu gestalten, zeigten die Hofsänger und Tänzerinnen, die Narren, Spielleute, Tierbändiger und Artisten hier jeden Abend ihr ganzes Programm. Pasquale, den so begehrten Koch, hatte sie mitnehmen können, und auf ausdrücklichen Befehl Konstanzes war er wieder dazu übergegangen, Gerichte nicht nach Farben, sondern nach Geschmack zu kochen. Am liebsten hätte sie die Mahlzeiten hier oben eingenommen, aber sie wusste, was sie den Leuten schuldig war: Man wollte sie sehen. Auch wenn es nur darum ging, sich anschließend das Maul über sie zu zerreißen.

Das Pergament vor ihr raschelte leise unter der sanften Brise, die durch die Fensteröffnung hereinwehte. Mit einem Seufzer tauchte sie die Feder in die Tinte und schrieb weiter.

Die Nachricht vom Tod der Ritter ist gewiss auch schon bei euch eingetroffen. Alle ärztliche Kunst blieb vergebens, und selbst unsere Gebete und die Messen im Dom zu Monreale galten letztendlich nur noch den armen Seelen der Toten, denn gerettet wurde niemand. Auch konnten wir nur wenige der Verstorbenen an der Seite Alfonsos auf der Santa Inés *zurück in die Heimat senden, die meisten Männer wurden hier begraben, in fremder Erde und unbeweint.*

Das stimmte nicht. Die beiden Begleitkoggen waren einen Tag nach ihr eingetroffen und mit ihnen Konstanzes gesamter courfähiger Hofstaat, also all die in Künsten, Konversation und Intrigen bestens geschulten Vertreter ihres Fachs: Kammerfrauen, Leibwäscherinnen, Dienstmädchen, nicht zu vergessen Falkner, Rittmeister, *secretari* und *ordinari*. Für die Mädchen und Frauen war die Nachricht ein Schock. Nicht wenige unter den jungen hatten darauf gehofft, mit einem der Ritter eine gute Partie zu machen. Von den älteren waren die meisten bereits verheiratet – und erreichten Sizilien als Witwen. Sie alle waren ebenso gestrandet und schutzlos den Launen des Königs ausgeliefert wie Konstanze.

Sie ließ die Feder wieder sinken. Was sollte sie schreiben? Dass Federico sofort auf die *Santa Inés* verzichtet hatte, damit der Koggen den balsamierten Leib ihres Bruders zurück nach Aragon brachte? Dass er ihr einen Brief geschrieben hatte, in dem er seiner tiefen Trauer um den Verlust eines »Freundes und tapferen Mannes, der so unerschütterlich an der Seite des *Friderici imperatoris Romanorum et regis Siciliae* gekämpft hatte«, Ausdruck verlieh? Dass sie diesen Brief unter Flüchen zerrissen hatte, ebenso wie den zweiten, in dem er sie in ihrer neuen Heimat willkommen hieß, sie aber gleichzeitig bat, auf »die Ehre seiner Anwesenheit noch länger schmerzlich zu verzichten«, da offenbar wichtige politische Angelegenheiten ihn davon abhielten, ihr, seiner zukünftigen Gattin, wenigstens einen offiziellen protokollarischen Antrittsbesuch zu machen?

Die dummen Gänse von Kammerzofen hatten derweil ihre Tränen getrocknet, kichernd vor Freude das Hochzeitsgewand in Empfang genommen und auf geradezu ungebührliche Weise bestaunt. Die zarten Stickereien! Die kostbaren Perlen! Wie glücklich musste die Königin sein, in so einem Kleid zu heiraten!

Konstanze dagegen hatte nur einen gleichgültigen Blick darauf geworfen und es dann in die Kleiderkammern bringen lassen. Ihr war es egal, ebenso wie die höfische Etikette, auf deren Einhaltung Velasquita mit fordernder Strenge bestand. Niemand trug hier ein Gebände, höchstens in der Kirche, den meisten Frauen genügte ein Kopftuch. Es war einfach zu heiß, selbst in der *Zisa,* dem Jagdschloss am Fuße der Berge im Goldenen Tal. So ließ sie Vela durch die Räume und Höfe streifen, Augen und Ohren offenhalten und sich das eine oder andere berichten, ohne sich selbst darum zu bemühen.

Wir haben Heimweh, geliebte Schwester. Dies ist die Fremde, und selbst wenn sie lieblich lockt mit ihren Düften und sonnigen Auen, so stößt sie uns im gleichen Moment ab. Die Sitten hier sind gröber und unfein die Häuslichkeiten. Stell dir vor …

Nein, das konnte sie nicht schreiben. Dass die Menschen hier kein Nachtgeschirr benutzten, sondern kleine Kammern, in denen man auf steinernen Becken saß und ein Loch darin von Wasser umspült wurde, sobald man den Zapfen in der Wand drehte. Natürlich hatte sie solch eine Kammer direkt neben dem Schlafgemach. Aber die anderen? Sie mussten sich diese Kammern teilen. Unvorstellbar für die adligen Damen ihres Hofstaates, die größtenteils immer noch auf ihr eigenes Nachtgeschirr bestanden. Und das sollte nun der Fortschritt sein!

Obwohl – bequemer war es schon. Nichts kippte mehr um beim Aufstehen, und wenn sie es recht bedachte, so war es ihr immer unangenehm gewesen, wenn die Mädchen ihre Notdurft abgeholt und entsorgt hatten.

Sie setzte erneut an.

Stell dir vor, dafür gibt es hier eine Menagerie mit fremden Tieren. Sogar ein Einhorn soll dabei sein! Majid, der engste Vertraute und erste Leibdiener des Königs, hat es mir erzählt. Er wird mich in den nächsten Tagen dorthin führen und es mir zeigen. Der Ausflug ist eher zur Aufmunterung der Mädchen als zu meiner eigenen Zerstreuung gedacht, aber ich werde einen Zeichner bitten, dir eine Skizze von dem seltenen Tier zu erstellen. Zudem soll der König die Jagd mit den Falken lieben und interessante Methoden der Aufzucht und Abrichtung erproben. Er scheint ein Mann von vielerlei Interessen zu sein. Doch im Moment gilt sein Hauptaugenmerk wohl …

Ja, wem galt es eigentlich?

Viel hatte Konstanze bisher nicht erfahren. Nachdem man sie auf einem königlichen Karren unter lautem Getöse und Gepränge aus der Stadt hierhergebracht und sie in Tränen aufgelöst in Velas Armen gelegen hatte, hatte man ihr einen Tag Ruhe gegönnt. Erst dann war dieser vierschrötige, unsympathische Mensch wieder aufgetaucht, der sie im Hafen in Empfang genommen hatte. Ein schwitzender, rotgesichtiger Kerl, der seine Worte wohl zu setzen wusste und sie im Namen des *ré* noch einmal willkommen hieß. Er hatte ihr ein weiteres Schreiben des Königs überreicht und wohl nicht damit gerechnet, dass sie noch die eine oder andere Frage hatte. So traf ihn ihre fordernde Bitte um Auskunft unerwartet.

»Wo steckt Er eigentlich?«

Walter von Pagliara und seine drei ebenso unnütz wie unentschlossen danebenstehenden Begleiter wussten nicht, was sie darauf antworten sollten.

»Der König?«

»Genau der, mein zukünftiger Gatte. Viel mehr als das Vernichten meiner Mitgift habe ich bisher nicht von ihm mitbekommen. Was treibt Er so im Moment, wenn Er nicht gerade die Edlen der Krone Aragon in den Tod schickt?«

Der Kanzler deutete mit einer vagen Handbewegung auf den Brief. Konstanze hatte ihn, ohne auch nur einen Blick darauf zu werfen, auf den Tisch neben dem riesigen Kamin im Jagdsaal gelegt. Gott sei Dank brannte kein Feuer – die Sommerhitze hatte das Gebäude bereits bis zur Unerträglichkeit erwärmt. Da der Kanzler seinen Besuch ordnungsgemäß angemeldet hatte, trug Konstanze an diesem Tag ein »anständiges« Kleid, wie Vela es ausdrückte. Das Oberteil war eng anliegend, aus schwerem Damast, mit einem mittig eingesetzten Hermelinbesatz, die Ärmel züchtig am Handgelenk geschlossen. Der Rock war aus leichter, luftiger Seide, eine Wohltat bei diesen Temperaturen, und blickdicht genug, um niemandem zu verraten, dass die Königin keine Beinkleider trug. Der schwere Gürtel aus getriebenem Gold saß locker auf ihren Hüften, die langen Ketten klirrten leise bei jedem Schritt und verliehen ihrer Gestalt eine gewisse majestätische Schwere. Sie war kleiner als Pagliara, aber sie ließ sich nicht anmerken, dass seine schlechte Laune und sein herrisches Wesen sie einschüchterten.

Genau das will er doch, dachte sie. Er will mir beweisen, dass ich ihm nichts zu sagen habe. Und das mit dem Pferd nimmt er mir immer noch übel.

»Der Verlust der Ritter hat ihn sehr getroffen.«

Pagliara wechselte einen Blick mit seinen Begleitern, die stumm und ergeben neben der Tür ausharrten und wohl ebenso wenig damit gerechnet hatten, von Konstanze in eine unerquickliche Unterhaltung hineingezogen zu werden.

»Das Land muss befriedet werden. Und da Gott ihn der kriegerischen Mittel beraubte, versucht er es nun auf anderem Wege. Dies bedarf seiner Anwesenheit in Palermo. Glaubt mir, wüsste er von Eurem Liebreiz und Eurem Sehnen – nichts würde ihn abhalten, noch heute hierher an Eure Seite zu eilen.« Ölig lächelte er sie an.

»Von welchen anderen Wegen sprecht Ihr?«

Wollte er etwa nachverhandeln?

Die Angst war wieder da. Ein nagender Schmerz irgendwo in der Leibesmitte, der sie nachts nicht schlafen ließ, weil ihr mit dem Tod der Ritter klargeworden war, wie schnell ihr Wert gegen null tendierte. Die Mitgift war verloren. Und mit ihr die einzige Geltung, die sie, Konstanze, in den Augen dieses jungen Herrschers besessen hatte. Denn zum Söhnegebären hätte sich doch jeder Mann bei Trost gewiss eine Jüngere ausgesucht. Oder aussuchen lassen, ergänzte sie jedes Mal voller Bitterkeit, wenn ihre Gedanken an diesem schwärzesten aller Punkte angekommen waren.

Jetzt blieb auch dem König nur noch das zweifelhafte Vergnügen, die Ehe mit einer mittellosen, älteren Frau einzugehen. Wenn er sich überhaupt noch an den Vertrag gebunden fühlte. Es wäre nicht das erste Mal, dass in solchen Momenten urplötzlich irgendeine schlaue Hofschranze irgendeine entfernte Verwandtschaft aus dem Hut zauberte und die Ehe für null und nichtig erklärt werden konnte. Wenn sie sich recht erinnerte, zeigten auch die Staufer in dieser Beziehung wenig Skrupel. Die Ehe in Königs- und Fürstenhäusern wurde langsam zu einer unsicheren Angelegenheit für die Frauen, seit die Herren Herrscher entdeckt hatten, dass es durchaus Schlupflöcher gab, durch die man dieser politischen Leibeigenschaft entfliehen konnte.

Es war Friedrich I. Barbarossa – immerhin der Großvater ihres Zukünftigen –, der sich auf Grund so einer zweifelhaften Verwandtschaftsanalyse über Nacht von seiner langjährigen Gefährtin Bertha getrennt hatte. Und fast im gleichen Atemzug riet derselbe ach so verehrte Kaiser auch noch dem Welfen Heinrich dem Löwen zur Scheidung, weil seine Gattin Clementia ihm keine Söhne geboren hatte. 1162 auf dem Reichstag in Konstanz war das. Der folgte dem Rat natürlich, und wieder einmal hatten Willkür, Laune und Demütigung gesiegt.

Schaudern machte auch das Schicksal der unglücklichen dänischen Prinzessin Ingeborg. Flüsternd und hinter vorgehaltener Hand wurden immer wieder neue Details weitergetragen. Philipp August von Frankreich hatte sie noch am ersten Tag der Ehe verstoßen, und noch immer kämpfte die junge Frau um Recht und Ehre. Fünfzehn lange Jahre, in Turmgefangenschaft, in strengster Isolation und unter erbärmlichen Bedingungen, furchtbare, einsame Jahre, in denen sie keinen Freund empfangen, kein Bad nehmen durfte, keinen Arzt und keine Arznei sah. Roma! Roma! So hatte sie den Papst angefleht, als gegen ihren Willen auf der Reichsversammlung diese unvollzogene Ehe geschieden und sie all ihrer Lebenshoffnungen beraubt worden war. Doch selbst das strenge Interdikt von Innozenz konnte den offenbar verrückt gewordenen Herrscher nicht davon abbringen, das arme Mädchen zu behandeln wie eine aussätzige Landstreicherin. Selbst im Kerker bestand sie immer noch auf der Unauflösbarkeit ihrer Ehe, auch wenn Philipp schon längst mit einer anderen verheiratet war.

Ingeborg, Clementia, Bertha und auch sie, Konstanze – sie waren ausgeliefert in dem Moment, in dem fremde Menschen einen Ehevertrag aushandelten und sie quer durch Europa in eine ungewisse Zukunft geschickt wurden. Was also, wenn dieser Federico schon längst ein Auge auf die nächste reiche, papstgenehme Dame geworfen hatte? Vielleicht war das der Grund, weshalb er sich nicht bei ihr blicken ließ. Nur keine persönlichen Kontakte. Die wertlose Fracht samt Koggen am besten unbeschädigt zurück an den Absender. So könnte er aussehen, der schlimmste aller Alpträume, der ihr klarmachte, wie sehr sie plötzlich auf die Gnade eines Vierzehnjährigen angewiesen war.

Das alles ging natürlich diesen aufgeplusterten Kanzler gar nichts an. Wenn es wirklich so war, wie Vela mittlerweile herausbekommen hatte, dann war Pagliara der Letzte, der noch wusste, was sich gerade am Hof in Palermo zutrug. Man hatte ihn wohl kaltgestellt, und die Plötzlichkeit, mit der das geschehen sein musste, verriet ihr noch ein weiteres wichtiges Detail: Dieser König schien kein Zauderer zu sein.

Pagliara hatte nach einigem Nachdenken eine passende Antwort zur Hand.

»Das würde Euch langweilen. Staatsgeschäfte. Rundbriefe. Neue Legate, Enqueten und all diese Dinge. Die Politik ist ein mühsames, zeitaufwendiges Geschäft. Der *ré* hat jedoch vor, in nächster Zeit einen Jagdausflug hierher zu unternehmen. Zumindest hörte ich das aus den Ställen, wo auch ich mein Ross in besten Händen weiß.«

Beim Stichwort Ross hob er vielsagend die Brauen.

Konstanze tat ihm nicht den Gefallen, sich an irgendetwas zu erinnern, stattdessen spürte sie, wie eine unendliche Erleichterung sie durchflutete. Der König wollte also kommen. Er mied sie nicht, und es sah auch nicht so aus, als ob er sie zurückschicken wollte.

»Wann seht Ihr ihn das nächste Mal?«

»Heute Nachmittag. Das Familiarenkolleg tritt ein letztes Mal in alter Besetzung zusammen. Ich war der Vorsitzende, sozusagen, wie Ihr vielleicht wisst.«

Konstanze nickte. »Ihr scheint Ämter schnell zu verlieren.«

Pagliaras Gesicht rötete sich eine Spur. Ob die Hitze ihm zu schaffen machte oder der Ärger ihm die Farbe ins Gesicht trieb, konnte Konstanze nicht ausmachen. Sie tippte auf Letzteres und freute sich.

»Es mag den Anschein haben. Aber was sind schon Ämter. Ich hänge nicht an ihnen.«

Konstanze trat an den Tisch, nahm das Schreiben und fächelte sich damit etwas Luft zu. »Welch ein weiser Mann Ihr seid.«

Damit war der Kanzler entlassen.

Sie widmete sich einem in blumigen Worten verfassten und

umso nichtssagenderen Schreiben, das dennoch ein wesentliches Detail in der Überschrift trug: *Carissima uxor,* treue Ehefrau.

Das ließ den Hass nicht verschwinden, aber zumindest die Ungewissheit.

Der Brief für Sancha war dem Boten mitgegeben, die königlichen Gemächer boten wenig Abwechslung, das stundenlange Sitzen am plätschernden Becken langweilte sie, und auch die Gärten waren Konstanzes Sache nicht. Mit den sarazenischen Dienern kam sie nicht zurecht, ihr *Volgare* holperte und Latein verstanden sie nicht, also umgab sie sich mit den Fräulein aus Aragon, die zwar gebildet waren, doch deren wahres Naturell im Grunde nur nach zwei Dingen verlangte: neuen Kleidern und – neuen Männern.

Im ersten Falle brachte ein Kurier nach Palermo schnelle Abhilfe. Noch am Abend desselben Tages erreichte eine kleine Karawane das Jagdschloss, und griechische Schneiderinnen, Stickerinnen und Putzmacherinnen kümmerten sich um die Garderobe.

Mit den Männern war es schon schwieriger. Falkner, Jagd- und Stallmeister mieden die Gärten und das Haus, und in die Frauengemächer durfte erst recht keiner von ihnen auch nur einen Fuß setzen. Das leise Jammern und stille Seufzen der Frauen fiel Konstanze auf die Nerven.

Ungeduldig wartete sie auf die Ankunft des Königs. Nicht, weil sie sich nach Federico sehnte, und erst recht nicht, weil sie den nach Romantik lechzenden Damen die Abwechslung nicht gönnte, sondern weil Majid in seinem Gefolge weilte und sie sich auf den Ausflug nach *La Favara* freute: das Schloss am Fuße des Monte Matarazzo mit seinem zoologischen Garten.

Die Bibliothek in der *Zisa* war umfangreich, aber bei weitem nicht so spektakulär, wie sie es erhofft hatte. Zwar fand sie eine weitere Abschrift des *Cantar de Mio Cid* und eine für sie unverständlich hohe Zahl an Übersetzungen der griechischen Philosophen, der Rest jedoch bestand hauptsächlich aus naturwissenschaftlichen Abhandlungen. Wie Frater Gismond, der Bibliothekar, ihr erklärte, waren sie genau aus diesem Grunde für das nach Schönheit und Spiritualität dürstende Herz einer so hohen Dame wenig zuträglich.

Dabei ließ der Benediktiner keinen Zweifel daran, dass auch ihm der Mangel an christlicher Erbauungsliteratur ein Dorn im Auge war.

»All unsere wunderschönen Heiligenlegenden und Verklärungsmythen werdet Ihr hier in der *Zisa* nicht finden. Unser König bevorzugt von den *liberales artes* leider nur Arithmetik, Geometrie und Astronomie – das ist der Schwerpunkt, mit dem er sich in seinen Jagdschlössern mit Freude beschäftigt. Grammatik, Dialektik oder Rhetorik findet Ihr eher in Palermo. Dennoch haben wir einige herausragende Übersetzungen von Ptolemäus, Platon und Aristoteles hier, in Griechisch und Latein, ganz wie es Euch beliebt. Die haben noch Eugen von Palermo und Heinrich von Aristipp erstellt. Nicht zuletzt haben wir auch eine Ausgabe von Endrisis *Geographie.*« Er legte den Kopf leicht schief und musterte Konstanze abwartend.

»Fünfzehn Jahre wurde daran gearbeitet.«

Da sie kein tieferes Interesse heuchelte, versuchte der *fra* es jetzt mit der leichteren Lektüre.

»Wie wäre es mit dem *Alexanderroman*? Übersetzt von Albéric de Besançon? Er ist leider noch nicht ganz vollständig. Fertig geworden sind wir dagegen vor drei Jahren mit der Abschrift des *Hortus delicarium* unserer verehrten Frau Herrad von Landsberg.«

Das war beachtlich. Noch beeindruckender aber war das riesige, in Leder gebundene Buch, das der Frater jetzt nach wohlwollendem Überlegen aus einer der hinteren Ablagen hervorzog und auf einen der dunklen Lesetische legte.

»Der *Physiologicus*!«

Konstanzes Augen leuchteten. »Wo ist das Einhorn?«

Frater Gismond, der so etwas Ähnliches schon geahnt haben musste, lächelte freundlich, schlug das gewaltige Buch auf und blätterte ein wenig darin herum. Dann trat er zurück und überließ es Konstanze, einen Blick hineinzuwerfen.

Sie kniff die Augen zusammen und fuhr die engbeschriebenen Zeilen mit dem Zeigefinger entlang. Zwischendurch schaute sie hoch.

»Ist es wahr, was man sich erzählt? Es soll eines in der Menagerie des Königs geben?«

»Ich hörte so etwas Ähnliches.«

»Klein wie ein Lämmchen?«, fragte sie. »Hat es wirklich so einen scharfen Mut?«

Der Geistliche presste die Lippen zusammen und wandte sich hilfesuchend an die vielen Buchrücken, doch die konnten ihm auch keine rechte Antwort geben.

»Nicht ganz«, sagte er schließlich. »Und weiß ist es auch nicht.«

Konstanze hatte sich bereits wieder in das Buch vertieft. »Das macht nichts. Hauptsache, eine Jungfrau hat es eingefangen.«

»Nein. Also, nicht dass ich wüsste. Es wurde nicht gefangen. Also, nicht von uns. Es ist ein Geschenk der maghrebinischen Sultane. Ich vermute, dass eine Jungfrau es nicht überleben würde, wenn es sich in ihrem Schoß zur Ruhe betten wollte.«

»Aha.« Konstanze blickte wieder hoch. »Dürfte ich den *Physiologicus* mit nach oben nehmen?«

»Selbstverständlich, ich werde ihn bringen lassen. Kann ich sonst noch etwas für Euch tun?«

Sie schüttelte den Kopf. Im hinteren Teil des prächtigen Bandes hatte sie etwas entdeckt, was sie genauer studieren wollte. Es war ein furchterregendes Tier mit einem mächtigen geschuppten Leib und einem fauchenden Maul, aus dem Flammen züngelten, was dem Betrachter schon beim Anblick der Zeichnung heilige Schauer der Ehrfurcht den Rücken hinunterjagte. Es war ein Tier, das niemand reiten konnte. Trotzdem gab es jemanden, der genau das von sich behauptete.

9.

Ihr verderbt Euch die Augen!«

Vela schüttelte den Kopf und stellte eine weitere Kerze auf Konstanzes Tisch. »Das viele Lesen am späten Abend ist nicht gut für die Verdauung, sagt der Arzt.«

Konstanze, vertieft in die engen verwandtschaftlichen Verhältnisse zwischen Drache und Phönix, unterbrach ihre Lektüre für einen Moment.

»Ein Arzt? Ein katholischer Arzt?«

»Ja. Einer aus Flandern, glaube ich. Er ist am Nachmittag gekommen, hat Pasquale erzählt. Der Arme! Stundenlang hat ihm der Mann in die Töpfe geschaut, auf der Suche nach Gift und irgendwelchem dämonischen Zauber.«

»Und? Ist er fündig geworden?«

Vela ordnete das königliche Nachthemd auf dem Bett und zupfte ein wenig an den Schleifen herum. »Natürlich nicht. Er hat ein paar von Pasquales Nachspeisen probiert, die blauen, glaube ich.«

Konstanze lächelte. Also hatte der *cocinero* seine Farbexperimente fortgeführt. Sollte er doch, dann hatte wenigstens einer in diesem abgelegenen Jagdschloss etwas zu tun, das ihn nicht langweilte.

»Was hat der Arzt sonst noch hier zu suchen, außer unseren Koch von der Arbeit abzuhalten und gute Ratschläge zu verteilen?«

»Er gehört zur Vorhut.«

Vela beendete das Arrangement, indem sie zwei Bänder über der Brust des dünnen Hemdchens zu einer symbolischen Schleife knüpfte. Sie setzte sich auf das Bett und legte die Hände in den Schoß.

»Bald ist es so weit, und Ihr werdet Euren Gemahl endlich kennenlernen.«

Wenn sie geglaubt hatte, Konstanze ließe sich durch diese Bemerkung irgendetwas anmerken, so hatte sie sich getäuscht. Ihre Herrin beugte sich nur erneut über den Folianten und runzelte die Stirn.

»Er geht zur Jagd, habe ich gehört. Offenbar ist Er nicht hier, um mich zu sehen.« Sie sagte es nebenhin und beiläufig, während sie die Abbildung der heiligen Martha im Kampf gegen die französische Tarasque bestaunte. Ein ekelhaftes Vieh. Hoffentlich kam der König nicht auf die Idee, sich von den Sultanen auch noch mit einer Skylla beschenken zu lassen. Die angebliche Charybdis in der Meerenge von Messina reichte schon.

Sie spürte Velas Blick in ihrem Rücken. Ungeduldig drehte sie sich um. »Hoffentlich bringt Er seine Falken mit, dann gibt es wenigstens in den Ställen ein wenig Abwechslung. – Sonst noch was?«

»Nein.«

Vela stand auf und verabschiedete sich. Konstanze lehnte sich mit einem Seufzer zurück und beschloss, dass es genug war mit der Drachenkunde. Sie hatte nie so recht an die Existenz dieser Tiere geglaubt. Ruggero hatte ihr bestimmt einen Bären aufgebunden. Obwohl – wenn es hier ein Einhorn gab, dann gab es vielleicht auch …

Sie stand auf und ging ans Fenster. Es war erstaunlich hell.

Der Mond stand in seinem vollen silbernen Glanz am Nachthimmel, umrahmt von unzähligen funkelnden Sternen. Ein sanfter, leichter Wind raschelte in den Wipfeln der Palmen, ein Vogel schrie. Dann war es wieder still, bis auf das leise Plätschern der Wasserspiele im Teich. Zwischen Seerosen und rund geschliffenen Bachkieseln zogen die Goldfische und Zierkarpfen ihre rätselhaften Bahnen, genügsame Tiere offenbar, die ihr Dasein in Gefangenschaft mit schwebender Gelassenheit ertrugen. Die versteinerte Gestalt einer Meeresgöttin – Nymphe oder Undine, keiner konnte das so genau sagen, irgendetwas Heidnisches jedenfalls, denn mit diesen unheiligen Gestalten umgab man sich hier offenbar gerne – ruhte auf der marmornen Einfassung des Beckens. Ihr Oberkörper lehnte lasziv an einer Riesenmuschel, Wasser lief unablässig aus der Schale in das Becken, und die Göttin blickte mit einem verhaltenen Lächeln auf das ewige Verrinnen, Plätschern, Strömen, von dem nichts blieb, außer den Fischen die Freude.

Da hörte sie es.

Ein Reiter näherte sich der *Zisa*. Sein Pferd erreichte wohl gerade den gepflasterten Vorhof am Tor, denn der Hufschlag klang einen kurzen Augenblick lang unkoordiniert, dann verfiel das Tier in schnellen Trab und kam den breiten Weg herauf.

Hastig trat Konstanze an den Tisch, blies die Kerzen aus und eilte wieder ans Fenster. Verborgen im Schutz der Dunkelheit, lugte sie vorsichtig hinunter. Der Reiter schien den Wachen bekannt zu sein, denn niemand rief ihn an und forderte ihn auf, sich zu stellen. Gerade als er ihr Fenster passierte, blickte er kurz hoch. Konstanze fuhr zurück.

Hatte er sie gesehen? Sie sogar erkannt? Eine flüchtige Sekunde hatte der Mondschein sein Gesicht erhellt, und dieser Moment hatte genügt, um ihren Herzschlag zu verdoppeln.

Du dumme Gans! Was ist denn nur los mit dir?, dachte sie und glitt zurück in den Schatten ihres Gemachs. Sie atmete tief durch und lauschte. Dem Geräusch der Hufe nach zu urteilen, umrundete der Reiter gerade das Zierbecken und verschwand hinter dem Haus in Richtung der Ställe. Ohne nachzudenken verließ Konstanze das Zimmer, schlich in den Flur und eilte die Treppe zum Innenhof hinab.

Dort angelangt, blieb sie stehen und lauschte. Alles war ruhig. Das Gesinde schlief, die Wachen waren nirgendwo zu sehen. Sie huschte durch den hohen Torbogen bis zu der riesigen Bronzetür und hoffte, dass sie sich des Nachts ebenso leicht öffnen ließ wie tagsüber. Vorsichtig drückte Konstanze die schwere Klinke herunter, öffnete die Tür einen Spalt und lugte hindurch.

Der Fremde sprang von seinem schwarzen Ross und versuchte, das vom schnellen Ritt aufgeregte Tier zu beruhigen. Ein verschlafener Stallbursche tauchte auf und nahm ihm die Zügel ab.

»Ruhig, Draco. Ruhig.«

Er drehte sich um und sah hinüber zu dem dunklen Tor. Hastig wich Konstanze zurück und verbarg sich im Schatten. Keine Sekunde zu früh, denn ein zweites Pferd jagte den Weg in gestrecktem Galopp hinauf, direkt auf den Drachenreiter zu.

»Ruggero!«

Noch bevor Konstanze registrierte, dass dieser halb ärgerliche, halb jubelnde Ruf aus der Kehle einer Frau kam, riss die Reiterin ihr Pferd derart kraftvoll an den Zügeln, dass es mitten im Lauf stieg und sich mit wirbelnden Hufen einmal um sich selbst drehte. Die Frau stand in den Steigbügeln und reckte triumphierend den Arm in die Luft. Es war ein Bild, wie den Nebelseen uralter Mythen entstiegen – Amazonen ritten so, furchtlose Kriegerinnen skythischer Geschlechter, auf wilden Pferden mit silbernem Zaumzeug. Funken stoben unter den Hufeisen, das Ross stieß ein lautes Wiehern aus, kam wieder herunter und tänzelte einmal um den Drachenreiter herum. Es war ein Schimmel.

»Ruggero!«

Diesmal klang es drohend. Das Tier schüttelte den Kopf, und eine dunstige Wolke aus Schweißtröpfchen wirbelte durch die Luft. Die Reiterin trug eine lange, weite Djellabah und ein ebensolches Kopftuch, wie alle Sarazenenweiber hier. Ihr junges Gesicht hatte die Farbe von Zimt, und ihre schwarz ummalten Augen erschienen unnatürlich groß. Der scharfe Ritt hatte ihr die Wangen gerötet, und ihre Brust hob und senkte sich mit schnellen Atemzügen.

»Du hast mich betrogen.«

»Ich?«

Der Angesprochene stemmte die Hände in die Hüften und lachte. »Du kannst es einfach nicht ertragen, wenn jemand schneller ist als du. Also, komm runter und beruhige dich.«

Statt einer Antwort hieb sie dem Pferd die Fersen in die Flanken, und laut wiehernd stieg es erneut. Die Vorderhufe kamen Ruggero gefährlich nahe, und er wich zwei Schritte zurück.

»Du hast eine Abkürzung genommen. Gestehe!«

Das Ross tänzelte auf der Hinterhand. Der Stallbursche, inzwischen hellwach, versuchte mit erhobenen Armen, der Reiterin in die Zügel zu greifen.

»Hände weg!«

Sie riss an den Lederriemen, der Schimmel rollte wild mit den Augen und schnaubte heftig. Die Frau beherrschte ihr Pferd wie keine zweite, und sogar von ihrem Versteck aus konnte Konstanze erkennen, wie diese Wilde das Tier mit nichts als dem Druck ihrer Schenkel leitete. Sie selbst war eine gute Reiterin, doch nie war sie zu einer solchen Einheit mit einem Ross verschmolzen wie diese junge Frau.

Das Pferd kam wieder zum Stehen und umrundete dann den Angeklagten in schnellem, nervösem Schritt.

»Ich hab dich unten am Fluss verloren. Und sag mir nicht, ich hätte schlechte Augen oder gar ein schlechtes Pferd!«

Der Drachenreiter legte den Kopf in den Nacken und verfolgte sie mit spöttischen Blicken.

»Es stammt aus meinem Stall, genau wie du. Komm endlich runter und gib auf! Du hast verloren.«

»Niemals!«

Sie schnalzte mit der Zunge. Das Pferd bäumte sich auf, wendete und wollte offenbar Richtung Brunnen und Ausgang davonstürmen. Mit zwei Schritten war der Drachenreiter bei ihm, griff in die Mähne und schwang sich hinter die Frau auf den Rücken des Tiers. Mit der anderen Hand griff er in ihren Nacken und zog das Tuch herab. Lange, nachtdunkle Haare fielen über ihre Schulter hinab. Er strich sie zur Seite, beugte sich vor und küsste ihren weißen Hals.

Der Stallmeister wandte sich ab und kümmerte sich um den Rappen seines Herrn. Mit einem Tuch begann er ihn abzureiben und scherte sich nicht weiter um das, was hinter seinem Rücken geschah.

Ruggero nahm der Wilden die Zügel aus der Hand und ließ das Pferd Schritt gehen. Die Frau wandte den Kopf zu ihm um. Jetzt berührten sich ihre Lippen, beide küssten sich lange und leidenschaftlich.

Konstanze zog sich von dem Türspalt zurück. Das ging sie alles nichts an. So leise wie möglich setzte sie einen Fuß vor den anderen und hatte gerade den Innenhof erreicht, als sie Schritte und leises Lachen hörte. Der Hufschlag entfernte sich, die Reiter dagegen nicht. Sie kamen hier herein, in das Kastell.

Ertappt sah sie sich um. Das Allerletzte, was sie jetzt erleben wollte, war eine Begegnung zwischen ihr, dem Drachenreiter und der Wilden. Sie sah den Brunnen und die steinernen Bänke um ihn herum, eilte zu einer von ihnen hin und verkroch sich darunter, so gut es ging. Keine Sekunde zu spät. Die schwere Bronzetür öffnete sich, zwei Gestalten schlichen herein und blieben in dem Torbogen eng umschlungen stehen. Das dauerte.

Konstanze lag auf dem kalten Boden und fror. Offenbar küssten sie sich wieder, denn sie hörte nur das leise Knirschen der Sohlen auf dem sandigen Boden. Zu ihrem größten Entsetzen kamen die Schritte jetzt in ihre Richtung. Beide hielten auf den Brunnen zu und setzten sich auf die nächste Bank.

Der Brunnen war, wie so vieles hier, ein Oktogon. Dementsprechend angeordnet standen die steinernen Bänke an seinen acht Seiten, so dass Konstanze wenigstens hoffen konnte, unter der Sitzfläche verborgen zu bleiben. Sie kniff die Augen zu, in der abwegigen Annahme, dadurch unsichtbar zu werden. Das Liebespaar, keine eineinhalb Meter entfernt, kicherte und seufzte leise.

»Mach ihn mir hart.«

Die Wilde ging auf die Knie. Konstanze blinzelte zur Nachbarbank hinüber und sah, beschienen vom Abglanz des fahlen Mondlichtes, die ledernen Beinkleider des Drachenreiters und zwischen ihnen die zusammengekauerte Gestalt der jungen Frau. Sie machte sich jetzt am Gürtel des Mannes zu schaffen. Was sollte sie hart machen? Wen?

»Aaaah.« Die wilde Reiterin bestaunte offenbar gerade etwas Großartiges, denn sie sank zurück und legte die Hände in den Schoß. »Wie schön du bist.«

»Du bist schön. Ich will ihn zwischen deinen Brüsten tanzen sehen. Komm näher.«

Wer, verdammt, sollte wo tanzen? Was machten die da? Die junge Frau beugte sich vor und untersuchte offenbar irgendetwas am Leib des Drachenreiters. Den Almosenbeutel vielleicht oder die Gürtelschnalle. Was wusste sie schon! Begattung war das hier jedenfalls nicht. Damit kannte Konstanze sich aus, und ohne dass sie es wollte, glitten ihre Gedanken zu den wenigen Malen, die sie auf Imre gewartet hatte. Aufgebockt in ihrem Bett, den Rock züchtig über die Knöchel gezogen, wieder hochgerafft erst, wenn der unvermeidliche Moment gekommen war und Imre sein »Entschuldige, meine Liebe« geflüstert hatte.

Sein Penis war klein und von der Beschaffenheit halbgaren Spargels gewesen. Er troff vom Schweineschmalz, mit dem er ihn bestrichen hatte, um den vulgären Vorgang zu erleichtern, der ihnen beiden nicht behagte. Imres Part war dabei mit Sicherheit der schwerere. Sie musste nur stillhalten und im Anschluss das Becken eine Weile nicht bewegen, um den günstigen Fluss des königlichen Nektars nicht zu behindern. Er wartete bei ihr und reichte ihr das Tuch, mit dem sie sich abtrocknen konnte. Sobald sie ihre Blöße wieder bedeckt hatten, beteten sie, dann kam der Secretarius und notierte die ordnungsgemäße und zeitlich korrekte Durchführung des Beischlafs. Imre bedankte sich, und ihrer beider Pflicht war erfüllt. In stillschweigender Übereinkunft verloren sie nie ein Wort darüber.

»Nimm ihn in den Mund. Ja. So ist es gut, so ... ist es ... gut.«

Das letzte Wort kam wie ein langgezogenes Stöhnen.

Noch im gleichen Moment, in dem Konstanze sich wunderte, was die junge Frau denn in den Mund nehmen sollte, begriff sie: Hier geschah gerade etwas unbeschreiblich Furchtbares. Etwas so Vulgäres, dass man es mit Worten nicht beschreiben konnte. Natürlich hatte sie schon mal davon gehört, sie war ja nicht dumm. Irgendwelche Mägde am Waschtrog hatten geschwätzig und kichernd von diesen Dingen gesprochen, als sie noch ein kleines Mädchen war und nicht verstand, was die Frauen meinten. Versionen und Praktiken, die offenbar Spaß machen sollten, sie aber ängstigten und die Scham in ihr berührten, die wuchs und wuchs, je älter sie wurde.

Später, als sie die anatomischen Atlanten in den Klöstern durcharbeitete, ahnte sie, was damit gemeint sein könnte. Sie hatte auch gehört, dass es durchaus Frauen gab, die daran Gefallen fanden. Jetzt kniete eine von ihnen zwei Armlängen von ihr entfernt, doch das größte Vergnügen bei der ganzen Sache, da konnte sie sich noch so sehr die Ohren zuhalten, schien der Mann zu haben. Er stöhnte und keuchte unterdrückt. Die beiden versuchten leise zu sein, dennoch wunderte sich Konstanze, dass diese Geräusche niemanden weckten.

Sie konnte nur beten, dass niemand sie ertappte. Sie wusste nicht, was schlimmer wäre: sich solchen unglaublichen Befehlen bedingungslos zu beugen – oder erwischt zu werden, während sie als stumme, entsetzte Zeugin dem Beischlaf quasi beilag. Moralisch lag beides jenseits aller Diskussionen.

Die junge Frau unterbrach ihre Tätigkeit und lehnte sich etwas zurück.

»Jetzt will ich dich reiten«, flüsterte sie. »Jetzt wirst du mein Drache sein.«

Sie stand auf und hob die Djellabah. Für einen Sekundenbruchteil wurde ihr linker nackter Knöchel sichtbar, verziert mit einer rätselhaften Tätowierung. Ein mäanderndes Band, in der Mitte ein Sonnensymbol. Dann kletterte sie auf die Bank. Konstanze sah nur noch die Beine des Mannes. Wie hypnotisiert stierte sie hin. Der schwere Atem der beiden Kopulierenden vermengte sich miteinander, wurde rhythmisch und keuchend, und die Beine des Mannes fingen an zu zittern.

Jetzt röchelte und schnaufte er. Es schien sich das anzubahnen, was sich bei Imre nur durch ein leises, unterdrücktes Schluchzen angekündigt hatte: der äußerst schmerzhafte Ausfluss des männlichen Samens. Dem Drachenreiter schien es richtig weh zu tun. Der jungen Frau auch, unverständlicherweise, denn eben noch hatte sie gegurrt und gekichert. Jetzt aber wurden beide offenbar von heftigen Krämpfen befallen. Der Mann zuckte hysterisch mit den Beinen, sie stöhnte, und die Geräusche, die beide ausstießen, erinnerten Konstanze an das Leid der Menschen, die den Bader wegen ihrer faulen Zähne aufgesucht hatten und beherzt davon befreit wurden. Die Tortur endete für die junge Frau in einem klagenden, unterdrückten Schrei. Der Mann scharrte verkrampft mit den Füßen, dann stieß er einen langgezogenen Seufzer aus. Es war vorbei.

Stille.

»Das war sehr gut«, sagte er schließlich.

Er klang ermattet. Kein Wunder. Wie dumm waren die Menschen eigentlich? Das bisschen Küssen und Schnurren, und dann endete es in einer Qual wie Zähneziehen. Das konnte doch niemand freiwillig wollen?

Die junge Frau sprang leichtfüßig von der Bank, wobei die Djellabah wieder herunterfiel und züchtig ihre Knöchel umspielte. Sie drehte sich einmal um sich selbst und setzte sich dann wieder neben ihn. Der Drachenreiter, erschöpft von dem schweren Kampf, lag noch immer mit ausgestreckten Beinen da.

»Wirklich gut«, sagte er leise. »Niemand reitet wie du.«

Die junge Frau gab einen gurrenden Ton von sich, und wieder schabten und rieben sie sich aneinander.

»Wie schade, dass wir uns bald nicht mehr so oft sehen können.«

Ihre Stimme klang rau, als ob ihre Kehle wund geschliffen wäre.

Vermutlich ist sie das auch, dachte Konstanze boshaft. Selber schuld.

»Warum nicht?«

Der Drachenreiter zog die Beine an. Offenbar schloss er den Gürtel und ordnete seine Kleidung.

»Wegen der Königin. Sie wird ein Auge auf dich haben.«

Konstanze erstarrte. Wie kam diese junge Hure dazu, so etwas zu behaupten? Nur weil sie ihren Ruggero eben abschlecken durfte, musste das nicht zwangsweise der Wunsch jeder anderen Frau im näheren Umkreis sein.

»Sie wird dich, wenn sie dich einmal gekostet hat, nicht mehr loslassen wollen. Du bist wie Honig auf zerbissenen Lippen, wie Balsam auf geröteten Schenkeln, wie der frische Hauch des nahen Morgens, der über schweißnasse Körper streicht.«

»Samira, lernst du das in deinen Grammatikstunden?«

Die junge Frau lachte kurz auf. »Nein, von den Straßensängern. Ich besuche die Stunden nicht mehr. Es tut mir leid, du wirst wohl keine Dame aus mir machen. Ich bin ein Kind der Klippen von Cefalu. Eine schaumgeborene Appetitfrau.«

»Aphrodite.«

»Appetitfrau.«

Sie kicherte, dann war es einige Sekunden lang still.

»Hast du sie schon gesehen?«

»Die Königin? Ja.«

»Und? Wie sieht sie aus?«

Konstanze hob den Kopf. Nur, um etwas besser hören zu können.

»Sie ist wie ein verschreckter Vogel, der mit den Flügeln schlägt und mit dem Schnabel auf alles einhackt, was sich bewegt. Sie ist sehr klug und sehr belesen, aber sie weiß nicht, wie man dieses Wissen anwendet, es mit Leben und eigenen Gedanken erfüllt. Sie hat …«

»Ich will nicht wissen, wie sie ist, sondern wie sie aussieht. Wird sie mich vom Thron stoßen?«

Konstanze wartete auf die Antwort, doch es kam keine. Vermutlich küssten die beiden sich wieder, und das sollte dieser Samira Auskunft genug sein. Beide standen auf.

Der Drachenreiter reckte sich und ging einige Schritte voraus.

»Ich muss noch ein paar Stunden schlafen. Ich will früh bei den Falken sein und sehen, wie die neuen Hauben funktionieren.«

»Schlafen? Ich denke nicht an Schlaf. Du hattest dein Vergnügen, jetzt will ich meines.«

Beide entfernten sich. Konstanze hörte noch das heimliche Flüstern, mit dem sie sich über die Fortsetzung dieser Nacht unterhielten, dann verschwanden sie hinter irgendeiner Tür der *Zisa*.

Vorsichtig robbte sie unter der Bank hervor. Noch immer

konnte sie nicht ganz begreifen, wovon sie eben Zeugin geworden war. Einfach weg damit, dachte sie. So hatte sie es immer gemacht: Die Dinge, mit denen sie sich nicht mehr beschäftigen wollte oder konnte, tat sie in einen fiktiven Beutel, den sie unter ihr Kopfkissen legte, um ohne düstere Gedanken Schlaf zu finden.

In dieser Nacht würde ihr das allerdings schwerfallen. Auf dem Weg zurück in ihre Gemächer dachte sie darüber nach, was der Drachenreiter über sie gesagt hatte. Ein verschreckter Vogel also. Nicht unbedingt ein Kompliment aus dem Mund eines Mannes. Doch dann lauschte sie der Stimme nach, mit der er diese Worte gesagt hatte. Nicht spöttisch und auch nicht herablassend, sondern fast so, als ob er Mitleid mit ihr hätte. Mit ihr, Konstanze. Seiner Königin.

Das war nun wirklich die größte Beleidigung.

Konstanze erwachte am nächsten Morgen später als erwartet. An ihre Träume konnte sie sich nicht mehr erinnern, ein gutes Zeichen, und sie fühlte sich frisch und ausgeruht. Als Vela mit dem Tablett in ihr Zimmer kam, stand sie schon halb angekleidet vor dem Spiegel.

»Ist Er angekommen?«

»Er ist schon wieder weg.«

Konstanze ließ die Bürste sinken. »Das war ja ein kurzer Besuch.«

Vela arrangierte die heiße Milch und den Obstteller auf dem kleinen Tisch neben dem Bett. Dazu stellte sie eine Vase mit einer frisch erblühten gelben Rose.

»Von wem ist die?«

Die Kammerfrau beugte sich vor und roch daran, dann betrachtete sie die Blume genauer. »Ich weiß es nicht. Aber sie trägt noch den Tau der Nacht.«

»Den Tau der Nacht. Du wirst ja richtig romantisch!«

Vela richtete sich auf und zuckte wie ertappt mit den Schultern. »Das muss die *Zisa* sein. All dieses Fatimidische, die Mosaiken, die Gärten ... Wart Ihr schon in dem Labyrinth?«

»Nein.«

Konstanze schlenderte zu ihr und ließ sich das Glas mit der Milch reichen. Sie trank einen kleinen Schluck. »Aber es läuft mir ja nicht davon.«

»Eben.«

Resolut wandte sich Vela ab und holte aus der Ankleidekammer zwei lederne Reisetaschen. »Ich denke, Euch genügt das Nötigste. Wir kommen ja im Laufe des Tages nach, und in *La Favara* soll es angeblich auch an nichts fehlen.«

»Heute?« Verwirrt setzte Konstanze das Glas ab. »Ich dachte, erst wenn der König von der Jagd zurück ist, hätte dieser Sarazene Zeit.«

»Ihr sollt noch heute in das andere Schloss. Auf ausdrücklichen Befehl des *ré*.«

Nachdenklich setzte sich Konstanze auf das Bett. Sie nahm sich eine Feige und begann vorsichtig, die lederne Haut abzuzupfen.

»Auf ausdrücklichen Befehl also.« Sie biss hinein.

Vela packte zwei Beinkleider, einen leichten *surcot* und mehrere Paar Seidenpantoffeln in die Taschen. Dann begann sie, die Toilettengegenstände in ein hübsches besticktes Etui einzuschlagen. Dabei warf sie ihrer Königin einen besorgten Blick zu.

»Befehl ist vielleicht etwas übertrieben. Auf ausdrücklichen Wunsch? Klingt das besser?«

Konstanze aß die Feige und antwortete nicht.

»Bis jetzt haben die Wünsche des Königs für mich immer einen Sinn ergeben«, setzte die Kammerfrau den waghalsigen Versuch fort, in ihrer Königin so etwas wie Verständnis für ihre Situation wachzurufen. »In Palermo lauert der Tod. Der Koch ist schließlich auch hier geblieben, sonst hätte er ...« Sie brach ab. Sie wollte Konstanze nicht an die letzte Reise ihres Bruders erinnern.

»Also, den Koggen seid Ihr so oder so los. Jetzt ist er wieder auf dem Weg nach Aragon und wird so schnell nicht zurückkommen.«

»Ja, ja, schon gut.«

Konstanze stand auf und wusch sich die Hände in der kleinen Schüssel neben dem Fenster. Dabei fiel ihr Blick auf den Garten mit seinem breiten Weg vor der *Zisa*. Mehrere Eselskarren standen dort, Säcke waren aufgestapelt, einige Männer saßen im Schatten und spielten Karten. Die angebundenen Saumtiere versuchten gerade, das Gras abzuzupfen, das für sie erreichbar war. Ein paar Dienstmädchen kamen um die Ecke. Sie trugen Krüge und Körbe, kicherten und warfen den Männern Scherzworte zu, bevor sie ihre Last auf den Karren verstauten.

»Das ist aber ein großer Aufbruch.«

Vela trat neben sie. »Eben. Ihr reitet mit dem Sarazenen und einigen Knappen vor. Wir werden Euch folgen, und zum Nachtmahl könnt Ihr mir schon erzählen, wie das Einhorn aussieht.«

»Hm.«

Etwas stimmte nicht. Nach *La Favara* war es weniger als ein halber Tagesritt. Bis zum Abend hätten sie ohne weiteres zurück sein können.

Auf dem Tisch lag, an derselben Stelle aufgeschlagen wie vergangene Nacht, der *Physiologicus*. Skylla und Charybdis, Phönix und Tarasque. Ungeheuer aus rauschhaften Fieberphantasien, die keiner reiten konnte, es sei denn, er tat es im Traum. Der Drachenreiter. Zum Totlachen.

»Sein Pferd heißt Draco.«

»Wessen Pferd?«

Vela war schon wieder in der Kleiderkammer.

Draco, Drache. Er hielt sie zum Narren. Er – und auch sein König. Nachdenklich starrte Konstanze auf die beiden Reisetaschen. Sie hatte nicht vor, in *La Favara* zu bleiben. In einem hatte der Drachenreiter zwar recht: Sie war wie ein Vogel. Doch sie würde sich nicht in einen Käfig sperren lassen.

Vela kam zurück. »Wessen Pferd?«

»Ach, nichts. Vergiss es.« Mit diesen Worten schnürte sie sich die ledernen Schuhe.

10.

Drei Stunden lang folgte Konstanze bereits dem Sarazenen. Am frühen Vormittag waren sie aufgebrochen. Der breite Weg hinter der *Zisa* mündete in eine Straße aus festgestampftem Lehm. Viel war nicht los, denn die Arbeit auf den Feldern und in den Weinbergen ging vor. Ab und zu begegneten ihnen Händler mit ihren Ochsenkarren, singende Wanderarbeiter auf dem Weg zum nächsten Bauern, einige Bettler und eine Rotte mutiger Kinder, keines älter als zehn oder elf Jahre, die sich ihnen in den Weg stellten und Wegzoll forderten. Lachend griff Majid in die weiten Falten seines Kittels und warf ihnen ein paar Münzen zu.

»Geld?«, fragte einer von ihnen verächtlich. »Brot wäre uns lieber.«

»Kauf dir welches davon«, riet der Sarazene.

Der Bursche in seinem zerrissenen Hemd, das kaum seine Blöße bedeckte, wendete das grob geschlagene Stück Metall in seinen schmutzigen Händen. »Wie viel ist das?«

Majid ritt mit seinem Pferd an ihm vorüber. »Ein Kupferdirham. Dafür bekommt ihr drei Laib Brot, wenn ich die Marktpreise richtig im Kopf habe.«

Der Junge begriff als Erster, welchen Schatz er da in den

Händen hielt, und verschwand eilig in dem Gebüsch am Wegesrand. Diejenigen unter den Kindern, die leer ausgegangen waren, verfolgten ihn mit zornigem Gebrüll.

»Gebt mir auch einen.«

Konstanze hielt Majid die Hand hin. Der Sarazene tat so, als habe er nichts gehört, und nahm die Zügel auf.

Ihr Arm schnellte vor und hielt ihn fest.

»Einen Dirham, bitte.«

Widerwillig wühlte er in seinem Almosenbeutel und reichte ihr schließlich ein dünnes, schlecht geprägtes Geldstück. Konstanze nahm es und betrachtete es ausgiebig.

»Wo kommt der her?«

»Die Münze wurde in Aleppo geschlagen.«

»Von wem?«

»Von al-Zahir Gazi.«

»Wer ist das, und aus welchem Hause kommt er?«

»Er ist der Sohn Saladins.«

In hohem Bogen warf Konstanze das Geldstück in die Büsche. »Ihr zahlt mit byzantinischer Münze!«

Majid wich ihrem zornigen Blick aus. Richard Löwenherz war offenbar auch ihm ein Begriff. Eine einzige falsche Münze hatte genügt, den verkleideten König auf seiner Flucht vor den Österreichern zu entlarven und gefangen zu nehmen. Byzantinisches Gold hatte ihn verraten, so wie der Kupferdirham verriet, dass Majid vermutlich sehr enge Beziehungen zu den sarazenischen Bergstämmen und deren weitverzweigtem Netz unterhielt. Sehr enge und sehr gute Beziehungen, wie es Konstanze schien. Denn ein Bediensteter des Königs hatte ausschließlich mit den Münzen seines Herrschers zu zahlen.

Majid nahm die Zügel wieder auf – der Verlust schien ihn nicht zu erschüttern – und setzte seinen Weg fort.

»Es ist das Geld der Märkte. Ständig wird es eingezogen und neu überprägt. Nehmt es nicht so wichtig.«

Nicht so wichtig? Konstanze öffnete den Mund, um ihrer Empörung Luft zu machen, doch dann beherrschte sie sich. Sie war erst ein paar Tage hier. Natürlich hatte sie versucht, sich auf Sizilien vorzubereiten, und die Reconquista, dieser blutige, endlose Krieg der Spanier gegen die maurischen Besatzer, war eine gute Lehrmeisterin. Man durfte den Sarazenen nicht trauen.

Sie warf Majid einen schnellen Seitenblick zu. Trotz der entstellenden Narben hatte er ein markantes, klar geformtes Profil mit gerade Nase und hoher Stirn. Sie wusste nicht, warum ihr Gatte ausgerechnet diesen Heiden zu einem seiner engsten Diener gemacht hatte, doch er wirkte trotz seiner Entstellungen, die er sich wahrscheinlich freiwillig beigebracht hatte, zumindest auf den zweiten Blick wie ein vernunftbegabter Mensch. Aus seinen Worten sprach kein versteckter Stolz, keine heimliche Genugtuung darüber, dass Saladin, Eroberer Jerusalems und gefährlicher Anführer der nur widerwillig und vorübergehend geeinten muslimischen Welt, dass dieser Mann auch noch Jahre nach seinem Tod so präsent war in dieser weit abgeschlagenen christlichen Bastion, die ihr von Tag zu Tag weniger christlich erschien.

Konstanze trieb ihr Pferd zu einem sanften Trab an. Es war ein gutmütiger, etwas kleinwüchsiger Berber mit stabilem Knochenbau, ausdauernd, wendig und erfahren im Gelände, wie ihr der Stallmeister versichert hatte. Majid ritt einen Apfelschimmel von wesentlich edlerem Geblüt.

»Woher bezieht Ihr Eure Pferde?«

Sie hatte ihn eingeholt und ritt jetzt gleichauf.

»Von einem Züchter am Fuße des Ätna. Er ist nicht schlecht, die wahrhaft königlichen Pferde aber kommen von Djerba, einer Dependance der großen Gestüte in Aden. Bedauerlicherweise wird noch eine ganze Weile vergehen, bis ich den *ré* dorthin begleiten darf.«

Konstanze nickte. Pferde ließ man sich nicht schicken, man suchte sie persönlich aus.

»Ihr macht wohl viel gemeinsam. Wie kommt das?«

Majid verlangsamte das Tempo und sah sich nach den Soldknechten um, denen die steigende Hitze erheblich mehr Probleme bereitete. Zur Feier des Tages hatten sie sich in die eindrucksvollen normannischen Rüstungen gezwängt. Die armen Pferde waren dieses Gewicht nicht gewohnt, und jeder weitere Schritt brachte sie näher an den Rand des Zusammenbruchs.

Majid lächelte sie an, und das furchterregende Gemälde auf seinen Zügen verschwand hinter einem Ausdruck reiner Güte. »Ich kenne ihn schon, seit er ein kleiner Knabe war und lieber Vögel jagte, als Latein zu lernen. Wir sind uns einige Male begegnet. Als *qadi* von Palermo standen alle Arten von Sündern schon vor mir – so auch er.«

Er hielt sein Pferd an, um den armen Knechten Zeit zu geben, wieder aufzuholen.

»Was hatte er denn verbrochen?«

»Was man als Kind ohne rechte Erziehung eben so tut. Er stahl Äpfel und trampelte dabei quer durch den Hühnerstall einer Bäuerin. Einmal raubte er im Dom von Cefalu den Opferstock aus. Ein anderes Mal trieb er eine Ziegenherde auseinander, die sich daraufhin mit der des Nachbarn mischte.«

»Wie habt Ihr ihn bestraft?«

»Markwart von Annweiler, der Reichstruchsess, musste tief in den Beutel greifen.« Majids Lächeln vertiefte sich und verriet deutlich, welche Freude dieses Urteil ihm – und welches Missvergnügen es dem anderen bereitet haben musste.

»Annweiler …«

Irgendwo hatte sie diesen Namen schon einmal gehört.

»Er ist lange tot.« Majid setzte sein Pferd wieder in Bewegung. »Er hat eine Gallenoperation nicht überlebt.«

Konstanze beeilte sich, zu dem Sarazenen aufzuschließen. Dass man hier offenbar an der Galle operierte, ließ sie unerwähnt, ebenso wie den Umstand, dass der Ausgang dieses Unterfangens nicht immer von Glück gesegnet schien. Und letztendlich auch, dass Majid nicht das leiseste Mitgefühl zeigte und ihm die übliche Floskel, Gott möge dieser armen Seele gnädig sein, nicht über die Lippen kam.

»Sein Nachfolger im Familiarenkolleg ist übrigens Wilhelm Capparone, *il ministeriale*. Ihr werdet ihn kennenlernen, wenn Ihr wieder in Palermo seid.« Majid beobachtete jede Regung in Konstanzes Gesicht. »Euch sagt der Name nichts?«

»Nein.«

Irgendwo in einer der Kisten lag eine Rolle mit den Namen und Ämtern des *cour*. Sicher stand auch Capparone darauf.

»Was ist mit Gregor von Galgano? *Il cardinale*?«

Der bestimmt auch. Aber warum fragte Majid so merkwürdig? Da sie im Moment noch keine Ahnung davon hatte, wer welche Interessen verfolgte und mit wem sie sich gut stellen musste, hielt sie es für klüger, das Thema nicht weiter zu verfolgen. Sie wollte mehr über Federico erfahren, nicht über irgendwelche Amtsinhaber. Die konnten morgen schon Gott weiß wo sein, so wie es Walter von Pagliara ergangen war. Das Machtvakuum an der Spitze des *regnum* hatte nach Heinrichs Tod elf Jahre gedauert. Es war mit Sicherheit anzunehmen, dass in dieser Zeit vieles falsch, manches richtig, aber alles über den Kopf des Königs hinweg entschieden worden war. Der schien jetzt nicht lange zu fackeln, um die Spreu vom Weizen zu trennen – so viel hatte sie immerhin über ihn herausbekommen. Sein Wesen, sein Charakter dagegen war ihr immer noch fremd.

»Dann ist es also wahr?«, kam sie wieder auf den Ausgangspunkt der Unterhaltung zurück. »Der König hat keine Bildung genossen?«

»Erziehung«, betonte Majid. »Gebildet ist er jetzt schon

mehr, als die Gelehrten des Abend- und des Morgenlandes zusammen.«

»Das verstehe ich nicht.«

Sie ritten langsam und gemächlich nebeneinanderher. Gerade durchsteiften sie einen kleinen Zedernwald, und aus seinem kühlenden Schatten umfächelte sie ein angenehmer Wind.

»Wilhelm Franzisikus war sein Lehrer und brachte ihm bei, die balsamischen Düfte der Wissenschaften zu atmen.«

Ein kurzer Seitenblick auf den Sarazenen bestätigte ihr, dass seine Worte keinesfalls ironisch gemeint waren.

»Gregor von Galgano achtete bei den sieben freien Künsten darauf, dass er das Trivium nicht zugunsten des Quadriviums allzu sehr vernachlässigte.«

»Ich weiß«, antwortete Konstanze. »Die Bibliothek in der *Zisa* ist von dieser Vorliebe geprägt: wenig Mystik, viel Scholastik.«

»Ihr wart schon dort? Das wird dem König gefallen. Sein Umgang ist zurzeit ...«

Er brach ab. Um ein Haar wäre ihm eine Vertraulichkeit über die Lippen gerutscht.

»Wie ist sein Umgang?«

Majid wandte sich ab und mied ihren Blick.

»Raus mit der Sprache.«

Der Sarazene setzte sich im Sattel zurecht. »Etwas derb, zuweilen. Aber das habt Ihr nicht von mir! Sein Stern ist noch im Aufgehen, daher muss man ihm einiges nachsehen.«

»So, so. Gilt das auch für mich?«

Das düstere Gesicht erhellte kein Lächeln. Im Gegenteil.

»Gerade für Euch, meine Königin.«

Sie sah hinunter auf ihre Hände, die locker die Zügel hielten. Das Pferd lief fast von allein. Der monotone Schritt und die feuchte Hitze, die der Wald ausatmete, setzten ihr zu. Sie war müde und wollte gerne ankommen.

»Ihr seid noch fremd hier«, fuhr der Sarazene fort. »Manche

Sitten sind Euch nicht geläufig. Wusstet Ihr, dass Federico fließend Arabisch spricht und dass er dem mohammedanischen Glauben recht offen gegenübersteht?«

»Er schätzt auch die Juden, habe ich gehört. Aber die Kirche ist seine Mutter und sein Vater der Papst.«

Die Schärfe in ihrer Stimme war eine Warnung. Er sollte gar nicht erst versuchen, dem *ré* eine *sententia haeresi proxima* zu unterstellen, eine Meinung nahe der Häresie, die Frevel genug war.

»Ja, sicher. Natürlich. Er ist ein Mensch, der sich die Freiheit nimmt zu denken. Die einzige Freiheit, die einem König bleibt. Die Knechtschaft der Politik und des Amtes aber ist schwer zu tragen, auch für uns.«

»Wie meint Ihr das?«

Majid sah sich um, ob die Soldknechte auch genügend Abstand wahrten, dann fuhr er in leiserem Ton fort: »Unsere Moscheen. Sie wurden eine nach der anderen zu Kirchen gemacht. Die Synagogen ebenfalls. Es wird schwer für uns werden, unserem Glauben in Frieden zu dienen. Wenn Ihr, meine Königin, vielleicht zu gegebener Zeit ein gutes Wort einlegen könntet – die sarazenischen Familien wüssten es sicher sehr zu schätzen. Es sind harte Zeiten, da zählt jeder Freund.«

Konstanze blieb die Luft weg. Ausgerechnet sie, die katholischste aller Bräute, sollte in dieser heiklen Angelegenheit vermitteln?

»Wenn Ihr ihn nur bitten könntet, die Geschenke anzunehmen, die sie für seine Hochzeit vorgesehen haben, wäre im Augenblick schon viel gewonnen. Der Wille zur Verständigung ist da, aber es ist ein mühsamer Weg, der nicht durch eine Zurückweisung noch steiniger gemacht werden sollte. Bitte bedenkt dabei: Arabische Geschenke sind vielleicht etwas anders, als Ihr es gewohnt seid.«

»Was sind denn das für Geschenke?«

Majid kam nicht mehr dazu, ihr zu antworten. Der Weg vor ihnen machte eine Biegung, die Orangenhaine und das Palmendickicht lichteten sich, dahinter öffnete sich weit bis an den Fuß der majestätischen Berge die sagenhafte Pracht eines verwilderten andalusischen Gartens. Üppig blühende Sträucher, Oleander, Myrte und Lorbeer wiegten sich sanft im Wind. In seiner Mitte befand sich ein großer See, gespeist aus mehreren Zuläufen, die sich plätschernd über künstliche Felsvorsprünge und Grotten ihren Weg bahnten. Mit Gold und Silber ausgekleidete Barken lagen am Ufer, Schwäne glitten über die leicht gekräuselten Wellen, an Palmeninseln vorüber. Gekrönt aber wurde das märchenhafte Bild durch das Schloss, das aus der Mitte des Sees emporragte und sein wie aus weißem Marmor gemeißeltes Spiegelbild auf das Wasser warf.

»*Casr Djîafar*«, flüsterte Majid.

»Granada!«

Konstanze stellte sich in die Steigbügel und schirmte mit einer Hand die Augen vor der Nachmittagssonne ab. »Das ist wie in Granada!«

Gärten in rauschender Farbenpracht, Brunnen und Fontänen in arkadengesäumten Höfen und darin, wie ein funkelnder Diamant auf einer prächtigen Krone …

»*La Favara. Maredolce.*«

Auch Majid lächelte beim Anblick des Schlosses.

Erbaut im maurischen Stil, wirkte es wesentlich verspielter und einladender als die strenge *Ziŝa*. Zierliche Mauerbögen stützten sich auf kunstvoll bearbeitete, schlanke Säulen, Porphyr und Granit umrahmten Fenster und Tore. Filigrane Ornamente, florale Muster und ein schachbrettartig verlegter glänzender Fußboden auf den Seeterrassen zeugten von der hohen Kunst der Baumeister.

»Ist das schön!« Konstanze setzte sich wieder in den Sattel und sah Majid mit leuchtenden Augen an.

»Ja, das ist es.«

Es freute ihn, dass sie das Gleiche bei diesem Anblick empfand wie er.

Sie nickten sich zu, und just in dem Moment, als die Wachen erschöpft um die Ecke bogen, jagten sie in gestrecktem Galopp hinunter zu dem großen steinernen Tor in der weißen Mauer, die das riesige Gelände umgab.

11.

La Favara war genau das, was Konstanze jetzt gebraucht hatte. Durch die unterirdischen Wasserläufe war das Schloss sogar in diesen Hochsommertagen angenehm temperiert. Überall plätscherten die Fontänen der mosaikverzierten Brunnen, der natürliche Wasserreichtum der Gegend, durch ein Kanalsystem aus römischen Zeiten versorgt, speiste die erstaunlichsten Wasserspiele. Hinter dem großen See mit den Kähnen schlossen sich mehrere kleinere Fischteiche an, und noch ein Stück weiter in den Wald hinein, in Richtung des Klosters di Gesù, lag die Menagerie.

Nachdem sie ihre Pferde dem Stallmeister übergeben hatten, brachte Majid seine Begleiterin in die hohe Eingangshalle. Ein Sarazenenmädchen mit dunkel umrandeten Augen, das gerade vorüberhuschte, erhielt die Anweisung, Konstanze in den ersten Stock zu begleiten. Stumm übernahm die Kleine den Dienst und schlüpfte, kaum dass die Königin sich bedankt hatte, schnell wieder davon.

Das Schloss selbst machte Konstanze sprachlos. Die opulenten Mosaiken und die leuchtenden Fresken waren beeindruckend, wenn auch an manchen Stellen lückenhaft oder verblichen, als ob sich ihrer schon zu lange keine liebevolle Hand mehr angenommen hätte. Dicke, bunt gewebte Teppiche bedeckten den Boden ihrer Gemächer, gewaltige Gobelins mit den erbaulichsten Motiven verschönten die Wände. Die Einrichtung bestand aus dunklem Holz, in strenger Linie gearbeitet, gemildert aber durch viele liebevolle Details. Auf dem Bett türmten sich glänzende Seidenkissen, vor den Fenstern hingen Brokatvorhänge und schirmten das gleißende Sonnenlicht ab. Eine fürsorgliche Hand hatte einige Blumensträuße arrangiert und in die Mitte des großen Tisches im Empfangsraum eine Schale mit frischem Obst gestellt.

»Warst du das?«, fragte Konstanze die Frau, die jetzt, gefolgt von zwei jungen Mädchen mit ihren beiden Reisetaschen, das Schlafgemach betrat und mit dem Auspacken begann.

Die Frau, der Haartracht nach eine Griechin, verbeugte sich und nickte. Die Mädchen machten es ihr nach, hatten jedoch weitaus weniger Übung. Sie trugen weite, einfache Djellabahs und waren unzweifelhaft sarazenischer Abstammung.

»Wie ist dein Name?«

»Elena«, antwortete die Frau. Ihr Hauskleid war aus grauem Leinen, nicht ganz so grob wie jenes, das den Bauern zustand, ihr Halstuch war aus feinstem weißem Mousseline und kunstvoll bestickt. Trotz ihres unfreien Standes schien sie eitel zu sein, eine den Seelenfrieden nicht gerade fördernde Kombination. Sie war im gleichen Alter wie Vela, allerdings deutlich dünner. Ihr längliches Gesicht war hager, die Augen standen ein wenig zu nah beieinander, und der Mund hatte wohl lange nicht mehr gelächelt.

»Das sind Jumanah und Raschida. Sie werden sich um Euer Bad und das Bett kümmern, darüber hinaus reinigen sie Eure Gemächer. – Macht schon!«

Die beiden Mädchen stoben auseinander und begannen hektisch, die Kissen aufzuschütteln und neu zu arrangieren. Da alles hinterher genauso aussah wie vorher, war der Aktionismus wohl eher eine Demonstration ihrer Fähigkeiten denn eine echte Notwendigkeit.

»Schon gut! Das ist nicht nötig. Es ist alles sehr hübsch hier.«

Jumanah und Raschida lächelten, Elena nicht. Sie ging ins Badezimmer und begann den Toilettenbeutel auszupacken.

Konstanze folgte ihr.

»Wann kommen die anderen?«

Elena fuhr unbeeindruckt mit ihrer Tätigkeit fort und entfernte ein nichtexistentes Haar aus dem Elfenbeinkamm.

»Am frühen Abend, hörte ich.«

Konstanze warf einen Blick durch den Mauerbogen in ihr Schlafzimmer, wo die beiden Mädchen gerade das Obst in der Schale auf Hochglanz polierten.

»Gut. Kannst du mir sagen, wo das Gemach der Condesa de Navarra ist?«

Elena steckte den Kamm in die Bürste und richtete beides in einer exakten Linie zum Rand des Marmorregals aus. »Die … Condesa?«

»Meine Kammerfrau.«

»Oh!«

Elena wandte sich ihr zu, raffte ihren weiten leichten Rock und ging kurz in die Knie.

»Ich bin Eure Kammerfrau.«

Damit drehte sie sich wieder um und widmete sich den diversen Tiegelchen mit Wangenrot und schwarzem Lidstrich, von denen Konstanze stets zu viele mit sich führte, obwohl sie die Utensilien kaum benutzte.

»Das muss ein Irrtum sein. Die Condesa de Navarra ist meine engste …«

Sie suchte nach dem passenden Wort. »… Bedienstete. Ich möchte sie in meiner Nähe haben.«

Elena ging wieder in die Knie, ohne sich jedoch nach ihr umzudrehen. »Es ist der ausdrückliche Wunsch des Kämmerers, dass ich mich um Euch kümmere. Euer Gesinde ist wohl untergebracht in den Gemächern unter dem Dach.«

Konstanze hob den Arm und roch an dem dunklen Schweißfleck, der sich unter ihrer Achsel ausbreitete. Elena rollte den Beutel zusammen, wandte sich um und wollte an ihr vorbei den kleinen Raum verlassen.

»Dann hol mir den Kämmerer. Und lass mir derweil ein Bad richten.« Sie wies auf die Marmorwanne, die in den Boden eingelassen war und neben der ein Dutzend Glasflaschen mit wohlriechenden Ölen auf ihre Verwendung warteten.

»Wie Ihr wünscht.«

Ohne ein Zeichen echter Freude verließ Elena den Raum. Konstanze folgte ihr und trat zu den beiden Mädchen, die schüchtern die Poliertücher hinter dem Rücken versteckten.

»Jumanah und Raschida. Das sind arabische Namen?«

Beide nickten eifrig, sagten aber kein Wort. Sie mochten zwölf, vielleicht dreizehn Jahre alt sein.

»Wie kann ich euch rufen, wenn ich euch brauche?«

Jumanah lief auf nackten Sohlen zu einer Schnur neben der hohen, kunstvoll geschnitzten Holztür, die das Gemach vom Flur trennte.

»Wenn Ihr hier zieht, klingelt es oben bei uns. Wir sind Tag und Nacht für Euch da.«

»Wir wenden Euch das Kissen in der Nacht«, fuhr Raschida eifrig fort, »und wir schälen Euch die Trauben.«

»Wenn Ihr Luft braucht, bedienen wir den Fächer. Wir können auch singen und tanzen.«

»Arabisch aber nur.«

Raschida sah zu Boden. »Wir würden das gerne jeden Abend für Euch tun.«

Konstanze, die gerade dabei war, den obersten Riemen ihrer Stiefel aufzuknoten, sah hoch.

»Jeden Abend muss das wirklich nicht sein.«

Die beiden Mädchen warfen sich einen schnellen Blick zu, dann nickten sie. Konstanze stellte fest, dass der linke Riemen sich verheddert hatte. Sie setzte sich auf einen der drei hochlehnigen Stühle am Tisch und bedeutete den Mädchen, ihr zu helfen. Eifrig eilten sie heran und knieten vor ihr nieder.

»Wir singen aber wirklich schön«, sagte Jumanah leise, »und unser Tanz ist betörend. Sagt man.«

Raschida knibbelte schweigend und sah nicht hoch.

Eher aus Langweile denn aus wirklichem Interesse fragte Konstanze: »Sagt wer?«

Die beiden schwiegen. Raschida hatte den Riemen ihres linken Stiefels als Erste gelöst und zog ihn nun aus den Ösen.

Konstanze war es nicht gewohnt, auf Fragen keine Antwort zu bekommen. Sie beugte sich vor.

»Wer sagt, dass ihr betörend tanzt?«

Jumanah kam mit dem Riemen nicht zurecht. Nervös versuchten ihre zarten Finger, den Knoten zu lösen. »Die Männer hier«, flüsterte sie.

Die Königin sah hinab auf die Häupter der beiden, die züchtig von einem dünnen Baumwolltuch bedeckt waren.

»Tut ihr auch andere Dinge für die Männer?«

Ihre Stimme klang schärfer, als sie beabsichtigt hatte.

Jumanah, die Schüchternere von beiden, zuckte zusammen.

Raschida hingegen hob den Kopf.

»Nein«, antwortete sie, »noch nicht.«

Dann widmete sie sich wieder dem Stiefel.

Die Riemen waren nun gelöst, und Konstanze wies die beiden mit einer Handbewegung an aufzustehen. Den Rest erledigte sie allein.

»Da Elena noch nicht zurück ist, richte du mir doch das Bad.«

Sie wies auf Raschida. »Und du kündigst dem *praefectus be-*

stiarium an, dass ich noch heute das Einhorn zu sehen wünsche.«

Raschida verbeugte sich und wollte davoneilen.

Mit einer Handbewegung hielt sie das Mädchen auf.

»Und sagt dem Gesindemeister, ab jetzt tanzt ihr ausschließlich für mich. Verstanden?«

Raschida nickte eifrig. Trotz der Strenge, mit der Konstanze diesen Befehl geradezu herausgebellt hatte, war die Erleichterung der Mädchen spürbar. Jumanah folgte ihr, und wenig später hatten die beiden das Bodenbecken mit warmem Wasser gefüllt. Als Elena mit dem Kämmerer im Vorraum zu ihrem Salon erschien, lag Konstanze in einem Bad von Rosenblüten und Mandelöl, und sie hatte nicht vor, es in der nächsten Stunde zu verlassen. Durch Raschida ließ sie den beiden ausrichten, sie sollten vor der Tür auf sie warten.

Die Innenseiten ihrer Beine waren vom Reiten gerötet. Die dünne Bekleidung war für stundenlange Ritte nicht geeignet, und in allen Gliedern schmerzte die ungewohnte Anstrengung. Sie brauchte eine Lederhose, so eine, wie der Drachenreiter sie trug.

Du bist wie Honig auf zerbissenen Lippen, wie Balsam auf geröteten Schenkeln, wie der frische Hauch des nahen Morgens, der über schweißnasse Körper streicht ...

Eine Rosenblüte schwebte auf der Wasseroberfläche und drehte sich einmal um sich selbst. Nachdenklich griff Konstanze danach und roch daran. Liebeslyrik, wie die Straße sie schrieb, keine hohen Gesänge auf die Minne an und für sich, sondern eine durchaus recht derbe Beschreibung dessen, was Mann und Frau zueinanderzog, wenn es ums reine Vergnügen ging.

Ärgerlich ließ sie die Blüte wieder ins Wasser fallen. Vergnügen! Ihr Vergnügen würde sein, Söhne zu empfangen. Hochgebockt, abgewischt und notiert. Mit viel Glück würde sie den

Prozess zwei-, dreimal über sich ergehen lassen, immer zur rechten Zeit kurz nach der Menses, und wenn der Geist des Lebens nach Gottes Plan in ihrem Schoß zu wachsen begann, dann war Ruhe.

Bis zur Geburt. Und hoffentlich darüber hinaus, wenn es ein Sohn war.

»Raschida?«

Das Mädchen lugte um die Ecke. »Bring mir ein Tuch.«

Sie stieg aus dem Wasser und trocknete sich ab. Dann warf sie ein frisches Hemd über und schlüpfte in den frischen, nach Jasmin duftenden *surcot,* den Jumanah ihr entgegenhielt. Noch während sie den Gürtel zuband, verließ sie das Bad und ging barfuß durchs Schlafzimmer hinüber in den Empfangsraum.

Der Kämmerer, ein älterer Sarazene mit weit ausladendem Turban und einem breiten roten Gürtel um den gelben Kaftan, sprang von einem der Stühle auf. Elena stand mit unzufriedenem Gesichtsausdruck drei Schritte hinter ihm.

Der Mann verbeugte sich derart tief, dass seine Nasenspitze fast die Knie berührte. Nachdem er sich wieder aufgerichtet hatte, erwartete er mit ruhigem Blick ihre Befehle.

»Wenn der Zug aus der *Zisa* ankommt, wird die Condesa de Navarra in ein Zimmer neben meinen Gemächern ziehen. Sie ist meine Kammerfrau und niemand sonst.«

Die so Zurückgewiesene biss sich auf die Lippen und stierte trotzig an ihr vorbei.

»Elena wird sie in alles Wichtige, was dieses Haus betrifft, mit großer Freundlichkeit einführen.«

Elena senkte den Kopf und ging leicht in die Knie.

»Und Ihr? Wie ist Euer Name?«

»Nabil Ibn Marah, verehrte Königin.«

Sie starrte ihn an. Von der Gestalt her war er definitiv ein Mann, seine Stimme dagegen klang wie die eines sehr, sehr jungen Mädchens.

»Nun«, antwortete Konstanze und war froh, ihre Gesichtszüge einigermaßen unter Kontrolle zu haben, »sagt in der Menagerie Bescheid, dass ich einen *pictor* brauche. Er soll mich dort erwarten und das Einhorn zeichnen.«

»Wie Ihr befehlt, meine Königin.«

Der Eunuch verbeugte sich und verließ eilig die Gemächer. Elena stand weiter schmollend in der Ecke.

»Das Bad müsste aufgeräumt werden«, sagte Konstanze.

Dann ging sie zurück in ihr Schlafgemach, um sich mit Raschidas Hilfe anzukleiden.

12.

Die Sonne schickte sich an, hinter dem Monte Pellegrino zu versinken. Sie sandte ihre letzten schrägen Strahlen über die Palmenwipfel und ließ sie wie ungeduldige kleine Finger auf den Wellen des Sees tanzen. Flirrendes goldenes Licht lag über dem Wasser. Auf der anderen Seite der Conca d'oro stand der Mond bereits am Himmel. Nicht mehr so voll wie am vergangenen Abend, aber immer noch rund und schön.

Konstanze hatte einen der Wachsoldaten abgestellt, sie über den Teich zu rudern. Der Mann schwitzte nun an den Riemen, während sie träumerisch den Vogelrufen lauschte und beobachtete, wie ein Zug Schwalben über die Wasseroberfläche segelte. Ab und zu schnalzte ein Fisch aus dem See und platschte wieder zurück. Sonst war es still, bis auf das Knarren der Lederriemen, wenn das Ruder ins Wasser tauchte, und das mitleiderregende Schnaufen des Mannes. So lange, bis auf der anderen Seite des Ufers eine gedrungene Gestalt in langer Kutte auftauchte und sie mit einem Ruf begrüßte.

»Meine Königin, meine Königin!«

Der Mann war fast so klein wie ein Kind und rotgesichtig wie gebackene Tomaten. Er eilte die Stufen zum Anlegeplatz hinunter und trat ungeduldig auf der Stelle, bis ihm der Wachsoldat ein Seil hinüberwarf, mit dem er das Boot an einem bronzenen Löwenkopf an der Ufertreppe vertäute.

»Meine Königin! Welche Freude!«

Er strahlte über das ganze leuchtende Gesicht, als sei die Barke mit ihrer königlichen Fracht die wahr gewordene Erfüllung seiner heiligsten Träume. Konstanze, die befürchtete, der Mann würde sich zu sehr aufregen, balancierte schnell hinüber aufs Trockene. Es gelang ihr auch ganz gut, bis sie ihre neuen Ziegenlederhalbschuhe mitten in eine Pfütze setzte und spürte, dass sie nasse Füße bekam.

»Ihr seid …?«

»Magister Roland, meine Königin. *Ianitor* des Bestiariums und bereit, Euch all seine wunderbaren Einzigartigkeiten zu zeigen.«

Er lächelte verzückt, als erwarte sie hier die himmlische Verklärung. Sein Wesen schien so prall vor Begeisterung, dass er offenbar kurz davor war, einen Freudentanz aufzuführen.

»Wo ist der Präfekt?«

Sie stieg die Stufen hinauf und trat an ein bronzenes Tor, das in eine hohe Mauer eingelassen war. Auf den Simsen steckten scharfe Spitzen, die eine Flucht – von wem und in welche Richtung auch immer – bereits im Ansatz vereiteln würden. Sie drehte sich um und sah noch einmal über den großen See hinüber zum Schloss, dessen märchenhafte Schönheit sich hinter sehr hohen Mauern entfaltete. Zu wessen Schutz? Dass niemand ungebeten zu den Eingeschlossenen hereinkam – oder niemand der Eingeschlossenen ungebeten hinaus? *La Favara* war ein Paradies. Doch auch hier mussten Schlangen durchs Dickicht kriechen.

Magister Roland kramte aus der Vielzahl fröhlicher Gesichtsausdrücke den hervor, der eine Mischung aus kindlicher Vorfreude mit der Bitte um gnädige Milde am besten verband.

»Er ist heute Nachmittag in die *Zisa* geeilt. Die Geschenke der Sarazenen sind angekommen, und darunter sollen sich auch zwei Langhälse befinden.«

Giraffen kannte sie aus dem *Physiologicus*. Majids merkwürdige Bitte fiel ihr wieder ein. Hatte er damit diese Tiere gemeint? So selten waren Langhälse nun auch wieder nicht. Im *Toledo* von Zaragoza hatte sie mal eine gesehen, ein sanftmütiges Wesen mit großen braunen Augen, das sich grotesk verbeugte, wenn es Futter vom Boden oder aus den ausgestreckten Händen der begeisterten Zuschauer nahm. Sie zahlte Magister Rolands Freundlichkeit mit der kleinsten Münze zurück, die sie zu vergeben hatte: einem hoheitsvollen Nicken.

»Dann zeigt mir jetzt das Einhorn.«

»Das Einhorn? Das Einhorn. Natürlich, meine Königin.«

Er raffte den Kittel, eilte an ihr vorbei und suchte aus einem guten halben Dutzend Schlüssel, die er an einem großen Ring am Gürtel trug, den passenden heraus. Damit schloss er das Tor auf und hielt es für Konstanze offen. Kaum hatten sie es passiert, verriegelte er es sorgfältig.

»Die Wölfe«, erklärte er seine Umsicht. Als er Konstanzes erschrockenen Gesichtsausdruck bemerkte, setzte er eilig hinzu: »Und die Geparden. Wir zähmen sie für die Jagd. Ganz reizende Tiere, sehr zutraulich. Aber wir möchten natürlich nicht, dass ihr Anblick die lieblichen Damen der *Favara* erschreckt. Gestattet, dass ich vorgehe.«

Das Gelände hinter der Mauer war weniger kultiviert als die Gärten des Schlosses, dennoch hatten ordnende Hände in das Wuchern der Natur eingegriffen und Wege und Plätze gerodet. Auf den Lichtungen standen in großen Abständen gewaltige Käfige und Volieren. Konstanze erkannte Seeadler und Flamingos, ein sich langweilendes Löwenpärchen in einem weitläufigen Gehege, außerdem nervös an Gitterstäben entlangschnürende Hyänen und Wölfe. Gazellen hatten sich an einem Wasserloch niedergelassen, ein Panther fixierte sie mit seinem grün oszillierenden Blick durch dicke Gitterstäbe. Er hob den Kopf, stand auf und verfolgte sie so weit, wie es die Enge seines Geheges zuließ. Konstanze drehte sich noch einmal zu ihm um. Die *Favara* ist ein Käfig, schoss es ihr durch den Kopf. Es scheint nur so, als wäre ich frei.

Sie riss sich los von dem Anblick des majestätischen Tieres, weil Magister Roland schon die nächste freudige Überraschung für sie parat hatte: einen weißen Leoparden.

»Ein Wunder, nicht wahr?«

Stolz blieb ihr Begleiter stehen, und Konstanze stieg der strenge Geruch der Raubkatze in die Nase. Sie betrachtete das Tier, das sich in eine Ecke seines gefliesten Käfigs zurückgezogen hatte und sie scheinbar ignorierte. Nur die Spitze seines Schwanzes, den es elegant um den Körper gewunden hatte, zuckte nervös.

»Er ist wunderschön.«

»Ein Geschenk von al-Kamil, dem Sultan Ägyptens. Zum Geburtstag unseres Königs.«

»Dem vierzehnten, nehme ich an.«

Magister Roland nickte beglückt. Dann bedeutete er ihr, ihm zu folgen. Blühende Sträucher und Gebüsch wuchsen nun näher an dem Weg, der sich vor ihnen in das Dickicht schlängelte.

»Der Zeichner ist schon da, wie Ihr befohlen habt. Ich weiß nicht, ob er bereits fertig ist.«

Das war Konstanze egal. Sie wollte jetzt das Einhorn sehen. Mein Gott, sie, die Königin von Sizilien, konnte ein echtes Fabeltier ihr Eigen nennen! Das war wie eine Tarasque in der Badewanne oder eine Charybdis im Fischteich. Nein, das war besser. Sie stellte sich Sanchas entzücktes Gesicht vor, wenn sie den Brief öffnen und ihre Beschreibung des Zauberwesens lesen würde. Und dann die Zeichnung dazu ... Vielleicht half das ja, und sie würde wirklich eines Tages die Erlaubnis bekommen, sie nicht nur zur Hochzeit zu besuchen.

Konstanzes Herz zog sich zusammen bei dem Gedanken an ihre kleine Schwester, den einzigen nahen Menschen, der ihr geblieben war. Imre, Alfonso und Lázló, vor allem Lázló!, wie würde er hier durch die Menagerie toben! Welche Begeisterung würde er empfinden beim Anblick dieser exotischen Tiere!

Weg damit, dachte sie, bloß weg damit. Nur nicht daran denken. Was soll denn der Torwächter von mir halten, wenn ich mich gleich hinsetze und heule wie ein Kind.

Der kleine Mann mit seinem langen Kittel und den ausgeblichenen Hosen drehte sich netterweise nicht um und wuselte vor ihr über einen Trampelpfad ins Gebüsch.

»Wir halten es ein wenig fern von den anderen, denn es scheint mir doch nervös zu sein. Deshalb bitte ich Euch, meine Königin: Egal, wie sehr sein Anblick Euch erregt, verhaltet Euch ruhig und geratet nicht in Panik.«

Konstanze hatte sich wieder im Griff. »Keine Sorge. Ich bin gefasst.«

Die Sträucher lichteten sich, und vor ihnen lag ein gewaltiges, riesengroßes Schlammloch. Zumindest sah es so aus, denn die Erde war verwüstet, und der Wassergraben rund um das lehmige Stück Land war eher ein Sumpf. Weiter hinten auf dem Gelände wucherten Schilfrohr und gewaltige Oleanderbüsche. Ansonsten war das Gehege leer.

»Wo ist es denn?«

Enttäuscht ließ Konstanze den Blick schweifen. Ein bisschen gehobener hatte sie sich die Unterkunft eines Einhorns schon vorgestellt. Rechts neben ihr raschelte es.

Ein älterer Mann mit schlohweißem Haar und buntem, weitem Hemd trat an sie heran. Er verbeugte sich.

»Matteo ist mein Name. Ich bin der Zeichner, den Ihr bestellt habt. Leider lässt das scheue Wesen sich nur selten blicken.«

Unter dem Arm trug er mehrere zusammengeheftete Pergamentbögen. Konstanze streckte stumm die Hand aus, und er reichte ihr seufzend eine Skizze.

»Das soll ... Ihr erlaubt Euch einen Scherz mit mir.« Ungläubig betrachtete sie ein schwerfälliges dunkles Tier von brutaler Hässlichkeit.

»Nein, nein! Das ist das Einhorn.«

Empört reichte sie das Bild an den *ianitor* weiter. Der studierte es kurz und gab es dann Matteo zurück. »Es ist nicht schlecht getroffen und erinnert mich ein bisschen an die Höhlenmalereien bei der Klause oben am Berg. Schließlich ist es eine vorläufige Skizze, das wird schon.«

Zum ersten Mal wirkte sein Lächeln ein wenig unsicher.

Konstanze wollte nicht glauben, was sie soeben gesehen hatte. Mit diesem Ungeheuer konnte man vielleicht in der Abteilung »widerlichste Fabelwesen der Welt« Eindruck schinden, aber nicht bei Sancha.

»Zeigt mir das Einhorn!«, herrschte sie ihn an. »Ich will es sehen! Sofort!«

»Meine Königin, es ist ein wildes Tier, das kommt und geht, wie es ihm ...«

»Ich will es sehen!«

Mit einem Seufzen nestelte der Magister an einer Kette unter dem Hemd und holte eine kleine silberne Pfeife hervor. Nach einem tiefen Atemzug blies er hinein und entlockte ihr einen schrillen Ton. Im gleichen Moment begann das Schilf auf der Insel zu zittern, und Konstanze hielt den Atem an. Die Büsche bebten, und nur einen winzigen Augenblick später teilten sich die Sträucher. Ein massiger dreckbrauner Riesenleib brach daraus hervor. Es war ein gewaltiges Tier, mit einem plumpen, von tief vernarbter, faltiger Haut bedeckten Rumpf, auf Beinen wie Baumstämme. Das Abstoßendste an ihm aber war sein Kopf, der wirkte wie ein riesiger, plattgeklopfter Pferdeschädel mit einem unglaublich breiten Maul. Die Ohren waren vergleichsweise winzig, ebenso die Augen, die funkelnd vor Bosheit und Wut nun zu ihnen herübersahen. Dann erkannte sie sein Horn. Hoch, spitz und dabei so breit wie der ganze Schädel. Direkt dahinter saß ein zweites, kleineres. Nicht ganz so gefährlich, eher wie ein Höcker wirkte es, doch den Gesamteindruck mildern konnte es nicht.

Konstanze trat einen Schritt zurück und wäre um ein Haar ausgerutscht, hätten sie Zeichner und *ianitor* nicht im selben Moment festgehalten.

»Vorsicht!«

Meister Matteo ließ verlegen ihren Ärmel los. »Ich würde nicht mit ihm schwimmen wollen.«

Er wies auf den schmalen Wassergraben.

Das Einhorn war in der Mitte der Insel stehen geblieben. Seine kleinen Ohren drehten sich in aberwitziger Geschwindigkeit, dann setzte es seine Fleischmassen in Bewegung und kam direkt auf sie zu. Es war, als ob die Erde unter seinen gewaltigen Beinstämmen erzitterte.

»Hilfe!«, schrie Konstanze.

Sie drehte sich um und wollte loslaufen.

Der Präfekt packte sie am Arm. »Stehen bleiben«, zischte er. »Und nicht nervös werden.«

Der Mann hatte vielleicht Nerven. Der Koloss rannte in den Wassergraben und ging mit einem lauten Glucksen in dem aufspritzenden dreckigen Wasser unter.

»Und? Wo ist es jetzt?«

Angsterfüllt starrte Konstanze auf den braunen, schwappenden Sumpf vor ihren Füßen.

»Es taucht«, antwortete der Präfekt. »Alles in Ordnung. Es ist noch nie ans andere Ufer gekommen.«

»So, so, noch nie. Das klingt ja sehr beruhigend.«

Unwillig wollte sie sich abwenden und auf den Rückweg machen, da stieg der gewaltige Körper aus dem Wasser hoch, direkt auf sie zu. Konstanze schrie, Schlamm regnete auf sie herab, das Tier machte einen erstaunlich eleganten Sprung und tauchte, begleitet von einer gewaltigen Flutwelle, wieder unter.

Fassungslos starrte sie auf ihre Schuhe, auf den Rock und schließlich auf ihre Ärmel. Dann wischte sie sich übers Gesicht.

Der Magister und Meister Matteo sahen genauso aus: über und über mit graubraunem Schlamm bedeckt.

Konstanze fand als Erste die Sprache wieder.

»Wie schmeckt so ein Tier?«

Magister Roland zuckte bedauernd mit den Schultern. »Ehrlich gesagt, darüber fehlen uns die Erkenntnisse.«

»Dann fangt es, wascht es – und bratet es. Und zwar noch heute.«

Mit hocherhobenem Kopf drehte sie sich um und suchte den Ausgang.

13.

Die Nacht legte ihre ersten zarten Schleier über das dunstige Licht des ausglühenden Tages. Golden funkelten die letzten Sonnenstrahlen über den Wipfeln der Palmen, während die Schatten länger wurden und mit ihnen das wispernde, raschelnde Flüstern der Dunkelheit aus den Ecken kroch.

Konstanze erreichte fröstelnd das andere Ufer und sah sich nicht um nach dem rudernden Knecht, der schwitzend vor Anstrengung und getrieben von vagen Befürchtungen, was wohl im Kopf seiner Herrin vorgehen möge, das doppelte Tempo vorgelegt hatte.

Der Tross aus der *Zisa* war inzwischen angekommen. Esel und Ochsen weideten weiter oben vor den Ställen, die Wagen waren zu einem großen Teil entladen, Kisten und Säcke warteten stapelweise vor dem Eingangstor auf den Weitertransport. Das war ziemlich viel Aufwand für einen kleinen Ausflug in den Zoo und sah eher nach einem kompletten Umzug aus. Doch so schön *La Favara* auch war – Konstanze hatte nicht vor, hierzubleiben. Die Zaubergärten und Labyrinthe, die verträumten Seen und das Schloss, so plötzlich wieder zum Leben erwacht, als hätte die dreizehnte Fee es geweckt, beunruhigten sie. Was, wenn zu Mitternacht der ganze Spuk vorbei wäre und sie mit Mann und Maus auf dem Grund des Sees versanken? Was, wenn das hier wirklich ein verwunschener Ort war, an dem niemand sie mehr fand, und alle Suche vergebens? Etwas Unheimliches lag über den Zinnen der Türme und den bewehrten Mauern, die Schutz boten vor fremden Übergriffen und wilden Tieren, auf denen schwerbewaffnete Söldner in doppeltem Kettenhemd patrouillierten und Ausschau hielten nach allem, was ungefragt hier eindringen wollte – oder hinaus, je nachdem –, die unüberwindlich hoch waren und dennoch beängstigend.

Gerade schlossen die Männer das schwere bronzene Tor, und alle befanden sich nun im Inneren der Mauern. Konstanze konnte das beklemmende Gefühl einfach nicht abschütteln. *La Favara* war ein Gefängnis. Je eher sie hier wieder wegkam, desto besser.

Sie stieg die Marmortreppen zu der weiten Gartenterrasse hoch und hoffte, dass das Gesinde zu beschäftigt war, um auf sie zu achten. Unbemerkt huschte sie im Schutz der Dattelpalmen und Oleanderbüsche bis an die große Terrasse, die man schon für das Abendessen vorbereitet hatte.

Rund ein Dutzend Holzbänke waren herangeschafft und im Halbkreis zusammengestellt worden, darauf drapiert lagen weiche Teppiche und üppig bestickte Kissen. Später würden Tabletts mit Wein, Obst und knusprig gebratenem Einhorn vor ihr abgestellt werden, ein weiteres langes, ermüdendes Abendessen wartete auf sie. Vorschneider, Schenker und Speisemeister würden um sie und ihre Hofdamen herumwuseln – hoffentlich waren sie nicht alle Eunuchen, das würde die Stimmung unter den Damen um einiges trüben. Außerdem stünden Kämmerer und Edelknappen mit Waschbecken und Tüchern bereit, Kerzen- und Fackelträger sorgten für Lichterglanz, und die Fiedler, Posaunisten, Trommler, Sänger und Tänzer würden eine derartige Kakophonie entfalten, dass allein der Gedanke daran ihr Kopfschmerzen bereitete.

Wütend starrte Konstanze auf das, was von ihren Schuhen übrig geblieben war. So sehr unterschied sie sich gar nicht von den Tieren im Zoo. Auch sie war dazu da, angestarrt zu werden, zur Bereicherung von Klatsch und Tratsch bei Hofe, in den Palazzi, den Häusern, Hütten und Zelten, jeder konnte und durfte sich über sie das Maul zerreißen, wie es ihm beliebte.

Drüben, im Küchentrakt, schien es hoch herzugehen. Derbe Rufe drangen zu ihr herüber, Kupfer schlug auf Eisen, und durch die geöffneten Fenster war der Widerschein einer hohen Lohe zu sehen. Vermutlich schürten sie schon das Feuer für dieses Biest. Ein Küchenjunge kam aus dem Innenhof geeilt, einen Korb mit frisch geschnittenen Kräutern unter dem Arm, und blieb bei ihrem Anblick wie angewurzelt stehen.

Na bitte!, dachte sie. Da haben wir schon die erste schöne Geschichte über Königin Konstanze, die das Einhorn sehen wollte und bei der Rückkehr aussah, als wäre sie selbst eines.

Mit offenem Mund tastete der Junge sich ein paar Schritte weiter, ohne den Blick von ihr zu wenden. Konstanze atmete tief durch, nickte ihm hoheitsvoll zu, raffte die vor Schmutz starrenden Röcke, auf denen der Schlamm langsam zu trocknen begann, und eilte an ihm vorbei. Endlich riss sich der Junge von ihrem Anblick los und hastete in die Küche.

Sie schlich an den Bänken vorbei, hinein in den großen Saal, in dem man bei ungünstiger Witterung die Festgelage abhielt. Die Fresken an den Wänden zeigten verzückte Heilige und standhafte Märtyrer, einst von Meisterhand auf den Putz gemalt, doch Konstanze hatte keinen Blick dafür. Sie eilte zu der gewaltigen zweiflügeligen Holztür und öffnete sie einen Spaltbreit.

»Sie wird gleich zurück sein.« Eine hohe, kräftige Frauenstimme. »Das Einhorn scheint ihr nicht gefallen zu haben.«

Woher zum Teufel wusste er schon jetzt davon?

»Dann werde ich mich jetzt wieder auf den Weg zur *Zisa* machen.« Majid, distanziert und höflich. »Man erwartet mich vor Mitternacht zurück.«

»Nimm meinen Neid mit auf den Weg. Du wirst dort unterhaltsamere Tage haben als ich.«

»Ich beneide dich um deine Ruhe. Was ist eine eigensinnige Königin gegen dreiundzwanzig Konkubinen?«

»Sind sie denn schön?«

»Wie das Licht des Morgens nach ewig scheinender Nacht.«

Nabil seufzte. »Wenn du mir eine bringen könntest – du weißt, sie sind oft jung und unerfahren. Ich könnte dem König so manchen Dienst erweisen, von dem er nie erfahren muss.«

Majid schien von diesem Vorschlag nicht sehr angetan. »Hüte dich, auch nur daran zu denken. Kein Mann außer dem König wird je einen Blick auf sie werfen – auch du nicht.«

»Ach, Majid, mein Bruder. Du weißt nicht, was das Wichtigste ist. Ich sage dir – die höchste Lust bereitet nicht die steife Rute.«

»Genug.« Der Sarazene wandte sich zum Gehen. »Viermal an einem Tag die gleiche Strecke – ich bin müde und muss los. Schick mir nächste Woche die drei Dutzend Zofen, wir brauchen sie jetzt schon für die Zelte vor der Stadt. Die Fürsten von Apulien haben ihr Kommen zugesagt.«

»Die Hochzeit findet also statt?«

»So sicher, wie das Jahr zwölf Monde hat. *Is-salaamu aleikum.*«

»*W'aleikum is-salaam.*«

Konstanze lauschte den Schritten, die sich in verschiedene Richtungen entfernten. Mit zitternder Hand öffnete sie schließlich die Tür und starrte in das halbdunkle, von maurischen Lampen nur mäßig erhellte Treppenhaus. Majid war schon gegangen, aber Nabils Kaftan leuchtete noch am Ende des Ganges wie ein giftgelber Fleck, bevor er hinter einer Säule verschwand.

Sie raffte ihren Rock und hastete die Treppe hinauf. Natürlich mussten ihr ausgerechnet jetzt Raschida und Jumanah begegnen, die einen schweren Korb mit Leinenwäsche an einer Stange trugen und sie erschrocken anstarrten.

»Ein Bad«, zischte Konstanze. »Ja, noch eins, jetzt. Und ruft augenblicklich die Condesa de Navarra zu mir.«

Die Mädchen sahen sich an und stellten den Korb ab. Jumanah ließ die Stange los und lief so schnell sie konnte ihrer Herrin voraus. Sie erreichte die Tür zu dem Empfangsraum als Erste, riss sie auf, ließ Konstanze hineinschlüpfen und schloss sie augenblicklich wieder hinter ihr. Gott sei Dank war nirgendwo diese pferdegesichtige Elena zu sehen. Konstanze riss sich noch auf dem Weg ins Ankleidezimmer die verschmutzte Kleidung vom Leib. Jumanah sammelte alles auf und vermied es, ihrer Herrin dabei ins Gesicht zu sehen.

»Ich lasse heißes Wasser holen«, flüsterte sie und huschte, das Bündel eng an den Körper gepresst, wieder hinaus.

Konstanze ging in den Waschraum, nahm den Krug mit kaltem Wasser, füllte das Becken und schlug sich das Wasser immer wieder ins Gesicht.

Konkubinen. Das also war das Hochzeitsgeschenk, von dem Majid gesprochen hatte.

Halbblind tastete sie nach dem Baumwolltuch und rieb sich das Gesicht ab. Sie starrte auf die Schlammspuren auf dem weißen Stoff, knüllte das Tuch zusammen und warf es wütend in die Ecke.

Hastige Schritte näherten sich, dann stand Vela in der Tür, schwer atmend und mit bebender Brust.

»Konstanze!«

Statt einer Antwort griff Konstanze nach dem Wasserkrug, holte aus und schleuderte ihn auf die Condesa. Mit einem lauten Krachen zerbarst die Keramik an der Wand in tausend Scherben.

Velasquita starrte entsetzt auf den nassen Fleck keine zwei Ellen von ihrem Kopf entfernt.

»*Mi reina*«, flüsterte sie.

»Ein Harem?«, schrie Konstanze und räumte die Waschschüssel mit einer einzigen weit ausholenden Bewegung von ihrem Marmorbord. »Ein Harem!«

Vela sprang zwei Schritte zurück und hob entsetzt die Hände an den Mund.

»Er hat die Stirn, drei Wochen vor der Hochzeit einen Harem in die *Zisa* zu holen! War das der Grund für unseren Aufbruch? Konnte man uns nicht schnell genug aus dem Haus haben für diese Hurerei?«

Sie griff die Blumenvase mit einem üppigen Gesteck aus Rosen und Jasmin.

»Nein!«, rief Vela.

»Doch!«, schrie Konstanze und schleuderte die Vase auf den Boden. »Eine katholische Königin setzt man diesem … ungeheuerlichen Affront aus!«

Sie achtete nicht auf die Blumen, die wie ein Fächer ausgebreitet auf dem Boden lagen, inmitten bunter Scherben von venezianischem Glas und mallorquinischem Ton, sie lief barfuß darüber in ihrem ohnmächtigen Zorn. Nackt und immer noch schmutzig stieß sie Vela zur Seite und stürmte hinüber in das hübsche, zu ihrem Empfang so sorgfältig geschmückte Zimmer, und als Erstes fiel ihr Blick auf den *Physiologicus*, der aufgeschlagen bei der Abbildung des Einhorns auf dem *scriptionale* neben dem Kastensessel stand.

»Oh! Die Bücher hat man Euch also gleich mitgegeben! Damit es mir nicht langweilig wird in der Klause? Damit ich was zu tun habe und beschäftigt bin und ja nicht frage, was sich hinter meinem Rücken noch so alles tut? Was bildet Er sich eigentlich ein!«

Sie riss die Seite heraus und zerfetzte sie in tausend kleine Stücke. Fassungslos starrte Vela sie an.

»Weg mit dem Einhorn. Und weg mit ... Was ist das? Ein Greif?«

Sie riss die nächste Seite heraus und zerpflückte sie mit wütendem Vergnügen. »Morgen wird man uns erzählen, dass das gerupfte Huhn im Topf ein Phönix war und die zähe Ziege vom Dienstag eine Sphinx. Am Spieß brät man uns einen Zentaur, stimmt's? Und wenn man sagt, am Ätna singen die Sirenen, dann reiten wir am besten gleich hin und hören uns den Gesang der Kesselflickerinnen an. Weil wir so dumm sind und alles glauben, was man uns erzählt!«

Seite um Seite zerstörte sie das kostbare Buch. »Weil wir so dumm sind! Weil man über uns lacht, verstehst du, Vela? Wir werden ausgelacht.«

Tränen stiegen ihr in die Augen. Ein Schluchzen steckte in ihrer Kehle fest, konnte sich nicht lösen und erstickte schließlich in einem krächzenden Würgen.

Mit zwei Schritten war Vela bei ihr und nahm sie in die Arme.

»*Mi reina. Mi pequeña reina.*«

»Lass mich!«

Konstanze stieß sie weg und ließ sich schwer atmend in den Kastensessel sinken. Wie betäubt starrte sie auf die Pergamentfetzen zu ihren Füßen. Zwei Schatten schlichen an der Wand entlang, Jumanah und Raschida. Sie trugen schwere Holzkübel, aus denen der Dampf des heißen Wassers aufstieg.

»Wir sind gleich fertig«, sagte Raschida leise, als ob sie sich dadurch weniger sichtbar machen könnte.

Beide Mädchen verschwanden im Badezimmer und begannen ihre Verrichtungen lauter, als es hätte sein müssen.

»Du hast es gewusst?«

Velasquita senkte den Blick.

»Du hast es gewusst und mir nichts gesagt?«

»Es war keine Zeit dazu. Ich dachte, solange Ihr es nicht wisst, regt Ihr Euch auch nicht auf.«

Konstanze sah sie lange an, dann stand sie auf. »Du vergisst, welchem Herrn du zu dienen hast.«

Sie achtete nicht darauf, dass sie nackt war, ihre Haare verfilzt und dass der Dreck immer noch an ihren Händen klebte. Sie ging an ihrer Kammerfrau vorbei. Einen Moment verharrte ihr Fuß in der Luft, und sie atmete ein, als ob sie noch ein Wort zu der Frau mit dem gebeugten Haupt sagen wollte, der Frau, die sie geliebt hatte und immer noch liebte, und deren Verrat es gewesen war, das Vertrauen als Erste gebrochen zu haben, dann ging sie weiter und riss den Vorhang hinter sich mit einem kräftigen Ruck zu.

Jumanah und Raschida hatten Öl in das Wasser gegossen und mischten nun Heiß und Kalt mit den Händen. Als Konstanze sich zu ihnen umdrehte, blickten sie angstvoll hoch.

»Zeigt der Condesa die Gesindezimmer.«

Beide sprangen auf, verbeugten sich und huschten leise nach draußen. Konstanze ging in die Knie, hielt eine Hand ins Wasser und lauschte. Die Schritte entfernten sich, die Tür zum Vorraum wurde geschlossen. Mit klopfendem Herzen wartete sie darauf, dass Vela zurückkommen würde. Doch die Stille gab ihr die Antwort. Du bist allein, dachte sie, und du wirst es immer bleiben. Dann sah sie hinunter und bemerkte das Blut.

14.

Vela stieß schwer atmend die niedrige Tür auf und sah sich um. So schlecht war das Zimmer gar nicht, Gesindekammern sahen normalerweise anders aus. Dies war ein recht großer, hübscher viereckiger Raum, sehr einladend eingerichtet mit bunten Wandteppichen und frisch gewaschenen Vorhängen, einem großen, bequemen Bett, in dem es sich hervorragend sitzen ließ, und einer Vielzahl an geschnitzten und bemalten Truhen. Endlich einmal Platz genug für alles, was untergebracht werden musste.

Das Zimmer hatte allerdings zwei entscheidende Nachteile: Es lag direkt unterm Dach, was die enorme Hitze erklärte, die sich gerade wie ein viel zu enges Tasselband um Velas Brust legte. Sie durchquerte den Raum und versuchte eines der Fenster zu öffnen. Zu ihrem großen Erstaunen gelang es ihr ohne größere Mühe. Sie lehnte sich hinaus, warf einen Blick auf die abgesattelten Saumtiere, die in Mauernähe ein paar Halme rupften, und holte tief Luft.

La Favara wirkte wie gerade aus dem Dornröschenschlaf erwacht. Auf den ersten Blick sehr lebendig, auf den zweiten aber offenbarten sich die Spuren jahrelanger Vernachlässigung. Missbilligend nahm Vela die vielen Spinnennetze zwischen den Dachbalken zur Kenntnis. Man hatte es offenbar sehr eilig gehabt, das Schloss einigermaßen herzurichten für den hohen Besuch. Leider nur einigermaßen. Ihr geschulter Blick hatte sofort die Mängel erkannt. Die Fresken und Mosaike im Erdgeschoss wirkten verblasst und angeschlagen, die Marmorfliesen stumpf und glanzlos, und der Ruß im Kamin des Festsaales sah aus, als wäre die Feuerstelle zwanzig Jahre lang nicht ausgekehrt worden. Man hatte Staub gewischt und die Betten gerichtet, doch viel mehr war nicht passiert.

Das braucht seine Zeit, dachte sie, es kann nicht alles von heute auf morgen kommen. Elf Jahre hat man das Land verrotten lassen. Das müsste auch Konstanze wissen.

Beim Gedanken an die Königin fiel Vela der zweite Nachteil wieder ein: Sie war zwei Stockwerke von den Herrschaftsgemächern entfernt. Das kam einer Verbannung gleich, und die Ungerechtigkeit, mit der die Königin diesen schnellen Urteilsspruch ohne nachzudenken gefällt hatte, machte Vela wütend.

Vierundzwanzig Jahre. Sie hatte Konstanze aus der Hand der Amme empfangen, sie genährt, gewickelt und gefüttert, ihre unsicheren, tapsigen Schritte geführt, und das erste Wort aus dem kleinen Mund hatte ihr gegolten. Vela, *Velala*. Sie hatte ihre Freude geteilt und ihren Schmerz, ihre wilden Träume beruhigt, ihre Sehnsüchte beschnitten, Hochmut und Eitelkeit aus ihrem Herzen gefegt, sie zu einem gottesfürchtigen, frommen Menschen geformt, sie angespornt zu Tugend, zur Sanftmut und zur Freundlichkeit des Herzens und ihren Geist frei und tüchtig gemacht. Eines Tages war dieser Mensch, ohne dass sie etwas davon bemerkte, zwischen ihren Fingern hindurchgeschlüpft und hatte seinen eigenen Weg eingeschlagen. Nicht immer mit Velas uneingeschränkter Zustimmung, aber immer zu ihrem Stolz. Bis zu jenem schwarzen Tag, an dem Imre gestorben war. Im Frieden mit dem Herrn und beruhigt durch den Schwur seines Bruders, Konstanze und den Sohn zu schützen und zu achten. Doch kaum war der König von Ungarn begraben, hatte sein Bruder den Schwur gebrochen und eine ungeheuerliche, abscheuliche Jagd auf Konstanze und den kleinen Thronfolger begonnen. Die Flucht ins rettende Österreich hatte der Junge mit dem Leben bezahlt.

Der Tod von Mann und Kind hatte Konstanze verändert. Aus dem in sich ruhenden, freundlichen Geschöpf war eine verhärmte, hochfahrende Frau geworden, die sich bei jeder Kleinigkeit angegriffen und in ihrer Ehre gekränkt fühlte. Vela konnte das bis zu einem gewissen Punkt verstehen. Wenn man nichts weiter hatte als eine zweifelhafte Zukunft, hielt man sich eben an der Etikette fest, so gut es ging. Und die Etikette der Krone Aragon sah die Existenz eines Harems nun mal nicht vor.

Übrigens ebenso wenig wie jede andere *cour*-Etikette des christlichen Abendlandes. Auch wenn das Königreich Sizilien an dessen äußerstem Ende lag und Afrika näher war als Rom, so hatte sich auch der junge König doch gewissen Gepflogenheiten zu beugen. Und zu denen gehörte ganz gewiss nicht, unmittelbar vor seiner Hochzeit dreiundzwanzig Konkubinen in die *Zisa* einzuladen.

Sie hatte es geahnt. Diese plötzliche Eile, das Drängen, alles mitzunehmen, auch die Bücher, die ganzen Kleider, den gewaltigen Tross nicht ausgepackter Dinge, die alle bisher keinen Platz gefunden hatten, weder in der *Zisa* noch hier, in *La Favara* – all das hatte sie misstrauisch gemacht. Dass sie nicht weiter durfte als bis zu den Ställen, was natürlich ihre Neugier erst recht geschürt und sie nicht davon abgehalten hatte, in den Wirren des Aufbruchs kurz zu verschwinden und in Richtung Falknerei zu schleichen. Dort hatte sie dann plötzlich, verborgen am Fuß eines kleinen Hügels und den Blicken entzogen durch dichtes Buschwerk, einen freien Platz entdeckt.

Zimmerleute und Gehilfen schleppten schwere Balken, Tuchschneider und Seiler beschimpften sich gegenseitig, dazwischen eilten Knechte umher und luden schwere Säcke von Packeseln und Ochsenkarren. Ein Zeltlager entstand.

An und für sich war das nichts Ungewöhnliches. Ganz Palermo war mittlerweile umgeben von Zelten – großen und kleinen, prächtigen und nicht so prächtigen –, denn irgendwo mussten sie untergebracht werden, die Hochzeitsgäste, die sich zu Tausenden angemeldet hatten und die Stadt mittlerweile vor ein logistisches Problem von ungeahnter Größe stellten. Rätselhaft war dieser Aufbau trotzdem. Daher fragte sie einen der Seiler, der gerade eine Rolle Taue an ihr vorüberschleppte, nach dem Zweck dieses Lagers.

»Das wird der Harem«, antwortete ihr der Mann. Dann lachte er fröhlich und lief pfeifend weiter, und seine Augen leuchteten von dem Feuer, das seine Phantasie darin entzündet hatte.

Ein Harem.

Das war … Nun, gotteslästerlich konnte man es nicht nennen, denn schon König Salomon hatte sich mit dieser mehr als fragwürdigen Art der Zerstreuung umgeben. Selbst Roger, der normannische Großvater Federicos, hatte in Sizilien die Freuden der mohammedanischen Lebensweise bis zur Neige gekostet, und ein Harem hatte selbstverständlich auch dazugehört. Aber christlich war es nicht gerade, es war …

Hufschlag. Dann ein Pfiff, gellende Rufe, Geschrei. Vela lehnte sich weit aus dem Fenster, aber es lag auf der falschen Seite. Die Terrasse war leer, die Kähne lagen vertäut am Ufer des Sees, nichts rührte sich. Nur die Esel hoben den Kopf von den Disteln und äugten misstrauisch hinüber zur Quelle des Lärms, der den Augen der Condesa leider verborgen war.

Eilig verließ sie das Zimmer und hastete die Treppe hinunter. Ein Stockwerk tiefer traf sie auf Alba und Leia, zwei der Hofdamen, die sich um die Kleidung der Königin kümmerten.

»Eine Hose aus Leder!«, rief Leia gerade. »Sie hat darauf bestanden! Von einem Stallknecht musste ich sie holen. Also, ich weiß nicht, was in die Königin gefahren ist.«

»War sie wenigstens sauber?«

Alba kicherte. Sie waren blutjung und damit noch in dem Alter, in dem aus jeder winzigen Nichtigkeit eine schauerliche Moritat wurde.

»Die Hose oder die Königin? Ich glaube, beide sind im Moment nicht in dem Zustand, in dem ich sie als …«

Sie brach ab und schlug die Hand vor den Mund.

Vela stand hinter den beiden, und ihr Gesichtsausdruck verhieß nichts Gutes.

»Wo ist sie?«

Im Innenhof brach unterdessen eine mittlere Panik aus. Mehrere Knechte stürmten durch die Arkadengänge, einer schleifte sein Schwert hinter sich her, das er wohl nicht schnell genug umgürten konnte, und verstärkte den infernalischen Lärm noch durch ein klirrendes Scheppern. Vela beugte sich kurz über die Brustwehr, die die gesamte Galerie umfriedete. Der Kämmerer jagte nun quer durch die Kräuterbeete und gab hektisch schrille Anweisungen, die sie von hier oben nicht verstand. Aus dem Küchentrakt kam die ganze Mannschaft herbeigeeilt und war bereit, sich mit Messern, Spießen und Tranchierbesteck ins Getümmel zu stürzen.

»Die … die Hose?«, stammelte Leia.

»Die Königin!«

Beide Mädchen sahen sich mit großen Augen an und zuckten ratlos mit den Schultern.

»In ihren Gemächern vielleicht?«

Dumm wie Grütze. Vela ließ sie stehen und eilte, so schnell es ihre langen Röcke zuließen, den Gang auf der Suche nach der nächsten Treppe hinunter. Schon aus der Ferne konnte sie sehen, dass die Türen zu Konstanzes Empfangsraum weit geöffnet waren. Eine hagere, ältere Frau schrie gerade zwei Dienstmädchen an, die sich verschreckt aneinanderklammerten.

»Ihr unnützes Gesindel! Ihr dämliche Brut! Seid ihr noch ganz bei Sinnen?«

Sie schlug ihnen ins Gesicht. Wehrlos ließen die beiden die Züchtigung über sich ergehen und wagten noch nicht einmal, die Arme zu heben.

»Das hat Folgen! Ich werde euch auspeitschen und in den Turm werfen lassen! Jeder Schritt, so habe ich euch gesagt, jeder Schritt von ihr wird bewacht! Und was tut ihr? Ihr Auswurf, ihr Geschwüre! Ihr stinkender ... dämlicher ... Abschaum!«

Bei jedem Wort schlug sie aufs Neue auf die Mädchen ein. Wimmernd verkrochen sie sich ineinander, gingen zu Boden und versuchten kriechend, sich gegenseitig vor den Schlägen und Tritten schützen.

»Das hat man davon«, die Alte holte aus und trat der Kleineren in den Bauch, »dass man euch Schlangen aus dem Nest holt!«

»Das reicht!«

Vela packte die Zeternde am Arm und zog sie weg. Schwer atmend, herausgerissen aus ihrer Rage und mit den Armen rudernd, als ob sie jetzt auf einmal die Balance verlieren würde, starrte die Frau sie an.

»Wo ist die Königin?«

Die Frau kam langsam zur Besinnung, suchte nach Worten und deutete schließlich auf die schluchzenden Kinder.

»Sie sind schuld.«

»Woran?«

Vela stieß sie zur Seite und lief durch den Empfangsraum in das Wohn- und Studierzimmer. Die zerfetzten Seiten des *Physiologicus* lagen noch auf dem Boden, stumme Zeugen von Konstanzes Wutausbruch und der schockierenden Erkenntnis, dass hier, am Ende der Welt, offenbar andere Gesetze galten als an den zivilisierten Höfen.

Sie ging weiter durch das Schlafzimmer bis zum Bad. Die Verwüstung war fast beseitigt, doch auf dem Boden vor der Wanne erkannte sie verwischte blutige Fußabdrücke. Konstanze musste sich an den Scherben geschnitten haben. Das Wasser war nicht abgelassen, die Oberfläche schimmerte spiegelglatt.

Vela drehte sich um und verließ den Raum.

Die hagere Alte empfing sie neben dem Bett, wo sie mit einigen fahrigen Handbewegungen versuchte, den Anschein von Geschäftigkeit zu erwecken.

»Sie ist nicht da«, sagte sie und strich das Leinen glatt.

Ihre Stimme zitterte. Gerade noch hatte sie zwei Kinder halb totgeprügelt, und jetzt senkte sie den Kopf vor Angst, dass man ihr die Verantwortung in die Schuhe schieben könnte.

Vela empfand eine grenzenlose Abscheu. Der Gedanke, dass diese Frau in Zukunft ihrer Königin am nächsten sein würde, erfüllte sie mit tiefem Widerwillen.

»Das sehe ich.«

Sie zwang sich, ruhig zu sprechen. »Hat man eine Ahnung, wo sie sein könnte?«

Doch die Dame hatte nicht vor, sich noch tiefer in die Nesseln zu setzen. Sie schwieg und tat so, als ob das Aufschütteln der Kissen im Moment ihre heiligste Handlung sein müsste. Vela ließ sie stehen.

Auf dem Weg nach unten holte sie die beiden Mädchen ein, die in einem erbarmungswürdigen Zustand waren. Die Augen der einen schwollen gerade zu, die andere krümmte sich beim Gehen und hielt die Arme auf den Unterleib gepresst.

»Gibt es hier einen ...«, sie musterte die beiden genauer, »... Hakim?«

Die Größere nickte.

»Ihr geht sofort zu ihm.«

Die Mädchen sahen nicht so aus, als ob sie dieser Anweisung Folge leisten wollten. Vermutlich war der Arzt ausschließlich für die höheren Damen reserviert.

»Das ist ein Befehl. Habt ihr verstanden? Ich werde später nach euch sehen.«

Beide nickten tapfer und setzten langsam ihren Weg fort. Vela rannte los und verfluchte den irritierenden Einfall des Architekten, die Treppen immer dort zu bauen, wo niemand sie auf Anhieb finden konnte. Endlich hatte sie den Innenhof erreicht und folgte einer aufgeregten Truppe von Haus-, Küchen- und Gartenarbeitern, die durch das breite Tor des Schlosses ins Freie drängelten.

Über den weiten Vorplatz hasteten Knappen und Knechte, Pferde wurden herangeführt, Männer schwangen sich in den Sattel, sammelten sich vor der hohen Mauer und warteten ungeduldig darauf, dass sie endlich vollzählig waren.

Erleichtert entdeckte Vela den gelben Kaftan des Kämmerers und eilte auf ihn zu.

»Wo ist die Königin?«

Nabil, in einen erregten Disput mit den Wachen verwickelt, brauchte einen Moment, um die Gestalt, die wutentbrannt vor ihm aufgetaucht war, zu identifizieren. »Ah, Condesa …?«

»Wo ist sie?«

Der Mann war mit der Situation eindeutig überfordert. Hilflos hob er die Hände, deutete auf das Chaos um sich herum, suchte ebenso wie die Verrückte von oben nach den richtigen Worten und fiel plötzlich auf die Knie.

»Ich kann nichts dafür! Condesa, bei Allah, es ist doch die Königin!«

Vela stemmte die Arme in die Hüften. »Richtig – und unter Eurem Schutz in Eure Obhut gegeben. Ihr haftet mit Eurem Kopf für sie. Deshalb benutzt ihn jetzt auch und beantwortet mir die einfache Frage: Wo ist sie?«

Nabil beugte sich vor und bedeckte schluchzend das Gesicht mit beiden Händen. In dem Krach um sie herum war jetzt überhaupt nichts mehr zu verstehen. Vela sah sich um und entdeckte neben den Torwachen eine Gestalt, die ihr vage bekannt vorkam. Sie ließ den Kämmerer liegen und eilte auf den großen Mann in seinem dunklen, blutbefleckten Kittel zu.

»Pasquale?«

Der *cocinero*, eben noch in eine wilde Diskussion mit seinen

Küchenjungen vertieft, die weder auf Französisch noch auf Spanisch reagierten, drehte sich um.

»*Si?*«

»Könnt Ihr mir vielleicht erklären, was hier vor sich geht?«

Der Koch zog einen mageren Jungen zu sich heran und deutete auf ihn. »Die Königin ist weg, sagt er. Sie hat den Wachen befohlen, das Tor zu öffnen, und ist losgeritten.«

Der Junge nickte. »Wie eine Furie. Ich hab's vom Küchenfenster aus gesehen. Sie hat die Wachen angeschrien und ist auf und davon.«

»Was für ein Unglück!«, jammerte eine hohe Stimme hinter ihr.

Nabil hatte sich zumindest so weit gefasst, dass er sich aufraffen und ihr wieder unter die Augen treten konnte. »Aber Befehl ist Befehl, nicht wahr? Es ist doch die Königin!«

Vela verdrehte die Augen und wandte sich wieder an Pasquale. »Weiß man, wohin sie wollte?«

»Zur *Zisa*«, antwortete der Junge.

Mit glänzenden Augen beobachtete er den Aufruhr um sich herum und die Reaktion, die seine Worte bei den Anwesenden auslösten.

»Zur *Zisa*?«, wiederholte Vela ungläubig. »Jetzt? So spät am Abend? Noch dazu allein?«

Sie wandte sich wieder an Nabil. »Die Wachen haben ihr hoffentlich eine Begleitung mitgegeben, oder?«

Der Kämmerer sank wieder auf die Knie. Statt einer Antwort murmelte er jetzt Gebete.

Hilflos wandte sich die Condesa an Pasquale. »Keine Begleitung?«

Der Koch schüttelte mitfühlend den Kopf.

»Oh, mein Gott«, flüsterte sie.

Das Tor wurde geöffnet, und die Reiter sprengten hinaus, dicht hinter ihnen die Fackelträger. Mit großen Augen sah Vela dem Auszug hinterher. Als der letzte Mann des Aufgebotes in der Dunkelheit verschwunden war, wurde das Tor verschlossen, und die Wachen bezogen grimmig wieder ihre Posten. Schweigend trollten sich die Leute und zogen sich in das Schloss zurück. Nabil zu Füßen der Condesa murmelte etwas.

»Wie bitte?«

»Geparden«, sagte er leise.

Vela beugte sich zu ihm hinunter, und der scharfe Geruch von Schweiß stieg ihr in die Nase. Angstschweiß. Ohne zu begreifen, was er damit meinen könnte, fragte sie: »Geparden?«

»Der König jagt heute Nacht.«

»Was heißt das?«

Nabil hob den Kopf, und in seinen Augen glomm pure Verzweiflung. Vela konnte nicht unterscheiden, ob sie seiner Königin oder seinem Hals galt, denn der Satz, den er als Nächstes sagte, galt gleichermaßen für beide in seiner Grausamkeit.

»Die Geparden sind frei im Goldenen Tal.«

15.

Dunkelheit hatte sich über das verwirrende Labyrinth der engen Hafengassen von Palermo gesenkt. Hier und da beleuchtete eine Fackel die Kreuzungen, doch wer jetzt seinen Weg durch die kaum armspannenbreiten Straßen suchte, musste sich sehr gut auskennen.

Die beiden Männer in ihren schwarzen Kapuzenmänteln hatten deshalb die Dienste eines Knechtes in Anspruch genommen, der ihnen als ebenso ortskundig wie verschwiegen empfohlen worden war. Er lief einige Schritte voraus, spähte um die

Ecke und winkte sie mit einer hastigen Handbewegung zu sich heran.

»Da vorne. Das ist der Palazzo der Bonaccis.«

Ein mehrstöckiger, rechteckiger Bau mit abweisender Fassade breitete sich Respekt gebietend am Rande des Hafens aus. Der Garten war von einer hohen Mauer umgeben, durchbrochen nur von einer kleinen eisenbeschlagenen Pforte.

»Ihr werdet erwartet?«, fragte der Knecht.

Die Männer würdigten ihn keiner Antwort.

»Weil … wenn Ihr erwartet werdet, würde ich mich jetzt zurückziehen.«

Der größere der beiden Männer kramte in seinem Almosenbeutel und gab ihm eine Münze.

Der Knecht verbeugte sich mehrmals.

»Der Weg zurück ist schwer zu finden. Ich könnte Euch wieder führen, wenn Ihr meiner Hilfe noch bedürftig seid.«

Die Männer sahen sich an. Der größere zuckte mit den Schultern.

»Von mir aus.«

Er klopfte dreimal. Die Pforte wurde von innen geöffnet, beide schlüpften hindurch. Der Knecht wartete einen Moment und spähte die Gasse hinunter. Niemand war zu sehen. Er raffte seinen Kittel und kletterte geschickt die Mauervorsprünge hinauf. Oben angekommen, legte er sich flach auf die Steine und spähte hinüber zum Haus.

Die beiden Männer, die gerade eilig durch den Küchengarten liefen und am Hintereingang von einem Pagen erwartet wurden, interessierten ihn nicht. Sein Blick schweifte über die Fassade, blieb bald an dem einen, bald an dem anderen Fenster hängen, bis er sich schließlich auf den schwacherleuchteten Umriss im zweiten Stock heftete.

Das musste ihr Zimmer sein.

Er stellte sich vor, wie sie sich entkleidete und die langen

Haare löste, wie sie sich vor dem Spiegel drehte und wendete, die Arme erhob, die zarte Wölbung ihrer Brüste mit den rosigen Spitzen betrachtete, den flachen Bauch, das dunkle Dreieck der Scham zwischen ihren Beinen. Seine Hand fuhr unter den Kittel, hastig suchte er den harten Schaft seines Gliedes. Ein glühendes Schwert, geschmiedet in den Träumen der von lüsternen Bildern heimgesuchten Nächte und geschärft von der Zügellosigkeit seines Begehrens. Er umfasste es mit wütendem Griff, rieb es in brutalem Wollen, die Sünde auszumerzen, die die Reinheit seiner Liebe befleckte, so hart, so schnell, so heftig, dass er beim letzten Aufbäumen die Kontrolle verlor und in den Garten der Bonacci stürzte.

16.

»Was war das?«

Der Alte hob den Kopf und blickte zum Fenster. Mit zwei Schritten war einer seiner Gäste an die Brüstung getreten und sah hinunter. Zwei Wachknechte des Hauses stürzten sich gerade auf den armen Mann und überwältigten ihn ohne größere Mühe, denn er zeigte keinerlei Gegenwehr.

»Euer Knecht, der uns hierhergeführt hat. Wir hatten ihn angewiesen, draußen auf uns zu warten.«

»Sein Name?«

»Rocco irgendwas«, antwortete der zweite Besucher.

Bonacci runzelte die Stirn. Er hatte sich bei seinem Pagen nach dem Mann erkundigt, der es gewagt hatte, seiner Tochter schöne Augen zu machen. Der Kerl war von einer Wanderarbeiterin zurückgelassen worden, kaum dass er laufen konnte.

Hatte bei den Hühnern angefangen und ging jetzt oben im Wald von Monreale den Schweinehirten zur Hand. War Anfang, Mitte zwanzig. Bekam zu Ostern ein Hemd und ordentlich zu essen, wie alle seine Knechte. Unauffällig, kräftig und gesund. Trieb sich aber zu oft am Hafen herum. Wahrscheinlich Fernweh. Träumte von etwas Besserem. Hatte wohl zu wenig zu tun. Er würde seinen Verwalter anweisen, da oben mal nach dem Rechten zu sehen. Wer bei den Schweinen war, der hatte zu arbeiten – und keine Zeit für unerfüllbare Träume.

Es klopfte, und der Page trat ein, eine Öllampe in der Hand, schwer atmend vom hastigen Aufstieg in die Privatgemächer seiner Herrschaft.

»Einer Eurer Knechte von außerhalb ist über die Mauer geklettert. Was soll mit ihm geschehen?«

Der Größere wandte sich an den Hausherrn. »Er wollte uns wieder zurückführen. Wir sind durch die Gassen gekommen, nicht über die Marmorstraße, damit uns keiner sieht.«

Der Alte dachte kurz nach. »Arretiert ihn im Keller. Er bekommt zehn Stockschläge.«

Der Page nickte und wollte sich wieder zurückziehen.

»Aber gebt acht, ihn nicht zu sehr zu verletzen. Er muss die Herren noch geleiten.«

Nachdem der Domestik verschwunden war, bat Bonacci die späten Gäste wieder zu den bequemen Stühlen vor dem Kamin. Heute war kein Feuer in der Esse, doch den Besuchern war warm genug, um sich schnell ihrer Mäntel zu entledigen.

»Giacomo Malfalcone.« Bonacci breitete die Arme aus und küsste den Größeren auf beide Wangen. »Willkommen.«

Dann trat er zu dem anderen, einem hageren jungen Mann, in dessen dunklen Augen Leidenschaft und Feuer glommen. Er verbeugte sich tief vor Bonacci, kniete nieder, nahm die entgegengestreckte Hand und küsste sie. Bonacci legte ihm kurz die andere Hand auf den Schopf und hieß ihn danach, aufzustehen.

»Roberto, aus dem Hause von Anfuso zu Tropea. Wie geht es Eurem Herrn?«

Der Kämmerer des Grafen von Tropea strich sich, verlegen durch die unvermittelte persönliche Ansprache, das schwarze Haar aus der Stirn. »Er sinnt auf Rache. Sobald er frei ist, wird er alles tun, was Ihr befehlt. Er und die anderen auch.«

Bonacci nickte. Es gab Gerüchte, dass die Hochzeit des *ré* neben vielem anderen eine Amnestie für alle Barone bringen würde, die sich auf die Seite des jungen Königs schlagen würden. Der Graf saß seit Wochen im Turm, er und einige andere Häupter der einflussreichsten Familien Siziliens. Der *ré* reichte ihnen die Hand. Wer auch nur einen Funken Ehre besaß, würde auf sie spucken.

Bonacci wies auf die Schatulle, die immer noch auf dem Pult in der Ecke des Zimmers lag, und wandte sich an Malfalcone.

»Habt Ihr dieses Schreiben auch erhalten?«

Malfalcone war ein Mann mittleren Alters. Erste Silberfäden durchzogen sein schulterlanges, glattes Haar, das er der Mode entsprechend über der Stirn kurz geschnitten trug. Seine Kleidung verriet einen erlesenen, durch keine Geckenhaftigkeit getrübten Geschmack. Die vornehme Blässe seiner Haut mitten im Hochsommer und die enganliegenden Beinkleider entsprachen genau den Vorstellungen, die man gemeinhin von einem Mitglied der reichen Familien hegte.

Aber etwas an seiner Haltung und eine unbewusste Mimik in seinem glänzenden, glattrasierten Gesicht deuteten auf maßlosen Ehrgeiz und stolze Arroganz.

Der herrische Gang, mit dem er nun ein paar Schritte auf und ab ging, und der herablassende Zug um seinen Mund nahmen viel von der Höflichkeit, mit der er seine Worte wählte. »Auch uns hat man gebeten, die Rechtmäßigkeit unseres Besitzes nachzuweisen. Habt Ihr etwa solche Urkunden? Oder Euer Herr?«

Roberto, der geduldete Diener unter den freien, hohen Männern, schüttelte stumm den Kopf. Bonacci hatte sich mittlerweile in einem der breiten Stühle niedergelassen, die mit kostbar bestickten griechischen Kissen ein wenig bequemer gemacht wurden. Den Stock legte er neben sich an die Armlehne.

Malfalcone wartete eine Antwort gar nicht erst ab.

»Pagliara hat diese Frechheit besiegelt. Was ist los mit dem Kanzler? Ist er jetzt etwa ein Ghibelline? Ein jämmerlicher Waiblinger?«

Müde richtete Bonacci seinen Blick auf den aufgebrachten Malfalcone. Pagliara, ein Mann der Kirche, war keinesfalls ein Mitläufer der Staufer, doch auch er musste sich arrangieren, offiziell jedenfalls.

»Pagliara ist wie wir alle ein Diener des neuen Herrn. Wir werden uns beugen müssen.«

»Niemals!«, zischte Malfalcone.

»Auch mein *signore* würde sich dieser Meinung sicher nicht anschließen.« Roberto stand steif wie ein Pinienstamm im Raum und war sichtlich überrascht, solche Worte aus dem Munde Bonaccis zu hören.

Der Alte lächelte und neigte das Haupt. »Ich danke Euch, meine Freunde. Genau das wollte ich hören. Wir sind uns also einig, dass es so nicht weitergehen kann. Wir sollten uns mit der Kirche verbünden und versuchen ...«

»Mit Pagliara? Ich sehe seinen Arsch doch täglich zittern wie einen Hühnerbürzel. Er war uns nützlich, wohl wahr, aber jetzt kriecht er vor diesem selbsternannten Cäsaren und hat Angst um seine letzten kümmerlichen Pfründchen.«

Malfalcone schüttelte wild den Kopf. Seine Hand griff an den Gürtel, doch er hatte sich, wie alle Besucher, dem Recht des Hausherrn gebeugt und seine Waffen beim Eintreten abgegeben.

Bonacci seufzte. »Pagliara ist der Stellvertreter Seiner Heiligkeit des Papstes. Er hat zu lange aus dem Brunnen der Macht getrunken, und dieser Trank vergrößert bekanntermaßen den Durst, statt ihn zu löschen. Wenn es einen Weg gibt, ihn wieder an die Quelle zu führen, wird er nicht nein sagen.«

»Welcher Weg sollte das sein?«, fragte Roberto.

Bonacci wies seine Besucher an, endlich Platz zu nehmen. Als die beiden ihm gegenübersaßen, nahm der Alte die kleine Phiole vom Beistelltisch und hielt sie ihnen hin.

»Auch ich nehme die Dienste des alten Hakims in Anspruch. Ja, ich weiß!« Er stellte das Fläschchen wieder ab, noch bevor Roberto danach greifen konnte.

»Ich weiß, was die Leute über ihn sagen, aber was er zusammenrührt, hilft. Mir jedenfalls.«

Unbewusst strich er sich mit der Hand über die linke Brust, da, wo sein Herz oft unregelmäßig klopfte.

»Die Leute erzählen außerdem, er sei dabei gewesen bei diesem fürchterlichen Massaker, das Saladin damals unter den Kreuzrittern angerichtet hat. Dreitausend Ritter starben, weil sie aus vergifteten Brunnen tranken. Man sagt, der alte Hakim selbst habe das Gift gemischt ...«

»Fluch, Aussatz und Schande über ihn!«

»In der Hölle soll er schmoren!«

»Man hätte ihn längst einen Kopf kürzer machen sollen.« Malfalcone verzog die vollen Lippen, als ob er ausspucken wollte. Natürlich unterließ er diese Geste rücksichtsvoll beim Anblick der kostbaren Teppiche. »Ich behaupte immer noch: Das mit Annweiler war Absicht, dafür lege ich die Hand ins Feuer. Jeder andere Quacksalber wäre den Löwen vorgeworfen worden, aber daran sieht man, welches Ansehen Mauren und Juden hier genießen, während wir ... Wo steckt die Laus eigentlich? Ihr lasst Euch im Ernst noch immer von ihm behandeln?«

Bonacci nickte, zufrieden mit der Empörung der beiden Männer. »Er ist eine verlorene Seele, dennoch hatte ich das Gefühl, selbst diese schändliche Existenz könnte zu etwas nütze sein.

Ich bat ihn also, mir das Gift noch einmal zu mischen. Zu viele Ratten im Kanal, so habe ich ihm gesagt und ihn fürstlich entlohnt.«

Roberto beugte sich vor. »Er hat Saladins Gift gebraut?«

Bonacci nickte. »Man riecht es nicht, man schmeckt es nicht, und es bringt einen schnellen Tod. Wer da rätseln mag, dem sei gesagt: Die letzte Seuche kriecht noch immer durch die Gassen unserer Stadt, und niemand ist vor ihr sicher. Auch ein König nicht.«

Malfalcone lehnte sich zurück und starrte an die hohe Balkendecke. »Jetzt verstehe ich. Ihr seid ein alter Fuchs, Bonacci! Gift für den König. Und die Seuche ist schuld daran. Großartig! Aber wie bringt man es ihm bei?«

»Selbst wenn er es zu sich nähme – ein weiteres Problem bliebe immer noch.«

Beide Augenpaare richteten sich auf Roberto.

»Die Königin. Sie ist aus gutem Hause und ein recht eigensinniges Geschöpf, wie man hört. Ich habe sie bei ihrer Ankunft am Hafen gesehen. Eitel, putzsüchtig und trotz der Jahre, die sie dem *ré* voraus ist, von kindischer, unberechenbarer Einfalt. Mit Pagliara hat sie es sich schon verscherzt, und sie hat keinerlei dynastische Verbindung zum *regnum.* Das Wohl des Reiches ist ihr egal, solange es Perlen und Zobel genug für sie gibt. Sie würde nach dem Tod des *ré* ohne zu zögern den Thron besteigen. Wir würden also das eine Joch abstreifen – und an dem anderen um so schwerer tragen. Ein drittes Mal wird sie der Papst sicher nicht unter die Haube bringen.«

Malfalcone lächelte. »Soweit ich weiß, ist auch ihre Familie nicht mit Robustheit gesegnet. Der erste Gatte verstorben, das Kind ebenso, der Bruder Opfer der Seuche – sie ist noch nicht lange hier, und das Klima ist hier doch ein anderes als in Budapest oder Wien. Sollte sie nicht ihrem Gatten folgen, wohin auch immer er geht?«

»Egal, wohin«, pflichtete Bonacci bei. »Selbst in die Hölle. Unsere Familien werden dann wieder die Regentschaft übernehmen. Ich habe Kontakte zu den Fürsten Apuliens und der Lombardei, die meisten stehen auf unserer Seite, und die Mailänder sowieso.«

»Catania, Syrakus und Messina auch«, fuhr Malfalcone fort, »und all die Pfaffen, die der kleine König bereits auf seine Seite geholt hat, werden weinend zurück unter Pagliaras Rockschöße flüchten und sich ebenfalls auf unsere Seite begeben. Wie sieht es im Land der Franken aus? Was macht der Welfe? Wie ich hörte, hat Otto im deutschen Süden Probleme, denn die Fürsten stehen nicht mehr uneingeschränkt auf seiner Seite.«

»Richtig.« Bonacci nickte. »Mein zweiter Sohn hat viele Verbindungen bis hinauf nach Trier. Er sagt, diese Abtrünnigen sind nicht mächtig genug. Solange die Franzosen sich nicht einmischen, wird sich daran auch nichts ändern.«

»Otto soll mehrfach sein Interesse an Sizilien signalisiert haben.« Roberto als stellvertretender Sprecher des sizilischen Adels hatte sich ebenfalls gut informiert. »Noch hält er sich an den Eid, den er dem Papst geschworen hat. Sobald er aber eine Chance sieht, sein Reich bis in die Sichtweite von Afrika auszudehnen, wird er es tun. Er wartet nur auf ein Zeichen. Wenn er weiß, dass wir ihn brauchen, wird er nicht zögern, uns zu Hilfe zu eilen.«

Beide sahen Bonacci an. Der verschanzte sich hinter einer undurchsichtigen Miene und vermied es, einem von ihnen in die Augen zu sehen. Wie schnell sie doch alle dabei waren, wenn nur einer das Kommando und die Verantwortung übernahm. Misslang die Verschwörung aber, würden sie ihn fallen lassen wie einen Sack heiße Maronen. Die Familien, die Handelshäuser und die Pfaffen erst recht. Dieser Gedanke brachte ihn wieder auf Pagliara und die damit verbundenen Unannehmlichkeiten. Ohne die Kirche funktionierte der Umsturz nicht, sie musste ihn zumindest stillschweigend dulden.

»Wir brauchen Pagliara«, sagte er.

Malfalcone musterte ihn nachdenklich. Schließlich nickte er.

»Wer wird ihn fragen?«, fragte Roberto.

Bonacci dachte kurz nach. »Niemand«, antwortete er. »Er wird sich selbst für die richtige Seite entscheiden.«

»Seid Ihr sicher?«

Bonacci nickte. »Was Pagliara braucht, ist ein Versucher. Seid getrost, den werde ich ihm schicken. Wir sind uns einig, dass ich das größte Risiko bei diesem Unterfangen trage, weshalb mein Haus bei der Rückgabe der Güter auch als Erstes zugreifen wird. Die Schiffe sind mein Begehr, darüber hinaus Zollhoheit und Hafengebühren.«

»Selbstverständlich«, sagte Malfalcone.

»Mein Herr wäre betrübt, wenn es weniger wäre«, kommentierte Roberto.

Bonacci erhob sich schwerfällig. Die beiden Besucher sprangen auf, hüllten sich wieder in ihre weiten Mäntel und verabschiedeten sich schweigend. Der Page, erzogen zu Vorausahnung und Diskretion, erschien in der Tür. Im Hintergrund wartete, ein wenig gebückt und sich den Allerwertesten haltend, der Knecht.

Bonacci winkte ihn heran, nachdem er die Herren vorbeigelassen hatte.

»Wenn Er nicht lernt, seine Triebe zu zügeln, wird Ihn das eines Tages umbringen.«

Rocco verbeugte sich.

»Danke«, flüsterte er. »Vielen Dank.«

»Er arbeitet bei den Schweinen?«

»Jawohl, Herr.«

Rocco wagte es, sich wieder aufzurichten, und Bonacci betrachtete den Knecht genauer. Er war ein Leibeigener wie alle anderen auch: grob, kräftig und dem Gestank nach zu urteilen gottesfürchtig dazu, doch er hatte ein hübsches Gesicht und wache, klare Augen. Seine gesamte Dienerschaft waren Leibeigene, deshalb wusste Bonacci, dass unter den Sklaven Dummheit und Schläue ebenso verteilt waren wie unter Pfaffen und Baronen.

»Wenn du meine Tochter noch einmal anschaust, lasse ich dir die Augen ausstechen.«

Nicht nur die direkte Anrede, auch der Ton ließ Rocco zusammenfahren.

»Wenn du uns aber treu dienen willst …«

»Ja, ja! Ich bin Euer ergebenster Diener!«

Rocco warf sich auf die Knie, und da er sich nicht an Bonacci direkt herantraute, umklammerte er die Füße des Pagen. Dieser verzog angewidert das Gesicht und versuchte, sich aus der plötzlichen Vereinnahmung zu befreien.

»Dann sollst du ab morgen in die Pferde.«

Erstaunt musterte der Page seinen Herren. Derartigen Beförderungen ging normalerweise jahrelanges Wohlverhalten voraus. Er selbst hatte diverse Umwege über die Kanzleien entlegenster Latifundien nehmen müssen, bis er … Ein scharfer Blick seines Herrn holte ihn wieder auf den Boden des absoluten Gehorsams.

»So sei es.«

Der Page nickte. Rocco verbeugte sich ununterbrochen, bis Bonacci ihm die Tür vor der Nase zuschlug. Fassungslos starrte er noch einige Augenblicke auf das dunkle Holz, bis ein Pfiff von unten ihn an seine Pflicht erinnerte, die hohen Herren zu geleiten.

Die Pferde.

Herr im Himmel. Womit hatte er diese Chance verdient?

Von unten riefen sie ihn jetzt, und es klang gar nicht gnädig. Er raffte seinen Kittel und beeilte sich. Raffaella, natürlich! Das

Lächeln auf seinem Gesicht verwandelte sich in ein triumphierendes Grinsen. Sie hatte an ihn gedacht.

Die Tür wurde noch einmal geöffnet.

»Rocco?«

Der Knecht, schon auf dem zweiten Treppenabsatz, drehte sich um und flog geradezu hinauf.

»Herr?«

Bonacci bemerkte die leuchtenden Augen und die Jugend in Roccos Gesicht. Er war zu allem bereit, zu allem, was ihn an eine Zukunft außerhalb der Schweineställe glauben lassen könnte.

Er winkte den Jungen zu sich heran.

17.

Konstanze wagte es nicht, zurückzusehen. Vornübergebeugt saß sie im Sattel und jagte das Pferd im Galopp voran. Sie trieb das Tier gnadenlos an, um keine Zeit zu verlieren, denn sie wollte die *Zisa* noch vor Mitternacht erreichen. Die Straße vor ihr konnte sie gut erkennen, doch sie traute dem Nachthimmel nicht. Wolken zogen auf und schoben sich immer wieder vor den Mond, so dass sich die Sicht verschlechterte und es immer schwieriger wurde, bei diesem Tempo die Orientierung zu behalten. Das Pferd schien den Weg besser zu kennen als sie, und sie beglückwünschte sich zu der Entscheidung, die sie bei seiner Auswahl getroffen hatte.

Viel Zeit war ihr nicht geblieben, denn ihr Aufbruch war hastig und unüberlegt erfolgt. Aber das Überraschende ihrer Befehle hatte auch den Knechten keine Möglichkeit gelassen, den

Kämmerer zu alarmieren. Dass sie sich unmöglich verhielt und ihr Benehmen sich, kaum dass sie den Fuß auf diese Insel gesetzt hatte, auf geradezu dramatische Weise verschlechterte, erkannte sie sehr wohl. Nur wann sollte sie sich wehren, wenn nicht jetzt? Wie sollte sie diesem König klarmachen, dass ein eigener Wille in ihr existierte, wenn nicht, indem sie seinem überheblichen Tun sofort Einhalt gebot? Was hatten die Heiligen alles auf sich genommen, wider jede Vernunft, nur um ihren Überzeugungen treu zu bleiben. Da kam es auf eine verstörte Königin, die nachts in Männerhosen und unbegleitet zur *Zisa* ritt, auch nicht mehr an.

Sie hätte einen der Knechte mitnehmen sollen oder einen der Knappen aus dem Tross. Die Nacht war eine Fremde unter diesen Sternen, und sie wusste nicht, ob sie ihr gewogen war.

Die Dunkelheit hatte das liebliche Tal verändert. Wo am Nachmittag noch Schmetterlinge mit der Sonne tändelten, lauerten jetzt dunkle Schatten im Dickicht zwischen den Palmen, die den Weg bis zum Fuß der kleinen Anhöhe säumten. Eine gute Stunde war sie nun unterwegs, bei diesem Tempo war das wohl knapp die Hälfte des Weges. Aufatmend erreichte Konstanze die Kreuzung, an der sie mit Majid auf die zurückgebliebenen Knechte gewartet hatte. In welcher Richtung ging es weiter? Geradeaus oder linksherum?

Schnaubend tänzelte das Pferd auf der Stelle. Es war ein ausdauerndes, kräftiges Tier, wie gemacht für lange Ritte. Beruhigend tätschelte sie ihm den schweißnassen Hals. Sie entschied sich, geradeaus zu reiten, und spornte das Pferd zu einem zügigen Trab an. Gott sei Dank hatte sie an die Lederbeinlinge gedacht, ohne sie wäre dieser Ritt nicht durchzustehen. Sie waren nicht neu und nicht sauber, aber Konstanze hatte schon Schlimmeres erlebt, als ein Paar Hosen am Leib zu tragen, die nach Dingen rochen, die sie lieber nicht definieren wollte.

Der Weg wurde schmaler, und das schwache Mondlicht machte es Ross und Reiterin schwer, bei diesem Tempo die Richtung beizubehalten. Hatte sie sich geirrt? Vielleicht täuschte die Erinnerung und war in diesem Fall ein schlechter Ratgeber, denn sie hatte am Mittag nicht auf den Weg geachtet und sich, wie immer, führen lassen.

Damit war es jetzt vorbei. Ab sofort ließ sie sich die Zügel nicht mehr aus der Hand nehmen. Entschlossen machte sie kehrt und trieb das Pferd wieder zurück. An der Kreuzung sah sie sich um. Rechts ging es hinauf zu den Bergen, links hinunter zum Meer. Also war geradeaus die richtige Entscheidung, oder etwa doch nicht?

Das Pferd spürte die Verunsicherung seiner Reiterin und schüttelte unwillig den Kopf. Energisch zog Konstanze die Zügel an und ritt zurück auf den schmalen Pfad. Ihre leisen Zweifel beruhigten sich bald, denn der Weg führte schnurgerade weiter und verbreiterte sich nach ein paar hundert Metern sogar wieder. Es war auf jeden Fall die richtige Richtung, und es war absolut notwendig, dass sie sie jetzt einschlug.

»Ein Harem«, sagte sie laut. »Hörst du? Mein zukünftiger Gatte hat vor, sich dreiundzwanzig Konkubinen zu halten.«

Das Pferd spielte ein wenig mit den Ohren und setzte seinen Weg unbeirrt fort.

»Es ist ein Geschenk des Emirs von Djerba, und ich soll dazu auch noch meine Einwilligung geben. Die bekommt er nie, nur über meine Leiche.«

Ein lautes Knacken erschreckte sie. Aber es war nur ein Ast, über den sie geritten war, und langsam beruhigte sich der schnelle Schlag ihres Herzens wieder.

»Ich werde ihn vor die Entscheidung stellen. Ich oder der Harem. Der Harem oder ich. Wenn er sich für den Harem entscheidet, bin ich schneller wieder in Zaragoza, als ein Esel Disteln kotzen kann.«

Hatte sie das wirklich gesagt? In Zaragoza wäre ihr ein solcher Ausdruck niemals über die Lippen gekommen. Da sieht man mal, dachte sie zornig, wie schnell einen die Sitten hier verrohen. Keine Woche bin ich hier, und schon fluche ich wie ein Bauer.

»*La Favara,* das sag ich dir, sieht mich so schnell nicht wieder. Was ist das? Ein Gefängnis? Ein Schloss der Frauen? Oder das Exil der Königinnen, wenn der *ré* sie nicht am Hof haben will, weil er andere Vergnügungen sucht?«

Das Pferd schnaubte und spielte erneut mit den Ohren. Es schien nervös zu sein, wahrscheinlich deshalb, weil sich seine Reiter selten mit ihm unterhielten.

»Du brauchst keine Angst zu haben.«

Sie versuchte einen beruhigenden Ton in ihre Stimme zu legen und fiel vom Spanischen ins Volgare. »Es ist niemand außer uns unterwegs. Im Jagdgebiet des Königs ist es verboten, nachts herumzulaufen oder zu reiten. Es sei denn, man gehört dazu. Zum Hof, meine ich. Und das tun wir, offiziell jedenfalls.«

Aufmerksam sah sie sich um. Plötzlich war es ihr, als ob in der Entfernung ein dunkler Schatten über den Weg huschte. Sie verlangsamte das Tempo und spähte nach vorn. Nichts. Ein Tier vielleicht. Doch das Pferd schien etwas zu spüren, was ihm nicht behagte. Unwillig zerrte es am Zaumzeug und begann nervös zu tänzeln. Augenblicklich korrigierte Konstanze ihre Haltung und übernahm die Herrschaft über das Ross. Gerade als sie es wieder in seinem zügigen Trab hatte, wieherte es erschreckt auf und wich mit einem Satz nach rechts vom Weg ab.

Ein Mann. Seine schwarze Silhouette war kaum zu erkennen, trotzdem wusste sie, dass keine zehn Klafter entfernt jemand stand und auf sie wartete. Er musste sie längst gehört haben. Das trockene Unterholz knackte unter den Hufen, und das Pferd ließ sich nicht beruhigen. Unwillig warf es den Kopf zurück. Konstanze hatte Mühe, es im Zaum zu halten. Kaum war die erste Schrecksekunde vorbei, führte sie es wieder auf den Weg zurück.

Der Mann stand immer noch da, er versteckte sich nicht. Das beruhigte sie. Selbst für optimistische Straßenräuber war die Wahrscheinlichkeit, um diese Stunde an diesem Ort auf jemanden zu stoßen, den man ausrauben könnte, außerordentlich gering. Vielleicht war es ein Bettler, der sich hierher verkrochen hatte, oder einer der Orangenpflücker, der verspätet von den Gärten kam und sich nun ein karges Nachtlager in der Herberge des Julien suchte. So nannte man das, wenn man gezwungen war, im Freien zu übernachten, was unter Bauern und *hidalgos* gleichermaßen oft vorkam.

Sie hieb dem Pferd die Fersen in die Flanken. Augenblicklich jagte es los, direkt auf den unheimlichen Mann zu. Sie erkannte, dass er einen langen Mantel trug und eine Kapuze über den Kopf gezogen hatte. In der Hand hielt er einen Speer, den er aber nicht schnell genug auf sie richten konnte.

»Halt!«, schrie er. »Sofort anhalten!«

Konstanze preschte an ihm vorbei. Er wollte nach ihr greifen, doch sie war zu schnell.

»Kommt zurück!«, brüllte er ihr hinterher. »Ihr dürft nicht weiterreiten!«

So siehst du aus, dachte sie. Wagst es, mir den Weg zu verbieten. Im gleichen Moment spürte sie, dass etwas schiefgehen würde. Der Weg machte eine Biegung, und das Pferd verfiel in gestreckten Renngalopp. Vergeblich versuchte sie, das Tempo zu verlangsamen, aber das Tier reagierte weder auf Rufe noch auf die Zügel. Schaum flog von seinem weit geöffneten Maul, die Nüstern blähten sich, und die Augen weiteten sich vor Angst. Konstanze wagte nicht, sich umzudrehen, aus Furcht, das Gleichgewicht zu verlieren. Dieser Ritt erforderte alles an Können, was sie je in ihrem Leben gelernt hatte. Lange würde es das

Tempo nicht durchhalten, da war sie sich sicher, es kam also nur darauf an, oben zu bleiben.

Ihre zornigen Rufe verhallten ungehört. Als das Pferd plötzlich den Weg verließ und ins Unterholz preschte, peitschten die Zweige Konstanze wie Ruten ins Gesicht. Der Berber jagte durch den Wald, als wären drei Hornissenschwärme hinter ihm her. Sie verlor die Orientierung und sandte ein Stoßgebet zum Himmel, dass sie nicht von einem der Palmwedel oder Pinienzweige aus dem Sattel gehoben würde. Das Pferd galoppierte weiter und weiter, ignorierte sämtliche Befehle und schien vor etwas Entsetzlichem auf der Flucht zu sein.

Wie lange sie durch den Wald rasten, vor allem aber wohin, war Konstanze irgendwann egal. Sie rutschte im Sattel und konnte sich in letzter Sekunde an der Mähne festkrallen. Doch das Tier schien genug von seiner Reiterin zu haben, denn es bockte, bäumte sich auf, stieg nach oben und schüttelte sie einfach ab.

Die Gewalt, mit der Konstanze auf den Boden geschleudert wurde, raubte ihr den Atem. Die Hufe verfehlten sie um Haaresbreite. Instinktiv rollte sie sich zur Seite und sah noch, wie das Pferd außer sich vor blinder Rage einen gewaltigen Satz machte und davonlief. Dann setzte der Schmerz ein.

Sie bekam keine Luft. Weiß glühend kroch stechender Schmerz in ihrem linken Bein zum Knie. Ihre Kehle war wie zugeschnürt, doch dann gelang es ihr, einen winzigen Atemzug zu machen. Ihr Brustkorb schien aus Stein zu sein, und nur ganz langsam gelang es ihr, die Arme zu bewegen. Mit unendlicher Kraftanstrengung holte sie ein zweites Mal Luft. Auf einmal ging es besser. Vorsichtig wollte sie sich aufrichten, aber der Schmerz raste mit ungeheurer Wut erneut in ihr Bein. Tränen schossen ihr in die Augen, als sie sich mit zusammengebissenen Zähnen vorbeugte und es abtastete. Da, der Knöchel.

Durch das Leder der engen Hose versuchte sie herauszufinden, ob sie sich etwas gebrochen hatte. Erleichtert stellte sie fest, dass es wohl nur eine schwere Verstauchung war. Dann bemerkte sie den dunklen Fleck an der Sohle und erschrak. Woher kam denn diese Verletzung? Vorsichtig zog sie den Schuh aus und untersuchte die Wunde. Ein Schnitt. Sie spürte ihn nicht, und er tat auch nicht weh, ganz im Gegensatz zu ihrem Knöchel, dennoch musste er stark geblutet haben.

Sie riss ein Stück Stoff von ihrem Hemd und verband den Fuß, dann ließ sie sich vorsichtig zurücksinken. Jetzt erst bemerkte sie, wo sie war. Sie lag in einem wilden Dattelpalmenhain, über ihr rauschten die Zweige im Nachtwind. Am Fuß der holzigen Stämme breiteten sich Schlingpflanzen aus, Gestrüpp und undurchsichtiges Dickicht, und in einem dieser wuchernden Blatt- und Wurzelnester war sie gelandet. Mitten in der Wildnis. Weit entfernt hörte sie das schleifende Traben, mit dem ihr Pferd sich gerade auf und davon machte, dann verstummte auch dieses Geräusch.

Still war es, nur ihr Atem und das trockene Rascheln der Palmwedel in den Wipfeln waren zu hören. Kein Vogel schrie, kein Tier flüchtete aufgescheucht ins Unterholz. Vorsichtig versuchte sie, wenigstens bis zum nächsten Stamm zu kriechen, aber die Schmerzen in ihrem Knöchel erlaubten es ihr nicht. Hilflos und fast ohnmächtig vor Wut und Qual bewegte sie sich einige Handspannen weiter. Dann erstarrte sie.

Etwas schlich sich an. Suchend, vorsichtig, jede Sekunde bereit zu Flucht oder Angriff. Trockenes Holz knackte, Zweige raschelten. Sie öffnete den Mund, um zu schreien – vielleicht war es der Mann, der nach ihr suchte? –, dann besann sie sich. Das waren nicht die Schritte eines Menschen, das war ein Tier. Ein Wesen, das Witterung aufgenommen hatte, das ihr Blut riechen konnte und das sie finden würde in ihrer kläglichen Versehrtheit. Tränen schossen ihr in die Augen. Sie vermochte das Schluchzen nicht zu unterdrücken, und sofort setzte sich das

Tier in Bewegung. Mächtige, leichtfüßige Sätze machte es, und kurz darauf drang ein Grollen aus tiefer Kehle, als es zum Sprung ansetzte. Der Schatten, der auf Konstanze zuflog, roch nach Tod.

18.

Majid hob den Speer und warf einen kurzen Blick auf Ruggero. Der Drachenreiter saß auf seinem Pferd, eine dunkle Statue von imposanter Größe, den Bogen erhoben, die Sehne gespannt, den Pfeil bereit zum Abschuss.

Ein Zittern ging durchs Unterholz. Schwere Leiber pflügten durch trockenes Geäst, von weit her schollen die Rufe der Treiber, und jede Sekunde musste der Hirsch auf die Lichtung preschen. Gehetzt von wilden Bestien hoffte er, in freiem Gelände schneller fliehen zu können, doch seine Panik würde steigen, je näher sie kamen und je besser er sie riechen konnte. Den schweren Raubtiergeruch, den scharfen Menschenschweiß. Durch sein lautes, erschöpftes Keuchen würde er ihre Schreie hören, näher und näher, lauter und lauter.

Die Jagd erregte Majid. Dieser archaische Kampf um Leben und Tod mit den so ungleich verteilten Chancen. Die fahlen Stunden vor Sonnenaufgang, wenn das Gras duftete wie frisch geschnittene Weiden, schwer vom Tau, wenn der Wald zu atmen schien, die Vögel erwachten, wenn das erste Licht im Osten seine Ahnung vorausschickte und die zerflossenen Konturen wieder zusammenfügte. Das heisere Kläffen der schwarzweiß gefleckten Meute und die nervösen, geschmeidigen Schritte der Geparden an ihren seidenen gekoppelten Bändern, gierig witterten sie den Duft der Wildnis, die Verlockung der

Freiheit, aber auch den Lohn der erfolgreichen Hetze, das Blut, das Lob, das Fleisch.

Und steckten die Männer an mit ihrem Fieber.

Wurfspeere klirrten an silbernen Sporen, die hitzige Ungeduld, mit der sie alle darauf warteten, dass der Meister sein elfenbeinernes Horn an die Lippen hob und endlich die Fanfare erklang, zugleich Aufbruch und erlösendes Signal. Leit- und Spürhunde stürmten ins Unterholz, die Treiber auf der anderen Seite des Waldes antworteten gleichfalls mit dem Horn, und der Kessel wurde gezogen. Bär, Wolf und Luchs, Hirsch und Ricke, Wildschwein, Hase und Fuchs – es gab kein Entkommen für sie. Hatte die Meute eine Fährte gefunden, wurde sie mit Reisig markiert und das Tier, gehetzt von Hunden und Geparden, den Jägern zugetrieben.

Wer würde den Hirschen erlegen? Wer von ihnen beiden wäre der Schnellere? Majid spürte, wie seine Hand sich im Griff um den Schaft verkrampfte. Die unnatürliche Armhaltung erschöpfte ihn an diesem Tag mehr denn je. Das Alter legte sich, Jahresringen gleich, um seine Schultern. Die Jagden waren nichts mehr für ihn, die langen Ritte zwischen *Zisa* und *Favara* forderten ihren Tribut. Er hätte sich weigern sollen, in dieser Nacht mitzukommen, aber dann hatte er den leuchtenden Augen nicht widerstehen können.

Und, das musste er zugeben, auch nicht der Herausforderung. Es machte ihm Spaß, sich mit dem jungen Mann zu messen, der noch lange nicht den Zenit seiner Fähigkeiten erreicht hatte. Er war im Aufsteigen, während sein, Majids, Abstieg schon lange schleichend begonnen hatte. Ruggero verdiente die *curîe,* das blutige Ritual, wenn das Tier erlegt war, wenn der Schütze ihm das dampfende, heiße Herz aus dem Leib geschnitten hatte und den Hunden zum Dank hinwarf, wenn die Geparden sich mit hungrigem Gebrüll über Milz und Lunge hermachten, wenn der Sieger schließlich, das Fell der Beute abgezogen, die Rippen entfernt, Brust und Rücken gelöst, das blutige Fleisch verteilt und die Knochen den Armen übereignet, nur das Haupt mit dem Geweih in den Händen hielt und es im Triumph ins Lager trug.

Ruggero sollte die *curîe* diesmal haben. Majid ließ den Wurfspeer sinken. Erstaunt sah er auf seinen Arm hinab – die Muskeln zitterten so sehr, dass er den Speer mit der Spitze in den Boden rammte, um seine Schwäche nicht zu verraten.

Der Drachenreiter warf einen kurzen Seitenblick auf seinen Jagdgefährten. Wie aus Bronze gegossen saß er im Sattel, einen weiten grünen, mit Hermelin gesäumten Mantel um sich geworfen, kniehohe Stiefel an den Beinen, und wie immer als Einziger ohne Sporen, denn Draco gehorchte seinem Herrn, als wären die beiden ein Wesen.

Die Schreie kamen näher. Gleich, jeden Moment würde der Hirsch durchs Unterholz preschen. Da glitt von links durch die Büsche ein geschmeidiger Schatten auf die Lichtung und hielt auf Ross und Reiter zu. Majid konnte gar nicht so schnell zu seinem Speer greifen, wie der Gepard die Distanz in wenigen Sprüngen überwand. Draco wich überrascht einen Schritt zurück, reflexartig richtete Ruggero den Pfeil auf das Raubtier, und just in dieser Sekunde durchbrach der Hirsch das Dickicht. Mitten im Lauf erkannte er, welche Falle man ihm gestellt hatte. Der schwere Leib schlug einen erstaunlich schnellen Haken, Grasflecken flogen unter seinen Hufen, und mit gewaltigen Sätzen drehte die eben noch so sicher geglaubte Beute nach rechts ab, raste über das freie Feld und schlug sich geschickt durch das dichte Blattwerk, so dass sie augenblicklich den Blicken der Jäger entschwunden war.

Der Gepard duckte sich. Das zahme Tier schien zu ahnen, dass es mit seinem Auftauchen gerade die sorgfältig ausgeklügelte Dramaturgie der Jagd zunichtegemacht hatte. Sein Bauch berührte den Boden, unterwürfig rückte er näher an Draco heran, der respektvoll einige weitere Schritte zurücktänzelte.

»Was soll das?«

Verblüfft ließ Ruggero Pfeil und Bogen sinken. Mit lautem Kläffen erreichten die Hunde die Lichtung und überquerten das Feld in aufgeregten Sprüngen. Sie setzten an, den Hirschen zu verfolgen, doch der Drachenreiter gab Majid ein Zeichen. Der Sarazene hob die Pfeife an den Mund und rief die Meute zurück. Unwillig, knurrend und jaulend, tollten sie wütend umeinander herum und trollten sich dann an die Seite ihres Herrn.

Majid nahm seinem Gefährten Pfeil und Bogen ab. Ruggero sprang leichtfüßig vom Pferd und näherte sich dem Raubtier. Die gelben Augen des Geparden blinzelten verschlagen. Er kaute auf etwas herum, und die Art, wie er fast an den Boden geschmiegt im gleichen Tempo zurückkroch, in dem sein Jagdherr auf ihn zukam, verriet, dass er nicht vorhatte, seine Beute ohne Belohnung herzugeben.

»*Huc! Consistere*!«

Der Gepard knurrte, schüttelte wild den Kopf hin und her. Speicheltropfen flogen aus seinem Maul, das Ding, das er mit den scharfen Zähnen hielt, war durchweicht vom Geifer und von …

»Blut! *Sidi*, das ist ein Schuh!«

Majid war seinem Herrn auf dem Fuß gefolgt. Er zog die Peitsche aus dem Gürtel und ließ sie scharf über dem Kopf des Tieres schnalzen. Sofort duckte sich der Gepard noch tiefer ins Gras. Jetzt hatte er die langen Krallen in das Leder geschlagen und begann, fast spielerisch darauf herumzubeißen. Der Sarazene griff zu der seidenen Leine, die er aus irgendeinem Grunde noch immer bei sich trug und dieses Mal nicht den Treibern zugeworfen hatte. Die Peitsche knallte, nur zwei Fingerbreit von der flachen Schnauze des Tieres entfernt, auf den Boden.

»*Cedo! Ilico*!«

Noch ein Peitschenknall. Der Gepard ließ den fast bis zur

Unkenntlichkeit zerbissenen Gegenstand fallen, und mit einem bösartigen Knurren, das seine Unzufriedenheit verriet, kroch er ein Stück zurück. Mit zwei Schritten war Majid bei ihm und befestigte die Leine. Dann kraulte er dem Tier den Nacken und holte aus den Tiefen seines Beutels, in dem er kurze Messer, Feuersteine, Schwamm und Stahl bei sich trug, einen kleinen Brocken getrocknetes Fleisch. Der Gepard stürzte sich auf die Belohnung, und mit lautem Schnurren und Schmatzen war die Welt für ihn wieder in Ordnung.

Schweißgebadet und keuchend erreichten die ersten Treiber die Lichtung. Ihr Triumphgeheul brach augenblicklich ab, als sie bemerkten, dass von der Beute, für die sie sich so abgehetzt hatten, weit und breit nichts zu sehen war. Sie wurden von einer Schar ebenso enttäuschter Hunde begrüßt, die in Ermangelung ihres Opfers unzufrieden und knurrend an ihnen hochsprangen. Mit ein paar Fußtritten stellten die Männer die Hierarchie wieder her und kamen langsam auf Majid und ihren Jagdherrn zu, der im Gras kniete und einen nicht zu definierenden Gegenstand ärgerlich musterte.

»Was soll das sein? Ein Schuh?«

Majid übergab die Leine an den ersten Treiber und eilte seinem Herrn zu Hilfe.

»Es könnte ein Damenschuh sein, *Sidi.*«

Langsam stand Ruggero auf. »Und der dazugehörige Fuß? Und die Dame?«

Der erste Treiber verbeugte sich hastig. »Herr, für die Geparden lege ich meine Hand ins Feuer. Sie sind zahm wie Katzen und so erzogen, Lebendes zwar zu stellen, aber niemals zu verletzen.«

Der Mann gab dem Geparden ein heftige Kopfnuss. Knurrend duckte sich das Tier und zog sich, wohl ahnend, dass es gerade um seine Wenigkeit ging, hinter den Mann zurück.

»Das weiß ich. Aber wie kommt dann ein blutbefleckter Damenschuh in dieses Maul?«

Stirnrunzelnd drehte und wendete Ruggero das durchnässte, zerknautschte Leder. »Wo hat er ihn gefunden?«

»Sein Einsatz war kurz vor der *chiasma*, am Kreuzweg auf halbem Wege zur *Favara*.«

Ruggero reichte den Schuh weiter an Majid, der ihn sich genauer besah. Er wendete das dünne Leder, rieb es, roch daran und zeigte schließlich auf eine Stelle, die von den Zähnen des Geparden nicht ganz so beschädigt war.

»Die Stickerei sieht mir ganz nach einer Arbeit aus dem *tiraz* aus, *Sidi*. Es scheint zudem das zarte Ziegenleder zu sein, das wir direkt aus Córdoba beziehen. Es muss der Schuh einer Hofdame sein. Vielleicht hat sie ihn auf dem Weg zum Schloss verloren?«

»Und das Blut?«

Majid roch erneut daran. »Es scheint mir frisch zu sein, der viele Speichel kann das Empfinden meiner Nase jedoch trüben.«

Die restlichen Treiber trafen ein, mit ihnen drei gekoppelte Geparden und das Windspiel, das man bei diesen Jagden eher nach dekorativen denn nach nützlichen Gesichtspunkten einsetzte. Die Flucht des Hirschen machte die Runde, und keiner der Männer blickte glücklich drein. Jagdbeute hieß immer auch Jagdfest, und je prächtiger das Geweih und je höher die Zahl seiner Enden, desto reichlicher hätten auch die Münzen in ihren Beuteln geklimpert. Dennoch wagte niemand, aus Respekt vor den Herren, die ein Stück entfernt zusammenstanden, laut zu murren.

Ruggero warf einen Blick auf die unzufriedenen Männer.

»Einer von ihnen wird sich im Biwak ein Pferd geben lassen und zur *Favara* reiten. Dort wird er fragen, ob die Damen vollzählig sind. Schlimmstenfalls soll der Kämmerer sie aus den Betten holen und ihre Schuhe zählen lassen. Ich will, dass die Sache noch heute Nacht geklärt wird.«

Er warf einen sorgenvollen Blick auf den dunklen Waldrand. »Die Wölfe hatten keinen guten Sommer.«

19.

Vela saß auf einem Schemel in der Küche und rieb nervös die Hände. Vor einer halben Stunde war Konstanzes Pferd eingetroffen. Abgehetzt, das Zaumzeug zerrissen, der Sattel verrutscht, und von seiner Reiterin fehlte jede Spur.

Sofort hatte sich die Befehlsgewalt geteilt. Der erste Wachmann übernahm das Kommando für einen zweiten Suchtrupp, den er gerade aus den wenigen Zurückgebliebenen zusammenstellte, und Nabil befahl hektisch, Fackeln auf die Zinnen zu tragen und auf den Türmen große Pechfeuer anzufachen. Vielleicht konnte der Lichtschein helfen, wenn Konstanze orientierungslos durch das Goldene Tal irrte.

Da an Schlaf für niemanden mehr zu denken war, hatte Pasquale das gesamte restliche Küchenpersonal requiriert und begann mit lauten Rufen und derben Befehlen die Zubereitung eines nächtlichen *pittimansiers,* eines Frühstücks, wie er den ratlosen Beiköchen schließlich erklären konnte, denen die französische Lebensart zu Pasquales Leidwesen nicht nur rhetorisch offenbar völlig unbekannt war. Dazu beutelten die Küchenjungen gerade das Mehl, andere holten körbeweise Portulak, Lattich und Kresse aus dem Garten. Der *cocinero* wuchtete unterdessen eine am Vortag gebratene – und nicht gegessene – Wildschweinkeule auf den Tisch und begann sie zu zerlegen.

»Pasteten«, keuchte er. »Ganz wild auf Pasteten sind sie hier. Zaki, die Eier! Und dieses Mal vorsichtig!«

Zaki balancierte einen Korb zu dem riesigen Tisch in der Mitte der Küche. Es war der Sarazenenjunge, der Konstanze bei ihrer Flucht gesehen hatte. Vela öffnete den Mund – und schloss ihn sofort wieder. Sie hatte Zaki schon ein Dutzend Mal befragt. Es war nicht mehr aus ihm herauszubekommen als das, was er bereits gesagt hatte. Konstanze hatte sich in Männerkleider geworfen, eines der Pferde herausführen und satteln lassen, das alles in rasender Ungeduld, war zum Tor geprescht und hatte unter Drohungen so ihre Flucht erwirkt.

Flucht? Vor was und vor wem eigentlich? Auch das Kopfschütteln hatte Vela mittlerweile aufgegeben. Sie verstand die Königin nicht mehr. Das mit dem Harem würde sich doch irgendwie regeln lassen, tagsüber, zu anständigen Zeiten mit anständigen Argumenten. Was wollte eine wild gewordene Furie denn nachts in der *Zisa* machen? Eine Szene vielleicht?

Sogar für die Hofdamen war der Harem nicht sehr anrüchig. Eine Konkurrenz in dem Sinne waren die Konkubinen nicht – kein Katholik käme auch nur im Traum auf die Idee, eine der wilden Sarazeninnen zu heiraten. In den von Mauren besetzten Gebieten der spanischen Halbinsel war der Harem erst recht nichts Neues. Ähnlich wie das Badehaus oder die kleinen Hütten mit den roten Laternen diente er eigentlich nur der Zerstreuung derer, die sie nötig hatten. Dass der Emir mit diesem Geschenk also gewisse Nöte Federicos vorausahnte, war nur eine weitere Tonleiter im Gesang der Spottdrosseln und ein Zeichen, dass die Sarazenen entgegen anderslautenden Gerüchten wohl doch einen Sinn für Humor hatten.

Vela stand auf und lugte Pasquale über die Schulter, der das kalte Fleisch gerade in kleine Würfel schnitt. In einer großen irdenen Schüssel verrührte einer der Beiköche Eier, Milch und Kräuter, ein anderer putzte Pilze, wieder ein anderer ließ die Küchenjungen blanchiertes Gemüse abgießen. Kochend heißes Wasser floss dampfend in die tiefe Rinne auf dem Fußboden. Die Möhren, die dabei in den Ausguss fielen, fischte sich einer der Knaben heraus und steckte sie schnell in seinen Beutel.

Pasquale hatte den kleinen Diebstahl beobachtet.

»Sie dürfen die Abfälle mitnehmen«, sagte er zu Vela und deutete damit ihren missmutigen Gesichtsausdruck falsch.

Die Condesa seufzte und ging wieder zu ihrem Schemel. »Wo sie jetzt wohl steckt?«

Der *cocinero* antwortete schon gar nicht mehr. Wann immer er versuchte, etwas Beruhigendes zu sagen – das Goldene Tal war wie ein friedlicher Käfig, niemand kam nachts hinein oder heraus, keiner lebte dort, nur die Jagdmeister und in der Hochsaison eventuell einige biwakierende Tagelöhner und Erntehelfer –, Vela hörte nicht zu.

»Was, wenn ihr etwas zugestoßen ist?«

Pasquale wies die Küchenjungen an, die Schüssel mit dem von Spelzen gereinigten Mehl am anderen Ende des Tisches auszuschütten.

»Sie ist eine gute Reiterin, das habt Ihr mir selbst erzählt.«

»Eben, eben! Sie stürzt doch nicht einfach so vom Pferd!«

»Man wird sie finden, Condesa. Verlasst Euch darauf.«

Vela warf einen bitteren Blick auf den Mann, der gerade den Talg mit den Zutaten für einen Pastetenteig vermischte und dann den Beikoch zum Kneten anwies. Was wusste dieser ungehobelte Klotz schon von ihrer Herrin.

Konstanze fürchtete sich vor der Dunkelheit, und zwar seit damals, seit dieser Flucht. Irgendetwas war geschehen, was nicht mit dem Tod von Laszlo zusammenhing. Täglich starben Kinder, innig geliebte, verhätschelte, unter Entbehrungen großgezogene Kinder. Sie starben wie ihre Eltern, ihre Geschwister, wie alte Hagestolze und schöne Jungfrauen. Die Trauer war tief, doch dann forderte das Überleben sein Recht, und trübsinnige Verzweiflung war Gotteslästerung.

Nein, etwas anderes musste geschehen sein, was Konstanze so verändert hatte. Der Verlust von Schutz und Würde vielleicht, denn auch auf sie hatte man Jagd gemacht wie die Geparden auf das Wild. Sie hatte nicht viel von dieser Flucht erzählt. Mit vierzig Getreuen war sie bei Nacht und Nebel aufgebrochen, die Lichter der Mörder flackerten bereits in den Straßen. Dann folgte ein mehrtägiger Ritt durch die Sümpfe und Wälder, und sechs Überlebende erreichten am Ende Wiener Neustadt.

Die Nacht war ihr Feind geworden. Umso unverständlicher, dass sie sich auf diesen Weg gemacht hatte. Egal, wo sie jetzt lag und wachte – sie musste Höllenängste ausstehen.

Lautes Scheppern ließ die Condesa hochschrecken. Sie war eingeschlafen in der warmen Küche, gebettet in den Duft von gärendem Teig und glimmenden Pinienzapfen. Der Tisch war leer und abgespült, die Eisenklappe des Ofens geschlossen, und darunter leuchtete die Glut. Pasquale kroch fluchend dem Kupfertopf hinterher, der mit einem Höllenlärm über den steinernen Fußboden unter die Regale gekullert war.

»Ein Reiter ist eingetroffen.«

Vela richtete sich auf und rieb sich die Augen. Wie spät mochte es sein? Hastig trat sie vor die Küchentür und atmete die kühle, frische Morgenluft ein. Irgendetwas zwischen Quint und Sext, denn die Hühner waren bereits wach und scharrten in ihrem Gehege neben dem Küchengarten.

»Wo kommt er her? Wo ist er? Weiß er etwas?«

Pasquale hatte den Topf gefunden und trug ihn nun vor sich her hinaus zu Vela, als ob er ihm den neuen Morgen zeigen wollte.

»Man hat ihn gleich zu Nabil geführt, mehr weiß ich nicht. Nur, dass die Damen ihre Schuhe zählen sollen.«

Er musterte den Topfboden und schüttelte den Kopf. »Sie kommen einfach nicht in die Ecken. Seht Euch nur diesen Dreck an! Wie soll ich da arbeiten? *Pittimansier* gibt es in einer halben Stunde im Saal.«

Damit machte er kehrt und ging zurück in sein Reich.

Vela hob die Röcke und hastete über den Wirtschaftshof hinüber zur Gartenterrasse. Die Türen zum Saal standen weit offen, und helle, empörte Stimmen drangen aus dem Treppenhaus.

»Kann uns das mal einer erklären?«

Das war Leia, die Arme in die kräftigen Hüften gestützt, und sie musterte den Kämmerer im wahrsten Sinne von oben herab, denn sie war mindestens einen halben Kopf größer als er.

Nabil ließ sich nicht beirren. »Ich bin angewiesen, den Boten von der korrekten Anzahl der Schuhe zu unterrichten. Deshalb, meine Damen, sehen Sie bitte nach, und überprüfen Sie, ob ein Paar abhandengekommen ist.«

»Aber das ist ja …« Leias Blick fiel auf Vela, die sich gerade zu der aufmüpfigen Meute dazugesellte. »Condesa, könnt Ihr vielleicht diesen Irrsinn klären?«

Nabil, der noch immer unter dem Eindruck von Velas Ausbruch draußen am Tor stand, verbeugte sich vorauseilend gleich mehrmals.

»Das ist alles, was ich weiß. Ein Befehl aus dem königlichen Jagdlager. Der Bursche, den sie uns geschickt haben, scheint mir allerdings nicht der Hellste zu sein, wie alle Jagdknechte übrigens. Er kam mit der allerhöchsten Anweisung, die Schuhe der Damen zählen zu lassen und das Fehlen eines Paares sofort an Majid, den Oberhofkämmerer Seiner Königlichen Hoheit, zu melden.«

»Ist dieser Majid verrückt geworden?«

»O nein, nein, ich verbürge mich für seine geistige Gesundheit.«

Vela beugte sich zu dem Mann hinunter. »Was soll das also?«, zischte sie.

Nabil wagte, das Gesicht ein wenig zu heben und seinen Mund nahe an ihr Ohr zu bringen. »Sie haben einen Schuh gefunden«, flüsterte er.

Die Condesa spürte, wie alles Blut ihre Glieder verließ und direkt in ihr Herz schoss. Mit einem Blick auf die neugierigen Hofdamen, die sich in Anwesenheit des Eunuchen gerade mal die Tasselmäntel über ihre *secondes tuniques* geworfen hatten, nahm sie ihn ein paar Schritte zur Seite.

»Von wem stammt der Schuh?«

»Wir wissen es nicht, Condesa.«

»Aber wir ahnen es, nicht wahr?«

Der Kämmerer holte ein zerknautschtes Stück Leder aus den Weiten seines Kaftans. Er gab es Vela, und als diese mit weit aufgerissenen Augen erkannte, um wessen Schuh es sich handelte, wagte er sogar, eine Hand auf ihren Arm zu legen.

»Das sagt gar nichts.«

»Das sagt alles.«

Entschlossen gab Vela ihm das Leder zurück. »Die Schuhezählerei kann er sich sparen. Er soll zurückreiten und melden, dass es die Königin ist, die wir vermissen. Dieser Majid soll Männer von der *Zisa* aus ins Tal schicken, dann ist die Suche vielleicht erfolgreicher.«

»Ihr wollt tatsächlich den *ré* informieren, dass seine Gemahlin bei Nacht und Nebel einen Ausflug ins Goldene Tal unternommen hat?«

Vela atmete tief durch. »Es wird uns nichts anderes übrigbleiben. Nabil, sie ist verletzt, vielleicht sogar Schlimmeres. Ich will nicht wissen, was der Verlust der Königin an politischen Folgen nach sich zieht. Auch nicht, was das für unsere Köpfe bedeutet.«

Reflexartig fuhr der Kämmerer sich über den Turban und blickte die Hofdame besorgt an.

»Aber ich weiß, was sie für mich bedeutet. Ich will, dass sie gefunden wird, bevor die wilden Tiere sie zerreißen. Wir brauchen Hilfe, schlimmstenfalls sogar vom König.«

Nabil nickte. Dann eilte er davon, um dem Boten zu berichten.

20.

Walter von Pagliara saß auf dem kunstvoll geschnitzten Stuhl in seinem Arbeitszimmer und blickte auf den Mann herab, der, schwer atmend und schweißgebadet, vor ihm kniete und den Blick auf die seidenen Pantoffeln seines Gegenübers geheftet hielt.

Die Kleidung des Mannes war zerrissen, und die Schuhe wurden nur noch provisorisch von Stricken zusammengehalten. Seine braungebrannten Arme waren übersät von frischen Kratzern, die er sich bei dem nächtlichen Lauf durch die Wildnis zugezogen haben musste. Trotz der Kläglichkeit dieses Anblicks war Pagliara bestens gelaunt.

Neben ihm stand Guglielmo, der Edelknappe Pagliaras und jüngste Sohn der ausgesprochen fruchtbaren Sippe der Bonaccis, weshalb er dazu bestimmt war, sein Leben lieber dem Wohl der Kirche als der Erbärmlichkeit seines Erbes zu widmen. Letzteres bestand, soweit Pagliara sich erinnerte, aus einem öden Streifen Sand am Fuße des Monte Pellegrino, mit einem zauberhaften Blick auf die vorüberziehenden Schiffe und das türkis schimmernde Meer, dazu aus einer Vielzahl vorgelagerter gefährlicher Klippen, die sogar das Fischen unmöglich machten. Allerdings gab es keinen Wald zum Jagen und auch kein Land zum Ackerbau – alles in allem also eine wertlose Morgengabe, die Guglielmo da mit in seine klösterliche Zukunft brachte.

Doch so, wie selbst der unscheinbarste Kiesel sich als Edelstein entpuppen konnte, war die gnädige Aufnahme des jungen Mannes in den Schoß der Kirche nur zum Teil ein Akt der großzügigen Barmherzigkeit. Sie verschaffte Pagliara nämlich einen unschätzbaren Vorteil: Die Bonaccis waren eine einflussreiche Familie, und je mehr er Guglielmo an sich band, desto mehr gewann auch er, Pagliara, an Einfluss bei den sizilischen

Baronen. Sie hatten alle das Gleiche zu befürchten, die Kirche wie die Familien, und bevor die Lage unerträglich wurde, mussten sie etwas unternehmen. Je weniger man mit dieser Meinung allein war, umso besser.

»Es gibt tatsächlich keine Spur von der Königin?«

Der Läufer schüttelte den Kopf. Wieder einmal beglückwünschte sich Pagliara, dass Capparone diese jungen Leute hatte ausbilden lassen. Information war alles, das hatte der Ministeriale lange vor dem Machtwechsel erkannt und daher in jeder Garnison, jeder Rotte und jeder Jagdschar seine Leute untergebracht, die geschult waren in diskretem Hinhören und dem schnellen Überbringen ihrer Nachrichten. Dass manche von ihnen nicht nur Capparone, sondern auch ihm, Pagliara, dienten, musste man nicht an die große Glocke hängen.

Das klang ja wunderbar. Die Königin verschollen – also war er nicht der Einzige, dem das Dämchen durch die Lappen ging – und der König, nur unterstützt durch eine Handvoll tumber Jagdburschen, allein im Goldenen Tal. Eine herrliche, eine wunderbare Gelegenheit für einen kleinen Putsch.

Nein, das war nicht möglich. Anders als im Reich herrschte auf Sizilien das Erbrecht, sie konnten den König nicht handstreichartig absetzen, wie man das in Deutschland gemacht hatte, als Federico noch ein Kind war und Otto, der Welfe, die Macht an sich riss. Andererseits – noch hatte der *ré* keinen Erben gezeugt. Keinen, von dem man weiß, fügte Pagliara seinen Gedanken diesen kleinen Witz hinzu, denn mit dem Stählen seiner fleischlichen Waffen hatte Federico wohl schon seit einiger Zeit angefangen. So flüsterten es zumindest seine Zuträger. Samira hieß die Auserwählte, und Pagliara hatte vor, sie sich demnächst einmal genauer anzusehen. Aber immer schön eins nach dem anderen, und so ein kleiner, völlig unbeabsichtigter Jagdunfall könnte eigentlich ganz neue, vollendete Tatsachen schaffen.

Pagliara seufzte. Mord war seine Sache nicht. Mochte das andernorts gang und gäbe sein – im *patrimonium petri* konnte niemand erwarten, dass er, dessen wohlgeratener Sohn, sich mit so etwas die Hände schmutzig machte.

Sein Blick fiel auf Guglielmo, der immer noch pikiert den derangierten Mann zu ihren Füßen betrachtete.

»Lasst ihn baden und gebt ihm ein paar Hemden.«

Hocherfreut sprang der Läufer auf und folgte nach mehreren hastigen Verbeugungen dem vorauseilenden Kammerdiener. Kleider aus dem Bischofspalast – egal, wie alt und getragen sie sein mochten – waren ein mehr als großzügiges Geschenk.

Pagliara erhob sich mühsam und schlich an das geöffnete Fenster. Die Frühmesse hatte ihn bereits in der Morgendämmerung aus dem Bett geholt, deshalb war dieser Anblick nichts Neues für ihn. Trotzdem freute er sich immer wieder daran.

Das Morgenlicht, aus der göttlichen Schale über Palermo gegossen, spiegelte sich auf den steinernen Bürgerhäusern, in den Dächern aus Schiefer, Ziegeln und Blei. In den Straßen wurden die ersten Handkarren geschoben, Bäcker, Wechsler, Walker und Weber öffneten ihre Läden, Arbeiter schulterten ihre Körbe und machten sich pfeifend auf den Weg. Wäscherinnen schleppten gewaltige Säcke an die steinernen Tröge am Ufer, und bald erklangen aus den Schmieden und Werkstätten drüben an der Stadtmauer, dort, wo sich die Hütten aus Holz und Bindwerk in den engen Gassen aneinanderschmiegten, die lauten Schläge der Schildmacher und Schwertfeger. Die erwachende Stadt beglückte Pagliara, aber wenn er an ihre Zukunft dachte, die unausweichlich mit der seinen verbunden war, wurde ihm schwer ums Herz.

Herr, gib mir ein Zeichen, dachte er plötzlich. Darf es sein, dass der Schatz deiner Gnade von gierigen Händen gefleddert wird? Kann es angehen, dass man nichts dagegen unternehmen darf, weil die weltliche Macht sich anmaßt, der himmlischen zu befehlen? Bespuckt der *ré* nicht Jesus Christus und verhöhnt sein Leid wie seine Liebe? Soll ich mich dem einfach so beugen?

Drüben, in *San Giovanni degli Eremiti*, brannten seit der Prim die Kerzen. Die fleißigen Benediktiner dachten nicht viel, sie beteten dafür umso mehr und hatten alle Hände voll zu tun, ihre Heiligen an die Wände zu malen und den Garten stets aufs Neue zu weihen. Pagliara konnte sich noch gut an die Zeit erinnern, in der sein Blick aus diesem Fenster direkt auf eine Moschee gefallen war. Die runden Kuppeln und den quadratischen Grundriss konnte man nicht ändern, denn es fehlte an Geld, um Kirchen neu zu bauen, und bisher hatte der *ré* noch nicht einmal ansatzweise den Gedanken laut werden lassen, überhaupt irgendwo in ein neues Gotteshaus zu investieren. So blieben die Mauern der Moscheen stehen, doch gebetet wurde dort inzwischen zum Kreuz und zu Jesus Christus.

Die Minarette hatten einen hübschen Aufbau bekommen, sie waren jetzt Glockentürme. Wenigstens das hatte er noch anschieben können, und die letzte Synagoge unten am Hafen würde er den Juden wohl auch noch entreißen können. Sizilien war unter seiner Herrschaft wieder auf dem Weg gewesen, ein katholisches Land zu werden. Und jetzt? Federico war zu tolerant den Heiden gegenüber. Er ließ sich einschüchtern vom Säbelrasseln der Sarazenen und den tränenreichen Litaneien der Juden. Man könnte fast meinen, er sei einer der ihren. Er achtete mehr auf den Pöbel als auf seine eigenen Leute. Hörte nicht auf die Klagen der Menschen. Dass sie das Land nicht mehr teilen wollten mit den Heiden. Dass endlich mal einer aussprach, was die *limpieza de sangre*, die Reinheit des Blutes, der höchste Wert des Christentums, eigentlich bedeutete. Nicht Durchmischung, sondern Trennung. In Djerba konnten sie so viele Moscheen bauen, wie sie wollten. Aber nicht hier. Und nicht schon wieder. Sollte er, Pagliara, dem erneuten Untergang des *regnum* einfach tatenlos zusehen?

Herr, sprich mit mir. Der Tod der Ritter war doch dein Wille, deutlicher hättest du nicht zeigen können, wie du Hochmut und Anmaßung des Königs bestrafst.

Noch nicht einmal einen Kreuzzug will er inaugurieren, der junge König. Jerusalem interessiert ihn nicht, dabei ist die Heilige Stadt seit Saladins Sieg wieder in der Händen der Ungläubigen. Und Sizilien? Wird regiert von einem getauften Sultan. So lacht man in der Welt über uns. Herr, ich bin dein demütigster Diener, der unbedeutendste von allen. Was kann ich tun?

Guglielmo kam zurück und fand den Bischof so tief in sein Hadern versunken, dass er sich räuspern musste. Erschrocken fuhr Pagliara zusammen und drehte sich um.

»Ich weiß, welche Gedanken Eure Stirn verdunkeln.« Der Knappe faltete die Hände und blickte untertänig zu Boden. »Ihr seid wie ein Vater zu mir gewesen, und wie ein Sohn spüre ich die Sorge, die Ihr in Euch tragt.«

»Ach, ja?«

Pagliara hatte nicht vor, Guglielmo tiefer als nötig in sein Herz blicken zu lassen. Seine Nützlichkeit in allen Ehren, aber Pagliaras Gedanken gingen nur einen Menschen etwas an – ihn selbst. Wenn er sie schon mit jemandem teilen musste, dann ausschließlich mit Männern seines Ranges. Mochte er vor Gott auch schrumpfen, bei seinem Kammerdiener war er immer noch der Herr.

Guglielmo schien zu spüren, dass er sich mit seinen Worten zu weit vorgewagt hatte.

»Verzeiht, es steht mir nicht an, aber …« Unsicher hob er die schmalen Schultern.

Er hatte ein hübsches, blasses Gesicht. Ebenmäßig, langweilig, nichtssagend, aber hinter seiner Stirn lauerten manchmal Gedanken, die Pagliara verblüfften. Nicht zum ersten Mal kam ihm der Gedanke, dass er den Jungen nicht zu seinem Feind haben wollte. Hüte dich vor der Schlange, die an deinem Busen schläft. Sie könnte erwachen …

»Was aber?«

Pagliara ging zu dem kleinen Tisch neben dem hochlehnigen Sessel und schenkte sich aus einem Krug den leichten, mit Wasser verdünnten Weißwein ein, den er gerne um diese frühe Stunde trank.

Der Diener seufzte unschuldig. »Es wäre alles um so vieles leichter, nicht wahr? Ich erinnere mich noch gut an die Zeit, bevor der *ré* … Niemand ahnte, dass Eure unermessliche Güte eines Tages so schmählich vergolten werden würde.«

Pagliara hob den Zinnbecher und trank einen Schluck. Guglielmo hatte sehr darauf geachtet, seine Worte nicht nach dem klingen zu lassen, was sie waren: eine versteckte Schmeichelei.

»Ich könnte, wenn Eure Eminenz es erlaubt, vielleicht etwas für Euch tun.«

»Guglielmo, vergiss dich nicht.«

Pagliara trank den Becher in einem Zug leer und stellte ihn ab. So weit würde er es nicht kommen lassen, dass seine Diener ihm Hilfe anboten. Er ging er hinüber zum *scriptorium* und suchte die letzte Verfügung an das Zisterzienserkloster *Giovanni Paolo zu Casamaria* heraus. Auch wieder so eine Ungeheuerlichkeit Federicos. Dafür, dass ihnen die Handels- und Verkehrsabgaben erlassen wurden, für freie Weide im ganzen Königreich und jährlich hundert Tonnen Thunfisch aus dem Hafen, hatten die Brüder das Lager gewechselt und dem Ablasshandel abgeschworen. Wieder gingen der Mutter Kirche gute Pfründe verloren.

»Herr, ein Freund von mir besitzt außerordentliche Fähigkeiten. Er kann Tränke brauen, die sich in Wasser und Wein nicht herausschmecken lassen.«

Pagliara blickte nicht von dem Schreiben hoch. »So, so. Und zu welchem Zweck?«

Guglielmo sah sich um. Sie waren allein. Die schwere Eichentür zum Treppenhaus des Bischofspalastes war fest verschlossen. Trotzdem senkte er die Stimme.

»In der Wirkung sind sie tödlich. Ein Wimpernschlag, und ...«

Pagliara ließ sich nichts anmerken. Immer noch würdigte er den Diener keines Blickes, doch hinter seiner Stirn konkretisierte sich gerade ein unfassbarer Gedanke. Gift. Guglielmo redete von Gift. Hatte der Herr etwa sein Stoßgebet erhört? War das die Antwort auf seine Fragen?

»Er war schon öfter mit dem König auf der Jagd, daher würde seine Anwesenheit nicht auffallen. Schon gar nicht, wenn er sich unter die Suchtrupps mischt.« Guglielmo flüsterte jetzt. »Er könnte in zwei Stunden dort sein.«

Pagliara legte das Schreiben sorgfältig auf den Tisch. Dann nahm er den Siegellack, hielt ihn in die Kerzenflamme, strich das angeschmolzene Ende auf die rechte untere Seite des Pergaments und drückte ihm kraftvoll das Siegel seines Ringes auf. Von seiner Hand beglaubigt, ein neuer Schritt auf dem Weg der Kirche in Armut und Bettelei.

»Ich will davon nichts hören,« sagte er.

Der Zurechtgewiesene presste die Lippen zusammen und trat respektvoll einen Schritt zurück. Pagliara rollte das Pergament zusammen und bat um eine der bischöflichen Samtschatullen, in denen die Originale dieser wichtigen Papiere befördert wurden. Guglielmo reichte ihm das Gewünschte, vermied es aber, seinem Herrn in die Augen zu sehen.

Pagliara wartete, bis sein Diener das Schriftstück sorgfältig eingepackt hatte, dann gab er ihm mit einem Nicken zu verstehen, dass er es hinunter zu den Boten bringen möge. Guglielmo wandte sich zum Gehen, da erklang die Stimme des Bischofs in seinem Rücken.

»Wenn er sich jedoch den Suchtrupps anschließen will, wer sollte ihn daran hindern?«

Ein jähes, unbeherrschtes Lächeln zuckte in Guglielmos Mundwinkel. Pagliara konnte es nicht sehen, denn sofort hatte sich der junge Mann wieder in der Gewalt. Er schloss die Augen, atmete tief durch, verbeugte sich und ging.

Pagliara war allein.

Plötzlich erfasste ihn das unwiderstehliche Bedürfnis, sich die Hände zu waschen.

21.

Die Morgensonne stand gleißend am Himmel und würde sich im Laufe des Tages in einen hellen, diesigen Fleck verwandeln, eine verschwommene Scheibe am fahlen Himmel. Stickige Hitze würde über das Tal fallen und in Kürze alle Energie aus den Gliedern saugen.

Konstanze hatte eine grauenhafte Nacht hinter sich. Der Knöchel war geschwollen und hatte sich blau verfärbt, und die Wunde schmerzte unerträglich. Sie musste ausgebrannt werden, je eher, desto besser.

»Hilfe!«

Ihre Kehle war so ausgedörrt, dass der Schrei in einem kläglichen Krächzen endete. Sie lauschte. Bellte da ein Hund? Schrie ein Falke? Hatte man Habichte ausgesandt oder Geparden, um nach ihr zu suchen? Suchte überhaupt irgendjemand nach ihr?

Als sie nach dem ersten Schreck bemerkt hatte, dass das Raubtier ein Halsband trug, und als das Raubtier nach einem ebenso schlimmen Schreck bemerkte, dass sein blutendes Opfer ein Mensch war, der sehr wohl wusste, wie man es in die Schranken weisen konnte, als sie beide also, Konstanze und Gepard, die eine immer noch schreiend, der andere knurrend und unwillig angesichts der von ihm erwarteten Unterordnung, sich ein wenig beruhigt hatten, da hatte Konstanze den Einfall, den sie eigentlich immer noch für gut hielt, dessen Erfolgsaussichten aber mehr und mehr schwanden, je höher die Sonne stieg.

»Da!«

Viel mehr zum Ausziehen hatte sie nicht. Auftreten konnte sie sowieso nicht mit dem verletzten Bein, also streifte sie sich den Schuh vom Fuß und hielt ihn dem Geparden hin. Das Tier schnaubte unwillig, es schien nicht von der intelligenten Sorte zu sein.

»Nimm! Such das Herrchen!«

Der Gepard fletschte die Zähne und versuchte sich an einer furchteinflößenden Grimasse. Allerdings konnte er Konstanze damit nicht einschüchtern, denn sie wusste, wie harmlos diese abgerichteten Tiere waren, harmlos – und blöde.

»Nimm schon! Da!«

Sie steckte dem Geparden den Schuh ins Maul, der ihn unwillig ausspuckte und sich zum Gehen trollte. Mit einer schnellen Handbewegung packte sie ihn am Halsband und zog ihn brutal zu sich heran. Er stieß ein quiekendes Fauchen aus und versuchte sich zu befreien, doch Konstanze begann langsam, ihm die Luft abzudrehen.

»Du nimmst das jetzt, verstanden? Sonst werfe ich dich den Löwen vor. Lebend, und zwar ein Bein nach dem anderen.«

Nicht der Sinn, eher der Tonfall und die Aussicht auf den Erstickungstod veranlassten das Tier zu gehorchen. Als es den Schuh endlich im Maul hatte, schlug Konstanze ihm kräftig auf die Flanke.

»Los jetzt! Lauf! Such dein Herrchen! Und führ es hierher, verstanden?«

Der Gepard wartete nicht auf den nächsten Schlag, sondern machte einen Satz und sprang elegant davon.

»Hierherführen! Zu mir!«, brüllte sie ihm noch hinterher.

Dann war er fort. Augenblicklich kamen die Schmerzen wieder und mit ihnen eine eisige Kälte. Die Stunden zwischen Nacht und Tag brachten zwar die ersehnte Erfrischung nach einem glühend heißen Tag. Für jemanden, der mit nichts als Lederhosen, Hemd und einem dünnen Übermäntelchen bekleidet bewegungslos auf dem Waldboden lag, wurde es aber nach kurzer Zeit empfindlich kalt.

Fröstelnd versuchte sie, in eine bequemere Position zu kommen, gab jedoch nach kurzer Zeit auf. Mit diesem Bein gab es keine Bequemlichkeit und erst recht keinen Schlaf.

Jetzt, am Morgen, lösten sich heftige Hitzeschübe mit dem Schüttelfrost ab. Es wurde ernst, und zu der Wut gesellte sich nun die Angst. Was, wenn sie hier verreckte wie ein angeschossenes Tier? Sie wusste nur zu gut, wie schnell das gehen konnte. Bei Laszlo war es ein Dorn gewesen, ein kleiner, unscheinbarer Dorn. Sie hatte ihn herausgezogen und die Wunde mit Kräutern verbunden. Doch irgendetwas hatte sie falsch gemacht, und sein Bein hatte sich entzündet, so wie das ihre jetzt. Ganz schwarz war es geworden, amputieren hätte man müssen, doch wie und wann und wer? Dem kleinen Jungen das Glied abtrennen, ihrem Engel, ihrem Glück! So war sie weitergeritten, den Knaben im Arm, der anfangs noch geschrien hatte, bis seine Stimme schwächer geworden war und seine Stirn heiß. Geglüht hatte er, als ob er von innen verbrennen würde, dann hatte er die Augen geschlossen und war kalt geworden.

Sie war geritten, vier Tage und Nächte ohne Schlaf, ohne sich umzudrehen, nur Wien im Sinn, nur die Grenze vor Augen, nur einen sicheren Ort finden, an dem sie ihren Jungen betten könnte. Sie hatte gar nicht mitbekommen, wie einer nach dem anderen zurückblieb, verlorenging, wie ihr Pferd vor Schwäche taumelte und die treuesten Knappen sich opferten, um sich den Häschern in den Weg zu stellen. Nichts interessierte sie mehr, selbst diese erbärmliche Krone nicht, deretwillen so viel Leid geschehen war, nichts war mehr wichtig außer der kalten, schweren Last in ihren Armen und dem unbedingten Willen, ihren Sohn nicht in die Hände der Verfolger fallen zu lassen.

Drei Tage und Nächte ein totes Kind im Arm.

Jetzt erinnerte sie sich nur noch an eines: den Blick der Bäuerin, als sie endlich, am Abend des vierten Tages, die Grenze passierten und einen kleinen Bauernhof am Rande eines dichten Waldes erreichten. Wie Geisterreiter mussten sie aufgetaucht sein, hohläugige Gespenster mit wirren Haaren und zerrissenen Kleidern, angeführt von einer Frau, die ein Bündel auf dem Schoß trug, es selbst beim Absteigen an sich presste, Geruch und schwarze Nässe ignorierend, und die befahl, ein Loch zu graben und den Priester zu holen.

Später, viel später hatte sie ihn umgebettet. Mit ihren eigenen Händen das Kind wieder ausgegraben und den Sack in einen Holzsarg legen lassen, in dem die Gebeine nach Wien überführt wurden. Später, viel später wurde er heimgebracht nach Ungarn, wurden die Messen gelesen und die Gebete gesprochen. Und die Krone zurückgesandt an András, den Judas des eigenen Bruders, den Verräter seines Volkes. Es war die bedingungslose Kapitulation, denn der kleine Thronfolger war tot und seine Mutter ein irrlichternder Geist, der nachts den Wahnsinn sah.

Sie wurde wieder gesund. Aber seit jenen Nächten war ihr Herz stumm geblieben, ein pochender Stein in ihrer Brust, und auch wenn seitdem viel Zeit vergangen war, die Wärme kehrte nicht mehr zurück.

Warum musste sie ausgerechnet jetzt so viel daran denken? Vielleicht, weil ihr das Leben gleichgültig geworden war und nun, in diesen schweren Stunden, eine kleine Laune zaghaft herangeschlichen kam. Ein flüchtiger Gedanke, ein kurzes Gefühl, das den kalten Stein in ihr streifte, um ihn mit einer vagen, kleinen Idee etwas zu wärmen: Ich will leben. Ich will atmen. Ich will fühlen. Ich will lieben.

Vor allem will ich auf keinen Fall in diesem Wald gefunden werden, aufgequollen und von Fliegen umschwirrt, mit Maden im Bein und verklebtem, offenem Mund. Vielleicht werde ich auch gar nicht gefunden, und in einer der nächsten Nächte kommen die Tiere und fangen an, sich die besten Stücke herauszusuchen. Krähen hacken mir die Augen aus, Luchse zerreißen mir Därme und Innereien, und die Ameisen besorgen den Rest.

Kommt tatsächlich ein verirrter Wanderer des Wegs, wird er einen grinsenden Totenschädel vorfinden, sich schreiend bekreuzigen und das Weite suchen. Kein Grab im Dom, keine Mutter, die meine Gebeine einsammelt. Die unbeweinte, ungekrönte Königin, sie bliebe ein verdorrter Ast, wenn sie jetzt hier in diesem Wald nicht endlich damit beginnen würde, ihr Leben selbst in die Hand zu nehmen. Sollte es auch nur noch wenige Tage dauern, niemand sollte sagen können, sie hätte nicht darum gekämpft.

Mühsam, mit zusammengebissenen Zähnen und kurz davor, in Ohnmacht zu fallen, richtete sie sich auf und begann, auf einem Bein vorwärtszuhüpfen. Zwei Baumstämme weiter fand sie, was sie suchte. Einen stabilen Ast, lang genug, um sich darauf zu stützen. Sie zog den Mantel aus, knüllte ihn zusammen und klemmte ihn sich unter die linke Achsel. So geschützt, konnte sie den Ast tatsächlich als Krücke verwenden.

Bevor sie sich auf den Weg machte, sah sie sich um. In welche Richtung sollte sie gehen? Die Fächer der Palmen über ihr waren ineinander verwoben wie ein Dach. Das schützte zwar vor der Sonne, doch genau die hätte Konstanze jetzt verraten können, wohin sie sich wenden musste. Im Norden lag das Meer und irgendwo am Meer Palermo. Im Osten musste *La Favara* sein, im Westen die *Zisa*. Nach Süden ging es hoch in die Berge.

War dort nicht die Klause, von der Magister Roland gesprochen hatte? Und die Höhlenmalereien?

Wenn die Klause bewohnt war, gab es dort zahme Raben, vielleicht sogar Brieftauben. Die konnten Nachrichten überbringen: Vermisste Königin wohlbehalten eingetroffen und mit Wasser und Brot zunächst am Leben erhalten. Oder so ähnlich.

Wenn die Klause bewohnt war. Wenn nicht, gab es dort wenigstens Wasser – und eine Höhle, in der sie die zweite Nacht überleben würde. Bis zu den Schlössern schaffte sie es auf gar keinen Fall.

Nach oben ging es geradeaus. Sie holte tief Luft und humpelte los.

Hinter ihr, im Dickicht des Waldes, raschelten Zweige im Gebüsch, und ein schwarzer Schatten zog sich zurück.

22.

Das Jagdlager befand sich auf einer Lichtung, die schon vor Jahren zu diesem Zweck gerodet worden war. Es war ein einfacher, zweckdienlicher Biwak und hatte nichts mit den mobilen Zeltpalästen zu tun, die andernorts zur Zerstreuung des Adels und der höfischen Damen errichtet wurden.

Mehrere Hütten aus Zweigen und Laub standen im Kreis, darum herum machten es sich, bei längeren Aufenthalten, die Pferdeknechte und Jagdhelfer unter freiem Himmel bequem. In der Mitte hatte man eine Grube ausgehoben, dort wurde bei Bedarf ein Feuer entzündet und die Feldküche in Betrieb genommen. Ein Knappe wuchtete gerade mit Hilfe mehrerer Burschen einen Kessel über die Glut. Wasser und geschrotete Hirse köchelten nun ihrer weiteren Verwendung entgegen, vielleicht als süßer Brei, wenn jemand etwas Honig mitgenommen hatte, meistens aber als leicht gesalzene nahrhafte Mahlzeit, die nicht unbedingt schmecken, sondern lediglich die Mägen füllen und wärmen sollte.

Majid kostete und stellte fest, dass es an diesem Tag die Honigversion gab, ließ sich eine kleine Holzschüssel abfüllen und machte sich damit auf die Suche nach Ruggero. Er fand ihn bei seinem Rappen. Wortlos reichte er ihm die spartanische Mahlzeit und setzte sich neben ihm auf den Boden.

»Was um alles in der Welt hat sie in den Wald getrieben?«

Ruggero stellte die Schüssel neben sich, ohne sie anzurühren. Zwei Zornesfalten zwischen seinen Augenbrauen zerfurchten seine glatte Stirn.

»Ist sie noch bei Sinnen? Kaum ist man der Meinung, man hat sie endlich an einem sicheren Ort, da macht sie sich einfach auf und davon. Hat sie irgendeine seltene Geisteskrankheit, von der man nichts erwähnt hat?«

Majid empfand die Frage als reine Rhetorik und zuckte nur vage mit den Schultern.

»Wie soll ich das denn dem Papst erklären? Und den Gästen, die jetzt anreisen? Die Braut hat es vorgezogen, im Wald zu verschwinden, und keiner weiß, warum.«

Ruggero riss ärgerlich ein Büschel Gras aus dem Boden und warf es Draco hin. Der schnaubte und schüttelte die Mähne, bevor er den Happen gnädig annahm und knirschend verspeiste.

»Der König ist *nicht* amüsiert.«

Majid nickte. Etwas anderes war auch nicht zu erwarten. Dies war die größte anzunehmende Unschicklichkeit, und der ganze diplomatische Rattenschwanz, den die Angelegenheit nach sich ziehen würde, bereitete ihm jetzt schon Bauchschmerzen. Soll Pagliara sich darum kümmern, dachte er, dann ist der alte Intrigant wenigstens zu etwas nütze.

»Wann kommt der zweite Suchtrupp?«

Majid seufzte, weil er diese Frage bereits ein halbes Dutzend Mal beantwortet hatte.

»Gleich, um die sechste Stunde, so hat man uns versprochen.«

Also irgendwann am Vormittag. Ruggero rieb sich mit beiden Händen über das Gesicht. Er sah müde aus. Seine Augen hatten rote Ränder, und sie verrieten weitaus mehr als die Strapazen einer durchwachten Nacht.

»Sie ist klug«, sagte Majid. »Der Schuh beweist es. Sie hat den Geparden mit einer Nachricht zu uns gesandt, auf diese Idee kommen nicht viele.«

Vor allem nicht im Angesicht eines Raubtieres, setzte er in Gedanken hinzu. Die meisten Frauen, die er kannte, würden es vorziehen, in dieser Sekunde theatralisch den Arm vors Gesicht zu heben und in Ohnmacht zu fallen. Wieder einmal bedauerte er, nur diese Art von Damen zu kennen. Willige, zu allen Diensten bereite Dienerinnen der Lust, die sich für ihre Wohltaten fürstlich entlohnen ließen und es dennoch vermieden, ihm dabei ins Gesicht zu sehen.

Dort, wo ich herkomme, ist dies das Gesicht eines Helden.

Ruggero nickte unwillig. »Du hast recht, das war wohlüberlegt. Also wird es ihr Aufbruch ebenfalls gewesen sein.«

Er schickte einen finsteren Blick hinüber zum Lager der Knechte, wo sich der Bote aus *La Favara* gerade von seiner übermenschlichen Leistung erholte. Außer der Nachricht, dass es sich bei der Vermissten um die Königin handeln musste, hatte er nicht viel Erhellendes zu dem Fall beizutragen. Konstanze hatte das Schloss gegen Mitternacht auf einem Reitpferd verlassen. Der Berber war zurückgekehrt, die Königin nicht.

Ruggero nahm einen Zweig und befreite mit seinen Schuhen eine kleine Stelle Erde vom Gras. Dann zeichnete er einen Halbmond in die feuchte Krume und deutete auf das Innere der Sichel.

»Die Conca d'oro, die Bucht von Palermo. Und hier, auf der anderen Seite, der Monte Matarazzo, außerdem *La Favara, Zisa, Cuba* und *Menâni,* die Schlösser im Goldenen Tal.«

Er stach vier Punkte in den Leib des Mondes. In die Mitte ritzte er ein Kreuz.

»Die *chiasma.* Wenn der Gepard sie dort irgendwo überrascht hat, wenn sie also verletzt ist, aber noch im Besitz ihrer kognitiven Fähigkeiten – ich will zu ihren Gunsten annehmen, dass sie sie besitzt –, was würde sie dann tun?«

Majid beugte sich vor und betrachtete die einfache Skizze. Dann nahm er Ruggero den Zweig aus der Hand und zeichnete an die Außenseite des Mondes, dort, wo sie sich am weitesten wölbte, also fast schon in das Gebirge hinein, einen weiteren Punkt.

»Ich an ihrer Stelle würde versuchen, zur Klause zu gelangen. Wenn sie von ihr gehört hat – und mutig genug ist.«

»Mut wird sie haben nach einer Nacht im Wald.«

»Aber Ihr wisst nicht, was da oben …«

Ruggero hob die Hand und schnitt ihm damit das Wort ab. »Ich weiß mehr, als du denkst, Majid. Ich habe eine Menge Klatsch und Gerüchte aufgeschnappt in den Gassen Palermos. Aus diesem Grund werde ich alleine losreiten, und niemand wird erfahren, dass ich sie dort suche. Hast du mich verstanden?«

»*Sidi* …«

Das Jagdhorn erklang, begleitet von lauten Rufen. Ruggero sprang auf und strich sich mit einigen schnellen Handbewegungen die Kleider sauber.

Der zweite Suchtrupp traf ein. Drei Dutzend kräftige Gesellen, bewehrt mit Knüppeln und Spießen und dem unbedingten Willen, sich bei diesem überraschenden Unterfangen, das sie aus der Langeweile des Wachdienstes erlöst hatte, zu bewähren. Fröhliches Lachen und laute Scherze schallten über die Lichtung bis zu Ruggero und Majid, dem es nicht so schnell gelang, wieder auf die Beine zu kommen.

Der Drachenreiter drehte sich um, ertappte seinen Diener bei dem vergeblichen Versuch aufzustehen und streckte ihm die Hand entgegen. Majid ergriff sie dankbar.

»Sie sollen sich aufteilen und in Ruf- und Sichtnähe zueinander das Gebiet bis zur *chiasma* absuchen.« Ruggero nahm den Sattel und pfiff Draco heran, der die Blätter sofort Blätter sein ließ und zu seinem Herrn trabte.

»Ihr wollt es wirklich tun?«, fragte Majid.

Er beobachtete besorgt, wie Ruggero sein Pferd mit schnellen, geübten Handbewegungen sattelte. Ruggero antwortete nicht, als einer der Neuankömmlinge sich näherte, in der Hand einen Lederbeutel.

Mit einer tiefen Verbeugung trat er zu Ruggero und hielt ihm den Schlauch entgegen.

»Ich habe frisches Quellwasser mit *sinôpel* gemischt. Ihr werdet es vielleicht gebrauchen können.«

Majid nahm ihm den Beutel aus der Hand, zog den Stopfen heraus und roch an dem schwappenden Inhalt. Dann benetzte er die Hand mit dem Wasser und leckte einige Tropfen ab.

»Es ist in Ordnung, *Sidi.*«

»Danke.«

Ruggero griff nach dem Schlauch und befestigte ihn am Sattelknauf. »Er soll sich etwas zu essen geben lassen und sich dann den anderen anschließen.«

Der junge Mann, kaum zwanzig Jahre alt, war sichtlich nervös. Vermutlich war es die außergewöhnliche Gunst, dass er dabei sein durfte, um im Goldenen Tal nach der Königin zu suchen, denn er verbeugte sich erneut und stotterte einen unverständlichen Dank.

»Wie ist dein Name?«, fragte Majid.

»Rocco«, murmelte der Junge. »Rocco Gianluca, gnädiger Herr.«

»Geh. Und hab Dank für deine Aufmerksamkeit.«

Rocco stolperte davon. Er drehte sich mehrmals um, wohl um sich zu vergewissern, dass Ruggero tatsächlich mit seinem Wasserschlauch davonreiten würde.

Majid sah ihm lächelnd hinterher. »Die Jugend. Für sie seid Ihr schon jetzt ein Held.«

Ruggero schnaubte unwillig. Er beugte sich gerade unter Dracos Bauch und schloss den Sattelgurt.

Majid betrachtete die Vorbereitungen zum Aufbruch inzwischen mit Besorgnis. »Der Ort ist verflucht«, sagte er schließlich. »Lasst mich das übernehmen.«

Der Drachenreiter richtete sich auf und legte dem Sarazenen eine Hand auf die Schulter.

»Nein«, sagte er bestimmt. »Du bleibst hier im Biwak. Das ist ein Befehl.«

Dann schwang er sich auf Dracos Rücken, griff zu den Zügeln und schnalzte leise mit der Zunge. Mehr brauchte Draco nicht, um loszutraben.

Majid sah ihm hinterher, so lange, bis sein Herr im Wald verschwunden war. Dann folgten ihm seine Gedanken, erhoben sich und flogen über ihn hinweg bis zu dem verfluchten Ort, den niemand, der ihn je betreten sollte, lebend verlassen durfte und an den sich die Königin vielleicht gerettet hatte, nicht wissend, dass sie damit ihr Todesurteil fällte.

23.

Vor langer Zeit musste dies ein lieblicher Ort gewesen sein. Schon die ältesten Bewohner Siziliens hatten sich dort niedergelassen, lange vor den Römern und Phöniziern. Über den Wipfeln der Palmen, auf halber Höhe entlang des uralten Handelswegs über die Berge, schob sich eine langgestreckte, schmale Ebene wie eine große Treppenstufe vor den Abhang. Breit genug für Feuer und Gestelle, auf denen Bärenhäute trocknen konnten, zu schmal für stabile Hütten. Doch am westlichen Ende, dort, wo der Vorsprung überging in einen schmalen Pfad aus Geröll, öffnete sich dunkel und geheimnisvoll der Eingang zu einem verwinkelten Höhlenlabyrinth. Hier lebten, liebten, arbeiteten und schliefen sie, die fremden Ahnen, blickten bei Sonnenuntergang hinunter in das liebliche Tal und auf das Halbrund des Meeresufers, wo noch kein Schiff gelandet war und kein fremder Fuß den weißen Sand betreten hatte, und bei Sonnenaufgang schauten sie wahrscheinlich hoch hinauf in die Berge, um der unberechenbaren Macht, die auch ihr Schicksal bestimmte, für den neuen Tag, das neue Versprechen, zu danken.

Noch war kein Stein behauen, noch kein Dach je gedeckt worden, trotzdem war dies einer der ersten befriedeten Orte der Insel. Nahebei entsprang eine kleine Quelle, die das Wichtigste für jede neue Siedlung bedeutete: Wasser, Leben.

Kinder wurden geboren, Männer gingen auf die Jagd, beim Schein der Fackeln saßen die Familien abends zusammen und lauschten einander, wenn sie sich in einfachen Worten die alten Geschichten erzählten. Von Glück und Tod handelten sie wohl, von Liebe und Angst, von Festen wie vom Hunger und von den letzten großen Tieren, die durch die Ebenen streiften.

Eines Tages musste einer aufgestanden sein, hatte Farben geholt, Zinnober und Kohle, und begonnen, Striche an die Wand zu malen. Bilder entstanden, von schlanken jungen Männern mit langen Haaren, die sie als hüftlange Zöpfe trugen, den Speer auf das große Tier gerichtet. Fast sah es so aus, als ob sie mit ihm tanzen würden, einen tödlichen Tanz mit der sicheren Beute, und so war von allen erzählten Geschichten, die der Wind ins Vergessen getragen hatte, diese eine geblieben, über Tausende, Zehntausende von Jahren hinweg.

Als die Menschen begannen, auch das Tal zu erobern, wurde die verlassene Höhle zum Rastplatz der Wanderer auf ihrem gefährlichen Weg über die Berge. Leben mochte niemand mehr hier, aber das Magische dieses Ortes blieb erhalten. Kein schutzsuchender Gast zerstörte die alten Bilder – im Gegenteil, jene, die sie sahen, beschrieben sie mit Ehrfurcht den Leuten im Tal. War es nicht so, als ob hier die uralten Geschlechter über die jüngeren wachten? Wilde Tiere blieben dem Labyrinth fern, es bot Schutz bei Wind und Wetter, und wer sein müdes Haupt hier zum Schlafen bettete, stand von guten Mächten wohlbehütet am nächsten Morgen unversehrt auf.

Je nachdem, welche Götter unten im Tal gerade das Sagen hatten, dichtete man diesem stillen Winkel mal diese, mal jene Mystik an. Als die christlichen Eroberer Siziliens schließlich achthundert Jahre nach des Herrn Menschwerdung die Sarazenen entmachteten, dauerte es nicht lange, bis der erste verklärte Fastende hier oben seine Marienerscheinung hatte. Nur hundert Jahre später, an Land gespült mit Glücksrittern und Freibeutern, schwappte ein weiterer religiöser Wahn ins Land. Angesteckt und inspiriert von der fast heiligen Verehrung, die die Klausnerinnen in Burgund und Franken genossen, gefielen sich mehr und mehr junge Frauen darin, dem irdischen Jammertal von Verheiratung und Gebären den Rücken zu kehren. Allerdings suchten sie nicht etwa Zuflucht in den Klöstern, nein, sie ließen sich einmauern.

War der Entschluss einmal gefasst, so war er unwiderruflich. Bis an ihr zumeist frühes Lebensende sahen die Frauen das Licht der Sonne nicht mehr. Die Klause, aus groben Steinen an einem abgelegenen Ort errichtet, verfügte über einen Brunnen und ein Loch im Boden, dazu ein winziges vergittertes Fenster, durch das die bescheidensten Mengen an Brot gereicht wurden. Meist verteilten es die Klausnerinnen auch noch an die Armen. Im Winter erfroren sie fast, im Sommer mussten sie in Hitze und Gestank beinahe ersticken. Manche trugen unter dem härenen Hemd schwere rostige Kettengürtel, die auf den abgemagerten Hüftknochen rieben und schwärende Wunden verursachten. Zusätzliches Leid, geduldig ertragene Schmerzen, ein mehrere Jahre dauerndes religiöses Delirium, das sich irgendwann in göttliche Visionen kanalisierte – da sie sich alles freiwillig auferlegt hatten, genossen diese Frauen im Volk und beim Klerus gleichermaßen ein hohes Ansehen und wurden nicht selten wie Heilige verehrt.

Ein junges Fräulein aus einer der edelsten Familien Palermos, Margalitha Scarpelli mit Namen, hatte mit fünfzehn Jahren zum ersten Mal den Wunsch geäußert, man möge ihr dort oben am Monte Matarazzo eine Klause bauen. Neben die Höhlen über der kleinen Quelle, genau dorthin wollte sie sich zurückziehen und der an Spiritualität doch arm gewordenen Welt den Rücken kehren. Da ihr Vater neben Margalitha über zwei weitere Töchter verfügte, freute er sich zum einen über die gesparte Mitgift, zum anderen über die zu erwartende Reputation, die eine Heilige in spe dem Namen seines Hauses verleihen würde, informierte unverzüglich den Erzbischof, der von dieser Idee genauso entzückt war wie der *signore,* und ließ in nur sechs Wochen die Klause errichten.

Mit gewaltigem Gepränge und unter Aufbietung aller kirchlichen Segnungen und tragbaren Kreuze führten sie Margalitha am Tag der heiligen Agnes in einer Prozession hinauf in die

Berge und mauerten sie daselbst in der Klause ein. Man verließ sie unter Gebeten und mit den besten Wünschen.

Beides hielt nicht lange vor.

Bereits am dritten Tag äußerte Margalitha den Nonnen gegenüber, die ihr das karge Brot durchs Fenster reichten, den Wunsch, die Klause wieder zu verlassen.

Das rief bei dem Erzbischof sowie den anderen Kardinälen Siziliens einen gewissen Unmut hervor. Man riet der jungen Frau, sich erst einmal einzugewöhnen und den Rest Gott zu überlassen.

Nach zwei Wochen hatte Margalitha genug von Gott. Sie empfing die Nonnen mit entsetzlichen Flüchen und dem Befehl, sie sofort aus diesem Gefängnis zu befreien.

Ein hastig einberaumter Rat der Kirchenoberen kam zu dem Schluss, dass der Wunsch, zu Gottes Ehren eingemauert zu werden, irreversibel sei und die Entscheidung somit nicht mehr rückgängig gemacht werden könne.

Nach der vierten Woche in ihrem Gefängnis riss sich Margalitha die Haare aus und verweigerte die Nahrung. Ihr Vater eilte zu ihr, doch auch er konnte sie nicht umstimmen. Mittlerweile hatte die Kunde von Margalithas Verweigerung längst die Runde bis Messina und damit seinen Namen zu einem Witz gemacht. Ihn dauerte zwar der erbarmungswürdige Anblick seiner Tochter und ihre schreckliche Gemütsverfassung, aber der Spott, den die Scarpellis dadurch zu erdulden hatten, erstickte jedes weitere Mitgefühl. Er befahl ihr dort zu bleiben, wohin sie sich gewünscht hatte, und garnierte seine Drohungen zudem mit den zu erwartenden biblischen Strafen, die auf seine Tochter warteten, wäre sie nicht endlich bereit, der Stimme Jesu Christi, der sie auf diesen Berg gefolgt war, weiterhin zu lauschen.

»Ich fick mit Jesus Christus!«, soll sie geschrien haben.

Ein Schafhirte hatte es gehört, auf der Suche nach einem versprengten Lämmchen, und mit zitternder Stimme erzählte er ein ums andere Mal, eigentlich jedem, der es hören wollte, was sich noch so alles abspielte, dort oben am heiligen Ort. Mit dem Teufel treibe sie es, und gottlose Flüche schleudere sie auf Palermo. Offenbar hatte Margalitha den Verstand verloren, trotzdem dauerte es noch mehrere Wochen, bis sie endlich starb.

Bis dahin quälten sich die Nonnen mit Wachspfropfen in den Ohren zu ihr, stellten das Brot ans Fenster, ließen sich von ihr bespucken und mit Exkrementen bewerfen und badeten anschließend in geweihtem Wasser, um all die Verwünschungen abzuspülen, mit denen Margalitha ihre Wohltäter bedachte.

Nach der siebten Woche war endlich Ruhe. Vorsichtshalber ließ man sie den Winter über oben liegen, und erst im Frühjahr bargen einige unerschrockene, sehr gut entlohnte Knechte die Leiche, um sie außerhalb des Kirchfeldes zu verscharren.

Da aber Signor Scarpelli und der Erzbischof von Palermo in ebendiesem Winter ebenfalls verstarben, noch dazu in der Blüte ihrer Jahre, vermutete man einen direkten Zusammenhang mit Margalithas frevlerischen Drohungen, und der Ort war von nun an entweiht. Die Menschen mieden die Quelle, umgingen die Ebene, vergaßen die Höhle, tilgten das Heilige. Übrig blieb, dass hier oben einst etwas Besonderes gewesen war, das Margalithas Tod in etwas besonders Schreckliches verwandelt hatte.

Viele Jahre wagte sich kaum ein Mensch den Weg hinauf in die Klause. Allmählich verfiel sie, und nur die ältesten der Alten konnten sich noch an das Grauen erinnern, das nach Margalithas Tod jeden erfasst hatte, der schnell über die Berge nach Syrakus musste. So manche Geistergeschichte rankte sich um den verlassenen Ort, und wenn man jemandem etwas wirklich, wirklich Böses an den Hals hexen wollte, dann wünschte man ihn »zu Margalitha«.

So kam es, dass die Klause verflucht war und die Höhlen in

Vergessenheit gerieten. Nur einige wenige wussten noch davon, und auch die nur vom Hörensagen, denn niemand, der den Aufstieg einmal begonnen hatte, war je zurückgekehrt.

Majid holte seinen Teppich, den er stets bei sich führte, ging ein paar Schritte in den Wald und begann zu beten.

24.

Gegen Mittag erreichte Konstanze einen Trampelpfad, der bergauf führte. Er wurde offenbar nicht oft benutzt, denn das widerspenstige Gestrüpp überwucherte ihn fast. Immerhin bewies seine Existenz, dass hier ab und zu einmal Menschen vorbeikommen mussten. Sie beschloss, sich eine kurze Rast zu gönnen, und setzte sich, da keine Steine oder umgefallenen Baumstämme in der Nähe waren, auf den Boden.

Ihr Mund war wie ausgedörrt, und sie war sicher, dass sie Fieber hatte. Vorsichtig wickelte sie den Stoff von ihrem Fuß und betrachtete die verkrustete Wunde. Das Fleisch war geschwollen und gerötet, und das bereitete ihr die größte Sorge. Der verstauchte Knöchel würde sich schon irgendwann wieder einrenken.

Wasser, das war es, was sie momentan am nötigsten brauchte.

Die Palmen standen nicht mehr ganz so dicht, stattdessen wuchsen hier Zypressen und Pinien, knorrige Gewächse, die sich in den von Geröll bedeckten Boden krallten. Noch konnte Konstanze nicht erkennen, wohin der Pfad führte, sie war sich inzwischen aber sicher, den Hang des Monte Matarazzo hinaufzusteigen.

Hinter ihr raschelte es.

Konstanze zuckte zusammen, duckte sich und wartete. Etwa eine verirrte Ziege? Ein aufgescheuchter Marder? Sie wagte kaum zu atmen. Leise, ganz leise entfernte sich das Tier. Wenn es denn eines war.

»Ist da jemand?«

Dreimal musste sie sich räuspern, um diesen Satz herauszubringen.

Sie lauschte. Wenn es ein Mensch war, warum zeigte er sich dann nicht? Jeder, der sie hier auffand, konnte mit einer üppigen Belohnung rechnen. Ihre Flucht musste mittlerweile selbst in Palermo bekannt sein. Eine Königin verschwand nicht so einfach. Egal, wie man zu ihr stand, sie musste gefunden werden, tot oder lebendig.

Wasser! Die Klause!

Mühsam richtete sie sich auf, klemmte den Ast unter den Arm und humpelte weiter. Zwischendurch drehte sie sich immer wieder um. Jemand folgte ihr. Mal hörte sie ihn ein Stück vor sich, dann weiter unten neben dem Weg. Einmal glaubte sie sogar, eine Gestalt zu erkennen, hinter einem der großen Dornbüsche, die nun immer häufiger auftauchten und bis an den Pfad heranwucherten.

»Zeigt euch!«

Sie drehte sich um. Schweiß und Dreck verklebten ihre Haare, das Hemd, zerrissen von den scharfen Dornen, hing in Fetzen an ihr herab. Sie bot einen erbärmlichen Anblick, das wusste sie, nichts Königliches war mehr übrig geblieben. Nichts, was sie vor Übergriffen von Wegelagerern schützen könnte. Den Schmuck hatte sie noch am Abend abgelegt, einzig ihre blonden Haare waren außergewöhnlich und verrieten, dass sie nicht aus dieser Gegend stammte.

Fast wäre sie gestürzt. Die Erschöpfung hüllte sie ein, und die Sehnsucht, sich einfach fallen zu lassen, wurde immer stärker. Aber dieses Mal war niemand in der Nähe, der sie in die Arme nehmen und beschützen würde. Wenn sie jetzt aufgab, bedeutete das ihren Tod.

Der Pfad machte eine Biegung. Mittlerweile ging es steil bergan, und Konstanze kroch mehr, als dass sie stieg. Wieder hielt sie inne, denn das Knacken und Rascheln verstärkte sich. Jemand war in der Nähe! Sie spürte es, konnte es geradezu riechen.

»Wer immer Ihr seid, zeigt Euch endlich!«

Das Gebüsch vor ihr teilte sich, und heraus trat eine Gestalt. Konstanze, die im ersten Moment die Hand zu einem schwachen Gruß heben wollte, erstarrte mitten in der Bewegung. Dann spürte sie, wie alle Nerven in ihrem Körper gefroren und ihre Nackenhaare sich aufstellten. Ihr Mund, eben noch geöffnet zu einem erleichterten Lächeln, blieb offen stehen, und nur ein leiser, entsetzter Laut kam ihr über die Lippen.

Es war ein Mensch, und es musste wohl ein Mann sein. Sein Gesicht war nur noch eine dämonische Fratze aus faulendem Fleisch und rötlichem Schorf, der grinsende Mund entblößte schwärzliche Zähne. Der Schädel war mit einem eitergelben Ausschlag und schrundigen Beulen übersät, er hatte keine Haare mehr, selbst Augenbrauen und Bart fehlten. Seine ausgemergelte Gestalt war nur notdürftig mit Lumpen behängt, und er musterte sie bösartig aus wimpernlosen Augen.

Konstanze fuhr herum, als rechts von ihr eine weitere Gestalt hervorkam. Die Frau war von völlig unbestimmbarem Alter, denn sie war genauso entstellt wie der Mann.

Eine dritte und vierte tauchten im nächsten Moment auf. Sie versperrten ihr den Weg, sagten kein Wort, und ein fürchterlicher Gestank wehte zu Konstanze herüber. Verwesung, Pestilenz, sie wusste sofort, wen sie vor sich hatte und dass allein der Geruch ausreichte, das Atmen derselben Luft, eigentlich schon der Anblick, um die Geschwüre auszusäen. Diese Menschen verfaulten bei lebendigem Leibe, und wenn Konstanze sich jemals gefragt hätte, wohin sie zum Sterben gingen – und sie hatte sich das nie gefragt, denn es gab Dinge, die zwar existierten, denen man aber noch nicht einmal in Gedanken zu nahe kommen wollte –, so wusste sie jetzt zumindest, dass sie sich nicht in Luft auflösten.

Sie, die Königin des *regnum sicilae,* stand vor dem Aussatz Palermos.

Ihr erster Impuls war, schreiend davonzurennen. Unbedacht bewegte sie das verletzte Bein, und der Schmerz war so stark, dass sie stöhnend zusammenbrach.

Das Gespenst, das einmal eine Frau gewesen sein musste, wollte auf sie zutreten.

Doch der Mann auf dem Weg hob den Arm und zischte: »*No.*«

Stöhnend griff Konstanze nach dem Ast und versuchte, sich wieder auf ihr gesundes Bein zu stellen.

Der Mann wartete, bis sie so weit war. Speichel troff ihm aus dem Mundwinkel und rann das rote, entzündete Kinn hinab. Dann streckte er die Hand aus. Nicht, um ihr zu helfen, sondern mit der üblichen fordernden Geste.

»Ich habe nichts«, flüsterte Konstanze.

Sein boshaftes Grinsen verstärkte sich. »Jeder, der neu ist, hat etwas. Alle haben etwas. Die letzten Gaben ihrer Familien, ein kleines Kreuz, einen winzigen Ring, Erinnerungen, an denen das Herz hängt und die wertlos werden hier oben. Gib schon her.«

»Ich habe wirklich nichts.«

Die anderen Gestalten, die sich bis jetzt gehorsam im Hintergrund gehalten hatten, rückten näher.

»Und ich bin auch nicht krank.«

Die Frau lachte. Es war ein Kichern nahe der Hysterie, von Vernunft nicht mehr im Zaum gehalten. Ihre Begleiter fielen ein, eine spöttische Kakophonie erstaunlicher Laute, wie Konstanze sie noch nie vernommen hatte.

»Das ist jedes Mal der erste Satz, den wir von ihnen hören. Ich bin nicht krank! Nein, ich bin nicht krank! Carlo, sag, was waren deine ersten Worte, als du zu Margalithas Klause gekommen bist?«

»Ich bin nicht krank!« Ein bis auf die Knochen abgemagerter Mann, der ganze Körper eine einzige abszessverseuchte Wunde, bellte ein röchelndes Lachen.

»Ich bin nicht krank!«, fielen die anderen ein. »Ich bin nicht krank!«

Wieder kamen sie einige Schritte näher, und Konstanze klammerte sich an dem Ast fest. Ihre Lage war aussichtslos. Die Frau stand nur noch zwei Armlängen entfernt. Mit unsagbarem Grauen erkannte Konstanze die roten Flechten mit den gelben Rändern an ihrem Hals. Aussatz galt als derart ansteckend, dass man die Kranken bei den ersten Anzeichen sofort aus den Häusern jagte.

»Beweise es uns«, zischte die Frau. »Zieh dich aus und lass dich ansehen!«

»Gib mir dein Hemd!«, forderte der Mann und streckte wieder den Arm aus. Beinahe konnte er sie berühren, fast spürte Konstanze schon seinen verpesteten Atem in ihrem Gesicht. Stumm vor Entsetzen schüttelte sie nur den Kopf.

Er grinste wieder. »Ich gebe dir meins dafür.«

»Gib mir die Hose!«

»Den Schuh! Ich will den Schuh!«

»Zieh dich aus!«

»Ruhe!«

Alle drehten sich um. Auf dem Pfad war ein weiterer Mann aufgetaucht. Er trug einen durchlöcherten Kittel und hatte Sandalen an den Füßen. Der Ausschlag war bei ihm noch nicht so weit fortgeschritten wie bei den anderen, aber Kopf, Arme und Beine waren unleugbar befallen. Dennoch war sein Gesicht menschlich, und die wenigen weißen Haare, die sich in seinem

Nacken ringelten, hatte wohl das Alter und nicht die Krankheit gelichtet.

»Tretet zurück und lasst sie durch!«

Murrend gaben die Umstehenden den Weg frei. Nur der bösartige Geiferer blieb stehen, und erst als Konstanze ihn fast erreicht hatte, machte er widerwillig einen halben Schritt zur Seite. Als sie an ihm vorbeiging, zischte er sie an. Reflexartig zuckte sie zusammen, verlor das Gleichgewicht und stürzte wieder.

Der Weißhaarige wartete ab, bis sie sich wieder aufgerappelt hatte.

»Ihr verzeiht, wenn wir Euch nicht zu Hilfe kommen.«

Konstanze blickte zurück. Die Aussätzigen hatten sich hinter ihr versammelt und warteten offenbar darauf, ob sie noch zum Einsatz kommen würden oder nicht.

»Schon gut«, flüsterte sie. »Gibt es hier irgendwo Wasser? Fließendes Wasser?«

Der Weißhaarige nickte. »Es ist nicht mehr weit, gleich hinter der Biegung.«

Er ließ sie vorbei, und mit letzter Kraft schleppte sich Konstanze den Hügel hinauf.

25.

Als nach der Mittagsmesse noch immer nichts über den Verbleib von König und Königin bekannt war, klopfte eine hagere Gestalt ans Tor des erzbischöflichen Palastes und begehrte Einlass. Der königliche Chronist wurde sofort erkannt und ehrerbietig ein paar Schritte weiter in den Dom verwiesen, wo er den Kanzler in nachbetrachtender Andacht versunken in einer kleinen Kapelle neben der Apsis fand.

Pagliara küsste erst den Fuß des Gekreuzigten, dann das mit Edelsteinen besetzte Kreuz, das er um den Hals trug, ehe er aufstand und den Besucher zur Seite nahm.

»Was höre ich da?«, fragte Riccardo von San Germano, ohne auf eine Begrüßung zu warten. »Der *ré* ist noch nicht von der Jagd zurück? Und die Burschen Palermos durchforsten das Tal, weil auch die Königin es vorzieht, nicht mehr zu erscheinen?«

Pagliara nickte bedächtig. »Wenn selbst Ihr die Kunde schon vernommen habt, wird sie wohl stimmen.«

»Spart Euch den Spott. Das Land ist kopf- und führungslos. Draußen vor den Toren murren die Abgesandten der Gäste, weil keiner weiß, wen der König wo einquartiert haben möchte. Die Zelte der Fürsten müssen irgendwo aufgestellt werden, jedes einzelne von ihnen braucht allein dreißig Saumtiere, ganz zu schweigen von der Vorhut. Wir müssen Speicher räumen und zu Hühnerhäusern machen, vielleicht sogar Tribünen aufbauen. Die Dekoration der Straßen muss delegiert werden, und schon jetzt gibt es Ärger, wer die Seidenstoffe liefern darf. Neben den administrativen Aufgaben verlangen auch die juristischen nach Klärung. Es gibt diverse Fragen in Bezug auf die Amnestie, die man den Baronen in Aussicht gestellt hat, Geschenke treffen ein und müssen in bestimmten Fällen höchstselbst quittiert werden. Zudem weiß niemand in der *Zisa*, was mit den …«

Riccardo stockte mitten in der Aufzählung der Zumutungen, sandte einen gottergebenen Blick in Richtung des Pankreators hinter ihm und fuhr dann mit leiserer Stimme fort. »Mit diesen Damen, na, Ihr wisst schon. Was aus denen werden soll.«

Pagliara hob die Augenbrauen. »Welche Damen? Das Geschenk aus Djerba, meint Ihr?«

Riccardo nickte. »Ich verstehe den *ré* nicht. Dass er ausgerechnet jetzt auf die Jagd gehen muss und nicht erreichbar ist. Das hat es unter Wilhelm nicht gegeben, Gott ist mein Zeuge. Damals hat ein König sich eines Königs würdig verhalten.«

Pagliara unterdrückte einen Seufzer. Sie erreichten die bronzene Pforte und traten aus dem kühlen, dämmrigen Dunkel des Doms hinaus auf den sonnenüberfluteten Vorplatz.

»Wisst Ihr eigentlich …«

Der Kanzler brach ab und warf einen Blick auf das lebhafte Treiben, das sich vor ihren Augen abspielte.

Die Garküchen und Buden entlang der Marmorstraße hatten geöffnet. Die Menschen schoben und drängten sich an den Ständen entlang, schnupperten hier, kauften dort, ließen sich mit einem Spieß, einem gefüllten Fladen oder einer Schüssel auf den roh gezimmerten, leichten Bänken nieder und verzehrten ihr Mahl. Hinter jedem Esser lauerten drei Bettler, die sich um die Krumen balgten, die zu Boden fielen, sofern sie sich nicht wehklagend und ihre Gebrechen demonstrativ zur Schau stellend den Vorübereilenden direkt in den Weg warfen.

Vor dem Eingang zum Dom hatten fliegende Händler ihre Waren ausgebreitet und verkauften Kreuzrittermarionetten, Kinderschwerter aus Holz, Ketten aus bunten Glasperlen, angeblich echte Seidenstoffe und definitiv gefälschte Athener Keramik.

Stirnrunzelnd überflog Riccardo den improvisierten Marktplatz.

»Und Jesus vertrieb die Wucherer vor dem Tempel …«

»*Aus* dem Tempel, verehrter Bruder Riccardo. Nicht die, die davorstanden. Sie zahlen der Kirche einen guten Zins, und wir sind auf jede Münze angewiesen. Ihr solltet das am besten wissen, denn Eure Bücher werden immer dünner.«

Nicht nur die Bücher, fügte Pagliara in Gedanken hinzu, während er seinen eigenen üppigen Bauch mit den asketisch schmalen Hüften Riccardos verglich.

Riccardo warf einen verächtlichen Blick auf eine Reihe malerisch verkleideter Puppen. Ihre Rüstungen waren aus Blech, und die Holzschilder verzierte der normannische Löwe.

»All dieser Tand beschmutzt die *ecclesia*.« Er deutete auf das alte Wappen. »Das hier aber ist das Schlimmste. Kein Schild des *ré*, nirgends. Als ob sich Staufer und Kreuzfahrt mittlerweile ausschlössen wie Nacht und Tag.«

Der Händler, ausgerechnet ein Sarazene in leuchtend buntem Kaftan und behängt mit einer Vielzahl verschiedenster Spielzeugschwerter, kam hinter seinem Stand hervor und eilte auf die beiden hohen Herren zu.

»Den schönsten Reiter habt Ihr Euch da ausgesucht. Ich mache einen unschlagbaren Preis. Richard Löwenherz auf dem Weg nach Akka. Seht nur, wie schön seine Züge geschnitzt wurden.«

Riccardo von San Germano und Walter von Pagliara starrten gleichermaßen entsetzt auf das grobe Holzgesicht. Beide schüttelten unwillig den Kopf.

»Ihr sucht ein Stauferschild? Das malen wir Euch gern. Noch heute, im Handumdrehen! Rahim! – Rahim?«

Ein barfüßiger Junge, die Finger mit bunter Farbe beschmiert, tauchte aus dem Nichts auf und betrachtete die beiden Geistlichen mit leuchtenden Augen.

Der Sarazene klatschte in die Hände.

»Ein Stauferschild. Die Herren hätten gerne einen Ritter mit ... Der Adler ist es jetzt, nicht wahr?«

»Nein«, antwortete Pagliara. »Wir wünschen nichts zu kaufen.«

»Aber es geht ganz schnell, wirklich!« Der Junge riss den Ritter von seinem Faden und hielt ihn Pagliara entgegen. »Ich mache ihn Euch zum Ghibellinen. Oder zum Welfen. Sogar zu Saladin. Neulich hab ich erst einen gemacht, das dauert wirklich nur ...«

»Weg damit!« Riccardo schob die Puppe energisch zur Seite. »Saladin ein Kreuzfahrer? Du wagst diesen Scherz auf dem Boden der Kirche?«

Der Sarazene verpasste dem Jungen eine Kopfnuss. »Natürlich macht er das nicht. Welch eine Beleidigung!«

Er ließ offen, wer hier in diesem speziellen Fall durch was beleidigt würde, gab ihm noch einen nicht sehr kräftigen Tritt in den Hintern, und der Junge wuselte kichernd davon.

Pagliara begleitete Riccardo bis zur Straße und wappnete sich gegen einen weiteren Vergleich mit Wilhelms Zeiten. Doch Riccardo betrachtete das unwürdige Treiben um sie herum lediglich mit einem Kopfschütteln, das andeutete, dass in diesem Fall bereits alles gesagt war.

»Dass die Kirche das dulden muss …«

Pagliara nickte und schwieg. Die Einnahmen aus der Pacht vor dem Dom wurden ohne Quittung gesammelt, weshalb er das Thema vor diesem Erbsenzähler nicht weiter vertiefen wollte. Stattdessen nahm er Riccardo am Ärmel seiner Kutte und zog ihn einen Schritt näher zu sich heran.

»Was ich eben sagen wollte«, er beugte sich zu ihm, »Ihr wisst, dass das *regnum* an die Kirche fällt, wenn Federico ohne legitimen Erben stirbt?«

Riccardo von San Germano nickte. »Ich habe die Bestimmung damals mit verfasst, sie war eine der Bedingungen, ohne die der Heilige Vater niemals die schützende Hand über sein Mündel gehalten hätte. Drei Jahre war das Kind alt, eine Halbwaise, die Lage der Mutter war verzweifelt, wenig später starb sie, und ohne uns wäre das Land im Bürgerkrieg versunken.«

»Ohne uns gäbe es Sizilien nicht«, pflichtete ihm Pagliara bei.

»Aber der König ist gesund, und einiges spricht ja wohl dafür, dass seine Lenden die Kraft seiner Großväter geerbt haben.«

Auch wenn Riccardo bei den letzten Worten die Stirn gerunzelt hatte, verriet sein Ton nicht mehr als eine gewisse Missbilligung gegenüber Federicos vorehelichem Verhalten, von dem auch der Chronist mittlerweile gehört haben musste. Nichts deutete darauf hin, dass er in Erwägung zog, zugunsten der Kirche ein wenig in die Erbfolge einzugreifen.

Pagliara verabschiedete sich von ihm und versprach, sofort einen Boten zu senden, sobald Neues vom König – und der Königin – zu vermelden war.

Riccardo raffte die Röcke und verschwand im dichten Treiben der Menge. Pagliara sah ihm gedankenverloren hinterher. Hatte Gott ihm nun ein Zeichen gesandt? Oder war es reine Eitelkeit, die ihn, Pagliara, dazu gebracht hatte, mehr in das Angebot Guglielmos hineinzuinterpretieren?

Plötzlich erfasste ihn ein eisiger Schrecken. Was, wenn Gott gar nicht zu ihm gesprochen hatte? Dann hatte er einen Mörder gedungen.

Herr, gib mir die Antwort! Jetzt!

»Hier!«

Erschrocken drehte sich Pagliara um. Vor ihm stand der Knabe, in der Hand eine Marionette, die er mit Krummsäbel und Tatarenhut ausstaffiert hatte. Das Gesicht von Richard Löwenherz zierte ein gewaltiger hochgezwirbelter Schnurrbart.

»Was ist das?«, fragte Pagliara entsetzt.

Der Junge grinste ihn an. »Dschingis Khan.«

26.

Velasquita Condesa de Navarra beobachtete mit steigender Nervosität das Eintreffen der ersten Suchtrupps. Die Resignation über die bisherige Erfolglosigkeit aller Bemühungen stand den Männern ins Gesicht geschrieben. Erschöpft von dem anstrengenden Gewaltmarsch und der Konzentration, mit der sie jedes Blatt gewendet und jeden Busch abgeklopft hatten, setzten sie sich an das Ufer des Fischteichs und ließen sich von Pasquale, der vor völlig neuen Herausforderungen stand, mit allem bewirten, was Küche und Keller auf die Schnelle hergaben. Des weiteren ordnete der *cocinero* das Schlachten eines Ochsen an, denn gegen Abend versammelten sich wohl auch die restlichen Männer in *Favara*, und das durften um die zweihundert Leute sein.

Konstanzes Kammerfrauen hatten währenddessen erstaunlicherweise alle irgendwelche Dinge in der Nähe des Teiches zu erledigen, und mit nicht geringer Bitterkeit beobachtete Vela den wiegenden Gang und den herausfordernden Hüftschwung, mit dem sich junge wie ältere *señoritas* an den Lagernden vorbeibewegten und so taten, als hörten oder verstünden sie die frivolen Wortspiele nicht, die die Männer ihnen hinterherriefen.

Des einen Leid ist des anderen Freud, dachte sie. Den tiefen Stimmen nach zu urteilen schienen die Männer alle noch im Besitz gewisser entscheidender Geschlechtsmerkmale zu sein, was in dieser Gegend offenbar reichen durfte, um selbst zahnlos und krumm noch für manche der Damen in Betracht zu kommen.

Von einem Hofprotokoll war jedenfalls schon lange nichts mehr zu spüren. Vela entdeckte Leia und Alba, die kichernd Blumen pflückten und in einem Korb sammelten, nicht ohne immer wieder verstohlene Blicke zu einer Gruppe junger Pferdeknechte aus dem Tross des Königs zu werfen, die es sich gerade in einer Barke gemütlich machten und offenbar vorhatten, einige der Damen mit auf den See zu nehmen.

»Ins Haus mit euch!«

Die beiden Frauen drehten sich erschrocken um und ließen ein ausgerupftes Bund Akelei auf den Boden fallen.

»Und nehmt die anderen gleich mit. Wenn ihr euch nützlich machen wollt, dann nicht vor den Augen dieser Burschen!«

Leia reckte trotzig das Kinn vor und wischte sich betont langsam die Hände an einem Tuch ab, das sie dekorativ in ihren Gürtel gehängt hatte.

»Wir wollen nur das Gemach der Königin für ihre Rückkehr herrichten«, antwortete sie.

»Ja, ein Blumenmeer soll sie empfangen«, ergänzte Alba, und man konnte ihr ansehen, dass dieser Empfang gerne noch ein bisschen hinausgeschoben werden konnte.

Vela hob den Korb hoch und drückte ihn der verdutzten Leia in die Hände. »Ab ins Haus mit euch! Solange ich hier bin, wird nicht mit den Männern geschwatzt. Habt ihr mich verstanden?«

Wütend scheuchte sie die Mädchen ins Haus. Die Knechte begleiteten ihre Bemühungen mit Pfiffen und Zwischenrufen, doch Vela war des Volgare nicht mächtig genug, um sie zu verstehen.

»Warum verderbt Ihr den jungen Leuten denn den Spaß?«

Ein kräftiger Mann mit gestutztem Bart hatte sich gerade seinen Krug mit Wein von einem der Küchenjungen vollschenken lassen und schlenderte nun wieder zu seinen Gefährten zurück. Er sprach ein langsames und holpriges Latein, aber Vela konnte ihn wenigstens verstehen.

»Spaß?« Wütend starrte sie den Mann an. »Ich weiß ehrlich gesagt nicht, von welchem Vergnügen Ihr redet. Die künftige Herrscherin Eures Landes ringt womöglich gerade mit dem Tod. Und Ihr«, sie wies anklagend auf das fröhliche Lagerleben, das sich am Ufer abspielte, »amüsiert Euch. Klärt mich auf, von welchem Spaß die Rede ist! Vielleicht kann ich mitlachen?«

Der Mann nickte bedächtig, dann reichte er Vela seinen Krug. »Trinkt einen Schluck, das beruhigt die Nerven, und seht den jungen Leuten nach, wenn sie sich amüsieren. Eine solche Abwechslung haben sie nicht alle Tage, noch dazu im Schloss der Frauen. Da muss man einfach mal einen Blick riskieren dürfen, oder?«

Er zwinkerte Vela zu, die nicht im Traum daran dachte, den Krug anzunehmen.

»Was soll das heißen? Im Schloss der Frauen?«

Ihr Gegenüber musterte sie einen Moment und schien zu überlegen, inwieweit diese Konversation fortsetzungswürdig war, dann nickte er ihr aufmunternd zu und bedeutete ihr, ihn ein paar Schritte zu begleiten.

Vela sah sich um. Alle Mädchen waren im Haus. Hoffentlich beobachtete sie jetzt niemand vom Fenster aus, wie sie erst Moral gepredigt hatte und nun selbst ein Schwätzchen hielt. Der Mann machte einen ordentlichen Eindruck, und sein Latein stand für eine nicht gerade erstklassige, aber wenigstens vorhandene Bildung.

Er schlug den Weg zum Küchengarten ein, vermutlich, weil er dort dem Weinnachschub am nächsten war, dann steuerte er auf eine Holzbank neben einem Zucchinibeet zu. Er setzte sich und bot Vela den Platz neben sich an.

»Giovanni Malusconi ist mein Name. Ich bin der Knappe des Falkners von der *Zisa.*«

Er trank einen tiefen Zug.

»Velasquita Condesa de Navarra«, erklärte Vela hoheitsvoll. »Ich bin die erste Hofdame der Königin.«

»Ah ja. Dann seid Ihr erst ein paar Tage hier und noch nicht so vertraut mit der Gegend. Das dachte ich mir schon, sonst hätte sich die Königin auch nicht verirrt. Wer sich einmal auskennt im Goldenen Tal, findet auch immer wieder hinaus. Schwierig ist es nur für diejenigen, die sich noch nicht orientieren können. Es gibt vier Wege, die sich in der Mitte an der *chiasma* treffen, und jeder einzelne führt letzten Endes zu einem der Jagd- oder Lustschlösser. Alles ganz einfach, eigentlich.«

»Lustschlösser?«, wiederholte Vela irritiert.

Giovanni warf einen kurzen Blick auf die *Favara,* dann lächelte er.

»Nun ja, der König ist noch jung. Es ist zwar nicht gesagt, dass er in allem und jedem seinen Großvätern nacheifern wird, aber König Roger der Zweite von Hauteville, der Sizilien den Sarazenen abgerungen hat, ließ sich doch ein wenig verführen von der arabischen Lebensart. Er hat diese Schlösser gebaut, und eines von ihnen beherbergte ausschließlich Frauen und Eunuchen. Wenn Ihr versteht, was ich meine.«

Sie rückte ein Stück von ihm weg.

»Ganz und gar nicht.«

»Nun, den orientalischen Einfluss sieht man dem Schloss ja noch an, und solange hier der Harem Rogers war, durfte niemand, der noch im Besitz seiner ...«

Er sah an sich herab und ließ den Blick eine Sekunde länger als nötig zwischen seinen Beinen ruhen. »Nun ja, Ihr wisst sicher, was ich damit sagen will.«

Vela wusste es.

»Niemand, der noch seine *cojones* hatte«, hörte sie sich zu ihrem eigenen Entsetzen sagen.

Giovanni lachte auf. »*Cojones*? Heißt das so auf Spanisch? Wieder was dazugelernt. Also niemand mit *cojones* durfte sich der *Favara* nähern. Deshalb ist es auch kein Wunder, wenn die Männer jetzt ein bisschen aufgeregt sind.«

Zaki huschte vorbei, und Giovanni rief ihn mit einem scharfen Pfiff heran. »Bring noch was von dem guten *sinôpel.* Für die Condesa vielleicht auch?«

»Gleich, gleich der Herr, ich muss noch in die Artischocken!«

Zaki lief davon, einen Korb unter dem Arm.

Vela konnte nur den Kopf schütteln über Pasquales Vorstellungen, am Abend zweihundert hungrige Gäste mit jungen Artischocken beglücken zu wollen. Vermutlich probierte er wieder eines seiner aquitanischen Staatsbankettrezepte aus.

»Aber der ... Harem«, fuhr sie verlegen fort, »der ist doch jetzt in der *Zisa*?«

Giovanni hatte den Krug geleert und schüttete gerade die letzten Tropfen in das Zucchinibeet.

»In der *Zisa*? Nicht, dass ich wüsste.«

»Ich habe sie doch selbst gesehen, die Zelte für die Damen.«

»Ach so. Ihr meint das Hochzeitsgeschenk des Emirs von Djerba? Die Gefangenen aus dem letzten Kreuzzug? Schreckliche Geschichte, furchtbar. Die armen Frauen. Es sind auch viele Kinder dabei, Bastarde. Keine Ahnung, was mit denen geschehen wird. Vielleicht kann sie ein Bauer als Leibeigene gebrauchen, ich weiß es nicht. Es soll wohl eine großzügige Geste sein, diese armen Seelen aus ihrer barbarischen Sklaverei zu befreien und sie Federico quasi als Geschenk des guten Willens zu überreichen. Es ist noch gar nicht klar, ob er sie annimmt, diese geschändeten, von Arabern benutzten Frauen.«

Giovanni schüttelte den Kopf und starrte betrübt auf den Boden. »Es stimmt, es ist ein Harem, allerdings der Harem des Emirs. Ich glaube nicht, dass ein sizilischer König aus einem benutzten Becher trinken wird.«

»Christliche Frauen?«

Velas Vorstellungskraft erreichte gerade ihre Grenzen. Jede anständige Christin hatte sich selbst zu entleiben, bevor sie in die Hände feindlicher Mohammedaner geriet, ganz abgesehen davon, dass Frauen bei Kreuzzügen sowieso nichts verloren hatten. Dennoch waren sie verblendet in Scharen den Heeren der Ritter gefolgt. Man hatte sie tot geglaubt, alle miteinander. Bis jetzt.

»Oh, mein Gott«, murmelte sie.

»Ja, das könnt Ihr laut sagen. Vor allem, wenn der König sich entscheidet, das Geschenk nicht anzunehmen. Dann werden die beleidigten Sarazenen wohl endgültig kurzen Prozess mit ihnen machen, und der Bürgerkrieg hier im Land bricht wieder aus. Condesa, was ist mit Euch?«

Vela stand auf, ohne sich umzusehen, und ging mit schnellen Schritten hinüber zur Terrasse. Sie huschte durch den Festsaal und eilte das verwirrende Treppenhaus hoch bis in ihre Gesindekammer unter dem Dach. Dort warf sie die Tür hinter sich zu und fiel vor dem kleinen Kreuz neben dem Bett auf die Knie.

»Heilige Mutter Gottes, bitte für uns«, murmelte sie.

Konstanze. Wo mochte sie sein? War sie noch am Leben? All die Aufregung für nichts und wieder nichts. Der Harem hatte sich als Gefangenentransport entpuppt. Die Königin würde sich einen Ruck geben und dieses merkwürdige Geschenk akzeptieren müssen, vorausgesetzt, Federico nahm die »Lieferung« an und schickte die Frauen nicht zurück in den sicheren Tod.

Die armen Seelen. Wie mochte es ihnen ergangen sein in der Gefangenschaft? Vela erlaubte ihren Gedanken nicht, zu sehr ins Detail zu gehen. Um welchen Kreuzzug es sich wohl handelte? Es war so lange her, so viele waren aufgebrochen, zweimal im Jahr ging es los, all die jungen Männer und ihre Vision, Jerusalem den Heiden wieder zu entreißen. Manche hatten ihr Glück gemacht, hatten sich niedergelassen in Antiochien, Edessa und Tripolis, waren reich geworden im Outremer und hatten neue Geschlechter gegründet.

Einige hatten ihre Frauen mitgenommen, viele hatten unterwegs ein Mädchen gefunden, und nicht zuletzt waren auch fleißige Arbeiterinnen in dem großen Tross dabei: Wäscherinnen, Näherinnen, sogar Köchinnen sollte es gegeben haben.

War ein Kreuzzug verloren, waren alle hin. Gefangene machte man nur, wenn es Aussicht auf Lösegeld gab. Das zahlte man nicht für Metzen und Mägde … Jetzt war klar, was aus den armen Seelen geworden war, zumindest aus denen, die es offenbar nicht mehr rechtzeitig geschafft hatten, sich umzubringen.

Vela starrte ratlos auf das Kreuz. Das würde eine ganz neue Herausforderung für die Königin werden, denn sie war die erste christliche Regentin, die sich mit der Existenz eines Harems abfinden müsste.

Es klopfte.

Vela kam mühsam auf die Beine.

»Herein?«

Alba stand in der Tür.

»Der erste Diener des Königs ist eingetroffen und will Euch sprechen.«

Die Condesa zupfte an ihrer Haube und sah dann an sich hinunter. Sie war für offizielle Besuche nicht angezogen.

»Sagt ihm, er muss warten.«

Alba wurde zur Seite geschoben, und im Türrahmen tauchte eine verwegene Gestalt mit furchteinflößenden Zügen auf.

»Ich muss dringend mit Euch sprechen. Allein.«

Vela, die weder den Anblick noch die Anwesenheit tätowierter Sarazenen in ihrer Kemenate gewohnt war, riss erschrocken die Augen auf. Alba verfolgte die Szenerie mit gebannter Miene, und ihr war anzusehen, dass sie sich nicht das Geringste entgehen lassen würde.

»Es schickt sich nicht ...«, begann Vela ihren Protest.

Majid schob die verdutzte Alba hinaus auf den Gang und schloss die Tür. Dann blieb er vor ihr stehen und verschränkte die Arme vor der Brust.

»Es geht um den König.«

»So?«

»Und um die Königin.«

»Aha.«

Vela hob missbilligend die Augenbrauen, um dem Sarazenen zu zeigen, was sie von seinem Eindringen hielt. »Habt Ihr irgendetwas Neues zu berichten?«

Majid ließ die Arme sinken. »Ja. Sie machen einen kurzen Besuch.«

»Wen besuchen sie denn?«

»Den Tod«, antwortete Majid.

27.

Konstanze trank. Sie trank, als ob ihr Bauch ein Krug wäre, den sie füllen müsste. Erst als sie partout nichts mehr in sich hineinbringen konnte, schlug sie sich das Wasser mit den Händen ins Gesicht und spürte, wie das Leben langsam in ihren ausgedörrten Körper zurückkehrte.

Leben. Sie strich sich das Wasser aus den Augen und blickte von der ummauerten Quelle auf, vor der sie sich niedergekniet hatte. Aus allen Ecken kamen diese jammervollen Gestalten jetzt hervorgekrochen und musterten sie neugierig. Manchen fehlten Finger und Zehen, sie hatte die Krankheit schon völlig entstellt. Anderen wiederum sah man den Aussatz erst auf den zweiten Blick an, sie trugen ordentliche Kittel, die Frauen hatten sich einfache Tücher um den Kopf gewunden, und einige besaßen sogar Schuhe. Vielleicht hatten sie noch auf irgendeine geheimnisvolle Weise Kontakt zur Außenwelt, wurden von ihren Familien versorgt und nicht vergessen wie die anderen.

Die Aussätzigen stellten sich in einem Halbkreis auf. Selbst fernab der Zivilisation bildeten sich in dieser so schicksalhaft zusammengewürfelten Gemeinschaft noch Gruppen: Die Schwerstkranken mit ihren zerfetzten Lumpen standen nicht mit den anderen zusammen, sie mieden den Kontakt, sahen sich nicht an, waren unruhig, und manche redeten mit sich selbst. Zu diesen Außenseitern der Unberührbaren gesellte sich auch das Empfangskomitee – die Männer und Frauen, die Konstanze unten auf dem Weg gestellt hatten.

Die Kranken ängstigten sie, und Konstanze war froh, dass der Weißhaarige so etwas wie der Hauptmann dieser Verlorenen sein musste und sie sich seinen Anweisungen offenbar unterordneten. Noch.

Gerade malte er mit einem Stock einen Kreis auf den staubigen Boden. Er wies Konstanze an, sich in seine Mitte zu setzen, ging dann zu einem runden Stein und ließ sich ebenfalls nieder. Konstanze humpelte hinüber.

»Wie ist dein Name?«

»Konstanze«, flüsterte sie.

Der schreckliche Mann ohne Gesicht, der ihr das Hemd hatte stehlen wollen, boxte sich durch die Umstehenden. »Was? Ich höre dich nicht!«

»Constanza«, wiederholte sie etwas lauter. Sie hatte die italienische Variante ihres Namens gewählt, doch sie wusste, dass nicht nur ihre Aussprache sie verraten würde.

Der Weißhaarige nickte ihr zu. »Du bist krank, ganz offensichtlich. Wenn du bei uns bleiben willst, musst du dafür bezahlen.«

Konstanze schüttelte den Kopf. »Nein, ich will nicht bleiben. Ich habe mir den Fuß verletzt und unten im Tal die Orientierung verloren. Vielleicht habt ihr Raben hier? Oder Brieftauben? Oder irgendeine andere Möglichkeit, eine Nachricht in die *Zisa* zu senden?«

»Die *Zisa*? Die *Zisa*!«

Die Umstehenden tuschelten, der bösartige Mann aber bellte sein abgehacktes Lachen. »Sie will zur *Zisa*! Da kommst du nicht mehr hin, Täubchen! Nie mehr!«

Eine Welle von Übelkeit stieg in Konstanzes Kehle. Das musste der Vorhof zur Hölle sein. Eben noch schlief man in seidenen Betten, und im nächsten Moment strafte einen Gott für seine Hoffart und schickte diese furchtbare Krankheit. Von einem Tag auf den anderen musste man alles hinter sich lassen, den Liebsten Lebewohl sagen und war verdammt, unter diesen Menschen sein erbärmliches Dasein zu fristen.

Eine Frau aus der anderen Gruppe meldete sich zu Wort. Sie war noch jung, Anfang zwanzig vielleicht, ein kräftiges Bauernmädchen mit stämmigen Beinen, doch auf der gebräunten Haut ihrer Oberarme zeigten sich die verräterischen roten Flecken. Sie trug ein relativ sauberes knielanges Hemd und ein rotes Leinentuch über den schütteren dunklen Haaren.

»Was hast du mit der *Zisa* zu tun? Gehörst du etwa zum Gefolge der Königin?«

Konstanze nickte.

»Wenn du bezahlst, wird sich das arrangieren lassen. Die Frage ist nur – was für eine Nachricht soll das sein?«

Der Weißhaarige nickte. »Du kommst von hier nicht mehr weg, aber du bist aus gutem Hause, und man wird anständig für dich sorgen, und das wird unserer ganzen Gemeinschaft zugutekommen.«

Alle nickten und schienen hochzufrieden über den fetten Fang, der ihnen da ins Netz gegangen war. Konstanze allerdings war weit davon entfernt, sich heimisch zu fühlen. Sie hatte nicht vor, sich der Gemeinschaft der Aussätzigen anzuschließen. Noch hatte sie keinen von ihnen berührt, und die Quelle war auch nicht verseucht. Rein und klar sprudelte das kühle Nass in das kleine Steinbecken, und sie hatte darauf geachtet, nur von dem fließenden Wasser zu trinken.

Zudem gab es Menschen, die sich nicht ansteckten. Meistens waren das hochanständige Schwestern, über jeden Zweifel erhaben, doch Konstanze spürte mehr als dass sie wusste, dass ihr keine Gefahr drohte. Zumindest, solange sie sich von den Kranken fernhielt.

»Wenn ihr mir den Weg weist, schaffe ich es auch alleine. Ich muss nur wissen, in welche Richtung, dann geht es schon.«

Konstanze wollte aufstehen. Doch jetzt wurden die Leute unruhig. Vor allem die Erbärmlichsten unter ihnen erregten sich am meisten.

»Sie bleibt hier, und zwar so lange, bis erwiesen ist, dass sie keinen Aussatz hat!«

»Sie soll bezahlen! Für das Wasser und die Gastfreundschaft!«

»Seht ihr das Hemd und den Mantel? So eine feine Dame sollen wir einfach ziehen lassen?«

Die Aussätzigen kamen näher und näher.

Konstanze sah die Gier in ihren Augen. Und den Hass. Die Kranken hassten sie dafür, dass sie gesund war. Am liebsten wäre es ihnen, diesen Makel sofort zu bereinigen und sie auf der Stelle zu einer der ihren zu machen. Angst kroch in ihr hoch und gesellte sich zu Übelkeit und Schmerzen. Ihr wurde schlecht, sie beugte sich zur Seite und erbrach einen Schwall Wasser und Galle.

»Halt!«

Der Weißhaarige hob die Hand, und murrend blieben die Männer und Frauen dicht gedrängt vor dem Kreis stehen.

»Niemand übertritt die Linie! Wenn sie wirklich gesund ist, so ist es unsere heilige Pflicht, ihr dieses Gut zu bewahren. Was nutzt uns eine weitere Kranke?«

»Sie hat Geld!«, schrie einer völlig außer sich. »Wir könnten Kleider bekommen, Schuhe und Essen!«

»Man soll ein Siechenhaus bauen, in dem wir anständig leben können!«

»Ich will meine Kinder sehen«, sagte plötzlich eine Frau aus den hinteren Reihen.

Mit einem Mal wurde es still, niemand sprach ein Wort.

Es war das Bauernmädchen. Sie hatte Tränen in den Augen, plötzlich schlug sie die Hände vors Gesicht und rannte davon. Alle sahen betreten zu Boden.

»Ich werde für alles sorgen«, hörte sich Konstanze sagen.

Sie wusste nicht, wie sie das anstellen sollte, aber irgendwie musste es möglich sein.

»Ihr bekommt Kleider, Lebensmittel und Schuhe. Außerdem werden wir ein Siechenhaus bauen, und es wird möglich sein, dass eure Verwandten euch sehen können.«

»Sie lügt!«, schrie einer aus der Menge.

Es war der bösartige Mann, und in seinen gelben Augen blitzte der Wahnsinn auf. »Man hat uns mit Steinen aus der Stadt gejagt. Unsere Familien haben uns längst vergessen. Würde sein Bruder«, er wies auf den Weißhaarigen, »nicht manchmal einen Korb unten an den Weg stellen, wir hätten nur Blätter, die unsere Blöße bedecken. Seht euch das feine Fräulein an, wie es klappert vor Angst und Entsetzen! Glaubt wohl, dass sie was Besseres ist mit ihren goldenen Haaren und dem bestickten Mäntelchen! Du denkst, du gehörst nicht zu uns? Das dachten wir alle mal, bis Satan kam und sein Speichel uns traf. Auch dich hat er angespuckt.«

Konstanze hob den Arm, um ihr Gesicht vor dem Geifer des Mannes zu schützen. Die Kranken waren unentschlossen. Schließlich stand der Weißhaarige auf und schob alle ein Stück von Konstanze weg.

Dann drehte er sich zu ihr um.

»Was gibst du uns, damit wir dir glauben?«

»Ich habe nichts.«

Sofort ging das Gezischel wieder los.

»Nur das, was ich am Leib trage. Und nackt kann ich ja wohl kaum gehen.«

»Ihr Haar.«

Einer der Männer aus dem weiteren Umkreis deutete auf ihren blonden Schopf.

»Sie lässt uns ihr Haar als Pfand. Wenn sie ihr Versprechen nicht hält, gehen wir zur *Zisa* und fordern es ein. Wie soll ihr Haar in die Hände der Aussätzigen gekommen sein? Nur, wenn sie bei ihnen gewesen ist. Das reicht, um sie gleich mit uns fortzujagen, wenn sie ihr Versprechen nicht hält.«

Zustimmendes Gemurmel machte sich breit. Konstanze fasste in ihre Flechten, als ob sie sie festhalten wollte.

Der Weißhaarige nickte. »Das ist ein guter Vorschlag. Hier.«

Er warf ein kleines, stumpfes Messer mit rostiger Klinge vor sie hin.

»Schneid sie ab.«

Mit zitternder Hand wickelte Konstanze den Ärmel ihres Mantels um das Messerheft. Dann setzte sie es an, schloss die Augen und säbelte mit zusammengebissenen Zähnen die beiden Zöpfe ab. Als sie fertig war, griff sie sich erstaunt in den Nacken und spürte die Kühle auf ihrem nackten Hals.

»Gib sie uns.«

Sie schob die Zöpfe und das Messer mit dem gesunden Fuß aus dem Kreis, und der Weißhaarige bückte sich.

In diesem Moment durchbrach der Wahnsinnige das dichte Spalier, in der Hand einen schweren Stein.

»Verräter, Lügner! Eine Hexe ist sie! Niemand verlässt Margalithas Klause!«

Er hob den Stein.

Der Weißhaarige hatte sich erst halb aufgerichtet, da traf ihn der Brocken mit voller Wucht. Er taumelte, Blut floss aus der gebrochenen Nase, ein Aufschrei ging durch die Menge, doch niemand kam ihm oder Konstanze zu Hilfe.

Der Irre holte wieder aus, und diesmal traf er den Weißhaarigen am Hinterkopf. Mit einem Stöhnen brach der Mann zusammen und fiel in Konstanzes Kreis.

»Du Schwester des Satans! Mich wirst du nicht um den Finger wickeln!«

Entsetzt versuchte Konstanze rückwärtszukriechen, doch es gelang ihr nicht. Der Wahnsinnige hob den Arm, und ihr war klar, was im nächsten Moment geschehen würde. Sie konnte nur noch schreien, alle schrien. Auch der Aussätzige brüllte, holte aus, und in diesem Moment durchbohrte ein Pfeil seinen Arm. Er ließ den Stein fallen, fasste mit der anderen Hand an die verletzte Stelle und betrachtete fassungslos sein Blut.

Mit lautem Wiehern stürmte Draco auf den schmalen Vorsprung. Die Meute stob auseinander, um sich vor den Hufen des Pferdes in Sicherheit zu bringen – und vor seinem Reiter, der sofort den Bogen über den Sattel gehängt und sein Schwert gezogen hatte.

Draco bäumte sich direkt vor Konstanze auf, die immer noch nicht begriff, was sich da gerade ereignete. Der Drachenreiter ritt eine Volte, wirbelte dabei eine riesige Staubwolke auf und ließ erst dann das Schwert sinken, als von den Umstehenden keine Gefahr mehr drohte.

»Steig auf.«

Konstanze rappelte sich hoch und verkniff sich, an die Schmerzen in ihrem Bein zu denken. Ein letzter Blick auf den Weißhaarigen bestätigte ihr, dass ihm niemand mehr helfen konnte. Er war tot, der Stein hatte ihm den Schädel gespalten. Seine Hand umklammerte noch ihre abgeschnittenen Zöpfe.

Der Drachenreiter griff nach ihrem Arm und zog sie vor sich auf den Sattel. Draco machte kehrt und trabte so schnell es ging den Weg auf der anderen Seite der Ebene hinunter. Das Letzte, was Konstanze sah, waren die Ruinen von Margalithas Klause, dann wurde es dunkel um sie, und eine schwarze Welle überflutete ihren Geist und geleitete sie gnädig in die Ohnmacht.

28.

Wasser.

Sanfte Wellen trugen sie, schwerelos, schwebend, streichelten ihre Schultern und Arme, kühlten Beine und Leib, hielten sie fest, damit sie nicht untergehen konnte.

Der Griff verstärkte sich, und langsam begriff Konstanze,

dass sie tatsächlich jemand trug. Jetzt legte sich eine Hand unter ihren Nacken, streichelte das kurze Haar, und in diesem Moment schoss die Erinnerung wieder in ihr Gehirn.

Die Aussätzigen, der Stein, der Wahnsinnige und der Tote. Sie schrie, bäumte sich auf, schluckte Wasser, hustete und strampelte und spürte, wie die starken Arme sie immer noch hielten. Sie öffnete die Augen und erblickte den Drachenreiter.

»Ruggero.«

»Ich schon wieder.«

Er lächelte sie an und half ihr auf die Beine. Sie standen bis zu den Hüften in einem kleinen Fluss, dessen Lauf eine Biegung machte und ein natürliches Becken in das Ufer gegraben hatte.

»Der Hakim sagt, Waschen ist das Beste. Menschen, die sich waschen, werden seltener krank.«

Menschen, die beten, auch, dachte Konstanze, doch sie wollte nicht ausgerechnet jetzt die alte Diskussion wieder neu entfachen.

Er lächelte sie an. »Ich will nicht unhöflich sein, aber es wird langsam anstrengend, auf dich aufzupassen. Welche Laune hat dich denn ausgerechnet zu Margalithas Klause geführt?«

Konstanze strich sich durch die nassen Haare und war immer noch verwundert, wie leicht ihr Kopf ohne die schweren Zöpfe war. Erschrocken ließ sie die Hände sinken.

»Wie sehe ich aus?«

»Wie ein nasser Vogel.«

Einen anderen Vergleich hatte er für sie wohl nicht auf Lager. Jetzt glitt sein Blick von ihrem Gesicht den Hals hinunter zu ihren Brüsten, die sich unter dem nassen Stoff des dünnen Hemdchens deutlich abzeichneten.

Sie tauchte bis zum Kinn unter.

»Würdet Ihr Euch bitte umdrehen und mir irgendetwas zum Anziehen ans Ufer legen? Und erst dann wiederkommen, wenn ich Euch rufe?«

»Auf gar keinen Fall.«

Ruggero watete zum Ufer. Sein Oberkörper war nackt, die Haut braun wie die eines Leibeigenen. Von den halblangen Locken tropfte das Wasser, rann in kleinen Bächen über Schultern und Rücken. Um seine Hüften spannte sich das nasse Leder seiner Reithose, genau die gleiche, wie Konstanze sie trug – getragen hatte. Entsetzt tastete sie Unterleib und Beine ab: Die Hose war weg, und selbst das Hemd, das sie anhatte, war nicht das ihre.

»Wo sind meine Kleider?«

Ruggero stieg an Land und streifte sich mit schnellen Bewegungen das Wasser von den Armen.

»Verbrannt.«

Konstanze tauchte unter. So lange, wie sie die Luft anhalten konnte, hatte sie Zeit, ihre desaströse Lage zu überdenken. Sie kam zu keinem anderen Schluss, als sich mit den Gegebenheiten abzufinden. Keine Haare, keine Hose. Ein dünnes Hemd und ein schwerverletztes Bein. Ob sie wollte oder nicht – sie war auf Ruggero angewiesen. Und da er offensichtlich die sarazenischen Teufelsreiterinnen den nassen Vögeln vorzog, schien auch keine weitere sittliche Gefahr zu drohen. Dem König konnte man ja später eine entschärfte Version der Ereignisse erzählen.

Prustend und nach Luft ringend tauchte sie wieder auf. Am Ufer stand Ruggero, in der Hand einen weiten dunkelgrünen Umhang. Er hielt ihr seinen Jagdmantel entgegen, als sie versuchte, aus dem Wasser zu klettern. Dann bemerkte er ihre Schwierigkeiten, reichte ihr seine Hand und zog sie mit einem einzigen kräftigen Ruck heraus. Beim Auftreten knickte sie um, und ehe sie es sich versah, lag sie wieder in seinen Armen. Das nasse Hemd klebte an ihrem Körper. Sie spürte den fremden Leib, einen harten, männlichen Körper, wie sie ihn noch nie berührt hatte, und schreckte instinktiv zurück. Er hielt sie noch fester, damit sie nicht erneut das Gleichgewicht verlor, und eine aberwitzige Sekunde lang spürte sie, wie seine Hand ihren Rücken hinaufglitt bis in den Nacken. Ein Griff, wie Tiere ihre Jungen führten, nein, anders jetzt, seine Finger lockerten sich, strichen über ihren Hals, er beugte sich über sie und sah ihr in die Augen, als ob er darin etwas suchte – Bachkiesel auf dem Grund einer Quelle, Münzen, achtlos in einen Brunnen geworfen, ein verlorenes Wort in einer fremden Handschrift –, blickte hinein in sie wie auf der Suche nach der Lösung eines uralten Rätsels, als ob eine Antwort in ihr wäre auf nie gestellte Fragen. Noch nie hatte ein Mann sie so angesehen, als ginge sein Blick durch Mauern und Eis, und plötzlich lächelte er, als ob er gefunden hätte, was er suchte.

Genug. Genug! Sie stieß ihn von sich. Er taumelte einen halben Schritt zurück, und sofort verschloss sich sein Gesicht. Vermutlich war der feine Herr es nicht gewohnt, zurückgewiesen zu werden. Die Sarazenin schoss ihr in den Sinn, und wie bereitwillig sie auf seine Befehle eingegangen war. Glaubte er etwa, sein Blick wäre unwiderstehlich?

»Ich komme auch allein zurecht.«

»Das sehe ich«, erwiderte er, und das spöttische Lächeln kroch zurück in seine Mundwinkel.

Sie stand auf einem Bein, triefend und tropfend, und stützte sich mehr schlecht als recht an einem Baumstamm ab.

»Was ist mit dem Fuß?«

Konstanze war blass geworden. Die Schmerzen kamen zurück.

»Ich habe mich geschnitten, an einer Scherbe, und nicht darauf geachtet. Später hat mich das Pferd abgeworfen, und dabei habe ich ihn mir auch noch verstaucht.«

»Zeig her.«

Wieder fiel er in das vulgäre Du. Oben, bei den Aussätzigen, war es ihr egal gewesen, jetzt aber griff sie hastig nach dem

Mantel, hüllte sich hinein und zog den Stoff fest um den Körper. Es war ein feiner Mantel, Jagdherrentuch mit einer kostbaren Pelzverbrämung. Wer so etwas trug, gehörte zweifellos nicht zu den Armen und sollte wissen, wie er sich einer Dame von Stand gegenüber zu verhalten hatte.

»Ihr vergesst Euch.«

»Unsinn.«

Er kniete vor ihr nieder und griff nach ihrem Bein. Konstanze strauchelte. Beinahe wäre sie wieder gestürzt, wenn der Drachenreiter sie nicht aufgefangen hätte. Vorsichtig half er ihr, sich auf den Waldboden zu setzen. Dieses Mal sah er sie nicht an.

Gut so, dachte sie, immerhin bin ich die Frau seines Königs. Weiß er eigentlich, dass er mit seinem Leben spielt? Ein Wort von mir zum *ré* …

»Wir sind zwei Stunden von der nächsten menschlichen Siedlung entfernt. Und du willst in deinem Zustand das spanische Hofprotokoll durchexerzieren?«

Er schüttelte den Kopf, aber er lächelte dabei. Winzig kleine Wassertröpfchen hingen in den Spitzen seiner Locken und glitzerten in der Sonne. Auf einmal war er ihr wieder so nah, dass sie ihn riechen konnte. Pinie, Wassermelone, feuchtes Leder, Pferdeschweiß. Eben noch hatte sie ihn von sich gestoßen. Der Impuls, in diesen Duft einzutauchen, ihn mit sich zu nehmen und bei sich zu tragen, Tag und Nacht, überkam sie so plötzlich, dass sie den Kopf wegdrehte, damit er diesen wilden Wunsch nicht in ihren Augen erkennen konnte. Was war denn nur los mit ihr?

Stolz hob sie den Kopf.

»Ich bin die Königin.«

»Ich weiß.« Er klang gelangweilt. »Hast du das auch den Aussätzigen gesagt?«

»Nein, aber sie wissen, dass ich zum Hofstaat gehöre. Und … sie haben meine Haare.«

Ruggero musterte den kümmerlichen Rest, der von ihrer einstigen Pracht übrig geblieben war. Unter diesem forschen Blick fühlte sie sich mit einem Mal hässlich und klein.

»Warum deine Haare? Was wollen sie damit?«

»Sie haben sie als Pfand genommen. Ich habe ihnen ein Versprechen gegeben, und ich habe vor, es zu halten.«

»Um welche Art Versprechen handelt es sich?«

»Das kann ich nicht sagen.«

Die Spannung zwischen ihnen hatte sich in Luft aufgelöst. Ruggero lehnte sie an einen Pinienstamm, beugte sich über das verletzte Bein und untersuchte es vorsichtig.

»Die Versprechen einer Königin sind heilig. Also möchte ich schon wissen, worum es geht.«

Konstanze stöhnte auf. Gerade betastete er ihren Knöchel, der angeschwollen war und sich blau verfärbt hatte.

»Das geht nur mich etwas an. Mich – und den König. Autsch!«

Ruggero sah hoch. »Dich und den König? Was glaubst du denn, wer der König ist?«

»Federico Secondo natürlich. Ich kenne ihn nicht, aber ich bin mir sicher, er wird ein offenes Ohr für mich haben, wenn ich mich mit dieser Sache an ihn wende.«

Vorsichtig stellte Ruggero das verletzte Bein ab. »Du kennst ihn nicht? Wirklich nicht? Du weißt immer noch nicht, wer er ist?«

Unwillig wegen der Schmerzen und der Tatsache, dass Ruggero offenbar zu den Männern gehörte, denen man alles dreimal erklären musste, antwortete sie: »Nein. Ich hatte bisher noch nicht das Vergnügen, und wir wurden einander auch noch nicht vorgestellt.«

Der Drachenreiter grinste. »Ob es ein Vergnügen ist – ich weiß es nicht. Auf jeden Fall spricht es für deinen Optimismus und für seine Ohren, wenn er dir hilft, ein Versprechen einzulösen, das du den Aussätzigen gegeben hast.«

»Es wird ihm nichts anderes übrigbleiben. Es sei denn, er will, dass seine Königin mit Schimpf und Schande aus der Stadt gejagt wird und den Rest ihrer Tage in Margalithas Klause verbringt.«

»Dann sprechen wir doch wohl eher von einer kleinen Erpressung, oder?«

Konstanze rutschte in eine bequemere Position und beschloss, das spanische Hofprotokoll zumindest für diesen Moment zu vergessen.

»Ich würde wahrscheinlich genauso handeln, wenn ich da oben wäre und eine feine Dame vorbeikäme, um nach dem Weg zu fragen. Diese Menschen haben alles verloren. Hab und Gut, Gesundheit, Familie, Seelenfrieden. Und ihre Forderungen waren, gemessen an ihrem Leid, sehr bescheiden. Ich habe jedenfalls vor, ihnen zu geben, was sie brauchen. Wenn es in deinen Augen Erpressung ist – in meinen war es Verzweiflung.«

Das Du war ihr so leicht über die Lippen geschlüpft, dass sie einen Moment über sich selbst erschrak. Sizilien veränderte sie so schnell, dass sie mit ihren eigenen Entwicklungen kaum noch Schritt halten konnte. Sie beleidigte Kanzler, stahl Pferde gleich im Doppelschlag, fluchte wie ein Scheunendrescher und lag, nass und halbnackt, mit einem Wildfremden mitten im Wald und duzte sich mit ihm. Wenn das Sancha wüsste. Oder der König! Sie würde alles abstreiten, sollte der Drachenreiter vorhaben, ihre Notlage jemals an die große Glocke zu hängen.

Er legte seine Hand auf ihr nacktes Knie – auch nicht die Stelle, an der man seine Königin berühren sollte –, doch er tat es beinahe nebensächlich und betrachtete sie nachdenklich.

»Sie wollten dich erschlagen.«

Konstanze wich seinem Blick aus und sah zu Boden. »Und wennschon. Hätte mich etwa jemand vermisst?«

Ruggero schwieg, dann entfernte er vorsichtig ein nasses Blatt von ihrem Knöchel.

»Du bist die Erste, die sich um die da oben kümmert.«
»Dann wird es ja Zeit.«
»Ich glaube, dem König würde das gefallen.«
»*Ich* glaube, mir ist egal, was dem König gefällt.«
»Was hast du bloß gegen ihn?« Er sah hoch. »Du kennst ihn nicht, sagst du. Du hast ihn nie gesehen. Trotzdem hast du schon dein Urteil gefällt, genauso arrogant wie der Rest der Welt.«
»Es reicht, was über ihn bekannt ist. Er ist eitel, sprunghaft und maßlos. Außerdem ist er verrückt. Begabt, aber verrückt.«
»Sonst noch was?«
»Er ist vierzehn. Ein unerzogener Rüpel, der sich mit fragwürdigen Leuten umgibt.«
»So.«
»Er achtet weder Gott noch Kirche, und er befiehlt einfach über die Köpfe anderer hinweg. Über meinen zum Beispiel.«
Es gefiel Ruggero nicht, was er da gerade gehört hatte. »Ich finde, er hat sich bisher ganz wacker geschlagen.«
»Federico hat doch keine Ahnung, in was für ein Wespennest er sticht, wenn er seine Macht wirklich einsetzen will. Allein um Sizilien zurückzugewinnen, braucht er ein bisschen mehr als das, was er für die Schwertleite gelernt hat.«
»Und das wäre deiner Meinung nach?«
»Fingerspitzengefühl, Geduld, außerdem ein paar Grundbegriffe von Etikette und gutem Benehmen. Sonst lacht bald nicht mehr nur Palermo über ihn. – Aua!«
Sofort ließ Ruggero ihren Knöchel los. Wie schon auf dem Schiff, hatte sich urplötzlich eine Maske eisiger Kälte über sein Gesicht gelegt. »Man lacht über ihn?«
Konstanze wusste nicht, was sie dem Drachenreiter anvertrauen konnte, immerhin schien er zum inneren Kreis um den König zu gehören. Sie musste damit rechnen, dass er alles, was sie sagte, weitertragen könnte. Das war ein Risiko, andererseits aber auch eine Chance. Sollte sich der König ruhig Gedan-

ken darüber machen, was sie von ihm hielt – und von den merkwürdigen Gaben, die ihm seine Freunde zugedacht hatten.

»Er lässt sich einen Harem zur Hochzeit schenken.«

Sie beobachtete Ruggeros Reaktion genau. Wie erwartet, spiegelte sich nicht der Hauch von Empörung in seinem Gesicht wider. Lächerlichkeit schien wohl auch für ihn nicht die erste aller Regungen, die er beim Gedanken an fast zwei Dutzend Konkubinen verspürte.

»Dann verurteilst du mit den Gaben den Beschenkten gleich mit.«

Konstanze stieß ein verächtliches Schnauben aus. »Er wird es nicht wagen, den Harem anzunehmen.«

»Vielleicht wird er es tun, vielleicht auch nicht. Es kommt darauf an, welche Konsequenzen Annahme oder Verweigerung haben. Der König wird sehr genau darüber nachdenken, denn deine Meinung über ihn ist nichts weiter als eine Mischung aus Vorurteilen und Unwissen. Hast du dir eigentlich jemals Gedanken darüber gemacht, in welcher Situation der *ré* sich in diesen Tagen befindet?«

Konstanze schenkte dem Drachenreiter einen giftigen Blick. »Hat er sich jemals über mich Gedanken gemacht? Was diese Hochzeit für mich bedeutet?«

»Deine Probleme sind im Vergleich zu denen des *ré* wahrlich nicht wichtig. Er wird sich zu gegebener Zeit um dich kümmern. Im Moment arbeitet er in jedem wachen Moment daran, dass er diese Zeit überhaupt einmal haben kann.«

Er legte seine kühle Hand auf ihr Bein und strich, nebensächlich, fast schon gedankenverloren, leicht und vorsichtig über den Knöchel.

»Der Tod der Ritter hat alle Pläne zunichtegemacht, das Land zurückzuerobern. Das war deine Mitgift, Konstanze, und ihr Verlust trifft nicht nur dich. Er bedeutet auch eine Tragödie für

Sizilien, denn wir stehen kurz vor einem neuen blutigen Aufstand. Rädelsführer sind die Barone und die Kirche.«

Konstanze hielt den Atem an. All das war ja noch schlimmer, als es bisher den Anschein hatte. Sizilien, der raue Ort der Verbannung, verwandelte sich urplötzlich in ein Pulverfass, an das von innen wie von außen gleichermaßen Lunten gelegt waren.

»Der König mag erst vierzehn sein, damit hast du recht, aber er weiß, was zu tun ist. Und das, meine liebe Konstanze, hat zumindest im Moment relativ wenig mit dir zu tun.«

Die Kapelle in Zaragoza, die lodernden Augen des Padre. *Das Geschlecht der Staufer ist getrieben von Gier und Größenwahn. Der alte Traum, Sizilien mit dem* regnum teutonicum *zu vereinen, lebt in ihm fort …*

»Hasst der König die Kirche so sehr?«

»Die Kirche hasst den König.«

»Genug! Ich will mir das nicht mehr länger anhören. Der *ré* sollte dankbar sein, dass die Kirche ihn unter ihre Fittiche genommen hat. Ohne sie …«

»Dankbar? Dem Mann in Rom?«

Ruggero stand auf und holte den Wasserschlauch. »Innozenz ist der machtgierigste Intrigant der westlichen Welt. Übertroffen wird er allenfalls von Otto dem Welfen, der für den deutschen Thron sogar gemordet hat. – Tut mir leid.«

Ruggero warf den Wasserschlauch neben sie ins Gras und setzte sich. »Politik. Das sind Dinge, mit denen man schöne Frauen nicht langweilen sollte.«

Da war Konstanze anderer Meinung, schließlich ging es hier um ihr Schicksal. Und solange sie nicht wusste, auf wessen Seite sie am sichersten war, war Politik – diese Politik – ein hochinteressantes Gesprächsthema. *Es ist Gottes Wille, dass nichts geschieht, was nicht geschehen darf. Das ist deine Aufgabe, das ist dein Weg. Es ist der einzige Weg.*

Eigentlich müsste sie diese Ungeheuerlichkeiten, die Ruggero ihr gerade erzählt hatte, sofort an den Papst weiterleiten. Sizilien schien tatsächlich unter die Regentschaft eines Häretikers geraten zu sein.

Konstanze war sich aber nicht ganz klar, welche Folgen diese Denunziation hätte. Würde Otto einmarschieren und dem *ré* den Garaus machen? Dann wäre wieder einmal sie diejenige, die auf der Strecke blieb. Als doppelte Witwe könnte sie froh sein, wenn irgendein Kloster sie noch aufnahm. Manchmal fragte sie sich, ob ihr Leben anders verlaufen wäre, wenn sie sich schon in Ungarn mehr darum gekümmert hätte, was hinter den Kulissen am *cour* passierte. Vielleicht hätte sie früher von dem Verrat ihres eigenen Schwagers erfahren und sich besser wappnen können. Vielleicht hätte sie auch versucht, selbst Allianzen zu schmieden, Verbindungen zu knüpfen und einen dichten Teppich aus Beziehungsgeflechten zu weben. Das hätte nichts daran geändert, dass sie den Ereignissen nach Imres Tod ausgeliefert war, aber sie hätte vielleicht bessere Bedingungen für sich und ihren Sohn aushandeln können.

Politik, auch das hatte Konstanze auf ihrem furchtbaren Ritt an den Ufern der Donau entlang begriffen, betraf jeden Einzelnen unmittelbar. Mit großer Klarheit erkannte sie, dass sie wieder einmal zwischen zwei Fronten stand und sich entscheiden musste, auf welche Seite sie sich schlagen sollte. Auf die des Papstes – dann wäre sie eines Tages gezwungen, den eigenen Mann zu verraten. Auf die Federicos – dann war das ihr Untergang, sollte er es wirklich wagen, sich gegen die mächtige Kirche zu stellen.

Ruggero hielt ihr den Wasserschlauch hin.

»Trink.«

»Was ist das?«

Er öffnete den Verschluss und roch daran. »Wasser und Wein.«

»Ich vertrage keinen Wein.«

Der Drachenreiter stand auf und lief zum Ufer. Dort schüttete er den Inhalt des Schlauches ins Wasser, spülte ihn aus und füllte ihn anschließend neu. Als er damit zurückkam, nahm Konstanze den Schlauch und trank ein paar Schlucke. Dann setzte sie ihn ab und zwang sich zu einem freundlichen Lächeln.

»Ich verstehe nun, warum der *ré* so wenig Zeit hat, sich um die Befindlichkeiten seiner Gattin zu kümmern. Sie sind angesichts dieser Entwicklungen tatsächlich zweitrangig.«

Ruggero nahm die Ironie an. »Ich bin erfreut, dass du so denkst. Und wenn Federico keine Zeit hat – Ruggero hat sie wohl. Den Fuß bitte.«

Sie hielt ihm das verletzte Bein entgegen.

»Die Wunde ist entzündet, daher werde ich dir einen Verband anlegen. In der *Favara* wird man sich dann darum kümmern.«

»Muss er ...« Konstanze brach ab.

Ruggero stand auf und stieß einen scharfen Pfiff aus. Wenige Augenblicke später stand Draco vor ihnen.

»Muss er abgenommen werden?«

Der Drachenreiter griff nach der Satteltasche und holte einen kleinen Lederbeutel heraus. Damit kam er zurück zu Konstanze.

»Wahrscheinlich.« Mit düsterem Blick begann er, in dem Beutel herumzuwühlen. »Der *cocinero* wird das übernehmen. Das geht so schnell, du wirst gar nichts merken davon. Und dann bekommst du ein wunderschönes Holzbein, das wir direkt im *tiraz* anfertigen lassen, mit Elfenbeinintarsien und Goldbeschlägen und den schönsten Edelsteinen. Die waren zwar für die Krone bestimmt, aber am Knöchel der Königin wirken sie gleich viel ... aristokratischer.«

»Ruggero!«

Konstanze hatte bis zum Schluss geglaubt, was er ihr gerade erzählte.

Jetzt brach der Drachenreiter in lautes Lachen aus. Ihr wütendes Gesicht erheiterte ihn noch mehr, Tränen traten ihm in die Augen, er legte den Beutel weg und setzte sich, kopfschüttelnd und immer noch lachend, neben sie.

»Das ist ein Kratzer! Meine Güte! Du tust so, als ob man daran sterben würde. Jetzt stell dich nicht so an, du bist doch kein kleines Kind.«

Er griff zu dem Beutel und holte einige dünne Wolllappen und etwas Hanfschnur heraus. Dann machte er sich daran, den Fuß zu verbinden. Zwischendurch sah er von seiner Arbeit hoch und musterte Konstanze schweigend. Endlich war er fertig. Er packte die restlichen Utensilien wieder zurück in die Satteltasche.

»He, was ist los? Das war ein Scherz.«

Konstanze sah ihn nicht an. Der Verband war gut, damit würde sie den Ritt sicher überstehen. Sie wollte nur noch ins Schloss, hinauf in ihre Zimmer, die Türen verschließen und allein sein. Die Schmerzen machten sie empfindlich, krochen wie Nadelspitzen in jede Pore ihrer Haut und strömten in heißen Wellen durch ihren Körper. Doch Ruggero hatte nicht vor, sie in Ruhe zu lassen. Er kehrte zurück, setzte sich neben sie und stieß sie leicht mit dem Ellenbogen an.

»Bist du eine von diesen zarten *signorine*, die gleich in Tränen ausbrechen, wenn man zu laut ›Guten Tag‹ sagt? So eine kleine, verwöhnte Aristokratin, die kein Blut sehen kann und schon vor der Jagd in Ohnmacht fällt?«

Konstanze drehte sich weg.

Ruggero seufzte.

»Also, noch einmal, fürs spanische Hofprotokoll. In drei Tagen kannst du wieder springen und tanzen, sofern diese Dinge nicht zu profan für dich sind. Du kannst auch wieder zur Messe gehen, zwölfmal am Tag, wenn es sein muss. Du kannst Eseln und Gesinde in den Hintern treten und feine Lederschuhe aus Córdoba dabei tragen, falls es dir darum bange war.«

Sein Sarkasmus verletzte sie. Vor allem, weil er nicht begriff, nicht begreifen konnte. Weil er nicht wusste, was geschehen war. Und weil sie es ihm bestimmt nicht erzählen würde.

»Dann ist es ja gut«, antwortete sie mit letzter Kraft. »Um die Schuhe hätte es mir schon leidgetan. Wann brechen wir auf?«

Es musste später Nachmittag sein. Die Baumkronen bündelten die schrägen Sonnenstrahlen, und dunstiges Licht lag über dem träge dahinfließenden Bach. Ab und zu schnalzte ein Fisch aus dem Wasser, Mücken und Libellen tanzten über den kleinen Wellen, die am Ufer leckten. Es war so friedlich hier im Goldenen Tal, so ruhig, im Herzen eines zutiefst bedrohten Königreiches.

»Jetzt«, sagte Ruggero und stand auf.

29.

Nachdem Majid die Kemenate verlassen hatte, wusste Vela nicht, was sie tun sollte. Beten? Schreien? Verzweifeln?

Dann entschied sie sich, dass bis auf das Beten alle anderen Impulse wenig dazu beitragen würden, die Situation entscheidend zu verändern. Konstanze und der König waren also bei den Aussätzigen. Zumindest war dies die letzte Möglichkeit, nachdem die Männer das Goldene Tal mittlerweile bis in das letzte Mauseloch abgesucht hatten. Wenn Federico Konstanze dort nicht fand, war sie tot. Der Ausgang dieses Abenteuers war in beiden Fällen von den Folgen her ähnlich verheerend.

Sie gab sich einen Ruck und entschloss sich zum Handeln. Als Erstes machte sie sich auf den Weg nach unten, zu Konstanzes Gemächern. Offiziell hatte niemand etwas von ihrer Degradierung erfahren, also konnte sie noch eine Weile schalten und walten, wie es sich für eine erste Kammerfrau gehörte.

Die Räume waren noch so, wie Vela sie in der Nacht verlassen hatte. Immer noch lagen überall Scherben und Papierfetzen herum. Warum hatte eigentlich niemand aufgeräumt? Dann erinnerte sie sich, dass sie selbst dieser unmöglichen, brutalen Frau die Tür gewiesen hatte. Auch die beiden Mädchen fielen ihr wieder ein. Später wollte sie sich nach ihnen erkundigen. Sie griff sich eine der Wäscherinnen, die gerade schwer beladen mit einem Korb Richtung Dachboden unterwegs war, und hielt sie an, jemanden zum Aufräumen zu holen.

Dann machte sich Vela daran, das Bad zu putzen. Was hatte Majid gesagt? Waschen, waschen, waschen sollte sich die Königin – wenn sie zurückkam. Und danach …

Eine Arbeiterin kam herein und begriff nach einigem umständlichen Hin und Her, was die Condesa von ihr erwartete. Sie hatte einen Besen mitgebracht und begann flink, den Marmorboden zu kehren.

»Wo finde ich den Hakim?«

Die Frau, eine hübsche, fröhliche Sarazenin mit runden Wangen und blitzenden Augen, sah sie fragend an.

»Der Hakim! Der Arzt!«

»*Il hakim?*«

Sie zog Vela am Ärmel zum Fenster und deutete auf die andere Seite des Sees. Am Ufer, verborgen von Schilf und wucherndem Unkraut, kaum zu erkennen hinter den blühenden Jasminbüschen, lag eine kleine Hütte.

»Danke. *Shukran.*«

Die Frau kehrte zu ihrer Arbeit zurück.

»Wie heißt du?«

Erstaunt sah sie von ihrer Arbeit hoch. »Fatima.«

Vela nickte freundlich. Damit hatte sich die Möglichkeit einer Konversation erschöpft. Die Frau sprach so viel Latein wie Vela

Arabisch. Schade eigentlich. Irgendwie müsste man das ändern, schließlich wollte sie nicht die nächsten dreißig Jahre ausschließlich mit den spanischen Gänsen verkehren. Wo steckten die eigentlich? Sollten sie nicht allesamt im Haus sein?

Als die Condesa den Innenhof verließ und vor das Schloss trat, stellte sie resigniert fest, dass die Mädchen ihren Anordnungen nicht im mindesten Folge leisteten. Der Vorplatz glich einem mittleren Reiselager. Aus allen Ecken des Waldes strömten die Männer der Suchtrupps herein, schwitzend und erschöpft, und wurden mit fröhlichem Kichern empfangen. Ihre Mädchen schenkten Wein aus, trugen Körbe mit Brot herum und entblödeten sich nicht, auf den Bänken und sogar auf dem Boden bei ihnen Platz zu nehmen, um ihrerseits die Möglichkeiten internationaler Konversation auszuloten.

Velas missmutiger Blick fiel auf Alba und Leia. Im Korb zu ihren Füßen welkte die Akelei, während die beiden versuchten, sich mit Händen und Füßen den jungen Kerlen verständlich zu machen, kräftigen, gesund aussehenden Männern mit verdächtig glänzenden Augen. Wahrscheinlich hatten sie schon zu tief in die Krüge geschaut, die immer wieder aus der Küche in den Hof geschleppt wurden.

Vela schlich sich an und baute sich direkt vor den Mädchen auf.

»Wollt ihr die Bastonade?«

Das Kichern erstarb. Alba und Leia sprangen auf, griffen sich den Korb und liefen eilig zum Tor in den Innenhof.

»Und Ihr …«

Ein Peitschenknall zerriss die Luft, dann erklang der laute Ruf eines Hornes. Augenblicklich rappelten sich die Männer auf und strömten zum großen Mauertor, das die Wachen gerade öffneten.

Vela folgte der Menschenmenge und erkannte Majid auf seinem Pferd. Er wartete, bis sich alle versammelt hatten, dann hob er die Hand.

»Ihr könnt nach Hause. Geht.«

Der Sarazene wendete das Pferd, gab ihm die Sporen und preschte durch das Tor hinaus. Ratlos starrten sich die Männer an.

Vela boxte sich durch die Menge und lief zum Tor.

»Majid!«

Der Reiter blickte sich nicht um. Erst oben an der Biegung hielt er sein Pferd an.

Vela stand im Tor und sah ihm hilflos nach.

»Majid!«

»Der ist weg.«

Hinter ihr stand Giovanni Malusconi, der Knappe des Falkners und im Moment wohl so etwas Ähnliches wie der Hauptmann des wilden Haufens. Sein Gesicht war gerötet, ob von dem Nachmittag in der Sonne oder dem *clâiret* in seinem Krug war nicht zu erkennen. Allerdings hatte er eine exorbitante Fahne und schwankte leicht.

»Diesem Sarazenen ist sowieso nicht zu trauen. Ich frage mich, warum ausgerechnet der so eng mit dem König ist.«

Majid hatte sein Pferd halb gewendet und winkte kurz. Vela grüßte zurück. Aus dem Stand sprang das Ross in einen flotten Galopp und schoss um die Ecke. Majid war fort. Resigniert ließ die Condesa den Arm sinken.

»Dazu dieses Gesicht, diese Teufelsfratze. Wetten, dass er abhaut nach Syrakus, um seinen Brüdern einen Tipp zu geben? Die warten doch nur darauf, endlich wieder zuschlagen zu können, und nie war die Gelegenheit so günstig wie jetzt. Oder wisst Ihr, wo sich der König gerade aufhält?«

Vela drehte sich um und musterte den Mann kalt. »Nein.«

Er kam einen schwankenden Schritt näher. »Wollt Ihr wirklich, dass wir gehen?«

Sein trauriger Hundeblick streifte über die Männer, die langsam und murrend begannen, ihre Siebensachen einzusammeln.

»Was ist, wenn sie heute Nacht einfallen?«

»Wer?«

»Die Sarazenen. Sie kommen in die unbewachte *Favara*, holen sich die hübschesten Frauen und schneiden den Eunuchen die … Köpfe ab. Viel mehr ist ja nicht mehr übrig bei denen.«

Mit einer Kopfbewegung deutete er auf Nabil, der hektisch herumwuselte und versuchte, dem allgemeinen Aufbruch Struktur zu verleihen. »Wollt Ihr Euch etwa von dem da beschützen lassen?«

Er legte einen Arm um Vela, und aus seiner Achselhöhle stieg ihr ein derart betäubender Gestank entgegen, dass sie sich sofort aus der Umklammerung befreite.

»Ihr seid betrunken. Schert euch nach Hause, und nehmt die anderen alle mit. Alle!«

Energisch kam sie Nabil zu Hilfe und klatschte in die Hände.

»Los da, Aufbruch!«

Die zwei jungen Burschen schwankten an ihr vorbei. Beide hatten sich eine rote Akelei hinters Ohr gesteckt. Sie wandten sich um und schickten einen sehnsüchtigen Blick zum Innenhoftor und dann die weiße Fassade hinauf. Doch Alba und Leia waren klug genug, sich nicht mehr sehen zu lassen.

»Schließt gut ab heute Nacht.«

Malusconi war wieder aufgetaucht. Er war einer der wenigen, die mit dem Pferd gekommen waren. Zaki, der jetzt offenbar auch noch die Rolle des Stalljungen übernommen hatte, führte ihm gerade sein Ross zu.

»Ich traue den Sarazenen nicht, und der Fratze schon gar nicht.« Mühsam kletterte er in den Sattel. »Denkt an meine Worte.«

Vela nickte und schaute dem Tross hinterher, der langsam die *Favara* verließ. Übrig blieben eine Handvoll Soldknechte, der Turmwächter, ein Eunuch, rund zwanzig sarazenische Hausdienerinnen, ein Koch samt Personal am Rande des Nervenzusammenbruchs, der gerade Artischocken für eine mittlere

Kohorte abgekocht hatte, zwei Dutzend Edelfräulein aus Aragon – auch keine Hilfe – und irgendwo der Hakim.

Sie ging zu Nabil, der sich erschöpft auf eine Bank setzte, den letzten abziehenden Männern hinterhersah und anschließend einen dankbaren Blick zum Himmel sandte.

»Sie sind fort, Condesa. Aber was hat das zu bedeuten? Ist die Königin aufgetaucht? Ist der König wieder in der *Zisa*? Wir erfahren hier wie immer überhaupt nichts.«

Die Wachen schlossen die schwere bronzene Mauertür hinter den letzten Männern. Der erste Teil des Plans war geglückt, jetzt kam der zweite, weitaus schwierigere an die Reihe.

30.

Elena stand in der dunklen Nische unter der Kellertreppe und wartete. Der Zwischenfall in den Gemächern der Königin hatte sie erregt, und noch immer loderte die Wut auf kleiner Flamme in ihrem Herzen, bereit, zur Lohe geschürt zu werden. Sollte sie noch letzte Zweifel gehabt haben ... Nein, dachte sie, ich habe nie gezweifelt.

Sie tastete den Saum ihres Kittels ab. Als ihre Finger das Gesuchte gefunden hatten, berührte sie den eingenähten Golddirham und atmete tief durch, um ihrer Erregung Herr zu werden. Genug, um ein Leben in der Stadt zu beginnen. Genug für ein kleines Gewerbe, vielleicht sogar für eine hübsche Aussteuer. So viel hatte sie noch nie besessen. Aber auch noch nie so viel riskiert.

Eilige Schritte kamen die Stufen herunter. Elena trat aus dem Halbdunkel und stellte sich dem Mann in den Weg. Es war einer aus dem wilden Haufen, der das Tal nach der Königin abgesucht hatte. Sie war ihm erst einmal begegnet. Nicht in der *Favara*. Sondern im Wald, nach Einbruch der Dämmerung, an einem Ort, an dem es so dunkel war, dass er die Worte schluckte, die Blicke, die Berührungen, sogar ihre Hässlichkeit. Er hatte geglaubt, das Gold würde genügen, aber Elena hatte ihn schnell eines Besseren belehrt.

Der Mann warf einen hastigen Blick nach oben, wo durch einen Spalt der angelehnten Tür ein Streifen Licht auf die ausgetretenen Steinstufen fiel. Er wollte schnell wieder fort, doch auch hier unten im Keller war es dunkel. Und es war wieder nicht das Gold allein, das Elena begehrte.

»Nimm. Wir haben nicht viel Zeit.«

Er holte ein Glasfläschchen aus seiner Gürteltasche und hielt es ihr entgegen. Elena rührte sich nicht. Da nahm er ihre Hand und drückte es hinein.

»Wir haben das alles besprochen. Es geht schnell und schmerzlos.«

Elena betrachtete im dämmrigen Schatten erst das Fläschchen und dann den Knecht. Er war ein hübscher Mann. Jung, gerade gewachsen, mit den breiten Schultern und dem kräftigen Körper eines ausdauernden Arbeiters, der es von Kindheit an gewohnt war, draußen zu sein. Seine dunklen, buschigen Augenbrauen und die breite Nase verrieten seine bäuerliche Abstammung. Kein Normanne hatte je das Blut seiner Familie gemischt und den Nachkommen eine Spur hellere Haut, einen rötlichen Haarreflex oder einen zarteren Wuchs beschert – die Eintrittskarte in die Welt der Freien, in ein anderes Leben, in dem man selbst bestimmen konnte und nicht bestimmt wurde. Sie trugen beide das Mal. Sie sollten sich zusammentun.

Doch der Mann wollte sich schon wieder abwenden.

Ihre Hand schoss vor und krallte sich in seinen Unterarm.

»Wird sie denn zurückkommen? Bis jetzt gibt es keine Spur von der blonden Hexe. Und wenn Federico ...«

»Still!«

Der Knecht legte ihr die Hand auf den Mund und zog sie zwei Schritte weiter hinein in die Dunkelheit des Kellers.

»Federico wird den Sonnenaufgang nicht mehr erleben.«

Unwillig schob sie seine Hand weg. »Aber reicht das nicht? Die blonde Hexe kehrt zurück in ihre Heimat, das Land fällt an die Kirche, und die Barone können sich zurückholen, was ihnen gehört.«

»Das ist nicht genug. Vor Recht und Gesetz ist sie die Königin Siziliens. Mit oder ohne heilige Messe. Sie muss verschwinden.«

»Warum tust du das?«

Elena lockerte ihren Griff und lächelte ihn an.

Jedes Mal wenn sie das tat, lief dem Knecht ein Schauer über den Rücken. Warum hatten sie ausgerechnet ihn auf diese entsetzliche Frau ansetzen müssen? Hätte das nicht jemand übernehmen können, der geübter war? Erfahrener? Dem es egal sein konnte, ob er in höchster Not seine Hunde oder diese Frau besprang?

»Das weißt du.«

Er machte sich los, in der stillen Hoffnung, sich damit um die Bezahlung drücken zu können. Doch das Weib war schlau. Sie wusste, was man von ihr verlangte, und sie wollte dafür entlohnt werden.

»Deine Treue zu den Bonacci? Weil sie dich aus dem Schweinestall heraus in den Pferdemist geholt haben? Du Träumer. Du bist ein Knecht. Genau wie ich, und das schmiedet uns zwei zusammen.«

Sie trat auf ihn zu und strich ihm über die Brust. Sein Widerwille war so stark, dass er sich beherrschen musste, die Hand nicht wegzuschlagen, sondern die Berührung zu erdulden.

»Wann soll ich es ihr geben?«

»Abends. Dann kommt der Schlaf, aus dem sie nicht mehr erwachen wird.«

»Und … warum sollte ich es ihr geben?«

Sie schnurrte jetzt wie eine Katze. Damit war der Punkt erreicht, von dem an es keine Rettung gab. Er musste es tun, das gehörte zum Plan. Je früher, desto eher war es vorbei.

»Darum.«

Er drückte sie mit dem Rücken an die feuchte Mauer. Elena schloss die Augen und wartete. Doch statt ihren Mund zu küssen, den sie ihm sehnsüchtig entgegenhob, spürte sie den harten Griff seiner Hände auf ihren Schultern. Brutal drückte er sie hinunter.

»Mach schon.«

Sie ging auf die Knie. Der Knecht raffte mit der einen Hand seinen Kittel, mit der anderen presste er ihr Gesicht an sein halbsteifes Glied. Elena öffnete den Mund und versuchte, den Würgereiz zu unterdrücken. Unsanft stieß sie ihn zurück.

»Du solltest dich waschen, bevor du so was willst.«

Der Knecht stieß ein schnaubendes Lachen aus. Er zog sie hoch, stieß sie hinüber zu den Regalen und legte sie bäuchlings über eines der mittleren Ölfässer. Brutal griff er in ihren Nacken und hielt sie erbarmungslos fest.

»Ist es dir so lieber?«

Elena keuchte. Sie wehrte sich ein wenig, der Form halber, und spürte, wie ihre Erregung dabei stieg. Mit fieberhaften Bewegungen zerrte der Knecht ihre Röcke hoch und entblößte sie bis zur Taille. Dann packte er sein Glied, platzierte es sorgfältig und stieß zu.

Elena wollte schreien vor Glück, da spürte sie wieder seine Hand an ihrem Hals. Erbarmungslos drückte er zu. Sie bekam keine Luft mehr und strampelte mit den Beinen.

»Halt's Maul.«

Er stieß und stieß. Elena biss sich auf die Lippen, nur ein leises Keuchen war noch zu hören und das Klatschen von Fleisch auf Fleisch. O Gott, wie sie das brauchte. Es war Sünde, aber sie brauchte es. Herr, vergib mir, dass ich mich nehmen lasse wie ein Tier. Verzeih mir, verzeih mir, verzeih mir!

Die Bewegungen des Mannes wurden schneller. Von hinten war es ihm am liebsten, da musste er nicht in dieses hässliche Gesicht blicken, kein unerträgliches Seufzen, keine gemurmelten Liebesschwüre ertragen, vor allem nicht diesen Zustand dämlicher Verzückung, mit dem sie seine Gabe empfing. Was tat er nicht alles für die Bonacci. Schlimmstenfalls auch das.

Ein anderes Bild schob sich über den mageren Rücken und das willig hochgereckte Hinterteil. Ein Bild von Schönheit und Reinheit. Sanfte Züge, dunkle Augen, ein keuscher, stolzer Blick sonntags in der Messe. Das Rascheln ihrer Röcke, wenn sie an seiner Bank vorübereilte und hinaufging in den ersten Stock, dorthin, wo die Familien der Barone saßen. Schade, dass es das Turnier nicht mehr geben würde. Er hätte beweisen können, dass er mehr war als ein Knecht. Um die ganze Hochzeit war es schade, die nicht mehr stattfinden würde. Wenn die Gäste kamen, wäre die Stadt in Trauer geflaggt, und heuchlerische Tränen weinte man um König und Königin in ihren marmornen Särgen …

»Ja!«

Das Weib unter ihm begann zu zucken. Er trieb sich an, wurde noch schneller, Schweißtropfen rannen ihm von der Stirn in die Augen und die Nase hinunter.

»Ja!«

Elena schrie, und reflexartig drückte der Knecht zu. Die Frau bäumte sich auf, ruderte mit den Armen und brach schließlich mit einem erstickten Stöhnen zusammen. Jetzt war es auch bei ihm so weit. Er zwang ihr Bild vor seine Augen. Ihr Lächeln, ihren vollen Mund, die schöne, hohe Gestalt. Neulich in der

Messe hatte sie ihn angesehen, und dieser Blick war es jetzt, den er versuchte festzuhalten, unauslöschlich. Eine Brandspur in sein Herz hatte sie gelegt, nur Asche blieb von dem, was sie versengt hatte, und darunter die glimmende Glut.

Raffaella, dachte er, Raffaella …

Es wurde dunkel.

Auf der Anhöhe über *La Favara,* verborgen vom Halbschatten und den Zweigen, durch die ein leichter, warmer Wind fächelte, der Umrisse und Bewegungen so miteinander verschmolz, dass aus der Entfernung nichts zu erkennen war, stand ein Rappe mit einer seltsamen Last. Ein Reiter, hoch aufgerichtet, ließ seinen Blick über Mauern, Zinnen und Teiche gleiten. Vor ihm im Sattel saß, zusammengesunken und fieberheiß, eine blonde Frau mit kurzen Haaren, die jetzt blinzelnd die Augen öffnete.

»Wir sind da«, flüsterte sie. »Endlich.«

Sie wendete den Kopf, denn der Reiter reagierte nicht.

»Was ist los? Warum schaust du so?«

Der Mann schien wie aus einem Traum zu erwachen. Er nahm die Zügel wieder auf und beruhigte das Pferd, das den Stall roch, die Menschen, die Wärme und die Rast.

»Es ist so lange her«, sagte er. »Ich war nicht mehr hier, seit …«

Er sah hinunter in das Gesicht der Frau, bemerkte die Schatten unter ihren tiefliegenden Augen und die eingefallenen Wangen. Mit der linken Hand strich er ihr über die Stirn.

»Seit wann?«, fragte sie.

»Das ist jetzt nicht wichtig.«

Die Frau sah wieder nach vorn auf das Märchenschloss. Pechfeuer loderten auf den Türmen, Fackeln verbreiteten zuckende Helligkeit im Innenhof und am Ufer des großen Sees. Kein Mensch war zu sehen.

»Dann reite weiter. Worauf wartest du noch?«

»Ich weiß den Weg nicht mehr.«

Die Frau stöhnte leise auf. Ob aus Unwillen oder bei dem Versuch, sich in eine bequemere Position zu bringen, war nicht zu unterscheiden.

»Geradeaus den Pfad weiter und runter bis ans bronzene Tor. Das würde sogar ich finden.«

Mit einer schwachen Kopfbewegung deutete sie die Richtung an.

Der Reiter lächelte, dann gab er seinem Pferd einen leichten Druck mit den Schenkeln, es wendete sich ab von Schloss, Stall und Rast, ohne ein Zeichen von Unwillen, sondern gehorchte, wie es nur einem gehorchte und sonst niemandem, und Ross und Reiter verschwanden wieder im Wald.

31.

Vela sah sich vorsichtig um. Vor ihr, halb verborgen von Schilf und Sträuchern, lag eine kleine Holzhütte. Für welchen Zweck sie errichtet worden war – um die Geräte der Fischer aufzunehmen oder als Raststätte für die Gartenarbeiter –, entzog sich ihrer Kenntnis. Der aus rohen Brettern gezimmerte Bau war jedenfalls niedrig und wirkte nicht sehr einladend. Durch die Ritzen fiel ein schwacher Lichtschein, also schien jemand da zu sein, und Vela verließ den schwankenden Boden ihres Kahns und ging an Land.

Langsam tastete sie sich vorwärts. Die Beete waren bepflanzt, doch sie konnte nicht erkennen, womit. Links an der Hüttenwand standen Gerätschaften wie Rechen und Spaten, also schien man sie zu irgendeinem Zweck zu bewirtschaften. Hohe

Büsche standen dort mit zarten, vielfingrigen Blättern, die ihr sanft über die Unterarme streiften. Hastig krempelte sie die Ärmel wieder bis zum Handgelenk herunter und wischte sich den Schweiß von der Stirn. Es war immer noch warm, und die Grillen zirpten ihr Lied im Wettstreit mit den letzten wachen Vögeln.

Sie hatte gerade die Hand gehoben, um an der niedrigen Tür zu klopfen, als jemand sie von innen öffnete. Die ledernen Angeln knarrten leise. Hinter dem schmalen Spalt stand ein hochgewachsener, schlanker Mann und musterte sie mit dunklen Augen.

»*Merhaba.*«

»*Me aleikum as-salaam.*«

Sehr oft hatte er diese Begrüßung wohl nicht aus dem Mund einer katholischen Hofdame gehört, denn er stand unschlüssig da und zögerte, ob er die Tür freigeben sollte oder nicht.

Als Vela noch jung war – wie lange war das her! –, hatte sie mehrfach das Königreich Granada besucht. Schnell hatte sie die gebräuchlichsten Floskeln gelernt und bald begriffen, welche Achtung sie durch das Beherrschen dieser wenigen Worte bei den Mauren genoss.

Der Sarazene hatte sich zu einer Geste der Gastfreundschaft durchgerungen und öffnete die Tür. Vela trat ein, sah sich um – und schrie auf.

In der hinteren Ecke der kleinen Hütte, beleuchtet von einer blakenden Öllampe, stand ein bleiches Gerippe. Damit nicht genug: Auf dem Tisch, inmitten von Büchern, Papieren und bemalten Rinden, lag ein Totenschädel. Was sich in den Gläsern auf den staubigen Regalen befand, wollte sie gar nicht so genau wissen. Eine Gänsehaut jagte ihr den Rücken hinunter, und wäre nicht der Gedanke an Konstanze und das Schicksal, das der Königin drohte, gewesen, sie hätte der Aufforderung des Mannes, einzutreten, mit Sicherheit nicht Folge geleistet.

Sie deutete auf das Gerippe. »Was ist das?«

»Das ist mein bester Freund«, antwortete der Sarazene in dem schleppenden, weich artikulierten Latein, das die Menschen hier sprachen.

Er schloss die Tür hinter ihr, und Vela saß in der Falle.

Auf dem gestampften Lehmboden lagen bunte, grobgeknüpfte Teppiche aus dichter Wolle. Eine Ecke des Raumes war mit einem Leinenvorhang abgeteilt, daneben verteilten sich Kissen, Poufs und Schaffelle. Vor dem Tisch stand eine lange Bank, zur Hälfte bedeckt mit Lederbeuteln und schrecklich aussehendem Werkzeug – Zangen, Aufbruchklingen, Sägen und dergleichen, allesamt aber zierlicher gearbeitet, als dies bei Handwerkern der Fall war. Schaudernd dachte Vela an den Zweck, zu dem man sie gefertigt hatte, dann wagte sie noch einen kurzen Blick zu dem Skelett, das sie freundlich anzugrinsen schien.

»Euer Freund?«

Der Mann trat auf das Gerippe zu und nahm dessen rechte Hand, als wollte er der schauerlichen Gestalt guten Tag sagen.

»Meiner und der Eure. Das Gebein hilft mir bei der Bestimmung von Gebrechen, die unter Haut und Fleisch verborgen liegen.«

Er hob den Knochenarm, und für einen Moment sah es so aus, als ob der Sensenmann Vela zuwinkte.

»Dann seid Ihr also der Hakim?«

»So nennt man mich, ja.« Er ließ die Hand los. Klappernd fiel sie an die Rippen zurück und baumelte noch etwas hin und her. Er wandte sich um und musterte Vela mit einem abschätzenden Blick. »Manchmal noch. Zumindest diejenigen, die sich nichts anderes leisten können.«

Sein Alter war schwer zu bestimmen. Allenfalls die leicht gebeugten Schultern ließen darauf schließen, dass er nicht mehr der Jüngste war. Der ausgeblichene Kaftan war wohl irgendwann einmal genauso gelb gewesen wie Nabils. Jetzt aber, so oft gewaschen und ausgebessert, hatten sich Flicken auf Flicken und Naht auf Naht übereinandergelegt und das Kleidungsstück zu einem weiten, steifen Gewand werden lassen, mit unzähligen Falten und ausgebeulten Taschen, in denen er wohl mumifizierte Affenpfoten und Stierhoden mit sich herumtrug, wie Vela mit ihrer mangelhaften Kenntnis arabischer Medizin vermutete.

»Was führt Euch her?«

Sie räusperte sich. »Majid. Also, Majid, das ist der ...«

»Ich weiß, wer Majid ist.«

In seinem scharf gezeichneten, dunklen Gesicht verriet keine Regung, was er von ihr oder dem Sarazenen hielt.

»Er hat mich zu Euch geschickt. Es geht um die Königin.«

Der Hakim ließ sich immer noch nicht anmerken, ob das eine gute oder eine schlechte Einleitung war.

»Ich soll mir hier eine Medizin geben lassen. Gegen, also, gegen etwas, das sie vielleicht bekommen könnte.«

Vela zwang sich dazu, den Mann anzusehen und nicht die geheimnisvoll schimmernden Gläser hinter seinem Rücken. Schwammen da etwa Augen im Wasser herum? Bleiche Fleischklumpen? Krümmte sich da ein Gedärm und dort ein Fuß? Sie hatte davon gehört, was man in Bologna alles anstellte, an dieser medizinischen Schule, die dafür berühmt war, die besten Ärzte auszubilden. Solche, die statt Kräutern und Gebeten lieber Sägen und Scheren benutzten und die Menschen bei lebendigem Leib aufschnitten. Hier hatten sie es wohl auch einmal versucht. Die Condesa wusste nicht mehr, bei wem, aber es hatte sich herumgesprochen, vor allem der Umstand, dass der Eingriff missglückt war.

Ohne dass sie es wollte, stierte sie jetzt doch hinüber zu einem der Gefäße, weil sie nicht glauben wollte, was sie da sah.

»Das ... das ist doch ein Kind! Ihr habt ein Kind da im Glas!«

Mit zitternder Hand deutete Vela auf eines der Gläser.

Es war nicht groß, ellenhoch vielleicht, und darin schwamm, bedeckt von einer trüben Flüssigkeit, ein verschrumpelter, gekrümmter, kaum handspannengroßer Fötus. Vela bekreuzigte sich ein ums andere Mal, schüttelte den Kopf und tastete sich rückwärts zur Tür. Kaum hatte sie diese erreicht, drehte sie sich blitzschnell um, wollte sie öffnen – und fand sie verriegelt. Hektisch rüttelte sie an dem eisernen Beschlag. Sie zitterte jetzt am ganzen Körper und verspürte nur noch einen Wunsch – weg von hier, und zwar so schnell wie möglich. Schon hörte sie seine schreckliche, sanfte Stimme hinter ihrem Rücken.

»Warum seht Ihr es Euch nicht an? Warum flieht Ihr vor dem, was Euch entsetzt? Vor allem aber – warum entsetzt es Euch?«

Vela kämpfte verzweifelt mit dem Mechanismus, doch das Schloss musste eingerostet sein, oder der Hakim hatte es mit einem Zauberspruch verriegelt. Es gelang ihr nicht, die Tür zu öffnen.

»Ich mag keine toten Kinder.«

»Keiner mag tote Kinder.«

Er sprach ruhig und leise.

Vela unterbrach ihre hilflosen Versuche und atmete tief durch. Das Zittern blieb.

»Ist es deshalb nicht wichtig, herauszufinden, warum das eine stirbt und das andere lebt?«

Langsam drehte sie sich um. »Das ist allein Gottes Wille.«

Die dunklen Augen des Hakim glitzerten im düsteren Licht. Er kreuzte die Arme vor der Brust und neigte sich zu einer kurzen Verbeugung. »Alles ist Gottes Wille. Auch, dass er zu uns spricht und uns sagt, was wir zu tun haben.«

Er richtete sich wieder auf und sah sie an.

Vela versuchte ein verstehendes Lächeln und schickte ein kurzes Stoßgebet zum Himmel, dass sie diesen schauerlichen Ort lebendigen und unversehrten Leibes verlassen möge.

»Also, mir sagt er gerade, dass ich jetzt leider gehen muss. Es ist schon spät, und es hat mich wirklich sehr gefreut. Wenn Ihr mir bitte die Tür öffnen könntet?«

»Mir dagegen sagt er gerade, dass Ihr noch bleiben müsst. Zumindest so lange, bis ich mehr über diese Medizin für Eure Königin weiß. Und über den Preis, den Ihr doch wohl hoffentlich zu zahlen gedenkt.«

»Die Medizin, ja.«

Hektisch wischte sich Vela die schweißnassen Hände an ihrem *surcot* ab. Niemals, auf gar keinen Fall, würde sie zulassen, dass Konstanze sich mit irgendetwas aus diesem Vorhof der Hölle einschmierte.

»Also, Majid hat gesagt …«

Ein Stöhnen unterbrach ihre Worte. Es kam aus der Ecke hinter dem Vorhang, und mit einem Mal huschte über das Gesicht des merkwürdigen Mannes ein Ausdruck tiefer Sorge. Mit drei Schritten hastete er hinüber und schob den Stoff beiseite. Dann beugte er sich hinab und murmelte leise, beruhigende Worte. Der Klang seiner Stimme war plötzlich von Wärme und Mitgefühl erfüllt.

»*Habibi.* Alles wird gut, sorge dich nicht.«

Vela spähte hinüber und erkannte eine kleine, von schweren Fellen bedeckte Gestalt. Neugierig kam sie näher.

»Jumanah?«

Der Hakim sah hoch. »Ihr kennt das Mädchen?«

Die Condesa sank vor dem Lager auf die Knie und streichelte der Kleinen über die Stirn. Jumanah stöhnte. Sie musste heftige Schmerzen haben, denn sie krümmte sich unter der warmen Decke zusammen wie ein waidwundes Tier.

Der Hakim packte Vela am Arm.

»Wisst Ihr, wer sie so zugerichtet hat?«

Sein Griff war so hart, dass Vela zusammenzuckte. Sofort ließ er sie los.

»Verzeiht. Es geht mir nur sehr nahe.«

Vela sah die Züge des Mädchens und das schwache Lächeln, mit dem sie den Hakim anblickte. Vertrauen lag darin, außerdem Stolz und Liebe. Der Mann beugte sich hinab und küsste sie auf die Stirn.

»Jumanah ist Eure Tochter?«

Der Hakim deutete auf einen Krug, der neben dem Lager stand. Vela ergriff ihn und reichte ihn dem Mann. Er zog einen kleinen Lappen aus einer seiner Taschen, befeuchtete ihn und drückte ihn dem Mädchen sanft auf die spröden Lippen. Dabei presste er den Mund zusammen und schwieg. Vela beobachtete, mit welcher Zuneigung und Fürsorge er diese kleine Handlung vornahm, und mit einem Mal war alles Gefährliche und Zweideutige von ihm abgefallen, und sie erkannte, dass hier ein Mensch war, der zwar tote Kinder in seinen Regalen sammelte, den aber die Angst, das eigene, lebende zu verlieren, gleichmachte mit allen Vätern und Müttern dieser Welt.

Er wrang das Tuch über dem Boden aus und legte es Jumanah auf die Stirn. Das Mädchen hatte die Augen geschlossen und schien einzuschlafen. Sie standen auf, und er zog den Vorhang wieder zu. Dann bedeutete er Vela mit einer Handbewegung, auf der Bank Platz zu nehmen, und holte einen anderen Krug und zwei Zinnbecher. Währenddessen betrachtete die Condesa einige nachlässig gereinigte medizinische Schalen, in die Tiersymbole eingraviert waren.

»Die habe ich noch aus Damaskus. Wer aus der da trinkt, dem hilft es gegen Stiche, Bisse und andere Verwundungen. Und die hier«, er griff zu einer weiteren Schale, in die arabische Schriftzeichen eingraviert waren, »hilft gegen Wassersucht und Gliederreißen. Was für eine Art von Schale braucht denn Eure Königin?«

Er stellte sie wieder hin und griff behutsam nach dem Zinnbecher.

Bevor er eingießen konnte, hob Vela die Hand.

»Was ist da drin?«

»Wasser, Wein und ein wenig Kräutersud.«

»Welche Kräuter?«

Er wies kurz auf die Tür. »*Oreganillo* aus dem Garten. Er beruhigt, ohne müde zu machen, und ich kann unter seinem Einfluss besser arbeiten.«

Er füllte die Becher. Vela schnupperte und zwang sich schließlich dazu, die Lippen ein wenig zu benetzen. *Oreganillo* war ein leichtes, sehr verbreitetes Rauschmittel. Die zwei Tropfen würden ihr nicht schaden. Der Hakim hingegen trank in tiefen Zügen und setzte den Becher erst ab, als er geleert war. Er musste einiges gewohnt sein.

»Was ist mit Jumanah passiert?«

Die Condesa räumte einige Bündel getrocknete Blätter zur Seite, wischte vorsichtig ein kleines Fleckchen auf der Bank sauber und ließ sich nieder.

»Ich weiß es nicht, leider bin ich zu spät dazugekommen.«

»Wozu?«

»Sie hat wohl einen kleinen Fehler begangen und wurde dafür bestraft.«

Der Hakim drehte den leeren Becher in seinen Händen und stellte ihn dann heftiger als nötig ab.

»Für einen kleinen Fehler wurde sie halb totgeprügelt.«

Nervös schüttelte Vela den Kopf. Hoffentlich machte er sie jetzt nicht gleich mitverantwortlich für das, was seiner Tochter passiert war.

»Sie wurde ein wenig geschlagen, nicht sehr. Ich habe befohlen, damit aufzuhören. Was hat sie?«

Der Hakim schwieg. Schließlich füllte er noch einmal den Becher und trank einige Schlucke. Das Gebräu schien ihm gut zu tun, denn er wurde ruhiger.

»Sie hat Verletzungen im Unterleib, und der Bauch ist hart und geschwollen. Sie blutet seit Stunden, und ich weiß nicht, wie ich die Blutung stillen soll. Jumanah ist sehr zart für ihr Alter. Ich kann sie nicht abtasten, innerlich, meine ich, zudem sind ihre Schmerzen zu groß.«

Unwirsch deutete er auf die trockenen Blätter. »Himbeere und Brennnessel. Das ist alles, was ich in der Hand habe. Wenn die Blutung nicht aufhört …«

»Es tut mir sehr leid.« Vela wusste nicht, wie sie den Mann trösten könnte. »Eure Tochter scheint zäh zu sein und wird es überleben. Ich werde dafür sorgen, dass sie woanders arbeiten kann. In der Küche vielleicht oder im Stall. Es gibt ja genug zu tun hier.«

Der Hakim hörte gar nicht zu. Der Trank begann zu wirken. Seine Augen bekamen etwas Traumverlorenes, er starrte an ihr vorbei und murmelte unverständliche Worte.

»Wie bitte?«, fragte Vela.

Der Mann riss sich zusammen. »Man müsste die Bauchhöhle öffnen und die zerrissenen Adern nähen, so, wie man ein Kleidungsstück flickt. Aber dafür fehlen mir hier die Instrumente.«

Er griff nach einer Knochensäge, die Vela von den Jägern her bekannt war, und strich gedankenverloren über das rostige Blatt.

»Sie ist zu stumpf.«

Er nahm seinen Becher und trank ihn leer. In seinen Augen schimmerte jetzt jenes verräterische Glimmen, das die Vorstufe der sanften Benommenheit ankündigte, die wenig später in possenhaften Übermut umschlagen würde. Sofern es sich hier um den landläufigen Ablauf eines Rausches handelte.

»Sie ist Eure Tochter!«

Empört nahm sie ihm die Säge aus der Hand, und er ließ es widerspruchslos geschehen.

»Ihr denkt doch nicht etwa daran … Heilige Mutter Maria! Ihr wollt doch nicht das arme Kind aufschneiden?«

»In Bagdad haben wir es so gemacht, im *bayt al hikmah*. Da

habe ich studiert, die Übersetzungen, und im Siechenhaus habe ich gearbeitet. Dort sind viele dieser Operationen auch gelungen.«

Dann war es also wahr, was man immer wieder aus Córdoba und Sevilla hörte. Die Araber schnitten an ihren Kranken bei lebendigem Leibe herum, was so ziemlich das Schlimmste war, was Vela sich vorstellen konnte – abgesehen von dem, was die Bader mit ihren glühenden Eisen anrichteten. Aber das war ein anderes, weil christliches Kapitel, und immerhin gingen sie dabei nicht so weit, die Bäuche oder Köpfe ihrer Patienten aufzuschlitzen.

Der Hakim bemerkte die Abscheu in Velas Gesicht und schenkte sich ein drittes Mal ein. Er musste sich sehr konzentrieren, und die Condesa hoffte, dass die betäubende Wirkung ihn von seinem ungeheuren Vorhaben abhalten würde.

»In Bologna fangen sie jetzt auch damit an, also muss an unserer Art zu heilen etwas dran sein. Schließlich haben sie mich damals gerufen, als es um *il ministeriale* ging.«

»Ah, *il ministeriale*.«

Vela wusste nicht, wovon er sprach, aber es dürstete ihn offenbar nicht nur nach betäubenden Kräutertränken, sondern auch nach Bewunderung. Verständlich, wenn sie sich in dieser abstoßenden Umgebung umsah und der Hakim offenbar ein Mann war, der darunter litt, dass seine Genialität von stumpfen Klingen derart beschnitten wurde.

Er beugte sich vor und wies sie mit einer Handbewegung an, sich näher zu ihm zu beugen.

»Er hat es nicht überlebt«, flüsterte er. Dann hob er entschuldigend die Hände. »Es lag nicht an mir. Die Steine waren so groß!«

Er machte eine Faust und hielt sie Vela unter die Nase.

Erschrocken fuhr sie zurück. Das war glatt gelogen. So große Steine gab es nicht. Zumindest nicht in Leib und Magen. Der

Hakim neigte wohl zu ähnlichen Übertreibungen wie die Jäger, wenn es um Geweihenden ging. Kein Wunder: Er gebrauchte ja auch ganz ähnliches Werkzeug, nur dass das Wild, das er aufbrach, nicht mehr auf vier Beinen flüchten konnte.

»Seitdem lebe ich hier.«

Mit einem müden Nicken wies er auf die Regale. »Das ist alles, was ich mitnehmen durfte. Ein anderer Hakim lebt nun im Palast. Ein … Flame oder Brabanter, irgendein katholischer Pastenschmierer. Ich bin verbannt – und verdammt. Verdammt und verbannt und verbrannt.«

Je mehr er sich bemühte, die Worte verständlich herauszubringen, umso mehr wuchs Velas Sorge, hier so bald nicht wegzukommen. Der Mann war harmlos, und er tat ihr leid. Mochte er früher wahre Wunderdinge vollbracht haben – eine einzige Fehlleistung hatte genügt, um sein Leben aus der Bahn zu werfen.

Er griff wieder nach dem Becher, doch jetzt hatte Vela genug. Sie nahm den Krug und schüttete dem Hakim den Inhalt vor die Füße.

»Euer Selbstmitleid ist abscheulich! Was geht eigentlich in Euch vor? Um Euer Kind steht es schlecht, und Ihr jammert, dass Ihr es nicht aufschneiden könnt! Wo ist überhaupt die Mutter des armen Mädchens?«

Der Hakim beobachtete gedankenverloren den nassen, dunklen Fleck auf dem Teppich.

»Tot.«

»Habt Ihr sie auch … geöffnet?«

Langsam hob er den Kopf. »Sie? Nein. Da war nichts mehr zu machen. Sie fiel vom Pferd und brach sich das Genick.«

Schwermut und Drogen verdunkelten seine Augen.

Vela seufzte.

»Also, ich brauche jetzt die Medizin.«

Der Hakim stand mühsam auf und ging zu einigen Körben,

die im Dunkeln in der hinteren Ecke der Hütte standen. Schwankend hob er die Deckel und blickte suchend hinein.

»Medizin? Hab ich nicht, aber ich könnte Euch … Ah!«

Er holte einen Stoffbeutel hervor und wog ihn in den Händen. »Haschisch? Wollt Ihr etwas kaufen?«

Unwillig schüttelte Vela den Kopf.

Der Hakim warf den Beutel zurück in den Korb.

»*Tschandu* hätte ich noch. Nicht viel und auch nicht von allerbester Qualität, aber ich mache Euch einen guten Preis.«

Vela wollte auch kein Opium. Dieser Mann war nicht mehr zurechnungsfähig. Wenn sie ganz ehrlich sein sollte, wollte sie nur noch weg. Majid musste wahnsinnig gewesen sein, sie hierherzuschicken. Das arme Mädchen! Die Condesa hatte in Bezug auf die Blutung sowieso eine ganz andere Theorie als der Hakim, der offenbar von Medizin und Frauen gleichermaßen viel verstand. Hoffentlich ließ er sie in Ruhe und tobte seinen ärztlichen Größenwahn nicht auch noch an ihr aus. Sie stand auf.

»Vielen Dank für Eure Hilfe. Ich werde morgen noch einmal wiederkommen, wenn es Euch und Eurer Tochter bessergeht. Ich werde für sie beten.«

»Beten. Ja, tut das.«

Er wischte sich die Hände an seinem Kittel ab. Hilflos starrte er hinüber zu dem Vorhang. »Ich müsste vielleicht doch …«

»Nein! Ihr rührt das Kind nicht an. Ich gehe jetzt, und wenn ich morgen wiederkomme, will ich Jumanah unversehrt sehen. Habt Ihr mich verstanden?«

Doch er hörte sie nicht. Er schien schlagartig nüchtern zu werden und starrte an ihr vorbei.

»Was ist?«

Vela drehte sich um.

In diesem Moment sprengte jemand die Tür, die eben noch verriegelt war, mit einem einzigen Fußtritt aus den Angeln.

Vela schrie auf. Schneller als ein Wiesel war der Hakim am Tisch und griff sich die Knochensäge.

Im Türrahmen stand ein Mann, auf den Armen eine leblose verhüllte Gestalt. Mit ihr trat er zwei Schritte in den Raum und sah sich um. Der Hakim ließ die Säge sinken.

»Macht den Tisch frei.«

In Windeseile schob der Hakim das Sammelsurium zusammen. Vela half ihm dabei und wagte nicht, den Fremden anzusehen. Mit spitzen Fingern ergriff sie den Totenkopf und stellte ihn unter den Tisch. Nachdem die Platte abgeräumt war, legte der Mann vorsichtig den Körper ab und schlug das Tuch zurück.

Velas Herzschlag setzte aus.

»*Mi reina*!«

Vor ihr lag Konstanze. Und sie lebte. Mit einem schwachen Lächeln sah sie die Condesa an, sprechen konnte sie allerdings nicht.

»Was ist mit ihr geschehen? Wo habt Ihr sie gefunden?«

Der Fremde setzte sich auf die Bank und wischte sich mit dem Ärmel den Schweiß von der Stirn. Er beachtete Vela überhaupt nicht.

»*Said?*«

Der Hakim verbeugte sich.

»Setz das Wasser auf und schür das Feuer.«

»Sofort, *Sidi.*«

Er wollte wegeilen, doch der Fremde hielt ihn am Ärmel fest. »Bist du nüchtern?«

»Aber natürlich, *Sidi.*«

Der Fremde sah dem Hakim in die Augen, dann ließ er ihn los. »Gut. Denn wenn sie auch noch stirbt, wirst du ihr folgen.«

Vela öffnete den Mund, dann schloss sie ihn wieder. Dies war nicht der Moment, sich einzumischen. Sie tastete sich zur Bank und setzte sich. Dann nahm sie Konstanzes kraftlose Hand und hielt sie fest. Was immer jetzt geschehen würde, eines war sicher: Noch einmal würde sie ihre Königin nicht verlassen. Und aufgeschnitten wurde sie erst recht nicht.

32.

De parentis protoplasti fraude factor condolens, quando pomi noxialis in necem morsu ruit: ipse lignum tunc notavit, damna ligni ut solveret …

Schwer atmend setzte sich Pagliara zurück auf die Fersen. Das Knien brachte ihn noch einmal um. Herr, zeig mir den Baum und lass mich von seinen Früchten kosten, den Baum, der Sühne ist für Evas Schuld und auch die meine, denn wenn es nicht deine Stimme war, die zu mir sprach, dann war es die des Versuchers, Herr, und ich habe sie nicht erkannt.

Et dimitte nobis debita nostra, sicut et nos dimittus debitoribus nostris, et ne nos inducas in tentationem – sed libera nos a malo …

Vielleicht doch noch ein oder zwei Rosenkränze? Schmerzhafte gar? Manchmal verstand er die Brüder, die sich geißelten, um ihrem Herrn Jesus Christus besonders nahe zu sein. Schmerz half, sich auf das Wesentliche zu konzentrieren: die Auflösung des maßlosen Ichs nämlich, das Verbannen dieses nie erwachsen werdenden, greinenden Kindes, das man sein Leben lang blieb, wenn man nicht den Weg der Erlösung suchte. Selbst das Denken kreiste in einem fort um die Entschuldung der Seele. Herr, habe ich gesündigt? Was ist dein Wille? Wohin soll die Reise gehen?

Die Mutter Gottes schenkte ihm einen sanften Blick. Sie war

der Mittelpunkt des goldglänzenden Tabernakels, vor dem er seine Gebete zu verrichten pflegte. Die rechte Hand halb erhoben, schien sie ihn zu segnen und seinem Flehen eine Heimstatt zu geben, zu der er in den seltenen Fällen floh, wenn er im Zweifel war. Und die Zweifel nagten. Pagliara hatte Achtung vor den Geboten, noch mehr aber vor der Stimme des Herrn. Bisher hatte sie ihm unmissverständlich befohlen, was von ihm gewünscht wurde. Nun aber …

Manchmal beschlich ihn die Idee, dass die Stimme des Herrn der Stimme des eigenen Wollens zum Verwechseln ähnelte. Beides voneinander zu unterscheiden war eine hohe Kunst, die nicht jeder beherrschte. Gerade jetzt schien ihn seine Urteilskraft im Stich zu lassen. Hatte er, Pagliara, Noch-Kanzler des *regnum*, den Dingen einfach nur ihren Lauf gelassen? Hätte er einschreiten müssen? Den Täter zurückhalten? Er hatte Guglielmo freie Hand gelassen. Vielleicht war es das, was ihm jetzt die größte Sorge bereitete. Nicht nur Federicos Schicksal, auch sein eigenes hatte er an einen Kammerdiener delegiert.

Er sah hinauf zur Mutter Gottes und ihrer ewigen Gnade. Sie lächelte ihn an, und er wusste, dass sie seine Sorgen zumindest wohlwollend prüfen würde.

Als es klopfte, stand Pagliara stöhnend auf. Er hatte Guglielmo fortgeschickt, wie immer, wenn er betete und diese kurzen Momente innerer Einkehr für sich haben wollte. Außerdem war er schon im Nachtmantel, den er vor dem Schlafengehen anlegte. Langsam gürtete er den tiefroten Samt und bewegte sich, immer noch mit schmerzenden Knien, zur Tür.

»Wer ist da?«

»Ich, Herr.«

Pagliara öffnete die Tür. Guglielmo schlüpfte herein.

»Verzeiht, wenn ich Eure Andacht störe, aber es sind gute Nachrichten, die ich Euch bringe.«

Pagliara sah den langen Flur hinunter. Am Ende standen die

Wachen und taten so, als bekämen sie von dem Besuch nichts mit. Sanftes Licht aus den gläsernen Deckenampeln spiegelte sich in den Porphyrwänden. Er lauschte. Nichts rührte sich. Also trat er zurück ins Zimmer und schloss die Tür.

»Nun?«

»Der König ist so gut wie tot.«

Pagliara schloss die Augen und hielt den Atem an, um besser hören zu können. Wenn der Herr zu ihm sprechen wollte, dann würde er es jetzt tun. In dieser Sekunde.

Urplötzlich schoss Freude in sein Herz. Der König tot! Sizilien der Kirche! Er der Kanzler! Herr, ich danke dir.

»Bist du sicher?«

»So gut wie.«

»Was ist mit der Königin?«

Guglielmo senkte die Stimme. Das war nicht nötig, denn die Wände hier waren dick und offenbar zu keinem anderen Zweck errichtet, als Geheimnisse zu bewahren.

»Wir vermuten sie in Margalithas Klause.«

»*Sancta Maria! Mater dei!*«

»Es gibt keinen anderen Ort. Es sei denn, wilde Tiere hätten sie zerrissen. Selbst dann müsste man eine Spur gefunden haben. Herr, es ist vollbracht.«

Guglielmos Augen leuchteten.

Irgendetwas in diesem Leuchten brachte Pagliara zur Besinnung. Die Freude kam zu früh, auch wenn es Grund genug dafür gab. Er hatte sich nie mit dem König anfreunden können, und er erinnerte sich noch gut an das kleine Kind, das durch den Palast gerannt war und mit unreifen Maronen nach ihm geworfen hatte. Federico war immer schon die Pest gewesen. Je älter, desto schlimmer. Schon damals, als Markwart von Annweiler den Siebenjährigen arretiert hatte – genauer gesagt, durch den ganzen Palast jagen musste, bis er ihn endlich zu fassen bekam, und selbst dann hatte sich der Junge gewehrt wie ein Löwe und alle verflucht, die es wagten, ihn, den Gesalbten, zu berühren … Ein siebenjähriges Kind! Behauptete, gesalbt zu sein! Größenwahn, das war es, was diesen König von Kindesbeinen an getrieben hatte, und ein ausgeprägter Wille zu überleben.

Den hatte er auch als König nicht verloren. Deshalb hielt Pagliara sich auch zurück, der Freude die Oberhand zu geben.

»Nichts ist vollbracht. Erst will ich die Leichen sehen.«

Das Feuer in Guglielmos Augen erlosch. Pagliara warf einen Blick zum Bild der Madonna, die ihn anzusehen schien. Immerzu sah sie ihn an. Ihre Augen folgten ihm durch das ganze Gemach, nie ließen sie ab von ihm, ständig stand er unter ihrer Beobachtung.

»So sei es«, flüsterte Guglielmo.

Er wandte sich ab und wollte gehen. Dann überlegte er es sich anders.

»Herr, wenn Rot und Schwarz und Silber wieder herrschen …«

Die Wappenfarben des Papstes. Pagliara hob die Augenbrauen und sah seinen Edelknappen fragend an.

»… dann denkt Ihr auch an mich?«

»Ich denke immer an dich, mein Sohn.«

Mit einem Lächeln entließ er ihn. Doch kaum hatte sich die Tür geschlossen, verschwand es aus seinem Gesicht, und zu der Sorge um sein Seelenheil gesellte sich ein weiterer nagender Gedanke. Größenwahn schien ansteckend zu sein. Bei Königen musste man ihn hinnehmen, bei Kammerdienern nicht.

33.

Das war die nördliche Befestigungsmauer der *Favara*. Irgendwo hier musste es sein.

Leise fluchend schlug sich der Knecht durch das wuchernde Gestrüpp und die gierig ausgestreckten dornigen Äste der Büsche. Die scharfen Blätter des Schilfrohres schnitten ihm die nackten Waden auf, und die Mücken fraßen ihn bei lebendigem Leibe. Er drehte sich kurz um.

Still und ruhig lag *La Favara* im Licht des aufgehenden Mondes da. Die Oberfläche des Sees schien spiegelglatt, nur zum Ufer hin kräuselten sich kleine Wellen, die der Nachtwind sanft vor sich hertrieb. Die Kähne lagen am Ufer vertäut und schaukelten sacht, als würden sie träumen. Die großen Feuer auf den Türmen waren gelöscht, nur die Hauswachen patrouillierten noch über die Mauergänge zu den Türmen. Ab und zu klang ein gedämpfter Ruf herüber, ein kurzes Lachen. *La Favara* schlief. Aber das Böse wachte in den dunklen Ecken der Keller und Gänge, mit giftiger Zunge und tödlichen Krallen, bereit, sich aus dem Schatten zu erheben und seine dunklen Flügel auszubreiten über Schloss, Tal und Land.

Der Knecht wandte sich um. Sein Blick tastete die Mauer ab auf der Suche nach dem Fluchtweg, den Elena ihm beschrieben hatte. Hinter dem See, dort, wo das Gestrüpp am dichtesten war, direkt neben einer Hütte, da sollte er sein, der geheime Gang.

Plötzlich hörte er Stimmen. Sofort duckte er sich ins Gras und lauschte. Sie waren nicht weit entfernt. Einzelne Worte konnte er nicht verstehen, aber es mussten mehrere Personen sein, die miteinander sprachen.

Vorsichtig kroch er weiter. Das Dickicht endete, stattdessen begann ein kleines Feld mit nachlässig angebauten Canapapflanzen, die wohl selten geerntet wurden, denn sie wucherten ungeordnet mit mächtigen, kaum beschnittenen Trieben. Vorsichtig richtete sich der Knecht auf und schob die Blätter zur Seite.

Hinter dem Feld befand sich eine schäbige Hütte. Unangenehmerweise musste der Geheimgang direkt hinter ihr liegen. Davon, dass die Hütte bewohnt war, hatte Elena natürlich nichts erwähnt, noch dazu von wohlhabenden Leuten. Andere konnten sich Beleuchtung zu dieser Nachtzeit kaum leisten.

Die Scham und die Schande über das, was in dem Weinkeller geschehen war, blitzte in ihm auf. Er verdrängte die schmutzigen Bilder und schob sich vorsichtig durch die halbvertrockneten Büsche. Es ging nicht ohne Geräusch, doch die leisen Stimmen aus der Hütte hörten sich an wie die von Menschen, die sich unbeobachtet glaubten und nicht mit Lauschern rechneten. Fast hatte er das Feld durchquert, da hörte er einen lauten, unmenschlichen Schrei.

Er klang nach höchster Not und schlimmstem Schmerz, und schon erhoben sich die Stimmen, und der Schrei wurde erstickt. Erschrocken duckte sich der Knecht. Folter – oder ein satanisches Ritual. Was sonst sollte sich hier in der letzten Ecke dieses verfluchten Schlosses abspielen?

Es war wieder still. Mit höchster Konzentration, um auch ja kein verräterisches Geräusch zu verursachen, schlich der Knecht zu der Hütte und wagte einen Blick durch einen schmalen Schlitz zwischen den nachlässig verarbeiteten Holzbrettern.

Was er sah, ließ sein Herz gefrieren, und ihm war, als wäre das Böse hinter seinem Rücken erwacht und streifte ihn mit seinem kalten Atem.

Zwei Männer hielten eine Frau fest. Sie hatten sie auf den Tisch gedrückt, und der eine, ein furchterregender Sarazene mit blutigem Kittel, hob das glühende Eisen in die Höhe, mit dem er sein Opfer gerade geschändet hatte.

Eine ältere Frau bekreuzigte sich ein ums andere Mal, was die Angelegenheit umso abscheulicher machte. Der Knecht spürte, wie Todesangst von ihm Besitz ergriff. Er wurde gerade Zeuge einer schrecklichen Sache, und wenn das da drinnen nicht der Teufel persönlich war – vielleicht stand er dann direkt hinter ihm?

Panisch drehte er sich um. Nichts. Nur die Büsche bewegten sich sacht und hatten ihn getäuscht. Doch in seiner Angst musste er irgendein Geräusch gemacht haben, denn der zweite Mann in der Hütte drehte sich um und blickte suchend in seine Richtung. Mit unsagbarem Entsetzen erkannte der Knecht, wer es war.

»Ist da jemand?«

Der Knecht presste die Lippen zusammen und wagte nicht, sich zu rühren. Wenn sie ihn hier entdeckten, war es aus. Er presste sich an die schorfige Hüttenwand, in der instinktiven Hoffnung, dadurch mit ihr zu verschmelzen und einfach unsichtbar zu werden.

Die Frau lief zur Tür und sah kurz hinaus.

»Da ist niemand.«

Sie ging wieder zurück. Das Opfer schien ohnmächtig geworden zu sein. Jetzt griff der Mann zu seinem Wasserschlauch, nahm einen tiefen Schluck und reichte ihn an den Schlächter weiter. Auch dieser trank, und als Letzte hob die Alte den Schlauch an die Lippen, ehe sie ihn schließlich an den Besitzer zurückgab.

Der Knecht glaubte kaum, was er da sah. Alle drei tranken das Gift. Wie nah Entsetzen und Triumph doch beieinanderlagen! Jetzt, gleich, in wenigen Sekunden, war es vollbracht. Und er war Zeuge! Wie leicht es war, wie einfach! Atemlos starrte er durch die Ritze und wartete. Doch nichts geschah, zumindest nichts, was irgendwie nach weiterem Sterben aussah. Die Frau auf dem Tisch blieb ohnmächtig oder war schon tot, der Schlächter legte das Eisen zurück in die Glut, und der junge Mann setzte den Schlauch noch einmal an. Er leerte ihn bis auf den letzten Schluck.

Aber er starb nicht.
Verdammt! Was war da los? Das war Hexerei!
Plötzlich verstand er.
Natürlich, der Antichrist. Was man munkelte hinter vorgehaltener Hand, er, Rocco Gianluca, Knecht der Bonacci, Unfreier von Geburt, verdammt dazu, in der gesichtslosen Masse der Unbeachteten zu versinken wie ein Wassertropfen im Meer, er war gerade Zeuge des Unfassbaren geworden, Prophet des Grauens, Bote des Schicksals. Das *regnum siciliae* hatte einen Pakt mit dem Teufel geschmiedet, und diejenigen, die ihn mit ihrem Blut unterschrieben hatten, waren nun unverwundbar.
Er musste los und sie warnen. Alle. Und an erster Stelle Raffaella. Hier half kein Gift, hier konnte nur noch Gott persönlich eingreifen.
Auf allen vieren kroch er die Hüttenwand entlang, bis er das dunkle, halb überwucherte Geviert sah, dass Elena ihm beschrieben hatte. Der Geheimgang, der einzige Weg, diesen Ort der Verdammnis noch zu verlassen.

34.

»Ich weiß nicht, ich weiß nicht.«
Vela ging noch einmal zur Tür. »Ich habe ständig das Gefühl, dass wir beobachtet werden.«
Ruggero, der sich über Konstanze gebeugt hatte, sah kurz hoch in Richtung des Alkovens. Der Vorhang war zurückgeschlagen, mit weit aufgerissenen Augen saß Jumanah auf dem Bett und starrte zurück.
Mit drei Schritten war der Hakim bei ihr.

»Was schaust du so? Das ist nichts für dich!«

»Was habt ihr getan?«, fragte das Mädchen. Sie wandte sich an Vela.

»Was ist mit der Frau passiert?«

Unsicher trat die Kammerfrau von einem Fuß auf den anderen. »Sie haben versucht, die Königin zu retten.«

»Die Königin? Ihr habt sie angebrannt! Ich rieche es doch. *Bábá*, was war das?«

»*Karimah*, wir haben ihre Wunde ausgebrannt. Bitte sieh nicht hin. Wie geht es dir?«

»Gut«, antwortete sie. »Besser.«

Verschämt senkte sie den Blick.

Vela trat an das Bett und scheuchte den Hakim mit einer Handbewegung fort. Dann nahm sie den Vorhang und zog ihn hinter ihrem Rücken zu, so dass sie beide vor den Blicken der Männer geschützt waren. Behutsam hob sie das Fell hoch und bedeutete der Kleinen, sich hinzulegen.

»Blutest du noch?«

»Ich glaube nicht.«

»Hast du das öfter?«

»Vor einiger Zeit war es schon einmal. Ist es schlimm? Muss ich sterben?«

Vela lächelte. »Nein«, sagte sie leise. »Du musst dich daran gewöhnen, das ist alles. Hat deine Mutter dir nicht gesagt ...«

Sie brach ab, weil sie sich erst jetzt daran erinnerte, dass das Mädchen Halbwaise war. Ihr Vater schien sich zwar im Inneren von Menschenleibern auszukennen, doch seine Tochter über das Wesentliche aufzuklären war ihm wohl nicht in den Sinn gekommen.

Jumanah kramte unter ihrem Hemdchen und reichte Vela schließlich mit scheuem, verschämtem Lächeln ein zusammengerolltes Stück Kaninchenfell, wie es sich die Frauen während der Menses zwischen die Beine klemmten. Es war nass und schwer, aber Vela, inzwischen Schlimmeres gewohnt, nahm es und trug es vor die Hütte.

Ruggero hatte Konstanze wieder in den Umhang gehüllt und strich ihr die wirren Haare aus der Stirn. Sie war immer noch bewusstlos und spürte die Schmerzen nicht mehr. Als der Schatten des Hakims auf sie fiel, sah er hoch.

»Wie steht es um sie?«

Der Hakim schlug den Stoff zurück. Die Wunde am Fuß war verbunden, aber das Bein sah gar nicht gut aus. Eine feine rote Linie zog sich vom Knöchel zur Kniekehle, das Gewebe darum herum war angeschwollen und bleich.

»Das böse Blut. Wenn es die Leiste erreicht, wird sie sterben.«

»Was, wenn wir das Bein abnehmen?«

»Die Wunde ist nun sauber, und wenn kein Brand entsteht, muss sie diese Tortur auch nicht erleiden. Diese Linie macht mir allerdings Sorgen.«

Sanft strich er mit beiden Händen über den Unterschenkel. Konstanze, immer noch ohnmächtig, stöhnte. Vela kam zurück, in der Hand das ausgewaschene Fell, und gesellte sich zu ihnen.

»In manchen Fällen kann man die Schwellung herausstreichen. So.«

Er vollführte die Bewegungen.

Vela war froh, dass ihre Königin nicht mitbekam, wer sich da gerade an ihren allerheiligsten Knöcheln zu schaffen machte. Ihr schien es jetzt an der Zeit, Klarheit in die Hierarchie zu bringen. Sie blickte auf den jungen Mann, der Konstanze hierhergebracht hatte. Nicht unsympathisch und auch kein Gauner. Ein klares, offenes, sogar recht hübsches Gesicht mit schön geschwungenen Linien, außerdem schmale Wangen, eine hohe Stirn und eine Stimme, die trotz seiner Jugend gebildet klang. Sie wagte nicht, einen Blick auf seine Beine zu werfen, aber sie waren bestimmt ebenso wohlgestaltet wie der Rest. Irgendwo hatte sie ihn schon einmal gesehen.

»Wer seid Ihr eigentlich?«

»Er?« Der Hakim lachte kurz auf. »Ihr kennt ihn nicht? Das ganze Land weiß, wer er ist, nur Ihr nicht? Es ist …«

»Ruggero«, sagte der junge Mann.

Sofort verstummte der Hakim.

»Wo habt Ihr die Königin gefunden? Und stimmt es, was Majid mir erzählt hat?«

»Majid?« Ruggero richtete sich auf. »Was hat er Euch denn gesagt?«

Vela ging zu Jumanah, gab ihr das Fellstück und zog den Vorhang zu. Das Mädchen schmollte und lugte natürlich schon in dem Moment wieder hervor, in dem die Condesa ihr den Rücken zudrehte.

»Dass die Königin bei den Aussätzigen war. Dies ist eine ungeheuerliche Behauptung, und wenn sie die Runde macht, könnte das unabsehbare Folgen haben. Ich hoffe, das ist Euch klar.«

Blitzschnell drehte sich Vela um. »Dir hoffentlich auch!«

Jumanah nickte eifrig.

»Bei den Aussätzigen? In Margalithas Klause?« Der Hakim kratzte sich nachdenklich das Kinn. Es war erstaunlich, wie sich dieser Mensch verwandelt hatte. Aus dem Schwächling war ein klardenkender und klug handelnder Mann geworden. Allerdings schien er jetzt etwas nervös. Er griff nach einer kleinen, elfenbeinverzierten Schachtel und öffnete sie.

»Möchte vielleicht jemand?«

»Was ist das?«, fragte Vela eisiger als nötig, während ihr Blick auf den kleinen, dunklen Kügelchen ruhte.

»Abessinischer Tee, ganz frisch. Ich baue ihn selbst hinter der Hütte an. Ein idealer Standort: viel Sonne, viel Wasser.«

Er nahm eines der Bällchen und steckte es in den Mund. Dann hielt er das Döschen Ruggero hin.

Der schüttelte den Kopf. »Ist das alles, was du nimmst?«

»Hm, ja.« Der Hakim nickte. »Kath und ein wenig Canapa ab und zu. Mit dem Opium habe ich aufgehört.«

Sein schneller Blick zu Vela bat inständig, sein kleines Geheimnis nicht zu verraten.

»Du solltest auch das lassen, denn es trübt das Gemüt und schädigt auf Dauer den klaren Fluss der Gedanken.«

Der Hakim schob das Bällchen mit der Zunge von einer Backentasche in die andere. »Den klaren Fluss der Gedanken. Ruggero, warum könnte ich dir nur stundenlang zuhören?«

»Weil die Drogen dich zu einem widerspruchslosen Lämmchen machen. Hör auf damit. Du warst der beste Hakim Siziliens. Doch du zerstörst dich selbst.«

»Ich war es. Ganz richtig. Ich *war* es. Und wenn Annweiler mir damals nicht unter den Händen weggestorben wäre, der alte, verfluchte Hund … Allah strafe ihn und sein Geschlecht! Er hat nicht nur mich zerstört, auch dich, Ruggero. Vergiss nie, was er mit dir gemacht hat!«

»Still.«

Das Wort, so leise gesprochen, schmerzte mehr als ein Peitschenschlag. Ruggero hob die Hand. In seinen Augen stand eine derart kalte, klare Wut, dass Vela unwillkürlich eine Gänsehaut bekam. Sie trat einen kleinen Schritt zurück und räusperte sich.

»Die Aussätzigen?«, fragte sie. »Da waren wir doch stehengeblieben, oder?«

Es dauerte einen Moment, bis Ruggero sich wieder besonnen hatte. Er fuhr sich durch die Haare und suchte nach einem Wort, das das Gesagte und das Ungesagte vergessen lassen würde.

»Und bei der Königin.«

Konstanze lag da und atmete ruhig und gleichmäßig.

Der Hakim beugte sich zu ihr hinab und begann wieder mit den sanften, nach oben streichenden Bewegungen.

»So müsst Ihr das machen, Tag und Nacht. Bekommt Ihr das hin?«

Vela trat neben ihn. Er nahm ihre Hände und führte sie.

»So. Immer hinauf, immer zum Herzen. Die Schwellung muss abnehmen, das böse Blut darf nicht weiter nach oben. Falls doch, ist es um sie geschehen, und der Aussatz ist dann kein Thema mehr. Hat sie jemanden berührt? Wurde sie angespuckt? Hatte sie Kontakt? Blut? Schweiß? Tränen?«

Er schaute hoch und kaute wieder so gemütlich auf seinem abessinischen Tee herum, als hätte er nicht soeben den jungen Mann vor ihm tödlich beleidigt. Vela, die nicht wusste, welche alten Geheimnisse gerade berührt worden waren, bemühte sich, die Handbewegungen des Hakim so genau wie möglich nachzumachen.

»Ich weiß es nicht. Ich habe sie in letzter Sekunde retten können. Man wollte sie erschlagen.«

»Immer noch besser, als sie zu einer der ihren zu machen. Wie geht es ihnen?«

Ruggero begann auf und ab zu gehen. Der Radius der Hütte war begrenzt, und so wirkte sein Gang gehemmt und gleichzeitig gereizt.

»Nun, ich denke, wer noch Verwandte hat, der wird schon nicht verhungern.«

»Sie werden schnell vergessen dort oben.«

»Ja, ich weiß, ich weiß! Worum soll ich mich denn noch alles kümmern? Wir ... werden ein Siechenhaus bauen, und sie bekommen Kleider und Schuhe. Demnächst, zur Hochzeit. Wird es sie geben?«

Der Hakim ließ die Hände sinken und bedeutete Vela, statt seiner fortzufahren.

»Da du mir verboten hast, mit meinen Drogen zu experimentieren, kann ich leider nichts weiter für dich tun.«

Schneller als ein Gepard war Ruggero um den Tisch herum

und packte den Hakim mit beiden Fäusten an seinem ausgefransten Kaftan.

»Willst du Binsen mit mir flechten, oder was? Du tust auf der Stelle, was Majid dir aufgetragen hat, sonst …«

Der Hakim hob die Hände und sah seinen Angreifer erstaunt an. »Sonst werde ich geächtet, meiner Würde und Habe beraubt und darf bei den Eunuchen in einer Hütte hinterm Fischteich wohnen? Meinst du das?«

Schwer atmend ließ Ruggero ihn los.

»Was soll mir noch passieren, *Sidi*. Ich bin am Ende.«

»Nein!«

Das war Jumanahs Stimme. Flink wie ein Wiesel sprang sie aus dem Bett und lief auf ihren Vater zu. »Du bist nicht am Ende, du hast doch noch uns.«

Sie vergrub ihr Gesicht in dem vor Schmutz starrenden Stoff.

Der Hakim taumelte bei diesem plötzlichen Angriff der Liebe einen Schritt nach hinten. Dann aber, zaghaft, schloss er sein Kind in die Arme.

Die Kleine hob das Gesicht. Tränen liefen ihr über die Wangen.

»*Bábá*, das ist die Königin. Sie hat gesagt, solange ich bei ihr bin, muss ich nicht mehr für die Männer tanzen.«

Das Gesicht des Hakim versteinerte. Dann vergrub er es in ihrem Haar.

»*Bábá*, mach sie gesund, bitte. Sie darf nicht sterben.«

Vela starrte auf das Kind. Die Heiden hatten bisher nicht viele Gefühle in ihr ausgelöst, zumindest keine, die in direktem Zusammenhang mit Nächstenliebe standen. Das Bild der beiden aber rührte sie. Sie holte Luft, räusperte sich, übte das Wort verschiedene Male im Geiste und entschied sich schließlich für seine leise Version.

»Bitte«, sagte sie.

Ruckartig hob der Hakim den Kopf und sah zu Ruggero. Der

Drachenreiter hatte sich vor das Skelett gestellt, das hinter seinem Rücken, vom Halbdunkel verborgen, zu wachen schien wie ein stiller Gefährte. Der Totenkopf grinste über seine Schulter hinweg zu den anderen. Sie warteten. Ruggero schwieg.

Der Hakim drückte seine Tochter noch einmal an sich, dann ließ er sie schweigend los. Hastig eilte Jumanah zum Bett und schlüpfte unter das Fell. Konstanze lag noch immer auf dem Tisch, ruhig und schwer atmend, als ob sie selbst in ihrer Bewusstlosigkeit spürte, was ihr bevorstand.

Ruggero holte tief Luft. »Bitte.«

Der Hakim hob die Hände und klatschte dreimal. Mit einem ironischen Lächeln verbeugte er sich.

»So sei es. Dann werde ich sie wieder gesund machen.«

»Gelobt sei Jesus Christus in Ewigkeit«, flüsterte Vela.

Der Hakim hob eine Augenbraue.

»Und Allah natürlich. Wenn es hilft«, setzte sie hinzu.

»Es hilft, meine Liebe.«

Der Hakim nahm einen leeren Korb und eines der stumpfen Messer. »Schafft sie ins Schloss und kommt morgen wieder, bevor die Sonne aufgeht. Dann werde ich die Medizin bereitet haben.«

»Danke«, flüsterte Vela.

Der Drachenreiter trat an den Tisch und hob Konstanze hoch. Die Condesa eilte voraus und schob die geborstene Tür so weit zur Seite, dass er mit seiner kostbaren Last passieren konnte. Im Türrahmen blieb er kurz stehen, doch er drehte sich nicht um.

Der Hakim warf das Messer in den Korb. »Nein, Worte sind nicht nötig zwischen uns, dein Vertrauen ist mir Dank genug.«

Ruggero reagierte nicht. Ohne sich umzusehen, ging er hinaus in die Nacht. Vela wollte ihm folgen, doch der Hakim winkte sie mit einem rätselhaften Lächeln zurück.

»Und jetzt zu uns.«

35.

Es war im Morgengrauen, genau zu der Stunde, in der der Bäcker neben *San Giovanni degli Eremiti* die Brote aus dem Ofen zu holen pflegte, als Rocco mit hängender Zunge und dem dreißigsten Fluch auf den Lippen keuchend die kleine Hafengasse erreichte. Mit einem Pferd hätte er die Strecke in gut zwei Stunden geschafft, so aber hatte er die halbe Nacht damit verbracht, durchs Goldene Tal zu irren und den Weg zur *Zisa* erst hinter der *chiasma* erreicht. Dann war es leichter gegangen, doch die Eile saß ihm im Nacken und jagte ihn ebenso wie die Erinnerung an die haarsträubenden Erlebnisse der Nacht, von denen das Bespringen von Elenas Hinterteil beinahe noch als Akt purer Nächstenliebe durchgehen konnte.

Er hatte den Antichristen gesehen, den Häretiker, den Teufel in Menschengestalt. Und je länger sich der Weg hingezogen hatte und je fahler das Licht der Sterne wurde, umso mehr Gelegenheit hatte er, darüber nachzudenken, dass all das, dessen Zeuge er geworden war, sich schon lange vorher angekündigt hatte.

Sizilien sei schöner als der Garten Eden. Ja, das hatte der *ré* gesagt und allein damit den Zorn jedes wackeren Christensohnes auf sich gezogen. Dann diese lächerliche Korrespondenz, in der er die Unsterblichkeit der Seele in Frage gestellt hatte. Die hohen Herren sollten ja nicht glauben, die kleinen Leute wüssten nichts davon, was sich hinter den dicken Mauern des Normannenpalastes abspielte! Jeder hatte Verwandte, Bekannte, Beziehungen zu den Ministerialen und Familiaren und zu deren Gesinde. Was da durchsickerte, ließ jeden braven Mann das Schlimmste befürchten.

Waschen, zum Beispiel.

Rocco roch an seinem schmutzigen Kittel, der mittlerweile wie ein Lumpensack an ihm herunterhing. Dreck war rein, Seife dagegen gotteslästerlicher Luxus. Der *ré* aber wollte jeden Tag baden, selbst am Sonntag!, und wies sogar seine Domestiken an, gewaschen zum Dienst zu erscheinen. Er verführte selbst die Ärmsten der Armen, indem er ihnen einmal im Monat ein Stück Seife spendete. Seinen Hofbeamten hatte er sogar zwei Garnituren Unterkleider zum Wechseln geschenkt. Das war von oben befohlene Putzsucht und ein weiteres Zeichen, wie sehr der *ré* die biblischen Tugenden verschmähte.

Ein Glück, dass Bonacci diese Unsitte noch nicht bei sich eingeführt hatte. Unterkleider hätte Rocco zwar gut gebrauchen können, aber Reinlichkeit gehörte einfach nicht zu einem gottgefälligen Menschen.

Schwer atmend erreichte der Knecht sein Ziel und blickte sich vorsichtig um. Die Fischer aus den kleinen Katen nebenan waren längst zur Arbeit – auch nicht gewaschen, denn bei ihnen besorgte das Meer das Nötigste –, und mehr Beweise dafür, dass der König im Bund mit dem Leibhaftigen stand, konnte Rocco gar nicht zusammentragen. Er platzte geradezu an seinem Wissen und wollte es so schnell wie möglich loswerden. Jetzt war die Chance gekommen. Der *ré* war überführt, dank seiner Hilfe, und endlich konnten die Barone das Zepter wieder übernehmen und die Fürsten sich auf den gemachten Thron setzen.

Bonacci leider nicht. Er war ein Kaufmann, ein reicher alter Knochen, der sich seine Macht durch den Seehandel und nicht durch Adel erworben hatte. Aber Rocco hatte auch nicht vor zu herrschen. Er wollte bescheiden bleiben, Raffaella heiraten und nur ein bisschen aufsteigen in die erste Reihe der großen Handelsfamilien zwischen Messina, Pisa und Mailand. Wenn dann die bewaffneten Wallfahrten endlich wieder losgingen – daran bestand kein Zweifel: Wer dem Papst als Erster die Schlüssel zu Jerusalem überreichte, der würde nicht nur über Sizilien herrschen, sondern auch über das ganze Heilige Reich –, wenn also die Pilger und Ritter endlich auch mal wieder von Palermo aus

Richtung Outremer in See stachen, dann würde er, Rocco Gianluca, der Herr des Hauses Bonacci und des Hafens sein …

Er klopfte dreimal an die Pforte und wischte sich den Schweiß von Stirn und Hals. Mit dem zerrissenen Saum seines Hemdes trocknete er seine Achseln.

Niemand öffnete. Er klopfte wieder, aber Gasse und Garten blieben still.

»Hallo?«

Jetzt näherten sich Schritte. Die kleine Luke in der Tür wurde geöffnet, dahinter präsentierte sich das unausgeschlafene Gesicht eines mäßig interessierten Wachsoldaten.

»Ich muss zu Signor Bonacci, auf der Stelle. Er erwartet mich.«

Der Wachsoldat nickte und schloss die Luke. Statt das Tor zu öffnen, entfernte er sich wieder.

»He! Was soll das! Mach sofort auf!«

Rocco hieb mit den Fäusten gegen die Tür, aber der Mann kam nicht zurück. Langsam wurde der Knecht zornig. Jetzt hatte er schon einmal die Gelegenheit, das Abendland zu retten, und dieser Dummkopf ließ ihn einfach nicht herein.

Dann bemerkte er seinen Fehler: die Hintertür.

Jemand von seinem Format und seiner Größe betrat das Haus selbstverständlich durch den Haupteingang. Er ließ den schweren Eisenring los, eine hübsche ayyabidische Handarbeit aus dem *Suq* von Aleppo, und marschierte mit siegesgewissem Lächeln die Gasse hinunter zum Hafen.

»Wer ist dieser Wahnsinnige?«

Raffaella eilte, mit ungekämmten Haaren und nichts weiter als einem mit Eichhörnchenfell gefütterten seidenen Morgenmantel, in den kleinen Saal im ersten Stock, in dem ihr Vater sein frugales Frühstück zu sich zu nehmen pflegte.

Der Alte hatte gerade eine Damaszenerpflaume entkernt und steckte sie sich in den Mund.

»Keine Ahnung«, nuschelte er.

Von unten klangen wieder laute Rufe empor.

»Signor Bonacci, lasst mich ein! Es ist wichtig!«

Mit gerunzelter Stirn ging Raffaella ans Fenster und blickte angewidert auf das unwürdige Schauspiel. Sie musste zweimal hinsehen, um in dieser abgerissenen Gestalt den Schweinehirten wiederzuerkennen.

»Das darf doch wohl nicht wahr sein. Dieser dreckige Bauernbastard wagt es, auf der Haupttreppe zu stehen und nach dir zu rufen?«

Sie griff nach dem Wasserkrug und wollte seinen Inhalt gerade schwungvoll nach unten kippen, als Bonacci neben sie trat und ihren Arm festhielt.

Was er sah, gefiel ihm keineswegs. Der Junge hatte offenbar alle Ehre und jeden Anstand verloren, denn er veranstaltete auf der Haupttreppe gerade einen mittleren Aufstand. Die geharnischte Wache am Fuß der Treppe hatte Mühe, ihn immer wieder von den Stufen zu stoßen.

Drüben am Kai lagen zwei Koggen, eine Tarida und unzählige kleinere Galeeren und Boote. Die Händler hatten bereits ihre Stände aufgebaut und kehrten, kistenweise mit frischem Fisch beladen, zu ihren hölzernen Theken zurück. Laufknaben und Tagelöhner hatten sie mit Seetang bedeckt und begossen alles in regelmäßigen Abständen mit frischem Meerwasser. Einige blickten schon aufmerksam herüber. Bonacci hatte die Nähe zum Hafen immer geschätzt, alle sollten das Gefühl haben, er behielte sie im Auge. Dass dieser Vorteil sich auch einmal gegen ihn kehren könnte, hatte er nie bedacht. Der Auftritt da unten musste so schnell wie möglich beendet werden.

Bonacci beugte sich an Raffaella vorbei aus dem Fenster.

»Lasst ihn herein!«

»Das ist nicht dein Ernst.«

Der Alte würdigte seine Tochter keiner Antwort. Er trank noch seine Ziegenmilch aus, legte sich den Mantel über das Hemd und griff nach seinem Stock.

»Was wird hier gespielt? Gerade noch habe ich dir gesagt, wie unverschämt mich dieser Idiot begafft, und im nächsten Moment darf er unser Haus betreten? Noch dazu durch den Haupteingang?«

Bonacci ging zur Tür.

Raffaella eilte hinterher und stellte sich ihm in den Weg.

»Gib mir eine Antwort.«

Er schob sie weg.

»Was hat das zu bedeuten?«

Er öffnete die Tür. Der Page dahinter verbeugte sich beim Anblick seines Herrn und gleich darauf ein zweites Mal, als Raffaella auftauchte.

Bonacci winkte ihn heran.

»Schick fünf Boten, du weißt, zu wem. Sie sollen kommen, alle. So schnell wie möglich.«

Der Page nickte und verschwand nach unten.

Bonacci wandte sich jetzt an seine Tochter, die seinen Worten mit offenem Mund gelauscht hatte, was ihr viel von ihrem Liebreiz nahm.

»Geh in deine Zimmer und vergiss, was du gerade gesehen hast.«

Etwas in seinem Ton brachte Raffaella dazu, widerspruchslos das Haupt zu senken und zu nicken. Bonacci sah ihr nach, wie sie davonhuschte. Erst als der Knall einer zuschlagenden Tür durchs Treppenhaus hallte, trat er an die steinerne Brüstung der Galerie und blickte hinab. Vielleicht könnte man den Kerl von hier oben hinunterstoßen?

Er verwarf den Gedanken. Zu viel Blut, außerdem ein grässlicher Anblick und damit nicht möglich in einem Haus, in dem auch Frauen wohnten.

Das Gift? Ein paar Tropfen hatte er übrig behalten. Man konnte nie wissen.

Bevor er sich ankleidete, ging er einen Stock tiefer in den Kaminsaal und holte ein kleines Glasfläschchen aus dem Geheimfach hinter dem *scriptorium*.

36.

Gregor von Galgano, Kardinal und päpstlicher Legat, löschte die Kerze hinter dem bronzenen Windschild und zog die schweren Samtvorhänge zur Seite. Er nickte seinem Kammerdiener zu, der ihm Schuhe und Mantel gebracht hatte, und warf noch einen schnellen Blick hinüber zum Palast, bevor er sich auf den Weg zum Abtritt machte. Die Fahne war nicht gehisst, und das hieß: Der König war noch nicht zurückgekehrt.

Nachdem er sich erleichtert hatte, tauchte er beide Hände in die Waschschüssel. Er brauchte gar nicht in den Spiegel zu sehen, um zu wissen, welcher Anblick ihn erwartete. Gegen die hängenden Schultern konnte er nichts tun, und auch der bleiche Bauch wölbte sich ohne sein Zutun von Jahr zu Jahr mehr hervor, doch das Doppelkinn begann ihn langsam zu stören. Er hatte immer auf sein Äußeres geachtet, aber allmählich kam die Zeit, da er in unbeobachteten Momenten die schlaffe Haut der Wangen nach hinten zog und trotzdem immer weniger daran erinnerte, welch ein stattlicher Mann er einst gewesen war. Schwarze, buschige Augenbrauen zerteilten seine Stirn, die vollen Lippen, einst rot und glänzend, verwandelten sich in fleischige Wülste, und das schöne, edle Profil, das er immer wieder unter Zuhilfenahme eines Handspiegels bewundert hatte, wirkte wie von einer großen, mächtigen Hand zusammengedrückt. Selbst seine Beine, früher kräftig und gerade wie schlanke, wohlgeformte Pinienstämme, verwandelten sich in knorrige, von Krampfadern entstellte Stampfer, die er höchstens noch beim Reiten zeigte.

Die gelebten Jahre forderten ihren Tribut, und die wesentlich geringere Zahl der ungelebten, die noch vor ihm liegen mochten, betrübte ihn.

Der Kammerdiener reichte ihm ein weiches Leinentuch. Sorgfältig trocknete Galgano sich ab, dann begann er, sich mit Überlegung anzukleiden. Es war so weit. Die Stunde war gekommen. Ihr Ernst verlangte nach Würde, und er beschloss, den blauen Mantel zu wählen, den er sonst nur zum Kirchgang trug.

Galgano gürtete sein Schwert und verließ leise, um seine Gattin nicht zu wecken, die Gemächer.

Wilhelm Capparone verzichtete auf sein Pferd. Zu laut, zu viel Aufsehen. Bis das Ross geputzt und gesattelt war, hatte er den Weg zu Fuß dreimal geschafft. Er hatte einen dunklen Mantel mit Kapuze gewählt, die er tief ins Gesicht zog, während er mit eiligen Schritten die Marmorstraße verließ, zwei seiner dunklen Knechte dicht hinter ihm. Der kleine Trupp bewegte sich nach dem Überqueren der Via Roma zielstrebig in das Gewirr der verwinkelten Gassen des jüdischen Viertels.

Er kannte die Gegend. Nicht gut genug, um sich ohne Konzentration und Orientierung hineinzuwagen, doch er war zuversichtlich, dass ihn sein Gedächtnis nicht im Stich ließ. Vor gar nicht langer Zeit war er mit seinen Männern hier durchgeprescht und hatte drei der vier Synagogen offiziell für die Kirche beschlagnahmt. Nicht gerade das, was ein Reichstruchsess in erster Linie zu tun hatte. Doch war es ihm ein persönliches und ganz besonderes Vergnügen gewesen, und er erinnerte sich mit Freude und Wohlbehagen an das Geheule der Rabbis, die Klagen der Weiber und das Gegreine der ungetauften Heidenkinder. Seine Truppe war gut ausgebildet und schlagkräftig, eine hervorragend ausgestattete und hochbesoldete Eliteeinheit. Gerne eingesetzt zur Durchführung unangenehmer Aufgaben, die schnell und ohne großes Aufsehen erledigt werden mussten und die es immer wieder gab, denn Recht und Ordnung ließen sich nicht immer recht und ordentlich durchsetzen. Vermutlich wusste der König gar nicht, wer die schwarzen Reiter waren, die abends durch die engen Gassen preschten und die Drecksarbeit erledigten, mit der die hohen Herren und edlen Ritter sich die Hände nicht schmutzig machen wollten. Der König wusste so manches nicht, und das war auch gut so.

Kaum tauchten die drei schwarzen Männer auf, die eilig, ernst und mit leise klirrenden Schwertern durch das dunkle Labyrinth der engen Häuserfluchten und schief zusammengenagelten Hütten eilten, wechselten Passanten die Seite, drückten sich in eine Nische oder einen Hauseingang und vermieden es, den Männern ins Gesicht zu sehen. Doch jetzt, als Capparone die Via Trefontana hinunterlief und der Weg sich füllte mit Krämern und Wechslern, mit Bäckerjungen und Waschmägden, mit herausgeputzten Frauen und schwermütig dreinblickenden, dunkel gekleideten Männern, kam es ihm vor, als ob der eine oder andere ihnen einen gedankenvollen Blick hinterherwarf.

Sollten sie ruhig. Wen hatte es zu interessieren, was Wilhelm Capparone, *il ministeriale*, zu dieser frühen Stunde im Hafenviertel zu suchen hatte? Wer könnte sich einen Reim darauf machen, was hinter den dicken Mauern eines der Handelshäuser dort unten besprochen und beschlossen wurde? Bonacci hatte zur Eile gedrängt. Es schien wichtig zu sein, und der alte Trottel war immerhin noch rüstig genug, die Langmut seiner Verbündeten nicht überzustrapazieren.

Ré und *regnum,* das war es, worum es ging. Wem von beiden zum Schaden und wem zum Nutzen, war keine Frage mehr.

Er erreichte die winkelige Gasse kurz hinter *Maria degli angeli,* und wenig später stand er vor der niedrigen Eisentür und klopfte dreimal.

Sofort wurde ihm geöffnet.

Bonacci saß in seinem weich gepolsterten Stuhl dicht neben dem kalten Kamin und musterte die Versammlung, die sich an diesem frühen Morgen bei ihm eingefunden hatte. Malfalcone plauderte mit dem Kämmerer der Tropeas, sein nervöser Blick aber glitt immer wieder weg vom Gesicht seines Gegenübers auf die anderen Männer, als ob er der friedlichen Stimmung nicht traute und jederzeit einen Überfall aus dem Hinterhalt vermutete. Malfalcone war im Grunde genommen ein einfacher Charakter: Er stand auf der Seite derjenigen, die ihn am besten bezahlten.

Mit den Tropeas war es anders. Die hielten sich an Ehre, Blutrache, Stolz und all diese Dinge, die im Laufe eines langen Lebens so sehr an Bedeutung verloren. Wenn man an die Schmach appellierte, die die Barone gerade in den Kerkern erdulden mussten, hatte man ein leichtes Spiel mit ihnen.

Capparone stand am Fenster, hielt den Vorhang zur Seite und sah hinunter zum Hafen. In Wirklichkeit behielt er seine Wachen im Auge, ob sie auch immer noch vor dem Eingang auf Posten waren. Er war ein Mann ohne Skrupel und Mitgefühl, dessen schwarze Garde lähmende Angst vor sich herschob wie ein Geisterschiff seine Bugwelle. Wo immer sie auftauchte, war es besser, nicht da zu sein. Capparone hatte Macht im Überfluss, ihn lockte weder Geld noch Annehmlichkeiten. Was er brauchte, war die Ausdehnung seines Herrschaftsbereiches. Freie Hand und eigenes Ermessen im Vorgehen gegen den Feind, egal ob er von innen oder außen kam, das würde ihm gefallen.

Gregor von Galgano stand am Tisch und studierte das Edikt. Der frühere Lehrer des *ré* war zwar vom Rang her der niedrigste von allen Anwesenden, doch seine Meinung hatte Gewicht im Land der Franken. Wenn er mit im Boot war, erhielt das ganze Unterfangen neben dem politischen, wirtschaftlichen und militärischen Aspekt auch noch die höheren Weihen des Geistes. Galgano stand für die reine philosophische Sorge um das *regnum*, er war die Absolution der zaudernden Warner, die flüsternd von den Folgen redeten und immer wieder die Knüppel der Feigheit zwischen die Beine der Beherzten warfen.

Bonacci räusperte sich. »So sind wir vollzählig.«

Alle drehten sich zu ihm um.

»Die Worte, die in diesem Raum gesprochen werden, sind wie versiegelte Briefe. Heute wird entschieden, ob wir sie dem Welfen senden.«

Mit einer Handbewegung bat Bonacci seine Gäste, Platz zu nehmen. Als alle sich gesetzt hatten, fuhr er mit leiser Stimme fort.

»In meinem Hause befindet sich ein Mann, der den Antichristen gesehen hat. Es war der *ré*. – Ich weiß!«

Er hob die Hand, um das beginnende Getuschel noch im Keim zu ersticken. »Es ist schwer zu glauben. Für Männer wie uns, meine ich. Wir wissen, dass der Versucher viele Gesichter hat. Für das Volk hingegen sind seine Beobachtungen Wasser auf die Mühlen. Wenn ich auch weit davon entfernt bin, in unserem gesalbten König den Leibhaftigen zu erkennen, so sind wir uns dennoch klar darüber, dass das Maß des Erträglichen schon lange überschritten ist. Malfalcone?«

»Ja?«

»Was sagen die Barone?«

Malfalcone sah über die Schulter zur Tür. Sie war fest geschlossen. Niemand würde belauschen, was sie hier besprachen. »Sie sind alle auf unserer Seite.«

Der Kämmerer des Conte Anfuso nickte zustimmend.

»Capparone?«

Il ministeriale grinste. »Je eher wir den Welfen rufen, desto besser. Ich kann es kaum erwarten, diese Stauferbrut und ihre Anhänger endlich dorthin zu befördern, wo sie hingehören.«

»Galgano?«

»Nun, ich …« Der Angesprochene griff sich nervös an das Tasselband seines Mantels. »Es fällt mir ausgesprochen schwer, meine Zustimmung zu geben. Schließlich war ich sein Lehrer, und in gewisser Weise fällt sein Verhalten auch auf mich zurück.«

»Niemand macht Euch einen Vorwurf.« Nervös strich Bonacci über die Knaufsteine seines Stockes. Galgano zierte sich für seine Begriffe zu lange. Er musste sich jetzt endlich entscheiden. »Gegen dieses Blut ist jede Erziehung machtlos. Also? Seid Ihr dabei?«

Alle starrten ihn an. In diesem Moment klopfte es.

Capparone sprang auf.

»Wer ist das?« Wütend wandte er sich an Bonacci. »Hattet Ihr nicht zugesichert, dass wir ungestört bleiben?«

»Wenn man mich hier sieht!« Galgano stand ebenfalls auf und suchte hektisch nach seinen Handschuhen.

Bonacci klopfte mit seinem Stock auf den Boden. »Beruhigt Euch! – Herein!«

Die Tür öffnete sich, und Guglielmo schlüpfte in den Raum. Er eilte auf seinen Vater zu und küsste ihn auf die faltigen Wangen. Erleichtert setzten sich alle wieder und warteten, bis Guglielmo sich einen Stuhl geholt und zu ihnen gesellt hatte.

»Mein Sohn, was hast du mir zu berichten?«

Guglielmo verneigte sich vor den Gästen seines Vaters und reichte ihnen im Sitzen die Hand.

»Wir können offen reden?«

Sein Vater nickte.

»Pagliara wird Eurem Wunsch nicht im Wege stehen. Sollte er irgendwelche Einwände hegen, haben wir ihn dennoch in der Hand. Er wird tun, was wir von ihm erwarten.«

»Was heißt das?«, fragte Capparone. »Wie und womit habt Ihr diesen wetterwendischen Hund in der Hand? Er küsst doch jeden Ring und jeden Arsch, den man ihm entgegenstreckt.«

»Eben deshalb«, antwortete Bonacci. »Glaubt, was wir Euch sagen. Der Bischof höchstselbst hat ein Attentat gegen den *ré* gebilligt. Es ist leider misslungen, wie so vieles, was der alte Trottel anfasst. Wir werden ihn zu gegebener Zeit daran erinnern.«

Was in drei Teufels Namen war da schiefgelaufen? Bonacci glaubte nur an Wunder, die in direktem Zusammenhang mit der Dreifaltigkeit standen. Wasser in Wein – gut. Gift in Wasser – da hatte nicht der Leibhaftige, sondern sein kleiner Bruder namens Zufall die Hand im Spiel. Er hatte das Zeug selbst ausprobiert. Der kläffende Hund der Pelecinos, der ihn in so mancher Vollmondnacht um den Schlaf gebracht hatte, war nach zwei Wimpernschlägen tot gewesen. Das Zeug wirkte. Warum der Adressat sich dennoch bester Gesundheit erfreute, war ein Rätsel. Sinnlos, über Fehler nachzudenken. Jetzt galt es, zu retten, was zu retten war. Sie mussten schnell handeln, sonst war alles vergebens.

Capparone grinste. Die anderen saßen schweigend da und dachten nach. Bonacci betrachtete seine Gäste mit regloser Miene. Capparone, Pagliara, Galgano – die Ministerialen und der Adel würden keine große Hilfe sein, wenn es hart auf hart ginge. Was sich in diesem Raum abspielte, war Hochverrat. Sie schlossen sich dem Ruf nach Otto nur an, weil ihr Name nicht fiel und sie sich von einem Einmarsch des Welfen Vorteile erhofften. Mit den Familien und den reichen Bürgern war es schon anders – sie hatten keinen Eid geleistet. Sie würden diejenigen sein, die wieder einmal für alle die Kastanien aus dem Feuer holten.

Malfalcone brachte die Sache schließlich auf den Punkt. »Wir werden uns entscheiden müssen. Sollen wir Otto um Hilfe bitten? Wird der Welfe sein Wort brechen, das er dem Papst gegeben hat? Wird er kommen und das *regnum* mit unserer Hilfe Federico entreißen?«

»Er wird kommen«, sagte Bonacci. »Sein Hass auf die Staufer ist größer als die Angst vor Interdikten und Exkommunikation. Er wartet nur auf ein Zeichen.«

»Jetzt oder nie«, ergänzte Guglielmo.

Bonaccis Augen glitzerten. Er gab Guglielmo einen Wink, der daraufhin ein Diptychon hervorholte und seinen Vater erwartungsvoll ansah.

»Jetzt«, flüsterte der Alte.

37.

Jemand rief sie.

Die Stimme, so zart und schwach, weit weg und kaum zu verstehen, nur ihr Tonfall, Hoffnung, Liebe, Wärme, all das erwartete sie, wenn sie dieser Stimme folgen, ihr Echo orten könnte, doch ihr Klang wurde schwächer, verlor sich, fragte, suchte, irrlichterte um sie herum, fand sie nicht mehr.

Konstanze erwachte und mit ihr der Schmerz. In ihren Adern floss glühendes Blei, und jede Bewegung erhöhte die Marter. Weiße Schleier tanzten vor ihren Augen. Mit einem Stöhnen richtete sie sich auf und versuchte zu erkennen, wo sie sich befand.

Die Schleier waren der Betthimmel. Jemand hatte eine leichte Zobeldecke über sie gebreitet. Sie versuchte den Arm zu heben, um die Decke wegzuschieben, aber sogar dazu war sie zu schwach.

»Vela?«

Der Ruf war ein Flüstern. Konstanze leckte sich über die aufgesprungenen Lippen. Sie hatte Durst.

»Vela!«

Der Schleier wurde zur Seite geschoben, und eine magere Frau mit länglichem Gesicht blickte stirnrunzelnd auf sie herab. Sie trug die Kluft einer Hofdame und schien sich in den königlichen Gemächern wie zu Hause zu fühlen, denn in der anderen Hand hielt sie einen angebissenen Apfel, und das durfte sich wirklich nur jemand erlauben, der nicht nur den königlichen Äpfeln, sondern auch der Königin selbst relativ nahestand.

»Wo ist Vela?«

»Die Condesa wurde auf Euren eigenen Wunsch vom *cour* entfernt. Ich darf mich nun um Euch kümmern.«

»Elena?«

»Ja. Stets zu Euren Diensten, Tag und Nacht.«

Sie verzog die Lippen zu einem widerwärtigen Grinsen und biss wieder in den Apfel. Selbst die Kaugeräusche erinnerten an ein Pferd.

Konstanze deutete auf den Krug neben dem Bett. Elena ließ den Stoff fallen und goss etwas Wasser in ein Glas. Konstanze schloss die Augen und suchte in ihrem Schmerzensmeer nach irgendetwas, das so ähnlich wie eine Erinnerung sein könnte.

»Was ist passiert?«

Elena schob den Vorhang erneut zur Seite, in der Hand das Glas.

»Ihr hattet einen Unfall. Wisst Ihr das nicht mehr? Gestern Nacht hat man Euch gebracht. Wir sind erfreut, dass Ihr wieder bei Sinnen seid.«

Konstanze griff nach dem Glas und setzte es an. Dann roch sie an dem Inhalt.

»Was ist das?«

»Eine Medizin, die Euch der Hakim schickt.«

»Der ... Hakim?«

Elena seufzte. »Es gibt wohl so etwas wie eine Anweisung von ganz oben. Ihr sollt das trinken, und zwar so viel wie möglich.«

»Wer sagt das? Und komm mir jetzt nicht mit dem Hakim.«

Elenas flinke Augen wichen ihr aus. »Der König. Sein Diener. Majid.«

Konstanze setzte den Becher an. Doch etwas an dem Blick der Kammerfrau und ihr gesamtes freches Benehmen irritierten sie.

»Ich will das nicht.«

Sie kippte den Inhalt auf den Boden und drückte das Glas der verblüfften Elena in die Hand.

»Bring die Condesa. Ich will es aus ihrem Munde hören.«

»Hoheit, das wird nicht gehen!«

Elena wich einen Schritt zurück, wohl auch, um nicht in die Pfütze zu treten. »Die Condesa wird derzeit im Garten eingesetzt und kann unmöglich in diesem Aufzug hier erscheinen.«

Konstanze holte tief Luft. Sie hatte Schmerzen und Fieber offenbar dazu. Ihr linkes Bein war zwar noch vorhanden, aber es fühlte sich an, als ob ein Dämon an ihren Knochen nagte. Sie wollte nicht diskutieren, sie wollte Vela.

»Die Condesa. Auf der Stelle.«

Elena verbeugte sich und huschte hinaus.

Endlich allein. Mit einem tiefen Atemzug sank sie zurück in die Kissen. So schwach und elend hatte sie sich noch nicht einmal nach der Geburt ihres Sohnes gefühlt. Was, um Himmels willen, war bloß geschehen?

Sie schob den Vorhang etwas zurück und warf einen Blick in die Kemenate. Sie war hier schon einmal gewesen. Den Wandteppich mit den bunten Jagdszenen kannte sie, den Kerzenleuchter aus Kristall ebenfalls. Den schlichten Durchgang ins

Badezimmer hatte sie auch schon mal benutzt, ebenso wie die Marmorwanne im Boden, die sie von ihrem Bett aus gerade noch erkennen konnte. Und das Mädchen, das jetzt an der Wand entlang vorsichtig in ihre Zimmer schlich, auch das hatte sie schon einmal gesehen.

Das Kind trug den weiten, knöchellangen Arbeitskittel und ein nachlässig in den Nacken geschobenes Tuch. Die langen schwarzen Haare waren zu einem Zopf gebunden, und die tiefdunklen Augen in dem kleinen, herzförmigen Gesicht waren feucht von Tränen. Es sah sich furchtsam um und eilte dann auf nackten Füßen an ihr Bett.

»Meine Königin! Wie geht es Euch?«

Konstanze betrachtete das Mädchen und suchte vergeblich nach einer erhellenden Erinnerung.

»Wer bist du?«

»Ich bin Jumanah. Ich soll Euch behandeln, seitdem die Condesa das Haus verlassen hat.«

Ein kleiner, schmerzhafter Stich verletzte Konstanzes Herz. Vela hatte sie also verlassen, endgültig.

»Man sagt, der König hat Euch hier heraufgetragen«, flüsterte sie. »Stimmt das?«

»Jumanah, bitte, bring mir einen Schluck Wasser.«

Blitzschnell eilte die Kleine ins Bad und kam mit dem Waschkrug wieder. Sie half Konstanze, den schweren Behälter an die Lippen zu führen, und für den Bruchteil einer Sekunde, als sie die schwappende Flüssigkeit im Inneren erkannte, tauchte ein grauenhaftes Bild vor ihr auf. Aussatz.

Sie setzte den Krug ab.

»Jumanah. Komm her.«

Das Mädchen kam näher.

»Was ist mit der Condesa?«

»Ihr … Ihr habt sie verstoßen, glaube ich. Das sagen die Waschmägde unten im Hof. Wegen dem Harem.«

Schlagartig kam die Erinnerung wieder. Velas Verrat, ihr Ritt durchs Goldene Tal, der Sturz, die Klause, der Drachenreiter. Schließlich, auf seinen Armen, der enge dunkle Weg zur Hütte, und in dieser Hütte …

Wieder schoss der Schmerz in ihr hoch. Schwarze tanzende Schatten, vom Feuerschein an die rohe Wand einer Hütte geworfen. Ein dunkles, furchteinflößendes Gesicht, leises Flüstern, das Klirren von Eisen auf Stein. Vela, die ihr die Hand hielt.

Der Drachenreiter, unendliche Sorge in seinem so schönen Gesicht, über sie gebeugt, wie er ihr die schweißnassen Haare aus dem Gesicht strich und beruhigende Worte murmelte. Dann kam das Eisen. Die Glut, der Schrei. Und die Ohnmacht.

Das Mädchen schlug die Decke zurück und betrachtete Konstanzes Bein.

»Es ist ein wenig besser geworden, trotzdem müsst Ihr sehr tapfer sein.«

Jumanah legte vorsichtig ihre Hände auf die geschwollene Wade und begann mit ihren sanften, streichenden Bewegungen.

Konstanze schrie auf.

»Was machst du da?«

»Ich versuche, den roten Strich aufzuhalten.«

Erschrocken setzte sich Konstanze auf und betrachtete ihr Bein. Der Fuß war fest verbunden, doch knapp oberhalb des Knöchels begann die scharlachrote Linie und reichte schon bis über das Knie. So kam der Tod. So hatte er ihren Sohn geholt, und jetzt war sie an der Reihe.

Jumanah musste erkannt haben, welches Entsetzen gerade von ihrer Königin Besitz ergriff.

»Ihr braucht keine Angst zu haben. Mein Vater sagt, dass es gelingen kann, das böse Blut aufzuhalten. Man muss auch das Bein nicht gleich abschneiden.«

Sie machte eine besonders beherzte Bewegung, und Konstanze biss vor Schmerz die Zähne zusammen.

»So«, zischte sie schwer atmend. »Wer ist denn dein Vater?«

»Der Hakim.«

»Fort!«

Sie stieß Jumanah so heftig weg, dass die Kleine zurückstolperte, das Gleichgewicht verlor und zu Boden fiel.

»Raus! Raus hier! Ich will das nicht!«

Mit weit aufgerissenen Augen robbte Jumanah Richtung Wand. Von weit her waren Schritte zu hören.

»Mach, dass du fortkommst! Ich will niemanden von euch hier sehen, hörst du? Niemanden!«

Das Mädchen rappelte sich auf und rannte los, direkt in Elenas Arme, die gerade die Tür aufgerissen hatte.

»Du bist ja schon wieder hier, du kleine Pest! Hab ich dir nicht gesagt«, sie hieb auf das Mädchen ein, »dass du dich hier nicht blicken lassen sollst? Du Teufelsbrut! Du Dämon!«

Ohrfeigen klatschten auf Jumanah herab. Die Kleine duckte sich und flitzte geschickt zwischen zwei Hieben an Elena vorbei in den Flur. Das flinke Tapsen ihrer nackten Sohlen im Treppenhaus war das Letzte, was Konstanze von ihr hörte. Schwer atmend lehnte sie sich wieder zurück. Sie würde nirgendwo sicher sein, solange diese Sarazenenbrut immer und immer wieder Hand an sie legen durfte.

Hinter Elena war die verschreckte Gestalt Raschidas zu sehen. Auch das noch. Diese Kinder schienen überall zu sein, wie Mäuse tauchten sie auf und verschwanden wieder, zu schnell, um ihrer habhaft zu werden. Das Mädchen trug eine prächtig bemalte Wasserflasche und stellte sie, da es die beiden Krüge neben dem Bett der Königin bemerkte, auf den Boden. Dann verschwand es so schnell und leise, wie es gekommen war.

Misstrauisch beäugte Konstanze alle drei Gefäße.

Elena, schwer atmend wegen der soeben erfolgten Züchtigung, verschränkte abwartend die Arme vor der Brust.

»Die Condesa sagt, Ihr sollt die Arznei zu Euch nehmen.«

»So.«

»Ich würde es tun. Der Hakim hat schon vielen Menschen geholfen. Außerdem ist es der ausdrückliche Wunsch des *ré*«, wiederholte sie.

»So, so.«

Konstanzes Widerwille stieg. Keiner der drei Tränke kam ihr besonders vertrauenerweckend vor, doch irgendetwas musste sie trinken. Zum Brunnen im Hof schaffte sie es nicht, und selbst der konnte …

»Wann kommt ein Arzt aus Palermo?«

Elena stieß einen verblüfften Laut aus. »Da kommt keiner. Aber wenn Ihr darauf besteht … Wenn wir einen Boten schicken, dann wäre er heute Abend hier.«

Bis zum Abend konnte sie nicht warten. Sie verglühte innerlich, verzehrte sich nach Wasser. Die ganze *Favara* war von Wasser umgeben, und sie verdurstete hier oben.

»Wo bleibt die Condesa? Und sagt Nabil, er soll den besten Arzt Palermos kommen lassen. Einen, der sich auch aufs Sägen versteht.«

Etwas in Konstanzes Ton brachte Elena dazu, wortlos den Kopf zu senken und nach draußen zu eilen.

Konstanze sank zurück in die Kissen. Tränen, so lange zurückgehalten, rannen aus ihren geschlossenen Augen die Schläfen hinunter, vermischten sich mit dem Schweiß und tropften auf das Kissen. Sie war zu schwach, um sie wegzuwischen.

Mámá?

Die Stimme. Da war sie wieder. Hell und klar dieses Mal, und eine zartflügelige, sanfte Freude streifte ihr Herz und erhellte es wie die ersten Strahlen der Morgensonne. Konstanze riss die Augen auf, starrte auf den weißen Betthimmel und bemerkte, dass sich am äußersten Rand ihres Gesichtsfeldes flirrend schwarze Schatten wie dunkle Schleier über die Bilder legten, die ihre Augen noch erkannten.

Mámá.

Unruhig wanderten ihre Hände über die Decke. Mein Kleiner, mein Herz. Wo bist du?

Hier bin ich, Mámá.

Der zarte Flor umspielte einen im Raum schwebenden kleinen Körper und zeichnete sacht dessen Umrisse nach.

Bist du gekommen, um mich zu holen?

Ja, Mámá. Ich freue mich auf dich. Ich hatte solche Sehnsucht nach dir.

Ich auch! Ich auch, mein Schatz. Ich vermisse dich so sehr. Ich will mit dir zusammen sein, ich will nicht mehr hierbleiben.

Ich weiß, Mámá. Es wird nicht mehr lange dauern. Sieh mal, ich kann dich schon fast berühren!

Ein kleiner Arm streckte sich aus. Mit letzter Kraft hob Konstanze die Hand. Eine so innige, heilige Sehnsucht durchflutete sie, dass ihre Fingerspitzen zitterten, als sie der süßen, so sehr geliebten Gestalt näher und näher kam.

»*Mi reina!*«

Das Bild zerstob. Der weiße Vorhang teilte sich, wurde zurückgezogen, und Velas abgerissene Gestalt schob sich in Konstanzes Blickfeld. Kraftlos ließ sie die Hand fallen.

»*Mi reina.*«

Weinend fiel Vela auf die Knie. Schmutz und Erde auf ihrem Gesicht vermischten sich mit den Tränen, die ihr die blassen Wangen hinunterliefen.

»Ihr müsst tun, was der Hakim sagt. Bitte! Ich flehe Euch an! Nehmt die Medizin! Lasst Euch behandeln, sonst …«

Vela brach ab, weil Elena hinter ihr auftauchte. Konstanze betrachtete das zitternde Bündel Mensch vor ihrem Bett, das einmal ihre kraftstrotzende, rotwangige, fröhliche Vela gewesen war. Was machte dieses Land nur aus den Menschen.

»Trink das.«

Mit einer schwachen Kopfbewegung wies sie auf die opulent verzierte Glasflasche.

Vela verstand nicht.

»Trink!«

Die Condesa nickte, setzte die Flasche an und nahm einen Schluck.

»Jetzt das da.«

Sie deutete auf den Waschkrug.

Unsicher tat Vela, wie ihr geheißen.

»Und jetzt … die Medizin, die du mir so sehr empfiehlst.«

Vela nahm die Karaffe, trank und stellte sie wieder auf den kleinen Tisch.

»Danke, du kannst gehen.«

»Meine Königin«, flüsterte die Condesa. Danach stand sie auf, taumelte, fiel wie vom Blitz getroffen zu Boden, röchelte und begann einen grotesken Veitstanz. Ihre Glieder zuckten, und die Augäpfel traten aus den Höhlen.

»Vela!«, schrie Konstanze. »*Todos santos*! Vela!«

Elena war drei Schritte zurückgetreten und warf einen Blick voller Abscheu auf die sich windende Gestalt.

»Tu doch was!«

Elena schüttelte nur schockiert den Kopf und bekreuzigte sich ein ums andere Mal. Konstanze nahm Jumanahs Krug und schüttete den Inhalt auf Vela, doch das brachte die Ärmste auch nicht zur Besinnung. Ihr Gesicht war bereits rot angelaufen.

»Jumanah!«

Konstanzes Schrei gellte durch die Gemächer. »Jumanah! Holt sie mir! Holt den Hakim! Sofort!«

Elena eilte hinaus, so schnell ihre Füße sie trugen. Wenig später erschienen Nabil, Alba, Leia, diverse Schildwachen und schließlich auch Jumanah.

»Was ist passiert?«

Nabil eilte auf Vela zu und klopfte ihr auf die Wangen. Ihr Gesicht verfärbte sich gerade bläulich.

»Gift.«

Er sah hoch zu Konstanze, die mit weit aufgerissenen Augen in ihren Kissen lag und nicht wusste, ob das gerade ein Fieberalptraum war oder die schrecklichste aller Wirklichkeiten, mit der sie nach alldem Vorangegangenen wirklich nicht mehr gerechnet hatte.

»Wer hat es ihr gegeben?«

»Ich«, flüsterte Konstanze und leckte sich über die spröden Lippen. Die Bilder um sie herum begannen wieder zu tanzen. Doch nirgendwo tauchte die kleine Gestalt auf, an der sie sich festhalten wollte, die sie führen sollte, irgendwohin, egal wo, denn es gab keinen Ort auf der Welt, an dem es schlimmer sein konnte als hier.

»Sie selbst hat es hereingebracht!«, schrie Elena und deutete mit ausgestrecktem Zeigefinger auf Vela. »Sie hat gesagt, die Königin soll es trinken! Medizin wäre es, Medizin vom Hakim!«

Nabil öffnete mit flinken Fingern Velas Gebände und bettete ihren Kopf auf eines der kleinen Kissen, das ihm Alba gereicht hatte. Alle starrten stumm vor Schreck auf die Sterbende.

»Sie wollte die Königin umbringen! Mit dem Gift des Hakims!«

»Nein!«

Jumanah stürzte herein. Mit erhobenen Fäusten warf sie sich auf Elena, aber ein Schildknecht hielt sie brutal fest. »Mein Vater war das nicht! Das ist nicht von ihm!«

Konstanze hatte Mühe, in den wirbelnden Bildern um sie herum Jumanahs Gestalt herauszufiltern. Der Soldknecht hatte ihr die mageren Ärmchen nach hinten gedreht, und das Mädchen starrte sie mit schmerzverzerrtem Gesicht an.

»Er will Euch gesund machen! Glaubt mir! Ihr wart doch immer gut zu uns!«

Elena, die Inkarnation selbstgerechter Empörung, fuhr herum. »Ja! Gut war sie zu euch. Und ihr? Wie dankt ihr es ihr? Ich habe immer davor gewarnt, den Wurf dieses Höllenhundes ins Schloss zu lassen. Ich wusste, dass es eines Tages so weit kommt. Hängen und schinden sollte man euch, alle zusammen!«

Jumanah weinte und schrie zum Gotterbarmen. Alba und Leia beteten tonlos Rosenkränze, während Nabil versuchte, die besinnungslose Vela irgendwie am Leben zu erhalten. Konstanze spürte, wie ihre letzten Kräfte sie verließen. Endlich hörte sie von Ferne den Gleichschritt bewaffneter Männer. Die klirrenden Geräusche kamen näher, bis schließlich im Türrahmen zwei gerüstete Torwächter erschienen, in ihrer Mitte den Hakim. Er blutete aus der Nase, es tropfte auf seinen ohnehin schon schmutzigen Kaftan, seine Lippen waren aufgesprungen, und sein linkes Auge war zugeschwollen.

»*Bábá!*«

Jumanahs Schrei gellte durch die Kemenate und zerriss beinahe Konstanzes Trommelfell. Das war alles zu viel. Sie konnte nicht mehr, sie wollte nicht mehr. Sie sollten weg, alle, damit sie allein sein und ihre letzten schweren Gedanken auf die Suche schicken konnte nach der kleinen, dunklen Gestalt, die ihr schon fast die Hand gereicht hatte.

»*Bábá*, sie sagen, es war Gift!«

Nabil, der erkannte, dass er hier der Einzige war, der noch sinnvolle Befehle geben konnte, nickte den Torwächtern zu. Sie ließen den Hakim los, der nun auf Vela zueilte und vor ihr auf die Knie ging.

»Verflucht.«

Er tastete Vela mit geübten, schnellen Handgriffen ab. Dann suchte er in seinem speckigen Almosenbeutel herum und holte ein kleines Fläschchen hervor.

»Wasser.«

Nabil griff zu dem Krug.

»Nein!«, rief Elena. »Da ist es doch drin!«

Der Hakim nahm Nabil den Krug ab und roch daran. Sein Gesicht verfinsterte sich noch mehr. Mittlerweile hatte Nabil Wasser aus der reichverzierten Glaskaraffe in einen Becher gefüllt und reichte ihn dem Hakim. Der träufelte etwas hinein, griff mit einem Arm unter Velas Schulter, hob sie etwas an und setzte ihr das Glas an die Lippen.

»Trink.«

Vela rührte sich nicht.

Nach einem auffordernden Blick des Hakims beugte sich Nabil vor und hielt der Condesa die Nase zu. Kurze Zeit verging, dann schlich ein schwaches Aufbäumen durch ihren Körper. Sie wand sich, aber Nabil und der Hakim hielten sie gnadenlos fest. Mit einem Röcheln öffnete sie den Mund und holte tief Luft. Sofort schüttete der Hakim ihr das Wasser in den Schlund. Vela verschluckte sich, hustete, wehrte sich, aber es half nichts. Noch einmal setzte der Hakim an, und sie schluckte den Rest.

Langsam ließ er sie zurücksinken.

Dann sah er hoch zu Konstanze, die die Szene im Liegen mit glühenden, tiefumschatteten Augen verfolgt hatte.

»Was war das?«, fragte sie unter Aufbietung aller Kräfte.

»Saladins Gift. Und das Gegenmittel.«

»Ich werde dich dafür strafen. So, wie es Giftmischern gebührt.«

Der Hakim senkte das Haupt.

Der blaue Farbton wich aus Velas Gesicht. Sie war leichenblass, doch Atmung und Leben kehrten in sie zurück. Mit einem Stöhnen schlug sie die Augen auf.

Nabil beugte sich über sie und klopfte ihr leicht auf die Wangen.

»Wie geht es Euch?«

Benommen richtete sich die Condesa auf und sah sich um.

Ihr erster Blick fiel auf Jumanah, die noch immer in den Armen des Wächters hing.

»Allah ist groß!«, rief die Kleine. »Mein Vater hat Euch gerettet!«

Sie sah hinüber zu Konstanze. »Und er kann auch Euch retten! Bitte glaubt mir!«

Keiner sagte ein Wort. Nabil, die Wächter, die Hofdamen, alle sahen die Königin an.

»Wird sie wieder gesund?«, fragte Konstanze. Kein Mitgefühl lag in ihrer Stimme, nur eisige Verachtung.

Der Hakim hielt den Kopf noch immer gesenkt. »*Inschallah.*«

Vela kam auf alle viere, rappelte sich hoch, strich sich über den von der Gartenarbeit schmutzig gewordenen groben Kittel und tastete nach ihrem nicht mehr vorhandenen Gebände.

»O mein Gott, was war das? Als ob mich eine riesige Faust niedergestreckt hätte! Das Zeug bringt ja sogar ein Pferd um!«

Alle starrten sie schweigend an.

»Was ist los? Was ... habt Ihr?«

Konstanze winkte mit einer schwachen Handbewegung Nabil zu sich heran. »Sie kommt in den Turm. Die Kleine auch.«

»Nein!«, schrie Jumanah. Todesangst lag in ihrer Stimme. »Nicht in den Turm! Warum denn? Wir haben nichts getan!«

Der Hakim stand auf und wollte auf seine Tochter zueilen, doch die beiden Wächter waren schneller. Sie fingen ihn ab und drehten ihm die Arme auf den Rücken.

»Und der hier?«, fragte der eine grob.

»Der da«, sie wies auf den Hakim, »wird mich gesund machen. Wenn es ihm gelingt, lasse ich seine Tochter noch vor seiner Hinrichtung frei. Wenn nicht, so werden sie alle drei gehenkt.«

»Nein!«

Jumanah bäumte sich auf, aber der Griff des Knechtes war erbarmungslos. Mit einer Hand packte er ihre Haare, mit der anderen ihren Arm, dann schleifte er das Kind aus dem Raum. Ihre Schreie hallten durch das Treppenhaus und gellten in Konstanzes Ohren, so lange, bis die Schildknechte die immer noch benommene Vela und den Hakim abgeführt und hinter sich die Tür geschlossen hatten.

»Was … äh …«

Nabil fasste sich an die Nase. Er war leichenblass. »Meine Königin, ich kenne den Hakim schon so lange!«

»Still! Ich will nichts hören. Lasst mich allein.«

Er zog sich zurück. Elena räumte noch die Krüge weg und kam dann mit einer frisch gefüllten Flasche wieder.

»Kann ich sonst noch etwas für Euch tun?«

Ihre Stimme hatte sich verändert. Angst, Demut und die Befürchtung, vielleicht als Nächste der Königin ausgeliefert zu sein, ließen sich nicht verbergen. Konstanze sah, dass die Hände der Frau zitterten, und sie wunderte sich. Schließlich hatte sie nichts verbrochen. Wer nichts verbrochen hatte, der wurde auch nicht gehenkt. So sah der kleinste gemeinsame Nenner von Herrscher und Beherrschtem nun einmal aus. Wie grausam, dachte sie plötzlich, wie schnell du so grausam geworden bist.

»Geh.«

»Danke, meine Königin. Danke.«

Mit mehreren Verbeugungen zog sich die Zofe zurück.

Konstanze lag auf ihrem durchgeschwitzten Kissen. Sie schloss die Augen und wartete. Komm doch. Komm nur einmal noch zurück.

Aber er kam nicht mehr.

Drei Atemzüge später war sie eingeschlafen.

38.

Der Bote, der von *La Favara* nach Palermo gesandt wurde, hieß Sebastiano. Er war als schnell, diskret und verschwiegen bekannt. In das Schloss geführt hatte ihn die Wochenkorrespondenz zwischen den Seneschallen des Normannenpalastes und der Jagdsitze, und eigentlich befand er sich schon fast wieder auf dem Rückweg, als ihn der heikle Notruf erreichte.

Sein Auftrag lautete, dem zuständigen Ministeriale so sachlich wie möglich den Zustand der Königin zu erklären sowie dafür Sorge zu tragen, dass dem Wunsch nach dem besten Arzt ohne Umschweife Rechnung getragen wurde. Von einem Anschlag sollte dabei keine Rede sein, doch Sebastiano hatte natürlich mitbekommen, was sich im Schloss zugetragen hatte. Er machte sich umgehend auf den Weg. Er stellte keine Fragen, und da er auch selten welche beantwortete, war er der Beste für diesen Auftrag, den man in *La Favara* auftreiben konnte.

Sebastiano trug keinen Nachnamen, weil er ihn nicht kannte. Ein klarer Hinweis auf die Tatsache, dass er von seiner Mutter kurz nach der Abnabelung in irgendeiner Ackerfurche abgelegt worden war und dort wohl zu Grunde gegangen wäre, hätte ihn nicht ein Landarbeiter oder eine andere mitleidige Seele geborgen und der nächsten Kapelle auf die Stufen gelegt. Fragte man ihn genauer, so nannte er sich »von Tremonte«, nach dem kleinen Ort, in dem das Kirchlein stand. Dort schubste ihn der Padre, kaum dass er krabbeln konnte, unter den Rock der Bäckersfrau, die trotz größter Mühe keine Kinder gebären konnte und mit ihrer verbitterten Wut ihren Gatten viel zu früh unter die Erde gebracht hatte. Der Padre verkaufte der hartherzigen und geizigen Frau die Tat als »gut für zwanzig Jahre Fegefeuer«, und so wuchs Sebastiano heran, an den Ohren in die Länge gezogen von den Knechten, wieder gestaucht von den schweren Mehlsäcken, doch am Leben gehalten von reichlich verspelzter Hirse, Roggen und Korn, so dass er, kaum zwölf, in die Höhe schoss und bald schon die Witwe überragte.

Diese hatte sich das Lager mal mit dem einen, mal mit dem anderen Mahlknecht geteilt. Alle gaben sich redlich Mühe, es ihr gut zu besorgen, allerdings sahen sie sich, einer nach dem anderen, um den Lohn schmählich betrogen. Keinen von ihnen ließ sie frei. Als der Padre mahnte, es sei wohl Zeit, die Unzucht zu beenden und einen – egal wen, Hauptsache, er ging vor Gott als Mann durch – zu ehelichen, da erinnerte sie ihn an den Ablass und dass sie für die zwanzig Jahre Fegefeuer sich zuvor ja wohl noch zwanzig Jahre an der Sünde freuen dürfe.

Der Padre behielt einige lästerliche Gedanken in Bezug auf den Ablass im Allgemeinen und den Handel damit im Besonderen für sich und ließ sie gegen mehrere großzügige Spenden an die Armen gewähren.

So kam es, dass zwei Jahre später beim Abendessen der Zwirn mit dem Rauchfleisch in Sebastianos Schüssel hing. Die Bäckersfrau pflegte damit das Kraut zu würzen, zog die Speckseite aber immer wieder an dem Faden heraus, um es mehrmals zu schmälzen. Am Wochenende ging der ausgekochte Rest in den Besitz desjenigen über, der sich gerade der Gunst der Herrin erfreuen durfte. Als Sebastiano den dunklen Faden in seinem Napf sah und das glasige, schwabbelnde Fleisch daran, erinnerte es ihn derart an die Hüften der großzügigen Spenderin, dass er aufstand, in die Kammer ging, die er mit drei anderen Knechten teilte, seinen Beutel unter dem Strohsack hervorholte, sich in die Kemenate der Bäckerin schlich, ihr die Kupfermünzen aus der Lade stahl, das Haus verließ und nie wieder dort gesehen wurde.

Er ging über die Berge nach Palermo. Dort war er frei. Seiner Hartnäckigkeit und seinem Witz war es zu verdanken, dass er als Küchenknecht im Palast arbeiten durfte. Schnell und flink, wie er war, fiel er auch bald den Wachen auf. Man empfahl ihn weiter, und noch bevor Sebastiano das fünfzehnte Lebensjahr erreichte – ungefähr, denn sein genaues Geburtsdatum kannte er nicht –, gehörte er fest zur Entourage der Palastlogistik und durfte bald erste Botengänge erledigen.

Er sah, wie der junge König heranwuchs, und bekam mit, welche unterschiedlichen Mächte und Interessen ihn zu ihrem Spielball machten. So war es nur eine Frage der Zeit, bis auch Sebastiano die Wahl hatte, in eines der vielen Lager überzutreten. Er ließ sich von einem Seneschall Pagliaras anwerben, hielt die Augen offen, den Mund dagegen zu, und als ein Schwarzkittel von Capparones Leuten ihn ansprach, blieb er verschwiegen und wies den guten Mann nicht darauf hin, dass er bereits in anderen geheimen Diensten war.

Er bediente beide Herren so gut es ging, verriet dem einen, zu wem der andere ihn geschickt hatte, und war nicht sonderlich erstaunt, als eines Tages ein dritter an seine Tür klopfte. Mittlerweile bewohnte er ein kleines Kämmerchen hoch oben im Gesindetrakt des Palastes, das er sich mit zwei Stallknechten teilte, hatte bereits den einen oder anderen Dirham zur Seite gelegt, erfreute sich der Liebschaft mit einer hübschen, drallen Wäscherin aus dem Färberviertel, die er zu ehelichen gedachte, bevor ihre Hüften schwabbelig wurden, und fühlte sich als Diener dreier Herren in geradezu gesicherten Lebensumständen. Bis zu diesem Abend.

Kurz vor der Stadtmauer hielt er das Maultier an und holte sich den Wasserschlauch vom Sattel. Der Ritt war lang gewesen, die Straßen staubig, und direkt hinter dem Nordtor musste er sich entscheiden, welchen Weg er zuerst einschlagen wollte. Sein Auftrag lautete: in den Palast. Also entschied er sich für den Palast – zunächst.

Dort angekommen, führte er das Tier in den Stall und bat den

Knappen Capparones, ihn zu melden. Wenig später, Sebastiano saß gerade in der Küche und ließ sich kalten Braten und einen Krug Dünnbier schmecken, das es seit neuestem statt des guten *môraz* gab – eine Maßnahme zur Verringerung der Trunkenheit im Dienst, wie man hörte –, holte ihn ein Page ab und brachte ihn in den Vorraum der Loggia, in der *il ministeriale* seine Unterredungen zu halten pflegte.

Kurze Zeit später stand er vor dem Mann, vor dem ganz Palermo zitterte.

Sebastiano war sich wohl bewusst, dass sein Leben davon abhing, wie gut er die Interessen seiner drei Herren voneinander unterscheiden konnte. Er hatte sich genau zurechtgelegt, mit welcher Information er zunächst die politischen Kräfte des Landes auf dem Laufenden zu halten gedachte.

»Die Königin schickt nach einem Arzt, dem besten Siziliens. Oder vielmehr dem besten, der sich in geziemender Nähe zur *Favara* aufhält.«

Capparone zog die schwarzen, schmalen Augenbrauen hoch. »Und warum?«

Sebastiano verbeugte sich. »Sie hat sich bei einem Ausflug verletzt, und nun muss das Bein abgeschnitten werden. Ihr Zustand ist … bedenklich.«

Hinter Capparones Stirn arbeitete es. Sebastiano konnte sich denken, was den aalglatten Mann umtrieb. Schwächte eine tote Königin die Macht des Königs? Wohl kaum. Er würde einfach die Nächstbeste zur Frau nehmen. Genug Bewerberinnen gab es ja, und aussuchen durfte er sie sich wohl mittlerweile auch.

»So schickt nach van Trossel. Er hat Erfahrung mit dem Schneiden.«

Sebastiano verbeugte sich erneut und war entlassen.

Unten im Hof schnappte er sich einen Laufburschen und gab den Auftrag weiter. Dann verließ er den Palast und lief eilig die Marmorstraße hinunter zum Dom. Kurz bevor er das Gotteshaus erreicht hatte, bog er in eine dunkle Seitenstraße ein. Er hielt inne und klopfte an eine niedrige Pforte. Wenig später wurde er durch den Hintereingang des erzbischöflichen Palastes zum Knappen Pagliaras geführt.

Guglielmo Bonacci bereitete gerade die Predigt für den kommenden Sonntag vor und bedeutete dem Boten knapp und unfreundlich, sich kurz zu fassen.

»Die Königin wurde vergiftet.«

»Wie bitte?«

»Es muss der alte Hakim gewesen sein. Der, der Annweiler …«

Ein Blick in das erstaunte Gesicht Guglielmos ließ Sebastiano verstummen. Jeder in Palermo kannte den alten Hakim, zumindest jeder, der nicht mehr allzu viel Hoffnung in Gebete und Messen setzen durfte.

Guglielmo legte das filigrane Lesezeichen aus gestanztem Gold zwischen die geöffneten Seiten der Bibel und klappte den Folianten langsam und bedächtig zu.

»Was weißt du darüber?«

»Er soll Saladins Gift gemischt haben. Eine Kammerfrau hat vorgekostet und wäre fast gestorben. So ist's rausgekommen. Die Königin hat ihn zum Tode verurteilt und die Kammerfrau auch.«

Die Mädchen erwähnte er nicht.

Sebastiano hatte Guglielmo nie leiden können. Auf den ersten Blick wirkte der Knappe wie ein blasser, langweiliger Bücherwurm. Doch hinter dieser Fassade loderte das glühende, verzehrende Feuer des Ehrgeizes. Wie so viele dritte Söhne hatte er nie seinen Platz in der Welt gefunden und versuchte sich nun dort, wo man ihn hingeschickt hatte, von diesem Makel zu befreien.

Sebastiano waren Männer lieber, die ihr Leben selbst in die Hand nahmen, und zwar egal, wo und wie und als was sie geboren waren. Wie er beispielsweise. Er dachte an den nächsten, den letzten Gang, der ihm bevorstand, und freute sich auf reichliche Gaben.

Guglielmo presste die Lippen aufeinander und blickte an dem Boten vorbei. Die dicken Samtvorhänge waren bereits zugezogen, und mächtige Wachskerzen erleuchteten den Raum. Die Luft war stickig, die leichte Süße des Bienenwachsaromas vermischte sich mit den Ausdünstungen der weihrauchgeschwängerten Umhänge und dem schweren Duft des Balsams, mit dem die Priester sich die Hände und die Sterbenden salbten.

»Darüber hinaus wird sie wohl bald tot sein.«

»Die … Kammerfrau?« Guglielmo riss sich aus seinen Gedanken.

»Nein, die Königin. Das böse Blut verzehrt sie, und van Trossel ist auf dem Weg zu ihr, um ihr das Bein abzuschneiden.«

»Hat der Hakim gesagt, warum er die Königin töten wollte?«

»Nein«, antwortete Sebastiano.

Er setzte wieder die dämlichste seiner Mienen auf und achtete gleichzeitig darauf, dass ihm keine Regung im Gesicht seines Gegenübers entging. Und tatsächlich: Fast schien es so, als wäre Guglielmo erleichtert.

»Er wird noch heute Nacht gehenkt.«

Sebastiano tat verwundert. »So schnell? Nicht erst aufs Rad, wie es Giftmischern gebührt?«

»Nein. Die Schandtat wird sofort gebüßt.«

Er hob eine kleine Silberglocke und läutete. Umgehend trat sein Knappe ein.

»Sendet einen Boten zum Henker. Er soll sich uns zur *Favara* anschließen. Wir nehmen die Sache selbst in die Hand.« Er wandte sich wieder an Sebastiano. »Danke. Geh in die Küche und lass dir geben, was du wünschst. Und halt den Mund.«

Sebastiano verbeugte sich und eilte den langen Gang hinunter, bis er das Gesindetreppenhaus erreicht hatte. Dann stieg er zwei Treppen hinab, bis er in die Küche gelangte, richtete den

Befehl Guglielmos aus und ließ sich zwei Würste und einen Kapaun geben, den er am Abend gemeinsam mit seiner Liebsten zu braten trachtete.

So bepackt, verließ Sebastiano den Palast des Erzbischofs wieder durch den Hinterausgang und wandte sich nach rechts, zur Marmorstraße. Ihr folgte er bis fast hinunter an den Hafen, bevor er im Gewirr der kleinen Gassen untertauchte, schnell, flink und gewandt, wohl wissend, wohin sein Weg ihn führen würde, bis er schließlich vor einer kleinen Gartenpforte stehen blieb und den bronzenen Ring betätigte.

»Zu Signor Salvatore Bonacci«, sagte er.

Ihm wurde aufgetan.

39.

So erreichten spät am Abend drei Männer zu Pferd, im Schlepptau einen Esel als Saumtier, das äußere Tor von *La Favara*. Nachdem sie ihr Anliegen vorgebracht hatten, ließen die Wachen den Signore und seine beiden Knechte ein. Der Mann, ganz in dunkles Tuch gekleidet, war hochgewachsen und schlank, und die Behändigkeit, mit der er vom Pferd sprang, strafte seine grauen Haare Lügen.

»Vorsicht mit der Lade!«

Zwei Sarazenenmägde waren zu Hilfe geeilt, um den beiden Knechten beim Herunternehmen der schweren Truhe zur Hand zu gehen.

In der Truhe befand sich das Chirurgenbesteck des Arztes: Knochensäge, Aderklammern, scharfe Messer, Ledergurte zum Abbinden des Stumpfes, saubere Leinentücher sowie eine Dosis Mohndevirat, die ausgereicht hätte, einen Ochsen fliegen zu lassen. Doch der Arzt wusste, zu welchen Kräften der Schmerz die Menschen treiben konnte, und gab ihnen gerne ein paar Tropfen mehr.

Ein kleiner Araber in gelbem Kaftan kam über den Hof auf ihn zugeeilt.

»Mein Name ist Nabil Ibn Marah, verehrter *dottore*. Ich bin der Majordomus gewissermaßen sozusagen, solange die Königin nicht Herrin ihrer Sinne ist.«

Er verbeugte sich mehrmals.

Der Arzt musterte ihn kurz.

»Wo ist sie?«

»In ihren Gemächern. Ich lasse sie gerade wecken, damit sie sich auf Euren Besuch vorbereiten kann.«

»Und der Hakim? Der sie bisher behandelt hat?«

»Der Hakim, ja. Also, auch er befindet sich in … seinen Gemächern.«

»Dann führt mich zu ihm.«

»Ja, gerne. Nein! Also, das wird wohl nicht … Oh! Wenn ich Euch noch unseren Küchenmeister vorstellen darf?«

Durch den Kräutergarten eilte Pasquale auf die kleine Truppe zu, Zaki im Schlepptau, der mit weit aufgerissenen Augen und vor Aufregung flachem Atem versuchte, seine Neugier nicht von seiner Angst beherrschen zu lassen.

Der *dottore* drehte sich um und reichte dem Koch die Hand.

»Rujthart van Trossel«, stellte er sich vor. »Gebürtig bin ich aus Delft, aber ich habe die Schulen von Amsterdam und Bologna besucht.«

»Bologna, ah!«

Ein Lächeln huschte über Nabils sorgenzerfurchtes Gesicht.

Van Trossel nickte von oben herab, zufrieden, dass man seine Qualifikationen selbst an diesem entlegenen Ort zu schätzen wusste.

»Habt ihr den Tisch bereitet?«

Pasquale nickte. Er war bleich, und seine Hände verknoteten vor lauter Nervosität das saubere Handtuch, das er sich in den Gürtel gesteckt hatte.

»Und das Feuer geschürt?«

»Ja.«

»Ist heißes Wasser im Kessel?«

Von hinten spürte er, wie Zaki sich in seinen Kittel krallte. Er machte eine unwirsche Handbewegung, um den Küchenjungen zu verscheuchen, doch dieser blieb weiter an ihm hängen wie die Zecke am Bock.

»Ja, Signore. Alles so, wie der Hakim … wie man uns angewiesen hat.«

Der Arzt winkte seinen beiden Knechten, die die Truhe gerade in Richtung Schlosseingang wuchteten.

»Hierher! – Zeigt ihnen den Weg. Sie sollen alles vorbereiten. Wir versuchen natürlich, die Unversehrtheit der Königin zu bewahren, aber die Entscheidung darüber, ob wir das Bein abschneiden oder nicht, kann ziemlich schnell fallen. Ihr müsst in Bereitschaft bleiben.«

»Sehr wohl, sehr wohl.«

Pasquale drehte das Tuch in seinen Fingern zu einer Wurst. »Bedeutet das, wir können solange die Küche nicht für anderes nutzen?«

Der Arzt dachte nach. »Ihr solltet, bis es so weit ist, zumindest den Tisch frei halten und das Wasser heiß. Ich schneide ungern, wenn direkt neben mir geschlachtet wird.«

»Nein, nein. Das machen wir im Hof. Es wird alles so sein, wie Ihr es wünscht.«

Pasquale sah den Arzt fragend an. Der nickte zufrieden, und der kleine Tross setzte sich in Richtung Küchentrakt in Bewegung. Nabil und van Trossel blieben zurück.

»Nun zum Hakim.«

Nabil nickte.

40.

Der Kellerraum war feucht und kalt. Kein Fenster, kein Abort. Wenigstens schien es so, als ob er lange Zeit nicht benutzt worden wäre. Das Stroh schimmelte zwar, doch der Nachttopf war leer, wenn auch eine unappetitliche braune Kruste das gesamte Geschirr überdeckte. Was stank, war ihr Schweiß. Angstschweiß.

Der Hakim saß in der einen Ecke. Jumanah hatte sich eng an ihn gepresst, nur ab und zu stieg noch ein kleines Schluchzen aus ihrer Kehle. Es klang mehr nach einem Schluckauf, aber wenn sie den Kopf drehte und hinüber zu Vela sah, spiegelte sich das Licht der blakenden Talgkerze in den nassen rotgeweinten Augen.

Die Condesa litt noch immer unter den Nachwirkungen des Giftes. All ihre Glieder schmerzten, und ihr Kopf schien zwischen zwei riesigen Steinen zu liegen, die ihn mehr und mehr zusammenquetschten.

»Was in drei Teufels Namen habt Ihr da zusammengebraut?«

Der Hakim hob noch nicht einmal den Kopf.

»Am meisten nehme ich Euch übel, dass Ihr mich für diesen schändlichen Anschlag missbraucht habt. Wie konntet Ihr nur!«

»Er war es nicht!«

Jumanah ballte die Fäuste. »Mein Vater ist Arzt. Er bringt keine Menschen um, er rettet sie.«

»Hoho! Haha! Saladins Gift, ja? Damit wurden dreitausend wackere Kreuzritter umgebracht! In einen Hinterhalt gelockt und die Wasserlöcher verseucht! So etwas kann sich nur ein krankes Hirn ausdenken. Retten, von wegen. Sieh nur, wohin uns dein Vater gebracht hat. Wir werden alle geschunden und gehenkt!«

Jumanah vergrub das Gesicht in dem Kaftan ihres Vaters. Der Schrecken seines Kindes weckte ihn aus seiner Selbstvergessenheit.

»Halt den Mund, du böses Weib. Wie kannst du nur so etwas sagen?«

»Weil es wahr ist! Weil Ihr die Königin töten wolltet!«

Der Hakim klopfte seinem Kind sacht auf die zuckenden Schultern. »Ich wollte sie nicht töten«, sagte er leise. »Das Gift ist zwar von mir, das gebe ich zu, aber es wurde für einen anderen Zweck hergestellt. Euch habe ich die Medizin gegeben.«

»Und der Teufel kam auf Bocksfüßen und hat alles vertauscht?«

Der Hakim runzelte die Augenbrauen und verzog das Gesicht zu einer wütenden Grimasse.

»Der *sheytan*, ja.«

Ärgerlich wendete Vela sich ab und betrachtete die dunkle Wand aus groben, unbehauenen Feldsteinen. Ihr war kalt, und sie hatte Angst. Am meisten aber nagte an ihr der Gedanke, dass ihre Königin sich so sehr irrte. Aber letzten Endes war ihr hier unten auch die Königin herzlich egal. Alles wurde egal, wenn das Nächste, was die geblendeten Augen im Sonnenlicht sehen würden, der Galgen war.

Schritte kamen die Kellertreppe herunter. Vela rappelte sich auf. Vielleicht klärte sich alles auf, und sie wurden freigelassen?

Der Hakim sprang auf und war mit zwei Schritten bei ihr.

»Hier«, zischte er. »Für dich und das Kind. Erst Jumanah. Hast du mich verstanden?«

Er drückte ihr etwas in die Hand. Verwirrt starrte sie auf zwei kleine, dunkle Wachskugeln.

»Einfach nur draufbeißen. Du hast doch noch Zähne, oder?« Er grinste sie an.

Vela lag schon das passende Schimpfwort auf der Zunge, da sah sie etwas in seinen Augen, was seinen Witz genauso Lügen strafte wie seine Ruhe: die ausweglose Verzweiflung. Schnell steckte sie die Kügelchen in ihr Brusttuch.

Ein schwerer Schlüssel wurde ins Schloss gesteckt und gedreht, dann öffnete sich die Tür. Vela kniff die Augen zu, die vom Schein der Fackeln schmerzten.

»Zurücktreten.«

Der Hakim eilte zu seiner Tochter.

Da drang die barsche Stimme des Kerkermeisters in das Verlies. »Wenn ihr euch nur einen Schritt rührt, kette ich euch an. Dich auch!«

Jumanah nickte und verkroch sich noch ein bisschen mehr in das väterliche Gewand.

»Er da. Steh Er auf.«

Der Hakim tat, wie ihm geheißen. Ein Knecht legte ihm eine Lederfessel an.

»Komm Er mit.«

»*Bábá?*«

»Ich bin bald wieder da.«

Jumanah biss sich auf die Unterlippe, sagte jedoch nichts mehr.

Ihr Vater hob die gefesselten Hände und strich ihr kurz über den Scheitel.

»*Is-salaamu aleikum.*«

»*W'aleikum is-salaam.*«

»Mitkommen!«

»Jumanah!« Der Mann wandte sich noch einmal an seine Tochter. »Achte auf Sauberkeit, sei ehrlich und bewahre dich, so wie ich es dich gelehrt habe.«

»Ja, *bábá.*« Das Mädchen weinte.

»Und denke an deine Puppe. Bewahre sie auf und geh sorgsam mit ihr um.«

»Ja, *bábá.*«

Als der Knecht den Hakim durch die Tür stieß, flüchtete Jumanah mit einem Aufschrei in Velas Arme.

»Was passiert mit ihm?«

Ihre großen Augen richteten sich in so inniger Verzweiflung auf Vela, dass sie gar nicht anders konnte, als das Mädchen in den Arm zu nehmen.

»Wo geht er hin?«

»Zur Königin.«

»Dann macht er sie gesund.«

Vela führte das Kind hinüber zu dem kleinen Strohhaufen.

»Ja«, sagte sie, »er macht sie gesund. Dieses Mal ganz bestimmt.«

Sie tastete nach den beiden Kügelchen. Plötzlich wurde sie ganz ruhig. Sie drückte das Mädchen an sich und spürte, wie seine Tränen feucht und warm den dünnen Stoff ihres Übermantels netzten. Beruhigend strich sie ihm übers Haar und die zuckenden Schultern. Egal, was kommen würde, wenigstens den Galgen würden sie nicht mehr sehen.

41.

Die Kemenate war so hell erleuchtet, wie es unter Zuhilfenahme von Kerzen und Öllampen nur ging. Konstanze spürte, dass es langsam ernst wurde. Bei Laszlo hatte das Sterben drei Tage gedauert. Sie befand sich erst auf halbem Wege. Jetzt musste Gott entscheiden, ob sie umkehren oder weitergehen sollte.

Da hatte sie das Kindbett überstanden, die Seuche und den Aussatz, und jetzt das. Sizilien sehen und sterben. Ein schöner Satz – und so treffend. Die Schmerzen waren kaum noch zu ertragen. Sie hoffte, dass van Trossel irgendetwas in seiner großen Tasche mit sich führte, was ihr die letzte Wegstrecke wenigstens etwas erleichtern würde.

Still war es im Zimmer. So still, dass sie von draußen das Zirpen der Grillen hören konnte und ab und zu ein leises Plätschern, wenn ein Fisch nach einer Fliege schnappte. Manchmal knisterten die Kerzen, sprühten kurz auf, wenn der Docht unregelmäßig abbrannte. Da sie sich nicht bewegen wollte, starrte sie seit einer halben Ewigkeit auf die Jagdszene an der Wand und fragte sich, wer dort wohl abgebildet war. Der König? Heinrich, sein Vater? Barbarossa? Der Reiter trug schulterlange rote Locken und einen schmalen, kurzzackigen Goldreif auf dem Haupt. Sein Pferd war weiß, das Zaumzeug reich geschmückt. Ein Falke ruhte auf seinem Handschuh, hinten im Wald sprangen Hasen und Hirsche fröhlich davon. Sie versuchte, das Gesicht des Reiters zu erkennen, doch es blieb ein heller, schemenhafter Fleck.

Wo war der König, wenn seine Königin starb? Auf der Jagd? Im Familiarenkolleg? Bei seinen Konkubinen? Vielleicht schon im Krieg? War er im Dom und betete ein letztes Ave-Maria für seine unbekannte teure Ehefrau, bevor er sich wieder dem Wichtigeren widmete? Sie hätte ihn gerne wenigstens einmal gesehen. Mittlerweile kannte sie seine Eunuchen besser als ihn. Und seine Freunde. Wo der Drachenreiter jetzt wohl war? Bei der Sarazenin mit den schlanken Fesseln und der flinken Zunge? Sie stöhnte leise. Der Schmerz fraß ihren Körper, das Fieber verbrannte ihn. Sie schloss die Augen, aber sie konnte sein Gesicht nicht vergessen und auch nicht diesen Blick, mit dem er sie angesehen hatte und der sie jetzt noch versengte, mehr, als es jedes Fieber konnte.

Van Trossel lehnte an der Wand und sah gedankenverloren auf den Boden. Er wirkte vertrauenerweckend, doch das machte die Diagnose um so niederschmetternder. Das Bein musste ab, bevor die rote Linie die Leiste erreichte. Dann gab es noch Hoffnung. Eventuell.

Konstanze ahnte, was ihr bevorstand. Nicht viele Menschen überlebten eine solche Operation. Meist kam der Wundbrand und danach ein tagelanges, manchmal Wochen dauerndes, entsetzliches Martyrium. Fäule fraß den Leib, Schmerzen löschten das Hirn.

Hilf mir. Hol mich. Bitte. Reich mir die Hand.

Sie schloss die Augen und lauschte, aber die Stimme war verstummt.

Dafür wurde leise die Tür geöffnet. Sie hörte das Klirren und wusste, dass die Wachen erschienen waren und mit ihnen der Hakim.

Van Trossel sah hoch und stieß sich von der Wand ab. Langsam ging er auf den humpelnden, verdreckten Mann zu, der jetzt in die Mitte des Raumes gestoßen wurde. Die Wächter nahmen ihm die Fesseln ab.

»Ihr habt in Damaskus studiert?«

Der Hakim nickte und rieb sich die Handgelenke.

»Die Königin wünscht, dass ich Euch und Eure Handlungen überwache. Ihr habt Zeit bis zum Morgengrauen. Wenn dann keine Besserung eingetreten ist, werde ich das Bein abnehmen.«

»Ich … ich brauche meine Tochter dafür.«

Van Trossel runzelte die Stirn und warf einen Blick auf Nabil, der sich, wie immer bei höchst delikaten Angelegenheiten, im Hintergrund hielt.

Der Eunuch verbeugte sich.

»Jumanah. Ich werde sie holen, wenn die Königin das wünscht.«

Van Trossel trat ans Bett und flüsterte Konstanze etwas zu. Sie war zu schwach, um zu antworten. Sie bewegte sich etwas, er richtete sich auf und schüttelte den Kopf.

»Das Mädchen bleibt im Turm.«

»Dann die andere. Raschida.«

Van Trossel beugte sich wieder zu Konstanze. Leise Worte gingen zwischen den beiden hin und her.

»Raschida ist gewährt. Nun, was habt Ihr vor?«

»Ich werde Umschläge machen und das Gewebe ausstreichen. Dazu soll Raschida Kräuter sammeln, um damit eine Kräftigung des Herzens und ein besseres Fließen der Säfte zu erreichen. Und ich brauche meinen Beutel.«

Van Trossel dachte nach, schließlich nickte er.

»Warum trapeniert Ihr nicht den Schädel?«

»Das ist veraltet.«

»Mein Rat wäre, die Königin zur Ader zu lassen. Das böse Blut wird so dem Leib entzogen.«

»Das böse, und das gute ebenso. Es schwächt den Patienten, was gut sein mag bei Zuckungen und dem Anspringen von bösen Geistern. Im Moment würde ich allerdings davon abraten.«

Van Trossel flüsterte wieder mit Konstanze. Sie bat um einen Schluck Wasser, den er ihr reichte. Dann nickte sie.

Der Arzt wandte sich an die Wachsöldner.

»Gebt ihm den Beutel.«

Einer der beiden trat vor und warf dem Hakim den Beutel vor die Füße. Der andere drehte sich um und kam wenig später mit Raschida zurück. Der Hakim zog seine Tochter zur Seite und gab ihr hastig seine Aufträge. Raschida nickte eifrig und lief davon. Dann trat der Hakim ans Bett, und van Trossel hob die Decke. Beide sahen auf das geschwollene Bein.

»Es wird weh tun«, sagte der Hakim. »Und es ist wenig Zeit. So Allah es will, wird die rote Linie bis zum Morgen nicht weiter steigen. Falls doch, so ist es Gottes Wille.«

»*In nomine patris et filii et spiritus sancti.* In Ewigkeit Amen«, antwortete Van Trossel.

Alle sahen sie an.

»Der Priester«, flüsterte Konstanze. »Holt ihn her. Ich werde ihn brauchen.«

42.

Rocco saß in der kleinen Kammer und schwitzte sich die Seele aus dem Leib. Einen ganzen Tag und die Nacht hatte man ihn hier schon schmoren lassen, und zwar im wahrsten Sinne des Wortes. Er hatte Durst und er musste pinkeln. Im Morgengrauen hatte er sich bereits einmal erleichtert und die Hinterlassenschaften so gut es ging mit Vogeldreck und Staub bedeckt. Das war natürlich kein Zustand auf Dauer. Hatte man ihn etwa vergessen?

Erneut hämmerte er gegen die grobgezimmerte Holztür.

»Hallo? Hört mich keiner? Ich will hier raus!« Er legte das Ohr an die Tür und lauschte. Nichts. »Ich will hier raus!«

Das durfte doch nicht wahr sein. Jetzt war er endlich im Innersten des Heiligtums angelangt, atmete die gleiche Luft wie sie – ein wenig ammoniakgeschwängert vielleicht, aber immerhin –, ruhte unter dem gleichen Dach – etwas unbequemer vielleicht, trotzdem – und würde, wenn das so weiterging, als mumifizierte Leiche in späteren Jahrhunderten aufgefunden und verscharrt werden. Beten?

Rocco hatte nichts gegen das Beten, bezweifelte aber seinen praktischen Nutzen. Gebete hatten in den entscheidenden Situationen seines Lebens nie geholfen. Schon als Kind hatte er die verzweifelte Bitte nach einem Stück Brot lieber an die Lebenden als an die Heiligen gerichtet – von Letzteren mochte vielleicht die Erbauung kommen, Nahrung dagegen ganz sicher nicht. Und sein Flehen, Raffaella näherzukommen – hatte Gott ihm jemals zugezwinkert? Oder war es nicht vielmehr seinem Mut, seiner Beherztheit und, selbst wenn es eitel klingen mochte, auch seinem kühnen Geiste zu verdanken, dass er sich jetzt nur durch ein paar Mauern von der Süße ihrer Anwesenheit getrennt befand?

Resigniert wischte er sich einige Spinnweben von den Lumpen und wollte sich gerade wieder in die nicht ganz so verschmutzte Ecke zurückziehen, als er Schritte hörte. Sie kamen die Stiege hoch, verharrten, er vernahm das Rasseln einer Kette, und dann wurde die Tür geöffnet. Einen Augenblick lang spürte er eine wilde Freude. Raffaella!

Dann aber erkannte er die gebeugte, zerbrechliche Gestalt des Alten. Missmutig wandte er sich ab.

»Nun?«, fragte Bonacci. »Wie gefällt es dir in unserem Gästezimmer?«

Rocco schwieg. Wenn der Alte bis hier hinaufgekrochen war, würde er schon von allein mit der Sprache herausrücken.

»Es tut mir leid, dir nichts Bequemeres anbieten zu können, aber unser Haus ist auf die Unterbringung von Schweinehirten nicht vorbereitet.«

Pferde!, schrie Rocco im Geiste. Du hast mich zu den Pferden befördert! Schon vergessen?

»Ihr könnt uns einen Moment allein lassen.«

Bonacci gab dem Pagen ein Zeichen, der sich daraufhin unsichtbar machte.

»Nun, mein lieber Rocco, das Unternehmen ist gescheitert. Vermutlich deiner Dummheit wegen, und die wird dir über kurz oder lang sowieso das Genick brechen. Aber ich habe mir deine Beobachtungen lange durch den Kopf gehen lassen. Wenn es denn so ist und du den Leibhaftigen in unserem König erkannt hast, dann solltest du nicht nur mir, sondern auch dem Rest des christlichen Abendlandes davon berichten.«

Rocco tat so, als ob ihn das nicht interessierte, und pulte sich in der Nase. Die Borke, die er herausholte, inspizierte er aufs genaueste.

»Ich habe mich deshalb entschlossen, dich auf eine kleine Seereise zu schicken. Was sagst du dazu?«

Der Knecht steckte sich den Popel in den Mund, knabberte etwas darauf herum und schluckte ihn hinunter.

»In zwei Stunden geht einer meiner Koggen nach Genua. Dort solltest du dir ein gutes Pferd nehmen, sofern du reiten kannst, und über Mailand und Konstanz nach Deutschland reisen. In zwei Wochen findet in Goslar ein Hoftag statt. Das ist doch etwas Feines, oder?«

Rocco wischte sich den feuchten Finger an seinem Kittel ab.

Der Alte kam näher. Er stützte sich auf seinen Stock und beugte sich zu dem Knecht hinab. Nicht zu sehr, denn Rocco stank mittlerweile mehr als alle Schweinekoben Palermos zusammen.

»Du hast ihn gesehen«, flüsterte er, »den Leibhaftigen. Niemand sonst kann das von sich behaupten.«

Er richtete sich wieder auf. »Oder soll ich statt deiner einen Kurier senden?«

Warum nicht?, fragte sich Rocco. Warum hast du es nicht längst getan? Er rappelte sich auf und wies auf die verdreckten, unverputzten Wände.

»Wer sagt mir denn, dass ich in Goslar nicht ebenso ehrenhaft empfangen werde wie in Eurem Hause?«

Bonacci grub in einer Mantelfalte und holte schließlich einen kleinen goldenen Siegelring hervor.

»Dies hier. Diesen Ring zeigst du in Goslar dem Knappen Ekbert von Kameren. Hast du mich verstanden? Ekbert von Kameren, aus dem Gefolge des Ritters von Ysenburg bei Büdingen. Diesem Knappen und keinem anderen sonst. Und das hier …«, er zog ein versiegeltes, in Leder eingenähtes Päckchen heraus und drückte es Rocco in die Hand, »… gibst du ihm dazu. Geht das hinein in deinen Kopf?«

Rocco wollte nach Ring und Brief greifen.

Bonacci zog beides mit einer schnellen Bewegung zurück.

»Später, mein Freund. Bist du bereit?«

Der Knecht überlegte nicht lange. Einen Hoftag kannte er nur vom Hörensagen, und Reiten hatte er auf Eseln gelernt. Zwar hatte er Sizilien noch nie verlassen, aber das Reisen war heutzutage eine ziemlich sichere Angelegenheit. Die Handelsfehde zwischen Pisa und Syrakus ruhte seines Wissens. Irgendwie durchschlagen würde er sich schon, vorausgesetzt, das Reisesalär war gut bemessen.

Er blickte an sich hinunter. »Aber so, wie ich aussehe, kann ich doch nicht vor einen Knappen treten.«

Bonacci lächelte ihn an. Es war ein väterliches, gütiges Lächeln.

»Natürlich nicht. Du wirst gebadet, geschoren und gekleidet. Außerdem wirst du reisen, wie es eines Pagen würdig ist. Oder eines Knappen, wenn ich ein Ritter wäre.«

Rocco überlegte. Was könnte er noch verlangen? Dies war kein Auftrag, den ein Baron einem Schweinehirten übertrug. Es musste ein gewaltiger Haken an der Sache sein. Vermutlich ging es um den Brief. Den würde er spätestens im Hafen von Genua ins Wasser werfen. Der Ring war schon heikler. Es schien ein Siegelring zu sein. Wo konnte man so eine Kostbarkeit am unauffälligsten versetzen? In Mailand?

Später. Darüber konnte er sich noch in aller Ruhe den Kopf zerbrechen.

Er verzog das Gesicht zu der vielgeübten und oft geglückten einfältigen Grimasse und hoffte, dass der Alte nicht seine Gedanken lesen konnte. Mit einem Seufzen höchsten Glücks sank er auf die Knie und riss die freie Hand Bonaccis an seine Lippen.

»Danke, Herr! Danke! Seid gewiss, ich werde Brief und Ring mit meinem Leben verteidigen!«

»Nicht mit deinem Leben, du Dummkopf.« Bonacci zog die Hand weg und wischte sie an seinem Mantel ab. »Mit deiner Seele.«

Verwirrt hob Rocco den Kopf.

»Verschwende nicht einen Gedanken daran, mich zu betrügen. Denn wenn du es tust, wird der echte Leibhaftige kommen und dich holen. Verlass dich drauf. Er wird dich finden, egal wo du bist. An ihn werde ich dich nämlich verraten.«

Rocco erschauerte. Wieder sah er die Szene vor sich, deren Zeuge er geworden war. Das satanische Blutritual, die Schändung des Leibes, der Hohn auf Gift und Tod.

Doch Bonacci war noch nicht fertig mit ihm.

»Du hast die Königin getötet«, zischte er. »Die Metze des Satans. Du hast das Gift ins Schloss gebracht, erinnerst du dich noch? Das wird dir der Leibhaftige sehr, sehr übelnehmen.«

Ein bisschen krude war das schon, was Rocco da hörte, denn die wirklich bösen Sachen sollten in dem angespannten Verhältnis zwischen ihm und der Hölle eigentlich ein paar Wogen glätten können. Aber er wusste, worauf Bonacci hinauswollte. Vor der Hölle gab es noch ein Erdenleben. Und das schien ihm der alte Sack so richtig vermiesen zu wollen. Jetzt kramte er auch noch ein kleines Heiligenbildchen und ein Federmesser hervor.

»Deine Hand.«

Rocco streckte sie vor. Blitzschnell fuhr der Alte mit dem Messer durch Roccos Daumenballen.

»Au!«

Blut tropfte herunter. Der Knecht wollte den Arm zurückziehen, doch Bonacci hielt ihn eisenhart umklammert. Er zeigte auf das Heiligenbildchen.

»Schwör mit deinem Blut.«

Rocco erstarrte. So ein Bild hatte er noch nie gesehen, allenfalls davon gehört. Es zeigte keinen Heiligen, sondern den bockfüßigen, nackten Teufel, der mit erhobener Rute einer feisten Hexe von hinten an die Glocken griff. Alles war klein und fein gemalt und verziert, so dass man erst bei genauem Hinschauen erkennen konnte, worum es ging.

Der Alte führte Roccos zitternde Hand über das Bild und quetschte sie zusammen, woraufhin zwei Blutstropfen auf die makabre Szene fielen.

»Schwöre.«

Der Knecht schlackerte am ganzen Körper. Jetzt wurde es ernst. Vielleicht halfen Gebete doch? Nur ein kleines bisschen? Herr, lass einen Blitz herniederfahren, das Dach des Hauses spalten und den Schädel dieses Teufelsanbeters noch dazu, und ich verspreche, nein, ich schwöre!, nie wieder etwas Unanständiges zu tun.

»Schwöre!«

»Ich schwöre«, flüsterte Rocco mit klappernden Zähnen.

»Meinem Herrn treu zu dienen.«

»Meinem Herrn treu zu dienen.«

»Seinen Willen zu erfüllen und sein Vertrauen niemals zu enttäuschen.«

»Seinen Willen zu erfüllen«, Herr, der du bist da oben, geheiligt werde dein Name, dein Reich komme, dein Wille geschehe, »und sein Vertrauen niemals zu enttäuschen. Aah!«

Wieder fuhr Bonacci mit dem Federmesser über den Handballen des Knechts und stach noch zweimal hinein. Dann holte er ein Fläschchen mit Tinte aus seiner Mantelfalte und schüttete es über die Verletzung.

»Wisch es ab.«

Rocco nahm seine Lumpen und tat, wie ihm geheißen. Auf der Innenseite seiner Hand zeigte sich ein Kreuz mit zwei Punkten.

»Das Zeichen unserer Bruderschaft. Nun gehörst du dazu, und es soll dir an nichts fehlen.«

Bonacci sammelte seine Utensilien wieder ein. Dann stand er auf und ging zur Tür.

»Wenn du wiederkehrst in Reinheit und Treue, dann …«

»Dann?«

»Dann wird sich vielleicht dein größter Wunsch erfüllen.«

»Mein … mein größter Wunsch? Woher wisst Ihr?«

Bonacci klopfte mit dem Spazierstock an die Tür. Augenblicklich wurde sie geöffnet, und das ergebene Gesicht des Pagen erschien.

»Du tust, was ich dir befohlen habe. Gib ihm Kleider und alles, was er für die Reise braucht.«

»Ja, mein Herr.«

Der Alte wandte sich noch einmal an Rocco. Der Knecht rappelte sich auf und verbeugte sich mehrere Male hintereinander.

»Du auch.«

Der Page trat zur Seite, und Bonacci stieg die Treppen hinunter. Rocco betrachtete noch einmal das brennende Mal auf seiner Hand und überlegte, ob ein an Gott gerichteter und zum Teufel gesprochener Schwur sich eigentlich selbst aufhob. Dann kam er zu dem Schluss, dass dies zu viel Gelehrsamkeit für einen armen Schweinehirten war.

Knapp zwei Stunden später verließ er, verbunden, gebadet, gekämmt, rasiert, entlaust und eingekleidet, Bonaccis Palazzo durch den Haupteingang und bestieg die *Beata Catalina*, die Brokat aus Konstantinopel und Seide aus Samarkand an Bord mit sich führte, außerdem Schwerter aus Damaskus, Zimt aus Ägypten, *Pfeffer vom Olymp*, fast echte Vasen aus Athen und einen Brief, in dem die Barone Siziliens geschlossen an Otto den Welfen appellierten, das *regnum* von Friedrich Roger, dem Staufer, zu befreien.

43.

Zur gleichen Morgenstunde befühlte van Trossel Konstanzes Stirn. Dann begutachtete er die rote Linie.

»Wie sieht es aus?«

Konstanzes Stimme war nur noch ein Flüstern. Die Nacht war an ihr vorübergeglitten wie ein Schiff mit hundert Segeln. Jedes einzelne von ihnen trug Bilder und Szenen ihres Lebens, schöne und schreckliche, und am liebsten verweilte sie bei Laszlo und den vielen glücklichen Stunden, die sie mit ihm hatte erleben dürfen.

Er hatte sie so reich beschenkt. Warum war ihr das nie in den Sinn gekommen? Das Glück, ihn nach der Geburt unversehrt im Arm zu halten. Sein erstes Lächeln. Das zufriedene Glucksen und Saugen an der Brust der Amme. Die ersten Schritte, die ersten Worte. Mámá.

Sie sah ihre fernen, strengen Eltern. Und Sancha und Alfonso, wie sie dem Kreisel hinterherjagten und sich wilde Wettrennen mit den Steckenpferden lieferten. Die Hochzeit mit Imre. Sein stolzer Blick, als er ihren Schleier hob und sie sanft auf die Stirn küsste. Es war eine gute Ehe, er war ein guter Mann gewesen. Hatte Gott ihr Leben nicht gesegnet?

So wäre sie in Frieden mit dem Schiff zum Horizont gezogen, wenn nicht …

Der Drachenreiter. Wie er sich über sie beugte und das Wasser aus seinen Locken tropfte. Wie er ans Ufer watete und sie seinen nackten Rücken sehen konnte, die schmalen Hüften, die Beine, um die sich die nasse Lederhose spannte.

»*Mach ihn mir hart.*«

Mehr hatte er nicht über die Liebe gesagt. Und selbst diese Worte hatte sie gestohlen, seinen Lippen abgepflückt und festgehalten wie eine Diebin ihren Raub.

»Nun …«

Van Trossel zog sich erneut zurück. Jetzt gingen diese Beratungen wieder los. Wenn sie nicht gerade wegglitt und ihren Bildern und Wünschen nachhing, konnte sie die beiden hören, wie sie sich die Köpfe heißredeten. Ihren Körper spürte sie nicht mehr. Beide hatten je einen Trank gebraut und ihn ihr eingeflößt, mit dem Ergebnis, dass sie reglos und schwer wurde wie ein Stein – aber auch genauso taub und kalt. Gott sei es gepriesen, ihr Geist aber hatte sich auf eine wundersame Reise begeben, die ihr beglückende Erkenntnisse schenkte.

Sie tippte bei Resultat Nummer eins auf van Trossel, bei Nummer zwei auf den Hakim.

Vielleicht konnte man diesen merkwürdigen Heiler der Sarazenen dazu bringen, ihr noch ein wenig von dem Zeug zu brauen, bevor er gehenkt wurde. Das Rad wollte sie ihm erlassen, wenn sie das hier überlebte.

»Mir scheint, die Linie wird blasser. Zumindest ist sie nicht weiter hochgekrochen.«

Der Hakim hatte nur einmal einen kurzen Blick auf die Königin werfen dürfen. Darüber hinaus benutzte er Raschida als Botin, die die ganze Nacht wie in Trance an ihrem Bett gesessen und dieses völlig sinnlose Streichen ausgeführt hatte.

»Wie fühlt Ihr Euch?«

»Besser«, flüsterte Konstanze.

Raschida sank in sich zusammen. »Kann ich aufhören, *bábá*?«

Der Hakim, der gerade seine Utensilien in den Beutel packte, schüttelte den Kopf. Mörser und heißes Wasser hatte man ihm aus der Küche geholt. Der Wachsoldat achtete darauf, dass auch die Messer und Zangen ordentlich verstaut wurden, bevor er dem Hakim den Beutel abnahm und ihn durch die offene Tür hinausstieß. Raschida sah ihm mit brennenden Augen hinterher. Sie mochte ein, zwei Jahre jünger sein als ihre Schwester, doch sie verhielt sich wesentlich vernünftiger. Mit einem Seufzen machte sie sich wieder an die Arbeit.

»Wer hat mich denn nun geheilt?«, fragte Konstanze.

Van Trossel holte einen neuen Umschlag aus dem kalten Kräutersud und legte ihn auf.

»Gott der Allmächtige«, antwortete er. »Wir sind nur sein Werkzeug. Aber mit allem Respekt und der größten Lobpreisung des Herrn – sie sind nicht schlecht, diese Araber. Er hat mir erzählt, wo er praktiziert hat. Und in Bologna lehren bereits Mauren.«

Konstanze biss sich ärgerlich auf die Lippen. »Er wollte mich töten.«

Van Trossel nickte. »Richtig. Heilen und töten – das liegt auch medizinisch nah beieinander. Aber Ihr seid noch lange nicht über den Berg, ich würde ihn daher noch ein bisschen am Leben lassen. Die Zusammensetzung dieser Essenz hat er mir nämlich nicht verraten, und scharf befragen hilft bei diesen Heiden nicht.«

Raschida zuckte zusammen.

Van Trossel warf ihr einen kurzen Blick zu.

»Braves Mädchen. Eine höchst interessante Therapie. Das Trapenieren hätte selbstverständlich auch geholfen, diese Methode scheint mir jedoch schonender zu sein.«

Raschida senkte den Kopf und wagte nicht, eine der beiden hohen Instanzen direkt anzusehen.

»Hast du viel von deinem Vater gelernt?«, fragte Konstanze.

»Nicht sehr viel«, flüsterte das Mädchen. »Ich habe kaum Zeit dafür. Aber ab und zu bin ich noch drüben bei ihm und schaue ihm zu. Jumanah geht ihm öfter zur Hand.«

»Beim Giftmischen?«

Raschida wurde noch einen Hauch bleicher und sagte jetzt gar nichts mehr. Van Trossel stand auf, ging zum Fenster und warf einen kurzen Blick hinaus. Konstanze spürte, wie die Wirkung der Drogen nachließ. Erstaunt stellte sie fest, dass die Schmerzen sich in Grenzen hielten.

»Ich will jetzt ruhen.«

Raschida sprang auf, verbeugte sich und lief hinaus.

Van Trossel kam zu ihr zurück.

»Schlaft. Bis heute Abend wird es Euch bessergehen, dann könnt Ihr auch Pagliara empfangen.«

»Pagliara?«

»Immerhin ist der Anschlag auch ein Attentat auf Kirche und Staat. Es gibt eine Verhandlung, bevor heute Nacht ...« Er brach ab und begann, die Vorhänge um ihr Bett zu ordnen.

»Bevor was, van Trossel? Sprecht!«

Der Arzt gab Alba ein Zeichen, mit der Arbeit fortzufahren. Sie hatte sich wie Leia die ganze Nacht stumm im Hintergrund gehalten und war nur zu besonders intimen Handreichungen ans Bett der Königin gerufen worden. Jetzt setzte sie sich auf das Bett und berührte Konstanzes Bein in der Art, die sie von Raschida abgeschaut hatte.

Van Trossel ließ sich von Leia Tasche und Mantel reichen. »Das Blutgerüst wird schon im Hof aufgebaut. Noch heute werden sie im Paradiese ... Na ja. Wo auch immer. Wie gesagt, lasst den Hakim noch ein bisschen was auf Vorrat brauen. Ich bin gleich nebenan, falls Ihr mich braucht. Eure Krise ist überstanden. Kommt jetzt erst einmal wieder zu Kräften.«

Damit verließ er Konstanze, und Alba schloss den letzten Vorhang.

44.

Die Hammerschläge dröhnten über den Vorplatz und drangen, abgeschwächt durch das Mauerwerk, bis in die entlegensten Ecken der *Favara*. Es war ein einfaches Gerüst, das die Männer da zimmerten. Ein hohes Podest mit einer Öffnung in der Mitte, darüber der Galgen. Für eine Treppe blieb keine Zeit, die Leiter musste genügen. Für die hohen Herren aus Palermo schaffte man Bänke heran, der Rest der Leute musste stehen.

Die Verhandlung selbst sollte im Bankettsaal stattfinden. Nabil überwachte die Aufgabe höchstpersönlich. Jedes Mal, wenn nach einer kurzen Pause die dumpfen Schläge vom Vorplatz wieder erklangen, zuckte er zusammen.

Pasquale, der herübergekommen war, um die Abfolge des Abendessens mit ihm zu besprechen, bekreuzigte sich.

»Wer kann denn danach noch essen?«

Man konnte ihm ansehen, dass er sich diese Frage so noch nie in seinem Leben stellen musste.

Nabil zuckte mit den Schultern. »Der Henker, seine Diener. Der da.«

Er wies auf Zaki, der sich gerade aus einem der Körbe vor der Tür eine Handvoll Feigen stahl.

Schnell legte der Junge die Feigen wieder zurück.

»Bestimmt nicht«, antwortete er. »Deshalb wollte ich ja vorher …«

Pasquale gab ihm eine Ohrfeige. »Vorher. Ich geb dir gleich vorher.«

Dann wandte er sich wieder an Nabil.

»Soll ich den Gefangenen noch etwas zu essen bringen?«

Der Eunuch runzelte die Stirn und dachte nach. »Nein«, antwortete er mitfühlend. »Das wäre, glaube ich, Verschwendung.«

Auch im Turmkeller war das Hämmern zu hören. Vela zählte mit. Vier, Pause, dann drei kurze Schläge hintereinander. Seit Stunden ging das so und zerrte an ihren Nerven. Sie war allein mit dem Hakim. Er war im Morgengrauen zurückgekehrt, erschöpft und wortkarg, ein Schulterzucken als Antwort auf die drängende Frage, wie es Konstanze ging und ob sie überleben würde.

Er hatte Vela an ihren Gott verwiesen, er wolle sich dem seinen widmen, aber sie hegte den Verdacht, dass dieser zähe Mann weder Folter noch Tod, noch – ihr Gott möge seiner armen Seele gnädig sein – irgendeine andere höhere Instanz fürchtete und wohl eine wesentlich engere Verbindung zur Kehrseite des Himmels pflegte. Als er sah, dass auch Jumanah abgeholt worden war, rollte er sich nämlich auf der anderen Seite des Kerkers zusammen, murmelte und zischte unverständliche Sätze, die Vela gar nicht erst verstehen wollte, und kaute wieder auf irgendeiner Droge herum, die er in einer Falte seines Gewandes gefunden hatte – ohne der Condesa etwas davon anzubieten. Dieses Mal hätte sie wohl angenommen, wenn er es ihr aufgedrängt hätte, vielleicht könnte sie dann auch im Angesicht des Todes den widerwärtigen Umständen eine solche Verachtung entgegenbringen, wie der Hakim es tat.

Jumanah war nicht mehr zurückgekehrt, und das war ein gutes Zeichen. Konstanze würde also überleben. Sie, Vela, wohl nicht.

Sie betete den vierundvierzigsten Rosenkranz. Jedes Mal, wenn sie an die Stelle »und in der Stunde unseres Todes« kam, schoss sie einen giftgelb blitzenden Blick auf den Hakim ab. Der hockte mittlerweile in der anderen Ecke und hing seinen Gedanken nach.

Vela ließ den Rosenkranz sinken.

»Also, jetzt raus mit der Sprache. Wir sind beide in einer Situation, in der die Wahrheit uns nicht mehr schaden kann. Warum habt Ihr die Königin vergiftet?«

Der Hakim seufzte und verlagerte sein Gewicht von einem Bein auf das andere.

»Wie oft soll ich es noch sagen? Das Gift war nicht für sie, sondern für die Ratten.«

»Wie kam es dann in den Krug mit der Arznei? Hä?«

»Ich weiß es nicht.«

»*Señor mio y Dios mio*! Heilige Mutter Maria!«, rief Vela. Dann besann sie sich und fuhr gemäßigter fort: »Bitte für uns. Jetzt und in der Stunde unseres Todes ... Wollt Ihr nicht auch endlich beten?«

»Warum?«

»Vielleicht wäscht es ein wenig Schwefel und Höllenpest von Euch ab.«

Der Hakim fauchte ein knurrendes Lachen.

»Zu spät.«

»Danke für die Medizin.« Das schnelle Gift, der letzte Ausweg ruhte in ihrem Brusttuch. Sie wartete auf eine Reaktion, doch es kam keine. »Habt Ihr denn auch eine, wenn ... wenn es so weit ist?«

Der Hakim fletschte die Zähne und präsentierte ihr über den rechten unteren Backenzähnen eine exorbitante Zahnlücke. Plötzlich hatte er ein schwarzes Kügelchen auf der Zunge. Geschickt schob er es wieder zurück an seinen Platz.

»Was ist da drin?«

»Etwas, das es schnell und schmerzlos macht. Verlasst Euch darauf.«

Dann versank er wieder in brütendes Schweigen.

Ein klirrendes Geräusch vor der Kerkertür signalisierte, dass jemand im Anmarsch war. Die Wache nahm wohl gerade Haltung an. Die Gefangenen starrten auf die Tür.

Als das Schloss geöffnet wurde, quietschten die rostigen Angeln. Der zur Feier des Tages geharnischte Knecht trat zur Seite, und Guglielmo erschien.

»Die Frau soll oben warten.«

»Nein!«, schrie Vela. »Ich bin noch nicht so weit. Bitte nicht!«

Ein zweiter Knecht kam herein, trat ohne viel Federlesens zu ihr und zerrte sie auf die Beine.

»Bei allen Heiligen! Ich habe nichts damit zu tun!«

Guglielmo musterte Vela von oben bis unten.

»Wir werden sehen. Wenn Ihr die Wasserprobe besteht, seid Ihr heute Abend schon frei.«

»Die Wasserprobe?«

Entsetzt sank Vela auf die Knie. »Bitte nicht, das überlebe ich nicht. Das überlebt doch keiner!«

»Wer vor dem Angesicht Gottes die Wahrheit sagt, überlebt auch das! – Weg mit ihr.«

Der Knecht schleifte die weinende Condesa hinaus. Guglielmo wartete, bis die Schreie der Frau verklungen waren, dann erst gab er dem Knecht ein Zeichen, der daraufhin zurück in den dunklen, niedrigen Gang trat und die Tür hinter sich schloss. Sie waren nun allein.

»Ich habe auf dich gewartet«, sagte der Hakim.

Guglielmo strich sich symbolisch ein wenig Staub von seinem weiten Mantel, antwortete aber nicht.

»Was zahlst du für mein Schweigen?«

Der Edelknappe tat so, als habe er nichts gehört. Da sich in dem Verlies keine Sitzgelegenheit befand, schob er schließlich mit den Füßen etwas schmutziges Stroh zusammen und ließ sich auf dem kleinen Haufen nieder. Dann ordnete er sorgfältig die Falten seines Mantels, bevor er wie nebenhin gesprochen sagte: »Du bist schon tot, auch wenn du noch nicht kalt bist. Ein sprechender Kadaver.«

»Du auch, Guglielmo, Brut des Satans.«

Mit einer blitzschnellen Bewegung zog der Knappe einen kleinen Dolch hervor.

»Ich könnte dir die Zunge abschneiden. Jetzt. Was soll das

also mit dem Schweigen? Sobald die Sonne untergeht, wirst du für immer stumm sein.«

»Ich habe aufgeschrieben, für wen ich das Gift gemischt habe.«

Ganz langsam steckte Guglielmo den Dolch wieder weg. »Du kannst doch gar nicht schreiben. Zumindest kein Latein, stimmt's?«

Der Hakim zuckte beiläufig mit den Schultern. »Für ein paar Namen reicht es noch. Deiner steht ganz oben auf der Liste, Guglielmo Salvatore Battista Bonacci. Dann der deines Vaters und dann all jene, die nachts Euer Haus am Hafen betreten. Von hinten und im Dunkeln, wie die Ratten, schleichen sie hinein. Doch ich habe gute Augen, und am besten sehe ich bei Nacht.«

Guglielmo griff an das Tasselband und lockerte es. Äußerlich wirkte er ruhig, doch die Handbewegung verriet seine Nervosität.

»Du lügst.«

»Lass es darauf ankommen.«

»Wo ist die Liste?«

»Das wird niemand erfahren, wenn du Wort hältst.«

»Was willst du?«

»Meinen Töchtern darf nichts geschehen.«

Guglielmo verzog den Mund zu einem hässlichen Grinsen. »Ach so, deinen Töchtern. Daher weht der Wind. Sind sie denn schon alt genug, dass ein Mann etwas von ihnen hat?«

Tief in den Augen des Hakims blitzte etwas auf. Er zog scharf die Luft ein, aber dann beherrschte er sich und schwieg.

»Also gut, sterben wirst du so oder so. Wenn auch nur ein Name bekannt wird, verspreche ich dir, deinen Töchtern die Hölle auf Erden zu bereiten.«

Er stand auf und sah auf den Hakim herab. »Wenn du aber stirbst wie ein Mann, schick ich sie nur zu den Schweinen. Das mögt ihr doch so, oder?«

Er ging zur Tür und klopfte. Augenblicklich wurde sie geöffnet.

Guglielmo drehte sich noch einmal um, hob die Hand und segnete den Mann.

»*Ci benedica Dio e lo temano tutti i confini della terra. Amen.* Gott sei mit dir.«

Die Tür fiel ins Schloss, erst dann spuckte der Hakim aus.

45.

Konstanze erwachte am frühen Nachmittag. Das Fieber war gesunken, die rote Linie fast verschwunden, und van Trossel, der sich nebenan kurz aufs Ohr gelegt hatte, diagnostizierte eine fortschreitende, ja geradezu wundersame Genesung. Dann teilte er ihr mit, dass der Henker im Gefolge von Pagliara eingetroffen sei.

»Der Bischof nimmt das Urteil selbst in die Hand, was nicht ungewöhnlich ist bei einem so schweren Fall von Hexerei und Giftmischerei. Das Blutgerüst ist schon aufgebaut. Die Hinrichtung erfolgt heute nach Sonnenuntergang.«

Eine eisige Hand ergriff Konstanzes Herz. »Aber … ist das nicht ein bisschen schnell? Müsste man nicht wenigstens hören, was die beiden zu dieser schändlichen Tat bewogen hat?«

Van Trossel schüttelte bedauernd den Kopf. »Sie sind überführt, leugnen wäre zwecklos. Und einen Grund … Meine Königin, könnt Ihr mir einen Grund nennen, der einen solchen Anschlag auf Euch rechtfertigen könnte? Wenn Ihr danach fragt, hieße das ja, es könnte einen geben! Nein, das verbietet sich von selbst.«

»Das ist doch Wahnsinn.«

Was hatte sich Vela bloß dabei gedacht? Nur weil sie die Condesa vorübergehend suspendiert hatte? Sie musste komplett den Verstand verloren haben.

»So ist es«, pflichtete Ruijthart van Trossel ihr bei, als ob er Gedanken lesen könnte.

»Mein Gott, mein Gott.«

Konstanze wurde klar, dass ein Aufschub nicht in Frage kam. Sie, die Königin, hatte beide vor Zeugen überführt und zum Tode verurteilt. Das konnte jetzt nicht mehr rückgängig gemacht werden. Tränen traten ihr in die Augen.

»Ihr müsst nicht dabei sein«, interpretierte van Trossel ihre Verzweiflung völlig falsch. »Pagliara wird das Urteil fällen und vollstrecken. Die Condesa leugnet übrigens eine Verstrickung in den teuflischen Pakt. Eventuell wird die Wasserprobe angeordnet, falls sie bei ihren widersprüchlichen Aussagen bleibt.«

Die Wasserprobe. Dabei beschwerte man die Verurteilten mit Steinen und warf sie gefesselt ins Wasser. Blieben sie unten, waren sie schuldig. Tauchten sie wieder auf ... War eigentlich jemals ein Mensch wieder aufgetaucht? Sie sah sich um. Alba und Leia standen still und mit gesenkten Häuptern am Fußende des Bettes.

»Meinen Scharlachrock.«

Der war am schnellsten zu schnüren.

»Und den *surcot*.«

Überrascht stoben beide davon.

»Ihr wollt doch nicht etwa aufstehen?«, fragte van Trossel ehrlich besorgt.

»Und ob«, erwiderte Konstanze. »Ich möchte dabei sein.«

Vielleicht möchte ich auch von meinem Gnadenrecht Gebrauch machen, falls es hier so etwas gibt. Für den Hakim verspürte sie keine Unze Mitgefühl. Wer Gift mischte, der hatte sein Leben verwirkt, und wer es sogar noch anwendete, erst recht. Aber für Vela ... Was hatte die Arme nur so irregeleitet, dass sie sogar vor Mord nicht zurückschreckte? Und, was genauso schlimm war: diese beleidigende Einfalt! Kein Vertuschen, keine Heimlichkeit, nein, einfach das Gift in den Krug und zusehen, wie sie verreckte. Konstanze wusste nicht, was mehr an ihr nagte: die Verzweiflung oder die Wut über Velas neuen, so eindeutigen Verrat.

Van Trossel fügte sich. »Gestattet wenigstens, dass ich mich nach einer Sänfte umsehe. Laufen könnt Ihr nämlich noch nicht.«

Konstanze nickte, und van Trossel verließ die königlichen Gemächer. Für einen kurzen Moment war sie allein. Da hörte sie es, von weit her, mit seinem dünnen, kalten Klang. Das Totenglöckchen.

Die Wandteppiche im Festsaal waren entfernt, die Fresken abgehängt. Kein buntes Bild sollte den Ernst trüben, mit dem hier Recht gesprochen werden sollte. An der Wand aufgereiht standen die Knechte und Mägde, vor ihnen die Knappen und Hausangestellten. Sarazenen und Juden, die dem niederen Gesindestand angehörten – und das waren bis auf Nabil eigentlich alle –, durften nicht teilnehmen, sie warteten draußen. Trotzdem war es voll in dem Raum und beinahe unerträglich heiß.

Am Kopfende hatte man eine der langen Tafeln belassen und dahinter die prächtigen Hochsessel aufgestellt. Daneben stand die Reiselade des Henkers mit den wichtigsten Utensilien, die für eine eventuelle strenge Befragung nötig waren. Auf der Mitte des Tisches lag Pagliaras Bibel für unterwegs, außerdem standen eine silberne Tischglocke und ein prächtig vergoldetes Holzkreuz darauf. Pagliara rückte beides noch ein wenig gerade, dann sah er hoch und blickte sich um.

Es war für die große Menschenmenge ungewöhnlich still im Raum. Sein Edelknappe stand rechts außen neben der Tafel an der Wand. Außer dem Chronisten, einem flinken Schreiber aus dem erzbischöflichen Palast, waren noch fünf Priester aus

Palermo sowie der junge Geistliche aus der Hauskapelle anwesend. Sie trugen lange schwarze Samtmäntel, waren also dem Anlass entsprechend schlicht gekleidet, und hielten alle ein Kreuz in der Hand. Das Gesinde tuschelte leise, und ein kleiner Sarazene in gelbem Kaftan zupfte das schwere seidene Tischtuch zurecht.

»Kann ich noch etwas für Euch tun, Exzellenz?«, fragte er mit hoher Weiberstimme.

Angewidert schüttelte Pagliara den Kopf. Auch wenn er das Kastrieren dieser Männer eigentlich grundsätzlich gutheißen sollte – schließlich dämmten sie damit freiwillig ihre eigene Vermehrung ein –, so war es ihm dennoch ein Rätsel. Eine Erklärung könnte sein, dass entmannte Knaben auf den Sklavenmärkten höhere Preise erzielten, denn nur wenige von ihnen überlebten die grausame Prozedur. Doch welchen Sinn und Zweck sahen die Heiden darin, ihresgleichen an der Fortpflanzung zu hindern?

Andererseits – wenn er an so manche Hirten seiner Gemeinden dachte, war Kastration nicht sogar ein wesentlich sicherer Weg als jedes Gelübde, in Keuschheit dem Herrn zu dienen? Vertrauen war ja gut, aber … Sein Blick fiel auf die Brüder aus Palermo. Von zweien der fünf Geistlichen hinter der Tafel war Pagliara bekannt, dass sie mit Frauen zusammenlebten, und ein dritter pflegte sehr enge Beziehungen zu einer der Basilianerinnen. Für die anderen beiden würde er seine Hand gewiss nicht ins Feuer legen. Man müsste den Kastrationsgedanken einmal in Rom erwägen. Rein theoretisch, natürlich. Wer Gott mit reinem Herzen dienen wollte, konnte ja wohl auch …

Er verwarf seine Überlegungen als unpassend für diesen Moment, denn jetzt betrat der Henker den Raum. Die furchteinflößende Kapuze bedeckte Kopf und Schultern, und als Symbol seines Standes trug er die langstielige Axt. Leichte Unruhe kam auf, viele der Anwesenden bekreuzigten sich.

Es hatte Pagliara einiges gekostet, ihn quasi vom Mittagstisch weg hierher in die Einöde zu locken. Hinrichtungen waren normalerweise eine termingebundene Angelegenheit, und da der Mann zudem einen freien Handwerksberuf ausübte, konnte er ihm auch schlecht mit Befehlen kommen. Schließlich war er nur mit klingender Münze und dem Argument, dass die Königin höchstselbst bereits das Urteil gefällt hatte, zum Aufbruch zu bewegen.

Das alles war nicht ganz hasenrein, und Pagliara wusste das. Obwohl er kaum mit der ganzen rätselhaften Angelegenheit in Verbindung zu bringen war, hatte er ein ungutes Gefühl. Er war zwar nicht beteiligt an der Freveltat, dennoch hatte sein Knappe ihn in den Schmutz der Mitwisserschaft gezogen. Auch das würde noch ein Nachspiel haben. Und warum es statt des Königs nun die Königin erwischt hatte, entzog sich völlig seiner Kenntnis. Vielleicht hatte er auch nicht so genau zugehört? Wie dem auch sei – sein ureigenes Interesse war, die Angelegenheit möglichst schnell hinter sich zu bringen.

Er nickte dem Henker zu, und dieser gab seinen Knechten ein Zeichen.

Vier Mann schleiften den Verurteilten herein. Ein bisschen zur Brust genommen hatten sie ihn sich – schließlich wurden sie ja auch fürs Schinden bezahlt –, denn seine Nase war geschwollen, und zu den getrockneten Blutflecken auf seinem Kittel hatten sich einige frische gesellt. Pagliara rümpfte unwillkürlich die Nase. Eine widerwärtige Existenz, um die es sicher nicht schade wäre auf Gottes schöner Erde.

Vor der Tafel warfen sie den Hakim zu Boden. Mit einer geübten Bewegung riss der erste Knecht den Kopf des Mannes hoch, der andere schob ihm die Kiefer auseinander, und der dritte griff ihm in den Mund. Er musste nicht lange suchen.

Mit einem triumphierenden Grinsen holte er eine kleine schwarze Wachskugel heraus.

»Wir kennen alle Tricks«, zischte er ihm leise zu.

Der Hakim starrte ihm hasserfüllt nach. Der Knecht überreichte das Kügelchen Pagliara, der es mit einer Mischung aus Verblüffung und Abscheu musterte und anschließend mit Daumen und Zeigefinger hoch in die Luft hielt.

»Braucht es noch einen Beweis?«

Entsetzte und bösartige Worte machten die Runde. Einer der Henkersknechte versetzte dem Hakim noch einen Fußtritt, und alle starrten auf den schmutzigen, blutenden Mann, der sich jetzt mühsam aufrichtete.

»Said Abdellatif. So lautet dein Name?«

Pagliara gab dem Chronisten ein Zeichen. Der machte mit dem Kohlestift seine Notizen auf ein bereits mehrfach benutztes älteres Pergament. Später würde er alles ordnungsgemäß an die Justitiare Capparones weiterleiten.

»Ja.«

»Studiert in den Künsten der Medizin, Alchemie und Astromagie?«

»Ja.«

»Früher im Dienst am Hofe Heinrichs zu Palermo? Vom Dienst entbunden und verbannt nach dem Tode Markwart von Annweilers?«

»Ja.«

»Gibst du zu, Gift gemischt zu haben?«

»Ja.«

»Hast du die Königin damit vergiften wollen?«

Da ging ein Raunen durch die Menge, und der Chronist starrte auf die Tür hinter Pagliaras Rücken.

Verwundert drehte sich der Bischof um.

»Meine … Königin?«

Zwei kräftige Männer aus dem Stall trugen die einfach gearbeitete Sänfte.

»Ganz recht«, erwiderte Konstanze. »Eure Königin.«

Sie sprach so leise, dass nur die erste Reihe der Zuschauer sie verstehen konnte. Diese gaben ihre Worte an die Nachstehenden weiter, und da nicht alle sofort mitbekamen, worum es ging und wer da auf einmal aufgetaucht war, breitete sich Unruhe aus.

»Wir werden bei der Verhandlung anwesend sein«, sagte sie.

Pagliara hob die Glocke und läutete. »Ruhe!«

Die Priester standen auf und machten Platz, damit die Sänfte hereingetragen werden konnte. Man stellte sie links neben die Tafel, denn von hier aus hatte Konstanze den Angeklagten wie die Kläger im Blick.

Als alle wieder ihren Platz gefunden und die Stallknechte sich schubsend unter die Zuschauer gemischt hatten, wandte sich Pagliara wieder an den Hakim.

»Also: Hast du die Königin damit vergiften wollen?«

Der Angeklagte sah sich schnell um. Nirgendwo war ein Kind zu sehen.

»Ja«, antwortete er leise.

»Lauter!«

»Ja.«

Konstanze umklammerte die Armlehne der Sänfte, während lautes Zischen und Murmeln den Raum erfüllte.

»Ruhe!«, rief Guglielmo. Er hatte zwar keine Glocke, aber seine Stimme klang, im Gegensatz zu der seines Herrn, hell und durchdringend.

Ruckartig wandte der Hakim den Kopf. Sein glühender Blick schien den Knappen zu durchbohren.

Pagliara nahm das Kreuz und küsste es. Dann hielt er es hoch, so dass alle Anwesenden es sehen konnten.

»So bist du, im Namen des Allmächtigen, des Todes. Das Urteil …«

»Einen Moment.«

Erstaunt wandte sich Pagliara um.

Konstanze hob kraftlos den Arm und ließ ihn gleich wieder fallen. »Warum?«

»Äh … wie bitte?«

»Warum wollte Er Uns töten?«

Pagliara legte das Kreuz auf die Tafel und wandte sich an den Hakim.

»Du hast es gehört. Warum?«

Guglielmo, der absolut sicher war, dass niemand auf ihn achtete, hob langsam die Hand und fuhr sich damit über die Kehle. Dabei grinste er den Hakim an.

»Ich weiß es nicht.«

Einer der Henkersknechte holte aus und trat ihm in die Nieren. Mit einem Keuchen klappte der Geschundene zusammen.

»Er weiß es nicht«, wiederholte Pagliara und achtete darauf, genügend Abstand zu dem stöhnenden Mann zu halten, der sich jetzt auf dem Boden zusammenkrümmte. »Aber wenn Ihr wollt, können wir ihn befragen.«

Mit einem unterdrückten Seufzer nickte der brave Henker einem seiner Gehilfen zu. Dieser öffnete den Deckel der Lade und holte eine exorbitant große Kneifzange heraus. Dann hob er sie hoch und präsentierte sie den Anwesenden wie eine Trophäe. Mit einem Aufschrei wichen die Zuschauer zurück.

Pasquale, der weiter hinten stand, trat auf etwas Weiches und hörte einen unterdrückten Schmerzenslaut.

»Zaki? Mach, dass du rauskommst!«

Der Küchenjunge saß, halbversteckt hinter einem burgunderroten Samtvorhang, auf einem der schmalen Fenstersimse und starrte mit großen Augen hinüber zum Henkersknecht, der gerade wie ein Eisenbieger die Muskeln spielen ließ und die Zange jedem unter die Nase hielt, der sich nicht schaudernd abwandte.

Pasquale wollte nach dem nackten Fuß greifen, doch blitzschnell zog der Junge die Beine hoch und drehte dem Koch eine Nase.

»Warte, Freundchen!«

»Schschsch!«

Zischelnd breitete sich Ruhe aus. Der Henkersknecht trat mit der Zange neben den Angeklagten.

Freundlich lächelnd beugte sich Pagliara vor. »Warum also?«

Der Hakim ließ den Blick nicht von der Zange.

»Es war ... die Freude am Töten. Ich wollte sehen, ob die Mischung noch funktioniert.«

Pagliara nickte, dann richtete er sich wieder auf. Die Königin saß zusammengesunken in ihrer Sänfte und stierte mit glasigem Blick auf den Hakim. Sie schien immer kleiner zu werden in ihrem viel zu weiten, viel zu reich bestickten Mantel, schien sich geradezu in sich selbst zu verkriechen und beinahe unsichtbar zu werden, so blass war sie. Hoffentlich kippte sie nicht um, denn dann müsste die ganze Verhandlung vertagt werden. Er wollte vor der Mitternachtsmesse zu Hause sein. Auch der Henker hatte unmissverständlich erklärt, dass eine Verlängerung seiner Arbeitszeit über diesen Termin hinaus für ihn nicht in Frage kam.

Eine dieser unsagbar trägen, lethargischen Hofdamen geruhte endlich, der Königin einen Becher mit Wasser zu reichen. Sie trank einen Schluck, lehnte sich zurück und gab Pagliara mit geschlossenen Augen das Zeichen, fortzufahren.

Der Bischof nahm wieder das Kreuz und hielt es über den Mann, der am Boden in sich zusammengesunken war.

»So bist du, im Namen des Herrn, des Allmächtigen, des Todes. Das Urteil wird sofort vollstreckt. – Das war doch in Eurem Sinne? Oder besteht Ihr auf dem Rad?«

Mühsam schüttelte Konstanze den Kopf.

»So sei es. Beschlossen und verkündet am vierundzwanzigsten Juli im Jahre zwölfhundertneun nach des Herrn Menschwerdung. Amen.«

Der Chronist schrieb eifrig mit, während die Henkersknechte

sich auf den Hakim warfen und ihn hinausschleiften. Wütendes Geschrei erhob sich. Wer nahe genug an den Verurteilten herankam, gab ihm noch einen Tritt und bespuckte ihn. Bevor die Menge nach draußen eilen konnte, ein jeder bedacht, sich den besten Platz bei dem schrecklichen Schauspiel zu sichern, griff Pagliara nach der kleinen Silberglocke und läutete sie.

»Ruhe! Die Condesa de Navarra.«

46.

Sebastiano trat leise von hinten an Ludovica heran und kniff sie kräftig in den strammen Hintern. Erschrocken schrie das Mädchen auf und ließ die Schöpfkelle fallen.

»Hör auf mit dem Blödsinn!«

Ihr Ärger verwandelte sich in albernes Kichern, als er die Hände jetzt zielstrebig auf Wanderschaft unter ihre Schürze und den Kittel schickte.

»Lass das! Wenn jemand kommt!«

»Da kommt keiner«, keuchte er und presste seinen Unterleib an ihre Hüften.

Die Küche im Normannenpalast war leer. In großen Holzbottichen, abgedeckt mit Leinentüchern, ruhte der Teig für die Brote des kommenden Morgens. An den Decken hingen die duftenden iberischen Schinken, die der *ré* so gerne aß, daneben geräucherte Würste und jede Menge Provolone. Normalerweise wurden sie genauso gut bewacht wie der Schlaf des Königs, aber da Sebastiano neben dem Kapaun auch noch Ludovica zu rupfen gedachte, hatte er dem Küchenmeister ein Halstuch aus Pagliaras Kleiderkammer geschenkt und sich damit außer der Nutzung des Herdes auch, eventuell und günstigerweise, den Zugang zu Ludovicas verborgenen Schätzen erkauft.

Sie schubste ihn weg. »Ich muss auf den Vogel achten.«

Der Kapaun schmorte in einer Soße aus süßem *môraz*, Sultaninen und Steinpilzen, die jetzt in den Wäldern rund um Palermo sprossen, und duftete köstlich.

Ludovica hob die Kelle und übergoss den Braten.

»Hoffentlich riecht das keiner von den anderen.«

Eine kleine, steile Sorgenfalte bildete sich auf ihrer Stirn. Sie hatte vor, die Reste des Bratens mit zu ihrer Familie zu nehmen: Die Eltern und acht Geschwister, alle hausten sie in einem feuchten, kalten Lehmhaus zwei Minuten hinter *San Giovanni degli Eremiti*. Dort, wo die Färber, Wäscher, Gerber und Kürschner sich niedergelassen hatten und ihr viel zu kurzes Leben aushusteten. Sebastiano hatte sie einmal sonntags zur Messe abgeholt und dabei diese schäbige Ansammlung von Hütten mit ihren noch schäbigeren Bewohnern kennengelernt. An diesem Tag hatte er endgültig allen Ambitionen in Bezug auf freies Handwerk und redliche Sesshaftigkeit adieu gesagt und die Annehmlichkeiten einer königlichen Leibeigenschaft zum ersten Mal ernsthaft erwogen.

Sebastiano, der für sein Halstuch zwei Stunden ungestörte Küchennutzung herausgeschlagen hatte, schlängelte sich wieder an sie heran.

»Auf meinen Vogel musst du auch achten. Schau mal, wie sehr er nach dir schreit. Wie er deinen Honig braucht!«

Er hob den Kittel und präsentierte ihr sein langes, dünnes, hochaufgerichtetes Glied. Wie eine Wünschelrute wippte es auf und ab. Sebastiano nahm Ludovicas Hand und führte sie an seinen Schaft. Das Mädchen kicherte, dann sah es sich verstohlen um und begann zu reiben.

»Aaah! So ist es gut. Weiter, mach weiter!«

Er schob sich noch näher, legte sein Gesicht an ihren Hals und öffnete die Brustschnüre ihres Kittels. Dann versank er in ihrem weichen, nach Seife duftenden Busen. Beide turtelten und taumelten hin zu dem großen Küchentisch. Er raffte ihre Röcke hoch, umfasste ihre Taille und setzte sie auf den Tisch. Ein tastender Griff verriet ihm, dass sie das Eindringen ebenso sehr herbeisehnte wie er.

Sie ließ sein Glied los, lehnte sich zurück und spreizte die Beine. Gerade wollte er die einladend geöffnete Pforte aufstoßen, da schloss sie die Knie.

»Nur, wenn du mich auch nimmst.«

»Aber ich nehme dich doch, mein Täubchen.«

»Wann? Wann nimmst du mich? Wir kennen uns jetzt fast ein halbes Jahr.«

Mit einem unterdrückten Seufzen rieb er sich ein wenig, um seine Steife nicht zu verlieren.

»Das hab ich dir doch schon gesagt. Wenn ich genug auf die Seite gelegt habe. Zu *natale*, in Ordnung? Zur Weihnacht.«

»Schwör es.«

Ein ganz klein wenig öffnete sie die Beine. Gerade weit genug, dass er die rosige Spalte und das dunkle Dickicht ihres Haares erkennen konnte.

»Ich schwöre. Darf ich jetzt?«

Sie spreizte die Beine und ließ ihn ein.

Er hatte kaum Zeit, die warme Enge ihres nassen Schoßes zu spüren, die ersten kraftvollen Stöße zu schwingen und seine Lenden auf das rhythmische Gleiten einzustimmen, auf jene ungeschriebene und immer wieder neue Choreographie, mit der er sie auch diesmal wie die vielen Male zuvor nehmen wollte, da polterten Schritte die Treppe hinunter. Mit einem Schrei machte sich Ludovica los. Sebastiano, dem es beim Akt in erstaunenswerter Weise gelang, das Hirn auszuschalten, brauchte einen Moment, um zu begreifen, was gerade geschah.

Zwei Männer der Palastgarde stürzten auf ihn zu und rissen ihn von Ludovica weg. Das Mädchen holte gerade Luft, um einen weiteren Schrei auszustoßen, da verpasste ihm einer der Männer eine saftige Maulschelle.

Sebastiano, immer noch mit heruntergelassenen Hosen, befand sich im Klammergriff. Sein nasses Glied hatte jede Stärke verloren und baumelte, von einem mitleidigen Seitenblick des Anführers gestreift, vor den kleinen, schmerzhaft prallen Hoden.

»He, Simone! Was soll das?« Er kannte die Knechte. Mit Simone hatte er sogar schon einmal Halma gespielt. »Wollt ihr was zu essen? Da, nehmt euch!«

Der Kapaun köchelte leise in dem Topf auf dem glimmenden Feuer. Simone beobachtete Ludovica, wie sie sich die Röcke ordnete und dann ihre rote Wange hielt. Sie war trotz allem ein lieblicher Anblick, und selten genug bekamen Männer wie er einen Blick auf nackte Knie gegönnt. Schmollend wandte sie sich ab, und Simone bedeutete seinem Gefangenen, sich anzuziehen.

»Du kommst mit.«

»Aber warum denn? Was hab ich denn getan?«

»Weiß ich nicht, interessiert mich auch nicht. Was habt ihr beiden Hübschen denn da am Kochen?«

Der vierschrötige Mann trat an den Topf und schnupperte.

»Finger weg! Das ist meiner!«

»Das war deiner. Los, Abmarsch.«

Der zweite Knecht schleifte Sebastiano die Treppen hoch. Simone sah sich um, nahm dann in Unkenntnis der wahren Bestimmung dieses Gegenstandes einen Mörser vom Regal und setzte sich damit an den Tisch.

Er nickte dem Mädchen aufmunternd zu.

»Dann mal her damit.«

Ludovica trat ans Feuer und wuchtete den Topf hinüber auf

die große Steinplatte, auf der die Speisen angerichtet wurden. Während sie den Kapaun über der Soße abtropfen ließ, spürte sie die Blicke des Wachsöldners im Nacken. Sie legte den Vogel auf die Platte, drehte sich um und ging mit wiegenden Schritten hinüber an den Tisch. Simone beobachtete jede ihrer Bewegungen. Ihr Brustband war noch offen, und so entging ihm auch nicht, dass Ludovicas Reize über ihre Hinteransicht und die hübschen Knie hinausgingen.

Als sie nach dem Mörser griff, hielt er ihre Hand fest.

»Hab dich nicht gern gestört, tut mir leid. Auch das mit der Schelle. Beim Festnehmen geht es manchmal rau zu.«

»Was macht Ihr mit ihm?«

»Ich weiß es nicht. Der Kastellan will ihn in den Uffizien haben. War mir immer rätselhaft, was dieser Kerl alles so getrieben hat. Ist doch kein Umgang für ein so hübsches Mädchen wie dich.«

Mit dem Daumen rieb er über ihre Handinnenfläche.

Ludovica, die ihr Haar offen trug wie alle freien, unverheirateten Mädchen, pustete sich eine kleine dunkle Locke aus der Stirn.

»Simone«, sagte sie, und aus ihrem Mund klang es wie ein Kosewort. »Seid Ihr eigentlich verheiratet?«

Sebastiano hatte auf der Treppe im Laufen seine Kleider gerichtet, und nun schubste ihn der Knecht auf die Galerie im zweiten Stock. Normalerweise eilten hier streng blickende Priester und einige wenige des Schreibens kundige Sarazenen auf den Gängen umher, trugen Bücher und Tinte wie Devotionalien vor sich her und kamen sich unglaublich wichtig vor. Hinten, im Pisana-Flügel, sollten sich angeblich die Studier- und Debattierzimmer des *ré* befinden, mit Bücherregalen bis zur Decke, gewaltigen Atlanten und einer mannshohen Sternenkugel aus Edelstein. Sebastiano kannte alles nur vom Hörensagen.

Männer wie er betraten den zweiten Stock sowieso nur sehr selten. Eigentlich nie. Dafür gingen Astrologen und Sterndeuter, Alchemisten und Kartographen, Ärzte, Philosophen, Übersetzer, Grammatiker und andere in nutz- weil brotlosen Künsten bewanderte Herren hier ein und aus.

Was hatte er, Sebastiano, also hier zu suchen? Der Wachsoldat übergab ihn an einen der gerüsteten Palastdiener, die hier oben eher zu Dekorationszwecken bewehrt wurden, als dass sie für eine tatsächliche Verteidigung geeignet zu sein schienen. Immerhin trugen sie diese neuen krummen Säbel, die derzeit eingeführt wurden, weil sie angeblich schmerzloser töteten als die rostigen Frankenschwerter. Da der Bote nicht vorhatte, sich von den Vorteilen der Krummklinge am eigenen Leib zu überzeugen, gab er sich betont kooperativ.

»Wo soll ich mich hinstellen?«, fragte er den Diener, der ihn mit einem Nicken in Empfang genommen und anschließend unsanft in einen kleinen, holzgetäfelten Raum gestoßen hatte.

Der Mann würdigte ihn keines Blickes und schloss die Tür.

Unfreundliches, arrogantes Pack. Sebastiano sah sich um. Das also hatte er gegen den Kapaun und Ludovica eingetauscht. Offenbar ein Laboratorium. Verschiedene Glasgefäße standen auf einem unaufgeräumten Marmortisch, der zudem mit einer Vielzahl von Pergamentrollen, Steinen und Schatullen bedeckt war. Neugierig trat Sebastiano näher und warf einen Blick auf ein geöffnetes Buch. Lesen konnte er nicht, aber Bilder hatten ihn schon immer interessiert. Dieses war offenbar eine Abhandlung über ein fremdes Land, in dem Menschenköpfe ohne Körper, nur auf zwei Füßen herumliefen. Gottogott. Grauslich.

Er blätterte die Seiten um. Die Weltkugel, auf deren oberer Hälfte Menschen auf ihren Beinen standen, auf der unteren auf den Händen. Sie sahen aus, als ob sie an der Erde hingen und jeden Moment in das bedrohliche Feuer stürzen könnten, das der Illustrator mit einem besonderen Sinn für Humor auch noch mit diversen schauerlichen Ungeheuern bevölkert hatte. Was es alles gab! Kopfschüttelnd betrachtete er einen Vulkan, der Schlangen spie. Die Schlangen wiederum trugen alle einen Klumpen im Maul. Sebastiano beugte sich tiefer über das Buch. Was war das? Wo war das?

»Das ist Gold.«

Zu Tode erschrocken fuhr der Bote herum.

»Du interessierst dich für Alchemie?«

Der Mann trug einen langen, dunklen Kapuzenmantel, weshalb sein Gesicht im Dunkeln blieb.

Mit blutleeren Lippen versuchte Sebastiano ein Wort der Entschuldigung zu stammeln, aber es gelang ihm nicht.

»Finde diese Schlangen, und dir gehört die Welt.«

Der Mann trat näher an die kleine Öllampe auf dem Tisch, und das Licht streifte kurz sein Gesicht. Sebastiano erkannte sein Gegenüber und spürte, wie ihm die Knie weich wurden. Der Mann lächelte ihn an, und für einen Moment gelang dem Boten eine ähnliche Grimasse. Dann ging er auf die Knie und spürte, wie das Zittern sich in seinem Körper ausbreitete.

»Laut dieser Abhandlung stehlen die Schlangen das Gold aus den Vulkanen und vergraben es an geheimen Orten. Ich habe da eine andere Theorie. Interessiert sie dich?«

Sebastiano nickte schnell.

»Das Gold war schon immer in der Erde. Man muss es nur finden. Gold ist wie … die ersten Frühlingsveilchen. Findest du eines, so findest du auch mehr. Verstehst du mich?«

»Ja. Ja, Herr.«

»Steh auf. Du weißt, wer ich bin?«

»Ja, Herr. Das heißt nein. Nein.« Sebastiano kam wieder auf die Beine, blieb aber in unterwürfiger Haltung mit gefalteten Händen stehen.

»Dann solltest du auch nach unserer Unterhaltung nicht weiter darüber nachdenken. Hast du mich verstanden?«

Der Bote nickte mehrmals, ohne aufzusehen. Der Mann wandte sich ab und nahm eine der merkwürdigen bauchigen Glasflaschen hoch, in deren Innerem sich eine blassgelbe Flüssigkeit befand. Vorsichtig zog er den Stopfen heraus. Kleine Rauchschwaden lösten sich von der Flüssigkeit und stiegen langsam durch den Hals nach oben. Dort bildeten sie kräuselnde Fäden, die sich mäandernd ineinander verwoben, bevor sie durchsichtig wurden und verschwanden.

»Du warst viel unterwegs heute. Möchtest du mir nicht erzählen, zu wem und warum?«

Blitzschnell dachte Sebastiano nach. Dies war weder das Gegenüber noch die Situation, um Kapaune zu schachern. Hier ging es um sein Leben, Krummschwert hin oder her, und das verlängerte er am besten mit bedingungsloser Zusammenarbeit.

Der Mann verschloss die Flasche, stellte sie ab und richtete seine Aufmerksamkeit wieder auf sein Gegenüber.

»Nun?«

»Ja, Herr«, flüsterte Sebastiano und ging wieder auf die Knie. »Sehr gerne.«

47.

Vela schämte sich. Haube und Kleidung waren verschmutzt, der Saum des Kleides aufgerissen, und so blieb ihr nichts außer ihrem geraden Rücken, als man sie an den Gaffern vorbei mit gefesselten Händen bis zu der großen Tafel führte.

Sie schämte sich auch, weil sie wie eine Giftmischerin angesehen wurde, weil alles Beteuern vergebens war und weil man vor diesen Menschen und diesen Anklägern gar nicht anders konnte, als sich zu schämen.

Sie erkannte Pasquale, der die Lippen fest zusammengepresst hatte und sie nicht aus den Augen ließ. Nabil nickte ihr kurz zu und blickte dann, überwältigt von Trauer, zu Boden. Alba und Leia standen neben Konstanzes Sänfte und hatten rotgeweinte Augen. Alba hielt sich die Hand vor den Mund und schluchzte. Dann fiel Velas Blick auf Konstanze, und mit Beherrschung und geradem Rücken war es augenblicklich vorbei.

»*Mi reina!*«

Sie stürzte zu ihr und wurde in letzter Sekunde von einem der Henkersknechte zurückgezerrt. »*Mi reina!* Ich bin unschuldig! Glaubt mir, bitte!«

Der Knecht griff ihr fest in den Nacken und drückte sie vor der Tafel auf die Knie. Erst als er sicher war, dass die weinende Vela nicht wieder aufspringen würde, ließ er vorsichtig von ihr ab.

»Velasquita Condesa de Navarra. Ihr seid angeklagt, der Königin das Gift des Saladin, gemischt von Said Abdellatif, verabreicht zu haben.«

»Nein«, wimmerte Vela. »Ich war es nicht.«

Konstanze beugte sich ein wenig vor. »Wer dann?«, flüsterte sie.

»Wer dann?«, wiederholte Pagliara, der sich an die Einmischung der Königin mittlerweile gewöhnt hatte.

»Ich weiß es nicht.«

»Lauter!«

»Ich weiß es nicht! Es war die Arznei, die der Hakim gemischt hat. Sie sollte die Königin schützen und gesund machen.«

»Schützen? Wovor?«

Vela hob ein wenig den Kopf und sah hinüber zu ihrer Königin.

Konstanze brach es fast das Herz, sie so zu sehen. Liebe, liebe Vela, wo bist du nur? Was ist bloß mit dir geschehen? Sie gab dem Henkersknecht ein Zeichen, der daraufhin der Angeklagten aufhalf und sie zu ihrer Sänfte schleifte.

»Vela«, sagte sie sanft.

Die Kammerfrau schluchzte und zog sich an den Armlehnen hoch.

»*Mi reina*, bitte, hört mich an.«

»Warst du das? Hast du mich töten wollen?«

»Euch töten? Dich?« Ein schwaches Lächeln stahl sich auf die schmutzigen Wangen der Frau. »Du bist doch mein Ein und Alles. Meine Tochter, mein Kleines.«

Konstanze schluckte. Die Kammerfrau beugte sich näher zu ihr. Der Henkersknecht wollte sie zurückreißen, doch die Königin hob den Arm und wies seine Hilfe ab.

Vela senkte die Stimme und war kaum noch zu verstehen.

»Auch der Hakim ist unschuldig! Er hat das Gift für Ratten gemischt, doch jemand hat es mit der guten Arznei vertauscht. In Euren Gemächern, Konstanze! Hier im Schloss! Ihr seid das Opfer einer Verschwörung. Tötet mich, tötet den Hakim, aber die Mörder werden weiterleben, wenn Ihr nicht …«

Vela brach ab und sah sich hastig und mit flackerndem Blick um.

Die Leute tuschelten und murrten. Was war das denn für eine Verhandlung, bei der die Angeklagte sich direkt an die Königin wenden durfte? Auch Pagliara beobachtete die Szene mit wachsender Ungeduld.

»Warum hat er seine Untat dann gestanden?«

»Ich weiß es nicht. Konstanze, denkt nach! Die Mörder sind hier, und sie sind immer noch frei!«

»Genug!«, rief Pagliara. »Sie hat gesündigt und muss bestraft werden!«

Der Knecht zerrte Vela von Konstanze weg. Pagliara nahm eine der nächststehenden Devotionalien und hielt sie hoch über sein Haupt.

»Im Angesicht dessen, der sich für uns ans Kreuz schlagen ließ, verurteile ich Euch, Velasquita Condesa de Navarra, wegen Beihilfe zum Giftmord zum Tod durch den Strick.«

»Nein!«, schrie Vela.

Zwei Knechte stürzten sich auf sie und waren auch nötig, um die Frau zu überwältigen. Die Geistlichen standen auf und ordneten ihre Gewänder.

»Ich war es nicht! Ich bin unschuldig!«

Ihre Schreie gingen unter in den empörten Rufen der Zuschauer. Die Condesa wurde hinausgezerrt, allerdings ersparte man ihr die Fußtritte und Beschimpfungen. Erstaunlich schnell kehrte wieder Ruhe ein, denn niemand hatte das Gefühl, einem besonders gerechten Urteil beigewohnt zu haben.

Die Stallknechte drängelten sich zu Konstanzes Sänfte durch und brachten sich in Position. Alba und Leia weinten, während Nabil sich mit einem Zipfel seines Ärmels über die Augen wischte. Pasquale war im Gewimmel verschwunden. Alle strömten jetzt hinaus in den Hof, scharten sich um das Gerüst und warteten auf das, was Gott in seiner Weisheit beschlossen hatte.

48.

Sebastiano stürzte die Treppen zur Küche hinunter, riss die Tür auf und erkannte mit einem Blick, dass hier nichts mehr zu holen war. Das Feuer war ordentlich zurückgeschürt und der Topf gescheuert, doch von seinem Kapaun und Ludovica war nichts zu sehen.

Wo war sie? Und wo war der Vogel?

Er rannte über den Hof ins Waschhaus, fand dort allerdings

nur die greise, zahnlose Maria, die ihr Gnadenbrot mit dem Einweichen der unsäglichsten Flecken verdiente und auf seine Frage nach dem Mädchen lediglich grinsend mit dem Kopf wackelte.

Wütend warf er die Tür zu und sah sich um. Simone, der Dreckskerl, war weder am Tor noch auf den Wehrgängen auszumachen. Missmutig machte sich der Bote auf den Weg in die Ställe. Vielleicht konnten seine Schlafburschen ihm Auskunft geben.

Schon von weitem spürte er, dass etwas nicht stimmte. Es war Abend, Zeit also, das Tor zu schließen, statt zu öffnen. Zeit auch, die Pferde ab-, statt aufzusatteln. Aber direkt hinter dem Torbogen bot sich ihm ein Bild emsiger Betriebsamkeit. In großer Eile, wenn nicht gar Hast, wurden die Tiere aus dem Stall geführt. Sebastiano drückte sich gegen die Wand. Keine Sekunde zu früh, denn im nächsten Moment sprang ein Mann auf eines der bereitgestellten Pferde und jagte, ohne nach links und rechts zu sehen, an ihm vorüber. Das silberne Zaumzeug und der reich mit Elfenbein verzierte Sattel ließen keine Zweifel. Dies war das Ross eines Sarazenen.

Sebastiano bekreuzigte sich. Er hatte ihn erkannt. Wenn es auch nicht der Leibhaftige war, er kam einem irdischen Stellvertreter schon verdammt nahe – sofern der Teufel auch Heiden akzeptierte. Als der Reiter den Torbogen passierte, beleuchteten die Fackeln für einen kurzen Moment sein bestialisch entstelltes Gesicht, das keine menschlichen Züge mehr zu tragen schien. Der Mund war verzerrt, die Augen wirkten wie glühende Kohlen, und Sebastiano versuchte es instinktiv mit einem kleinen Stoßgebet, dass der Herr ihn vor dem Blick aus diesen Augen behüten möge.

Der Herr erhörte ihn, der Reiter preschte vorüber und erreichte den Innenhof. Ungeduldig donnerten die Pferdehufe über das Pflaster. Die Soldknechte öffneten das Südtor, das direkt hinauf in die Berge führte, und als ob Satan höchstselbst auf seinem Rücken säße, jagte das Tier mit seinem Herrn hinaus auf die gewundene Straße.

Sebastiano hatte genug gesehen. Er beschloss, Ludovica und den Kapaun zu vergessen und so schnell wie möglich das Weite zu suchen. Er war nur ein Bote, und in dieser Nacht hatte er zum ersten und einzigen Mal gegen das Gebot des Schweigens verstoßen. Das reichte, um Palermo zu einem mehr als unsicheren Pflaster zu machen. Nicht nur für ihn.

49.

Sie klopften nicht.
Sie baten nicht um Einlass.

Die Wachen waren verschwunden. Das Haus öffnete sich ihnen ungeschützt in seiner ganzen verwundbaren Blöße. Die schwarzen Männer stürmten ins Erdgeschoss und zerschmetterten als Erstes die hübschen Marmorstatuetten von der römischen Nekropolis.

Bonacci hörte das dumpfe Splittern und die begleitenden triumphierenden Rufen, die die Gier auf das nächste Opfer ihrer Zerstörungswut weiter anstachelten.

Er sah hinüber zum Hafen. Blieb die Eroberung des Palazzo denn völlig unbemerkt? Jeden Moment müsste die *Beata Catalina* ablegen. Wenn sie aus dem Hafenbecken herauskam, konnte sie es eventuell bis hinaus auf die hohe See schaffen und unerreichbar bleiben für die schnellen, herrschertreuen Roupgalînen.

Jetzt erreichten sie den Innenhof mit seinem hübschen Brunnen. Ihre barbarischen Schreie hallten an den Wänden wider, sie schienen sich gegenseitig anzufeuern, sich übertreffen zu wollen mit ihrer Rage. Bonacci kannte das Gesetz der gnadenlosen Eroberung nur zu gut. Erst wurden die Dinge geschändet, dann die Menschen. Das Symbol für den Fall des Hauses Bonacci war er. Also würde es noch ein paar Augenblicke dauern, bis er an der Reihe war.

Die Tür wurde aufgerissen, und Raffaella stürmte herein. Hilflos sah sie sich um, als ob die Rettung sich ausgerechnet hier, in diesem Raum vor ihr verstecken würde.

»Es sind alle fort, Vater! Alle sind fort!«

Ihre Stimme brach vor Verzweiflung. Sie eilte auf ihn zu. »Was passiert hier? Wer sind diese Männer?«

Wie Betrunkene, die sich an ihrem eigenen Werk berauschten, ließen sie sich Zeit auf ihrem Weg zu ihm nach oben. Lenkten sich ab, indem sie die großen Wandteppiche im Treppenhaus aufschlitzten und die griechischen Amphoren von ihren Balustraden stürzten. Mit lautem Knall zerbarsten sie auf dem Steinboden im Hof, begleitet von ungezügeltem Beifall und fieberndem Durst auf mehr. Auf Blut.

Die *Beata Catalina* lag noch immer am Kai. Keine Menschenseele war an Bord zu sehen.

»Vater! Rede mit mir!«

Raffaellas Stimme brach. Sie waren schon im ersten Stock. Die Vorhut begann in einem Anflug von geordneter Eroberung eine Tür nach der anderen aufzutreten. Die anderen folgten. Was sich bewegen ließ, wurde herausgetragen und in den Hof geworfen. Was sich einstecken ließ, wurde wohl eingesteckt. Der Rest war Spielzeug ihrer tobenden Wut.

Auch der Platz vor seinem Haus – wie ausgestorben. Kein Mensch war zu sehen. Die Fischstände verlassen, die Boote weiter oben vertäut, so sah es sonntags aus zur Zeit der Messe. Jedoch nicht an einem Abend im Hafen von Palermo, wenn drüben, auf der anderen Seite, schon die eine oder andere rote

Lampe glühte, die Fischer ihre Netze flickten und die Bürger der Stadt auf der Suche nach ein wenig Abwechslung den schmalen Weg zum Sarazenenturm hinaufflanierten.

»Rede! Was sollen wir tun?«

Mit ungeheuerlicher Wucht zerschellten Metall und Glas. Das musste der große Leuchter aus dem Esszimmer sein. Eine schöne Arbeit. Hergestellt von Tiroler Meistern in einer Salzburger Silberschmiede. Eine Kostbarkeit, die Bonacci sich als junger Mann gegönnt hatte, als er noch selbst den beschwerlichen Handelsweg über die Alpen genommen hatte. Jetzt folgte das Geschirr. Dann die emaillierten Salzbecken und kupfernen Waschschüsseln, die kostbar geschliffenen Glaskannen und die vergoldeten Gießgefäße. Ihre Taschen waren sicher schon voll. Diese Dinge waren zu groß, um sie unbemerkt zu transportieren. Ihren ungeschulten Augen würde entgehen, welche Schätze da durch ihre Hände glitten, zersplitterten, verbeulten, von groben Füßen zertreten wurden.

Eine dunkle Gestalt tauchte im Türrahmen auf.

»Hier! Ich hab ihn!«

Er war allein. Die anderen befanden sich noch einen Stock unter ihm. Wohl war ihm nicht, ohne Hilfe und Verstärkung seinen Opfern gegenüberzustehen.

In drei Schritten war Raffaella an der Tür und warf sie ihm vor der Nase zu.

»Ist das alles? Dastehen und schweigen?«

Hektisch sah sie sich um auf der Suche nach einer Waffe. Sie eilte auf den Kamin zu und nahm sich den Schürhaken.

»Leg das wieder hin.« Bonacci drehte sich langsam zu ihr um. »Sie kommen nicht wegen dir.«

»Das ist mir klar. Was für eine Schweinerei hast du auf dem Gewissen? Was hast du getan?«

Jetzt polterten sie die Treppe hoch. Ihnen blieb nicht mehr viel Zeit. Bonacci winkte seine Tochter zu sich heran.

»Du gehst ins Kloster bei Boccadifalco.«

»Nein!«

»Zu den Basilianerinnen. Sie werden dich aufnehmen. Wenn nicht, erinnere sie an die Zuwendungen, die sie zu meinen Lebzeiten erhalten haben. Ich habe deinen Platz dort schon lange gesichert.«

»Ich will nicht!«

»Du tust, was ich sage.« Er trat an den Kamin und suchte mit zitternder Hand die obere Marmorblende ab. An einem der Akanthusblätter, einer wunderschönen Steinmetzarbeit aus Burgund, blieb sie liegen. Er drehte das Blatt eine Winzigkeit nach rechts, und hinter der kalten Esse bewegte sich die Wandverkleidung.

»Der Gang führt ins Lagerhaus. Von dort aus kannst du fliehen.«

Raffaella ließ den Schürer fallen. Mit Entsetzen blickte sie auf die kleine schwarze Öffnung.

»Da soll ich hinein?«

Es klopfte.

Beide starrten zur Tür. Draußen war es ruhig geworden.

»Gott segne dich.«

»Vater?«

Bonacci packte sie am Arm und zog sie an sich. Eine winzige Unentschlossenheit, eine kaum wahrnehmbare Verunsicherung erfasste beide. Dann ließ er sie los, ohne Kuss, ohne Umarmung, und schob sie zum Kamin.

»Du heiratest den Rocco, wenn er wiederkehrt.«

»Was? Wen?«

Doch da hatte er sie schon mit aller Kraft in den Kamin gestoßen.

Es klopfte wieder.

»Salvatore Bonacci? Bitte öffnen Sie. Befragung zu einer reichsinternen Angelegenheit.«

Raffaella war hinter der Esse verschwunden. Bonacci rückte das Akanthusblatt zurecht, wartete, bis sich die Öffnung mit dem schlurfenden Geräusch sich übereinander schiebender Steine geschlossen hatte, und hinkte dann, gestützt auf seinen Stock, wieder zum Fenster.

Der Hafen war immer noch wie ausgestorben. Doch während hinter seinem Rücken die Männer die Türe sprengten, in den Raum strömten, mit ihren Schwertern die Seidentapeten zerfetzten und die türkischen Kissen aufschlitzten, die bronzenen Jagdstatuetten von der Anrichte fegten und die Stühle umwarfen, bemerkte er sie. Die schwarzen Schatten. Er sah sie in den Hauseingängen stehen und an den Einmündungen der Gassen. Er sah sie unten vor seinem Haus, und er sah sie auf der *Beata Catalina*, oben auf ihrem Castel, hinter dem Segel, auf der Leiter zum Laderaum.

Es war zu spät. Der Plan verraten.

»Signor Salvatore Bonacci?«

Langsam drehte er sich um und sah seinem Mörder ins Gesicht.

50.

Vela senkte das Haupt.

Der Padre küsste sein Kreuz und segnete sie, dann stand er auf.

»Kann ich noch irgendetwas für Euch tun?«

Vela hörte gar nicht hin. Sie schwitzte und fror gleichzeitig. Sie hätte jaulen können vor Angst und kreischen vor Wut, aber sie war wie gelähmt.

Der Padre wandte sich an den Hakim.

»Nun, mein Sohn, der du bald vor dem Angesicht Gottes stehen wirst, bekehre dich und sprich mir nach: Ich glaube an Gott, den Vater, der alles erschaffen hat, und an seinen Sohn Jesus Christus …«

Der Hakim bewegte sich nicht. Vielleicht war er schon tot. Das sollte es geben vor Hinrichtungen, dass die Verurteilten einfach so zusammenklappten und ihre gerechte Strafe gar nicht mehr bei vollem Bewusstsein annehmen konnten. Dabei war das doch so wichtig. Gerechte Strafe und innige Reue, Läuterung von den Sünden, Einkehr ins Himmelreich.

Der Padre war jung und noch nicht sehr lange in der *Favara*. Gerne hätte er gleich hier an Ort und Stelle diese arme Heidenseele bekehrt und dem Bischof die erste frohe Botschaft seines erfolgreichen Schaffens noch mit auf den Weg nach Palermo gegeben.

Er trat an den Hakim heran und berührte ihn sacht an der Schulter.

»Mein Sohn?«

»Fahr zur Hölle.«

Der Padre fuhr zurück. Tot war der Mann zumindest nicht. Er beschloss, seine Bemühungen für diesen Moment einzustellen und es auf dem Weg zum Blutgerüst noch einmal zu versuchen.

»Ich … äh … lasse Euch jetzt noch einen Moment innerer Einkehr.«

Er klopfte an die Tür, und der Wachknecht öffnete. Aufatmend schlüpfte der Padre hindurch.

Die Verurteilten waren allein.

Vela sah hinüber zu dem geprügelten Mann. Zäh war er, das musste sie anerkennen.

Plötzlich rührte er sich.

»Gib mir die zweite Kugel.«

Sie suchte in ihrem Brusttuch, bis sie sie gefunden hatte, dann stand sie auf und ging hinüber zu seiner zusammengekrümmten Gestalt in der Ecke. Mühsam drehte er sich um, erkannte das Wachskügelchen auf ihrer Handfläche und nahm es ihr ab.

Vela betrachtete den kleinen Tod in seiner Hand.

»Ich denke, Ihr wart ein guter Arzt.«

Der Hakim schob sich das Kügelchen in den Mund. Einen Moment befürchtete die Condesa, er würde es sofort zerbeißen. Dann wäre sie ganz allein in ihrem Elend und ihrer Angst.

»Ich war kein guter Arzt. Ich habe getötet.«

Nervös griff Vela an ihren Rosenkranz. »Wollt Ihr beichten? Ich könnte den Padre noch einmal kommen lassen.«

»Kein Padre.« Seine Hand tastete in ihre Richtung und blieb auf ihrem Arm liegen.

Sie sah ihm in die Augen. Dunkle, fast schwarze Augen, umschattet von Schmerzen und der Ahnung kommender Höllenqualen.

»Ihr müsst bereuen. Ehrlich bereuen.«

»Ich bereue nichts. Und du? Du bist eine gute Frau. Wo ist dein Mann? Wo sind deine Kinder?«

»Mein Mann blieb im Kampf gegen die Mauren. Wir hatten nicht viel Zeit miteinander. Nicht genug, um …«

Sie brach ab.

Der Druck seiner Berührung intensivierte sich einen kurzen Moment, dann fiel seine Hand kraftlos herunter, und er schloss die Augen.

»Said?«

Das Geräusch ließ sie zusammenfahren. Dieses Klirren und Rasseln ihrer Waffen, das rostige Kreischen des Schlosses, das Quietschen der Türangeln – gab es einen besseren Begleitakkord für das Requiem ihrer letzten Stunden?

»Velasquita Condesa de Navarra. Es ist so weit. Der Padre möchte Euch in die Kapelle zu einem letzten Gebet begleiten.«

Der Wachknecht trat zurück in den Gang. Ihm war nicht

wohl, er blickte auf den Boden und vermied es, die Verurteilten anzusehen.

Der Hakim flüsterte etwas. Sie neigte den Kopf, ganz nah war ihr Ohr jetzt an seinem Mund.

»Ich habe Annweiler getötet. Nur Gott weiß es. Und der *ré*.«

Vela richtete sich auf und bekreuzigte sich. »Dann müsst Ihr bereuen.«

»Niemals. *Is-salaamu aleikum*.«

Vela stand auf, mit zitternden Knien wankte sie zur Tür.

»*Adios*«, sagte sie, ohne sich noch einmal umzudrehen.

Konstanze saß in ihrer Sänfte auf dem Holzpodest und überblickte die bizarre Szene. Fackeln und Turmfeuer erhellten den Innenhof, in dem alle Bewohner der *Favara* sich in respektvollem Abstand um das Gerüst herum versammelt hatten. Hoch aufgerichtet stand der Galgen, sein Strick baumelte leicht im Nachtwind, und ein bleicher Halbmond spendete zusätzliches Licht.

Der Platz neben ihr war noch frei. Pagliara und seine Männer waren im Küchentrakt, wo Pasquale ihnen eine Zwischenmahlzeit aus gebratenen, mit Maronen gefüllten Wachteln servierte. Sie selbst hatte jede Art von Nahrung dankend abgelehnt. Ihr war nicht nach Essen zumute. Sie musste nachdenken, und zwar zügig, schnell und ergebnisorientiert.

Dem Hakim war nicht mehr zu helfen. Selbst wenn sein Geständnis erpresst worden war und er mit dem Anschlag nichts zu tun hatte, war er verloren. Er hatte Gift gemischt, und das wurde mit dem Tode bestraft. Basta.

Aber wer steckte dann hinter dem Ganzen? Vela? Ausgeschlossen. Dazu war sie nicht fähig. Konstanze sah sich um. In der Menge entdeckte sie Magister Roland. Der Herr des hässlichsten Einhorns aller Zeiten unterhielt sich mit einem anderen Mann, dessen rote Gewandfarbe verriet, dass er zu den führenden Ministerialen der *Favara* gehörte. Der *praefectus bestiarium* wahrscheinlich. Ging es um Rache, weil sie das Vieh hatte schlachten wollen? Blödsinn. Deshalb brachte man niemanden um.

Sie winkte Nabil zu sich heran.

»Wo sind die Kinder?«

»Wir haben sie fortgeschickt. Sie sollen das nicht mit ansehen. Oder doch? Wünscht Ihr, dass ich sie hole?«

»Nein.«

Nabil wollte sich wieder davonstehlen, aber sie hielt ihn am Ärmel fest. Weit hinten, auf der anderen Seite des Sees, im hohen Gebüsch um die Hütte des Hakims, schlich jemand herum.

»Wer ist das? Da drüben. Da!«

Nabil drehte sich um und kniff die Augen zusammen. »Jemand wird das Haus versiegeln und abbrennen. Ich weiß es nicht. Habt Ihr das angeordnet?«

»Nein.« Konstanze ließ sich zurück in den Sessel sinken. Sie hatte die Gestalt erkannt. Und Nabil ebenso. Auch wenn er sich nichts anmerken ließ.

»Bring mich ans Ufer.«

»Aber Ihr dürft noch nicht aufstehen!«

Konstanze hörte nicht auf ihn. Sie winkte die Sänftenträger heran und ließ sich von ihnen stützen. Vorsichtig setzte sie das verletzte Bein auf. Es schmerzte, doch sie konnte einige Schritte gehen. Langsam, eine Stufe nach der anderen, kletterte sie das Podest hinab und mischte sich unter das Volk. Wer sie sah und erkannte, unterbrach seine Rede, senkte den Blick und wich zurück. Das zumindest hatte sich geändert: Man brachte ihr Respekt entgegen. Dieser Tag hatte allen gezeigt, dass die Königin sich nicht scheute, auch unpopuläre Entscheidungen durchzusetzen.

Wenn sie mich schon nicht lieben, so sollen sie mich wenigstens achten, dachte sie. Eigentlich kann ich stolz auf mich sein.

Aber sie war nicht stolz auf sich, und das nagende Gefühl in ihrer Magengegend ließ sich weder auf Hunger noch auf die Enttäuschung über Velas doppelten Verrat zurückführen. Sie fühlte sich von Pagliara unter Druck gesetzt, sie hätte gerne mehr Zeit für eine ausführliche Untersuchung des Vorfalls gehabt. Zu viele Fragen waren offengeblieben. War der Hakim ein verrückter Einzeltäter? Oder war es tatsächlich ein Angriff auf die Krone, von langer Hand und sorgfältig geplant? War sie das einzige Ziel? Wer waren die Hintermänner?

Sie hatte den Innenhof überquert und blieb zitternd und entkräftet stehen. Wo sie auftauchte, verstummte das Gespräch, erstarben offenes Wort und unbedachte Gesten. Schweigen breitete sich aus. Und Angst.

Gestützt von den beiden Knechten, erreichte sie den Küchengarten, wo sie durch die geöffnete Tür die Padres an der Tafel sitzen sah. Im Moment verteilte Zaki gerade eine weitere Ladung geschnittenes Brot, demnach dauerte es mit dem Essen wohl noch eine kleine Weile.

Mit den Hinrichtungen vermutlich auch. Der Henker und seine Gehilfen saßen zwar nicht mit am Tisch, aber Konstanze erblickte sie im hinteren Teil der Küche, wo sie sich um einen Suppentopf geschart hatten.

»Holt mir ein Boot«, befahl sie ihren Begleitern.

Die Sänftenträger sahen sich überrascht an.

Nabil runzelte die Stirn.

»Wenn Ihr jetzt dort hinüberwollt, besorge ich lieber jemanden von den Wachen.«

»Keine Wachen«, befahl Konstanze. »Ein Boot, sonst nichts.«

Die zerborstene Tür lag neben der Hütte. Der Schein einer Kerze irrlichterte über die Wände. Er suchte etwas.

Konstanze bedeutete den drei Männern, am Ufer zu bleiben, und schlich sich vorsichtig durch das hohe, ungeschnittene Canapa an die Hütte heran.

»Guten Abend.«

Majid fuhr herum und griff an sein Schwert. Als er die Königin erkannte, ließ er die Hand sinken und stellte die Kerze auf dem Tisch ab.

»Guten Abend«, erwiderte er ihren Gruß.

Konstanze humpelte hinein. Dann sah sie auf das, was die Schergen von der Habe des Hakims übrig gelassen hatten. Das gesamte Inventar war ein einziger Trümmerhaufen, nur das Skelett, eines der wenigen Dinge, an die sie sich schemenhaft erinnern konnte, stand noch in der Ecke und grinste mit schwarzen Zähnen zu ihnen herüber.

»Ihr wollt ein wenig aufräumen?«

Majid achtete nicht auf sie. Er ging zur Tür und sah hinaus in die Dunkelheit. »Seid Ihr allein?«

Konstanze schüttelte den Kopf. »Die Wache ist am Ufer. Ein Ruf, und sie ist hier. Statt zweier können auch drei aufs Gerüst da drüben im Schloss. Dem Henker ist das egal. Oder berechnet er nach Stückzahl?«

Ihre Worte klangen so kalt, dass Majid noch einen Moment an der Tür stehen blieb und sich seine Antwort gut überlegte. »Das wäre ein Fehler.«

»Warum? Ihr steckt doch alle unter einer Decke. Und du, Majid. Gerade du, der du mit falscher Münze zahlst. Ein Sarazene in engster Nähe zum König. Gibt es da keine Interessenkonflikte zu den aufständischen Stämmen in den Bergen? Fragen dich deine Brüder nicht manchmal, wie du das aushältst? In den Diensten ihres größten Feindes. Wer verachtet dich eigentlich mehr dafür? Christen, Juden oder Sarazenen?«

Majid kam langsam zu ihr herüber. Im Gehen bückte er sich und hob ein kleines Emailledöschen auf. Er öffnete es, roch an dem Inhalt und zerrieb dann einige der getrockneten Blätter gedankenverloren zwischen den Fingern.

»Es ist nicht leicht manchmal, das gebe ich zu.« Er stellte das Döschen auf den leergefegten, schweren Tisch. »Die meisten glauben, Macht und Freundschaft schlössen sich aus.«

Mit den Füßen schob er einige Pergamentrollen auf dem Boden zusammen.

Konstanze ließ ihn nicht aus den Augen. »Und? Tun sie das?«

Majid lächelte. »Nein. Ich versichere Euch, ich habe mit der Intrige nichts zu tun. Aber wir sind den Tätern auf der Spur.«

»Die Täter werden meines Wissens gerade gehenkt.«

»Sie hatten Hintermänner. Said zumindest wusste, für wen er das Gift gemischt hat.«

»Und die Condesa?«

»Die Condesa ist unschuldig.«

Konstanzes Herzschlag beschleunigte sich.

Majid sah sie lange an.

»Ich weiß, wer meine Freunde sind. Ihr nicht. Die Condesa gibt gerade ihr Leben für Euch. Ich habe sie zum Hakim geschickt, um Euch zu retten. Jetzt büßt sie die Sünde eines anderen.«

»Dann seht Ihr also seelenruhig zu, wie eine Unschuldige hingerichtet wird?«

Majid lachte leise. »Was wisst Ihr schon von meiner Seele?«

»Hier! Ich habe sie gefunden!« Eine helle, junge Stimme drang in den Raum. Jumanah erschien in der Tür und erstarrte. Ihr triumphierendes Lächeln verschwand schlagartig. In der Hand hielt sie eine kleine, zerfetzte Puppe aus Stoff und Stroh. Ängstlich sah sie zu Konstanze und versteckte dann das Spielzeug hinter dem Rücken.

»Was hast du denn da?«

»Meine alte Puppe. Ich hatte nur die eine, und die ist schon lange kaputt.« Unsicher hielt sie das Spielzeug dem Sarazenen entgegen. »Hier, *sabu* Majid. Das muss es sein, wonach du gefragt hast. Achte auf deine Puppe, hat *bábá* im Turm zu mir gesagt. Wie soll ich das machen, wenn ich keine mehr habe und wir die alte neulich zusammen begraben haben?«

Sie klopfte etwas Staub und Erde von dem verkrusteten kleinen Torso, dann kam sie auf die beiden zu und legte die Puppe auf den Tisch. Bevor Konstanze zugreifen konnte, hatte Majid sie schon in seinen Händen und tastete sie ab, als hätte sie Bauchschmerzen.

»Ein Messer, Jumanah.«

Er untersuchte die Naht genauer. Der Puppe fehlte das linke Bein, und sie erinnerte Konstanze an ihr eigenes Schicksal, dem sie – auch dank der Hilfe des Hakims – nur um Haaresbreite entronnen war. Jumanah wühlte in dem Scherbenhaufen unter dem Tisch und tauchte mit einem rostigen Skalpell wieder auf. Majid nahm es ihr ab und schlitzte die Bauchnaht auf. Stroh quoll heraus und ein kleines, zusammengerolltes Stückchen Pergament.

Jumanah sprang auf und schob die Kerze näher heran.

»Was ist das?«

»Ein Geständnis.«

Jumanah riss die Augen auf und wollte Majid das Schnipselchen entreißen.

Er schloss seine Hand darum. »Er ist unschuldig im Sinne der Anklage, Jumanah, aber wir können ihn nicht freisprechen von dem, was er getan hat. Man kann nicht Gift mischen und sich nicht darum scheren, in wessen Hände es gelangt und was derjenige damit vorhat. In diesem Sinne, nur in diesem, ist er schuldig.«

»Aber …«

Tränen der Verzweiflung rannen dem Mädchen über die Wangen.

Majid hob die Hand und wischte sie ihr sanft weg. »Der *ré* hat ihn schon einmal beschützt. Er kann es nicht wieder und wieder tun.«

Konstanze runzelte ärgerlich die Stirn. »Was soll das? Ihn beschützen? Der Hakim hat den Mordversuch an mir doch längst zugegeben. Was steht da?«

Majid verstaute den Schnipsel in seiner Gürteltasche. »Namen.«

»Wessen Namen?«

»Die Namen aller Männer, die an der Verschwörung gegen den *ré* beteiligt sind.«

Konstanze glaubte einen Moment, sie hätte sich verhört.

»Gegen den *ré*? Federico? *Mich* wollte man töten!«

Majid nickte. »Sicher, Euch auch. Aber Ihr habt die Lage hier ganz gut im Griff. Gestattet, dass ich dem *ré* nun die Information bringe, die das *regnum* vielleicht noch retten kann. Wir haben nicht viel Zeit.«

Konstanze hatte Mühe, das Gehörte zu begreifen. Man ließ sie wissentlich in der *Favara* verrotten, nur damit in Palermo irgendeine Verschwörung aufgedeckt werden konnte. Was war sie gegen das Reich? Was war ihr Leben gegen das des *ré*?

Majid griff nach der Kerze und stellte sie auf den Boden.

»Der *ré* wird sich um Euch kümmern, sobald es seine Zeit erlaubt.«

Sie öffnete den Mund, um dem Sarazenen einen passenden Gruß an ihren Gatten mit auf den Weg zu geben, der sich alles andere als königlich angehört hätte, als sich hastige Schritte näherten.

»Meine Königin?«

Nabil kam herein und nahm von den anderen überhaupt keine Notiz. »Es geht los. Wenn Ihr dabei sein wollt, müssen wir uns sputen!«

»Vela!«

Konstanze sprang auf und krümmte sich mit schmerzverzerrtem Gesicht zusammen. Dieses verdammte Bein. Van Trossel musste es sich noch einmal ansehen, doch dafür war jetzt keine Zeit.

Jumanah rannte zur Tür. »Sie fangen an!«, schrie sie in größter Panik. »Sie bringen ihn heraus! Schnell! So tut doch was!«

Majid nahm eine der Pergamentrollen und zündete sie an. Er warf sie zu den anderen auf den Haufen, dann eilte er nach draußen und half Nabil, der Konstanze auf dem Weg zum Ufer stützte. Die Männer hatten am Boot gewartet und zogen sie herein, Majid und Jumanah hüpften ohne zu fragen mit hinein, dann legte der Nachen ab. Schon in der Mitte des Sees erkannte Konstanze, dass sie zu spät kommen würden.

Ein Fackelzug begleitete die Verurteilten. Man hatte ihnen eine Kappe über den Kopf gezogen und die Hände vor dem Leib gefesselt. Konstanze sah, wie mühsam Vela die Leiter zum Gerüst hochkletterte. Der Hakim folgte ihr, stolpernd, in sich zusammenfallend, und musste schließlich von den Knechten fast getragen werden.

»Nein!«, brüllte Jumanah.

Die Männer ruderten, als ginge es um ihr Leben und nicht um das der beiden Angeklagten da oben im Schloss. In ihrer Verzweiflung tauchte Jumanah die Hände ins Wasser und versuchte, den Kahn anzutreiben. Es war sinnlos. Es war zum Verzweifeln. Sie kamen zu spät.

»Schneller!«, schrie sie. »So beeilt euch doch!«

Wieso konnte dieser Bastard von Pagliara nicht warten? Die Männer keuchten und schwitzten. Nur Majid saß merkwürdig unbeteiligt im hinteren Teil des Bootes und tat gar nichts. Reglos und in sich zusammengesunken saß er da. Erst beim zweiten Hinschauen erkannte Konstanze, dass er betete.

Der Hakim wurde an den Galgen geführt. Der Padre trat noch einmal an ihn heran, murmelte ein paar Worte und segnete ihn mit resignierten, schnellen Handbewegungen. Dann legte der

Henker dem Verurteilten den Strick um den Hals. Es war ein mühseliges Unterfangen, denn der Mann klappte immer wieder zusammen. Hatte er sich mit Drogen betäubt? Oder war es die Todesangst, die seine Beine ihren Dienst versagen ließ?

Jumanah nahm die Hände aus dem Wasser und sah mit weit aufgerissenen Augen hinüber zu dem Schauspiel. Sie waren noch etwa dreißig Meter vom Ufer entfernt.

»*Bábá*! Nein!«

Der Henker trat zurück, und sein Gehilfe reichte ihm eine längliche Keule. Damit holte der Vollstrecker aus und zerschmetterte dem unvorbereiteten Mann die Schulter. Reflexartig krümmte der Hakim sich zusammen, fiel nach vorne, fiel –

»Nein!«

Konstanze riss das Mädchen an sich und drehte ihm mit Gewalt den Kopf weg. Der Hakim stolperte in das Loch, der Strick spannte sich, der Mann zappelte und zuckte, dann war es vorbei. In dem Moment erreichte der Kahn das Ufer.

Jumanah riss sich los und erfasste mit einem Blick, was geschehen war.

»Du!« Mit ausgestrecktem Zeigefinger drehte sie sich um und deutete auf Konstanze. »Du bist schuld! Im Namen Allahs, des Allmächtigen, ich verfluche …«

»Jumanah!«, rief Majid. Noch nie hatte er so laut die Stimme erhoben.

Das Mädchen verstummte. Dann sah sie an Konstanze vorbei auf die andere Seite des Sees. Die Königin folgte ihrem Blick. Die Hütte des Hakims brannte lichterloh.

Konstanze wusste nicht, was Jumanah gerade dachte, aber sie hatte noch nie in ihrem Leben ein Gesicht gesehen, in dem sich der Zusammenbruch einer ganzen Welt so ungeschützt spiegelte.

»Jumanah«, sagte sie leise.

Ohne dass sie es wollte, streckte sie die Hand aus, um das Mädchen an sich zu ziehen.

Das Kind fuhr zurück. In seinem Blick lag abgrundtiefer Hass. Es drehte sich um, sprang ans Ufer und rannte davon.

Nabil kletterte aus dem Boot und watete durch das Wasser auf die Anlegestelle zu. Konstanze folgte ihm, so gut es ging, an Land. Aus den Augenwinkeln nahm sie noch wahr, dass Majid, kaum dass er den Fuß an Land gesetzt hatte, schon in der Menge untertauchte. Die Henkersknechte führten Vela an den Galgen.

»Halt«, keuchte Konstanze. »Haltet sie auf!«

Einer der Gaffer drehte sich um, erkannte die Königin, stieß den Nächststehenden an und machte Platz. Eine Gasse bildete sich vor ihr, und humpelnd überquerte sie die Terrasse und den Innenhof, bis sie endlich das Podest erreichte.

»Halt!«

Der Knecht, der Vela gerade den Strick um den Hals legen wollte, trat einen Schritt zurück. Verzweifelt suchte Konstanze in der Menge nach Majid. Sie entdeckte ihn auf dem Weg zum Stall, wo er sich nach ihr umsah. Als ihre Blicke sich trafen, legte er den Finger an die Lippen und nickte ihr zu. Dann eilte er weiter. Hilflos sah sie ihm hinterher. Er durfte auf gar keinen Fall entkommen, denn er war der Einzige, der wusste, was geschehen war.

»Hoheit?«

Pagliara erhob sich ein wenig von seinem Sitz und blickte irritiert zu ihr hinab. »Wir wollten auf Euch warten, aber die Zeit rennt uns ein wenig davon. Können wir Euch helfen? Von hier oben habt Ihr eine bessere Sicht.«

Verdammt. Was sollte sie tun? Sie hatte keine Beweise. Und Majid machte sich gerade aus dem Staub, um *ré* und *regnum* zu retten, während nach ihr offenbar kein Hahn mehr krähte. Pagliara hatte es verdächtig eilig, die Hinrichtung durchzuführen. Ein Geistlicher kam die Holzstufen zu ihr herunter und half ihr nach oben. Schwer atmend und schweißüberströmt erreichte sie ihre Sänfte und ließ sich hineinsinken.

Still war es geworden. Alle sahen sie an. Fall jetzt bitte nicht in Ohnmacht, befahl sie sich. Vela stand auf dem Gerüst, hinter ihr der ohne Unterlass betende Padre, während der Knecht mit der Schlinge wartete. Der Henker hatte seine Keule über die Schulter gelegt und zupfte an seiner Kapuze herum. Die Leiche des Hakims baumelte sacht am Strick.

»Ich mache von meinem Gnadenrecht Gebrauch.«

Pagliara stieß einen verblüfften Laut aus. »Von Eurem Gnadenrecht?«

»Ja. Als Königin steht mir das zu. Die Condesa de Navarra wird begnadigt.«

»Ein solches Gnadenrecht darf nur der *ré* …«

»Seht Ihr den *ré*? Ich nicht. Dafür seht Ihr die Königin. Ist ihr Wort etwa geringer zu schätzen als das seine?«

Die Geistlichen beugten sich zueinander und tuschelten. Pagliara dachte kurz nach. Seit dem Ehevertrag war Konstanze vor der Welt die Frau des Königs, vor Gott aber waren Trauung und Krönung noch nicht vollzogen.

Konstanze wusste, dass sie gerade eine äußerst heikle Machtfrage stellte. Sie beugte sich zu ihm hinüber und winkte ihn, so nahe es ging, zu sich heran.

»Euch bleibt Catania. Dafür verbürge ich mich.«

Pagliara fixierte sie mit einem rätselhaften Blick.

»Oder nichts.«

Schwer atmend lehnte sie sich zurück.

Pagliara sah hinüber zur Leiche des Hakims. »So sei die Gnade gewährt.«

Er hob die Hand und nickte den Soldknechten zu.

In Windeseile machte die neue Wendung die Runde. Der Henker gab seinem Knecht ein Zeichen, dieser löste Vela die Fesseln und nahm ihr die Kappe ab.

Das schweißnasse Haar klebte der Condesa am Kopf, und in ihrem Blick flackerte der Wahnsinn. Als sie die Leiche des Hakims sah, seine schlaffen Glieder, das schiefe Genick, den Kopf gnädigerweise unter der Kapuze verborgen, fiel sie auf die Knie und stammelte unverständliche Worte.

»Bringt sie zu mir«, befahl Konstanze.

Nabil, der sich unterhalb des Podestes in nächster Nähe zur Königin aufgehalten hatte, wuselte durch die Menge und kletterte die Leiter empor auf das Gerüst. Er wechselte einige kurze Worte mit Henker und Knecht und schließlich auch mit Vela. Die Frau war in sich zusammengesunken und schüttelte den Kopf. Ihre Schultern zuckten, sie weinte.

Nabil kam unverrichteter Dinge zu Konstanze zurück.

»Nun?«, fragte sie.

Nabil wich ihrem Blick aus. »Sie dankt für die Gnade, aber sie will nicht. Sie sagt, sie will Euch nie wiedersehen.«

51.

Konstanze taumelte in ihr Bett wie eine Schiffbrüchige ans rettende Ufer. Die Hofdamen hatten neue Kissen und eine leichtere Decke aufgelegt. Elena brachte einen Korb mit frischen Früchten und richtete aus, dass van Trossel in wenigen Minuten noch einmal seine Aufwartung machen wolle. Konstanze stimmte zu und schickte sie weg.

Dann war sie allein.

Die weißen Bettvorhänge schwebten sacht in der leichten Brise, die vom geöffneten Fenster in das Zimmer strich. Die erdige, kühle Luft trug auch eine Ahnung von Asche mit sich, von verbranntem Holz und erloschenem Feuer. Es roch ein wenig nach Canapa, denn mit der Hütte des Hakims war auch das ganze Feld in Flammen aufgegangen.

Elena hatte alle Kerzen gelöscht, bis auf die neben dem Bett. Konstanze beobachtete die Flamme, wie sie um den Docht tanzte und ihr flackernder Schein über Bett und Tisch und Wand zuckte. Wenn sie tief Luft holte, konnte sie sie ausblasen. Das ging schnell. Genauso schnell, wie eine Königin ein Leben auslöschen konnte. Dass diese Macht aber ihren eigenen Gesetzen folgte und kein Kinderspiel war, hatte Vela beinahe mit dem Leben bezahlt.

Es klopfte. Konstanze hatte gerade noch Zeit, ihre kurzen Haare unter der Haube zu verstecken, da öffnete van Trossel auch schon die Tür und kam gemessenen Schrittes, gefolgt von Nabil, in ihr Schlafzimmer.

»Ich würde mir gerne noch einmal Euer Bein ansehen und die Wunde frisch verbinden.«

Er stellte seine Tasche neben dem Bett ab. Konstanze hob die Decke und entblößte den gewünschten Körperteil.

Van Trossel bat Nabil, ihm die Kerze zu halten, während er interessiert Knöchel, Wade und Oberschenkel begutachtete. Dann nickte er zufrieden und löste den Verband an ihrem Fuß.

»Das sieht sehr gut aus. Von Kräutern verstehen sie etwas, diese Sarazenen. Habt Ihr noch Schmerzen?«

»Ja, aber sie sind auszuhalten.«

Er öffnete die Tasche und kramte in seinen Tinkturen und Kräuterbeuteln herum. »Das war ein harter Tag heute, nicht wahr?«

Konstanze schwieg.

»Nun ja. Dank Eurer fortschreitenden Genesung würde ich vorschlagen, auf konventionelle Weise weiterzubehandeln. Also auf meine Art.«

Er wartete auf Konstanzes Reaktion. Sie nickte schwach, und er legte einen neuen Verband an.

»Trapenieren ist meines Erachtens nicht nötig, allerdings würde ich Euch gerne ein wenig zur Ader lassen.«

»Heute nicht«, protestierte sie leise.

Van Trossel nickte. »Dann würde ich morgen Abend noch einmal vorbeikommen. Ich will mich nämlich jetzt dem Tross nach Palermo anschließen. Ein Weib im Hause der Sacci ist über die Zeit.«

Er verbeugte sich und nahm seine Tasche.

»Der Herr segne und behüte Euch. Ihr scheint auf gutem Wege zu sein.«

»Van Trossel?«

»Ja, meine Königin?«

Sie winkte ihn zu sich heran. Der Arzt warf einen überraschten Blick auf Nabil, dann beugte er sich zu Konstanze herunter.

»Die beiden Mädchen, die Töchter des Hakims. Ihr habt gesagt, sie seien recht geschickt.«

»Ja, das stimmt. Sie haben wohl auch das eine oder andere Nützliche aufgeschnappt, aber vergesst nicht, sie kommen aus dem Haus eines Giftmischers. Ich würde sie nicht mehr am *cour* haben wollen. Man kann nie sicher sein bei diesen Leuten.«

»Eben. Deshalb wollte ich sie zu Euch geben.«

Van Trossel runzelte die Stirn. »Ich verstehe nicht ganz. Zu mir? Ich habe eigentlich genug Gesinde.«

»Nehmt sie mit. Und wenn sie klug sind und verständig, dann bringt ihnen etwas bei.«

»Meine Königin, bei allem Respekt …«, van Trossel richtete sich auf und ging ein paar Schritte auf und ab, »… also, mein Haus ist eigentlich sarazenenrein. Das wissen die Menschen, die zu mir kommen. Ich habe mich gestern auf die Zusammenarbeit mit einem Hakim eingelassen, weil dies vom wissenschaftlichen Standpunkt her durchaus von Interesse war und, bei all meiner Wertschätzung, nur auf Grund Eures Befehls. Einzig und allein deshalb. Darf ich Euch daran erinnern, dass wir den katholischen Grundsätzen unserer Heilslehre zutiefst verpflichtet sind? Der Sarazene an sich ist undurchschaubar. Er hat immer nur sein eigenes Interesse vor Augen und ist in vielerlei Hinsicht mit dem Juden vergleichbar. Er ist unrein. Ehrlich gesagt – ich halte nichts von einer Durchmischung der Hausstände und der Lehren. Die *limpieza de sangre* müsste gerade Euch geläufig sein, und deshalb verwundert mich Euer Ansinnen sehr.«

Nabil sah zu Boden.

»Versteht mich nicht falsch. Ich würde Euren Wunsch gerne erfüllen. Aber meine Patienten kommen aus den besten Familien Palermos. Sie würden das nicht verstehen. Und, ganz unter uns, ich war etwas erstaunt, dass in der *Favara* ein Hakim praktizieren darf. Noch dazu einer von so undurchsichtigem Ruf.«

Konstanze hörte dem Arzt zu. Warum klangen seine Worte so widerwärtig in ihren Ohren? Er hatte schließlich recht. Jedes Wort, das er sagte, war wahr. So wurde es gelehrt, und so hatte man zu denken. Die Reinheit des Blutes war ein Begriff, der von Toledo aus nach der Rückeroberung mehr und mehr begeisterte Befürworter fand. Für Konstanze war das bisher eine ganz normale Reaktion auf die Reconquista. Die *repoblación*, die Wiederbesiedlung der entvölkerten, verwüsteten Landstriche, war ausschließlich den Christen vorbehalten. Die Mauren, die dort gelebt hatten, waren von den asturischen Königen allesamt getötet oder vertrieben worden. Es gab kein Miteinander mehr, noch nicht einmal ein Nebeneinander. So musste das sein, wenn Kriege entschieden waren. Es gab Gewinner und Verlierer. Und die *limpieza de sangre* war ein gutes Mittel, um beide klar voneinander zu unterscheiden. Doch schon mehrten sich die Stimmen, dass es mit den Mauren allein nicht getan war. Die Reinheit des Blutes bezog sich ausschließlich auf Christen. Wer also würden die Nächsten sein? Die Juden?

Dann sah sie Nabil, und plötzlich klangen van Trossels Worte eitel und selbstgefällig. Der Eunuch war eine treue, reine Seele. Es gehörte sich nicht, dass er so beleidigt wurde.

»Es sind Kinder«, sagte sie.

Van Trossel nickte. »Sie werden für ihre Väter büßen bis ins siebte Glied. So steht es geschrieben. Vielleicht aber, denkt darüber nach, werden sie ihre Väter eines Tages auch rächen wollen? Man muss das Übel mit der Wurzel …«

»Es ist ein Befehl.«

Er presste die Lippen zusammen und sah an ihr vorbei.

»Ich werde mich regelmäßig nach dem Wohlergehen der Mädchen und nach ihren Fortschritten erkundigen. Van Trossel, seid nicht so verbohrt. Es verändert sich so vieles. Warum sollten wir bei anderen Kulturen nur das Schlechte wahrnehmen? Sie werden zum Gesinde gehören. Das sollte die *limpieza de sangre* in Eurem Hause doch nicht beeinträchtigen.«

»Was soll ich meinen Kunden sagen?«

»Ihr müsst die Mädchen ja nicht überall mit hinnehmen.«

Das schien van Trossel etwas zu erleichtern, doch so schnell gab er nicht nach. »Und das Essen? Die Kleider? Mädchen kosten Geld. Sie wachsen, sie essen, sie brauchen Spangen und Bänder und all diese Dinge. Wer ersetzt mir die Ausgaben?«

Konstanze deutete auf ihren Kämmerer. »Nabil wird Euch geben, was Ihr braucht.«

Der Arzt seufzte. »Gut. Ich werde sehen, was sich machen lässt. Wir werden den Dachboden umbauen müssen, um ihnen eine Kammer zu geben. Bei uns können sie schließlich nicht schlafen.«

»Auch dafür wird gesorgt werden.«

Langsam schien dem Arzt zu dämmern, dass die Aufnahme der Mädchen auch eine lukrative Seite haben könnte. »Und die Mahlzeiten? Die Sarazenen essen kein Schwein, wir müssen extra kochen. Außerdem muss ich sehen, ob ich jemanden finde, der sie im Lesen und Schreiben unterrichtet. Dann werden sie Stifte brauchen, Wachstafeln und altes Pergament. Das kostet. Dazu die Ausgaben für die Reinlichkeit und zwei Garnituren Leibwäsche.«

»Van Trossel?«

»Ja?«

»Übertreibt es nicht.«

Er nickte beflissen, nahm seine Tasche und verabschiedete sich. Nabil wollte ihm eilig folgen, aber Konstanze rief ihn noch einmal an ihr Lager.

»Achtet darauf, dass die Ausgaben auch wirklich bei den Mädchen ankommen. Wenigstens ein Teil davon.«

Nabil nickte. Er wollte etwas sagen, doch Konstanze hob die Hand.

»Wo ist die Condesa?«

»In ihrer Stube. Sie packt. Sie will von Palermo aus mit einem der sizilischen Koggen über das Königreich Mallorca zur Baronie von Montpellier aufbrechen. Von dort aus gedenkt sie sich einem Pilger- oder Handelszug nach Zaragoza anzuschließen. Sie wollte bis zur Abfahrt zu den Basilianerinnen. Doch der Erzbischof will ein Auge auf sie haben und hat ihr eine Unterkunft in seinem Palast gewährt.«

Konstanze atmete tief durch. Das klang endgültig.

»Dann sagt ihr, ich entlasse sie ehrenhaft aus ihren Diensten. Das Schreiben werde ich nachsenden.«

Nabil schwieg. Schließlich schob er seinen Turban ein wenig aus der Stirn und rieb sich die Schläfen. »Danke«, sagte er leise.

Konstanze antwortete nicht.

»Es war ein harter Tag.«

»Ja«, sagte Konstanze. »Das stimmt.«

52.

In der gleichen Nacht noch wurde die *Beata Catalina* beschlagnahmt, die Besatzung arretiert und die Flagge Bonaccis gegen den staufischen Adler ausgetauscht. Was Capparones Schergen im Palazzo nicht zerstören oder davontragen konnten, warfen sie durch die Fenster auf die Straße, wo die jubelnde Menge es in Windeseile auseinandernahm und abtransportierte.

Am Morgen kehrte für kurze Zeit Ruhe ein. Dann nämlich, als man die Scherben aus dem Haus kehrte. Viele bekreuzigten sich, manche spuckten gar aus, und niemand achtete auf den jungen Mann, der sich ein wenig abseits hielt und das Spektakel beobachtete.

Rocco hatte es geahnt. Die Hast, mit der er zum Aufbruch gedrängt worden war, und nicht zuletzt die hohe Belohnung, die der Alte ihm in Aussicht gestellt hatte. Seine Mission war der letzte schwache Trumpf in der Hand Bonaccis gewesen, nachdem das Blatt sich längst gegen ihn gewendet hatte. Die Verschwörung war zerschlagen, das Mordkomplott aufgedeckt. Es würde nicht lange dauern, bis sie begannen, auch nach ihm zu suchen.

Niemand musste ihm sagen, was er zu tun hatte. Spätestens als er den ersten der schwarzen Schatten erspäht hatte, als es still wurde auf dem Schiff und nur die leisen, vorsichtigen Schritte nackter Sohlen zu hören waren, ab und zu ein heiseres Flüstern oder ein unterdrückter Fluch, wenn der Vormann nicht schnell genug das Fallreep hinunterkletterte, spätestens als er sah, wie die gesamte Mannschaft der *Beata Catalina* still und heimlich das Schiff verließ und nur in den Kajüten von Kapitän und Erstem Steuermann die Kerzen hinter den pergamentverklebten Fenstern weiterbrannten – sie warteten auf die Übergabe und bereiteten sich vor –, da begriff Rocco, dass seines Bleibens nicht länger war auf diesem Schiff. Er schloss sich einem jungen, kaum dem Stimmbruch entwachsenen *marinero* an und gelangte vom Kai zu den Anlegestellen der kleinen, schäbigen Fischerboote, wo er sich zwischen Unrat und zerrissenen Netzen niederließ und als Einziges bedauerte, dass der Duft von guter Seife nun dem Gestank verdorbener Fische wich.

Bis zum Morgengrauen hatten die schwarzen Schatten den gesamten Hafen besetzt und jeden Zugang zu den engen Gassen abgeriegelt. Dann bestieg ein Dutzend von ihnen das Schiff und kam nicht wieder. Rocco bekreuzigte sich.

Er sah, wie die Leichenträger von einem Priester begleitet um die Ecke bogen, den Palazzo betraten und wenig später einen Körper aus dem Haus trugen. Bonacci. Mit klopfendem Herzen wartete er darauf, dass Raffaella erschien – sie kam nicht. Seine Unruhe stieg, dazu seine Ratlosigkeit: Sollte er sein sicheres Versteck verlassen und nach ihr fragen?

Innerhalb des abgeriegelten Hafens hielten sich nicht viele Menschen auf. Die meisten von ihnen hatten sich stumm vor Bonaccis Haus zusammengerottet und beobachteten nun den Abtransport des Leichnams und der großen, verschlossenen Kisten, in denen Rocco eher die mobilen Schätze des Hausherrn denn belastendes Material vermutete. Langsam trotteten die letzten Handlanger Capparones auf die Straße, bis der Hauptmann schließlich den herumstehenden Knechten die Anweisung gab, das Haus zu versiegeln. Es gab nichts mehr zu holen, es gab nichts mehr zu sehen. Auf die Scherben und den Unrat stürzten sich nun die Bettler, in der Hoffnung, noch etwas Brauchbares zu finden.

Die Menge zerstreute sich, und die schwarzen Schatten hoben die Sperrung der Hafengassen auf. Mit den hereinströmenden Menschen, die sich eilig auf den Weg zu Booten, Koggen und Marktständen machten, verließ Rocco sein Versteck und mischte sich unter sie.

Möglichst unauffällig schlenderte er hinüber zum Fischmarkt. Gemächlich wie ein reicher Herr – auch an diese Rolle musste er sich erst einmal gewöhnen – flanierte er zu einer der kleinen Hütten, die auch des Nachts und am Morgen geöffnet hatten und wo ein junger Mann über offener Glut Fische und Brot grillte. Dort setzte er sich auf eine der vielen freien Bänke. Das Geschäft lief nicht, und der Mann, der gelangweilt das Brot auf dem Rost wendete, verscheuchte die Fliegen und rechnete wohl im Kopf gerade den entgangenen Gewinn aus.

»Ihr wollt reisen?«, fragte er.

Der zum freien Mann gewordene Knecht nickte.

»Wohin? Nach Messina? Dahin gehen die Boote noch. Aber zum Festland wird es eng. Was darf es sein?«

Rocco bemerkte das geschickte Manöver, mit dem der Fischer weitere Auskünfte an die Essensbestellung koppelte.

»Wir haben Thunfisch von heute Nacht. Er sieht auch ganz gut aus. Manchmal veranstalten sie ja ein richtiges Massaker mit den armen Tieren, aber der von heute, wenn Ihr mal schauen wollt, der ist doch gut. Oder?«

Er hob ein feuchtes Tuch, unter dem sich ein Schwarm Fliegen häuslich eingerichtet hatte. Es war ein kleines Exemplar, und viel war nicht mehr davon übrig.

»Von heute?«, fragte Rocco und begutachtete misstrauisch den kläglichen Rest. »Dann habt Ihr ja mächtig verkauft.«

»Ja. Bis eben.«

Der Fischer warf einen finsteren Blick auf Bonaccis Haus und deckte den Fisch wieder zu.

»Na?«

»Ja, Thunfisch. Was ist denn passiert?«

Der Fischer ging in seine Hütte und kehrte mit einem scharfen Messer zurück. Dann begann er, den Fisch so lange zu traktieren, bis er ein dunkles, blutrotes Stück Fleisch in den Händen hielt.

»Den alten Bonacci hat's erwischt. Ganz böse Sache. – Ist es so recht?«

Rocco nickte ungeduldig. »Was denn für eine Sache?«

Der Fischer sah sich um. Langsam nahmen die Männer wieder ihre Arbeit auf, trauten sich die Mägde wieder aus dem Haus, kamen die *marineros* zurück an Deck der Schiffe. Immer noch war der Platz am Kai leer, aber die Lage normalisierte sich.

»Eine Verschwörung.« Der Mann senkte die Stimme, und Rocco rutschte auf seiner Bank etwas näher zu ihm. »Gegen den *ré*. Bonacci war der Kopf der ganzen Sache. Wer noch alles mit drinhängt, wird gerade untersucht.«

Mit dem blutigen Messer wies er auf die *Beata Catalina*, die ein Stück weiter oben am Kai lag. Niemand war an Deck zu sehen. Vor dem Fallreep hatten sich Wachen postiert und verbreiteten eine Aura grimmiger Entschlossenheit, jeden Neugierigen sofort zu verjagen.

»Schade um die Kleine. Und schade um die viele gute Arbeit, die es bei ihm gegeben hat. Kamen ja alle zum Essen hierher, die Máster.« Er fachte die Glut mit einem kleinen Blasebalg an, dann steckte er das Thunfischstück auf einen Spieß und hängte ihn in die Eisengabeln.

»Wollt Ihr Brot dazu?«

Rocco bejahte. Dann nahm er sich ein Herz und fragte: »Die Kleine? Welche Kleine?«

»Ach, die Tochter. Raffaella. Hat es noch bis Boccadifalco geschafft und wollte wohl ins Kloster. Haben sie aber geschnappt. Ist jetzt wohl im Turm bei den anderen.«

»Welchen anderen?«

Der Fischer kratzte sich bedächtig im Nacken. Rocco hoffte, dass dies ausschließlich auf seine Ratlosigkeit und nicht auf Kopfläuse zurückzuführen war.

»Keiner weiß es. Die Barone? Sitzen ja sowieso schon alle. Aber mich würde es nicht wundern, wenn der eine oder andere

Padre auch noch seine Hand im Spiel hätte. Nur …« Plötzlich besann er sich. »Ich hab nichts gesagt. Ist sowieso bloß Gerede. Soll man gar nicht drauf hören, sag ich immer.«

Entschlossen, sich keine weiteren Einschätzungen der Lage mehr entlocken zu lassen, widmete sich der Fischer jetzt ausschließlich der Zubereitung des Essens. Mehrere räudige Hunde und einige halbverhungerte Katzen saßen bereits in Reichweite, und zwei Betteljungen schlichen sich auch schon heran.

Rocco war nicht wohl in seiner Haut. Jeder musste ihm ansehen, dass er nicht als Herr geboren war. Er verwünschte seinen Einfall, sich hier in aller Öffentlichkeit zu präsentieren. Was, wenn ihn jemand erkannte? Er wollte weg, so schnell wie möglich, doch die Situation am Hafen schien noch lange nicht geklärt. Im Moment sah es nicht so aus, als ob eine der Galeeren an diesem Tag auslaufen würde, und die *Beata Catalina* erst recht nicht.

»Nach Neapel fährt hoffentlich noch ein Schiff?«

»Ja, da hinten. Aber Ihr müsst Euch beeilen, die Plätze werden knapp. Die Fahrten nach Ostia und Genua sind eingestellt.«

Die Kehle wurde Rocco eng. Hatte man etwa den gesamten Schiffsverkehr über das Mittelmeer unterbrochen, nur um ihn zu finden?

»Die Hochzeit.« Der Fischer grinste. Er griff nach einem schmierigen Brett, das er mit einem ebenso schmierigen Lumpen abwischte. Das legte er auf den Tisch, nahm dann den Spieß vom Feuer und schnitt den Fisch vor Roccos Nase in kleine Stücke.

»Der Hafen wird jetzt frei gehalten. Erst für die *cocche* mit den Geschenken und dem Gesinde und dann für die Fürsten. Zumindest für die, die übers Meer kommen. Für die anderen werden alle taridas nach Messina geschafft, für die Überfahrt. Das wird ein Fest! Zwanzig-, dreißigtausend Menschen! Habt Ihr die Zelte vor der Stadt denn nicht bemerkt?«

»Doch, doch.«

»Vielleicht kommt sogar der Papst. Weiß man's? Schließlich war die Hochzeit seine Idee, und wenn ich an meine Geschäfte denke, nicht die schlechteste. Schmeckt es nicht?«

Rocco schluckte mühsam hinunter. Sein mangelnder Appetit lag nicht an den hygienischen Umständen, dafür war er lange genug bei den Schweinen gewesen. Vielmehr befürchtete er, nicht mehr rechtzeitig wegzukommen, wenn er sich hier auch nur einen Wimpernschlag länger aufhielt.

»Ich denke an meine Passage.«

Er musste los. Außerdem hatte der Thunfisch einen Stich. Vermutlich lag er schon länger, als er es vom Gesetz her durfte. Er winkte die beiden Betteljungen heran und schob ihnen das Brett hinüber. In Windeseile krallten sie sich die Brocken und liefen weg, voller Angst, man würde diese fürstliche Mahlzeit von ihnen zurückfordern.

Rocco bezahlte den Fischer und ließ sich dann die *cocca* zeigen, die nach Neapel fuhr. Von dort aus wollte er versuchen, doch noch irgendwie aufs Festland zu gelangen. Sein Handgeld, eigentlich für Proviant, Reisekosten und den Kauf eines Pferdes ab Genua gedacht, würde bei einfacher Lebensführung bis Mailand reichen, um sich durchzuschlagen. In der Lombardei herrschten andere Gesetze – und andere politische Verbindlichkeiten. Den Gedanken, sich über die *via egnatia,* die alte römische Heerstraße, nach Konstantinopel abzusetzen, hatte er längst verworfen. Seine Zukunft lag nicht in Outremer, sondern da, wo das Schicksal ihn brauchte: in Franken. Die Waiblinger würden ihm weiterhelfen, und wenn Gott wollte – Rocco zweifelte keinen Moment daran –, würde er Goslar erreichen.

Es waren nur noch wenige Plätze frei in der engen Passagierkajüte, und er verbrachte den Rest des Tages inmitten einer lärmenden Großfamilie, in der es offenbar ausschließlich Knoblauchbrot zu essen gab. Am Abend legte das völlig überladene

Schiff ab. Rocco stand so lange an Deck, bis das Haus Bonaccis, die Gassen, der Hafen und die Schiffe, die Stadt und der hoch über ihr aufragende Palast im Schatten der Berge verschwanden, so lange, bis ganz Sizilien nur noch ein vager Umriss war, den das Meer langsam verschluckte, so lange, bis er fror und die Sterne ihren kalten Schein auf die kräuselnden Wellen warfen und den aufgehenden bleichen Mond begleiteten, so lange, wie er brauchte um zu begreifen, dass er es war, der jetzt die Welt retten würde. Zumindest das katholische Abendland. Und Raffaella.

53.

La Zisa, am 2. Juli im Jahr 1209 nach des Herrn Menschwerdung

Meine liebe, kleine Sancha,

dieser Brief wird dich mit Gottes Hilfe in Messina erreichen, wo du schon nächste Woche eintreffen wirst, um meiner Hochzeit beizuwohnen. Viel ist geschehen, seit ich dieses fremde Land betreten habe, und nur der großen Güte des Herrn ist es zu verdanken, dass ich dich endlich wieder in meine Arme schließen darf. Ich lobpreise unseren Gott den Allmächtigen und freue mich schon darauf, mit dir die Messen zu besuchen.

Konstanze saß in ihrer Kemenate im ersten Stock der *Zisa* und blickte wieder hinunter auf den Springbrunnen. Was sollte sie Sancha schreiben? Die Gefahr, dass Briefe in falsche Hände gerieten, war groß. Velas letzte Warnung – die Mörder sind immer noch hier! –, diese panischen, von Tränen und Angst fast erstickten Worte kamen ihr immer und immer wieder in den Sinn. Wo Vela jetzt sein mochte? Nach wie vor im Palast Pagliaras?

Sie hatte gebeten, von der Abreise ihrer Kammerfrau informiert zu werden. Zwei Wochen waren nun schon vergangen, und mehr als sich widersprechende Gerüchte über das, was sich in Palermo ereignet hatte, erreichten sie nicht. Es hatte wohl einen Aufstand gegeben. Die Barone waren die Rädelsführer, unterstützt von reichen Kaufleuten. Der *ré* hatte alle, die nicht bereits arretiert waren, gefangen nehmen lassen. Es hatte Tote bei den Festnahmen gegeben, erbitterten Widerstand, neuen Aufruhr im Süden, und fast sah es so aus, als ob die Brandnester, die Federico vor kurzem gerade noch austreten konnte, erneut zu glimmen begannen. Seine Strategie war gefährlich, weil sie die eines bockigen Kindes war. Statt den Papst um Hilfe zu bitten, der diese Situation natürlich mit Freuden nutzen würde, um im Gegenzug von Federico neue Lehnseide und Kreuzzugversprechen zu erhalten, versuchte der *ré* es allein. Und allein bedeutete: kein Heer, kein Geld, keine Möglichkeit, den Aufruhr ein für alle Mal mit Gewalt unter Kontrolle zu bringen. Diese Machtlosigkeit war seine Achillesferse. Sich dessen wohl bewusst, versuchte er es nun mit Versprechungen. Frei kam nur, wer einen bedingungslosen Treueeid schwor, doch niemand hatte bisher diesen Eid geleistet. Kein schöner Beginn einer Regentschaft.

Sogar Konstanze war klar, dass dies eine mehr als ernste Situation war. Ohne die Familien und den weltlichen Adel ging gar nichts in einem Land. Der *ré* musste einen Weg finden, wie er sich diese Leute untertan machte, ohne sie in Türme und Keller zu sperren, von wo aus sie zweifellos ihre Intrigen weiterspinnen würden. Das erforderte Geschick und Weitblick – beides nicht die primären Charaktereigenschaften eines Vierzehnjährigen.

Seufzend tauchte sie die Feder in die Schlehentinte und schrieb wohlüberlegt weitere Unverfänglichkeiten.

Die Hochzeit wird nach römischem Brauch zelebriert. Auf-

wand und Pracht werden groß sein, und ein Fest wird es geben, wie es das regnum *lange nicht gesehen hat. Zwar habe ich den* ré *noch immer nicht persönlich kennengelernt …*

Sie brach ab. Es war bei arrangierten Ehen nicht unüblich, den Gatten erst am Tag der Hochzeit zu sehen, aber sie war jetzt schon seit Wochen im Land, und es kam ihr langsam unwahrscheinlich vor, dass sich ihre Wege kein einziges Mal gekreuzt haben sollten. Mied Federico etwa seine Frau? So viele Intrigen konnte es gar nicht geben, als dass er nicht zwischen zwei Jagdausflügen Zeit für einen flüchtigen Besuch gehabt hätte. Vielleicht war er mit vierzehn Jahren doch zu schüchtern und zu unerfahren im Umgang mit Frauen und wollte sich bei der ersten Begegnung lieber vom Protokoll leiten lassen.

Hoffentlich weiß er wenigstens, wie das Söhnezeugen funktioniert, dachte sie. Der Gedanke an diese Prozedur bereitete ihr mehr und mehr Unbehagen, je näher der große Tag rückte. Was, wenn sie ihm Anweisungen geben musste? Ihn etwa … anfassen? Führen? Bloß nicht. Wieder dachte sie an Imre, und eine kleine Welle der Zärtlichkeit schwappte in ihr Herz. Er hatte ihr die Angst mit Gebeten genommen und mit der Klugheit des älteren Mannes ihre Scheu erkannt. Demut und Pflicht. Schicksal und Bestimmung. Er hatte ihr geholfen, das Peinliche auf ein erträgliches Maß zu reduzieren. Jetzt sollte sie wohl in die Rolle der Führenden schlüpfen. Aber wie? Sie griff nach dem Schraffiermesser und schabte die letzten Worte weg.

Es klopfte. Ärgerlich hob Konstanze den Kopf.

»Ja?«

Elena, die Griechin aus *La Favara,* trat ein und hielt dem Seneschall der *Zisa* die Tür auf. Im Vergleich zu Nabil, der die *Favara* führte, als wäre sie sein eigenes Haus, war Cavaliere Livio de Poggionavalito ein eher rationaler Mann. Hochgewachsen, Anfang vierzig, sehr genau, beflissen und bemüht, aber bei weitem nicht so innig und leidenschaftlich verwachsen mit seiner

Aufgabe wie der kleine Eunuch. Stets verbreitete der Cavaliere eine Aura geschäftiger Rastlosigkeit, und auch jetzt eilte er, unter dem Arm mehrere Schatullen und Pergamentrollen, zielstrebig auf Konstanze zu und reichte ihr, noch bevor sie sich erhoben hatte, die Hand.

»Cavaliere?«

Livio verbeugte sich eilig und legte dann die Papiere auf dem Scriptorium ab.

»Meine Königin, ich grüße Euch. Es dauert nicht lange!«

Das sagte er immer. Doch die Hast, mit der er seine Geschäfte erledigte, brachte ihn oft genug ins Stolpern, so dass ein gründlicheres Vorgehen jeden Vorgang wesentlich abgekürzt hätte.

»Der *fra* wird auch gleich kommen. Habt Ihr Euch nun entschieden, wer von Euren Zofen bei der Krönung die Salbung vornehmen wird?«

»Alba und Leia. Das hatte ich bereits gesagt.«

»Ja. Ach ja! Ich vergaß, verzeiht mir. Ich wollte eigentlich …«

Er kramte in den Papieren herum und zog ein Schreiben mit dem erbrochenen Siegel des Palastes von Palermo hervor.

»Die Sitzordnung. Es gibt bei diesen rechteckigen Tischen ja immer Streit um die Plätze. Deshalb würde ich eine *table ronde* vorschlagen, zumindest, was das Mahl im engsten Kreis anbetrifft.«

Konstanze nickte. »Gewährt.«

»Dann … Nun, das wird Euch langweilen. Die Hochzeitssteuer hat der *ré* ja nicht so hoch ansetzen können, so dass die Geschenke an die Gäste nicht sehr reichlich ausfallen werden.«

»Das ist mir bekannt.«

Sizilien war arm. Letzte Woche hatte Riccardo von San Germano, der Chronist von Palermo, ihr seine Aufwartung gemacht und das Thema am Rande gestreift. Demnach verzichtete der *ré* auf die üblichen Hermelinpelze und wollte den Krönungsmantel seines Vaters tragen. Dennoch blieb die Liste der Ausgaben beeindruckend: dreißig Ellen unverschnittener Scharlach, Hunderte Ellen blauer, grüner und roter Stoff für den weiblichen Hofstaat, Seidenstoffe für neue Waffenröcke, Tausende Perlen und Korallen, mehrere neue Wandbehänge und zwanzig Tischtücher. Zur Beköstigung hatte der Hof unter anderem zentnerweise Pfeffer, Mandeln, Reis und Weinbeeren geordert, dazu Hunderte Talente Zucker, Safran, Nelken und Muskat. Die zehntausend Eier, dreitausend Käse und fünfzigtausend Brote reichten gerade für die Grundversorgung, siebzig getrocknete Rinder, zweihundertfünfzig getrocknete Schafe, sechzig Schweine und zweihundertsiebzig Lämmer machten daraus jedoch ein Festmahl. Für die Hühner und Gänse hatte man eigens Häuser außerhalb der Stadtmauern erbaut.

Konstanze war nicht wohl bei dem Gedanken, dass offenbar die letzten Vorräte geplündert wurden. Andererseits war ein so großes Fest vielleicht genau das Richtige, um das Volk daran zu erinnern, dass es trotz Armut und Aufruhr einen König hatte, dem es eigentlich treu ergeben sein sollte. Und eine Königin.

»Für die Spielleute haben wir gerade ein Zelt hinter der *via roma* hochgezogen, wo sie verköstigt werden. Sorgen machen mir die Kleider – irgendetwas müssen wir ihnen geben. Der *ré* hat keinen Posten dafür aufgeführt.«

»Warum nicht?«

Cavaliere Livio hob die Hände zu einer bedauernden Geste. »Das weiß ich nicht. Er ist sehr sparsam und hält nichts davon, seine Habe unsinnigerweise zu verschenken. So heißt es zumindest.« Aufmerksam beobachtete er Konstanze, ob sie diese Meinung teilte.

Sie wandte sich kurz ab und verschloss das Tintenfass auf dem Tisch. Das gab ihr Zeit, sich eine Antwort zurechtzulegen. »Nun, ich bin der Meinung, wir sollten ihnen etwas geben. Was passiert eigentlich mit den ganzen Seidentüchern, die als Schmuck über die Straßen gehängt werden?«

»Das entzieht sich meiner Kenntnis.«

»Soweit ich weiß, organisieren die freien Weber das untereinander. Ich betrachte diese Tücher als Geschenk und erwarte, dass sie nach dem Fest an die Spielleute verteilt werden.«

Der Cavaliere hob erstaunt die Augenbrauen, dann besann er sich und nickte eifrig. Aus einer Mantelfalte holte er sein Diptychon hervor, klappte es auf und machte sich auf dem Wachstäfelchen eine kurze Notiz. »Das wird den Webern zwar nicht gefallen, aber wir werden es ihnen schon beibringen.«

»Sollte sich Widerstand regen, so stellt es ihnen frei, jederzeit im Palast zu arbeiten.«

Damit wären sie Leibeigene und den Status als freie Handwerker los. Keiner, der auch nur einen Funken Verstand hatte, würde sich darauf einlassen. Der *tiraz* beschäftigte die begabtesten Wirker, Weber und Sticker der westlichen Welt, Griechen, Türken und Sarazenen. Sizilianische Weber konnten da nicht mithalten, sie würden in der Färberei enden oder als Spindelhalter. Wenn sie aber die Gelegenheit hatten, bei dieser Hochzeit ihr derbes und dennoch farbenfrohes Kunsthandwerk zu zeigen, so konnten sie für sich werben und vielleicht mit manchem fränkischen Kaufmann ins Geschäft kommen.

Der Cavaliere zollte Konstanzes geschicktem Schachzug Respekt, indem er widerspruchslos die nächste Pergamentrolle heranzog und öffnete.

»Die Quartiere. Es gibt Ärger. Der Platz für die Wohnschiffe unten am Hafen ist begrenzt, und schon jetzt streiten sich die Máster, welcher Fürst wo anlegen darf. Es gibt einige, die mit mehr als einem Dutzend *cocche* anreisen, die müssten wir eventuell in die Bucht von Mondello schicken. Das sorgt für böses Blut. Des weiteren zeigen sich die Barone nicht sehr großzügig, was die Gastfreundschaft angeht. Bis jetzt haben wir erst achtzehn Palazzi zur freien Verfügung. Das ist zu wenig.«

Konstanze hatte nicht übel Lust, den Cavaliere ordentlich durchzuschütteln. Sollte sie etwa mit einem Maultier nach Palermo reiten und dort die Quartiermeisterin spielen?

»Wer ist denn dafür zuständig? Was sagt der *ré*?«

Der Seneschall zuckte mit den Schultern. »Der *ré* ist nicht in Palermo. Er hält sich zurzeit in Catania auf, weil er eine Familienangelegenheit klären muss. Die Särge, wie Ihr wisst. Er wird allerdings bald zurückerwartet.«

Die Särge! War das Federicos einzige Sorge im Moment, die Gebeine seiner Eltern anlässlich der Feierlichkeiten in den Dom von Palermo zu überführen? Hatte er sonst nichts zu tun?

»Dann soll Pagliara jemanden bestimmen, der sich darum kümmert.«

Die Klöster hatten ja wohl noch Platz. Einen Moment war Konstanze versucht, dem Cavaliere Grüße an Vela aufzutragen, doch schnell schob sie diesen Gedanken wieder von sich. Weg damit. Nur nicht darüber nachdenken, dass sie um ein Haar ihre einzige, liebste Vertraute in den Tod geschickt hätte.

Sancha, du fehlst mir so, dachte sie. Vielleicht konnte sie ihre Schwester überreden, zu den Basilianerinnen zu gehen. Dann hätte sie wenigstens wieder einen Menschen in der Nähe, dem sie vertrauen konnte.

»Gut.«

Cavaliere Livio raffte die Schreiben zusammen und verstaute sein Notizbüchlein wieder im Mantel. »Da wäre nur noch eine Kleinigkeit.«

»Was denn noch?«, fragte Konstanze ungeduldig.

»Der … Also, das Geschenk. Der Emir von Djerba erwartet eine Antwort.«

Konstanze schwieg. Mit dieser Entscheidung war sie eindeutig überfordert. Mittlerweile hatten ihr Alba und Leia vom Leid dieser Frauen berichtet, die in einem Zelt weit hinter der Falknerei untergebracht waren und die das Schicksal von der einen in die andere Unsicherheit getragen hatte. Obwohl der Harem mit dem Pferd nur eine Viertelstunde entfernt war, scheute Konstanze diesen Weg. Es war nicht ihr Harem, also auch nicht ihr Problem.

»Das muss der *ré* entscheiden«, sagte sie schließlich. »Vielleicht kann ihm irgendjemand ausrichten, er möge einmal in der *Zisa* vorbeischauen? Wenn möglich noch vor der Hochzeit, es gibt einiges zu besprechen.«

Obwohl Konstanze sich alle Mühe gab, ihre Gefühle unter Kontrolle zu halten, entging dem Cavaliere der leicht ironische Unterton nicht.

»Ich werde einen Boten senden. Vielleicht kommt er auf dem Rückweg vorbei.«

Konstanze nickte. »Vielleicht.«

Damit war der Seneschall entlassen, und Konstanze humpelte wieder zu dem *scriptionale*. Das Gehen fiel ihr nach wie vor schwer, und langes Stehen ermüdete sie. Van Trossel verordnete weiterhin die Umschläge des Hakims und machte ihr Mut, zur Hochzeit könne sie wieder springen wie ein junges Reh. Die Nachwirkungen des Attentats aber, die Angst, die jedes Mal in ihr hochkroch, wenn sie einen Becher an die Lippen führte, das Zusammenzucken, wenn Elena nachts an ihr Bett trat und die Decke richtete, all das, so sagte er, werde noch eine ganze Weile bleiben.

Wovon sie van Trossel nichts sagte, war der schnelle Blick jeden Morgen auf Arme, Beine und Leib. Kein Fleck, keine verräterische Rötung. Erst wenn sie alle erreichbaren Stellen ihres Körpers examiniert hatte, atmete sie auf. Dann dachte sie daran, wie leicht es war, zu sterben, wenn eine kleine Gestalt sie mitnehmen würde, und wie schwer, wenn Gott ein langes Siechtum sandte.

Dennoch war sie ruhiger geworden. Wann immer die Stunde ihres Todes nahen würde – sie wäre nicht allein. Jemand würde ihr die Hand reichen und ihr hinüberhelfen über den dunklen Fluss ans andere, helle Ufer, und dieser Gedanke tröstete sie.

Wieder griff sie sich in den Nacken. Eine Geste, die sie sich angewöhnt hatte, seit sie die Haare unter der Haube kurz trug. Sie musste einen Boten zu Margalithas Klause schicken. Sie hatte die verlorenen Seelen dort oben nicht vergessen, aber sie würde sich erst nach der Hochzeit um sie kümmern können.

Konstanze nahm die Feder in die Hand und betrachtete nachdenklich ihren in kleinen, steilen Buchstaben geschriebenen Text. Dann entkorkte sie das Tintenfass, tauchte die Feder ein und schrieb.

Soweit ich annehmen darf, wird der ré *bei seiner Hochzeit anwesend sein.*

54.

Vela stand in der Gesindeküche des erzbischöflichen Palastes und rührte einen dicken Hirsebrei, in den der Küchenmeister zwei Dutzend von Hand abgezählte Rosinen gegeben hatte. Es war eine magere Kost, und sie bestätigte den Grundsatz: Je prächtiger das Haus, desto dünner die Domestiken.

Durch das geöffnete Fenster drang der Lärm von der Marmorstraße herein, untermalt von Vogelgezwitscher und dem Klappern vieler Hufe. Alles, was Beine hatte, war unterwegs, und selbst wer nichts zu erledigen hatte, bemühte sich, wenigstens demonstrativ im Weg herumzustehen und den Eindruck eines pulsierenden, heillosen Durcheinanders noch zu verstärken. Sechs Tage bis zur Hochzeit, und Palermo platzte aus allen Nähten.

Vela füllte sich eine Kelle Brei in eine Holzschüssel, nahm einen der grobgeschnitzten Löffel und trat an die Mauerbrüstung, um einen Blick auf den Trubel zu werfen. Drüben, vorm Dom, räumten sie gerade den Markt. Es kam zu lautstarken Protesten unter den Händlern und zu einigen kleineren Handgreiflichkeiten, denn niemand hatte daran gedacht, ihnen andere Plätze zuzuweisen. Die ganze Straße vom Palast bis hinunter zum Hafen war bereits vergeben, und so standen diejenigen, die bisher das Privileg eines unschlagbaren Standortvorteils genossen hatten, plötzlich mit ihren Körben und Leiterwägelchen, dem zusammengeschobenen Gestänge und zerrissenen Tuch buchstäblich auf der Straße, wo sie natürlich auch nichts zu suchen hatten.

Die ganze Aktion verursachte einen unauflösbaren Stau. Mehrere Hangelwagen – Vela entzifferte mühsam die Wappen der apulischen Herzöge – verkeilten sich ineinander, die Ochsen brüllten, die Pferde wieherten, Einheimische und Fremde prallten aufeinander und versuchten sich mit lautem Fluchen wenigstens eine schmale Gasse freizuschreien. Eines der Gerüste, das, mit Seide überspannt, die Straße beschatten sollte, brach zusammen. Niemand wurde ernstlich verletzt, das Chaos aber war vollkommen.

Mit dunklem Dröhnen mischten sich nun die Domglocken ein und mahnten das erhitzte Volk zur Besinnung und zum Besuch der Mittagsmesse.

Vela seufzte, führte einen Löffel Brei zum Mund und ließ ihn wieder sinken. Sie hatte Hunger, aber keinen Appetit. Der Magen knurrte, die Kleider wurden zu weit, doch ein dicker Knoten in ihrem Hals verhinderte, dass sie auch nur einen Bissen zu sich nahm.

Ihr war, als spürte sie wieder die Berührung seiner Hand auf ihrem Arm. Eine trockene, warme, raue Hand, der schnelle Griff, eine selbstverständliche Geste unter zwei Todgeweihten und doch eine Grenzüberschreitung, viel mehr als eine Unschicklichkeit – eine Verbrüderung vielleicht, vielleicht aber auch …

Der Condesa gelang es nicht, das schreckliche Bild des Gehenkten aus ihrem Gedächtnis zu verbannen. Wieder und wieder verfolgten sie die Bilder. Und das Geräusch, als sein Genick brach. Warum bloß hatte er nicht die schwarze Wachskugel zerbissen? Warum hatte er sein Ende so anders inszeniert? So erbärmlich, so klein? Ganz zum Schluss, in der dunklen Stunde ihres Abschieds unten im Kerker, war er ihr plötzlich als ein würdevoller Mann erschienen. Doch oben, auf dem Weg hinauf zum Blutgerüst, hatte sie ihn wimmern und keuchen hören, als ob der nahe Tod alle Kräfte, sogar den letzten Stolz aus ihm gesogen hätte. Noch immer trug Vela sein Gift bei sich. Wie eine kleine schwarze Perle ruhte es an ihrer Brust. Einen Moment lang hatte sie erwogen, es wegzuwerfen, doch dann …

Wie anders ein Körper nach dem Tod wirkte. Der Hakim war ein mittelgroßer, schlanker Mann gewesen. Seine Leiche dagegen sah schmächtig, fast zart aus, mit dünnen Gliedern und knochigem Rücken. Das musste der Verlust der Seele sein, die nichts wog und trotzdem einem Körper erst Gewicht verlieh, blühendes Leben, rote Wangen und dem Blick einen warmen Schimmer, der auch noch in seinen Augen geglänzt hatte, als sie sich voneinander verabschiedeten, bevor …

Du vermisst ihn, dachte sie plötzlich. Du spürst den Verlust seiner Seele, obwohl er ein Sarazene war. Ein Ungläubiger, ein Anhänger Saladins, ein Giftmischer, ein Mörder.

Sie stellte die nahezu unberührte Schüssel auf den großen Arbeitstisch und bekreuzigte sich. Doch das half nichts. Plötzlich hatte sie Tränen in den Augen, und sie spürte, wie ihr Hass auf Konstanze sich regte und wuchs. Klein war er anfangs gewesen, im Zaum gehalten von der grenzenlosen Erleichterung, dank ihrer Gnade noch einmal davongekommen zu sein. Sie musste so handeln, sie war die Königin.

Jetzt aber, da Vela den *cour* verlassen hatte und ausgerechnet im Haus ihres Richters Gastrecht genoss – sie hätte gerne darauf verzichtet, nur wo sollte sie hin? –, wo sie ungeduldig darauf wartete, dass endlich ein Platz auf einem der Schiffe frei wurde für sie, wo ihr Band zu Konstanze zerschnitten war, unwiderruflich, jetzt gab sie sich dem Gefühl hin, zu hassen.

Herr, vergib mir. Er war der Erste, der mich angesehen hat, seit der Krieg mich zur Witwe gemacht hat. Ich habe es im Kerker nicht begriffen, und er hätte es wohl auch nicht gewagt, wenn das Schicksal uns nicht für wenige Stunden zu Gefährten gemacht hätte. Warum lebe ich? Warum sind andere tot? Warum hat sie die Macht und versteht es einfach nicht, damit umzugehen?

Unbewusst legte sie ihre Hand auf den Unterarm, dort, wo ein Sarazene sie berührt hatte, und schloss die Augen. Sie blieb eine Weile stehen, so lange, bis die Glocken das Ende der kurzen Messe verkündeten und im Haus eine leise Unruhe spürbar wurde. Pagliara war wohl gerade über den steinernen Mauerbogen aus dem Dom in den Palast zurückgekehrt. Er vermied es, den Weg über Vorplatz und Straße zu nehmen, und eilte lieber hoch über den Köpfen des Volkes die wenigen Schritte über die schmale Brücke, die beide Gebäude miteinander verband. Die schläfrige Stille zerriss, Waffen klirrten leise, eilige Schritte huschten über Treppen. Jeder hastete wieder an seinen Platz, der Majordomus kehrte zurück.

Die Tür zur Küche wurde ungestüm aufgerissen.

»Condesa?«

Einer der Hausknechte trat ein und blieb mit einer Verbeugung neben der geöffneten Tür stehen.

Vela zupfte schnell den Ärmel wieder zurecht und wandte sich um.

»Was gibt es?«

»Der Bischof will Euch sehen.«

Sofort begann ihr Herz schneller zu schlagen. Bis jetzt hatte sie ihm aus dem Weg gehen können. Pagliara bewohnte den ersten Stock, Vela benutzte meist die Gesindegänge, wenn sie von ihrer Kemenate unter dem Dach hinunter in die Küche oder im Hof auf den Abtritt musste. Es war keine angenehme Situation, und immer wieder wachte sie nachts schweißgebadet auf, weil sie sein versteinertes Gesicht vor sich sah und die Worte hörte, mit denen er sie zum Tode verurteilt hatte. Sie saß in diesem Palast wie auf glühenden Kohlen und konnte ihn dennoch nicht verlassen. Jeden Morgen, wenn der Bote vom Hafen zurückkehrte und wieder die niederschmetternde Nachricht überbrachte, dass kein Schiff nach Mallorca fuhr, fühlte sie sich wie eine Gefangene in diesem Haus, in dem sie nur geduldet war, das sie aber auch nicht verlassen konnte.

Jetzt plötzlich wollte er sie sehen. Sie nickte und folgte dem Knecht, der dieses Mal die Haupttreppe benutzte und sie an den prächtig gewandeten Gardisten vorbeiführte, die sie keines Blickes würdigten. Vela war noch nie in den Privatgemächern des Erzbischofs gewesen. Die strenge, kalte Pracht der Porphyrwände, in denen sich das Licht der feuervergoldeten Rundleuchter spiegelte, schüchterte sie ein.

In einem Saal, der gut und gerne dreißig Ritter bei Tisch beherbergen konnte, bat sie der Knecht zu warten.

Die hohen Fenster waren mit dickem blauem Samt verhängt. Das milderte die leere Strenge des Raumes, an dessen Stirnseite als einziges Möbel ein reichverzierter Prunksessel stand, zu dem zwei Steinstufen hinaufführten. Vermutlich war das der Ort, an dem der Bischof seinen Besuch empfing, auf den er dann aus geziemender Höhe herabblicken konnte.

Auf der anderen Seite hing ein prächtiger Wandteppich, der auf anschauliche Weise die Folterungen verschiedener Heiliger darstellte.

Bevor Vela genauer hinsehen konnte, musste sich eine verborgene Tür geöffnet haben, denn nun hörte sie die kräftige, durchdringende Stimme des Bischofs hinter sich.

»Velasquita Condesa de Navarra.«

Wie ertappt drehte sie sich um und verbeugte sich.

Zwei Männer hatten fast lautlos den Saal betreten. Der eine, Pagliara, machte eine ungeduldige Handbewegung, die wohl bedeutete, dass er auf derlei Höflichkeitsbezeugungen im Moment keinen Wert legte, und bestieg schnell seinen Thron. Er trug einen einfach geschnittenen dunklen Mantel aus erstklassigem Tuch, also quasi inoffizielles Ornat, und winkte sie näher zu sich heran. Der andere war ganz in Schwarz gekleidet und stellte sich stumm neben ihn.

»Signor Capparone wird dieser kleinen Unterhaltung beiwohnen, wenn Ihr nichts dagegen habt.«

Pagliara nickte seinem Besucher zu.

Der verzog keine Miene und betrachtete Vela ohne Anteilnahme.

Der Bischof hingegen lächelte ihr wohlwollend zu.

»Gibt es irgendetwas, was ich tun kann, um Euch den Aufenthalt hier angenehmer zu machen?«

»Nein, nein. Vielen Dank.« Vela trat unsicher von einem Fuß auf den anderen. »Ich bin Euch sehr verpflichtet. Ihr seid zu gütig.«

»Trotzdem scheint Ihr meine Gastfreundschaft nicht zu genießen. Ihr wollt fort, habe ich gehört. So schnell wie möglich.«

Die Condesa fühlte sich unwohl. Der Blick, den Pagliara unter schweren Lidern auf ihr ruhen ließ, verriet nicht, was er dachte. Er saß, sie stand. Sie befanden sich ungefähr auf Augenhöhe, dennoch hatte Vela das Gefühl zu schrumpfen, kleiner zu werden, Ritzen in den Steinfugen des Fußbodens suchen zu müssen, in denen sie sich verstecken konnte.

»Ich möchte niemandem zur Last fallen«, sagte sie leise. »Ich habe keine Position mehr am *cour,* und meine Familie ist verarmt. Für die Passage gab ich meinen Ehering, aber das scheint nicht zu reichen, um einen Platz auf einer *cocca* zu bekommen. Verzeiht, dass ich Eure Güte derart strapaziere.«

Es würgte sie im Hals bei diesen Worten. Ob es ein Nachhall der Angst war, die sie fühlte, wann immer sie an den Moment ihrer Verurteilung dachte und daran, dass dieser Mann hier vor ihr sie beinahe exekutiert hätte, oder ob es die Unterwürfigkeit in ihrer Stimme war, die ihr immer noch fremd war und die sie begleitete, seit sie mit zitternden Knien von dem Blutgerüst heruntergewankt war – sie wusste es nicht.

Pagliara beobachtete sie genau, und auf einmal lächelte er.

»Was ihr dem ärmsten meiner Brüder tut, das habt ihr mir getan. Dem Herrn müsst Ihr danken, nicht mir. Ich bin nur einer seiner geringsten Diener. Obwohl es mich verwundert, dass Ihr die Gnade Eurer Königin so wenig würdigt, der Ihr Euer Leben verdankt.«

»Oh, ich würdige sie. Ganz gewiss tue ich das. Ich lobpreise ihren Namen und bete für sie, sogar mehrmals täglich. Ich stehe tief in ihrer Schuld.«

»Dennoch trennen sich Eure Wege. Das ist bedauerlich, denn so, meine liebe Condesa, könnt Ihr Eure Dankbarkeit leider niemals richtig beweisen. Weder der Königin noch mir. Das scheint mir doch etwas eitel. Ich weiß nicht, ob das dem Herrn im Himmel gefällt. Mir gefällt es nicht.«

Der freundliche, herablassende Ton hatte sich in klirrende Kälte verwandelt.

Vela starrte auf ihre Schuhspitzen, die unter dem langen Rock hervorlugten, und fühlte, wie etwas Gefährliches in sie kroch und von ihr Besitz zu nehmen drohte. Seit dieser Nacht in der *Favara* hatte sie keine Nerven mehr. Vergeblich versuchte sie, sich an das Gefühl zu erinnern, das sie zum ersten Mal bei Pagliaras Anblick unten am Hafen gehabt hatte: Er hatte dagestanden wie ein aufgeblasener Sack, dem man einen Stich versetzt hatte und der nun langsam, aber sicher Luft verlor. Ein abgehalfterter, ausgemusterter Kanzler, der sich mit den Falschen verbündet hatte, eine lächerliche Figur, die nur noch sich selbst von ihrer Wichtigkeit überzeugen konnte.

Das war lange her.

Jetzt war sie in seiner Hand. Schutz und Protektion ihrer Herrin hatte sie verloren. Wie konnte es nur so weit kommen, dass sie diesem Wurm so ausgeliefert war? War es die schwarze Gestalt neben ihm, die ihm auf einmal den Rücken stärkte? In Capparones eisiger Miene konnte sie keinen Funken Mitgefühl entdecken.

»Eitelkeit ist mir fremd«, flüsterte sie. »Gerne möchte ich meine Dankbarkeit erweisen. Sagt, was ich tun soll, Exzellenz, und ich werde es tun.«

Ein zufriedenes Lächeln nistete sich in Pagliaras Mundwinkel ein.

»Dann geht zurück zur Königin.«

Erst glaubte Vela, sie hätte sich verhört. Unsicher sah sie hoch, doch Pagliara bekräftigte seine sibyllinischen Worte mit einem sanften Nicken.

»In diesem Hause ist kein Platz für Euch. Und ob man in Zaragoza auf Euch gewartet hat, erscheint mir doch sehr ungewiss. Die Königin aber hat niemanden sonst. Habt Ihr sie nicht an Eurem Busen genährt? Habt Ihr sie nicht in den Schlaf gesungen, über sie gewacht, sie aufwachsen sehen, ihr Kind gehütet?«

Vela trat unsicher von einem Fuß auf den anderen. Was zum Teufel wollten die beiden von ihr? Das konnte unmöglich ihr Ernst sein, dass sie sie zurückschickten. Nach allem, was geschehen war.

»Ihr müsst der Königin verzeihen«, fuhr der Kanzler fort. »Sie stand noch unter Einwirkung des Giftes, und krank soll sie auch gewesen sein. Ich selbst fand den Prozess ebenfalls sehr überstürzt. Gleich nach dem Henker zu schicken, das spricht für eine gewisse ... Impulsivität?«

Er wandte sich an Capparone. Ein kaum wahrnehmbares Nicken verriet, dass der Mann sich sehr wohl bewegen konnte. »Nicht wahr? Und dann das schnelle Urteil ... Condesa, ich habe nie geglaubt, dass Ihr etwas mit diesem Anschlag zu tun hattet.«

Vela starrte ihn an. Die Worte tröpfelten auf sie herab, sie hätte sie gerne abgestreift und weggewischt, doch schon rannen sie in ihre Ohren und ins Herz, wie heißes Wachs flossen sie in ihre Adern und brannten, brannten. Gleich nach dem Henker geschickt. Ein schnelles Urteil. Warum? Warum hatte sie das getan? Konstanze hatte ihr nahegestanden wie das eigene Kind, das sie nie gehabt hatte. Den Verlust dieser Nähe, durch Hilflosigkeit und Verrat zerstört, konnte sie nicht verwinden.

Pagliara lehnte sich zurück an die kunstvoll geschnitzte Lehne seines Throns. Das Holz knarrte ein bisschen, so wie es gute, solide Eiche tat, wenn sie in die Jahre kam und das Gewicht der jeweiligen Besitzer unterschiedliche Belastungen ausübte. Der Bischof strich sich ein Stäubchen vom Knie und betrachtete den großen goldgefassten Ring an seiner Rechten.

»Wir müssen die Königin schützen. Wir drei. Wir müssen wissen, was sie denkt und fühlt, um diesem Land noch besser zu dienen. Und dem Herrn. Und«, er beugte sich vor, »seinem Stellvertreter auf Erden.«

Vela verstand. Endlich. Darum also ging es diesem scheinheiligen Wurm. Für den Bruchteil einer Sekunde überlegte sie, wie der Hakim wohl auf dieses Ansinnen reagiert hätte. Angespuckt hätte er dieses feiste Gesicht, dessen sorgenvoller Ausdruck kaum noch den gierigen Triumph verbergen konnte.

»Ich soll für Euch spionieren?«

»Nein, Ihr sollt nur Augen und Ohren offenhalten. Das *regnum* wird von einem Kind regiert, an seiner Seite eine unberechenbare Frau. Rom muss wissen, was die beiden vorhaben, um entsprechend reagieren zu können.«

»Was sollen sie denn vorhaben?«

Pagliara hob die Hände. »Genau das wollen wir von Euch erfahren.«

»Ich glaube nicht, dass ich die Richtige für Eurer Vorhaben bin«, erwiderte Vela vorsichtig. »Von Politik habe ich keine Ahnung. Davon abgesehen wird die Königin mich nicht mehr in ihre Nähe lassen. Wenn Ihr erlaubt, so werde ich mich jetzt entfernen. Sobald die nächste *cocca* ...«

»Es gibt keine *cocca*«, fiel Pagliara ihr ins Wort. »Zumindest keine für Euch. Und ob irgendein Kloster der Krone Aragon Eure flehentlichen Bitten um Aufnahme erhört, ist fraglich.«

»Ihr habt meine Briefe abgefangen?«

»Habt Ihr jemals welche geschickt?«

Sein Lächeln war von solcher Reinheit, dass sie ihm beinahe geglaubt hätte. In diesem Moment sprach Capparone zum ersten Mal. Hatte Vela schon bei Pagliaras Tonfall weiche Knie bekommen, so konnte die Stimme des schwarzen Mannes Flammen zu Eis gefrieren lassen.

»Wir wissen alles, Condesa.«

Die Worte fielen leise, ein kalter Lufthauch wie von Rabenflügeln streifte ihren Rücken.

»Euer sehnlicher Wunsch, dieses Land zu verlassen, ist Hochverrat. Ihr seid nur begnadigt, nicht freigesprochen. Ihr könnt den Rest Eurer Tage auch im Turm verbringen.«

»Im Turm?«, hauchte Vela. Sie konnte nicht mehr in den Turm. Sie würde sterben, wenn sie noch einmal zurückmüsste in ein finsteres Verlies ohne Luft und Licht, nur das Rasseln der Ketten und das Seufzen der Sterbenden als einziges Geräusch, ohne Hoffnung, ohne Gott.

Die letzten Worte musste sie geflüstert haben, denn Pagliara beobachtete sie genau.

Er tauschte einen schnellen Blick mit Capparone.

»Aber meine Liebe.« Der Bischof beugte sich vor und machte eine segnende Handbewegung. »Kein Ort dieser Welt ist ohne Gott. Doch zweifellos weint es sich besser im Daunenbett des Palastes als auf dünnem Stroh. Wir sind zuversichtlich, dass Ihr Euch dieser Aufgabe gewachsen zeigt. Wir erwarten wöchentlich Bericht und absolute Verschwiegenheit. Denkt daran: Ihr dient dem *regnum* und damit auch Rom. Und wer Rom dient, Condesa, der dient dem Herrn.«

55.

Der Kerkermeister reichte Majid eine der Fackeln und wies ihn mit einem Kopfnicken an, ihm zu folgen. Schon nach zwei Treppenabsätzen herrschte völlige Dunkelheit. Nur die beiden kleinen, knisternden Flammen erhellten die grob behauenen Steinwände und verwandelten die Schatten der Männer in gespensterhaft schwarze Tänzer. Etwas streifte Majids Knöchel, und es war nicht der Saum seines Kaftans.

»Ratten«, brummte der schwerfällige Mann vor ihm.

Er hielt die Fackel hoch und schwenkte sie mehrere Male, bevor er um die Ecke bog.

Sie erreichten einen kleinen, viereckigen Raum, den ein rußendes Kaminfeuer spärlich erhellte. Der Henker saß auf einem Holzschemel, und als er die beiden Gäste erkannte, erhob er sich. Er war ein kräftiger, mittelgroßer Mann mit breiten Schultern und dunklen, wachen Augen. Seine Verbeugung, als er den hohen Gast erkannte, bezeugte Ehrerbietung und Respekt. Er war ein Meister seines Fachs, der beste Henker Siziliens, und somit auch das Beste, was den Verurteilten passieren konnte. Kein unnötiges Leiden, kein unwürdiges Schlachten, jeder Hieb des Mannes saß, jede Schlinge zog sich schneller zu, als ein letzter Atemzug dauerte. Er war genau der Richtige am richtigen Ort, und Majid verbeugte sich ebenfalls und erwies dem Mann, in dessen Reich er nun willkommen war, die Ehre.

Die Luft war feucht und stickig. So tief unter der Erde wärmte keine Sonne mehr, und die Kälte vergrößerte Majids Unbehagen ebenso wie der widerwärtige Verwesungsgeruch. Er griff nach dem Ende seines Hüfttuches und presste es sich vor die Nase.

»Das sind die aus den Angstlöchern«, sagte der Henker. »Wir wissen nie so genau, wie viele von ihnen noch leben.«

Majid nickte.

Der Kerkermeister steckte die Fackel in eine der schmiedeeisernen Wandhalterungen.

»Mörder«, sagte er, »Leichen- und Kinderschänder, Sodomisten. Aber nur die schweren Fälle.«

»Und die Barone?«

Majid spürte den Brechreiz in seiner Kehle. Er hatte kein Mitgefühl mit diesen Menschen, aber er wünschte sich, ihr Tod könnte etwas zivilisierter vonstattengehen. Er war kein Freund der Angstlöcher. Sie waren barbarisch und einer hochentwickelten Kultur nicht würdig. Das elende Siechtum in licht- und luftlosen Gruben auf den verwesenden Leichen der Vorgänger war eine Unart, der man ohne weiteres mit einem fleißigen Scharfrichter begegnen könnte.

Als ob der Henker seine Gedanken lesen könnte, hob er resigniert die Schultern.

»Die Barone haben Einzelzellen, aber sie liegen natürlich in Hörweite. Mir wär's auch lieber, ich müsste da nicht jeden Tag dran vorbei. Doch Ihr werdet es ja gleich selbst erleben.«

Er griff an den schweren Schlüsselbund, der an seinem Gürtel baumelte.

Das leise Klirren schien für die Knechte das Signal zu sein, aus der dunklen hinteren Ecke des Raumes hervorzutreten und nun ebenfalls einige Fackeln anzuzünden. Majid hatte sie nicht bemerkt. Sein Augenlicht ließ nach, vor allem in diesem Halbdunkel.

»Folgt mir.«

Der Henker nickte dem Kerkermeister zu, der Majid mit einer Handbewegung den Vortritt ließ.

Sie betraten den Gang. Der Boden war glitschig und aufgeweicht, so dass der Sarazene seinen Mantel raffte, um den Saum nicht zu beschmutzen. An den Wänden klebten Moosflechten, und die Gewölbedecke war bald so niedrig, dass Majid sich bücken musste, um seinen Turban nicht zu beschmutzen. Der Gestank war nun durchdringender, und als sie um die nächste Ecke bogen, wusste der Sarazene, wovor ihn der Henker gewarnt hatte.

Ein schwacher Abglanz des Fackelscheins musste selbst in das tiefste Loch gefallen sein. Ein schauerliches Wehklagen erhob sich, langgezogene tierische Laute von unendlichem Schmerz, Töne, die in Mark und Bein krochen wie der heulende Wind am Eingang des Höllentores, Angstschreie voll abgrundtiefer Verzweiflung. Einige Worte waren zu verstehen.

»Herr, erhöre uns!«

»Wasser, Wasser!«

»Ich werde zahlen. Ich werde zahlen! Alles, was Ihr wollt, werde ich zahlen! Ich mach Euch reich, hört Ihr? Ich mach Euch reich!«

Die Schritte der drei Männer wurden schneller. Aus den Augenwinkeln erkannte Majid die schweren Eisengitter über den Löchern und mehrere teils umgekippte Eimer daneben, denen der süßliche Geruch von gärendem Schweinefutter entströmte.

Das Heulen schwoll an, schlug um in rasenden Zorn, als die Elenden hören mussten, wie die Besucher hastig weitereilten. Gotteslästerliche Flüche kippten in wütendes Geschrei, das schließlich, als sie um die nächste Ecke bogen, in hoffnungslosem Wimmern endete.

Majid atmete auf, als er den breiten Gang sah und die eisernen Türen, vor denen jeweils ein Kienspan flackerte. Diese Verliese im Keller des Normannenpalastes hatten nichts gemein mit den beinahe freundlichen Turmkammern der *Favara*. Dies war der Kerker Heinrichs des Grausamen, die Unterwelt des Reichs, die Gruft des Verbrechens, die Katakomben der Sünde und des Verrats.

»Da«, sagte der Henker und deutete auf die erste Tür rechts. »Die Brüder Gerace. Und hier«, er lief einige Schritte weiter zur nächsten Zelle, »der Conte Anfuso de Roto von Tropea. Das heißt, Tropea gehört ihm ja wohl nicht mehr, oder wie ist der Stand der Dinge?«

Er erwartete keine Antwort, die er von Majid sowieso nicht bekommen hätte, öffnete das rostige Scharnier eines kleinen Gucklochs und trat dann zur Seite, um dem Sarazenen einen Blick hinein zu gewähren.

Der dunkle, fensterlose Raum war nicht groß, aber trocken. Ein kleines Talglicht flackerte an der Wand und verbreitete seinen Schein gerade eine knappe halbe Elle weit. Der Boden war mit Stroh bedeckt, das einigermaßen sauber aussah. An der Stirnseite stand ein grobgezimmerter Tisch, darunter ein Schemel. Auf dem Tisch hatte jemand einen Krug und eine Brotschüssel aus einfacher Majolika abgestellt. Links an der Wand lag ein Strohsack, den der Bewohner der Zelle mit mehreren Pelzdecken zu einer erträglichen Lagerstatt ausstaffiert hatte. Unter den Pelzen regte sich eine Gestalt, ein zerraufter Kopf kam zum Vorschein – Majid erkannte die hohe Stirn und die leicht gebogene, lange Nase sofort.

Der Mann hob geblendet die Hand vor die Augen.

»Was gibt's?«

Seine Stimme war schneidend und durchdrungen von der Arroganz der Hochgeborenen.

Majid kannte diesen Tonfall. Er trat einen Schritt zurück, der Kerkermeister steckte einen schweren Schlüssel ins Schloss, drehte ihn herum und öffnete die in ihren Angeln quietschende Tür. Dann reichte er ihm einen brennenden Kienspan. Als Majid hineinging, richtete sich der Mann auf und fuhr sich durch die zerzausten vollen Haare. Er war von mittlerem Alter und schlanker Gestalt.

»Ach«, sagte er, als er den Sarazenen erkannte. »Schickt der *ré* jetzt seine Kammerdiener? Mit Euch verhandle ich nicht. Ich will Pagliara sehen oder Capparone, von mir aus auch den *ré* persönlich, aber was soll ich mit Euch?«

Majid warf einen Blick zur Tür. Der Henker nickte und schloss sie von außen. Der Sarazene holte sich den Schemel, stellte ihn vor das Lager des Conte und setzte sich. Den Kienspan steckte er in den dafür vorgesehenen Eisenring neben dem Lager.

»Allah sei mit Euch.«

Verächtlich winkte der Conte ab.

»Der *ré* unterbreitet Euch ein Angebot.«

»Ich brauche keine Angebote, ich will das zurück, was mir gehört. Genauso wie die anderen Familien.«

»Der *ré* will die Freude seiner Vermählung auch mit Euch teilen. Übermorgen seid Ihr frei.«

Die braunen, schmalen Augen des Conte blinzelten. Sofort hatte er sich wieder in der Gewalt.

»Frei? Was soll das? Ist das wieder einer dieser spontanen Einfälle, die Federico gerne auf dem Rücken seiner Untertanen auslebt? Wo ist der Haken?«

»Der *ré* möchte Euch an der runden Tafel haben.«

Der Conte hob die Augenbrauen und schwieg.

»Er reicht Euch die Hand. Der *ré* will Frieden.«

»Dann sollte er mir die Besitztümer zurückgeben, die er mir geraubt hat.«

»Er hat nicht geraubt«, sagte Majid mit sanfter Stimme, als spräche er zu einem Kind. »Er ist jetzt ein Mann. Und er ist der König. Wenn Ihr ihm Achtung und Respekt zollt, wenn Ihr die Familien dazu bringt, einzusehen, dass des Königs ist, was des Königs war, dann könnt Ihr nach Valverde zurückkehren.«

»Und wenn nicht? Wenn ich nun darauf bestehe, mein Eigentum zurückzuerhalten?«

Majid schwieg. Dann seufzte er und holte aus den tiefen Falten seines Kaftans eine Pergamentrolle hervor. Er hielt das Papier so weit wie möglich weg von seinen müden Augen, nahe an den trüben Schein des Lichts. Dann las er.

»Die Grafen Paolo und Ruggero von Gerace haben sich gegen Uns verschworen. Der Graf von Tropea, Anfuso de Roto, hat erklärt: Ich will meinen Sitz in Kalabrien nehmen und dem König gleich sein. Er strebte nach der Admiralswürde und verlangte die Burgen von Mente und Montecino. Als Wir Uns weigerten, da Wir hofften, den Uns noch verbliebenen kleinen Teil Unseres Krongutes zu erhalten, stieß er mit lauter Zunge Drohungen gegen Uns aus.«

Der Gefangene schnaubte verächtlich. Majid wartete, bis sein Gegenüber mit seinen Unmutsbezeugungen fertig war, und fuhr fort.

»Sagt Uns also bei Eurer Treue, ob Wir nicht gerechtfertigt sind? Gibt es irgendjemanden in Kalabrien, der nicht weiß, dass Graf Anfuso fast Unser ganzes Krongut an sich gerissen und Kirchen und heilige kirchliche Ländereien zerstört sowie Menschen und Festungen geraubt und Gotteshäuser in Räuberhöhlen verwandelt hat?«

»Was ist das?«, zischte der Conte. »Wer hat das geschrieben?«

Majid rollte das Pergament wieder zusammen. »Der *ré*. Dies ist die Erstabschrift. Der Abt von Monte Cassino wird sie morgen früh erhalten.«

Die Züge des Conte gefroren zu einer eisigen Maske. »Und dann?«

»Der Papst, die Könige, die Fürsten. Und alle, die noch zweifeln, wer der Herr im *regnum* ist.«

Der Gefangene schlug wütend die Pelzdecke zurück und sprang auf. »Das kann er nicht machen! Was soll das? Wer hat das besiegelt?«

Er riss Majid das Pergament aus der Hand und lief damit zu dem kleinen Talglicht neben der Tür.

»Pagliara?«

Er ließ das Schreiben sinken und schwieg.

Majid erkannte in diesem Schweigen den Vorboten der Resignation. Er stand auf und nahm dem Conte das Pergament ab.

»Es ist vorbei«, sagte er leise. »Der Aufstand ist niedergeschlagen. Bonacci ist tot, sein Sohn gefangen, Pagliara ein Diener des *ré*, und Malfalcone sitzt nur drei Räume weiter. Ihr seid am Ende, Conte. Seht Eure Niederlage ein.«

Der Conte schüttelte den Kopf und ging wieder zu seinem Lager. Dort ließ er sich fallen und starrte an die niedrige Decke.

»Den Namen«, sagte Majid.

Anfuso de Roto schien wie aus einem Traum zu erwachen. »Was? Welchen Namen?«

»Den Namen des Boten. Bonaccis *notarius* konnte sich nach leichter Befragung daran erinnern, ein Schreiben an Otto den Welfen verfasst zu haben. Wir wissen, was darin steht und dass Ihr den deutschen Kaiser anfleht, das Königreich Sizilien in seine Gewalt zu bringen. Also nennt mir den Namen des Boten und wohin Ihr ihn mit der *epistula* geschickt habt.«

In den Augen des Conte blitzte für einen Sekundenbruchteil ein hämischer Triumph auf. Majid begriff, dass er einen Fehler gemacht hatte. Er hätte nicht verraten dürfen, wie wenig sie in Erfahrung gebracht hatten und wie verzweifelt ihre Lage dadurch war.

»Ich weiß nichts von einem Brief«, sagte der Conte, »außerdem ist Korrespondenz nicht meine Sache. Ich bin des Lesens und Schreibens nicht sehr kundig. Und mit den Bonaccis pflege ich nur sehr spärlichen Umgang, sie sind unter meinem Stand. Händler. Kaufleute. Das ist, als befreunde man sich mit seinem Kammerdiener.«

Der Conte warf sich auf sein Lager, drehte sich um und starrte an die Wand.

Majid nickte. Dann ging er zur Tür und klopfte dreimal. Der Henker öffnete, und der Sarazene schlüpfte hinaus.

»Allah sei mit Euch.«

»Mit wem auch immer«, antwortete der Conte.

Der Henker schloss ab und hängte den Schlüssel wieder in sein schweres Bund. »Und jetzt?«

»Führt mich zu ihr.«

Raffaella hatte gegen ihren Willen ein Stück steinhartes, verspelztes Brot hinuntergewürgt und spülte das Festmahl gerade mit einem Schluck modrigem Wasser hinunter, als sie hörte, wie jemand die Tür hinter ihrem Rücken öffnete. Ihr Herz machte einen Hüpfer. Endlich! Endlich hatte man den Irrtum eingesehen, hatte erkannt, dass sie nichts mit den Machenschaften ihres Vaters zu tun hatte, und holte sie hier raus.

Sie drehte sich um, und ihr Lächeln erstarrte. Der Mann, der eintrat und ihr höflich zunickte, war von solch abstoßender Hässlichkeit, wie sie noch nie zuvor ein Wesen gesehen hatte. Doch, vielleicht auf einem der Märkte, wenn das fahrende Volk entstellte, seltsam verkrüppelte Kreaturen in Käfigen zur Schau stellte und man sich an den sabbernden, zuckenden Leibern ergötzte.

Dieser hier schien zwar gerade gewachsen zu sein, aber sein Gesicht hatte er zum Spiegel des Teufels gemacht. Raffaella bekreuzigte sich, als sie die narbigen Züge noch einmal anschaute, denn das Ungeheuer redete sie nun an.

»Raffaella Bonacci?«

»Das … das bin ich.«

Sie tastete sich vorsichtig zurück und blieb erst stehen, als ihr Rücken die feuchte Wand berührte.

»Ich komme im Auftrag des *ré*. Ihr könnt noch heute frei sein und werdet nach Boccadifalco begleitet, wenn Ihr mir eine Frage beantwortet.«

»Und die wäre?«

»Wen hat Euer Vater ins *regnum teutonicorum* geschickt?«

»Nach … Franken? Ins deutsche Reich?«

»Ja.«

»Wir kennen … kannten dort niemanden. Ich weiß es nicht. Mein Vater behielt seine Angelegenheiten für sich.«

»Nicht ganz.«

Majid wollte näher treten, doch Raffaellas Reaktion hielt ihn davon ab, denn sie begann am ganzen Leib zu zittern. Er hob beruhigend die Hände und blieb, wo er war.

»Er hat kurz vor seinem Tod einen Boten ausgesandt. Wir müssen wissen, wie er heißt und wohin er gereist ist. Es ist wichtig, und Euer Wohlverhalten soll belohnt werden.«

Raffaella schluckte. Langsam beruhigte sie sich und begann, fieberhaft zu überlegen. »Wann soll das gewesen sein?«

»Kurz vor seinem Tod.«

Die junge Frau schnaubte verächtlich. »Also hat es ihn tatsächlich erwischt. Ich habe ihn gewarnt, aber er wollte nicht auf mich hören. Er hat uns alle ins Unglück gestürzt. Alle. Und ich …«

Sie schlug die Hände vor die Augen und begann zu weinen.

Ungerührt beobachtete Majid ihren Gefühlsausbruch, der allem anderen, aber nicht ihrem toten Vater galt, und wartete, bis sie sich etwas gefasst hatte.

»Gab es etwas, was Euch irritiert hat? Hat er einen Namen erwähnt, jemanden, der nicht direkt zum Haus gehört? Wir haben das Gesinde überprüft. Niemand ist uns entkommen.«

»Er hat es gewusst.« Raffaella wischte sich mit dem Ärmel ihres schmutzigen *surcots* die Tränen ab. »Er wusste, was passieren würde. Und alles, was er für mich getan hat, ist, einen Platz im Kloster zu reservieren. Im Kloster!«

Sie lachte schrill auf und hieb mit einer Faust an die Wand. »Und jetzt sitze ich hier! Wie lange noch? Was habe ich getan? Mit einem Schweinehirten wollte er mich verheiraten. Mit einem ...«

Sie riss die Augen auf und starrte Majid an. Ihre schönen, ebenmäßigen Züge verzerrten sich vor Hass. »Rocco, natürlich! Rocco!«

»Wer ist das?«

Als ob Majids Anblick alle Schrecklichkeit verloren hätte, eilte sie auf ihn zu und klammerte sich mit beiden Händen an seinem Kaftan fest.

»Rocco, der Schweinehirt! Er ist es, den Ihr sucht! Er hat sich eingeschmeichelt und sich eingebildet, was Besseres zu sein. Dieser Vollidiot!«

»Wie heißt er weiter?« Majid versuchte sanft, sich aus ihrem Klammergriff zu befreien.

Raffaella ließ nicht los.

»Ich weiß nicht, wie er weiter heißt. Ein Leibeigener, ein Dreck! Ein Nichts! Er ist mir immer nachgestiegen und hat mich sabbernd beglotzt. Verliebt war er in mich. In mich!« Sie hieb auf Majids Brust, der jetzt ihre Hände packte und sie vorsichtig auf Abstand hielt, während sie weiterredete wie im Fieber.

»Er hat sich eingebildet, er käme in die Pferde. Und dann, auf einmal, war er bei uns im Haus. Ich weiß nicht, was mein Vater mit ihm vorhatte, aber seine letzten Worte waren: ›Wenn er zurückkommt, heirate den Rocco.‹ Jetzt verstehe ich, endlich verstehe ich.«

Sie taumelte zurück und presste die Handflächen an die Schläfen.

»Ich war der Preis. Mein eigener Vater hat mich an Dreck verkauft.«

»Wir werden das prüfen.«

Majid drehte sich um, doch Raffaella eilte hinter ihm her und hielt ihn fest. »Ihr müsst das nicht prüfen. Er ist es. Holt mich jetzt raus!«

»Rocco?«, fragte Majid. »Und wie weiter?«

»Ich weiß es nicht«, zischte sie. »Dreck hat keinen Namen.«

Majid klopfte an die Tür, und wie zuvor erschien der Henker, um ihm zu öffnen.

Bei seinem Anblick fuhr Raffaella zurück.

»Sagt ihm, dass ich hinauskann. Ich habe die Wahrheit gesagt. Lasst mich hier raus!«

Majid schüttelte den Kopf. »Erst, wenn wir ihn haben.«

»Nein!«

Sie fiel auf die Knie und krümmte sich auf dem Boden zusammen.

Der Sarazene, gerade im Begriff, sie zu verlassen, überlegte es sich und drehte sich noch einmal zu ihr um. Seine Stimme klang hart und kalt.

»Keine Liebe darf so verachtet werden, auch unverdiente nicht.«

Raffaella schluchzte. Ungestüm schüttelte sie den Kopf.

»Er stirbt für Euch, vergesst das nicht.«

»Soll er verrecken! Soll er doch verrecken!«

Sie schrie es gegen die Wände, sie hieb es an die längst verriegelte Tür, sie heulte es ins Stroh.

»Soll er verrecken«, flüsterte sie schließlich, und ihr war, als ob sie mit jeder Wiederholung eine weitere Unze Schuld in Roccos Waagschale werfen könnte, damit sie sich langsam, langsam zur Hölle senkte.

Auf dem Weg zurück ans Tageslicht schwieg Majid. Als das Seufzen und Wehklagen aus den Angstlöchern wieder erklang, schloss er kurz die Augen.

»Hier unten ist er«, sagte der Henker und deutete auf den letzten der vier vergitterten, dunklen Schächte. Das Schreien um sie herum wurde infernalisch. Majid hob die Fackel und beugte sich über die dicken Eisenstäbe. Erst erkannte er nichts. Dann, als sich seine Augen und seine Nase gleichermaßen an das Grauen gewöhnt hatten, das ihn aus der Tiefe ansprang und schüttelte, erkannte er eine halbnackte, in zerfetzte Lumpen gekleidete, zitternde Gestalt. Sie hob den Kopf zum Licht, das weit über ihr leuchtete, und Majid erkannte die geblendeten, vereiterten Augenhöhlen, die bis aufs Skelett abgemagerte Gestalt und, zu seinem Entsetzen, zwei Totenschädel, auf denen der Unglückliche hockte, weil sie das einzig Tragende in dem verwesenden Morast des Loches waren. Der grässliche Kopf öffnete sein zahnloses Maul und stieß einen unmenschlichen Klagelaut aus.

»Ich war es nicht«, sagte der Henker leise. »Ich arbeite sauber. Das waren Capparones Leute.«

Majid starrte hinab. Er wusste den Namen des Mannes, und er erinnerte sich an sein Gesicht, so wie er bei allen anderen Namen auf der Liste des Hakims sofort ihre Züge vor sich gesehen hatte. Bonacci – tot. Malfalcone – im Turm. Der Conte – im Turm. Galgano – außer Landes. Und dieser hier, Guglielmo, einst Knappe des Erzbischofs und Kanzlers, jetzt nur noch ein zerschlagener, zuckender Leib.

»Das ist der Mann, der das Gift besorgt hat?«

Der Henker nickte. »Pagliara soll es gewusst und geduldet

haben. Doch sie haben ihm zu schnell die Zunge rausgeschnitten. Er hätte wohl noch mehr gesagt. Aber Capparone …«

Majid warf einen schnellen Blick über die Schulter, doch sie waren allein. Er hätte ungern einen der Knechte als Zeugen dieser flüsternden Unterhaltung gehabt.

»Wasser!«, schrie jemand aus einem der anderen Löcher. »Wasser! Ihr gottverfluchten Hurensöhne!«

Unwirsch ging der Henker zu der Öffnung und brüllte: »Wasser gibt's alle zwei Tage! Merk dir das endlich, du widerwärtiger Schweineficker!«

Er war noch so jung. Was hatte ihn zu dieser Tat getrieben? Mit Sicherheit nicht die Aussicht auf solch ein Ende. Davon erzählten sie nichts, die Versucher und Verführer. Sie lockten mit der Aussicht auf den gleißenden Glanz des Gewinners, vom Verlieren sprachen sie nicht. Doch jeder Ausgang eines Unterfangens musste getragen werden. Das Gelingen und das Fehlschlagen. Der Junge hatte nicht zu Ende gedacht, er wollte mitspielen bei den Großen und verreckte jetzt schlimmer als eine Kellerratte.

Wenn der Brief der Aufrührer den Welfen erreichte … Majid wagte nicht weiterzudenken. Zwei Namen auf der Liste gab es noch, die hatten sie bisher ausgespart. Zwei Männer wiegten sich zu dieser Stunde noch in trügerischer Sicherheit. Der *ré* ließ sie gewähren, auch wenn keiner ihrer Schritte unbeobachtet war. Sollten sie ruhig glauben, sie blieben unentdeckt und ungeschoren. Wenn der Brief tatsächlich bis zu Otto gelangte, wären sie die Ersten, die von einer Mobilmachung des Welfen erführen. Ihre Reaktion würde sie verraten, und dem *ré* bliebe noch genug Zeit zur Flucht.

Er wird nicht fliehen, dachte Majid. Er nicht, und ich werde an seiner Seite bleiben. Er beugte sich über das Angstloch. Der infernalische Lärm schwoll an, eine Kakophonie des Grauens. Dann ist das hier meine Zukunft.

Der Henker holte eine Eisenstange und schlug damit gegen die schweren Gitter. Das brachte den Lärm nicht unter Kontrolle, doch er war für einen Augenblick abgelenkt. Majid griff hastig in seinen Almosenbeutel und holte sein kleines Jagdmesser hervor, das scharfe, mit dem er die Kehlen von Hasen und Rebhühnern durchschnitt. Mit einer schnellen Bewegung warf er es in das Loch. Es fiel in den Morast, nur ein plumpes, sattes Klatschen war zu hören, das in dem zornigen Geschrei fast unterging. Der Todgeweihte warf sich in die knöchelhohe Brühe und tastete darin umher, bis er das Messer gefunden hatte. Er erstarrte. Dann schien er zu begreifen und verbarg es schnell unter seinen Lumpen.

»Allah sei mir dir«, flüsterte Majid.

Der Henker stand nun wieder hinter ihm. »Der macht es nicht mehr lange. Ein, zwei Wochen vielleicht.«

Majid richtete sich auf, und gemeinsam gingen sie durch den finsteren Gang zurück.

»Kein Wort über Pagliara vor den anderen«, sagte der Sarazene.

Der Henker nickte. »Wie um alles in der Welt schafft er es, Kanzler zu bleiben?«

»Mein Freund. Du und ich, wir dienen dem gleichen Herrn und folgen seinen Befehlen, egal was er von uns verlangt. Wenn Pagliara Kanzler bleibt, dann bleibt er Kanzler, und wenn Capparone schinden darf, dann schindet er. Noch.«

Bei den letzten Worten warf Majid dem Henker einen schnellen Blick zu.

Der nickte verstehend. Sie erreichten das Kaminzimmer und verabschiedeten sich voneinander. Der Kerkermeister war schon wieder oben, und so begleitete ein Knecht Majid hinauf zum Ausgang. Als der Sarazene die frische Luft in den Lungen spürte, atmete er tief durch. Mit schnellen Schritten überquerte er den kleinen Hof und betrat durch einen steinernen Torbogen die große Piazza des Palastes. Auf dem Weg zu den Ställen dachte er an Raffaella. Kein Wort über ihren Vater, keine Frage nach Guglielmo, ihrem Bruder, nur Hass für denjenigen, der sie liebte und sein Leben für sie riskierte und den sie finden und töten mussten, bevor es zu spät war.

Als der Schirrknecht ihm sein Pferd zuführte, sah er den Schimmel im Stall. Beim Hinausreiten warf er noch einen Blick hinauf in den zweiten Stock, zu den Privatgemächern des *ré*.

Dann verließ er den Palast.

Und dachte an jene Schöne, die von seiner Liebe nichts wusste und für die auch er bereit war, zu sterben.

56.

Noch zwei Tage.

Konstanze probierte das Hochzeitskleid an und war zufrieden. Der *tiraz* hatte sich selbst übertroffen und eine Robe aus schwerer roter Seide gezaubert, über und über mit Tausenden von Perlen bestickt. Die Ärmel waren schicklich eng, doch beim Ausschnitt hatten die Schneider wohl ein Einsehen und sich den französischen Vorbildern nicht ganz verschlossen. Er war tief gesetzt, fast am Ansatz der Brust, verstärkt mit schweren Goldstickereien und einer bis zum Nabel reichenden Verschnürung. Es war ein schönes Kleid, einer Königin würdig, und als Konstanze sich im Spiegel sah und den aristokratischen Faltenfall bewunderte, war sie zufrieden.

»Was ist mit meinen Haaren?«

Alba und Leia zupften am Saum herum, nachdem sie sich in geradezu kindischer Weise über jedes noch so kleine Detail des

Kleides ausgelassen hatten. Der Gewandmeister aus Palermo, der mit einem ganzen Tross griechischer und türkischer Posamenten-, Spitzen- und Fältelmeisterinnen zur *Zisa* gekommen war, hatte sich für die Zeit der Anprobe mit seiner Entourage ins Nebenzimmer zurückgezogen. Jetzt sahen die Zofen zu Konstanze.

Alba kniff die Augen etwas zusammen.

»Nun, meine Königin …«

»Vielleicht könnte man Locken brennen?«

Leia stand auf und musterte Konstanzes kurze Strähnen. »Der Bader schickt nachher seine Tochter vorbei. Sie soll sehr begabt sein, geradezu Wunder vollbringen und den *stile aquitaine* perfekt beherrschen.« Sie lächelte zufrieden. Alles, was nur annähernd das Attribut französisch trug, wurde in dieser Einöde begeistert aufgenommen. »Wenn man nur die Stirnlocken unter der Haube hervorlugen sieht, könnte es gehen.«

Konstanze warf ihr einen scharfen Blick zu.

»Also, es würde bezaubernd aussehen«, beeilte sich Leia zu versichern. »Ganz wunderbar. So schöne blonde Haare …« Unsicher brach sie ab.

Konstanze unterdrückte einen Seufzer. Vela, dachte sie, warum bist du nicht hier? Dann rief sie sich zur Vernunft. Die Condesa war auf einer *cocca* auf dem Weg in die Baronie. Sie würde ihre einstige Vertraute nie wiedersehen.

Wütend wandte sie sich ab und schleuderte die Seidenpantoffeln von den Füßen. »Ja, aber ich muss die Haube abnehmen, wenn ich gekrönt werde. Schon vergessen?«

Wenn sie an die stundenlange Prozedur, den Gottesdienst, die Messe, das Volk, das Fest und die Gäste – Tausende Gäste! –, außerdem an die Tafelrunde, an die Spielleute, an die Reden und das Flüstern, an den Zug zum Brautgemach, an den Priester, der das Lager weihte, an den *secretarius,* der danebensitzen und die Häufigkeit des Vollzugs notieren würde, und an den König, diesen seltsamen, unbekannten, ewig abwesenden König dachte, sank ihre Laune immer tiefer.

Draußen, von weit her, hinter der Falknerei musste es wohl sein, erklang Gesang.

»Was ist das?«

Alba und Leia sahen sich unsicher an. Meine Güte! Wie Konstanze diese gespielte Scheu, dieses offensichtliche Herumdrucksen hasste! Sollten sie doch einfach geradeheraus sagen, was ihnen durch den Kopf ging.

»Nun?«

»Das ist ein Choral.«

Alba hatte sich dieses Mal zur Antwort entschlossen.

»Ich habe nicht gefragt, was es ist, sondern *was es ist.*«

Beide Zofen starrten auf den Boden. Niemals würde ihnen auch nur ein Wort der Kritik über die Lippen kommen.

Schließlich entrang sich Leias Brust ein theatralischer Seufzer.

»Der Harem.«

»Der Harem, so, so. Seit wann singen diese Frauen christliche Choräle? Noch dazu in dieser Lautstärke? Kann man sich nicht denken, dass ich sie weder sehen noch *hören* will?«

»Sie … sie werden dem Zug folgen, wenn Ihr nach Palermo reitet. Mit dem *ré*. Dafür üben sie. Am Hochzeitstag, morgen. Nein, übermorgen. Nicht mit dem *ré*, mit dem reitet Ihr natürlich. Sie werden weit hinten, noch hinter den Tierbändigern, dabei sein.«

Konstanze nickte langsam und sehr beherrscht. Niemand sollte ihr ansehen, welche Gefühle in ihr tobten. Mit der Hochzeit hatte sie sich abgefunden, mit dem Zustand dieses völlig chaotischen Königreiches auch. Vielleicht sogar mit der Existenz dieses Harems, den man ja wohl so ohne weiteres nicht mehr loswerden würde. Aber dass er auch noch ihrem Hochzeitszug folgen sollte, verstieß gegen alles, was heilig war, und am meisten gegen die Etikette. Dem Zug hatten Jungfrauen zu folgen – je mehr, desto besser –, keinesfalls reife Damen, deren Herkunft, Ruf und Unversehrtheit im besten Falle als zweifelhaft galten.

»Meine Stiefel«, sagte sie nur. »Dann bittet den Cavaliere, zur Falknerei zu kommen. Ich will die Aufstellung für den Zug sehen.«

Die Falknerei lag hinter den Wirtschaftshöfen und den Küchengärten, an der Rückseite zur *Zisa*, dort, wo die Wege hinauf in die Berge begannen. Sie war Teil der Stadt hinter dem Schloss, ein fremdes Reich, in dem die Diener herrschten, die die breite Lehmstraße zu den Hauptgebäuden fegten und die Stalleingänge und Tore sauber hielten, stets vorbereitet für den Fall, dass die Herrschaft unangemeldet ihre Tiere besuchen wollte. Von dieser breiten, aber immerhin befestigten Straße führten mehrere schmale Wege, die kein adliger Fuß je betreten hatte, zu kleinen, mit Stroh gedeckten Hütten, zu handtuchbreiten, engbepflanzten Beeten, zu den Biwaks der Wanderarbeiter und schließlich zu der Herberge des Julien – den Lagern unter freiem Himmel. Diese waren trotz des harten, kargen Bodens sehr beliebt, befanden sie sich doch innerhalb des geschützten Bereichs der *Zisa*, und versprachen so ein Mindestmaß an Hoffnung, am nächsten Tag unversehrt an Leib und Leben zu erwachen. Es war eine belebte Stadt, dieses Reich der unsichtbaren Geister, die alle das ihre dazu beitrugen, dass die *Zisa* den Komfort bieten konnte, den ein König und seine Gäste erwarteten. In diesen Tagen summte und brummte sie wie ein Bienenkorb.

Unterwegs begegnete Konstanze neben Spießknechten, Schrotern, Waschmägden und Stallmeistern und ihren meist großen und schwer zu ernährenden Familien noch einer Vielzahl Trossjungen, Quartiermachern, Handwerkern und fremder Knappen, die offenbar alle zu den Gästen gehörten, denen man am Waldrand, weit entfernt von den einfachen Hütten der

Schlossdiener, rund dreißig höchst komfortable Zelte aufgestellt hatte. Sie wusste davon. Palermo war völlig überfüllt, und einige der niederen Adligen und der wenigen königstreuen sizilischen Familien zogen es vor, hier ihre provisorischen Unterkünfte zu beziehen. In die Stadt war es ein Ritt von zwei Stunden, das war bequem zu bewerkstelligen.

Alba und Leia waren dicht hinter ihr, stets darauf bedacht, in Anwesenheit der Königin züchtig das Haupt zu senken. Alle Menschen, an denen sie vorübereilten, unterbrachen Tätigkeit und Unterhaltung, gingen in die Knie und starrten sie an. Da Konstanze selbst nur Gast auf dem Jagdschloss war, hatte sie die Besucher bisher nicht persönlich begrüßt. Das musste warten, bis der *ré* sie ihr persönlich vorstellte – falls er überhaupt gedachte, irgendwann einmal irgendwo persönlich zu erscheinen. So, wie sich ihre Ehe bisher gestaltet hatte, richtete sich Konstanze langsam darauf ein, selbst im Beilager nur einen netten Brief an die *carissima* vorzufinden.

Sie passierte die Ställe und blieb so abrupt stehen, dass die beiden Kammerfrauen beinahe in sie hineingelaufen wären. Dort hinten, um die Ecke bei den Wassertrögen, standen zwei Pferde. Eines schwarz, das andere weiß. Sie waren von solcher Schönheit, wie Konstanze sie bisher nur einmal gesehen hatte. Unwillkürlich erschien das Bild jener Nacht wieder vor ihren Augen: Ruggero und die Sarazenin. *Mach ihn mir hart. Heute werde ich dich reiten. Du hattest dein Vergnügen, jetzt will ich meines …*

Eine wütende rote Hitze stieg ihr ins Gesicht. Neben der geöffneten Stalltür schnarchte einer der Knechte. Mit zwei Schritten war sie bei ihm und rüttelte ihn unsanft.

»Wo ist er? Ruggero?«

Der Mann erwachte. Er war noch jung, und sein Blick irrte unsicher zwischen der hochwohlgeborenen Frau vor ihm und ihren Zofen hin und her. Offenbar machten die beiden ihm hinter ihrem Rücken irgendwelche Zeichen, aber das war Konstanze egal. Wenn Ruggero etwa vorhatte, in der *Zisa*, vor ihren Augen, am besten noch im Stroh, mit dieser …

»Der … der *ré*?«

»Nein, Ruggero!«

Der Stallknecht zuckte zusammen. »Ru… *ré* … Ruggero?«

Konstanze deutete mit dem ausgestreckten Zeigefinger auf Draco, der nur mäßig interessiert zu ihnen herüberäugte und gelangweilt von einem Hinterhuf auf den anderen trat.

»Der Mann, dem dieses Pferd gehört.«

»Der *ré*, ja. Der *ré* ist heute Nacht zurückgekommen. Ich weiß nicht, wo er jetzt ist. Vielleicht in seinen Gemächern?«

Hilfesuchend wandte er sich an Alba, doch sie starrte ebenso ratlos zurück.

Konstanze ließ den Arm sinken und versuchte, sich zu sammeln.

»Ihr wollt mir damit sagen, dieses Pferd gehört dem *ré*?«

Der Knecht verstand immer noch nicht. »Ja«, sagte er hilflos. »Schon immer. Niemand außer ihm darf es reiten, nur wenige Auserwählte dürfen überhaupt in Dracos Nähe. Ich gehöre zu ihnen. Also, wenn Ihr Fragen habt, hohe Frau, dann …«

Alba wollte etwas sagen, aber Konstanze unterbrach sie. »Und das weiße da? Wem gehört das?«

Der Knecht rappelte sich auf. »Das gehört einer Sarazenin, einer edlen. Sie entstammt einem der alten Geschlechter und soll zur Familie al-Kamils gehören. Samira ist ihr Name.«

»Samira«, wiederholte Konstanze. »Dann reitet der *ré* also gerne mit Sarazeninnen aus?«

Der Knecht lächelte unsicher. »Ab und zu, nun ja, hohe Frau – sie ist die Beste, was Pferde betrifft … Aber ich muss Euch bitten, nun wieder zu Eurem Zelt zu gehen. Der Aufenthalt in den königlichen Ställen ist Euch nicht erlaubt.«

»Sie *ist* die Königin«, zischte Alba.

Der Knecht erbleichte. Sofort sank er auf die Knie.

»Verzeiht! Verzeiht, meine Königin! Das habe ich nicht gewusst!«

Konstanze riss den Blick von den beiden Pferden los, die einträchtig nebeneinanderstanden, und versuchte, das eben Gehörte irgendwie zu verstehen, aber in ihrem Kopf dröhnte es schwarz und weiß, schwarz und weiß, wie Sünde und Reinheit, wie Tag und Nacht, so verschieden und in ihrer Schönheit dennoch gleich, dass sie zusammengehörten wie zwei Hälften einer Sache. Sie spürte Eifersucht und dachte nur, auf Pferde, auf Pferde!, dass ihres neben seinem stand, so selbstverständlich ohne Scham, so offensichtlich wie ein Ausruf: Seht her! Der König und die Sarazenin! Schwarz und weiß!, seht dieses Bild, das alles sagt!, und sie wandte sich an den Stallburschen, der zitternd zu ihren Füßen kauerte.

»Also«, sagte sie sanft. »Wo ist der *ré* gerade?«

In diesem Moment wieherte Draco, und die Schimmelstute spitzte die Ohren. Unruhig tänzelte sie auf der Stelle und schlug mit dem Schweif nach den Fliegen, die um sie herumschwirrten.

»Ich weiß es nicht.«

»Wie heißt das Tier?«

»Blanchefleur, meine Königin.«

Der Drache und die weiße Blume, das hohe Minnelied des Pferdestalls. Konstanze hatte das Gefühl, als wäre sie mit dem Kopf gegen eine Wand gerannt. Sie wollte etwas sagen, aber alles, was sie jetzt hervorbringen würde, wäre einer Königin nicht würdig. Was diese beiden Pferde wirklich bedeuteten, schien erst langsam wie Honig in ihr Bewusstsein zu tröpfeln.

»Führ Er das Pferd weg von dem königlichen Stall. Egal wohin, aber hier hat es nichts zu suchen.«

Dann schritt sie hocherhobenen Hauptes hinaus. Sie hatte

das Gesicht gewahrt, diese Gewissheit gab ihr wenigstens einen Teil ihrer Haltung zurück. Hinter sich hörte sie das Klappern von Hufen, wahrscheinlich wurde der Gaul jetzt irgendwohin außerhalb der *Zisa* gebracht.

Draco und Blanchefleur. Sie blieb einen Moment stehen und fuhr sich mit der Hand übers Gesicht. Reiß dich zusammen, befahl sie sich. Gönn diesen beiden Gänsen nicht die Genugtuung, Zeuginnen deiner Gefühlsregungen zu werden.

Alba und Leia eilten wieder hinter ihr her, gehorsam, unterwürfig und beflissen, und Konstanze raffte den Mantel, um ihn nicht unnötig mit dem Straßenstaub zu verschmutzen. Das Gerücht vom Auftauchen der Königin in den Ställen flog über ihre Köpfe hinweg bis hinauf an den Waldrand zu den Gästezelten, so dass es ihre Bewohner bereits erreichte, noch bevor Konstanze in Sichtweite war. Wer bis jetzt in den Biwaks geblieben war, kam heraus und gesellte sich zu einer der vielen tuschelnden Runden.

Ein Knappe, erst halb mit einem Brustharnisch bekleidet, verbeugte sich und wollte sie ansprechen, Edelleute in Jagdkleidern unterbrachen ihre Diskussionen, Kinder ließen Kreisel und Steckenpferd liegen, um zu den Röcken ihrer Mütter zu eilen, die sich, gestört bei der Arbeit, diese plötzlichen Anfälle von Schüchternheit leise, aber energisch verbaten. Konstanze ließ sie alle links liegen. Ihre ganze Aufmerksamkeit galt jetzt einem Zelt, das ein wenig außerhalb des Gästebereichs aufgestellt worden war und das schon aus der Ferne nicht aussah wie die anderen.

Es war groß, bestimmt für dreißig oder vierzig Personen, aber kein Wimpel wehte an der Stange, keine prächtige Fahne war davor aufgestellt. Es sah aus wie ein Jagdzelt, einfach und schmucklos, der Stoff aus grober Baumwolle stabil gewebt, ohne jede Zier, doch aus seinem Inneren klangen Töne von fast überirdischer Reinheit.

Konstanze gab Alba und Leia ein Zeichen, zurückzubleiben,

und eilte leise auf den Zelteingang zu. Dort blieb sie stehen und lugte vorsichtig hinein.

Eine alte Frau mit hüftlangen schlohweißen Haaren gab den Takt an. Sie hatte ein schönes, von tiefen Falten zerfurchtes Gesicht, ihre Augen waren geschlossen, sie lauschte dem Gesang und bewegte die Hände mit schwanengleicher Anmut im Takt. Sie war nicht groß, aber sie stand auf einer hölzernen Lade, so dass alle in dem Zelt zu ihr aufblickten.

Reis glorios, verais lums e clartatz
Deus poderos, Senher,
si a vos platz, al meuh companh siatz fizels aiuda,
quéu no lo vi, pos la nochs fo venguda.

Konstanze lächelte. Junge Mädchen mit Tamburinen schlugen den Takt, die Schellen begleiteten die silberhellen Stimmen der Frauen. Ihr war die hübsche alte Weise dieses fröhlichen Liedes bekannt. Ein treuer Diener mahnt seinen Herrn, die Schöne zu verlassen, um nicht entdeckt zu werden, denn:

Et ades sera l'alba!

Mit Jubel endete die erste Strophe. Die *tambourettes* steigerten sich in einem euphorischen Crescendo, und die Sängerinnen klatschten in kindlicher Freude in die Hände. Dann öffnete die Frau mit den langen weißen Haaren die Augen und schaute hinüber zum Eingang des Zeltes. Konstanze trat einen Schritt zurück, doch es war zu spät. Die Frauen sahen sie, und eine nach der anderen drehte sich zu ihr um und ließ die Hände sinken. Der Anblick traf Konstanze völlig unerwartet. Die Gesichter, die sich ihr zuwandten, waren zum Teil aufs entsetzlichste entstellt. Nasen waren aufgeschlitzt, Augen ausgestochen worden, schwere Narben zogen sich über manche Stirn und Wange. Es waren Frauen unterschiedlichsten Alters, nur eines hatten sie alle gemein: Sie hatten Grässliches erlebt, und dieses Erleben hatte sich unauslöschlich auf ihre Züge gestempelt.

Es war totenstill. Dann schlich sich ein Flüstern durch die Reihen.

»*La reine! C'est la reine!*«

Eine nach der anderen sank auf die Knie. Alte mit gebeugtem Rücken und schweren Beinen, Junge mit weit aufgerissenen Augen, in denen sich Überraschung und bange Vorahnungen spiegelten, und Kinder.

Kinder.

Zwei-, Vier-, Achtjährige, Jungen und Mädchen. Ihre Haare waren dunkel, bei einigen pechschwarz, und ihre braunen Augen funkelten im Dämmerlicht der einfachen Öllampen, die das Zelt nur schwach erhellten. Hastig griffen die Mütter nach denen, die in Reichweite waren, die anderen kauerten angstvoll auf dem gestampften Lehmboden, den kein Teppich wohnlicher machte.

Jemand hinter Konstanzes Rücken klatschte dreimal in die Hände. Erschrocken drehte sie sich um. Es war der *ré*.

Ruggero hatte seine Jagdkluft angelegt. Ein enganliegendes Hemd, die grüne Weste darüber nur locker verschnürt. An den Beinen trug er Lederhosen, und so, wie sie aussahen, musste er wohl drei Nächte hintereinander Einhörner gejagt haben.

»Das war sehr schön.«

Er trat neben Konstanze.

»Wie hat Euch der Gesang gefallen?«

Zwei Dinge bemerkte Konstanze: Er redete sie wieder höfisch an, und seine körperliche Gegenwart rief irgendetwas zwischen Schwindel, Angst und Abwehr in ihr hervor. Sie trat unauffällig einen Schritt zur Seite, um aus seinem Bannkreis zu kommen.

»Er hat mich erfreut«, antwortete sie, »mein König.«

Mehr fiel ihr nicht ein. Ihr Kopf war wie leergefegt, und ihr Herz klopfte bis zum Hals. Er wusste nicht, dass sie ihn und Samira damals belauscht hatte. Sollte sie ihn jetzt deswegen zur Rede stellen? Ihm vor seinem eigenen Harem eine Szene machen? Das spanische Hofprotokoll für Pferdeställe einfordern? Ihn an den Moment im Wald erinnern, als er sie getragen hatte und sie seinen Körper spüren konnte, so nah, so eng, so … hart? Ja, alles an ihm war hart, er war ein Mann, kein Kind, und diese Erkenntnis raubte ihr für einen Moment den Atem.

Die Frauen hielten die Köpfe geneigt. Ein kleines Mädchen weiter hinten im Zelt fing an zu weinen.

Die Alte mit den langen weißen Haaren stieg von ihrer Lade. Vorsichtig bewegte sie sich durch die Knienden, bis sie den Eingang des Zeltes erreichte. Dann sank auch sie zu Boden und sah nicht mehr hoch.

Es war ein Anblick von solcher Demut, dass er Konstanze überwältigte. Tränen traten ihr in die Augen, sie musste sich alle Mühe geben, ihnen nicht freien Lauf zu lassen. Keine der Frauen sagte einen Ton, selbst das Schreien des Babys hatte aufgehört und war übergegangen in ein ersticktes Schluchzen.

Ruggero beugte sich hinab und berührte die alte Frau sacht an der Schulter.

»Steht auf. *Levez-vous. Vous êtes en sécurité.*«

Sie schüttelte den Kopf und blieb liegen. Konstanze drehte sich um und lief weg. Sie war keine zehn Schritte weit gekommen, da hatte Ruggero sie schon eingeholt und riss sie an den Schultern zu sich herum.

»Was ist los?«

Sie machte sich los und eilte weiter.

»Hat dich ihr Anblick so sehr berührt?«

Sie antwortete nicht. Vor ihr lag der Wald, ein undurchdringliches Dickicht, aber umkehren und an diesem Zelt vorbeigehen konnte sie nicht.

»Wir sollen sie also wieder zurückschicken, ja? Dahin, wo sie hergekommen sind?«

»Nein!«

Wütend lief sie einige Schritte auf und ab. Ruggero ließ sie nicht aus den Augen. Sie hatte sich ein Stück weit von der Zeltstadt entfernt, weiter weg wagte sie sich nicht.

»Nein«, wiederholte sie mit matter Stimme. »Sie tun mir leid. Ich … ich hatte mir einen Harem anders vorgestellt.«

Jetzt lächelte der Drachenreiter, und sein Zorn verflog. »Wenn ich ehrlich sein soll – ich auch.«

Er sah sie an mit diesem Blick, den sie inzwischen fürchtete, weil er sich wie ein Keil in ihr Innerstes bohrte. Er trieb ihren Willen auseinander, er spaltete ihre Entschlossenheit, er schlug sie in zwei Hälften, von denen die eine fortwollte, weit fort, und die andere sich wieder dorthin zurückträumte, wo sie sich zum ersten Mal seit langer Zeit geborgen gefühlt hatte: in seine Arme.

Er war der *ré*. Hatte er über sie gelacht? Hatte er der Sarazenin von ihrer Einfalt erzählt? Der Gedanke rief neben vielen weiteren auch das Gefühl hervor, als habe ihr jemand einen Eimer eiskaltes Wasser über den Kopf geschüttet.

»Das Lied war schön«, sagte er leise. »Wenn sie ihre Schleier tragen, wird niemand erschrecken. Sie sollten einen Ort finden, an dem sie sich ausruhen können.«

Konstanze nickte. Plötzlich trat er einen Schritt auf sie zu und nahm sie in die Arme. Sie war zu überrascht, um sich zu wehren. Dann merkte sie, dass diese Berührung nicht diejenige war, die sie erwartet und gefürchtet hatte. Sie war eher wie das tiefe Zusammensinken nach einem langen, kräftezehrenden Lauf.

»Ich will auch ausruhen«, flüsterte er.

Eine unendliche Erschöpfung schien sich auf seine Schultern gelegt zu haben. Konstanze wagte nicht, sich zu rühren. Sie spürte sein Gewicht, seinen Körper, das Ausatmen seiner Kräfte, die ungewohnte Wärme eines fremden Leibes, und als ob ihr Herz noch vor ihrem Verstand die Arme ausgebreitet hätte, wusste sie, dass sie ihn tragen konnte. Sein Atem kitzelte ihren Hals, und ohne dass sie es wollte, begann sie zu zittern. Er drückte sie noch enger an sich, und ein paar Atemzüge lang spürte sie nur die Wärme und die Kraft seines Körpers. Sie wusste nicht, wie lange sie so verharrten.

Die Sonne stand tief am Himmel und tauchte die *Zisa* in die langen Schatten des Waldes. Ein leiser Lufthauch strich durch die Bäume, Vögel sangen ihr Nachtlied, ein Ochse brüllte in der Ferne. Die Welt schien sich zu räuspern und darauf aufmerksam zu machen, dass es sie auch noch gab.

Ein Pferd näherte sich in schnellem Galopp. Konstanze öffnete die Augen, und Ruggero ließ sie los. Er strich sich mit beiden Händen durch die Locken und mied ihren Blick, indem er sich zum Lager umdrehte und so tat, als unterzöge er den Hinterhof der *Zisa* einer eingehenden Kontrolle.

Der Wind fuhr unter den weiten Kaftan des Reiters und ließ ihn flattern wie eine Fahne. Das silbergezäumte Pferd dampfte vom Schweiß, Speichel spritzte aus seinem keuchenden Maul, als der Mann es kurz vor Ruggero mit einem heiseren Schrei in vollem Lauf anhielt. Mit lautem Wiehern stieg das Ross in die Luft, bäumte sich auf und kam tänzelnd wieder auf alle viere. Der Reiter sprang ab und fiel vor dem *ré* auf die Knie.

»*Sidi*«, sagte der Sarazene, »wir haben alles versucht. Er ist entkommen.«

»*Karetha!* Wie konnte das passieren?«

Majid verharrte in seiner ergebenen Haltung. Konstanze begann zu zittern.

»Ich habe Boten nach Rom und Pisa geschickt. Ich befürchte, er ist über Tropea zu Land weitergereist. Alle Schiffe, alle Handelswege werden beobachtet, aber unser Arm reicht nicht weit. Wenn er Mailand erreicht, ist alles verloren.«

»Wer?«, fragte Konstanze. »Von wem redet Ihr? Und was ist verloren?«

Ruggero wandte sich ab. Er sah unendlich müde aus. Majid kniete weiter im Staub und wagte nicht, den Kopf zu heben.

»Wer?«

»Es ist nicht wichtig. Majid, wir reden später darüber.«

Eilig sprang der Sarazene auf und fing sein Pferd ein, das die Ruhephase nutzte, um einige Blätter von den Bäumen zu knabbern.

Ruggero wollte gehen, doch Konstanze stellte sich ihm in den Weg.

»Ich will wissen, was hier vor sich geht. Ich habe ein Recht dazu, ich bin die Königin.«

Der Drachenreiter legte seine Hände sanft auf ihre Schultern. »Ja, das bist du. Aber hier geht es ums Reich und nicht um die Aufstellung eines Hochzeitszuges.«

Mit einer wütenden Bewegung schlug sie seine Hände weg.

»Das habe ich alles schon einmal gehört. Diese netten, beruhigenden Nichtigkeiten. Das geht dich nichts an, das ist Politik! Alles wird gut! Sorge dich nicht! Beim ersten Mal hat es meinen Sohn das Leben gekostet, und beim zweiten Mal bin ich fast gestorben. Für das Reich! Ha! Man wollte mich töten für das Reich! Ich habe meine eigene Kammerfrau dem Henker ausgeliefert – für das Reich! Das Reich!«

Sie schrie die letzten Worte heraus.

Majid wandte sich ab, tat so, als hörte er nichts, und tätschelte seinem Pferd den triefnassen Hals. Ruggero sah sie an und schwieg.

Sie trat einen Schritt näher und senkte die Stimme.

»Sag mir nicht noch einmal, es ist nicht wichtig.«

Der *ré* atmete tief durch. »Der Aufstand ist niedergeschlagen, aber es ist den Rädelsführern gelungen, einen Boten zu den Franken zu senden.«

»Mit welcher Nachricht?«

»Die Barone erflehen den Einmarsch des Welfen. Otto soll kommen und Sizilien den Staufern entreißen.«

Konstanze taumelte zurück. »Das wird er nicht tun.«

»Er wartet darauf.«

»Der Papst wird ihn exkommunizieren!«

»Das ist ihm egal.«

»Sizilien darf nicht deutsch werden!«

»Das war schon immer Ottos größter Wunsch.«

»Das … das heißt Krieg?«

»Krieg?« Ruggero sah sich um. »Womit denn? Siehst du ein Heer?«

Er winkte Majid zu sich heran. »Sag mir, wie werden sich die Stämme in den Bergen verhalten, wenn Otto kommt?«

»Sie werden sich zunächst auf seine Seite schlagen, weil sie eine Stärkung ihrer Position erhoffen. Otto wird sie benutzen und dann fallenlassen. Die Folge wird ein noch blutigerer Bürgerkrieg sein, als wir ihn schon hatten.«

Er sah Konstanze an. »Es tut mir leid. Aber das ist die Wahrheit.«

»Der Papst? Die Kirche?«

»Innozenz hat Otto erst zum Kaiser gemacht. Er wird ihn nicht fallenlassen.«

»Und wir?«

»Wir werden untergehen.«

Ruggero gab Majid ein Zeichen, sich zu entfernen. Der Sarazene ging zu seinem Pferd, nahm es am Zügel und führte es fort. Sie waren nun allein.

»Ich muss verhandeln, Konstanze. Ich war in den letzten Tagen in Grigenti, in Mazara und in Catania, außerdem in den Bergen des Ätna und in der Ebene von Syrakus. Ich habe Boten in die Klöster von San Biagio Platani, Caltavuturo und San Marco d'Annunzio gesandt. Ich habe nichts, was ich bieten kann, außer dem Versprechen auf eine Zukunft in Frieden und Gerechtigkeit. Ich habe den Sarazenen angeboten, mich beim Aufbau des *regnum* zu unterstützen. Ich habe den Baronen meine Hand gereicht und allen, die mir treu ergeben sein wollen, die Freiheit versprochen. Ich habe zumindest innerhalb meines Krongutes die Rückgabe meines Eigentums durchsetzen können. Ohne ein Heer, ohne einen Tropfen Blutvergießen. Aber wenn der Welfe kommt, wird nichts davon übrig bleiben.«

»Warum habe ich nichts davon gewusst?«

Ruggero lächelte schwach. »Du musstest ja das ganze Goldene Tal in Aufruhr versetzen. Komm, wir sollten gehen.«

»Ich will über diese Dinge Bescheid wissen. Das ist wichtig!«

»Komm.«

»Ich bin deine Frau!«

Ruggero nickte. »Ich muss zurück.«

Es klang ungeduldig und endgültig. Er nahm sie nicht ernst. Sie war der hässliche, verschreckte Vogel, für den ihm die Geduld fehlte, sich um ihn zu kümmern. Er würde sie niemals ins Vertrauen ziehen, wenn sie nicht jetzt, in diesem Moment, beweisen würde, dass sie es auch verdient hatte. Er wandte sich ab.

»Nun gut«, sagte sie. »Dann werde ich dir wohl helfen müssen.«

Er hob die Augenbrauen, was seinen schönen Zügen einen Anflug von Arroganz verlieh. »Wie soll das gehen? Der *ré* hilft sich selbst. Das reicht.«

»Hm.«

Konstanze bemühte sich, ein ebenso blasiertes Gesicht zu machen. »Du hast kein Heer, du hast keine Krieger, du hast noch nicht mal Geld. Draußen nennen sie dich das Kind von Apulien, den Kaiser ohne Krone. König bist du gerade mal in Palermo. Ist es da ein Wunder, dass Otto glaubt, er könnte dich mit einem Handstreich vom Schachbrett fegen?«

»Was soll das?«

»Du hast keine Manieren, du siehst aus wie einer vom fahrenden Volk, du bespringst Sarazeninnen …«

»Still!«

Wut glänzte in seinen Augen.

»Du treibst dich lieber in Wäldern und Häfen herum als in Kirchen und deinem Palast. Du bist ein Kind, Ruggero. Ein verspieltes, verstocktes Kind! Du glaubst, es reicht zu sagen, Ich bin der *ré*? Du musst es auch sein!«

Er packte sie an den Schultern, und der Griff tat ihr weh. Sie stand so nah vor ihm, dass sein Atem ihre Wangen streifte und sich die Härchen in ihrem Nacken aufrichteten. Der Blick, mit dem er sie ansah, sollte sie das Fürchten lehren.

»So spricht man nicht mit mir!«

»*Ich* mache dich zum König, Ruggero. Und zum Kaiser, wenn du das wirklich willst.«

Das war ihr Pfand, das war das Einzige, was sie in die Waagschale werfen konnte.

»Denn ich kann dir etwas geben, das mächtiger ist als jedes Heer.«

»Du?«, flüsterte er heiser. »Was willst *du* mir schon geben?«

Sie holte tief Luft.

»Das Staunen der Welt.«

Er sah ihr in die Augen und erkannte, dass es ihr ernst war. Da beugte er sich hinab und küsste sie. Küsste sie hart und fest, eroberte ihre Lippen, erstürmte ihren Mund, erzwang eine vollständige und absolute Kapitulation, gegen die sie sich vergeblich wehrte, weil Wille und Gefühl in ihr den Krieg ausfochten, und sie begriff, dass der Wille unterliegen würde, wenn sie nicht jetzt, sofort, aus diesem Kuss und dieser Umarmung entkommen konnte.

Doch er ließ sie nicht gehen. So eng presste er sich an ihren Leib, dass Konstanze durch den Stoff ihres Mantels spürte, wie *das Ding* sich aufrichtete und heiß an ihren Schenkeln rieb. Ach, dachte sie noch, hart machen muss *ich* ihn nicht. Es war der letzte Geistesblitz, der sie durchzuckte, und er erfüllte sie mit unendlicher Genugtuung. Sie löste ihre Anspannung, zerbrach ihre Gegenwehr, und dann kam die Sehnsucht wie ein schwarzer Vogel und breitete die Flügel aus. Genau in diesem Moment ließ er sie los.

»Ich hole dich in den Ring morgen Nacht.«

Mit dem Daumen strich er über ihren nassen Mund, verrieb mit dieser derben Geste den Speichel und ließ seine Hand über ihren Hals bis an den Ausschnitt ihres Mantels gleiten. Dann wandte er sich ab und ging.

Konstanze tastete über ihre brennenden Lippen, versuchte, das erhitzte Gesicht mit ihren Händen zu kühlen, strich sich die Kleider glatt und lief ziellos ein paar Schritte auf und ab. Doch das Ziehen und Sehnen in ihrem Leib ließ nicht nach. Er machte sie krank. Irgendeine hysterische Form von Fieber musste sie haben oder eine Infektion, die urplötzlich ausbrach und die Säfte in ihrem Körper zum Kochen brachte. Ob van Trossel eine Medizin dagegen hatte?

Sie lachte kurz auf bei dem Gedanken, dem Arzt zu erzählen, was diese Symptome in ihr hervorrief. Tatsache war, dass sie noch nie so geküsst worden war, dass noch niemals ein Mann solch widerstreitende Gefühle in ihr geweckt hatte.

Der Ring. Morgen Nacht schon. Das alte, fast vergessene Ritual. Damit hatte sie nicht gerechnet.

Sie schlich sich auf Umwegen zurück in die *Zisa*. Dem Cavaliere ließ sie ausrichten, er möge ihr die Zugordnung am nächsten Tage vortragen.

57.

Als Rocco den Hafen von Policastro erreichte, wusste er, dass er die erste Etappe geschafft hatte. Fast eine Woche hatte er gebraucht. Mit einem Fischerboot war er von Messina bis Tropea gelangt, wo ihm der Kastellan des verwaisten Grafenschlosses einen schimmligen Strohsack im hinteren Küchentrakt zugewiesen hatte und den ungebetenen Gast – Siegelring hin oder her – so schnell wie möglich wieder loswerden wollte. Sein Wunsch deckte sich mit dem Roccos, dem zu Ohren kam, dass sie einen Mann seines Namens und Aussehens überall entlang der Küste bis hoch zum *patrimonium petri* suchten.

Sein Plan war, das *regnum* so schnell wie möglich zu verlassen und über die Emilia in die Lombardei zu reisen, denn er wusste, an wen er sich dort wenden konnte. Mit ein wenig Glück könnte er noch vor den ersten Herbststürmen die Alpen überqueren. Er würde den Weg über die Pässe am Monte Ceneri und Splügen nehmen, um dann über Chur den Rhein hinauf bis Bregenz zu gelangen. Es gab viele Hospize entlang des Wegs, und vielleicht konnte er sich einer der Maultierkarawanen anschließen, die mittlerweile nicht nur Waren, sondern auch Reisende für ein paar Münzen mitnahmen. Dann wäre es leicht, und der Weg durchs Hausgut der Welfen bis Augsburg ein glatter Spaziergang.

Schwierig würde es noch einmal im Herzogtum Franken werden, denn der Einfluss der Hohenstaufen reichte bis Nürnberg. Dann aber würde er durch die Kirchenländer bis Fulda reisen können, und hinter der Landgrafschaft Thüringen begann wieder Welfenland. In Goslar würde Otto Ende September seinen letzten Reichstag abhalten. Dort würde er ihn treffen, den Knappen Ekbert von Kameren aus dem Gefolge des Ritters von Ysenburg bei Büdingen. Ihm würde er den Ring zeigen, den er hütete wie seinen Augapfel. Dann würde er sich Otto anschließen bei seinem Zug gegen Federico, den Teufel, den Antichristen.

Er bedankte sich bei dem Kartographen, der im Erdgeschoss eines kleinen Hauses im Herzen von Policastro seine Astrolabien und Portulari für Land- und Seereisende anbot, und trat hinaus in die Wärme eines ausklingenden Sommertages. Vor ihm lag der immer noch belebte Markt mit seinen vielen spitzen Zelten, zwischen denen sich Hausfrauen, Bürger, Tagelöhner und Kinder drängelten. Die ziegelroten Häuser mit ihren Mauerbögen, den überdachten Terrassen und den dunklen Dächern und Türmchen standen eng beieinander, Wäsche hing an Stangen aus den Fenstern, Katzen räkelten sich auf den Eingangsstufen, und hinter dem Markt führte eine hölzerne Brücke über den kleinen Fluss in der Mitte der Stadt, auf dem die Boote so eng nebeneinanderlagen, dass man auch über sie trockenen Fußes die andere Seite erreichen konnte.

Rocco stieg die Stufen hoch und blieb am höchsten Punkt der Brücke stehen. Sein Blick folgte dem Fluss, der die Stadt zerteilte wie eine römische Heerstraße, er folgte seinem Lauf bis hinunter zum Hafen, wo die Koggen und Galeeren lagen, und er beschloss, das Wagnis einzugehen und eine Passage nach Pisa zu ergattern, oder wenigstens bis Ostia oder Terracino, jedenfalls in ein Land, das nicht mehr zum *regnum* gehörte und in dem er freier atmen könnte.

»Hochzeitskrapfen!«

Der Junge rempelte ihn an, und Rocco zuckte zusammen.

»Hochzeitskrapfen! Morgen heiratet der *ré*! Nehmt zwei, und Ihr bekommt den dritten dazu!«

Er spürte den Hunger in seinem Bauch und kaufte dem Jungen drei Krapfen ab. Sie waren noch warm, gierig biss er hinein und schlang sie in wenigen Bissen hinunter. Die Hände wischte er an seinem Kittel ab. Er war schmutzig geworden auf der Wanderschaft, der beunruhigende, verräterische Geruch von Seife war verschwunden, und nun nahm niemand mehr Witterung auf, wenn er vorüberging, musterte ihn irritiert oder wunderte sich, warum ein Mann von Haltung und Aussehen eines Knechtes Herrenkleidung trug. Mantel, Hemd und Hose rochen inzwischen nach seinem Schweiß, waren bedeckt von Flecken und Schmutz, wirkten wie eine Tarnkappe, machten ihn unsichtbar, klein, alltäglich – ein unrasierter, dreckiger Knecht, kein Bettler, aber auch kein Edelmann, so fühlte er sich wohl und unerkannt. Am Abend kaufte er sich einen Platz auf einer *cocca* nach Pisa. Er ging an Bord in der Gewissheit, Feindesland zu verlassen und die Freunde zu retten.

Und Raffaella.

58.

In dieser Nacht, betäubt vom Gestank der Exkremente, wimmernd vor Schmerz und Hoffnungslosigkeit, gefangen in ewigem Dunkel und eisiger Kälte, ohne Hoffnung auf Erlösung, schlitzte sich Guglielmo Battista Salvatore Bonacci im Angstloch des Kerkers die Kehle auf. Er schmeckte noch sein eigenes Blut, das durch den zerfetzten Hals nach oben in die Mundhöhle spritzte, dann sank er in sich zusammen und fühlte, wie das Leben aus ihm hinausströmte. Noch pochte sein Herz, mit jedem Schlag aber wurde es schwächer, erst starben seine Hände und Füße, dann die Gliedmaßen, und zuletzt, mit einem nassen, pfeifenden Röcheln seiner blutgetränkten Lungen, würgte er sein Leben aus sich heraus. Sein letzter Gedanke war kein Fluch. Kein Hass. Er galt seiner Mutter, die auf ihn wartete, mit einem warmen Lächeln die Arme ausbreitete, um ihn zu empfangen. Er sank in den Kot und starb.

Ohne zu wissen, warum, löschte Walter von Pagliara zur gleichen Zeit die Kerze auf seinem *scriptorium* und wartete, bis der rote Lichtfleck vor seinen Augen sich auflöste und die Dunkelheit ihn einhüllte wie ein schwerer samtener Mantel. Er ließ sich zurücksinken an die hohe Lehne seines Stuhls und rieb sich die Schläfen. Dann dachte er an das Gift und das Schweigen. Für einen Moment glaubte er, die dunkle Silhouette seines Kammerdieners auf der anderen Seite des Raumes zu erkennen, doch dann erinnerte er sich, dass sie ihn abgeholt hatten. Die Schimäre zerfloss wie Tinte in zähem Schlamm und löste sich auf.

Magister Roland zündete einen neuen Kienspan an, legte sein einziges Paar Schuhe in den Reisesack und setzte sich schwer atmend daneben. Morgen in aller Herrgottsfrühe, noch vor Sonnenaufgang, würde er sich dem Zug aus der *Favara* nach Palermo anschließen, wo er hoffte, einen Blick auf das Königspaar zu werfen und vielleicht in einem der Zelte etwas von den Köstlichkeiten abzubekommen, mit denen man seit Wochen dem Volk das Maul wässrig machte. Pasquale war schon seit ein paar Tagen fort, man brauchte ihn in Palermo, und mit ihm verschwunden war das hübsche, angenehme Ritual des *pittimansiers*, das er in der *Favara* eingeführt hatte.

Der Magister stand auf und kroch mühsam unter sein einfaches, roh gezimmertes Bett. Er zog eine kleine Holzschachtel hervor und öffnete sie. Lange schaute er auf den kleinen Hirschlederbeutel, dachte an seinen Bruder und den Korb, den er wie immer am Monatsende an die verabredete Stelle gebracht hatte. Und an das Bauernmädchen, das dort auf ihn gewartet und ihm eine Geschichte erzählt hatte, die er nicht glauben wollte und konnte, weil der Tod darin eine Rolle spielte, der Tod und sein Bruder, eine Frau und ein König und das, was er jetzt in den Händen hielt.

Er schnürte den Beutel auf und holte zwei blonde Zöpfe hervor. Sorgfältig glättete er einige widerspenstige Haare, dann legte er sie zurück und verknotete die Bänder. Die Holzlade schob er wieder unter sein Bett, den Beutel stopfte er in den linken seiner beiden Schuhe.

In einem dunklen Verlies des Turmes lag Raffaella auf einem dünnen Bündel Stroh. Sie wusste nicht, welcher Tag und welche Stunde ihr unter den Fingern zerrann, sie wusste nur, dass sie sich den Kopf an den feuchten Wänden blutig geschlagen hatte, die Hände aufgeschürft, die Kehle heiser geschrien. Ihre Lage war aussichtslos, der Schweinehirt war entkommen.

So richtete sich ihr Hass auf diejenigen, die ihr das angetan hatten. Sie stand wieder auf dem Balkon des *palazzo* am Hafen, ein warmer Wind spielte mit ihren Haaren und trug den Duft der Orangenhaine hinunter ans Meer. Sie sah die *cocca* aus Aragon, das staufische Banner am Mast, Landesverrat flatternd im Wind. Und eine junge Frau im Gesindemantel, die sich auf ein Pferd schwang und davonjagte. Es war das einzige Mal, dass sie Konstanze gesehen hatte, doch diesen Moment würde sie nie vergessen. Mit ihr hatte das Übel begonnen.

Sie schob sich das faulige Bündel Stroh unter den Nacken und schloss in diesem Moment Frieden mit Rocco. Rocco, der Schweinehirt, der sabbernde Vollidiot, sollte nicht verrecken, er sollte seine Mission erfüllen. Damit Konstanze eines Tages büßen würde, was sie ihr angetan hatte.

Das mit der Hochzeit aber konnte er vergessen.

Zwei Mädchen lagen, eng aneinandergeschmiegt, neben der kalten Asche des Küchenherdes. Ihr Lager war hart und unbequem, sie hatten zu wenig Stroh. Raschida schlief bereits, den Arm um die trächtige Ziege gelegt, mit der sie die Ecke teilten. Jumanah fröstelte und zog die dünne Decke enger um die mageren Schultern. Dann beugte sie sich wieder über die Kiste, auf der eine flackernde Kerze ein aufgeklapptes Diptychon beleuchtete. Ihre steifen Finger griffen nach dem Holzstäbchen, und angestrengt begann sie, die zweite Wachsplatte zu beschriften.

»*Theta*«, flüsterte sie. »*Iota. Lambda. My.*«

59.

Konstanze stand neben ihrem Bett. Ihr Herz klopfte wild und unregelmäßig. Sie hatte ein langes weißes Hemd an, das Alba und Leia eng an ihren Körper geschnürt hatten. Ein Hermelinbesatz schmückte Ärmel und Saum. Darüber trug sie einen grasgrünen seidenen *surcot*, und ein schwerer, goldbeschlagener Gürtel betonte ihre Taille. Die bestickte Haube bedeckte ihre Haare, und als sei das noch nicht genug, steckte sie bis zum Hals in einem kostbaren Zobel. Sie schwitzte. Das Zimmer hatten der Cavaliere und eine Heerschar sarazenischer Kammermädchen mit Rosenwasser gewaschen, ein französischer Parfummeister hatte darüber hinaus sämtliche Kissen und Vorhänge mit Zibet und Moschus getränkt. Die schweren Gerüche legten sich in mehreren Schichten übereinander, und bei jeder Bewegung stank eine andere Mischung in Konstanzes Nase und verstärkte ihre Übelkeit.

Dutzende Bienenwachskerzen tauchten den Raum in golden schimmerndes Licht, und auf dem glänzenden Mosaikfußboden markierten Rosen und Lilien einen Kreis. Er war groß genug, dass zwei Personen hineintreten konnten. Das war der Ring, in den Ruggero sie holen wollte, und das Unbekannte des alten Rituals verstärkte ihre Nervosität.

Jemand klopfte.

Konstanze straffte die Schultern und gab Leia mit einem Nicken zu verstehen, dass sie die Tür öffnen konnte. Alba blieb hinter ihr stehen, und wieder wurde Konstanze bewusst, wie wenig sie mit diesen Mädchen verband und wie sehr sie Vela vermisste.

Frater Gismond trat ein. Er lächelte ihr zu, gütig, milde und verstehend, so wie er damals in der Bibliothek gelächelt hatte, als sie so gar kein Interesse an der christlichen Erbauungsliteratur gezeigt und sich viel mehr für Einhörner und Greife interessiert hatte – und für Drachen natürlich. Und Bären, die man ihr aufbinden konnte, aber dafür konnte der *fra* natürlich nichts. Er trug einen weiten, schweren Mantel in dunklem Rot, darunter leuchtete der weiße Rock. Mit der einen Hand raffte er beides in schönem Faltenwurf vor der Brust, in der anderen trug er ein kleines goldenes Kreuz, das er nach seinem Eintreten küsste, bevor er in die Knie ging.

»Steht auf«, sagte Konstanze leise und freundlich.

Der Frater erhob sich und lächelte Konstanze an. Dann wandte er sich zur Tür.

Ruggero stand im Rahmen. Er trug ein Paar saubere Reithosen, immerhin, und ein tief ausgeschnittenes Hemd, das weit geöffnet über seine braungebrannte nackte Brust fiel. Das Schwert an seinem Gürtel glänzte im Kerzenlicht. Um die Schultern hatte er einen Mantel aus braunem Scharlach gelegt, insgesamt eher die Montur eines Jägers als die eines königlichen Freiers.

Konstanze brach erneut der Schweiß aus. Sie fühlte sich wie eines dieser affigen, in Spitze gelegten Ostereier, mit hochrotem Kopf und eng verschnürt, dem Herrn und Gebieter ins Nest gelegt, der nicht so aussah, als habe er vor, hier die Nacht zu verbringen und sie ausgiebig zu bebrüten. Sie schwieg, starrte auf die Blumen zu ihren Füßen und spürte, wie die Bänder ihr mehr und mehr die Luft abschnürten. Sie kippte vornüber, in letzter Sekunde aufgefangen von der quiekenden Leia.

Ruggero war mit drei Schritten bei ihr und klopfte ihr sacht auf die Wangen.

»Geht es?«

Konstanze nickte und kam wieder auf die Beine. War das alles peinlich. Sie konnte nur hoffen, dass der *fra* nicht vorhatte, auch noch neben dem Bett zu sitzen und sich gleich an Ort und Stelle vom geglückten Vollzug zu überzeugen.

Als ob er Gedanken lesen könnte, verbeugte er sich kurz.

»Ich würde Euch gerne segnen und dann vor der Tür warten, wenn es Euch recht ist. Bedenkt aber, Ihr müsst früh aufbrechen. Die Krönungsmesse ist für den Mittag angesetzt.«

»Wir schaffen das schon«, erwiderte Ruggero, und Konstanze hätte ihn dafür ohrfeigen können. »Sind das Eure Zeugen?«

Er deutete auf Alba und Leia.

Konstanze nickte.

»Gut«, sagte Ruggero. »Ich werde Majid zu uns bitten. Und eine Dame, deren größter Herzenswunsch es war, Euch in den Ring zu geleiten.«

Verwundert sah Konstanze ihn an. In diesem Moment hörte sie Schritte auf dem Flur, und eine kleine, gebeugte Gestalt eilte zur Tür herein und fiel direkt vor dem Blütenkreis auf die Knie.

»Vela!«, schrie Konstanze. »Vela!«

Ohne auf die Blumen zu achten, lief sie zu der Condesa hin und zog sie hoch.

»Vela«, flüsterte sie mit Tränen in den Augen. »Bist du es wirklich? Was …«

Fassungslos sah sie in die verhärmten Züge des einst so vertrauten Gesichts. Schmaler war sie geworden, älter, eisgraues Haar lugte unter der Haube hervor, und die Augen …

Sie ließ Vela los und trat einen Schritt zurück. »So … so willst du wieder in meinen Diensten sein?«

Die Condesa nickte und senkte den Kopf. »Wenn Ihr es erlaubt, meine Königin.«

Sie wandte sich an Ruggero. »Mein König.«

Ratlos betrachtete Konstanze die Frau. Warum wich Vela ihrem Blick aus? Warum war sie so seltsam fremd? Sie spürte einen kühlen Luftzug und drehte sich um. Der Sarazene war erschienen, auch er trug seine Jagdkluft, und beim Anblick seines Herrn legte er die Hand auf die Brust und verbeugte sich.

»Lasst uns beginnen«, sagte der *fra.*

Ruggero nahm ihre Hand und führte sie in die Mitte des Kreises.

»So seid ihr in den Ring getreten und habt Euch miteinander vermählt. Es segne Euch der Herr und gebe Euch die Gnade der Liebe.«

Er sprach den Brautsegen. Das war alles. Drei Wimpernschläge, und sie waren jetzt also auch vor Gott verheiratet. In uralten Zeiten hatte das genügt, ohne Kirche, ohne *fra*. Dieser eine gemeinsame Schritt reichte vollauf, und Mann und Frau waren vermählt. Auch jetzt noch führte man den Brauch vereinzelt fort, wenn keine Kirche und kein *fra* in der Nähe waren. Doch an beidem herrschte in Sizilien kein Mangel.

Und wenn es schnell gehen muss, dachte sie. Wenn man nicht mehr warten will. Wenn ... Sie spürte, wie das Blut ihr ins Gesicht schoss. Auch das noch. Jetzt wurde sie auch noch knallrot.

Der *fra* führte Konstanze auf die eine Seite des Bettes, Ruggero trat an die andere.

»Nun ...« Er räusperte sich und dachte wohl daran, dass er es hier in beiden Fällen nicht mit einer Jungfrau zu tun hatte. »Ich denke, ich muss nicht viel erzählen von Pflicht und Vereinigung. Liebe dient, Liebe ist rein. *Cupiditas* und *caritas* liegen oft nahe beieinander. Die Liebe ist ein Feuer. Es gibt eine gute Liebe, wie Hugo von Sankt Victor schon sagte, ein gutes Feuer, das ist das Feuer der *caritas*. Und es gibt eine schlechte Liebe, ein schlechtes Feuer, das ist das Feuer der *cupiditas*. Die *amor carnalis* darf nie über die *amor spiritualis* siegen, die eine ist die Wurzel des Guten, die andere die des Bösen.«

Ruggero schien von dieser kleinen Ansprache nicht im mindesten beeindruckt. Er nahm den Mantel ab und reichte ihn Majid, dann setzte er sich auf das Bett und zog die Stiefel aus. Konstanze schluckte. Er wollte sich hier doch wohl nicht etwa ausziehen?

»*Et omnium malorum radix cupiditas, et omnium bonorum*

radix caritas«, orakelte der *fra* weiter. »Minne ist allen Tugenden ein Hort, sagt schon Walther von der Vogelweide. Sie ist eine der zwölf Tugendblumen, als da wären ...«

Er warf einen schnellen Blick auf Ruggero, der nun sein Schwert ablegte, sich das Hemd auszog und es seinem Diener zuwarf.

»... Tapferkeit, Reinheit, Freigiebigkeit, Aufrichtigkeit, Mäßigung, Fürsorge, Schamhaftigkeit ...«

Er brach ab.

Ruggero stand, nackt bis auf die Lederhosen, neben dem Bett und lächelte Konstanze an.

»Klugheit«, unterbrach er den *fra* und setzte an seiner statt die Aufzählung fort, während er langsam um das Bett herum auf sie zuging. »Beständigkeit. Demut.«

Er verbeugte sich leicht.

Konstanze starrte auf ihre Pantoffeln.

»Geduld.«

Er nahm ihr mit sanften, ruhigen Bewegungen den Mantel ab und reichte ihn Leia.

»Und Liebe.«

Er öffnete ihren *surcot* und ließ ihn zu Boden gleiten.

Konstanze trug jetzt nur noch das Hemd, und sie spürte, wie eine Gänsehaut über ihre Arme strich. Was jetzt? Was sollte sie, um Himmels willen, tun?

Ruggero trat hinter sie, legte beide Hände auf ihre Schultern und wandte sich an die Anwesenden.

»Wir danken Euch und kommen nun allein zurecht.«

Es war, als ob ein Aufatmen durch die kleine Gesellschaft schlich. Alba und Leia huschten zur Tür, und Majid verabschiedete sich mit einem kurzen Nicken. *Fra* Gismond hob noch einmal das Kreuz und schien etwas sagen zu wollen – mit Sicherheit eine weitere Ermahnung aus dem unerschöpflichen Fundus der traditionellen Tugendlehre, wie sich in Feinheit der

Sitten einander zu nähern und das Liebeswerk nicht wie Pferde und Maulesel zu verrichten. Konstanze kannte die Dialoge des Andreas Cappelanus, vor allem den über die Unvereinbarkeit von Liebe und Ehe, und sie hatte das Urteil der Gräfin von Champagne noch vor Augen, die aller Welt verkündete: Wir setzen unverrückbar fest, dass die Liebe zwischen zwei Eheleuten ihre Macht nicht entfalten kann …

»… *amorem non posse suas inter duos iugalos extendere vires* …«, flüsterte sie, da schloss sich die Tür.

Vela war als Letzte gegangen, stumm, ohne Gruß, merkwürdig.

Dann öffnete Ruggero die Fibel an ihrem Hemd, sie ließ es geschehen, er löste die Bänder und den Gürtel, sie wehrte sich nicht, der Stoff glitt an ihrer Haut hinab, sie spürte es kaum, und er beugte sich über ihren Hals und streifte mit den Lippen hinauf bis zu ihrem Kinn, legte die Hände auf ihre Brüste, sie hielt die Luft an, atmete nicht, seine Hand glitt hinab, über ihren Bauch, zwischen ihre Beine, und sie dachte nicht mehr, seine Finger suchten den Weg in sie, tauchten ein in den feuchten, engen Tunnel, und sie spürte sie wie Kundschafter in unbekanntem Gebiet, holte tief Luft, atmete seinen Atem, küsste seinen Mund, löste mit hastigen Bewegungen die Schnüre seiner Hose, bekam sie nicht auf, spürte sein Glied durch das Leder wachsen, ein harter, kräftiger Stab, wohin bloß damit, wohin damit?, sie fielen aufs Bett, und zum ersten Mal öffnete sie wieder die Augen.

Er beugte sich über sie und sah sie an.

»Nun entscheide dich. *Cupiditas* oder *caritas*.«

Ihre Kehle war trocken, ihr Atem Staub. Alle Säfte ihres Körpers schienen sich in ihrem Schoß zu sammeln. Sie wand sich unter ihm weg und holte ein kleines Döschen von dem silbern ziselierten Tablett neben ihrem Bett.

»Was ist das?«

Sie öffnete den Deckel. »Schweineschmalz«, flüsterte sie.

Erstaunt beobachtete Ruggero, wie sie zwei Kissen übereinanderlegte und ihren Unterleib darauf in Position brachte. Dann hielt sie ihm auffordernd das Döschen entgegen.

»Was soll ich damit?«

»Es hilft gegen die Schmerzen und die Reibung«, flüsterte sie.

Er nahm das Döschen, roch daran, schüttelte den Kopf und stellte es auf dem Fußboden ab. Dann stand er auf und zog die Hose aus.

Konstanze schloss die Augen. Wenn er das Schmalz nicht nahm, würde es weh tun. Sie biss sich auf die Lippen und wartete. Das Polster senkte sich, er kehrte zurück ins Bett und legte sich an ihre Seite. Sie spürte das Ding an ihrem Schenkel, es war trocken, hart und heiß, er hatte das Schmalz nicht verwendet. Auch gut. Lass es schnell zu Ende sein, dachte sie. Es ist anders als bei Imre, aber es wird vorübergehen.

»Was ist?«, flüsterte sie. »Bist du bereit?«

Seine Hand legte sich auf ihre Brust, dann beugte er sich über sie. Sie spürte seine Zunge auf ihrer Warze, die sofort hart wurde wie Stein, dann biss er zu. Es tat nicht weh, aber das Gefühl durchzuckte sie wie ein Peitschenhieb. Seine Locken kitzelten ihre nackte Haut, als seine Lippen tiefer glitten, zu ihrem Nabel, noch tiefer, zu ihrem Schoß, und er mit sanftem Händedruck ihre zusammengepressten Schenkel auseinanderzog. Als sein Mund die Stelle erreichte, die wohl die Amme zuletzt gesehen hatte, wäre sie vor Scham am liebsten aufgesprungen und fortgelaufen.

Er fuhr mit der Zunge tief zwischen ihre Schenkel. Einmal, zweimal, noch einmal. Um Gottes willen! Was tat er da?

Konstanze krallte die Hände in das Leintuch und versuchte sich zu beherrschen.

»Nein«, stöhnte sie. Das war eindeutig *cupiditas*.

Ruggero tauchte auf aus ihrem Schoß, mit nassen Lippen,

um die ein zärtliches Lächeln spielte. »Du bist bereit«, sagte er heiser.

Dann kam er über sie. Sie spürte, wie er sich in sie schob, ohne Schmerzen und mit äußerst angenehmer Reibung, er füllte sie aus, wuchs, wurde mächtig und begann zu stoßen, gleichmäßig, ruhig, beherrscht.

»Sieh mich an«, flüsterte er.

Sie öffnete die Augen und erblickte das Verlangen in seinem Gesicht. Er wollte sie. Ihr Unterleib begann, ihm zu antworten. *Cupiditas? Caritas?* Sie diente, sie war bereit, sie würde ihn empfangen mit weit geöffnetem Schoß, und diese Gewissheit durchströmte sie, ließ sie alles vergessen, nur sein Gesicht nicht und sein Verlangen. Sie hörte sein Stöhnen – oder war es ihres? Waren es ihrer beider Stimmen, die sich vermischten wie ihre Körper und ihre Säfte? Ihr wurde schwindelig, sie hielt sich fest an ihm, schrie, hörte sein Stöhnen, spürte seine Lenden, schneller, fester, ohne Rücksicht jetzt, aber die wollte sie auch nicht mehr, sein Ding wühlte sich in ihren Leib, pflügte den Boden, setzte seinen Samen, verströmte sich in ihrer Umarmung, sie empfing seine Gabe, als sei ihr Schoß ein Mund und ihr Tunnel eine Kehle, und sie trank ihn aus.

Schwer atmend sank er über ihr zusammen. Erst nach einer Weile wurde ihr Keuchen zum Atmen, hob und senkte sich die Brust wieder ruhig und gleichmäßig.

Er hob den Kopf und sah sie an. »Und? Wie war ich?«

Konstanze öffnete den Mund, um etwas zu sagen, und schloss ihn wieder. Dann rollte sie sich zur Seite, tastete nach dem Leintuch und bedeckte wenigstens den unteren Teil ihrer Blöße. Sein Samen sickerte aus ihr heraus, es würde Flecken auf dem Betttuch geben, der Beweis für Wäscherinnen und Notare, dass sie den Beischlaf vollzogen hatten.

»Frag das nie wieder.«

Er setzte sich auf und strich sich die Locken aus dem Gesicht.

»Warum? War ich etwa nicht gut? Ich dachte, es hätte dir gefallen.«

»Ja«, sagte sie. »Es war nicht schlecht. Und Schmerzen hattest du wohl auch nicht.«

»Schmerzen?«

Er sah sie so ratlos an, dass sie langsam an allem zu zweifeln begann, was sie ihm an Erfahrung voraushatte. Um dieses bestürzende Gefühl zu verbergen, fragte sie hastig: »Wo hast du das gelernt?«

Er zuckte mit den Schultern und schwieg. Dann schlüpfte er zu ihr unter das Tuch und legte den Kopf auf ihren Bauch. Es war eine zärtliche Geste der Zuneigung, und Konstanze hatte schon die Hand gehoben, um ihm über den Kopf zu streichen, doch sie überlegte es sich anders.

»Das war Wollust, keine Liebe.«

»Ich hatte das Gefühl, es macht dir Spaß.«

»Es ist nicht das, was Mann und Frau miteinander tun sollten.«

»Aber bei mir geht es nicht anders, Konstanze! Ich bin so. Und du auch.«

Sie wollte ihn von sich herunterschieben, aber er umfing ihren Leib mit beiden Armen und hielt sie fest.

»Du warst nass wie ein Fisch. Vergiss diesen karitativen Beischlaf. Das ist es nicht, was du willst.«

»So?« Schamesröte stieg ihr ins Gesicht. »Ich denke, es ist an der Zeit, den armen Frater Gismond zu erlösen und ihm mitzuteilen, dass wir uns vereinigt haben. Dann gebieten es Rücksichtnahme und Anstand ...«

Sein Kopf tauchte unter das Laken. Er küsste die Innenseiten ihrer Oberschenkel, und sie hatte Mühe, ihren Satz zu Ende zu bringen.

»... die Königin allein zu lassen. Hör auf! Ich darf mich nicht bewegen! Lass das!«

»Warum darfst du dich nicht bewegen?«, kam es unter der Decke hervor. Seine Hände glitten über ihre Beine und erreichten ihren Schoß.

Sie hielt ihn fest.

»Weil das die Empfängnis gefährdet.«

Abrupt hörten seine Berührungen auf. Dann hörte sie ein ersticktes Prusten. Er hob das Laken hoch, sah sie an und lachte schallend.

»Woher kommen dann all die ungewollten Kinder, wenn es so einfach wäre? Ich muss sagen, eure spanischen Sitten beeindrucken mich sehr. Schweineschmalz, Kissen – und absolute Bewegungslosigkeit. Vermutlich ist die Zahl eurer Thronfolger deshalb so begrenzt.«

Konstanze biss sich auf die Lippen und sagte kein Wort.

»Hier in Sizilien machen wir es anders.«

Er legte sich neben sie und nahm sie in die Arme. »Wir küssen uns vorher. So.«

Er küsste sie.

»Dann versuchen wir, dem Leib eine gewisse Freude zu entlocken.«

Wieder glitt seine Hand über ihre Brust, streichelte sie in sanften, kreisenden Bewegungen.

Ohne dass sie es wollte, atmete sie schneller.

Als Ruggero es bemerkte, beugte er sich nah an ihr Ohr.

»Und sollte die Freude beim ersten Mal nicht groß genug gewesen sein, dann …«

Er küsste sanft die zarte Haut ihrer Schultern.

»Dann?«, fragte sie.

Ihre Arme schossen hoch, ihre Hände fuhren in seinen Schopf, und fast mit Gewalt zog sie seinen Kopf zu sich heran.

»Was dann?«

»Dann wiederholen wir. So lange und so oft, bis wir zufrieden sind.«

Er küsste sie. Noch bevor Konstanze registrierte, dass er schon wieder bereit war, legte er sich auf den Rücken und zog sie auf sich.

»Reite mich«, flüsterte er.

Konstanze hatte keinen Grund, ihm diesen Befehl zu verweigern.

Sie erwachte von lauten Stimmen, vom Schellenklang, vom Brüllen der Zugochsen, vom Schreien der Elefanten und dem Wiehern der Pferde, von Lachen und Musik, vom Peitschenknall und dem Ruf der Jagdhörner, von lockenden Zimbeln und geträllerten Gesängen, sie erwachte gegen ihren Willen, fast an den Haaren herausgezogen aus einem liebestriefenden Traum, sie tastete nach ihm, er war nicht da, sie öffnete blinzelnd die Augen und sah ihn im Gegenlicht am Fenster stehen.

Die Schönheit seiner Gestalt traf sie tief. Der Anblick allein genügte, um einen wolllüstigen Schmerz durch ihren Körper zu jagen, und ohne dass sie es wollte, stöhnte sie leise auf.

Er drehte sich um und trat an ihr Bett. Er war nackt. Sie wagte nicht, den Blick tiefer als bis zum Nabel seines glatten, gebräunten Bauches gleiten zu lassen. Als er sich über sie beugte, schloss sie die Augen und erwartete seinen Kuss.

Er strich ihr sanft über die Stirn und richtete sich wieder auf. Verwundert sah sie ihn an.

»Gib acht auf dich«, sagte er. »Du trägst jetzt meinen Sohn.«

Konstanze zog das Leintuch hoch bis ans Kinn.

Er suchte seine Kleider zusammen und zog sich an, ohne sie noch einmal anzusehen. Erst als er das Schwert gegürtet und sich den Mantel um die Schulter gelegt hatte, wandte er sich noch einmal an sie und wirkte sichtlich vergnügt.

»Fünfmal. Das reicht doch, oder?«

Dieser Satz, mit offensichtlichem Stolz gesprochen, weckte sie mehr, als es ein eiskalter Wasserguss getan hätte. Alles, was sie eben noch gefühlt hatte, verwandelte sich in die glasklare Erkenntnis, dass sie wohl den Kopf verloren hatte. *Cupiditas*. Schönen Dank.

Er trat noch einmal ans Fenster und sah hinunter auf das muntere Treiben, und es musste ihm gefallen. Er lächelte und winkte jemandem zu.

»Der Zug aus der *Zisa* wird an den Stadttoren empfangen, ab da werden wir gemeinsam reiten. Du solltest langsam aufstehen, es geht bald los.«

Sie musste ihn noch immer anstarren wie ein Kalb mit zwei Köpfen. Langsam schien er zu merken, dass etwas nicht stimmte. Er fuhr sich durch die Haare und wagte ein verlegenes Lächeln.

»Ich … Es ist schön, mit dir Söhne zu zeugen. Also ich hätte gerne mehr als einen.«

Nach diesem mehr als zweifelhaften Kompliment ging er hinaus. Konstanze griff nach dem Wasserkrug, und genau in dem Moment, in dem sich die Tür hinter ihm schloss, zerschellte der Krug an der Wand.

Ruggero und der Frater, der die Nacht auf einer Steinbank auf der Galerie verbracht hatte, fuhren zusammen. Beide sahen sich ratlos an.

»War … war es Gelingen?«, fragte der Geistliche.

Ruggero warf einen erstaunten Blick auf die Tür. »Ja«, sagte er, »dreizehnmal.«

60.

Konstanze schlug das Laken zurück, lief vorsichtig um die Scherben herum und zog die Klingelschnur so heftig, als wolle sie Kirchenglocken läuten. Wenige Augenblicke später stürmten Alba und Leia herein. Ihre Augen leuchteten, doch wenn sie erwartet hatten, eine völlig romantisierte Königin vorzufinden, sahen sie sich getäuscht.

»Ein Bad, schnell.«

Konstanze warf sich den *surcot* über und lugte durch das Fenster nach draußen. Ein gewaltiger Zug hatte sich bereits bis zu den Toren der *Zisa* in Stellung gebracht. Den Anfang machte die berittene Garde mit den eisenbewehrten, schweren Pferden. Dann folgte eine Musikantengruppe, die gerade ihre Instrumente stimmte. Dahinter reihten sich die Jungfrauen – echte oder falsche, wer vermochte das schon zu sagen? –, paarweise trugen sie die Blumenbögen und hatten ihre Kleider in leuchtenden Farben auf die Blüten abgestimmt. Zwei Elefanten, im Zaum gehalten von einem Dutzend flinker Mohren, kauten phlegmatisch auf einem Fuder Zweige herum. Auf ihrem Rücken trugen sie prächtige Aufbauten, Schlössern nachempfunden, verziert mit getriebenem Gold und Edelsteinen. Ihr schwerer Kopfputz funkelte in der Morgensonne, und um sie herum bewegten sich mit wiegendem Gang Kamele, in deren silberbeschlagenen Sätteln Sarazenen mit prächtigen Krummschwertern saßen.

Dann kamen die Jäger auf ihren schnellen Pferden. Die Hörner trugen sie vor der Brust, speerbewehrte Knechte begleiteten sie. Die Falkner, von denen jeder einen der stolzen Vögel bei sich hatte. In der Mitte langweilten sich die Geparden an langen seidenen Leinen, mit denen sie spielten wie junge Katzen.

Der Stallmeister brachte den hübschen Braunen, auf dem Konstanze bereits zur *Favara* geritten war, und sie erkannte einen kostbaren Elfenbeinsattel und das goldbestickte Zaumzeug.

Ein Lächeln glitt über ihre Züge. Ruggero hatte wohl tief in die Reste des Normannenschatzes gegriffen, wenn Pferd und Tross der Königin so bunt und prächtig daherkamen. Das freute sie. Ja, sie freute sich. Das war der Tag ihrer Hochzeit. In wenigen Stunden würde sie die Krone Siziliens tragen. Es war nicht das, was sie sich gewünscht hatte, aber sie hätte es schlechter treffen können. Es war auch nicht unbedingt die sicherste Zukunft, auf die sie sich gerade vorbereitete, doch es war eine. Mochte sich ihr Mann auch in vielen Dingen noch verhalten wie ein kindischer Knabe – in der Nacht war sie ihm untertan gewesen, und dieser Dienst hatte sie mit Freude erfüllt.

Als der Zug die *Zisa* verließ, hörte sie von weit her die Glocken Palermos bis tief hinein ins Goldene Tal. Immer mehr Menschen schlossen sich ihnen an, aus allen Himmelsrichtungen strömten sie zu ihnen, unglaublicher Jubel brandete auf, und schon von weitem erkannte sie das Südtor der Stadt und die bunten Flaggen auf den Zinnen der Mauer.

Ruggero ritt ihr entgegen. Er trug den Krönungsmantel seines Vaters, einen prächtigen, über und über bestickten hermelinbesetzten Umhang, der ihm Würde verlieh und ihn älter machte, viel älter, und als Konstanze an die letzten Stunden mit ihm dachte, schoss ihr die Röte ins Gesicht.

Der *ré* erreichte die Spitze des Zuges, wo er wartete, bis die Schalmeienbläser, Schützen und Elefanten an ihm vorübergezogen waren. Dann sah er Konstanze. Draco tänzelte auf sie zu und blieb stehen. Sie hielt ihr Pferd ebenfalls an, und der Zug geriet ins Stocken.

»Bist du bereit?«, fragte Ruggero leise.

»Ja«, antwortete sie.

Er reichte ihr die Hand und hielt sie fest. Gemeinsam ritten sie ein in Palermo.

Von einem Hügel, weit entfernt von Jubel und Glockenklang, sah eine Frau hinab auf die Stadt, die sich geschmückt hatte, als wäre sie selbst die Braut. Sie sah den Hafen, der ein Wald aus Masten und Segeln war, die Straßen, die strömenden Flüssen glichen, in denen die Menschen mitgerissen und durcheinandergewirbelt wurden, mehr Menschen, immer mehr, den gewaltigen Zug, der aus allen Richtungen des Goldenen Tals nach Palermo strömte, und schließlich das Königspaar, das von der Menge mit tosendem Beifall empfangen wurde, den der Wind bis hinauf in die Höhe trug.

Wie ein ehernes Standbild verschmolzen sie und ihr Pferd zu einer Einheit, reglos standen sie da und warteten, bis der Tross Einzug hielt in die Stadt. Ihm folgte die jauchzende Menge, dicht gedrängt, taumelnd vor Freude und Gier, teilzuhaben an dem größten Fest, das Sizilien seit fünfzehn Jahren gesehen hatte. Erst als die schweren, dunklen Glocken des Doms die Messe einläuteten, senkte sich für einen Moment etwas Ruhe über die pulsierende, summende Menge, und die Menschen hörten hin und schwiegen, denn jeder Glockenschlag schien ein neues Versprechen zu geben und es mit bronzenen Zungen zu besiegeln.

Kurz vor der Stadtmauer zügelte Konstanze ihr Pferd. Sie lauschte dem Klang, der das ganze Tal zu erfüllen schien und sein Echo in den Bergen verhallen ließ. Vielleicht drang er sogar bis zu Margalithas Klause und noch weiter über die wogenden Palmenwipfel bis zur *Zisa* und *La Favara*. Sie hatte Sizilien überlebt, gekämpft und gewonnen. Es war ihr Tal, und Palermo war ihre Stadt. Ihr Blick fiel auf Ruggero, der bis eben noch neben ihr geritten war.

Er ist mein König, dachte sie.

Er wendete Draco, um auf sie zu warten, dann sah er an ihr vorbei, als ob er ihrem letzten Gedanken folgen wollte. Sein Blick blieb irgendwo in den Bergen hängen, kehrte nicht zu Konstanze zurück, sondern blieb dort, als ob er etwas entdeckt hätte, das es ihm unmöglich machte, sich loszureißen. Für einen kurzen Moment veränderten sich seine Züge. Es war, als ob ein Schatten von Trauer über sein schönes Gesicht glitt, und die Augen, die eben noch voll Stolz auf ihr, Konstanze, geruht hatten, verengten sich zu schmalen Schlitzen. Gefahr und Sehnsucht, Wollen und Pflicht spiegelten sich in seinem Gesicht. Ein wilder Wunsch, kaum gedacht, schon weggewischt. Sofort hatte er sich wieder in der Gewalt, lächelte Konstanze an und ließ ihr den Vortritt, als Erste durch das buntgeschmückte Tor zu reiten.

Kurz bevor sie in seinen kühlen Schatten eintauchte, drehte sie sich um. Sie wollte wissen, was er dort oben gesehen hatte, was ihr entgangen war. Und da erst bemerkte sie die Frau in den Bergen. Unendlich weit entfernt, doch ihre Umrisse hoben sich vom Himmel ab wie ein Scherenschnitt. Das ganze Tal lag zwischen ihnen, fast einen halben Tagesritt waren sie voneinander entfernt, aber Konstanze spürte, dass sie sich trotzdem erkannten, dass ihre Blicke sich in diesem Moment kreuzten und für die Ewigkeit eines Herzschlages ineinander gefangen waren, unfähig, sich voneinander zu lösen, die Sarazenin und die Königin, und ein Gedanke traf sie wie ein Stich ins Herz.

Es ist nur Platz für eine von uns.

Ein dunkler Schatten senkte sich auf sie.

»Konstanze?«

Verwirrt riss sie sich los drehte sich um.

»Es ist so weit.«

Ruggero griff nach den Zügeln, zog sie mit sich in die Stadt und den aufbrandenden Jubel der Menschen, und Konstanze wurde von dem tobenden bunten Meer der Freude verschlungen.

Die Frau in den Bergen schnalzte leise mit der Zunge. Der Schimmel wendete und trabte los, trug seine Reiterin fort von der Stadt und dem Fest und verschwand mit ihr hinter einer Wolke von rotem Staub.

Elisabeth Herrmann
Die letzte Instanz

Kriminalroman.
340 Seiten. Gebunden mit Schutzumschlag.
ISBN 978-3-471-35005-8

Eine alte Dame schießt auf einen Obdachlosen. Anwalt Joachim Vernau übernimmt ihre Verteidigung. Doch es geschehen weitere Morde. Die Fäden laufen an einem Ort zusammen: im Landgericht Berlin. Dort, wo Taten gesühnt werden, scheint Justitia mehr als einmal versagt zu haben. Vernau steht plötzlich vor der Frage: Was ist Gerechtigkeit?

»Eine unglaubliche Story.«
Für Sie über *Die siebte Stunde*

»Elisabeth Herrmann ist ein großer Wurf gelungen. Wunderbar!«
Andrea Fischer im *Tagesspiegel*
über *Das Kindermädchen*

Elisabeth Herrmann
Die siebte Stunde

Kriminalroman. www.list-taschenbuch.de
ISBN 978-3-548-60854-9

Ein teuflisches Spiel, ein rätselhafter Selbstmord und ein quälendes Geheimnis: Als Joachim Vernau an einer Privatschule die Jura AG übernimmt, begegnen ihm die Schüler voller Feindseligkeit. Sie leben in ihrer eigenen Welt und sind fasziniert von dunklen Ritualen. Rollenspiele sind doch harmlos, denkt Vernau. Doch als er herausfindet, was hinter dem Schweigen der Schüler steckt, ist es schon fast zu spät.

»Elisabeth Herrmann kann schreiben – und wie.«
Anne Chaplet

»Eine unglaubliche Story« *Für Sie*

List Taschenbuch

L354

Oliver Pötzsch

Die Henkerstochter

Historischer Kriminalroman

Originalausgabe

ISBN 978-3-548-26852-1
www.ullstein-buchverlage.de

Kurz nach dem Dreißigjährigen Krieg wird in der bayerischen Stadt Schongau ein sterbender Junge aus dem Lech gezogen. Eine Tätowierung deutet auf Hexenwerk hin, und sofort beschuldigen die Schongauer die Hebamme des Ortes. Der Henker Jakob Kuisl soll ihr unter Folter ein Geständnis entlocken, doch er ist überzeugt: die alte Frau ist unschuldig. Unterstützt von seiner Tochter Magdalena und dem jungen Stadtmedicus macht er sich auf die Suche nach dem Täter.

UB469

Tracy Chevalier
Das Mädchen mit dem Perlenohrring

Roman. www.list-taschenbuch.de
ISBN 978-3-548-60069-7

Wer war die geheimnisvolle Unbekannte, die Vermeer so unvergesslich auf die Leinwand gebannt hat? Ein bezaubernder Roman – Liebesgeschichte und holländisches Genrebild zugleich.

»Sinnlich gemalte Sprache – ein barocker Hochgenuss«
Berliner Morgenpost

»Eine reizvolle Kunst-Geschichte« *Stern*

List Taschenbuch

L189

Jeanne Kalogridis
Die Kinder des Papstes

Roman. www.list-taschenbuch.de
ISBN 978-3-548-60645-3

Sancha, Enkelin des Königs von Neapel, wird aus politischem Kalkül in die mächtige Familie der Borgias verheiratet, trotz ihrer heftigen Gegenwehr. Ihren allzu jungen Ehemann Jofre kann sie zwar als Freund, jedoch kaum als Liebhaber akzeptieren. Da begegnet sie in Rom dem Mann, der die Erfüllung ihrer sinnlichen Träume darstellt: Cesare Borgia, der ältere Bruder ihres Mannes. Sie stürzt sich in eine leidenschaftliche Affäre mit ihm – bis sie entdeckt, wer er wirklich ist: ein skrupelloser Mörder. Doch einen Borgia weist man nicht zurück, wenn einem das Leben lieb ist …

»Ein unglaubliches Panorama der Zeit der Borgia in Rom – ein prallgefüllter Schmöker« *NDR Bücherwelt*

List Taschenbuch

L239